GENTILEZA

Gentileza

Copyright © 2023 Tordesilhas é um selo da Alaúde Editora Ltda, empresa do Grupo Editorial Alta Books (Starlin Alta Editora e Consultoria LTDA).

Copyright © 2020 John Ajvide Lindqvist.

ISBN: 978-65-5568-088-1.

Translated from original Vänligheten. ISBN: 978-91-7775-137-3. PORTUGUESE language edition published by Tordesilhas.

Impresso no Brasil – 1ª Edição, 2023 – Edição revisada conforme o Acordo Ortográfico da Língua Portuguesa de 2009.

Dados Internacionais de Catalogação na Publicação (CIP) de acordo com ISBD

L747g   Lindqvist, John Ajvide

       Gentileza / John Ajvide Lindqvist ; traduzido por Guilherme Braga. - Rio de Janeiro : Tordesilhas, 2023.
       608 p. ; 15,7cm x 23cm.

       Tradução de: VANLIGHETEN
       ISBN: 978-65-5568-088-1

       1. Literatura sueca. 2. Ficção. I. Braga, Guilherme. II. Título.

2023-3335   CDD 839.7
                                            CDU 821.113.6

Elaborado por Vagner Rodolfo da Silva - CRB-8/9410

Índice para catálogo sistemático:
1. Literatura sueca 839.7
2. Literatura sueca 821.113.6

Todos os direitos estão reservados e protegidos por Lei. Nenhuma parte deste livro, sem autorização prévia por escrito da editora, poderá ser reproduzida ou transmitida. A violação dos Direitos Autorais é crime estabelecido na Lei nº 9.610/98 e com punição de acordo com o artigo 184 do Código Penal.

O conteúdo desta obra fora formulado exclusivamente pelo(s) autor(es).

Marcas Registradas: Todos os termos mencionados e reconhecidos como Marca Registrada e/ou Comercial são de responsabilidade de seus proprietários. A editora informa não estar associada a nenhum produto e/ou fornecedor apresentado no livro.

Material de apoio e erratas: Se parte integrante da obra e/ou por real necessidade, no site da editora o leitor encontrará os materiais de apoio (download), errata e/ou quaisquer outros conteúdos aplicáveis à obra. Acesse o site www.altabooks.com.br e procure pelo título do livro desejado para ter acesso ao conteúdo.

Suporte Técnico: A obra é comercializada na forma em que está, sem direito a suporte técnico ou orientação pessoal/exclusiva ao leitor.

A editora não se responsabiliza pela manutenção, atualização e idioma dos sites, programas, materiais complementares ou similares referidos pelos autores nesta obra.

Produção Editorial: Grupo Editorial Alta Books
Diretor Editorial: Anderson Vieira
Vendas Governamentais: Cristiane Mutûs
Gerência Comercial: Claudio Lima
Gerência Marketing: Andréa Guatiello

Assistentes Editoriais: Caroline David e Gabriela Paiva
Tradução: Guilherme Braga
Copidesque: Rafael de Oliveira
Revisão: Vinicius Barreto
Capa: Marcelli Ferreira
Diagramação: Rita Motta

Rua Viúva Cláudio, 291 — Bairro Industrial do Jacaré
CEP: 20.970-031 — Rio de Janeiro (RJ)
Tels.: (21) 3278-8069 / 3278-8419
www.altabooks.com.br — altabooks@altabooks.com.br
Ouvidoria: ouvidoria@altabooks.com.br

Editora afiliada à:

GENTILEZA

JOHN AJVIDE
LINDQVIST

TORÐSILHAS
Rio de Janeiro, 2023

Para Jenny e Love
A vida se tornou mais divertida
desde que nos tornamos amigos.

Um dia, há anos, quando passava por Norrtälje, tive vislumbres de gentileza, de repente. Dois trabalhadores da construção civil riam enquanto um dava tapinhas no ombro do outro, um carro parou para deixar alguém no meio-fio, uma porta foi travada para ajudar dois estranhos a entrarem em um ônibus com um carrinho de bebê.

Depois de experienciar esses vislumbres de gentileza, passei a encontrá-la onde quer que fosse. As pessoas fazem pequenas coisas umas pelas outras de maneira a simplificar a existência. Estendem a mão, oferecem ajuda para carregar ou mover um objeto, tiram um obstáculo do caminho.

A gentileza se esconde por trás das nossas ações e pode ser ouvida através de nossas palavras. "Bom fim de semana", "tenha um bom dia", "sucesso", "se cuidem" são frases simples e descompromissadas, mas se originam de uma fonte de boa vontade. Eu quero que você fique bem, independentemente de quem seja.

Precisamos da gentileza e a praticamos como se fosse uma obviedade, sem nem pensar a respeito. São olhares que se encontram, sorrisos que se abrem, agradecimentos que se expressam. A gentileza é a nossa proteção contra a derrocada, e fazemos bem ao refletir sobre ela de vez em quando. Trata-se de uma coisa muito importante e ao mesmo tempo muito frágil. O que acontece quando a gentileza desaparece, e o que ocorre conosco nesse caso?

PRÓLOGO
20 DE SETEMBRO DE 2002

EU SOU UMA TEMPESTADE VINDA DE LUGAR NENHUM

1

Há uma menina em frente à biblioteca de Norrtälje. A menina se chama Siw Waern e tem treze anos. Ela olha para um lado e para o outro, para a frente e para trás, como se buscasse algo. Dá uns passos adiante e parece estar indo embora, mas de repente para, se vira e continua a olhar sem encontrar o que procura. Ela caminha no mesmo lugar e balança a cabeça. Parece ser menos uma questão de procurar e mais uma questão de *esperar*. Siw está à espera de uma coisa que pode chegar de qualquer direção.

Siw é uma menina especial e talvez devêssemos prestar atenção a ela, mesmo que não fosse pelo comportamento nervoso. Sua altura está um pouco abaixo da média, enquanto seu peso está um pouco acima da média. Seria um equívoco chamá-la de baixinha e gorducha, mas certamente há uma tendência nesse sentido. Seus cabelos têm comprimento médio, fios castanhos e uma franja que cobre seus olhos profundos. Suas bochechas redondas e seu queixo saliente lhe conferem a aparência geral de uma esquimó. Seria fácil imaginá-la vestida com trajes de couro de foca, segurando um arpão. Mas, em vez disso, ela veste um casaco preto de modelo antigo — um efeito que se torna ainda mais evidente graças à mochila amarelo-limão pendurada sobre um de seus ombros.

Nesse momento, ela está, mais uma vez, prestes a desistir. Siw pega o celular e olha o horário. São 15h43. Ela examina o café no lado de fora da biblioteca. Uma mãe com um carrinho de bebê toma chá numa das mesas, em outra, um jovem casal conversa animadamente. Um homem carregando uma bandeja atravessa a porta com dificuldade. Siw dá de ombros, abre as mãos, guarda o telefone no bolso e simplesmente vai embora cantarolando a melodia de "*Visa vid vindens ängar*" ["*Mostrar nos prados do vento*"]. Não é bem o que se espera de uma menina de treze anos.

Mas, após dois passos, ela se detém. Um pequeno ônibus da Samhall chega em alta velocidade pela Billborgsgatan. O motorista está ocupado com o painel e o veículo se inclina quando passa em frente à locadora de vídeo. Siw se vira mais uma vez em direção ao café.

O homem com a bandeja conseguiu sair e, naquele instante, passou entre a mãe e o carrinho de bebê a caminho de uma mesa vaga. Ele se contorceu ao passar e, sem querer, bateu o quadril no carrinho de bebê. A mãe provavelmente havia esquecido de acionar a trava, porque aquele pequeno golpe fez o carrinho andar por conta própria. A roda da frente caiu em direção ao degrau mais alto do pequeno lance de três que leva ao deque, e quando a roda de trás a acompanhou, o carrinho acelerou para longe e para baixo.

A mãe ainda não havia visto nada, porque o corpo do homem obstruiu sua visão. O carrinho desce mais um degrau e acelera em direção à rua, por onde o ônibus da Samhall chega a, no mínimo, cinquenta quilômetros por hora. Dois objetos móveis estão em rota de colisão e o resultado seria trágico.

Só depois de o carrinho descer os três degraus e seguir deslizando pela calçada, a mãe conseguiu perceber o que acontecia. Seu rosto se contorceu como uma máscara de horror, e, em desespero, ela gritou. Ao se levantar, virou a mesa, porque sabia que era tarde demais. Que sua vida estava prestes a ser destroçada.

A roda dianteira do carrinho acabara de descer o meio-fio quando Siw fechou a mão sobre o pegador. O ônibus da Samhall passou cinquenta centímetros à frente, fazendo com que a franja dela saísse de cima dos olhos arregalados e incrédulos.

A criança no carrinho chora. A mãe se aproxima em um choro histérico e abraça-a com tanta força que ela mal consegue respirar. Por cima do ombro da mulher, Siw vê o homem que havia esbarrado no carrinho imóvel, com as duas mãos apertadas contra a boca. A bandeja se encontra no chão. Siw pisca. Naquele instante, percebe que, em um nível bastante profundo, ela não é uma pessoa.

2

— Vamos! O que você tá olhando?

Max gesticula para Johan, que se afastou um pouco a fim de examinar melhor os degraus enferrujados que sobem pela lateral do silo. Johan indica um ponto a trinta metros de altura, mais ou menos no meio do caminho.

— Não tá meio solto ali?

Max para ao lado dele e, com a mão aberta, protege os olhos contra a luz do sol baixo. Quando termina de olhar, dá de ombros.

— E daí?

— Não é dos melhores, né? E se estiver solto?

— Não faz diferença, porque a gente tem isso aqui.

Max chacoalha o saco de tecido onde haviam agrupado objetos similares àqueles usados na prática de montanhismo, encontrados no depósito de ferramentas que havia no pátio de Max.

Cordas, mosquetões e cunhas. Johan coça o pescoço.

— Não sei, não.

— Merda! Se abaixa!

Uma van com o nome "Odalmannen" chega do cais do porto enquanto os meninos se escondem atrás de um armário de distribuição elétrica. Não é difícil imaginar que o que os dois estão prestes a fazer é proibido. Bastaria ler a placa amarela fixada na tela, sob a qual convenientemente há um buraco que permite a passagem de um corpo magro.

Tanto Max como Johan são magros. Fiapos, na verdade. Mesmo que já tenham completado treze anos, seus braços e suas pernas são finos como os das crianças pequenas, ainda que sejam altos. Johan mede 1,73 metros, Max 1,78 — e, por enquanto, nenhum deles terminou de crescer. Ambos com o mesmo rosto fino e sensível, cabelo loiro e corte no estilo "não tô nem aí". Poderiam ser irmãos, salvo pelos olhos. Os olhos de Max são grandes e muito claros, quase transparentes, em especial quando refletem o azul do céu. Os olhos de Johan são comuns e castanhos, e por baixo deles há uma sombra causada por privação de sono. Eles eram melhores amigos desde a primeira série.

— Ou a gente faz isso, ou a gente não faz — diz Max assim que a van passa e então os dois, mais uma vez, se encontram ao pé dos degraus. — Pelo menos vou fazer isso.

— Tá bem, tá bem — diz Johan. — Mas não ponha a culpa em mim se a gente morrer.

Os dois amarram cordas ao redor da cintura. Como Max é quem entende de nós, é ele quem se encarrega dessa parte. Ao terminar, ele envolve uma argola e a prende a um mosquetão.

— Isso precisa ficar o tempo todo preso a um degrau acima da gente, tá? Assim, se o degrau em que a gente estiver apoiado ceder...

— E se o degrau em que o mosquetão está preso ceder?

Max encara Johan por tanto tempo que, no fim, Johan desvia o rosto.

3

— O que foi? O que você tá olhando?

— Você nunca quis estar morto?

— Já. Mas isso não significa que eu quero morrer.

— O que significa, então?

Johan deu de ombros.

— Que eu não quero viver.

— E como é que você pretende ao mesmo tempo não viver e não morrer? Você queria ser tipo um zumbi, por acaso?

— Vamos fazer isso agora?

— Claro.

Sem mais delongas, Max se aproxima da escada e sobe dez degraus antes de prender o mosquetão pela primeira vez. Johan fica no chão, observando o amigo.

Os dois tinham começado a falar sobre escalar um dos silos no porto de Norrtälje quando tinham dez anos, depois de ouvir histórias sobre colegas mais velhos que tinham feito isso. O assunto tinha surgido de vez em quando nos anos a seguir, sempre trazido por Max.

Max era o amigo mais destemido. Quando os dois brincavam no morro atrás da casa de Johan, em Glasmästarbacken, era Max quem trepava mais alto nas árvores, e também quem esteve prestes a cair do penhasco em direção à Tillfällegatan. Obteve um certificado de mergulhador aos doze anos, durante as férias tiradas com os pais nas Ilhas Maurício. Johan nunca havia saído da Suécia.

A contraluz transforma Max numa silhueta disforme conforme ele sobe a escada ao som metálico a cada troca do mosquetão de degrau. Johan sente o peso do mosquetão sobre a mão e suspira. E então se aproxima da escada.

O que ele teme não é que um degrau ceda, mas que a *escada inteira* se desprenda do silo e caia, levando-os junto e esmagando-os como moscas sob o enorme impacto daquele metal enferrujado. Depois de subir alguns degraus, Johan percebe que essa havia sido uma ideia equivocada. Um degrau quebrado seria pior.

Max vai à frente, como o responsável por testar a firmeza da estrutura. Se ocorrer um acidente, é bem mais provável que a vítima seja Max. Claro, ele pode cair em cima de Johan e, assim, talvez ambos se precipitem rumo à morte, mas não parece ser o mais provável. Se alguém morrer, vai ser o Max.

Johan sobe mais uns degraus. Está a apenas quinze metros do chão, mas, ainda assim, sente um frio na barriga ao olhar para baixo. Então, prende o mosquetão no degrau acima, que parece menos enferrujado.

— E aí? — grita Max lá de cima. — Como estão as coisas?

Johan haveria levantado o polegar se tivesse coragem de soltar a escada. Mas, em vez disso, ele gritou:

— Já te alcanço!

— Quer que eu espere?

— Não, não!

Johan não queria que Max visse o quanto ele suava frio. A superfície das mãos começara a grudar no metal áspero e enferrujado e sentir um tremor no peito. Johan continuou a subir e a nutrir o pensamento que havia começado há pouco tempo.

Se um de nós morrer, vai ser o Max.

Esse não era um pensamento bom. Na verdade, era um pensamento de merda. Se Max morresse, Johan não teria mais ninguém, salvo sua mãe louca. Não haveria companhia para ir ao morro nem para jogar videogame, com quem conversar ou alguém para entendê-lo. Em resumo, ele acabaria sozinho no mundo.

Nesse caso...

Nesse caso seria preferível que a escada caísse inteira e os dois fossem esmagados como moscas. É verdade que havia pensando muitas vezes e até dito que não queria viver devido a merdas que aconteciam em sua vida, mas não falava sério. Enquanto Max existisse, Johan conseguiria viver. Sem ele, não.

A quinze metros de altura, Johan fita, mais uma vez, o chão, não mais com muita certeza. Ele só deseja que aquilo acabe logo. Então, franze a testa contra o degrau à frente do rosto. O degrau parece *muito fino,* bem como o degrau em que ele apoia os pés. Aquelas hastes frágeis de metal são a única coisa que os protegem da queda, do impacto e das tripas espalhadas sobre o asfalto.

— Deus — balbuciou ele. — Deus, seu merda, faça com que a gente sobreviva, nós dois. Faz *alguma coisa* por mim, nem que seja uma vez, para que eu te odeie um pouco menos.

Ele fecha os olhos enquanto avança três, quatro, cinco, seis degraus. E então algo acontece. Dedos gelados se fecham ao redor dos seus pulmões e torcem-os como se fossem um pano de prato enquanto Johan sente que *alguma coisa o puxa para baixo.* Suas mãos se fecham com força ao redor do degrau em que se encontram, e, como medida desesperada de segurança, Johan morde o degrau mais próximo do rosto e aperta o corpo ao encontro da escada, como um cachorro maltratado que se recusa a largar o osso. E, em seguida, ele compreende. Ele se esqueceu de soltar o mosquetão, que, naquele momento, se encontrava preso a um degrau mais baixo e impedia-o de avançar.

As lágrimas despontam seus olhos, as mãos se recusam a relaxar e a respiração parece curta e arquejante. Se ele caísse daquela forma, o degrau a que o mosquetão está preso jamais aguentaria o impacto. Seria preciso descer para soltá-lo. Johan se obriga, então, a parar de morder o degrau, cospe farelos de ferrugem e olha para baixo.

5

A atração.

O que mais o assusta é o forte impulso de permitir que aconteça. Soltar as mãos e cair, se livrar para sempre dessa merda toda. Seria o fim das vigílias noturnas para impedir que a mãe saísse correndo pelada rua afora fazendo pregações, da sensação de angústia por achar que tudo estava virando um inferno e seu destino seria estar num orfanato, sozinho. Apenas caia, voe por um instante e deixe-os chorar, todos.

Porém, mesmo a realização desse pequeno projeto exige que ele primeiro desça e solte o mosquetão. Se, ao contrário do que parece, o degrau aguentar o impacto, pode ser que ele simplesmente quebre a coluna.

Mais acima, a voz de Max se anuncia.

— É enorme, não?

Naquele momento, Johan sentiu ódio do melhor amigo. Max o conhece e sabe as coisas pelas quais ele passa. Mas não deveria expô-lo àquele tipo de tentação. Ele deve ser insensível e ter um parafuso a menos, a não ser que... *a não ser que esse seja o plano.* Johan começa a choramingar e sente duas lágrimas escorrerem pelas bochechas. Talvez Max queira vê-lo morto. Ou talvez esteja cansado de perceber que Johan estende as visitas à sua casa para ver se fila um jantar, talvez esteja cansado de jogar Pokémon e de brincar no morro, como os dois ainda fazem quando não há ninguém nos arredores. Talvez Max queira se livrar dele e tenha escolhido aquela forma.

A tristeza se transforma numa fúria que o torna capaz de descer os quatro degraus necessários para soltar o mosquetão.

— Ficou com medo, então? — pergunta Max.

— Não! — grita Johan, que em seguida volta ao ponto onde estava quando levou o susto e prende o mosquetão acima da cabeça.

Não! Não mesmo!

— Escute! — grita Max. — Não tem problema nenhum com a escada por aqui. Ela só tá meio torta.

Johan afasta os pensamentos idiotas. É uma loucura que Max o esteja submetendo àquilo tudo, mas dificilmente o objetivo seria acabar com sua vida. Além do mais, Max ficaria mal caso Johan morresse. A despeito do baixo valor que se dava, Johan sabia que a morte de um adolescente aos treze anos era um acontecimento importante. No mínimo, ele apareceria na capa do *Norrtelje Tidning*. Haveria interrogatórios de polícia, agitação popular. Ele olha para baixo e a tentação está lá, sob outra forma. Toda a cidade falaria a respeito dele.

Não! Não e NÃO!

Max havia falado sobre a condição da escada, e então chegou ao ponto que Johan observara ainda no chão. No meio do caminho. Ainda faltava um bom caminho a percorrer, mas era para lá que ele deveria ir. Porém, ele, Johan Andersson, não consegue, e por isso seria preciso ser um outro personagem, como... um *Uruk-hai!*

Muitas das brincadeiras que ele e Max haviam criado ao longo dos anos eram inspiradas em *O senhor dos anéis.* Eles leram os livros e assistiram ao filme, e mal poderiam esperar até que o próximo fosse lançado. Já brincaram de elfos, hobbits, feiticeiros e Gollum, mas, acima de tudo, de orcs. A simplicidade rústica daquelas criaturas é fascinante.

No inverno anterior, durante uma competição escolar de esqui, Johan e Max quase desistiram. Não eram muito bem-treinados e nem estavam habituados a andar de esqui, então quando faltavam três quilômetros da rodada de cinco quilômetros, estiveram prestes a entregar os pontos. Foi quando Johan cochichou para Max:

— Nós somos guerreiros Uruk-hai.

Max abriu um sorriso e começou a movimentar os bastões com gestos mecânicos, esquiando decididamente como um orc, sem pensar em mais nada. E, assim, os dois aceleraram enquanto às vezes proferiam um ao outro palavras como "Matar" e "Destruir", e, por fim, cruzaram a linha de chegada com um ótimo tempo.

Eu sou um guerreiro Uruk-hai.

Johan esvazia os pensamentos e à sua frente não vê nada além dos pequenos e saborosos hobbits que montaram um acampamento no topo do silo acreditando que lá estariam seguros. Chegar até lá. Bater. Matar. Ele rosna e arrasta o pesado corpo de orc para cima. Na boca, sente ainda o gosto de ferrugem — o que é bom, porque aquilo se parece com o gosto de sangue. É uma grande sede de sangue que aparece de repente. Suculento, saboroso.

Johan continua subindo como um guerreiro Uruk-hai. A cada vez que prende o mosquetão, resmunga com o desprezo que sente por aquela invenção humana a que se submete. Sem pensar sobre nada além de orcs, ele logo chega ao ponto em que a escada se entorta para a direita.

— Porra, você acelerou de repente — disse Max a poucos metros, pouco antes de Johan olhar para cima.

Max havia tirado uma das mãos da escada para inclinar o corpo e ter uma visão melhor do que estava embaixo. Johan sentiu um frio na barriga a ponto de quase perder a fantasia, mas não pôde se dar ao luxo, então rangeu os dentes e rosnou:

— Eu sou um guerreiro Uruk-hai.

Max franze as sobrancelhas e abre um sorriso ambíguo e um pouco condescendente. Johan não tinha a intenção de falar aquilo, mas as palavras simplesmente escaparam. Foi tomado pelo momento. Max é seis meses mais velho do que ele. Talvez não seja tanto essa diferença, mas o temperamento e a necessidade; o fato é que Max começou a deixar para trás aquele mundo construído por ambos ao longo de sete anos.

Johan tem um dilema insolúvel nas mãos. Por um lado, tem um desejo ardente por crescer, sair do apartamento e de toda a atmosfera sufocante criada pela loucura imprevisível da mãe. Por outro lado, não queria abandonar a fantasia e assumir deveres intrínsecos à vida adulta. A solução mais fácil seria se tornar um perturbado mental, como um dia ele talvez se tornasse.

Max continua a subir e Johan abafa uma risada. Se Max quer tanto se tornar um adulto chato, problema dele. Johan continuará sendo um guerreiro Uruk-hai até que Aragorn lhe corte a cabeça.

Aragorn!

Será que aquele *demônio* está lá em cima junto com os hobbits? Nesse caso, estaria mais do que na hora de vingar o sangue orc que aquele meio-elfo maldito havia derramado! Avante, avante!

A fantasia de Johan o acompanha durante quase todo o trajeto. Ele não olha para baixo, tampouco pensa em quem é, simplesmente vê os degraus passarem em frente aos olhos amarelos de orc e mexe as mãos e o mosquetão de forma mecânica enquanto pensa obstinadamente em uma vingança sangrenta. Falta pouco mais de três metros para chegar ao topo quando Max some de vista e solta uma sonora gargalhada. Não é uma risada de triunfo por ter chegado ao fim da empreitada, mas uma coisa muito distinta. O que pode haver de tão engraçado lá em cima? As possibilidades interrompem a fantasia de Johan e fazem com que aquilo cesse.

Eu sou um guerreiro... eu estou... numa escada que a qualquer momento pode se desprender e cair.

É *naquele ponto* que tudo acontecerá, quando ele estiver mais próximo do topo, para que o mata-moscas o acerte com a maior força possível. Meu Deus, será preciso retirá-lo do chão com uma pá! As mãos tremem enquanto a altura da queda se abre em seu estômago como uma dor lancinante. Johan contrai as nádegas. Depois de chegar tão longe, ele não poderia terminar se cagando nas calças.

Max diz alguma coisa lá no alto, mas Johan não consegue entender.

Ele toma fôlego e pensa: *Três metros. Dez degraus. Você consegue.* E de um jeito ou de outro Johan realmente consegue, mas ao chegar lá em cima, cai de barriga contra aquela deliciosa e maravilhosa superfície horizontal. A cabeça gira com a vertigem e, no meio da confusão, ele imagina ouvir mais uma voz, que parece vagamente familiar.

— Você é um cara diferenciado — diz Max.

O que significa isso? Para Johan, o desafio deve ter sido maior, porque estava bem mais apavorado, mas, por acaso, esse é o tipo de coisa que Max apreciaria? Johan levanta a cabeça.

Uma grade de metal contorna a parte externa do telhado, ainda mais enferrujado que a escada. E ao lado, com as pernas balançando sobre a borda, está Marko. Foi com ele que Max falou. Ele que é um cara diferenciado.

Marko entrou para a turma deles na volta das férias de verão e, portanto, está na escola há pouco mais de um mês. Ele é da Bósnia e mora na Suécia há dois anos. A família se mudara há pouco para Norrtälje. Apesar de o acaso direcionar a família a Glasmästarbacken, não muitas portas do apartamento de Johan, ele nunca havia feito mais do que dizer "Olá" para Marko e acenar com a cabeça para o pai dele, que muitas vezes ia à sacada para fumar. Mas, naquele instante, Marko estava sentado no alto do silo, como alguém esperando pelo ônibus, tranquilo e calmo.

— Você ouviu? — pergunta Max a Johan — O Marko sobe aqui tipo *todos os dias*. Ele simplesmente sobe os degraus, enquanto a gente chegou aqui com todos esses apetrechos de *alpinismo*.

Max solta mais uma gargalhada e Marko sorri. Johan entende que, na teoria, aquele é um comentário engraçado, mas o riso não é a reação mais próxima da emoção sentida naquele momento, e poderia facilmente se transformar em vômito — então ele apenas faz um gesto afirmativo com a cabeça. Não é certo que ele consiga se aguentar de pé. Só naquele instante Max parece notar a situação e, em resposta, se agacha ao seu lado.

— Como você tá? — pergunta ele. — Foi muito assustador?

— Foi — responde Johan. — Assustador pra caramba.

— Também achei. Senti um medo da porra.

— Não parece.

— Você sabe como eu sou.

Era verdade, Johan sabia. Max tem um bom relacionamento com os pais, mas, ainda assim, diz que não quer ser como o pai. Apesar disso, os dois são muito parecidos. Graças à disciplina e ao trabalho duro — como ele adora dizer —, o pai foi de montador de andaime a vice-diretor executivo em uma construtora razoavelmente grande e se tornou uma das vinte pessoas mais ricas em Norrtälje. Ele aparece anualmente na lista do jornal.

Essa disciplina pode ser notada até na forma de manifestar os próprios sentimentos, pelo menos aqueles que são expressos. É preciso muito para que o pai de Max revele sentimentos através de expressões faciais. Quando está bravo de verdade, simplesmente torce o nariz, e então tudo está acabado. De muitas formas, Max também é assim — mas, ao contrário do pai, ele, ao menos, sabe dar risada.

— É — diz Johan. — Eu sei como você é.

— Você consegue se levantar?

— Pra ser bem sincero, não sei.

— Quer ajuda? Seria uma pena você perder essa vista.

Com a ajuda de Max, Johan se põe de pé. O espaço onde os meninos estão é circular e tem aproximadamente oito metros de diâmetro. Por ora, Johan não se lembra da fórmula para calcular a área daquele tipo de superfície. Ele olha para Marko e acena com a cabeça.

— Olá.

— Olá — responde Marko, encarando-o sem nenhuma expressão.

— É verdade que você sobe aqui todos os dias?

— Todos não — diz Marko, falando sueco com um pouco de sotaque. — Talvez... a cada dois dias.

— Foi você que fez o buraco? Debaixo da cerca?

Marko faz um gesto afirmativo com a cabeça. Johan repete o gesto. Max se aproxima e para ao lado de Marko. Ele se inclina por cima do guarda-corpo e estende o braço.

— Porra, olha só isso — diz. — Norrtälje! *Norrtälje,* caralho!

Marko o puxa pela perna da calça e aponta para o guarda-corpo.

— Não se inclina desse jeito. Esse guarda-corpo tá em péssimo estado, com muita ferrugem. Você pode acabar virando uma panqueca.

Max ergue as mãos e dá um passo para trás. Só naquele instante Johan percebe uma peculiaridade em Marko. Na escola, ele parece sempre arrumado, ou mesmo esnobe. Camisas bem passadas e abotoadas até o pescoço, calças sociais que parecem ter saído da lavagem a seco ainda pela manhã. Se fosse outro menino, teria sido motivo de chacota, porém, Marko não era outro menino. Havia uma aura de força ao redor dele, então ninguém se atrevia a aborrecê-lo.

Em cima do silo, ele usava uma camisa xadrez amarrotada com furo num dos cotovelos e um par de calças jeans com manchas nos joelhos. Johan não conseguia ver os pés dele, que estavam para além da borda, mas parecia improvável que Marko estivesse usando sapatos limpos como fazia na escola. A visão das pernas de Marko balançando sobre a borda fez com que a vertigem mais uma vez tomasse conta de Johan, que vai até o meio do círculo, o mais distante possível das bordas.

Um ônibus da Samhall desce Glasmästarbacken em alta velocidade. Johan precisa desviar um pouco o olhar para ver a sacada de casa. Daquela distância, o apartamento não parece estar cheio de lixo porque sua mãe vive um dos períodos em que se recusa a jogar *qualquer coisa* fora. Johan olha para o relógio de pulso. São 15:42. Logo sua mãe começará a andar de um lado para o outro no apartamento enquanto se pergunta para onde ele foi.

O olhar de Johan corre para a esquerda, em direção às árvores do Societetsparken. De lá, as copas mais parecem nuvens desengonçadas que ganham o matiz amarelo dos raios de sol. Mesmo assim, é inacreditável. Eles estão muito acima das copas.

O ônibus da Samhall chega à ponte Societetsbron e, depois de cruzá-la, segue em direção ao centro. Max forma uma espingarda imaginária com as mãos e a aponta para um casal que chega caminhando de mãos dadas na outra margem do porto.

— Um lugar perfeito para um atirador de elite — diz ele, apertando um gatilho imaginário.

Marko se levanta, põe a cabeça de lado e diz:

— Atirador de elite?

— Ah, enfim — diz Max, olhando para Johan, que balança devagar a cabeça.

Max se detém, pisca os olhos e diz:

— Não era nada de mais.

— Ah — diz Marko. — Não precisa se preocupar. Ninguém da minha família foi morto por um... atirador de elite.

— Bom saber — diz Max, paralisado, e quase chega a pôr a mão sobre o ombro de Marko. Johan revira os olhos.

Max às vezes age como um *idiota*. Agora mesmo ele se inclina em direção ao guarda-corpo, mesmo que Marko tenha acabado de dizer para...

Tem alguma coisa errada. Os olhos de Max estão virados para cima. Não dá para ver nada além do branco. Sua cabeça começa a se virar de um lado para o outro. Marko franze as sobrancelhas, se afasta um pouco e pergunta:

— Max, o que foi? Cuidado...

Johan sabe. Desde que ele e Max eram pequenos, Johan havia presenciado episódios de surto em que havia *visto* coisas que apareciam em matérias do Norrtelje Tidning no dia seguinte. Acidentes, incêndios e, certa vez, um assassinato. Sempre acontecimentos que envolviam feridos ou mortos.

Johan também sabe que, naquele instante, Max perdeu o controle do corpo e não estava mais presente. Ele deveria correr em direção ao amigo e fazer *alguma coisa*. O problema é que seus pés estão presos no centro do telhado e se recusam a sair do lugar. Ele é fisicamente incapaz de se aproximar da borda.

Max solta o guarda-corpo e cai de lado sobre a estrutura. Ouve-se um estalo quando o metal enferrujado quebra e a haste solta se vira para fora sob o peso do corpo de Max. Tudo acontece numa velocidade extraordinária, e Johan não teria nenhuma chance de alcançá-lo, mesmo que pudesse se mexer. Sua boca se abre e ele inspira enquanto sente um grito de impotência se avolumar no peito. Ele ficará parado, assistindo à morte do melhor amigo.

A mão direita de Max se estende em direção a Johan ao mesmo tempo que as pupilas voltam ao estado normal e ele, mais uma vez, consegue ver e entender o que está acontecendo. Os olhos de ambos se encontram por um instante, porém, logo algo chega voando e interrompendo aquele contato. É o braço de Marko. Ele segura o pulso de Max e tenta evitar a queda. Mas o movimento ainda está no começo, e Max é alto. A aceleração é rápida.

Marko é arrastado em direção à borda enquanto tenta resistir. Ele vira a cabeça para trás, estende o braço livre em direção a Johan e grita:

— Me ajuda!

Pelo resto da vida, Johan sentirá desprezo por si em razão do que acontecerá. Em vez de oferecer a Marko a ajuda que tanto merece e a força adicional de que tanto precisa, Johan permite que o grito assuma o controle. Ele grita, berra e simplesmente *recua* dez centímetros.

Marko está caindo para além da borda junto com Max. A luz dourada do sol nas copas das árvores se torna opaca quando o sol baixa atrás de Stallmästarberget e cintila conforme os últimos raios refletem no campanário da Prefeitura. Aquele momento ficará eternamente marcado a ferro em Johan.

Numa última tentativa desesperada, Marko segura o braço de Max com as duas mãos enquanto seu pé direito atinge a base de uma haste do guarda-corpo e ele joga o próprio corpo para trás, ao mesmo tempo que o pé esquerdo desliza para além da borda. O tronco de Max se ergue dez ou vinte centímetros e logo volta a pesar. Os dois meninos formam um V que não decide para que lado cairá. Por fim, o pé esquerdo de Marko encontra uma irregularidade na borda que lhe oferece o último apoio de que precisava. Ele faz mais um movimento brusco e cai de costas. No instante seguinte, Max aterrissa na barriga dele.

O grito de Johan é interrompido como se um disjuntor fosse desligado. As mãos se abrem e se fecham enquanto a vergonha surge como uma sequência de ondas negras em seu peito.

Covarde. Você é um covarde de merda.

O que ele não teria dado para estar ao lado de Max naquele momento, ofegando e balançando a cabeça? Aquele que, com o risco da própria vida, havia salvado um amigo? Como os dois passariam a viver com aquilo? O que ele não haveria dado? Mas ele não havia dado no momento em que foi exigido.

As ondas negras trazem pensamentos negros. Johan sente ódio de Marko, que está lá deitado, se arrastando em razão do esforço heroico. Sente vontade de jogá-lo para além da borda, para que assim ele desapareça. Quando Johan se dá conta daquilo em que está pensando, a vergonha se torna ainda maior. Marko acaba de salvar a vida do seu melhor amigo. Se é que ainda seriam melhores amigos.

Max e Marko se encaram. E então começam a rir. Os dois riem e riem até que Max bate a mão no concreto e se coloca de joelhos. Ele olha para Marko com um olhar radiante e diz:

— Você me salvou! Puta merda, você me salvou, porra!

— É — diz Marko. — Salvei mesmo.

Max faz um trejeito estranho com o rosto, quase uma careta.

— Você não tá entendendo! — Ele aponta para a borda. — Se não fosse por você, eu ia tá caído morto lá embaixo, cara. Nesse exato momento, eu ia tá jogado lá embaixo com o meu corpo todo arrebentado! Isso é o que teria acontecido se você não fizesse o que fez.

— Eu sei — responde Marko. — Mas não foi assim tão difícil.

A boca de Max se abre e se fecha como se ele quisesse dar uma explicação, mas fosse incapaz de encontrar as palavras. No silêncio que vem a seguir, Johan enfim consegue desfazer o nó da garganta e dizer:

— Me desculpem.

Max e Marko olham para Johan como se tivessem esquecido que ele existia, e Johan tem vontade de ser engolido pelo chão, que, naquele momento, é um telhado, em direção às entranhas do silo para então desaparecer em qualquer que fosse a merda guardada lá dentro. Ele puxa a barra da camiseta como um menininho e o rubor toma conta do seu rosto quando repete mais uma vez:

— Me desculpem, eu...

Johan não consegue encontrar as palavras, porque são muitas. Tudo dava a impressão de haver se fechado para ele, porque em um nível muito importante Max é sua vida, e o choque de ver a vida inteira desaparecer num instante havia provocado um abalo capaz de impedir que Johan evitasse que justamente isso acontecesse. Não há como explicar e por isso Johan fica simplesmente olhando para os pés enquanto ouve passos se aproximarem. Max para na frente dele.

— Ei — diz Max. — Escuta. — Johan ergue os olhos e a acusação que esperava encontrar no rosto de Max não está lá. Pelo contrário, os olhos brilhavam com uma luz parecida com aquela que surge no olhar da mãe de Johan quando ela tem suas revelações.

— Olha aqui — diz Max, apontando para si. — Eu tô aqui.

— Não morri. Mesmo que... — O olhar de Max se torna introspectivo e Johan não gosta nem um pouco daquilo. Logo depois, ele tem a impressão de que Max começará a gritar e a agitar os braços, como sua mãe, porém, Max retoma o mesmo olhar de antes e prossegue — ... Eu não sei como eu teria reagido, tá? Pode ser que eu tivesse feito exatamente a mesma coisa que você. Tá tudo bem. Você me ouviu? Tá tudo bem.

Johan responde com um gesto afirmativo, mesmo não acreditando que Max teria reagido da mesma forma. Max não tem uma personalidade baseada no medo. Max não é um covarde. Mesmo assim, Johan se sente grato ao ouvir as palavras do amigo. Aquilo o consola um pouco. Max estende a mão para Marko.

— Foi uma sorte do caramba ter o Marko aqui. Se não fosse assim, agora eu teria virado uma panqueca, como você disse.

Pela primeira vez, Johan se atreve a olhar para Marko, que estava sentado de pernas cruzadas enquanto o observava com uma expressão tranquila, sem nenhuma reprimenda.

— Marko, você é um herói — disse Johan cuidadosamente.

Marko balança a cabeça.

— O meu pai é um herói.

Johan não consegue estabelecer uma ligação entre o conceito de Herói e aquele homenzinho nervoso que passa os dias fumando na sacada. Mesmo assim, ele acena a cabeça como se tivesse compreendido perfeitamente as palavras de Marko. Max parece ter se encolhido um pouco e o brilho nos seus olhos já não parece tão intenso.

— O que foi que aconteceu? — pergunta Johan em voz baixa. — Você teve uma visão, não é mesmo?

Max faz um gesto afirmativo com a cabeça e olha para Marko. Até onde Johan sabe, ele é o único que conhece o segredo e não está claro se Max gostaria de dividi-lo com Marko. No que diz respeito a Johan, ele não gostaria que Max compartilhasse aquilo por nada no mundo. Mas, infelizmente, Marko se levanta e faz a mesma pergunta:

— O que foi que aconteceu com você? Você tem epilepsia ou coisa parecida?

Max balança a cabeça.

— Não, mas às vezes eu tenho visões — diz ele. — Visões de coisas que vão acontecer.

E, mais uma vez, fora assim, mas Johan logo percebeu que Marko tinha o *direito de saber* em razão do salvamento. No geral, todo o plano de escalar o silo tinha sido uma ideia de merda. Johan havia topado aquilo para se aproximar de Max, porém, no fim, o oposto havia acontecido.

— Tipo... visões do futuro? — pergunta Marko.

— De um futuro muito próximo — responde Max. — Segundos antes que tudo aconteça. Às vezes um pouco mais.

Para que sua existência ali não perdesse o sentido, Johan diz:

— É verdade. Eu já vi acontecer diversas vezes. O Max tem uma visão e, no dia seguinte, a história aparece no jornal.

Marko acena lentamente com a cabeça e diz:

— Muito bem.

Max ergue as sobrancelhas.

— Você acredita em mim?

— Por que não? O que foi que você viu?

— Foi o que eu acabei de perguntar — diz Johan. Marko o encara de uma forma que leva Johan a, mais uma vez, se interessar pelos tênis. Se Johan já havia começado a notar que Max parecia mais velho, Marko já parecia *crescido*.

— Eu vi... — diz Max, olhando para o céu onde as nuvens continuam iluminadas pelo sol e refletem a luz em direção a ele, conferindo ao rosto um brilho espiritual. — ...uma escada. Um carrinho de bebê que rolava para baixo de uma escada. E um ônibus. Daquela... daquele pessoal que arranja emprego para pessoas com deficiência...

— Da Samhall? — perguntou Johan. — Eu vi o ônibus. Acabou de passar.

— Então deve ter acontecido aqui perto, ou então... — Max esfrega as têmporas e pisca os olhos. — Foi só isso. Eu vi um carrinho de bebê rolar para a frente do ônibus. Blam! O bebê foi jogado para fora e o carrinho foi parar embaixo do ônibus, que freou com toda a força, mas derrapou e passou em cima da cabeça do bebê. Foi isso.

— Que horror — diz Johan. — E você não sabe onde aconteceu?

— Pode ter sido na biblioteca, nas escadas de lá, mas...

O olhar de Max vai de Marko a Johan, como se procurasse uma explicação naqueles rostos. Mais uma vez, ele esfrega as têmporas e diz:

— Mas o detalhe é o seguinte: *isso não aconteceu*. Não me perguntem como eu sei, mas eu sei com a mesma certeza que eu sei que *ia* acontecer. Mas não aconteceu.

— Mas... então você não teve uma visão do futuro? — pergunta Marko.

— Tive! — exclama Max, dando a impressão de estar irritado. — Eu tive sim! Mas alguma coisa... impediu.

— Que bom, então — diz Johan.

— Claro que é bom! — responde Max, ainda irritado. — É muito bom! Mas também é incompreensível. Como se houvesse uma coisa que eu não consigo ver. Uma coisa que é... *outra coisa*.

ENTEI

"It's so easy to laugh, it's so easy to hate
It takes strength to be gentle and kind"

The Smiths — I know it's over

O VENTO FALA

Houve um tempo em que nada impedia o meu progresso e eu flutuava como o espírito de Deus sobre as águas em meio às paisagens do norte. Às vezes, eu me transformava em tempestade e deixava as ondas se encapelarem, às vezes, eu repousava e deixava a superfície do mar espelhada, mas era como quando a árvore cai na floresta. Ninguém podia comentar nem observar minhas ações, uma vez que não havia terra onde plantar os pés. Foi uma época aborrecida, e também longa.

Mais tarde, as ilhas aos poucos se ergueram do mar e eu me regozijei. Enfim, havia coisas novas para admirar e com as quais brincar, arbustos magros de espinheiro-cerval com folhas que eu podia agitar. Aos poucos, a terra se movimentou e a camada de gelo derreteu, como uma pessoa que endireita as costas depois de soltar um fardo. As ilhas se tornaram mais numerosas e se juntaram umas às outras, se transformando assim em grandes áreas de terra. Tive anos muito ocupados quando resolvi visitá-las, pôr as copas a tremer e, de vez em quando, derrubar uma árvore, de brincadeira.

E, por fim, vieram as pessoas. Ah, as pessoas! Falo a partir de uma longa experiência, e posso garantir: nenhum outro animal me traz mais alegria do que as pessoas. Talvez seja pura vaidade, uma vez que nenhum outro animal se envolve ou discute tanto comigo quanto as pessoas — em especial os marinheiros e os habitantes do litoral. Mas acho que o motivo, na verdade, é outro: as pessoas têm uma combinação de racionalidade e irracionalidade que as tornam sempre interessantes.

Os outros animais agem como agem porque são guiados por instintos e por outras formas simples de pensar. Mas as pessoas discutem consigo, se angustiam com as próprias decisões e, às vezes, chegam a sentir remorso mais tarde. Que outro animal tem a capacidade de sentir *remorso?* As pessoas usam a razão para fazer a melhor escolha, mas a irracionalidade por vezes as leva a agir justamente de maneira contrária aos próprios interesses. E então um drama é iniciado! Essa é uma fonte inesgotável de entretenimento para uma força onipresente como eu.

Mas eu sigo flutuando, conforme a minha natureza. E agora falarei sobre Norrtälje. Há muito tempo, as águas do Lommaren faziam parte de uma profunda fenda no continente, que é a baía de Norrtäljeviken. Como o próprio nome sugere com a palavra *tälja,* a baía é como um corte na barriga da Suécia. Depois, a terra se ergueu ainda mais e a baía se transformou no rio Norrtäljeån, e o Lommaren se transformou em lago.

Barcos pesqueiros zarparam e eu comecei a me chocar contra as velas, soprando a favor ou contra, tudo conforme o meu humor. As pessoas ora me elogiavam, ora me amaldiçoavam. Eu acompanhava as viagens pela baía e fazia questão de espalhar o cheiro de arenque que saía do mercado por toda a parte. Havia vida, movimento e trocas com a Finlândia, e o assunto das conversas era sempre o meu humor.

Devo confessar que sou vaidoso, e que o estatuto de cidade concedido a Norrtälje, em 1622, foi uma decepção. Uma fábrica de espingardas foi construída e vários ferreiros chegaram da Alemanha. Até aí tudo bem, porque eles tinham chapéus divertidos de pala larga que eu podia derrubar. Mas logo o foco passou do mar para o rio, que oferecia a energia necessária para a fábrica e para os moinhos.

Um rio! Chamavam-no de "sangue e coração de Norrtälje" e "bênção de Deus para os habitantes de Norrtälje". Um rio! O que tenho a ver com um rio? Nada! Posso encrespar a superfície das águas e jogar as folhas das árvores lá dentro, mas, ao contrário do mar, o rio é *autossuficiente* de uma forma muito irritante. A pesca e o tráfego marítimo continuaram, e eu não cheguei a ser esquecido, porém, minha importância diminuiu bastante, e já não se faziam mais cultos para me apaziguar.

Talvez por isso eu não tenha feito nada quando os russos chegaram, em 1719. Teria sido fácil soprar em direção ao oriente e empurrar a esquadra de volta. Em vez disso, ofereci um vento favorável, e, quando eles tocaram fogo na cidade, eu passeei entre as construções para oferecer alimento às chamas. Pode ter sido uma vingança exagerada, mas eu tenho uma natureza intensa.

Muito bem. Aos poucos, a cidade foi reconstruída e o tempo dessa minha primeira fala está chegando ao fim. Antes de amainar, no entanto, quero fazer um breve comentário sobre um dos últimos períodos na longa história da cidade, a saber, a época das piscinas. Hoje parece inacreditável, mas houve um período, entre o século XIX e o início do século XX, em que Norrtälje foi o principal balneário da costa leste.

Ah! Quando as mulheres desciam do *SS Rex* e de outras embarcações no cais do porto havia muitos chapéus largos que eu sentia vontade de derrubar! Mulheres e homens de roupas elegantes marchavam sobre a recém-construída Societetsbron, em direção ao Societetsparken, onde ficava a Societetshuset. Sociedade por todos os lados! Tomava-se banho de água fria, banho de água quente e de lama, e, ao final da tarde, havia concertos ao ar livre durante os quais eu podia soprar partituras, entrar por baixo dos vestidos largos das mulheres e fazer cócegas nas bem-cuidadas barbas dos homens. Bons tempos!

Mas, aos poucos, a lama com propriedades milagrosas caiu no esquecimento. Os barcos pararam de chegar e a Societetshuset foi demolida. Hoje em dia, quando ando pelo Societetsparken, vejo pessoas com carrinhos de bebê e jovens e idosos com os olhares fixos em pequenas telas. Meu único consolo é uma grande veleta que foi erguida em minha honra.

Mas novos tempos estão chegando! Um navio se aproxima do porto, um grande navio de carga que trará grandes mudanças. Minha natureza é volúvel e eu adoro as mudanças e até mesmo o caos. Minha hora chegou.

NADA ACONTECE POR AQUI

1

Duas mulheres chegam caminhando pelos gramados onde, em outros tempos, ficava o campo de pouso de Norrtälje. Ao se aproximar da casamata erguida a fim de proteger o campo de pouso, uma das mulheres pega o celular. É Siw, que vimos pela última vez em frente à biblioteca, quando evitou uma tragédia predestinada a acontecer. Naquele instante, a mesma mão que, há dezesseis anos, segurou o pegador de um carrinho de bebê se movimenta depressa sobre a tela enquanto Siw manipula personagens de fantasia.

Siw engordou e, a essa altura, seria razoável dizer que se encontra acima do peso. O jeito levemente estiloso que tinha aos doze anos foi deixado de lado, e hoje ela usa um par de calças cinza folgadas e um moletom preto desbotado onde mal se podia ler uma frase sobre o amor. Nos pés, ela calçava sandálias. Os cabelos estavam tingidos de preto, com raízes de um centímetro na cor natural.

De certa forma, é decepcionante reencontrar Siw dessa maneira. Seria fácil imaginar que estava predestinada a fazer grandes coisas, mas parece que, desde então, a vida havia lhe pregado umas peças. Nesse momento, o olhar que corre pela tela é atento e concentrado, não parece haver nenhum tipo de intimidação naquela linguagem corporal e, afinal, o que sabemos sobre a determinação de outra pessoa? O futuro ainda pode trazer grandes acontecimentos para a nossa Siw.

A outra mulher se chama Anna. Ela tem a idade de Siw e está claramente incomodada com a ocupação da amiga. Revira os olhos e puxa irritada a tira da pequena mochila que carrega sobre o ombro.

— Será que você não pode *largar essa merda* nem que seja uma única vez? — pergunta ela. — Sinto como se eu fosse amiga de um Pokézumbi.

— Já vai — responde Siw. — Estou quase.

Siw rola a lista, encontra o Snorlax gorducho e o coloca no ginásio localizado na casamata. Já entendemos que se trata de Pokémon Go, e a coleção de Siw é bem extensa, uma vez que ela está no nível 35. Anna aponta para o Snorlax e diz:

— É assim que a gente vai acabar se não tomarmos jeito.

Como os meninos que vimos, essas duas amigas são muito parecidas. Anna também está acima do peso. Deve estar uns vinte quilos acima do peso ideal. Anna também tem os cabelos tingidos de preto, mas é um pouco mais cuidadosa do que Siw no que diz respeito às raízes. As duas mulheres têm mais ou menos a mesma altura, ou talvez fosse melhor dizer baixura. Mas as semelhanças acabam por aí.

Os olhos de Anna são verdes e um pouco saltados, o que lhe confere uma expressão desafiadora, para não dizer atrevida, reforçada pelos lábios carnudos e pela boca larga, que, em repouso, formam um pequeno sorriso irônico. O nariz é grande e um pouco arrebitado, de maneira que é possível ver as narinas. Não se poderia descrevê-la como bonita, mas ela tem uma aparência *marcante*. Ela tem um excesso de tudo. O quadril é largo e os seios balançam enquanto ela caminha. Não haveria como *não* prestar atenção a ela.

Siw carrega uma mochila com roupas de treino, porque as amigas estão a caminho da academia Friskis & Svettis. Enquanto as duas caminham, Siw olha para o relógio do telefone, vê que são pouco mais de cinco horas e diz:

— Hoje vou fazer um treino curto. Tenho que buscar a Alva às seis horas.

— Claro — diz Anna. — Só não esquece de ficar de olho. Pode ser que apareçam uns sarados de roupa justinha.

— Espero que não.

— Como assim?

— Você por acaso *quer* isso? Que tenha vários desses caras tipo, marombados, e garotas também, para ficarem nos olhando enquanto a gente... quica ao redor?

— Não se preocupe. A gente não aguenta mais do que dez minutos antes de cair dura no chão. Não importa o que aconteça, não vai demorar muito.

Siw rói a unha do polegar e os olhos brilham de leve quando ela diz:

— Na verdade, eu tô *bem a fim* desse negócio. Quero me aventurar um pouco.

— Então se aventure — diz Anna, que a seguir para e dá um tapa na testa.
— Merda!

— O que foi?

Anna aponta para o estacionamento em frente à Friskis, que está cheio de tendas com lâmpadas que iluminam aquele fim de tarde em setembro.

— Eu tinha prometido ajudar a minha irmã. Que horas você disse que são? Cinco? Vou ter que deixar isso pra depois. Agora eu preciso ir lá dar um alô.

Siw e Anna se movimentam em meio à nuvem de aromas de algodão-doce, cachorro-quente e caramelos, passam em frente às bancas que oferecem capas para celular, paus de selfie, camisetas festivas e pantufas de couro de carneiro para enfim pararem em frente a uma banca com suvenires americanos.

No mais genuíno espírito americano de exagero, Lotta, a irmã mais velha de Anna, encheu o espaço que ocupava com bugigangas que faziam referência a uma época dos Estados Unidos que já não existe mais. Havia réplicas em plástico de carros dos anos 1950, bustos de Elvis em baquelite, cofrinhos em forma de jukebox, latas de brilhantina e pentes de aço. Na parede de trás havia uma grande bandeira dos estados confederados, e nos alto-falantes se ouvia: "I Walk the Line" na voz de Johnny Cash.

No meio de tudo estava Lotta, que media um metro e noventa centímetros e mal cabia embaixo do teto de lona. Os cabelos naturalmente pretos estavam reunidos numa trança agressiva, que descia pelos ombros como uma mamba pronta para dar o bote. Lotta encara Anna com um olhar azedo quando ela se aproxima.

— Por onde foi que você andou, sua vaca? — pergunta Lotta enquanto abre a mão surpreendentemente pequena em relação ao corpo. — Tive que fazer tudo sozinha! Oi, Siw.

Siw acena com a cabeça e abre um sorriso contido. Durante a juventude, ela, às vezes, ia à casa de Anna, nos arredores de Rimbo, e sempre havia sentido um leve tremor em meio à família da amiga. Anna tem dois irmãos e duas irmãs, todos altos como o pai.

— Ele devia estar doente no dia em que me fez, como diz Anna, a exceção.

Ela se parece mais com a mãe, que tem estatura média, mas compensa essa diferença usando um linguajar ríspido, que, em outras épocas, deixava Siw apavorada.

— Eu cheguei meio tarde — diz Anna, apontando o rosto em direção à Friskis. — Eu e a Siw vamos treinar.

— *Treino?* — pergunta Lotta. — O que diabos você pretende com um *treino?* Se quiser levantar peso, tem bastante por aqui.

— Talvez existam pessoas que se importam com a aparência que têm — diz Anna, indicando a barriga de Lotta, que se avoluma por baixo da camisa de faroeste com detalhes em metal. Lotta põe as mãos nas laterais do corpo e encolhe um pouco a barriga.

— Quê, você tá me chamando de feia?

— Não, só tô dizendo que você é uma desleixada. Nos vemos mais tarde.

— Vai à merda.

Esse era o tom habitual na família de Anna, onde a mãe era ainda pior. Siw jamais havia se acostumado. As conversas à mesa de jantar muitas vezes a levavam a se sentir constrangida. Na frente da mãe, Siw havia justificado o linguajar de Anna dizendo que o tom na família dela era "ríspido, mas de coração", embora, na verdade, não houvesse muito coração nas coisas que eles diziam uns para os outros.

De qualquer forma, Anna era a que demonstrava o maior cuidado na forma de se expressar, talvez graças à convivência com Siw.

As duas entram na Friskis lado a lado. Na parede de concreto, dois metros à direita, alguém havia pichado "Balé das gorduchas" na porta.

2

— Mãe, posso abrir?

Siw pega a chave presa a um disco de madeira que tem a palavra "Casa" gravada e a entrega para Alva, que precisa ficar na ponta dos pés para alcançar a fechadura. Siw faz uma careta quando Alva aplica força na chave para conseguir virá-la, mas decide não intervir. Por fim, a lingueta se abre e Siw pode respirar sossegada. Ela tira a chave da fechadura e discretamente constata que não foi entortada quando Alva destrancou a porta.

O cheiro que significa *casa* envolve Siw assim que ela entra no corredor. Ela fecha a porta e é como se uma corda tensionada no peito enfim relaxasse. Pendura a chave no gancho apropriado e aponta para os calçados que Alva tirou dos pés, e a seguir para a sapateira. Enquanto Alva põe os calçados no lugar, ela pergunta:

— Por que os sapatos têm que ficar na sapateira?

— É o que diz o nome, não é?! A sapateira é o lugar dos sapatos.

Alva franze as sobrancelhas e, em seguida, faz um gesto afirmativo com a cabeça. A explicação se conforma à maneira como vê o mundo e, pelo menos, dessa vez Alva não pede mais nenhuma explicação. Em vez disso pergunta:

— O que vamos jantar?

— Almôndegas e purê.

— Purê *de verdade?*

— É. E almôndegas de verdade!

— Oba! Que bom.

Alva tem ideias muito bem-definidas sobre como as coisas devem ser. Purê "de verdade" é purê em pó, já que purê caseiro pode conter pedacinhos inteiros de batata e, portanto, está errado. Almôndegas "de verdade" também são difíceis de preparar porque almôndegas *de verdade* são pequenas e perfeitamente esféricas. Mostarda só é mostarda se vier num frasco plástico. E assim por diante.

Alva desaparece no quarto enquanto Siw desfaz a mochila de treino. A única umidade nas roupas vem da toalha, porque ela não fez esforço suficiente para sequer começar a suar. No dia a dia, os músculos cumpriam bem as funções, mas presos aos aparelhos logo entregavam os pontos e se recusavam a continuar. O uso cotidiano dos músculos consistia principalmente em passar itens no leitor magnético, e assim Siw era forte nas mãos e nos braços e em praticamente mais nada.

Ao pendurar a toalha no banheiro, ela descobre que, apesar da brevidade do treino, está com dificuldade para levantar os braços. Mas esse é um bom sinal, não? Alguma coisa está acontecendo.

A caminho da cozinha, ela para e lança um olhar em direção à cozinha. Ela adora aquele apartamento, mas, acima de tudo, adora a sala. No sofá havia um patchwork colorido, na mesa de centro havia três pequenas velas e outras se espalhavam por cima de armários e estantes. Cantarolando a melodia de "Brännö serenad" — Siw acende as velas em cima da mesa com um acendedor comprido que, assim como o gancho da chave, tem um lugar apropriado. Se o apartamento de Siw fosse descrito em uma única palavra, essa palavra seria *funcional.* Cada coisa tinha o seu lugar, e não havia nenhum tipo de extravagância.

Mas e a cadeira de balanço no canto? A cadeira tem uma decoração floral que parece ser pintada à mão. Aquela tinha sido uma peça herdada quando a vó foi morar em uma casa de repouso, porque a casa da vó tinha sido o lugar favorito de Siw durante a infância. Há um cesto de tricô no chão, e Siw promete a si mesma que enfim começará a fazer o blusão de Alva.

Siw se imagina sentada sobre a cadeira de balanço com diversas velas acesas, ouvindo apenas os cliques silenciosos das agulhas, enquanto Håkan canta baixinho nos alto-falantes. Uma onda suave de bem-estar passa dentro de Siw e ela sorri e balança a cabeça para si.

Você não precisa de muita coisa, Siw.

E não precisa mesmo. Mesmo que houvesse problemas na vida de Siw, ela havia conseguido *se endireitar,* aceitar quem era, o que era, e assim cuidar de tudo. Nesse sentido, ela era uma *bonne vivante.*

Alva examina o purê, à caça de pedacinhos. Ao perceber que não encontrará nenhum, ela espeta uma almôndega com o garfo e a observa a partir de vários ângulos para então dizer:

— Essa aqui não tá bem redonda.

— Vamos ter que registrar uma queixa.

— Vamos ter que o quê?

— Vamos colocar a almôndega num envelope e mandar ela de volta pra fábrica da Findus com um bilhete dizendo: *Estamos devolvendo essa almôndega defeituosa. Mandem outra para a gente.* Isso é registrar uma queixa.

— Não dá pra mandar uma almôndega num envelope. Não tem como.

— É verdade. Me dá essa almôndega, então.

Alva estende o garfo e balança a cabeça ao constatar a estupidez da mãe. Depois de mastigar e engolir, Siw diz:

— Você tinha razão. Não tava bem redonda. O gosto tava terrível.

— Mãe, não seja *irônica*.

— Desculpa.

Siw não poderia dizer que entende a filha. Por um lado, Alva é uma menina cheia de fantasia que inventa histórias bastante elaboradas com os bichos de pelúcia, mas por outro é rígida como uma pietista e não aceita nenhum tipo de transgressão no que diz respeito aos ditames da realidade. Esse é um equilíbrio que Siw às vezes perturba.

Alva é baixinha e esguia, e tem ombros que parecem bolinhas frágeis por baixo da camiseta de *Frozen*. Os cabelos castanhos estão presos em duas trancinhas finas que emolduram um rosto pequeno de queixo marcado e nariz fino. Os olhos azuis estão com frequência apertados, e no geral Alva tem uma aparência *afiada*, como se pudesse cortar aqueles que não tomam o devido cuidado. Ela tem sete anos de idade.

— Aconteceu alguma coisa hoje? — pergunta Siw.

Alva olha para Siw e dá a impressão de ter decidido que a mãe podia ser desculpada pela ironia, e então diz:

— O pai da Milla não está em casa porque ele caiu do telhado e está no hospital.

— Nossa! — diz Siw. — O que ele estava fazendo no...?

— O meu pai ficou no hospital? — a interrompeu Alva.

Siw suspirou. Tudo outra vez. Ela responde:

— Não. Eu já contei pra você. Ele desapareceu.

— Mas e *antes* de desaparecer?

— Não. Ele simplesmente desapareceu.

— Mas *pra onde* ele desapareceu?

— Ninguém sabe.

— Nem a mãe e o pai dele, que são a minha vó e o meu vô?

— Não, eu também já expliquei que não. Eles já morreram.

As duas já tiveram inúmeras variações dessa mesma conversa desde que Alva cresceu o suficiente para entender que era estranho não ter pai. Como também já havia recebido a mesma pergunta de conhecidos adultos, Siw havia elaborado uma história que poderia ser oferecida a Alva em doses adequadas. Segundo essa história, o pai dela era um finlandês que Siw havia conhecido em um cruzeiro — um homem que mais tarde fora impossível rastrear.

Às vezes ela se incomodava com o orgulho de Alva ao dizer que era meio finlandesa, mas não havia o que fazer. Pelo menos, aquilo era melhor do que a verdade.

Para o alívio de Siw, Alva deu a impressão de perceber que o assunto por ora havia se esgotado, porque ela olhou para Siw e perguntou:

— Por que o seu cabelo tá molhado?

— Eu tava no treino.

— Treino de quê?

— Treino de força.

— Pra ficar mais forte?

— É. E emagrecer um pouco, também.

Alva aperta os olhos como se estivesse medindo Siw e julga improvável que ela passe a ter proporções diferentes das que tem naquele momento. Quando termina de medi-la, Alva diz:

— Não é meio... desnecessário?

Siw quase se engasga e se sente prestes a cuspir a massa que tem na boca, mas consegue engolir aquilo enquanto solta o ar pelo nariz. Quando torna a erguer o rosto, ela percebe que Alva a encara com uma expressão grave. Alva não gosta quando riem sem que ela tenha contado uma piada.

— Desculpa — diz Siw. — A tia Anna também estava junto.

Alva gosta muito de Anna, e Siw espera que a menção à amiga possa melhorar a situação, mas Alva não dá o braço a torcer. Ela franze as sobrancelhas ainda mais, cruza os braços e pergunta:

— Por que você faz *tudo* com a tia Anna?

— Porque ela é a minha melhor amiga.

A expressão de Alva se acalma um pouco.

— E ela *sempre* foi a sua melhor amiga?

— Não. Nós só nos conhecemos no sétimo ano.

— Quando vocês já eram velhas.

— Não muito velhas. Eu tinha treze anos.

— E o que vocês faziam? Quando vocês se conheceram?

3

Siw tinha um lugar favorito durante os recreios. Uma semana depois do acontecido em frente à biblioteca, estava como de costume sentada no "seu" sofá no canto da sala de convívio, onde três conjuntos de estofados em lona se espalhavam pelo espaço sem janelas que mais parecia uma cruza de bunker com sala de espera. No teto havia lâmpadas fluorescentes. Nas paredes, pôsteres sobre os perigos das drogas e do sexo sem proteção. Numa das imagens, que mostrava uma menina em uma praia acompanhada do texto: "Namoro de verão? Não esqueça da camisinha!", tinham desenhado um enorme pau ereto, com direito a penteado de verão e tudo mais, que ia ao encontro da menina.

Siw tinha um exemplar encadernado de *Crime e castigo* no colo, acima de tudo pelas aparências. Ela gostaria de um dia ser a menina que lê autores russos durante o recreio, mas, até aquele momento, o livro não havia sido mais do que um pretexto para ficar sentada no canto, observando. De vez em quando, ela lia um trecho sem entender direito como os episódios se encaixavam. A mãe havia tentado convencê-la a ler aquele romance e Siw o havia retirado, acima de tudo porque gostava do *peso físico* do volume.

Siw não era vítima de bullying, mesmo que às vezes ouvisse provocações em razão do peso, mas também não era lá muito versada nos códigos sociais exigidos para garantir um lugar central no palco formado pelo conjunto de estofados, e assim permanecia nos bastidores, observando as façanhas dos atores principais. Como Anna.

Mesmo que tivesse chegado à turma só há um mês, e ainda por cima vinda de *Rimbo,* Anna já havia ganhado um bando de seguidores que se reuniam ao redor de seus lábios carnudos para ouvi-la debochar dos professores, de outros alunos, de Rimbo e de si mesma. Anna tinha a boca grande, tanto em sentido literal como metafórico, e Siw a considerava ao mesmo tempo repulsiva e fascinante. Até aquele momento, as duas não haviam trocado nenhuma palavra.

Para variar um pouco, não era Anna que estava falando, mas Sofi, uma menina de cabelos volumosos e espevitados que poderia ter aparecido num vídeo dos anos 1980 e que, na opinião de Siw, tinha o nível de inteligência de uma bomba de chocolate. Com as mãos fazendo gestos desenfreados e com a voz esganiçada, Sofi narrava um episódio que havia acontecido no ponto de ônibus durante o fim de semana.

— E aí ele ficou lá me encarando, e aí eu tipo, *qual é a tua,* e ele tipo...

Sem perceber, Siw revirou os olhos e balançou a cabeça antes de voltar a atenção mais uma vez ao livro. Logo uma voz totalmente distinta ecoou pela sala.

— Ei! Você! — Siw ergueu o rosto e se viu capturada pelos holofotes nos olhos de Anna. Ela ergueu as sobrancelhas, desconfiada.

— É! Você mesma! — gritou Anna. — Qual é o seu nome?

— Siw — respondeu Siw, tentando manter o controle sobre a voz.

— *Siw* — repetiu Anna, como se o nome causasse dor em sua boca. — Você notou algum problema com as coisas que estamos dizendo? Será que não estamos falando de um jeito *boniiito, Siiiiw?*

— Por mim vocês podem falar como bem entenderem.

— Podemos mesmo? Muito obrigada, *Siiiw,* por ser tão *boaziiiiinha.*

As outras meninas riram em voz alta e Siw baixou o rosto em direção ao livro sentindo as bochechas levemente coradas. Ela não era a primeira a ser ridicularizada por Anna, que lançava ataques contra tudo e todos, mas até então havia conseguido se manter em segundo plano.

A popularidade repentina de Anna podia em parte ser explicada pelo fato de que havia chegado à Grindskolan com uma *reputação*. Apesar de ter apenas catorze anos, ela já havia rodado uma vez, e diziam que costumava beber e transar e que todos em Rimbo com menos de dezoito anos sentiam medo dela. Entre seus feitos, esmurrara um menino que havia passado de *moped* e feito comentários escrotos. O menino caiu e sofreu traumatismo craniano. Esse tipo de coisa. Além do mais, ela vinha de uma família que também carregava uma certa fama, mas, quanto a essa parte, Siw não estava muito bem informada. De qualquer modo, eram histórias ligadas a crime.

Siw decidiu que, durante o restante do recreio, não tiraria os olhos do livro para não se expor outra vez àquela fúria. Depois de um tempo, conseguiu até mesmo se concentrar no livro. Havia um Marmeládov que lamentava a própria miséria. Depois, alguém dizia algo para o sujeito que devia ser Marmeládov, mas de repente ele tinha outro nome. Isso acontecia toda hora e tornava ainda mais difícil para Siw acompanhar a história. Todos os personagens davam a impressão de ter três nomes.

Siw voltou às primeiras páginas, onde havia um índice de nomes. De repente ela ouviu uma voz mais acima, de menino.

— Ei, será que você pode sair daí?

Robert estava na frente dela com um laptop aberto nas mãos. Ele era da turma paralela, tinha um monte de espinhas e usava um penteado cheio de pontas e uma camiseta com os dizeres "Fuck the law" [Foda-se a lei], embora Siw tivesse a ideia de que o pai dele era policial. Ou talvez fosse por isso mesmo. Siw ficou olhando para ele.

— Ei, gorducha, me escute — disse Robert, mostrando o computador. — Preciso de um lugar. Será que dá pra tirar essa bunda gorda daí?

Siw continuou encarando Robert sem dizer nada. Em seguida, outra voz interrompeu o zunzum:

— Ei! Ei! Cara de pizza!

O zunzum parou de repente. Robert se virou devagar, fechou o laptop e deu dois passos em direção a Anna. Ele era quinze centímetros mais alto e vinte quilos mais pesado do que ela.

— É *comigo* que você tá falando desse jeito?

Anna fez um gesto afirmativo e apontou para a virilha dele.

— Eu só queria dizer que seu zíper tá aberto.

Robert tentou resistir, mas não pôde conter um olhar para baixo. No mesmo instante em que o pescoço dele se curvou, disse Anna:

— Ah! Agora já está fechado! Que zíper é esse, criatura? Foi você mesmo que o costurou?

Robert mastigou em seco e bufou:

— Ah, sua...

Anna se levantou e ficou a um passo de distância de Robert. Ela esticou o queixo e disse:

— Fale, vamos. Fale. *Fale a palavra.* Se você tiver coragem.

A sala de descanso estava em silêncio e os olhares estavam todos voltados para Robert — para ver se teria coragem de dizer a palavra a Anna e por extensão a toda a família dela. *Aquela* família. Robert fez um gesto brusco com a cabeça e mexeu os lábios como se estivesse cuspindo, e logo saiu da sala acompanhado por inúmeras gargalhadas da trupe de Anna.

Anna lançou um olhar sombrio na direção de Siw, que disse:

— Obrigada, mas não, obrigada.

— Que diabos você quer dizer?

— Que eu posso me virar sozinha.

— Ah, é bem o que parece, claro.

Anna voltou a falar com seu grupo e Siw ouviu comentários no estilo "ela se acha demais" e "sabichona". Siw mais uma vez retornou a Marmeládov. Que nome de merda.

O sinal bateu. Siw levou trinta segundos para terminar de ler aquela passagem. Quando tornou a erguer os olhos, a sala estava vazia, a não ser por Anna, que continuava sentada, olhando para ela. Quando as duas fizeram contato visual, Anna ficou de pé, chegou mais perto e sentou no braço do sofá onde Siw estava.

— Eu quero saber. — disse Anna.

— A aula vai começar.

— Não! Eu quero saber agora. Quero saber *como* você teria se livrado daquele idiota, você que sabe se virar tão bem sozinha. Agora!

Siw suspirou e olhou para o corredor onde já deveria estar. Depois disse:

— Eu teria ficado aqui sentada. E aí ele teria dito: *"Você além de tudo é surda, gorducha?"* ou qualquer outra coisa parecida. E aí eu teria respondido: *"Eu ouvi muito bem o que você disse, mas não sei o que significa".* E aí ele teria dito mais isso ou aquilo e eu continuaria respondendo que não entendia nada. Até ele se cansar e desistir.

Anna ouviu Siw com os olhos cada vez mais arregalados. Quando ela terminou, Anna disse:

— Essa foi a coisa mais idiota que eu ouvi em toda a minha vida.

— Como assim?

— Você precisa esmagá-lo, sabe? Senão ele simplesmente vai continuar fazendo essas coisas.

— Mas não por muito tempo. Todo mundo se cansa em algum momento.

Anna se inclinou para a frente, apoiou os cotovelos em cima dos joelhos e examinou Siw com tanta atenção que ela sentiu como se estivesse nua, sem coragem de se levantar e assim revelar o próprio corpo. No fim, Anna fez um gesto afirmativo para si e perguntou:

— Você por acaso não é meio psicopata? É, não é?

— É, pode ser.

— Bom saber. O que você tá lendo aí?

Siw mostrou a capa. Ela acompanhou o olhar de Anna e percebeu que Anna havia lido o título sem fazer nenhuma objeção. Depois, o olhar chegou ao nome do autor, e então os lábios dela se moveram. *Fiódor Dostoiévski.* Anna balançou a cabeça e disse:

— Putz.

Então se levantou e foi embora.

Mesmo assim, era certo que alguma coisa havia acontecido naquele momento. Depois daquele dia, Siw e Anna passaram a fazer cumprimentos de cabeça ao passar uma pela outra, mas ainda seriam precisos outros dez dias até que tornassem a se falar. Siw estava na biblioteca estudando para uma prova de matemática quando Anna se atirou em uma cadeira no lado oposto da mesa. Um cheiro de Juicy soprou no rosto de Siw quando Anna abriu a boca.

— Oi. O que você tá fazendo?

— Estudando pra prova de matemática — disse Siw. — Não tá dando muito certo.

— Mas então — introduziu Anna —, o que são esses negócios aí? Seno, cosseno e não sei que mais? Anna mastigava o chiclete e olhava para Siw por baixo da franja, como se a próxima fala fosse dela.

Siw apoiou o queixo na mão e esperou. Anna tamborilou os dedos em cima da mesa. As unhas curtas estavam pintadas com um esmalte vermelho descascado, e ela havia passado a maquiagem de um jeito rústico e apressado, mais como pintura de guerra do que como um item de beleza. Depois de tamborilar os dedos por um tempo, ela perguntou:

— O que é uma *resenha*?

— Como assim?

— Isso mesmo que eu perguntei. A gente tem que escrever uma resenha pra aula de sueco.

— Que negócio é esse?

— Uma resenha de livro.

Anna estava olhando fixamente para Siw quando a língua dela saiu da boca e umedeceu-lhe os lábios.

— Dá pra sentir a tensão no ar.

Siw ergueu as mãos. Ela não achava que Anna fosse bater nela, mas adotou um tom mais pedagógico e disse:

— Uma resenha de livro é quando você escreve o que achou de um livro. Um livro que você leu. A gente aprendeu com o Göran. Como fazer e tal.

Göran era o professor de sueco, que havia dado uma explicação bem detalhada sobre os aspectos mais importantes de uma resenha. Anna balançou a cabeça.

— Eu não ouvi. Estava chato demais.

— Tudo bem. Você tem um livro, pelo menos?

Anna abriu a bolsa de pele de leopardo falsa em estilo Hermès que usava como mochila escolar, pegou um livro de bolso e jogou-o em cima da mesa. Era *Hummelhonung* [*O mel da mamangava*], o romance de Torgny Lindgren. Siw folheou o livro e percebeu que fora escrito numa linguagem antiga e rebuscada.

— Por que você escolheu justamente esse? — perguntou Siw.

— Porque era curto. Você já leu?

— Não. Você?

— Um pouco. Mas é muito bizarro. Tipo, não acontece nada. E eu tenho problema pra me concentrar.

Anna pegou o livrinho e encarou a capa com um olhar hostil, como se o próprio Torgny Lindgren fosse culpado por aquelas dificuldades. Siw ficou esperando. Por fim, Anna largou o livro e olhou para Siw de um jeito inesperadamente *tímido* enquanto fazia um gesto como se estivesse colocando cartas em cima mesa, então disse:

— Bem, eu vou contar pra você. Eu decidi que quero... tomar jeito. Na escola, até hoje, eu fiquei de bobeira, sabe? Nunca dei a mínima pra nada. Mas agora eu quero ao menos *tentar* fazer alguma coisa.

— E aí você resolveu falar comigo.

— É. Afinal, você é a fodona psicopata que lê Fioskodosko e não sei o que mais. Com quem mais você queria que eu falasse? Ninguém que eu conheço entende dessas coisas.

— Pra ser bem sincera — disse Siw —, eu nem li tanto Fioskodosko assim. Eu fico com aquele livro mais pelas aparências.

— Tá, tá, mas você leu vários livros, enfim. Você sabe o que é uma resenha.

— Sei.

Siw havia acabado de escrever uma resenha de *The Girl Who Loved Tom Gordon* [*A garota que adorava Tom Gordon*, em tradução livre], de Stephen King, que ela também havia escolhido por ser um livro curto, mas, assim mesmo, adorou. Aquela teria sido uma escolha bem melhor para Anna.

Siw anotou certos itens numa folha de papel e os leu em voz alta:

— 1) Dados a respeito do livro (procurar na internet). 2) Um resumo da ação.

3) O que você achou da ação e de como a história é narrada. 4) Considerações finais e conclusão.

Anna afundou no sofá enquanto ouvia Siw falar. Quando Siw terminou, ela disse:

— Eu te pago cem coroas se você escrever pra mim.

— Não.

— Duzentas, então?

— Não. Mas eu posso ajudar você.

— Merda. Por que será que eu sabia que você ia dizer isso?

— Porque você me viu como a pessoa bondosa e gentil que eu sou.

Anna soltou uma gargalhada.

— Nem vem! Você é uma louca psicopata, isso sim.

— Vou entender isso como um elogio.

— Mas é um elogio.

Enquanto Siw pegava coisas do armário na manhã seguinte, de repente ouviu a voz de Anna:

— Ei, louca psicopata!

Siw se virou e tentou abrir o mesmo sorriso passivo-agressivo de Robert De Niro em *Taxi Driver*, e então disse:

— *You talkin' to me?* [*Tá falando comigo?*]

Encantada, Anna bateu palmas.

— *Você viu?* Esse filme é muito top, né?

Siw ainda não estava acostumada a ouvir aquela gíria, mas repetiu:

— É, é bem top. Quando foi que você assistiu?

— O meu irmão mais velho assistia. É tipo o filme favorito dele. Esse e *O Massacre da Serra Elétrica*. Você já viu?

— Nah, mas eu vi *O Poderoso Chefão*.

— Uma correção. *Esse* é o filme favorito dele. — Anna deu um passo para trás e examinou Siw como se ela fosse um quebra-cabeça para o qual houvessem surgido novas peças que exigiam uma nova avaliação de como o todo deveria ser encarado.

Por sorte, naquele dia, Siw estava usando o antigo casaco da vó e, segundo imaginava, tinha um visual muito da hora. Anna fez um gesto afirmativo com a cabeça e disse:

— Você é a única menina que eu conheço que viu *Taxi Driver*. A não ser pela minha irmã mais velha, claro.

— Quantos irmãos você tem?

Anna fez uma careta e contou nos dedos da mão.

— Uma irmã mais nova e outra mais velha. Um irmão mais novo e outro mais velho. Eu sou tipo a do meio. Você tem irmãos?

— Não.

— Sorte sua. Mas escuta, aquele papo da resenha...

— Que que tem?

Uma dose da agressividade que era a essência de Anna reapareceu na postura e ela olhou para Siw com o mesmo olhar que havia lançado em direção a Torgny Lindgren. Siw pressentiu que Anna era uma pessoa que tinha muita dificuldade para *pedir* uma coisa sem acabar irritada, e assim Siw tratou de ajudá-la a engatar.

— Se você precisa de ajuda, eu posso ajudar. Como eu disse.

Anna a encarou com um olhar duro sem assumir nenhum tipo de responsabilidade por aquela pergunta, que tecnicamente ela não havia feito, o que levou Siw a insistir:

— A data de entrega é depois de amanhã, então... se você quiser aparecer na minha casa depois da aula, a gente pode dar um jeito nisso.

— Hoje eu não posso. Dá pra ser amanhã?

— Claro. Pode ser sim.

— Você não tem vida, né?

Siw olhou para Anna com uma expressão que a levou a fazer um gesto sugerindo que esquecesse aquilo.

— Desculpa, não foi o que eu quis dizer. Eu posso levar *O Massacre da Serra Elétrica*. Deixamos combinado assim?

— É. Está combinado.

* * *

Os braços do homem são repletos de tatuagens. Monstros e demônios ao lado dos nomes dos filhos. As costas são cobertas por uma reprodução bem-feita: a ilustração de Doré para a árvore dos mortos no Inferno de Dante. Ao sair do vestiário da academia, ele olha para os três desconhecidos que estão se trocando.

— *Um bom fim de semana pra vocês* — *diz ele. Depois vai embora.*

VENCEDORES E PERDEDORES

1

A palavra *nerds* ocorreria naturalmente a quem observasse os dois rapazes no circuito de minigolfe. Eles usam tacos próprios e cada um tem uma bolsa onde estão bolas com diferentes níveis de rigidez e compressão. Parecem estar muito concentrados na partida, a despeito do que os outros pensem — mas assim mesmo o *cool factor* daquilo é próximo de zero. Os dois já têm quase trinta anos e provavelmente deixaram esse tipo de pensamento para trás, porque de outra forma jamais estariam numa pista de minigolfe em uma tarde de sábado em setembro.

Os homens balbuciam sozinhos e fazem comentários sobre as tacadas um do outro. No mais, não haveria muita coisa capaz de chamar a atenção se já não os tivéssemos encontrado antes. Claro que esses são Max e Johan, nossos intrépidos alpinistas de silo, que encontramos dezesseis anos mais tarde, numa época em que o silo fora desmontado para dar lugar porto de Norrtälje seis meses atrás.

É preciso deixar claro que os dois são bons. São no máximo duas ou três tacadas por buraco, e de vez em quando um *hole in one*. Os dois parecem haver jogado muito. Vejamos o que podemos aprender observando o estilo de cada um.

Johan parece decidido e tem uma expressão melancólica, como se o jogo o atormentasse. Passa um bom tempo medindo as distâncias antes de dar a tacada, e, se o resultado é ruim, ele acena a cabeça com os lábios apertados, como se não esperasse outra coisa. Ele põe a bola a rolar e usa o corpo inteiro nesse movimento. Nem mesmo quando faz um hole in one numa pista difícil Johan demonstra empolgação.

O estilo de Max é um mais convulsivo. Ele não usa o corpo inteiro na tacada como Johan. Faz caretas e suspira quando joga mal, e brande o punho fechado quando joga bem. Quando, a certa altura, dá uma tacada realmente desastrada ele parece quase jogar o taco longe, mesmo que o taco pareça mais novo e mais caro que o de Johan.

É surpreendente encontrá-los aqui, especialmente Max. Pelo que vimos do caráter e da família dele naquela história do silo, talvez fosse possível imaginar que aos vinte e nove anos ele seria um sujeito bem-arranjado com um futuro promissor. Que o caminho dele e o de Johan haveriam tomado rumos muito diferentes anos atrás, como muitas vezes acontece com amigos de infância que têm histórias de vida muito diferentes. Mas naquele momento ambos estão lá, como únicos jogadores do Norrtälje Bangolf numa bela tarde de sábado, e assim podemos nos perguntar o que os levou a chegar a esse ponto. Vamos dar uma olhada mais de perto.

Os dois ainda são altos e magros. Sem parecer exatamente musculoso, Max tem uma boa forma física, realçada por um bronzeado notável. Johan continua sendo o fiapo que era quando menino, e além do mais tem a pele tão pálida que aquilo poderia ser considerado uma façanha ao fim do verão ensolarado. Max tem cabelos curtos, enquanto Johan prende os cabelos longos e ralos com um rabicó.

O olhar de Johan tem um jeito desiludido, como se já tivesse visto de tudo. Não devemos tirar conclusões apressadas, porém mais do que tristeza, podemos imaginar uma certa *amargura* naqueles olhos. Quando voltamos a nossa atenção para Max, quase levamos um susto. Os grandes olhos azuis são impressionantes em si mesmos, mas aquela expressão! É como se houvesse uma fina membrana por cima dos olhos, como se vê nas pessoas que beberam demais. Max não está sob o efeito de nenhuma substância, mas assim mesmo tem um olhar *sonhador*. O que seria? Não podemos saber com certeza, mas pode haver um elemento de loucura naquele olhar, ou talvez uma mágoa intensa e guardada.

A bola de Max se choca contra o final da pista e segue em direção ao buraco. Ao se aproximar, faz uma curva junto à borda e dá a impressão de que pode cair, mas logo segue o curso e desvia para a esquerda.

— Mas que inferno! — grita Max, desferindo um golpe no ar com o taco.

— Eu disse! — exclama Johan. — Era pra você ter pegado o dois.

— Com o dois, eu não teria chegado até o buraco.

— Teria sim.

— *Não teria não.*

— Teria.

— Que merda! Achei que eu teria o melhor desempenho do ano.

— Você devia ter pegado o dois.

Os amigos continuam a discussão até que Max faz um hole in one na pista seguinte e melhora de humor.

Ele apoia o taco no ombro e olha com os olhos apertados para o sol, que se põe atrás dos abetos.

— Você ficou sabendo que o Marko tá vindo pra cá?

Johan, que estava prestes a dar a primeira tacada naquela pista, interrompeu o movimento na metade e ergueu o rosto.

— Pra Norrtälje?

— Aham. Agora, no fim de semana.

— Ele... ele tá vindo morar aqui ou o quê?

Max ri, como se Johan tivesse feito uma piada.

— Não. Eu ficaria bem surpreso se ele fizesse uma coisa dessas. Ele vai ajudar os pais na mudança.

— Pra onde eles vão se mudar?

— Ele comprou uma casa para os pais dele. É perto da casa dos meus pais.

— Caramba. As coisas devem estar indo bem pra ele.

— Meio milhão de bônus. Só esse ano.

Johan digere o comentário enquanto olha para a bola e se demora antes da primeira tacada.

— Como você sabe dessas coisas?

— Ele me ligou. Não ligou pra você?

— Não. Não ligou pra mim.

Johan se concentra na tacada, vira o corpo para o lado, flexiona os joelhos de leve e faz com que o taco acerte a bola em um movimento de arco. Ele erra a rampa e a bola se choca com força contra o fim da pista. Aquilo quase nunca acontece.

— *Você devia ter pegado o dois* — debocha Max, e Johan tem vontade de acertar a cabeça dele com o taco. Mas em vez disso junta a bola para começar outra vez.

2

Dois dias após a escalada do silo, a campainha tocou à tarde na casa de Johan enquanto ele jogava *Zelda: The Wind Waker* no GameCube. A mãe não estava em casa, então ele pausou o jogo para atender. No lado de fora estava Marko.

— Olá — disse Johan.

— Olá — disse Marko, balançando o corpo de um jeito meio constrangido. — O que você tá fazendo?

— Jogando Zelda.

— Será que... eu posso assistir?

Aquela postura cautelosa de Marko era muito diferente do olhar impassível que ostentava na escola. Johan se virou e olhou para dentro do apartamento, onde bugigangas se acumulavam em pilhas e roupas estavam penduradas no encosto de cadeiras. A poeira se enovelava ao longo dos rodapés, e faltavam apenas dois ou três ratos gordos para completar aquela imagem de miséria.

— Não sei — respondeu Johan. — A gente precisa... dar uma arrumada por aqui.

— Não tem problema — disse Marko. — Eu já morei num porão.

Aquela resposta deixou Johan tão desarmado que ele não viu alternativa senão deixar que Marko entrasse.

Marko tirou os calçados e atravessou o corredor sem dar a mínima para a bagunça e sem torcer o nariz para o mau cheiro que vinha da cozinha. Quando entrou na sala, ele se sentou de pernas cruzadas em frente à TV, perto da porta aberta que levava à sacada — o único lugar onde não havia lixo ou roupas. Johan se sentou ao lado dele, pegou o joystick e fez um gesto indicando a tela pausada.

— Você já jogou esse jogo?

Marko balançou a cabeça.

— Num dos acampamentos tinha um PlayStation. Mas eu joguei muito pouco.

— O PlayStation 2?

— Não. O PlayStation normal.

Talvez para aliviar a impressão de dificuldade, Marko apontou em direção ao próprio apartamento e disse:

— Aqui a gente tem uma TV, mas não temos... — Marko fez um pequeno gesto, apertando o polegar contra o indicador.

— ...controle remoto? É assim que se chama?

— É, controle remoto. Isso mesmo.

Johan apontou com a cabeça as pilhas de roupas, toalhas de mão e roupas de cama que se espalhavam por cima do sofá, da mesa e das poltronas.

— Aqui, a gente tem controle remoto — disse ele. — Tá por aí.

Marko riu e Johan voltou ao jogo. Quando estavam juntos, ele e Max costumavam jogar *Super Smash Bros.* ou *Mario Kart,* competindo um contra o outro. Parecia estranho jogar com outra pessoa simplesmente *assistindo,* mas logo Johan se acostumou àquilo e depois de um tempo passou até a gostar. Marko de vez em quando fazia perguntas sobre como certas coisas funcionavam no jogo e Johan explicava.

— Isso é uma flor-bomba. Você tem que se afastar depressa porque senão ela explode e você toma dano.

— Não dá pra guardar?

— Dá, no saco de bombas.

— Saco de bombas?

— É. É um pouco maluco.

Depois que os dois passaram mais um tempo concentrados no jogo, Marko voltou a falar.

— Eu menti. Antes. Ou melhor... Não *menti,* exatamente, mas também não falei a verdade.

— A respeito do quê?

— Eu *sabia* o que você estava fazendo. Eu ouvi. Pela janela da sacada. E bati à sua porta porque eu queria assistir.

— Tudo bem. Tá tudo bem.

— Mesmo assim eu queria que você soubesse.

— Não tem problema. Você fala sueco *muito* bem, sabia?

— Não sei. Com quem eu devo me comparar? Eu falo melhor do que a minha mãe. *Bem* melhor do que o meu pai. E igual à minha irmã menor. Não, melhor, porque eu sei mais palavras do que ela. Mas ela tem uma pronúncia melhor.

— A sua pronúncia é perfeita.

— *Hörovarhepp.*

— Como?

— *Hörovarhepp.* Tô exagerando um pouco, mas, ouvi algo assim.

Johan lançou um olhar em direção a Marko.

— Sabe, não dá pra notar muito na escola, mas... você é um cara legal.

— Valeu — disse Marko, apontando para o cubo azul onde o disco do jogo girava sob uma janelinha na tampa do console. — É seu?

— É.

— Foi um presente?

— Não. Eu mesmo comprei.

— Como você conseguiu dinheiro?

Johan hesitou.

Desde que a mãe havia se aposentado por motivo de doença há cinco anos, a família havia ficado pobre. Não pobre a ponto de ter de revirar o lixo atrás de comida, mas suficientemente pobre para que aquilo tivesse deixado uma marca de vergonha no corpo de Johan. Ele não ganhava nenhum tipo de mesada, e a forma que havia encontrado para ganhar dinheiro era aquela de pessoas pobres, sobre a qual ninguém gosta de falar.

Mas, ao pensar sobre o assunto, Johan percebeu que essas ideias valiam acima de tudo em relação a Max. Com Marko era diferente. Ele parecia ser muito direto, e, além disso, a situação em que vivia não parecia ser muito diferente, então Johan disse:

— Eu junto latinhas e troco no vasilhame.

— Como?

— Eu bato à porta das pessoas. Digo que sou dos escoteiros do mar e que estamos juntando dinheiro pra comprar um barco novo e pergunto se não teriam umas latinhas pra ajudar.

— Escoteiros do mar?

— É. Tipo os escoteiros normais, só que no mar. No início eu dava a mesma explicação falando sobre um time de futebol, mas parece que as pessoas gostam mais dos escoteiros do mar. Por um motivo ou outro.

— Mas... você não é escoteiro do mar?

Johan encarou Marko. Na escola ele parecia ser inteligente, na verdade, *muito* inteligente. Ele era muito bom em matemática e havia aprendido todas as outras matérias em tempo recorde. Mas, naquele momento, havia demonstrado que havia pelo menos *um* assunto no qual era burro.

— Não — disse Johan. — Eu *não sou* escoteiro do mar. Acho que a maioria dos meninos que são vêm de famílias ricas.

— Então você mente?

— É. Eu minto. E as pessoas me dão latinhas.

— Tudo bem.

Marko voltou a atenção para a TV, onde o pequeno Link atravessava o oceano azul e se aproximava de uma ilha. Johan ajustou o curso e tornou a olhar para Marko. O que ele não tinha dito era que às vezes as pessoas que não tinham latinhas lhe ofereciam dinheiro, que ele de bom grado aceitava. E além disso já tinha havido ocasiões em que ele *de fato* havia remexido lixeiras e contêineres como o pobre que era, para assim conseguir comprar o console e o jogo.

— Escute — disse ele. — Você é bem sincero, não?

— É como antes — disse Marko. — Comparado a quem?

— A tipo... qualquer outra pessoa.

Marko pensou um pouco e logo respondeu:

— Eu muitas vezes falo a verdade.

— Era o que eu achava.

A ilha da qual Link se aproximava era vigiada por uma série de barcos com a bandeira pirata hasteada. Johan preparou o canhão, fez a mira e disparou uma salva. Enquanto a bala voava pelo ar ele apontou para um dos barquinhos e disse:

— Aqui está o seu *hörövarhepp*.

A bala acertou o alvo e o barco inimigo adernou e naufragou. Marko fez um gesto afirmativo com a cabeça e disse:

— Um ataque-surpresa dos escoteiros do mar.

Johan deu uma sonora risada a errou o tiro seguinte. Foi assim que tudo começou.

3

Johan faz um hole in one na última pista e vence o circuito por quatro tacadas. Max o cumprimenta. Ele não tem problema em perder: o que o desagrada é o *processo* de perda, a curva descendente. Quando a derrota se transforma em fato consumado ele passa a aceitá-la com serenidade. Havia sido diferente quando ele ainda era jovem, mas a idade, somada aos comprimidos de Lamictal, haviam atenuado a raiva que sentia de si mesmo e do mundo. Os dois recolhem as bolas e os tacos e deixam a pista para trás com um aceno de cabeça para Lasse, que em seguida fecha o circuito.

— Vamos dar uma volta pelo mercado? — pergunta Johan. — Eu tô quase atingindo os meus vinte quilômetros.

Max confere o *Pokémon Go*. Ele tem uns ovos de cinco quilômetros que precisam ser chocados, mas não espera grande coisa porque já conseguiu tudo o que se pode imaginar. Mesmo assim ele dá de ombros e aceita. Não havia nenhum outro plano para aquele final de tarde.

Os dois homens seguem pela Gustaf Adolfs Väg enquanto o céu escurece e as lâmpadas se acendem nas casas de ambos os lados da rua. O clima está agradável, porque as águas na baía de Norrtäljeviken mantêm parte do calor do fim do verão e assim esquentam a cidade. Um entardecer agradável com um leve cheiro de terra na brisa, lembrete do outono que se aproxima.

Como de costume, Max começa a ter saudades da infância e da juventude. Da época em que andava por aquela mesma rua sob aquela mesma luz, quando tudo lhe parecia misterioso e repleto de promessas, como se estivesse constantemente a caminho de uma revelação. Os cheiros que ele sente naquele momento não são cheiros de verdade, mas apenas marcadores que apontam em direção a uma época em que de fato sentia cheiros.

Em parte, isso se deve ao remédio. Ao prescrever Lamictal, o médico havia explicado que os comprimidos serviriam como um limitador de altos e baixos. Max não estaria mais tão deprimido, mas também deixaria de sentir muita empolgação. Os extremos do espectro seriam cortados e transformariam Max numa versão MP3 de si mesmo.

Mas talvez fosse justamente os extremos que estivessem a lhe fazer falta. A intensa sede de viver e os projetos obstinados, como escalar o silo. Os momentos e os dias de escuridão em que o mundo pesava no peito como uma bola de boliche presa numa gaiola, quando tudo o que ele queria era afundar. Mas depois do que tinha acontecido em Cuba as oscilações de humor se tornaram tão extremas que ele já não se atrevia mais a passar sem o remédio.

Max pensa no Lamictal como se fosse um personagem, um pequeno *troll* dentro da cabeça, a quem ele chama de Micke. Micke, o pequeno *troll*. Micke tem uma serra elétrica, e assim que vê um pico a ponto de se elevar ou um vale a ponto de afundar ele liga a serra e corta a ponta da onda.

Às vezes Max chega a *sentir* quando isso acontece. Como na vez em que estava no show de Lars Winnerbäck e ouviu os acordes iniciais de sua música favorita, "*Söndermarken*" ["*Marcas do Sul*"]. Uma alegria profunda se ergueu dentro dele, e logo se espalharia por todo o corpo — mas, zás-trás, Micke apareceu com a motosserra e o coro jubiloso foi cortado e transformado em um pequeno grupo que batia palmas educadamente e dizia: "Meus parabéns".

O médico havia falado sobre o influxo de sódio aos neurônios e o aumento do limiar de potencial para ação, mas o resumo era que Max com frequência se sentia um *imprestável,* mesmo que trabalhasse onze horas por dia. Além do mais, "*Söndermarken*" havia passado a ser sua música favorita só *depois* do início do tratamento. Essa música expressa o mesmo anseio por um passado em que tudo era repleto de significado, a mesma nostalgia implacável que também o consumia. *Gråvita skyar, tandläkarväder* [*Nuvens cinzentas, tempo de dentista*].

— Você viu? — perguntou Johan, apontando para um terreno em frente à Kvisthamraskolan, onde os dois haviam sido colegas no início da vida escolar.

— O quê? — perguntou Max, olhando para o terreno com cerca vermelha e um Subaru estacionado na entrada. — O que foi?

— O que *não* foi, você quer dizer — responde Johan. — Você não tá vendo? Novos proprietários. E a primeira coisa que fazem é cortar a macieira. Imbecis do caralho. Você lembra?

Max lembra. Na época das maçãs ele e Johan muitas vezes se sentavam embaixo da macieira durante os recreios. Os proprietários não estavam em casa, e os meninos podiam se servir de quantas maçãs quisessem. A principal atração daquilo estava no fato de que era *proibido* tanto sair da escola durante os recreios quanto roubar maçã, e assim os dois se sentiam praticamente como gângsteres ao se sentarem num galho com as pernas balançando no ar.

E, naquele momento, as coisas afundam para Max. Não o suficiente para que Micke tenha de trabalhar, mas ele podia ter ficado sem aquela informação sobre a macieira. Invariavelmente as mudanças desagradam Max, e a demolição do silo para a construção do porto ainda era para ele uma ferida aberta. Johan é igual, porém sente tudo com menos intensidade e menos fúria. *Imbecis do caralho* é a expressão favorita dele.

— Você podia ter me poupado dessa informação — diz Max quando os dois se aproximam do Hedlunds Tobak. — Não me desceu muito bem.

— Como assim? — perguntou Johan. — Você vai ter uma crise psicótica?

— Não — responde Max. — Não vou ter crise psicótica nenhuma, mas será que você pode deixar de ser azedo desse jeito, porra? Não é minha culpa que o Marko não ligou pra você.

Johan bufa.

— O que você quer dizer com isso? Eu tô cagando pro Marko.

— E além de tudo você trocou de número.

— Você podia ter dado o meu número novo pra ele.

— Ah, achei que você tava cagando pro Marko.

— É. Mas você não, certo?

Os dois seguem em silêncio pelo morro que vai até o campo de pouso.

Quando os caixotes de metal da Friskis & Svettis e do complexo esportivo Contigahallen surgem por trás do pico, Johan para e pega o telefone. Um ovo azul sarapintado aparece na tela com o texto "Oh?". Ele clica no ovo, que vibra e logo se abre para revelar uma figura cor-de-rosa e saltitante que segura o próprio ovo no colo.

— Porra! — exclama Johan. — Uma Chansey de merda!

Max esfrega os olhos. Mesmo que esteja no nível 37 e, portanto, tenha jogado bem mais do que Johan, que ainda está no nível 32, ele questiona a adequação de *Pokémon Go* a um público adulto. Talvez ele e Johan ainda não sejam tão adultos, mesmo que trabalhem e morem sozinhos. Por outro lado, há vários aposentados no grupo de Facebook Pokémon Go Roslagen que às vezes aparecem nas raids. E aposentados são adultos, enfim.

Johan analisa a Chansey, que além de ser uma *Chansey de merda* ainda tem stats ruins. Mais um ovo e mais um "Oh?" aparecem na tela, e Johan clica naquilo tudo com uma força desnecessária. Na verdade, Max *tinha* dado o novo número de Johan para Marko, mas ele não pensa em contar esse detalhe para o amigo. Nesse caso, Johan acabaria mais triste do que irritado.

Max ergue o rosto e vê o mercado cintilar no estacionamento em frente ao complexo esportivo. É o tipo de evento que sempre parece mais bonito visto de longe. Ele sente zero vontade de ir até lá se enfiar no meio de um monte objetos plásticos feitos em Taiwan.

— Feito! — grita Johan, fechando o punho. — Até que enfim!

Um Snorlax azul e branco aparece na tela, ainda mais gordo do que o Chansey.

— Você ainda não tinha? — pergunta Max.

— Não, *eu ainda não tinha* — debocha Johan. — Quantos você tem? Sete?

— Quatro.

Johan balança a cabeça.

— Arranja uma vida.

Get a life [*Arranja uma vida*]. Era o tipo de frase que as pessoas diziam por aí, mas o conceito havia realmente começado a incomodar Max nos últimos meses.

Ele tem vinte e nove anos e cada vez mais sente que está apenas vegetando à espera de que a vida real enfim comece. Mas como seria essa vida real? Ele não tem a menor ideia.

Nesse meio-tempo, ele simplesmente vegeta. Max tem dois trabalhos, um na manutenção de um parque e outro como entregador de jornal. Ele costuma acordar às quatro da manhã e raramente volta para casa antes das seis horas da tarde. Tem um apartamento próprio e um bom dinheiro, mas, nos últimos tempos, começou a sentir que passa todo esse tempo envolvido com o trabalho para não precisar lidar com *aquela outra coisa,* seja ela qual for.

A vida de Max se divide em um *antes* e um *depois.* Antes da viagem a Cuba feita quando ele tinha vinte anos, o caminho à frente parecia estar claramente marcado e definido. Tudo o que ele precisava era seguir em frente e chegar ao objetivo. Depois, o terror havia fincado as garras, e então o caminho foi tomado por uma névoa que não o deixava enxergar um palmo à frente do nariz. Max tinha começado a se arrastar de um dia para o outro sem nenhum objetivo claro, porque não se importava com nada.

Enquanto os dois seguem rumo ao mercado, Max olha para Johan, que examina o Snorlax e parece gostar do que vê, a dizer pelo sorriso pouco habitual que se insinua em seus lábios. Se Max tivesse feito o caminho inicialmente traçado, Johan não existiria mais, porque os dois não se encontrariam a cada dois dias e seriam como estranhos um para o outro.

Johan guarda o telefone no bolso e Max pergunta:

— Ei?

— Hmm?

— Você não sente às vezes que... a vida parece fugir de você?

— Sinto. Volta e meia. Por quê?

— Não seria uma boa tentar dar um jeito nisso?

— Como? Essa é a situação natural das coisas. Você vive, mas ao mesmo tempo sabe que está jogando a sua vida no lixo. Como foi mesmo que o John Lennon disse? "A vida é o que acontece a você enquanto você se ocupa com outros planos."

— Mas será que *precisa* ser assim?

— Sei lá — responde Johan enquanto eles atravessam o gramado entre a Carl Bondes Väg e o estacionamento. — Qual seria a alternativa?

Os cheiros da comida e das guloseimas do mercado chegam ao nariz de Max, e ele ouve o zunzum de vozes e vê silhuetas escuras se movimentarem sob as lanternas, que exibem os mais variados matizes. É como se tudo aquilo fosse uma espécie de *imitação,* uma forma de representação que surge diante dos olhos a fim de mascarar a realidade, como se a vida real estivesse oculta por dentro ou por trás de tudo.

Enquanto os dois se aproximam e Max percebe uma miríade de cores, lanternas e mercadorias coloridas, ele tem a impressão de estar perto de alguma coisa. A qualquer momento essa máscara pode ser arrancada para revelar a realidade nua e crua. Os ouvidos dele começam a zumbir, o sentimento aumenta no interior do corpo... e logo cai como um suflê tirado do forno. Micke fez o trabalho que lhe cabe.

— O que você tem? — pergunta Johan. — Aconteceu alguma coisa?

Sem dar por si, Max havia parado de andar e estava com os punhos cerrados e a boca aberta. Ele abre um sorriso apologético e balança a cabeça.

— Não, foi só... um negócio.

— Não foi nada mesmo? Você costumava ficar assim quando acontecia alguma coisa.

Às vezes Max ainda tinha as premonições, um vislumbre instantâneo de um carro que bate contra um muro, um trabalhador de construção que cai de um andaime ou uma faca que se ergue, porém, desde que havia começado com o Lamictal, essas vivências já não tomavam mais conta dele por inteiro, como faziam antigamente, e as imagens já não eram muito nítidas. No geral, era um alívio. Por duas ou três vezes, as premonições, que mais pareciam surtos de epilepsia, haviam-no colocado em risco, como no episódio do silo. O Lamictal é originalmente tomado para controlar epilepsia, mas também serve para controlar os sintomas incompreensíveis de Max.

Os dois continuam em direção à Friskis & Svettis e Johan ri ao ler a pichação: "Balé das gorduchas". Naquele mesmo instante, duas garotas acima do peso estão saindo da academia. Os traseiros largos balançam por trás das calças esportivas soltas, e Johan faz um gesto em direção à pichação.

— Né?!

Max olha para as garotas, que têm os cabelos molhados e caminham com os rostos próximos enquanto conversam. As duas são praticamente o oposto de tudo o que ele poderia imaginar como atraente, porém mesmo assim Max sente a pontada de um sentimento que não sabe ao certo identificar. Talvez simples inveja, como se as garotas tivessem uma coisa que ele jamais poderia ter. Ou talvez outra coisa.

* * *

O casal mais velho caminha devagar pelo mercado, de mãos dadas. Os dois param em frente a uma tenda que vende balas em forma de tubinho em trinta e sete sabores diferentes. O rapaz no caixa pega o celular e pede para tirar uma foto. A namorada dele não acredita que o amor possa durar uma vida inteira, mas ele quer pedi-la em casamento e... bem, vocês entendem. O casal se abraça de lado e deixa que ele tire a foto.

UM VISITANTE ACIDENTAL
NO REINO DA MORTE

1

Max tinha sete anos quando aconteceu pela primeira vez. Foi no final de agosto, ele havia acabado de chegar da escola e estava na cama lendo o gibi do Pato Donald que havia chegado pelo correio naquele mesmo dia. Ele era o melhor aluno da classe e conseguia ler trechos longos em voz alta sem titubear, então ler o Pato Donald não era nenhum desafio.

A janela do quarto espaçoso se abria para as águas de Kvisthamraviken e na cozinha do térreo a mãe dele estava às voltas com o jantar — espaguete à carbonara, um de seus pratos favoritos. Na cama, Max havia se tapado com um cobertor e tinha um travesseiro nas costas. Assim era mais aconchegante.

Ele havia acabado de ler uma história em que o Pato Donald estava no Velho Oeste. Então, baixou o gibi e olhou para o outro lado da janela, onde a baía permanecia espelhada. Logo sentiu um cheiro que parecia aquele que havia sentido na vez em que provocou um curto-circuito ao ligar um plugue úmido na tomada. Ele conseguiu pensar: *será que tem alguma coisa queimando?* antes que a consciência o deixasse.

De repente, Max já não estava mais na cama, mas numa coisa que parecia uma banheira gigante. Não conseguia mexer o corpo, mas, de um jeito ou de outro, sabia que havia se escondido por lá enquanto brincava de esconde-esconde. Ele estava encolhido no fundo da banheira junto a uma grande hélice com bordas afiadas. E alguém o procurava.

Max ainda não havia conseguido entender aquela consciência alheia quando ouviu um farfalhar e, com o rabo do olho, percebeu um objeto grande e redondo cair em sua direção. Instintivamente ele se encolheu ainda mais, e o objeto, que era um fardo de feno prensado, caiu bem na frente dele. Max não sabia por que, mas uma onda de pânico tomou conta de seus pensamentos e ele abriu a boca para gritar. No mesmo instante, a hélice começou a trabalhar.

A borda afiada o atingiu no flanco, levou-o a ficar sem ar e abriu uma ferida. Ele tentou se colocar de pé, mas a hélice bateu em suas pernas e derrubou-o no chão. A velocidade aumentou. Se ele tivesse mantido a presença de espírito necessária para se deitar no chão e deixar que a hélice girasse logo acima, então o desfecho talvez fosse diferente — mas não foi isso o que aconteceu. As rótulas dele foram decepadas pelo fio giratório da hélice. A dor foi tanta que ele levantou a cabeça para ver a extensão dos ferimentos. Sentiu uma ardência atrás da cabeça e logo tudo acabou.

Max havia deslizado para fora do travesseiro e chutado o cobertor longe. Estava deitado de costas na cama, e o suor havia brotado da pele. Ele havia rilhado os dentes com tanta força que chegou a sentir dor quando relaxou o maxilar e tornou a abri-la para tomar dois ou três fôlegos arquejantes. Depois, abriu os punhos igualmente crispados. Abriu e fechou, abriu e fechou.

Quê? Onde? Quem?

Max nunca havia visto nem vivido um horror tão grande como aquele, nem mesmo nos pesadelos mais terríveis. Não entendia que banheira era aquela onde havia aparecido, nem quem ele mesmo seria. Quando as dores no corpo se aliviaram um pouco e a respiração voltou ao normal, Max fechou os olhos e tentou recordar a cena da qual momentos atrás havia participado.

Uma coisa era certa: ele havia sido uma criança mais ou menos de sua própria idade. Max chegou a essa conclusão ao lembrar do tamanho do próprio corpo, principalmente o pequeno tamanho das mãos que haviam repousado sobre as rótulas *decepadas.*

Mas por que ele estava numa banheira com uma hélice afiada no fundo? Como uma pessoa de repente podia ser atormentada por um pesadelo envolvendo coisas que ela nem ao menos conhecia? Max tentou se concentrar mais uma vez no gibi, mas os pensamentos não conseguiam abandonar aquela criança que ele tinha sido por breves instantes. Quem? O quê? Onde?

No dia seguinte, Max obteve a resposta sem nem ao menos formular a pergunta. Após o jantar, seu pai e sua mãe se sentaram na varanda, cada um com um copo de vinho. As espreguiçadeiras ficavam poucos metros abaixo do quarto de Max, e quando pela janela aberta ouviu os dois falarem sobre uma "tragédia horrível" ele se aproximou discretamente para ouvir melhor.

Não foi possível entender tudo o que diziam, mas bastou para ter uma imagem fragmentária. Uma criança havia morrido em um acidente rural no dia anterior. A criança tinha seis anos e havia se escondido num *misturador de ração,* o que quer que fosse isso. O pai da criança havia ligado a máquina porque não sabia que a criança estava lá dentro. Esse homem tinha sofrido um choque tão intenso que precisou ser internado no hospital de Norrtälje.

O último detalhe que Max conseguiu apanhar pode ter sido o mais impressionante: aquilo tinha acontecido em *Björnö,* ou seja, do outro lado da baía em frente ao quarto de Max. A poucos quilômetros de distância em linha reta. Mas como ele tinha conseguido ver aquilo, como tinha conseguido *estar lá?*

Max desceu a escada e foi até a varanda, onde os pais indicaram através de sinais discretos na linguagem corporal que aquele era o momento *deles.* Max era bom em interpretar aquele tipo de sinal, porém daquela vez ele os ignorou e disse:

— Mamãe? Papai? Esse menino que morreu. Que vocês tavam falando. Eu vi como tudo aconteceu.

— Como? — perguntou o pai enquanto largava o copo. — Você estava em casa.

— É. Mas eu vi. Na minha cabeça.

— Que maluquice é essa? — perguntou a mãe, que era muito sensível a tudo aquilo o pudesse ser interpretado como socialmente inadequado. Ver coisas na cabeça sem dúvida fazia parte desse conceito, porém, Max não se entregou.

— Ontem. Quando aconteceu. Eu virei aquele menino assim que a hélice começou a funcionar...

— Já chega de bobagens. A sua mãe e eu estamos tendo um momento nosso e não queremos ouvir histórias fantasiosas.

O que mais surpreendeu Max ao voltar para o quarto foi perceber que ele tinha chegado a tentar. Tanto a mãe como o pai eram ferrenhos opositores de comportamentos alternativos, que incluíam a religiosidade. Dons sobrenaturais estavam totalmente fora de cogitação.

Se é que se tratava mesmo de dons sobrenaturais. Max se deitou de costas na cama e notou que as vozes dos pais haviam se reduzido a um murmúrio. Ele pôs a mão no coração e sentiu a pulsação acelerada. Certa vez tinha lido uma história do Pato Donald em que um velho feiticeiro previa o futuro. Os olhos do velho se transformavam em espirais e ele começava a dizer o que aconteceria.

Mas os pais dele tinham dito que o acidente ocorrera *ontem à tarde,* ou seja: ao mesmo tempo em que Max o via. Ele não tinha bem certeza, porque afinal a tarde incluía várias horas, mas... Havia uma coisa errada, e Max se esforçou ao máximo para tentar descobrir o que seria. Claro! Ele devia ter visto um futuro *muito próximo,* porque se transformou naquele menino de seis anos momentos antes que tudo acontecesse. Ele tentou se lembrar.

O medo havia chegado quando o fardo de feno caiu. O menino tinha entendido uma coisa que o próprio Max não tinha. E quando a hélice o cortou, aquilo tinha doído? Max tentou lembrar. Sim, tinha doído, mas não o suficiente comparado à provável dor de ter os dois joelhos cortados fora. Era como se a dor fosse apenas mental.

Max tapou os olhos com as mãos e fez um experimento. Ele pensou no cepo onde o pai às vezes cortava lenha. Colocou a mão esquerda sobre o cepo. Depois imaginou um machado na mão direita.

Não. Não, não, não.

Até mesmo o pensamento causava resistência, mas ele se obrigou a desferir um golpe para baixo com o machado, se obrigou a cortar o indicador e o médio da mão esquerda, a ver os dedos caírem do cepo, e a ver o sangue escorrer dos cotocos.

Aquilo doía? De certa forma, sim. Havia uma dor imaginária na mão imaginária. Max tirou as mãos dos olhos e conferiu se a mão esquerda permanecia intacta. O sentimento havia sido o mesmo de quando o menino no misturador foi atingido pela lâmina, mas, *na verdade,* nada havia acontecido a Max. Ele sentiu uma dor imaginária e morrido uma morte imaginária.

Max se deitou de lado e encolheu as pernas enquanto olhava para o pôster com dinossauros carnívoros que decorava a parede. *Aquele* havia sido o pior pesadelo dele até então: ser cortado e mastigado ainda vivo por um tiranossauro. Mas, a partir daquele momento, havia outro.

2

Ao longo dos anos, outros episódios similares ocorreram. O cheiro elétrico e queimado de um curto-circuito lhe enchia as narinas, a visão se obscurecia e, quando retornava, Max se via em outro lugar, no corpo de outra pessoa.

A terceira vez foi quando ele tinha nove anos e assistia ao Melodifestivalen na TV com os pais. Nanne Grönvall, com as orelhinhas pontudas, havia começado o refrão de "Avundsjuk" quando o cheiro elétrico e o blecaute vieram. Max se viu sentado no chão de uma sala, encolhido num canto. Naquela outra casa, Nanne Grönvall também estava na TV. Nas mãos dele havia uma espingarda de caça, com a coronha apoiada num sofá. Ele não usava meias, e as mãos seguraram a parte metálica da espingarda enquanto o cano era levado em direção à boca.

Avundsjuk! Jag är så avundsjuk! [*Ciúmes! Eu sou tão ciumento!*]

Não! Para! Não faça isso!

Ele estava na consciência daquela outra pessoa, no meio da solidão e do desespero que tomavam conta dela, mas não podia influenciá-la mais do que um passageiro

— usando apenas a força da vontade — poderia influenciar o curso de um navio cruzeiro que avançasse rumo à Finlândia. O movimento era inexorável, e ele viu o dedão do pé se estender em direção ao gatilho e repousar lá por um instante antes de fazer força para baixo.

Max ouviu o estampido e por uma fração de segundo sentiu o gosto de pólvora na boca até que a imagem deu vez à escuridão e ele novamente se viu no tapete em frente à TV, no momento em que Nanne Grönvall jogava o cabelo.

— Querido! Querido! O que foi que aconteceu?

A mãe estava agachada, sacudindo-lhe os ombros. Max tentou falar, mas como nas vezes anteriores o maxilar estava tão rígido que os lábios não conseguiram formar nenhuma palavra e tudo o que saiu foi um gemido.

— Max, o que foi?

Até mesmo o pai havia se abaixado e estava de joelhos ao lado dele, um detalhe que Max, apesar da confusão mental, apreciou. O pai não costumava permitir que os sentimentos aflorassem, mas, naquele momento, havia uma preocupação inconfundível na voz. Max aproveitou aquela preocupação por um instante, mas logo voltou a se sentar no sofá para assistir ao Melodifestivalen enquanto a mãe e o pai trocavam olhares.

Os exames para diagnosticar uma possível epilepsia não deram resultado, embora os sintomas a grosso modo correspondessem a um surto breve de *grand mal*. O médico que o examinou disse que o jeito seria esperar para ver, porque não se começava um tratamento após um episódio único. Max evitou falar sobre os episódios anteriores, principalmente porque ele também não acreditava que fosse epilepsia.

Dias mais tarde, ele ouviu que o vizinho que morava cinco casas adiante havia se matado durante o Melodifestivalen. Não foi necessário perguntar como.

Com o passar do tempo, Max começou a entender melhor aquilo que chamava de "visões". Os episódios eram mais intensos conforme a proximidade do evento, tanto em termos geográficos como também sentimentais. Era raro que crianças sofressem acidentes, e a primeira visão foi muito intensa justamente por se tratar de um menino praticamente da mesma idade. O homem que havia se matado com um tiro não tinha muitas características em comum, mas, por outro lado, estava muito perto.

As visões mais comuns envolviam suicídios. Um fato que surpreendeu Max foi perceber que nunca tinha visões de *tentativas* de suicídio; não, ele somente estabelecia essa conexão com suicidas que obtinham sucesso na empreitada. Como se aqueles que haviam de morrer e aqueles que haviam de sobreviver já estivessem predefinidos. Outra explicação possível seria que as visões surgissem apenas depois do fato consumado. Nesse caso, ele assistiria a tudo com um atraso mínimo.

Mas, a despeito de como fosse, restava sempre uma pergunta: por quê? *Por que* ele ganhou essa habilidade e para que ela serviria? Quando Max começou a compartilhar o segredo com Johan, os dois fizeram especulações a respeito de superpoderes, mutações e viagens no tempo, mas não surgiu nada que parecesse razoável ou capaz de levar a conclusões sensatas. Uns têm diabetes, outros têm visões.

A visão que Max teve do carrinho de bebê ao mesmo tempo despedaçado pelo ônibus e salvo pela menina tinha sido a décima sétima, mas também a primeira a não acabar em desgraça e morte. Quer dizer, a visão havia acabado dessa forma, mas, ao mesmo tempo, não. Essa descoberta, somada à vivência de ter escapado da morte por um fio, fez com que Max se sentisse confuso e abalado quando, um dia, no fim de setembro, uma semana depois do que havia acontecido no alto do silo, pegou o cortador para aparar a grama pela última vez naquela estação.

3

Max ganhava cem coroas toda vez que cortava o gramado de quinhentos metros quadrados que terminava perto de Kvisthamraviken, onde já na orla havia um cais e abrigos para barco.

O trabalho levava mais ou menos duas horas e ele não tinha nada contra fazer aquilo, muito pelo contrário. Colocar-se atrás daquela máquina ruidosa e deixar os pensamentos correrem soltos era, além de um trabalho, também um descanso. Pelo menos em situações normais. Mas, naquele dia, a tranquilidade não quis dar as caras.

Já ao sair do depósito a roda do cortador se enganchou num arbusto, Max se irritou e deu um puxão que por pouco não quebrou o arbusto por inteiro. Quando o cortador não quis dar a partida nem mesmo após dez puxões na corda de arranque, Max esteve prestes a entrar em desespero e quase desatou a chorar quando se lembrou que era preciso bombear o combustível para o carburador, como rotineiramente fazia.

Quando enfim pôde começar o corte da grama, achou que o cortador estava funcionando devagar, que vibrava nas mãos de um jeito estranho e fazia barulho demais. Para conter a bola negra que parecia crescer em seu peito, Max respirava profundamente enquanto o cortador avançava em direção à água. Aquilo era tudo o que ele *não* queria que acontecesse.

A decisão foi tomada semanas antes do aniversário de onze anos de Max. Naquele momento, ele havia tido mais quatro visões desde o Melodifestivalen, e estava sofrendo com a situação. Sentia terror ao pensar que poderia ser obrigado a participar do momento em que uma pessoa colocasse uma corda ao redor do pescoço ou dirigisse por uma estrada coberta de gelo em alta velocidade em direção a uma árvore, que seria a última avistada nessa terra. Um show de horror.

O menor sinal do cheiro de fumaça — mesmo que não fosse mais do que um vizinho queimando folhas no pátio a quilômetros de distância — fazia com que Max se encolhesse todo e fechasse os olhos, como se daquela forma pudesse se defender da visão prestes a recrutá-lo. Quando Max descobria que não se tratava *daquele* cheiro de queimado, às vezes os olhos dele se enchiam de lágrimas.

Ele passava o tempo inteiro tenso e sentia dificuldade de se concentrar nos trabalhos da escola. Os únicos momentos de paz eram as brincadeiras fantasiosas com Johan, no morro atrás da casa do amigo. Quando imaginava ter os poderes do Homem-Aranha ou do Super-Homem, por instantes, Max conseguia esquecer do poder que de fato tinha. E, quando a brincadeira chegava ao fim, o nervosismo voltava.

A virada foi um dia de verão, justo quando chegou a hora de Max cortar a grama pela primeira vez naquele ano. Ele já havia tirado o cortador do depósito e puxado a corda de arranque. Max não sabia, mas durante o inverno o combustível havia vazado, e o arranque causou uma pequena explosão na câmara de combustão, o que, por sua vez, gerou fumaça. Quando sentiu aquele cheiro, Max levou um susto enorme, se encolheu, bateu a testa no pegador e foi jogado para trás, caindo de costas na grama. Ele abriu os olhos, viu as nuvens deslizarem pelo céu e pensou: *não dá mais.*

Max vivia num limbo, na espera angustiante por uma visão que mais cedo ou mais tarde se abateria sobre ele, e nunca conseguia estar presente no momento. Deitado no gramado com um galo na testa que ficava maior a cada segundo que passava, ele percebeu que tinha duas alternativas. Uma seria abraçar a angústia que fazia parte de seu dia a dia, o que, em outras palavras, incluiria enlouquecer, ser internado e tratado com remédios até atingir um tipo ou outro de harmonia. A alternativa número dois seria se erguer acima de tudo aquilo. Encarar as visões como ataques aos quais teria de resistir, mandar tudo aquilo à merda e se recusar a ser controlado. Max viu uma nuvem que parecia um elefante e se decidiu pela alternativa número dois.

Uma vez tomada essa decisão as coisas foram surpreendentemente fáceis. Uma semana depois ele esteve presente quando um trabalhador da construção civil caiu de um andaime e se estatelou no asfalto. O ataque convulsivo não pôde ser evitado com a simples força de vontade, mas quando recobrou a consciência e percebeu que estava caído no chão ao lado do computador, Max apenas se levantou e continuou a jogar *Civilization* do ponto em que havia parado sem pensar mais no assunto.

Essa vontade de aço viria a ter consequências na vida cotidiana de Max. A decisão de ignorar as piores coisas que podem acontecer a uma pessoa, que ele mesmo era obrigado a vivenciar, tornou-o cada vez mais destemido no dia a dia. Max era o mais ousado nas partidas de futebol, subia mais alto nas árvores e não aceitava ouvir merda de ninguém. *E daí* se tomasse uma bofetada ou duas? Ele já havia passado por coisa muito pior.

A decisão tomada sob aquele elefante talvez fosse a coisa mais corajosa que ele havia feito na vida. O desempenho na escola voltou ao normal e o respeito que ele tinha na turma aumentou. A curva foi subindo cada vez mais, até o dia em que ele subiu ao topo de silo, onde algo aconteceu.

Max continuou caminhando mecanicamente pelo gramado enquanto olhava para as mãos, que seguravam o cortador de grama enquanto ele pensava: *essas mãos não deviam estar aqui.*

A revelação que o atingira no alto do silo ganhava cada vez mais os contornos de uma obsessão. Era como se o mundo houvesse se partido ao meio. Havia uma versão dele que cortava grama como qualquer outro adolescente, e outra versão que estava toda fraturada e morta no necrotério, à espera da cremação. Ele não conseguia conciliar essas duas coisas.

Já havia tentado fazer o mesmo que havia feito após a decisão tomada sob a nuvem em forma de elefante, mas, dessa vez, o cérebro se recusava a seguir o script. Por inúmeras vezes ele reviu a mão de Marko se estender e o deslizar para além da borda que, apesar de tudo, não fez com que Marko o largasse, mesmo que talvez um único centímetro pudesse significar a diferença entre a vida e a morte. A mão de Marko. A gravidade atrás das costas, que tentava puxar Marko rumo ao abismo. A mão de Marko. Aquela mão que não soltava. A determinação e a coragem. Ele salvou a vida de Max. Essas coisas ficavam se remoendo no peito dele, como um peso e uma dor permanentes.

Quando Max virou o cortador pela terceira vez em direção à orla, ele viu o pai aparecer na varanda com o jornal de domingo e uma Pripps Blå. Max sorriu. Mesmo que com a riqueza cada vez maior tivesse começado a adotar os hábitos da classe alta, com mocassins, uma adega bem-abastecida e um Maserati Spyder na garagem, o pai não conseguia largar os pequenos prazeres do passado simples, entre os quais se encontrava a cerveja Pripps Blå.

O pai se sentou na espreguiçadeira e abriu o jornal.

Max desligou o cortador e foi em direção à varanda. O pai não levantou o rosto quando ele se aproximou, porém, Max fingiu não perceber, se sentou na cadeira de jardim logo em frente e o chamou:

— Pai?

Sem levantar o rosto, o pai respondeu:

— Hmm?

— Eu queria a sua ajuda com uma coisa.

— Hmm?

— Tem um menino novo que entrou pra minha turma. O Marko. Ele é da Bósnia.

O pai dele não tem emprego e eu gostaria de saber se... se você podia arranjar um para ele.

O pai baixou o jornal e tirou os óculos de leitura.

— Um emprego?

— É. O Johan me disse que ele não tem nenhum e está deprimido. Porque ele quer trabalhar. Pra família e tudo mais.

— E ele tem experiência no ramo de construção civil?

— Não sei. Mas ainda que não... deve ter uma coisa ou outra, não?

O pai colocou uma das hastes dos óculos na boca, um gesto que adotara em anos recentes, e olhou concentrado para Max, como se estivesse diante de um enigma visual que precisasse resolver.

— Como foi que você... se envolveu nisso tudo?

Max deu de ombros.

— O Marko é legal. Sinto pena de saber que o pai dele tá deprimido.

— A gente não precisa de ninguém agora.

O pai recolocou os óculos e estava prestes a voltar a atenção mais uma vez para o jornal quando Max disse:

— Pai. Por favor. É importante.

O pai baixou o jornal mais uma vez e colocou os óculos na ponta do nariz para olhar diretamente para Max quando repetiu:

— É importante *mesmo?*

— É. É importante mesmo. Pra mim.

Havia muita coisa na postura reservada do pai que desagradava Max, porém ele seria obrigado a admitir: o pai sabia entender quando o assunto era sério, sabia avaliar a importância de um pedido antes de inventar pretextos. O pai olhou firme para Max, acenou a cabeça e disse:

— Então precisamos que ele venha até aqui. Pra que eu possa conhecê-lo.

Com um gesto decidido, o pai rearranjou os óculos e ergueu o jornal alto, criando uma barreira entre ele e o filho. Max se levantou e disse:

— Obrigado.

— Hmm.

* * *

— Com licença, perdão! Senhora, por favor!

A operadora de caixa sai às pressas do ICA Kryddan, alcança a senhora e entrega-lhe o pacote de açafrão que ela esqueceu de pegar. A mulher agradece calorosamente. A filha vem fazer uma visita e ela decidiu fazer o prato favorito dela: frango com açafrão. Dá para ver pelo nome que sem açafrão o prato não daria certo. Ela agradece mais uma vez e faz um afago no rosto da operadora de caixa.

A TIRANIA DAS BOAS INTENÇÕES

1

Sentado na encosta de pedras em frente ao portão de casa, Johan tentava acertar uma lata de conserva enferrujada jogando pinhas quando Max chegou depressa montado na bicicleta. Era uma Monark. De dezoito marchas. Muito diferente da bicicleta de menina de Johan, que funcionava sem marchas e com uma correia que às vezes caía. Quando Max parou e baixou o pezinho, Johan tentou inventar um motivo para dizer que os dois não poderiam jogar GameCube, um motivo que não fosse dizer que a mãe estava dormindo no meio das roupas sujas no sofá.

— Oi — disse Max, chegando mais perto.

— Oi — disse Johan, atirando uma pinha que inacreditavelmente caiu dentro da lata.

— Putz — disse Max. — Você treinou bastante?

— Toda a minha vida — respondeu Johan, o que levou Max a franzir as sobrancelhas. Johan decidiu que a desculpa consistiria em dizer que um dos joysticks tinha estragado. Mas, antes de conseguir falar, Max perguntou:

— Você sabe se o Marko tá em casa?

— O Marko?

— É, o Marko. Vocês não são, tipo, amigos?

Depois do episódio com *Zelda,* Marko tinha ido à casa de Johan mais uma vez, e um dos motivos foi para falar sobre o pai desempregado — uma informação que Johan tinha repassado a Max.

— A gente se viu mais duas ou três vezes — disse Johan —, mas eu não fico acompanhando cada passo que ele dá.

— Vamos tocar no apartamento dele?

— Como assim?

— Eu tenho uma novidade. Quer dizer, talvez.

Johan deslizou ao longo das pedras, aliviado por não ter de mentir. Juntos, atravessaram o portão ao lado e subiram a escada até o segundo andar, onde Johan tocou na porta que trazia o nome "Kovač". Vozes contidas vêm de dentro do apartamento e logo a porta é aberta por Marko, que lança um olhar curioso para Johan e Max.

— Oi — diz Max. — Eu queria saber se o seu pai tá em casa.

— Tá sim — diz Marko, como se aquela fosse a pergunta mais natural do mundo. Num lampejo, Johan entendeu do que se tratava.

— Será que eu posso falar com ele? — pergunta Max.

— Pode — disse Marko. — Mas eu vou ter que traduzir.

Os ombros de Max afundaram quando ele perguntou:

— Ele não fala sueco?

— Fala — disse Marko. — Mas não muito bem. É melhor que eu esteja junto. Entrem.

Johan imaginava ter uma explicação para aquele comportamento de Marko, de não perguntar "o quê" nem "por quê". Como Marko era irritantemente sincero e falava tudo na cara das pessoas, devia imaginar que as pessoas em geral tinham motivos simples e diretos para tudo que faziam. Max queria falar com o pai dele. Muito bem, então ele falaria com o pai dele.

Max entrou na frente, e Marko olhou para Johan com um olhar que ele não conseguiu entender. Talvez significasse *O que você tá fazendo aqui?* ou então *Que bom que você veio,* ou ainda uma combinação de ambos.

O apartamento era espartano, bem-cuidado e tinha o cheiro de uma especiaria que Johan não conseguia identificar. Enquanto os três atravessavam o corredor que levava à sala, uma porta se abriu e uma menina de dez anos enfiou a cabeça para fora. Ela tinha longos cabelos pretos, que emolduravam um rosto quase angelical se não fosse pelas sobrancelhas extremamente marcadas, que pareciam as de uma mulher adulta. Essas sobrancelhas de repente se franziram e uma voz surpreendentemente grave perguntou:

— Quem são vocês?

— Amigos da escola — respondeu Marko.

A menina riu.

— Mas você não tem amigos!

Marko abriu a mão e gesticulou em direção à menina como se espantasse um mosquito.

— É a minha irmã mais nova — disse ele. — A Maria.

Os grandes olhos verdes e luminosos de Maria se voltaram a Johan e a Max, e ela os estudou de cima a baixo sem nenhum pudor antes de perguntar:

— Vocês são idiotas?

Johan tinha visto Maria no morro outras vezes sem nunca lhe dirigir a palavra. O passatempo favorito dela era bater em árvores usando galhos enquanto falava consigo, e Johan imaginou que para ela praticamente todos deviam ser idiotas. Como não conseguiu pensar numa resposta espertinha, Max respondeu:

— Óbvio. Somos ultraidiotas.

Maria fez um gesto afirmativo e tornou a sumir no interior do quarto, onde Johan pôde ver tecidos em diferentes cores antes que a porta se fechasse. Os meninos seguiram em direção à sala, e quando chegaram Johan se deteve na porta e olhou ao redor.

Onde estão todas as coisas?

No tamanho e no formato, a sala da família Kovač era idêntica à sua, mas as semelhanças acabavam por aí. Enquanto a sala de Johan era suja, poeirenta e atulhada de coisas, a da família Kovač brilhava de limpeza e estava, em boa parte, vazia. Um sofá, duas poltronas, uma mesa de centro, um tapete e uma TV. Isso era tudo. Na parede havia uma cruz e a imagem pintada de uma figura que deveria ser Jesus, a dizer pela aparência dócil e pelo halo luminoso ao redor da cabeça. Debaixo dessa imagem havia um pequeno gancho onde uma chave antiga estava pendurada.

Numa das poltronas estava sentado um homem magro que enrolava cigarros apenas com os dedos. Quando Marko disse:

— Tata — ele levantou o rosto. Marko fez um gesto em direção a Max e Johan e disse em sueco: — Esses são dois amigos meus da escola. — Ele falava tão devagar e com uma pronúncia tão articulada que dava a impressão de estar fazendo um discurso solene.

O homem se levantou da poltrona, estendeu a mão direita e os cumprimentou, falando com um sotaque forte:

— Olá, meninos. Sejam bem-vindos. O meu nome é Goran.

Johan apertou a mão de Goran, fina como ele próprio, mas de aperto firme, e disse:

— Johan — fazendo uma espécie de mesura.

Quando Max se apresentou, Goran os convidou a sentar no sofá abaixo de Jesus enquanto voltava a atenção aos cigarros. Era como observar um feiticeiro. Com grande habilidade, Goran espalhava o tabaco no papel, enrolava-o entre os dedos e fechava-os com uma lambida. Os movimentos pareciam meio agitados, mas o resultado era idêntico a um cigarro comprado.

Marko se sentou na beira da outra poltrona e, por uns instantes de silêncio, ficou olhando aquele número de mágica do pai antes de dizer alguma coisa que começava com "Tata" — que devia querer dizer "pai" em bósnio — e continuou falando coisas totalmente impossíveis de entender, a não ser pelo nome de Max.

Aquilo também parecia a Johan um acontecimento sobrenatural. Como se no interior de Marko vivesse uma outra pessoa que se expressava por meio de uma língua secreta. Antes de Marko, Johan nunca tivera nenhum contato com imigrantes, nem viajara para fora da Suécia. Ele olhou para Max, que continuava muito tranquilo ao lado dele, mas devia ser porque ele e os pais faziam viagens internacionais duas vezes por ano — às vezes a países que Johan nem ao menos sabia que existiam.

— Sobre o que você gostaria de falar com o meu pai? — pergunta Marko enfim.

— Bem, é que... — disse Max, espalmando os dedos em cima do joelho. — O pai, quer dizer, o meu pai...

Houve um tilintar de vidro e a mãe de Marko chegou da cozinha trazendo uma bandeja com uma garrafa de suco, copos e um prato com biscoitos recheados. Ela colocou a bandeja em cima da mesa, apontou para si e disse:

— Laura. Mãe do Marko.

Laura devia ter uns dez centímetros a menos e uns vinte quilos a mais do que o marido. Apesar das olheiras, ela dava uma impressão de tranquilidade muito diferente da impressão causada pelo marido, e também pela mãe de Johan. Ele gostou imediatamente dela.

Talvez atraída pelo som dos copos tilintantes, Maria saiu do quarto. Ela tinha colocado um tutu cor-de-rosa por cima da calça jeans e se encolheu no apoio da poltrona do pai, de onde ficou observando Johan e Max com aqueles olhos que pareciam os de um gato enquanto Laura voltava para a cozinha.

— Bem — prosseguiu Max. — O meu pai tem uma firma de construção civil e seria... enfim, se você quiser se candidatar a um emprego pode ser que ele consiga arranjar alguma coisa.

Maria começou a traduzir para o pai, mas logo foi silenciada por Marko:

— Não é isso. Ele disse firma de *construção*. Não de *contratação*. Fique quieta.

Marko ignorou a careta de Maria e traduziu para o pai, que o escutava acenando a cabeça em silêncio quando Laura saiu da cozinha trazendo um banco e se sentou entre Marko e o pai. Goran começou a dar uma resposta para Marko, mas foi logo interrompido por Laura, que falou qualquer coisa envolvendo a palavra *svedski* e apontou para Max.

Goran se recompôs, fechou os olhos por um instante e disse, em sueco:

— Esse... trabalho. Quando pode... hmm... começar?

Johan olhou para Max e notou com satisfação que, apesar de todas as experiências que já tinha vivido, o amigo perdeu a compostura com aquela pergunta direta. Max passou as mãos nos cabelos e disse:

— Ah, enfim, eu não sei direito que trabalho é esse, mas... o meu pai gostaria de conhecer você.

— Certo que é um trabalho idiota — disse Maria, estendendo a mão em direção a um biscoito. Laura deu um tapa na mão dela e resmungou uma reprimenda que levou Maria a torcer o nariz e a ficar ainda mais azeda enquanto Marko traduzia.

Johan deixou que o olhar corresse pelos quatro membros da família Kovač. Ele não saberia dizer ao certo por quê, mas tinha gostado deles, em grupo e também individualmente. Inclusive de Maria. Por trás daquele jeito bronco ele pressentia uma menina brilhante com uma enorme força de vontade. Essa simpatia se expressou acima de tudo como um profundo desejo de que *eles* gostassem *dele*.

— Muito bons o suco e os biscoitos! — exclama Johan, enchendo o copo. Max o encarou com uma expressão que parecia sugerir medo. Johan notou que havia falado como um personagem de série de TV, mas ele queria ser claro. Laura sorriu enquanto os olhos de Maria se estreitavam com um jeito desconfiado. Ela parecia estar prestes a fazer um comentário desabonador, mas foi interrompida quando Goran se levantou da poltrona e disse:

— Vamos! Agora? Hmm?

Laura disse alguma coisa e fez um gesto em direção ao suco e aos biscoitos, o que levou Goran a se sentar mais uma vez na poltrona com um suspiro e dizer:

— Peço desculpas. Eu sou muito... — ele agitou os dedos à frente do rosto como se quisesse retirar as palavras do próprio ar.

— ...apressado — disse Laura. — Ele é muito apressado.

2

Enquanto Max, Johan, Marko e Goran calçavam os sapatos para ir à casa de Max, Maria puxou a camisa do pai e fez um comentário que o fez suspirar e dar de ombros, para então responder com um aceno de cabeça. Marko olhou para Max e perguntou:

— Tudo bem se a Maria for com a gente? — Em seguida, ele arregalou os olhos e os lábios formaram as palavras *Diga que não.*

Max ficou sem ação com a dupla mensagem, então Johan respondeu por ele:

— Claro. Não tem problema nenhum.

Marko lhe lançou um olhar que dizia: *Traidor,* e, em seguida, disse alguma coisa para Maria. Ela revirou os olhos e tirou o tutu cor-de-rosa.

Quando aquele pequeno grupo pegou a Drottning Kristinas Väg e começou a andar pela região das casas com pátio, Johan se sentiu muito bem. O corpo estava relaxado e tranquilo de saber que andava na companhia de Max, Marko, Goran e Maria, e ele gostou de ver o aparente nervosismo de Max enquanto tentava conversar com Goran. Depois, ele se dirigiu a Maria e perguntou:

— Você está no... terceiro ano, não?

— É. E você no quinto, né?

Johan não mordeu a isca, e em vez disso respondeu:

— Não. No quarto.

— No *quarto*?

— É. Eu rodei três vezes. — Johan mostrou um comprimento de mais ou menos cinquenta centímetros com as mãos. — Eu sou esse tanto aqui mais alto do que todos os meus colegas. Não tem espaço para mim na carteira.

Os olhos de Maria se estreitaram.

— Você tá mentindo.

— É.

— Porque você tá no *sétimo* ano.

— É.

Maria acenou a cabeça, satisfeita consigo, e o gelo derreteu quando ela o examinou com interesse renovado.

— O Marko nunca mente — disse ela.

— Eu já notei.

— Ele é muito chato.

— E muito bonzinho.

— E muito gordo.

E assim eles continuaram por todo o caminho até a casa de Max enquanto o restante do grupo andava em silêncio entre um assunto e o próximo.

Max abriu um portão da altura de uma pessoa e convidou-os a entrar.

Após dar uns passos no caminho de brita, Maria parou, colocou as mãos na cintura, olhou para aquela casa estilosa de dois andares com trezentos metros quadrados e exclamou:

— Putz! Vocês são super-ricos, então?

— Não — responde Max, coçando a nuca. — É como eu disse, o meu pai trabalha com...

— Ele começou como montador de andaime — disse Johan para Goran, que estava claramente perplexo ao ver toda aquela exuberância.

Marko olhou para Johan com um olhar interrogativo.

— Andaime. Aquelas estruturas em que os trabalhadores sobem numa construção.

Marko traduziu para o pai, que acenou a cabeça com um ar pensativo enquanto estudava aquilo que Johan sempre tinha encarado como um grande exemplo do termo *ostentação*.

— É — disse Max. — Ele montava andaimes. É verdade.

Goran abriu um sorriso tolerante e Johan notou que aquele homem havia percebido exatamente o que os meninos tentavam fazer ao apresentar o pai de Max como um sujeito de certa forma próximo dele.

Johan também notou que a estratégia não havia funcionado. O pai de Max podia ter começado como um assalariado, mas naquele momento tinha aquela casa. Ele havia conquistado aquilo, enquanto Goran era um desempregado.

Johan se sentiu de repente tomado por uma fúria repentina contra o estado de coisas no mundo. Quando menino, ele sempre havia sentido desagrado em relação às enormes diferenças no padrão de vida entre ele e Max, porém havia aprendido a dominar esse desagrado para desfrutar dos privilégios que vinham com um amigo que fazia parte de uma família rica.

Mas, naquele momento, o desagrado voltou com força total. Quando eles seguiram em direção à porta de carvalho maciço, Johan viu que os ombros de Goran aos poucos caíam.

Mesmo que o pai de Marko fosse adulto, e segundo Marko um *herói,* Johan sentiu vontade de lhe abraçar os ombros caídos, o que além de ser um equívoco seria na prática também impensável.

Max abriu a porta de entrada e fez um gesto convidando todos a entrar.

Novamente Maria foi a primeira, mas dessa vez conseguiu se conter enquanto corria o olhar ao redor e absorvia tudo o que a riqueza tem a oferecer.

Fazia tempo que Johan não pensava sobre a aparência da casa de Max, porém, naquele momento, ao ver pelos olhos da família Kovač, ele percebeu que tudo parecia *grandioso.* Não só o espaço em si, mas também os objetos que o preenchiam.

A estética não era muito diferente daquela que se observava na casa dos Kovač, a não ser pela escala. A sapateira no corredor tinha espaço para vinte pares de calçados, e os cabides poderiam segurar as roupas de um regimento inteiro. O lustre de cristal pendurado no teto seis metros acima seria digno de uma ópera. A escada para o andar de cima era larga, tinha uma balaustrada rústica e era coberta por um tapete alto. No geral, a casa de Max dava a impressão de pertencer a uma pessoa cinquenta centímetros mais alta do que todas as outras, com muita necessidade de espaço e um numeroso grupo de amigos. Talvez fosse assim que o pai de Max se visse, ou gostasse de se imaginar.

— Venham — disse Max. — Acho que o meu pai tá na varanda.

Max já havia retirado os sapatos e se pôs a caminho. Quando Johan e Marko se abaixaram para desatar os cadarços, Marko sussurrou:

— Varanda?

— Ehh... deque?

— Ah! Qual é a diferença?

— Não tenho ideia.

Goran e Maria também haviam tirado os calçados e, logo atrás de Johan, atravessavam a sala, que entre outras coisas tinha a única TV de plasma que Johan havia visto fora de uma loja.

Quarenta e duas polegadas, Max havia dito.

Além das portas de vidro que davam para Kvisthamraviken era possível ver Max ao lado do pai, reclinado numa cadeira. Max falou com ele e apontou para o grupo liderado por Johan. O pai virou a cabeça naquela direção e os olhos dele se arregalaram. Quando o grupo chegou à varanda, o pai de Max se levantou e os examinou antes de dizer:

— Que... contingente.

Mais uma vez Maria tomou a frente e fez uma coisa totalmente inesperada. Ela se aproximou do pai de Max, fez uma mesura e disse:

— Maria — para então abrir um sorriso encantador que ninguém soube retribuir, nem mesmo o pai de Max.

— Göran — disse o pai de Max. — Sejam bem-vindos.

— Göran? — perguntou Maria. — Esse também é o nome do meu pai!

Como se aquela fosse sua deixa, Goran se aproximou com a mão estendida e disse:

— Goran.

Os dois homens trocaram um aperto de mãos e depois Marko também se apresentou. Johan se limitou a cumprimentá-lo com um aceno. Göran os convidou a sentar nas cadeiras de palha enquanto se sentava mais uma vez na borda da espreguiçadeira, com as costas retas e as mãos no colo.

— Muito bem... Goran. Quer dizer que você está à procura de um emprego?

— Sim — disse Goran. — Emprego. Exato.

— E que tipo de trabalho você fazia... no seu país?

Goran fez menção de falar, mas logo os ombros caíram mais uma vez e ele olhou para Marko.

— O meu pai é engenheiro — disse Marko. — Ele trabalhava com programação de... tornos.

Tornos mecânicos. Para a indústria de móveis.

— Ah, muito bem. Mas veja... esse não é um tipo de trabalho que eu precise. Você tem experiência no ramo de construção?

— Ele já construiu casas — disse Marko. — Tanto a nossa como a dos nossos vizinhos.

— Sim — Goran o completou. — Casa grande. Do vizinho.

— Certo — disse Göran. — Desculpe a pergunta, mas como é o seu sueco?

— Como é... o meu sueco?

— É, enfim... é uma língua meio difícil, não?

Göran olhou para Max, que estava sentado com os punhos fechados em cima dos joelhos. Marko percebeu o olhar e, por sua vez olhou, para Johan, que foi tomado por um sentimento escuro e se refugiou olhando para Maria.

Um complexo jogo de olhares se desenrolou por instantes, até que Maria novamente abriu o sorriso cativante e disse:

— O nosso pai vai ser um *craque* no sueco quando arranjar um emprego!

Marko olhou fixamente para Göran, que não percebeu nada porque examinava Goran para avaliar suas qualidades.

A atmosfera na varanda havia mudado para pior e a única pessoa a não ter notado era Göran, que ocupava a posição de liderança e tinha o leme do navio nas mãos.

— Muuuuito bem... — disse Göran demoradamente enquanto os dedos de Goran começavam a se enlaçar uns nos outros. Johan viu que os lábios de Marko se apertaram quando ele tentou *se controlar*. De repente, Göran bateu as mãos nas coxas com um estalo e disse:

— E se fizermos assim então? Nesse exato momento estamos construindo para a Samhall, em Görla. Eu posso oferecer para você um contrato de experiência de um mês como uma espécie de factótum.

Marko começou a traduzir para Goran, mas logo se deteve e se virou com um esforço da vontade em direção a Göran.

A voz tinha uma polidez fria quando ele perguntou:

— Desculpe... Uma palavra. Factótum?

— É, uma pessoa que faz vários pequenos trabalhos. Se encarrega da limpeza, carrega material... um pouco de tudo. Essas coisas.

Marko traduziu enquanto o pai escutava atentamente. Johan ouviu a palavra *teste* ser mencionada duas ou três vezes e logo Marko se virou mais uma vez para Göran.

— O que significa... ou melhor, *como funciona* um "contrato de experiência"?

— É como uma demonstração. Se tudo der certo, ele pode continuar e, mais tarde, assumir outras funções se mostrar que tem... capacidade.

— O meu pai tem muita capacidade.

— Claro, mas eu não sei disso.

Marko estava prestes a fazer mais um comentário, e até Max, que estivera quieto durante a conversa, deve ter notado, porque, de repente, se levantou da cadeira com um movimento brusco e perguntou:

— Tudo bem, Goran? Funciona para você?

— Funciona — disse Goran. — Funciona bem. Ele se levantou e estendeu a mão para Göran, que a apertou sentado.

— Muito obrigado — disse Goran. — Muito obrigado. Eu trabalho duro.

— Claro — disse Göran. — Tudo vai ficar bem.

Os detalhes a respeito do trabalho foram rapidamente negociados. Goran poderia começar já no dia seguinte se quisesse, e o salário era baixo, mas aceitável, e poderia ser renegociado no futuro. Goran fez uma mesura, agradeceu e levou Maria consigo para o corredor.

Com um jeito formal, Marko estendeu a mão em direção a Göran, que havia se recostado na espreguiçadeira.

— Obrigado — disse Marko. — O senhor foi muito gentil.

— Não agradeça a mim — disse Göran, fazendo um gesto em direção a Max. — Agradeça a ele.

Marko deixou os braços caírem ao longo do corpo e fez uma mesura para Max.

— Obrigado.

Eu me curvo. Max se retorceu com o desconforto da cena e, por fim, até mesmo Göran pareceu notar que havia mais coisas acontecendo por baixo da superfície. Com um sorriso tranquilo, ele perguntou a Marko:

— Apenas por curiosidade... Como foi que o Max se envolveu nessa história toda?

Marko olhou bem nos olhos de Max antes de, mais uma vez, se virar para Göran e responder:

— O senhor tem um filho muito gentil. Ele é uma boa pessoa. Obrigado mais uma vez.

E, com essas palavras, Marko deixou a varanda. O encontro havia durado no máximo dez minutos, porém, viria a decidir e a transformar a vida de muitas pessoas durante os anos seguintes.

* * *

O rapaz afegão vai fazer compras pela primeira vez. Ele fica paralisado em frente à fileira de carrinhos. Estão todos juntos. Nunca é daquele jeito em Cabul. Ele puxa o carrinho de trás, mas não consegue soltá-lo. Uma mulher passa. — Assim — diz ela, enfiando uma pecinha de plástico branco numa ranhura. — Você precisa de uma dessas. Quando o rapaz pergunta em sueco atrapalhado onde se consegue uma daquelas pecinhas, a mulher que ele pode ficar com aquela. Ela tem outras.

SURGE UM HERÓI

1

Marko tinha nove anos e estava num alojamento para refugiados nos arredores de Alvesta quando descobriu que o seu pai era um herói. Na época, a família estava na Suécia havia pouco mais de um ano. Desde a fuga da Bósnia, em abril de 1994, quando Marko tinha quatro anos e Maria dois, a família já havia estado na Holanda e na Alemanha.

A casa deles ficava num vilarejo a cerca de dois quilômetros a leste de Mostar, numa região dominada por bosníacos, ou seja, bósnios muçulmanos. A família Kovač pertencia à minoria croata e católica, mas, antes do início da guerra, isso nunca havia sido problema: muito pelo contrário. Vizinhos e amigos de diferentes religiões tinham a oportunidade de comemorar o dobro de ocasiões festivas. A família Kovač celebrava o fim do jejum do Ramadã, embora não participasse do jejum, e os vizinhos muçulmanos apareciam para celebrar o Natal, mesmo que não tocassem no presunto.

E então veio a guerra. Até o fim, as pessoas que moravam em Mostar e arredores acreditavam que aquilo não dizia respeito a *elas,* que haviam vivido por um longo tempo em harmonia e cooperação no lugar com o maior número de casamentos mistos em toda a Iugoslávia. Havia uma crença generalizada de que a loucura do nacionalismo não se criaria *por lá,* onde, antes de qualquer outra coisa, as pessoas se viam como vizinhas e parte da comunidade de Mostar.

Quando os sérvios bósnios, com o apoio da Sérvia, começaram a lutar por uma expansão do território da Republika Srpska, no interior da Bósnia, os croatas e os bosníacos se aliaram para enfrentá-los. As granadas jogadas em Mostar a partir dos morros ao redor atingiram tanto os discípulos de Jesus como também os de Maomé, e os atiradores de elite pouco se importavam em saber quem usava a cruz e quem usava o crescente.

O cerco foi longo e muitos parques da cidade, onde um grande número de habitantes havia roubado o primeiro beijo, foram transformados em cemitérios improvisados porque ninguém se arriscava a ir até os cemitérios na periferia, onde os atiradores de elite tinham uma boa visão e podiam derrubar as pessoas enlutadas como pinos de boliche.

Goran não fazia parte das pessoas que foram voluntariamente à praça central quando armas foram distribuídas no início do cerco, mas passados dois meses, se tornou impossível continuar morando na casa com a proximidade cada vez maior dos sérvios que vinham do leste. A família havia sido recebida na casa da prima de Laura, no centro de Mostar, a oeste do rio. Todos esperavam que fosse uma situação temporária.

À medida que o cerco se estendeu e a situação piorou, o ódio contra os inimigos também cresceu. A eletricidade foi cortada; faltava comida, água e artigos de higiene pessoal. Tudo porque os malditos sérvios estavam de tocaia, mantendo a cidade isolada. Por fim, à base de pressão e de ameaças, Goran se viu obrigado a pegar numa Kalashnikov. Ele participou de ataques e tentativas de quebrar o cerco, mas sempre disparava mirando um ponto acima do inimigo. A despeito do que pensasse sobre a conduta dos sérvios e das reivindicações que faziam, ele não queria ter o peso de uma vida humana em sua consciência.

Assim, tudo se manteria, pelo menos, suportável, mesmo que Goran detestasse saber que Laura estava sozinha com as duas crianças tanto quanto detestava as armas. Depois, veio a segunda fase daquela loucura, quando croatas e bosníacos se viraram uns contra os outros. Os motivos para tanto se encontram fora do escopo dessa história, mas, em poucos meses, os ex-aliados se transformaram em inimigos jurados.

Os muçulmanos se reuniram na margem leste de Neretva, enquanto os cristãos fizeram o mesmo na margem oeste. A única ligação entre as duas margens era a ponte Stari Most, em outros tempos símbolo da união na cidade, havia se transformado numa região que mais se assemelhava a um campo minado. As balas dos atiradores de elite atingiam de imediato qualquer um que atravessasse a fronteira.

Na margem oeste surgiram histórias terríveis de ataques perpetrados por muçulmanos contra civis croatas, e as mesmas histórias se repetiam com papéis trocados na margem leste. Isolados uns dos outros, os ex-vizinhos se pareciam cada vez mais com os demônios do inferno. Goran pertencia à minoria que não se deixara levar pela exaltação, e percebia que todos eram simplesmente pessoas que estavam presas numa situação terrível, açuladas por importantes políticos com sede de poder. Será que devia mesmo acreditar que o padeiro Rashid ou o mecânico Ahmad, do vilarejo, haviam se transformado em monstros simplesmente porque demagogos de nariz vermelho faziam essa alegação?

O episódio que consagrou Goran como herói aos olhos do filho teve início quando uma picape parou em frente à casa em que a família estava hospedada, onde Goran estava de licença. Um sargento bateu à porta e ordenou a Goran que o acompanhasse. Ele foi obrigado a pegar a arma e a subir na caçamba, onde dois outros soldados já estavam sentados, e então a picape partiu rumo ao norte antes de fazer uma curva ao leste, em direção à região de origem de Goran.

Era um dia nublado com jeito de chuva no ar. A picape avançou pelo mesmo caminho que Goran já havia percorrido centenas de vezes, naquele instante todo esburacado pela explosão de granadas. Ele abraçou o cano do fuzil e baixou a cabeça numa oração silenciosa para que não passassem por cima das inúmeras minas terrestres que haviam sido enterradas desde a guerra contra os sérvios.

Quando se aproximaram da casa da família Kovač, ele não pôde deixar de olhar — apenas para desejar que não tivesse feito aquilo. Os croatas haviam acabado de conquistar a região, e a impressão era a de que duras batalhas haviam sido travadas no exato local que ele até pouco tempo atrás chamava de casa.

Quando a família se viu obrigada a abandonar a propriedade às pressas, Goran não viu alternativa senão soltar os animais. As vacas, os porcos, os cavalos e as galinhas provavelmente não sobreviveriam sem cuidados humanos, mas, assim mesmo, seria melhor do que morrer de fome preso no estábulo, no chiqueiro, na cocheira ou no galinheiro.

Se Goran ainda nutria qualquer esperança de que os animais por milagre tivessem sobrevivido, essa esperança se despedaçou naquele instante. A única coisa que restava do estábulo eram vigas calcinadas que se espalhavam como um diabólico jogo de varetas coberto de fuligem. O galinheiro devia ter sido diretamente atingido por uma granada, porque não restavam nem mesmo as partes de concreto. Havia penas espalhadas no meio dos escombros, porque as galinhas deviam ter preferido um ambiente familiar à liberdade.

E na casa não havia nenhuma vidraça inteira. A fachada estava salpicada de buracos de bala, e partes do teto pareciam ter sido explodidas. Móveis destruídos que Goran prontamente reconheceu estavam atirados no pátio. A casa herdada do pai e do avô fora reduzida a resquícios vandalizados daquilo que outrora havia sido, e talvez naquele instante Goran tenha abandonado a última esperança de que a vida um dia voltasse a ser como antes. As lágrimas subiram-lhe aos olhos quando ele enfiou a mão no bolso e segurou a chave da porta, a última coisa que havia pegado ao sair da casa.

A picape seguiu pelo terreno em direção a um monte de feno que dois anos antes tinha o tamanho de um ônibus de dois andares, mas naquele momento estava podre e afundado, com apenas um quarto do tamanho anterior. Em meio à névoa,

67

Goran pôde distinguir seis homens de pé em frente ao monte de feno. Ao se aproximar, ele viu que um dos homens era Faisal, o veterinário de um vilarejo próximo que, entre outras coisas, cuidava para que os cavalos de Goran não tivessem abcessos nos cascos. Os outros, ele não conhecia.

A picape freou e as rodas deslizaram sobre o solo lamacento e abandonado, e Goran desceu da caçamba junto com os outros soldados. Naquele momento, ele compreendeu por que os seis homens em frente ao monte de feno pareciam ter uma postura tão estranha. Eles tinham as mãos amarradas atrás das costas, e cada rosto mostrava sinais de maus-tratos. Quando os olhares de Goran e Faisal se encontraram, os dois se cumprimentaram com um aceno de cabeça.

O sargento falou com os dois soldados que tinham fuzis apontados para os seis bosníacos e logo ordenou aos dois soldados que haviam vindo junto na caçamba que assumissem o posto de vigia enquanto os outros guardas retornavam aos postos.

O sargento brandiu o punho em direção aos homens em frente ao monte de feno e disse:

— Esses homens, que eu quase não considero homens, mas antes cachorros muçulmanos, foram considerados culpados por planejar um atentado a bomba contra o nosso centro de comando e condenados à morte. Cabe a vocês agora executar a sentença, então... tratem de executá-la.

Goran e os outros dois soldados se olharam. Tentar destruir as comunicações do inimigo era uma ação natural em uma situação de guerra. O mais estranho era que os seis homens não tivessem sofrido uma execução sumária. Em razão disso, parecia mais provável que fossem apenas seis pessoas com a religião errada descobertas no lugar errado. A limpeza étnica sistemática reportada em outras partes da antiga Iugoslávia não parecia ter chegado a Mostar, mas talvez já estivesse lá. As pessoas deviam ser mortas; não por coisas que tivessem feito, mas por *serem quem eram*.

— Kovač! — gritou o sargento. — Pegue a sua arma e venha cá!

A Kalashnikov parecia ter dobrado de peso nas mãos de Goran quando ele a levantou e se aproximou dos outros. Ele olhou de soslaio para os bosníacos, que tinham os olhos arregalados, com brancos que pareciam reluzir contra o fundo marrom-escuro de feno estragado. Os lábios inchados e rachados de Faisal se contorceram numa paródia de sorriso quando ele encontrou os olhos de Goran e disse:

— Goran. Sou eu. O Faisal.

Goran fez um aceno de cabeça. Era com Faisal que ele costumava tomar um trago de Slivovitz após o tratamento dos animais no campo. Assim como vários outros muçulmanos da região, Faisal era pouco ortodoxo. E claro que os outros cinco homens tinham nomes e já haviam tomado um ou dois tragos com um irmão católico.

— Preparar! — gritou o sargento, e, após trocarem olhares, os dois outros soldados ergueram os fuzis. — Kovač! Você também!

Por três segundos, o olhar de Goran se manteve imóvel. Ele sabia que, sob o céu
nublado, aquele dia triste acabaria por decidir a pessoa que ele seria pelo restante da
vida. Quem seria para Laura, para as crianças e para si. Se é que ainda seria. Goran
deixou o fuzil escorregar das mãos e cair no chão com um baque.

— Você está se recusando a obedecer ordens? — berrou o sargento, puxando
a pistola e apontando-a para Goran. O olho de cobra que era a abertura do cano
daquela pistola não parou de o encarar nem mesmo quando avançou dez passos e se
colocou ao lado de Faisal.

— Se vocês quiserem atirar, vão ter que atirar em mim também — disse Goran.
— Essa não pode ser a vontade de Deus.

O sargento de uma risada rouca.

— Kovač, quem você pensa que é? Josef Schulz?

Não seria impossível pensar que o ato de Josef Schulz talvez estivesse por trás da
atitude de Goran. A história do soldado alemão que havia se negado a participar
da execução de guerrilheiros iugoslavos para se juntar ao grupo dos condenados à
morte era popular em todo o país e tida por verdade histórica. Os outros soldados
também deviam a conhecer, uma vez que os dois trocaram um olhar nervoso e bai-
xaram um pouco as armas.

— Eu não sou Josef Schulz — disse Goran. — Sou Goran Kovač e ajo de conforme a consciência que me foi dada por Deus.

Nesse instante, Goran realmente sentiu um sopro de inspiração divina. Essa era
a única explicação para que frases claras e coesas tivessem deixado seus lábios apesar
do medo terrível que sentia e das pernas que tremiam e pareciam estar a ponto de
ceder sob o peso do corpo. Para reunir forças, ele olhou para o céu. Gotas de chuva
haviam começado a cair.

— Preparar! — gritou o sargento, e logo os dois outros soldados tornaram a
erguer as armas.

Perdoe-me Laura, pensou Goran, com o olhar ainda fixo no céu de onde outras
gotas caíram. *Mas você também acabaria sem marido se eu tivesse obedecido a essa
ordem. Você teria apenas um espectro.*

— Apontar!

Goran nunca pôde entender o que aconteceu a seguir. Teria sido uma intervenção divina ou apenas um extraordinário golpe de sorte? De um segundo para
o outro as portas do céu se abriram e a chuva se derramou com tanta força que até
mesmo respirar se tornou difícil. Os soldados e o sargento se transformaram em
vultos indefinidos em meio ao aguaceiro. Se o sargento chegou a dar a ordem para

que atirassem, a voz foi totalmente abafada por um trovão ribombante que caiu no mesmo instante em que um clarão branco iluminou a cortina de chuva e o chão estremeceu.

Goran nunca soube o que foi dito e o que foi feito no pelotão de execução oito metros à frente. Talvez a superstição ou o temor a Deus houvessem se instilado no sargento com aquela demonstração das forças celestes. Ao fim de tratativas que não se podiam ouvir por causa dos trovões, os soldados voltaram à picape e foram embora.

Goran olhou para os seis homens que permaneciam lá, com a água escorrendo pelos olhos, encarando-o com uma expressão que parecia ser de súplica.

— Deus abençoe, Goran — disse Faisal. — Deus abençoe.

Goran puxou o canivete que sempre trazia no bolso e cortou a corda que prendia as mãos dos homens. Depois, os sete formaram um círculo e se abraçaram com a chuva escorrendo pelas costas enquanto agradeciam aos respectivos deuses, que no fundo sejam talvez o mesmo.

2

Uma semana depois, Stari Most foi destruída pelo ataque de um tanque de guerra croata, mas, naquela altura, a família Kovač já estava em fuga. Com a anuência de Faisal, eles cruzaram o território controlado pelos bosníacos, onde Goran e Laura confirmaram em diferentes pontos de controle que acreditavam no Deus uno e que Maomé era seu profeta.

Por fim, eles chegaram a Split, onde após um suborno estratégico conseguiram obter passaportes croatas e assim embarcar num ferry com destino a Ancona, na Itália. As viagens erráticas por toda a Europa também se encontram fora do escopo dessa história, mas, cinco anos mais tarde, encontramos a família acomodada em um abrigo nos arredores de Alvesta, à espera de uma autorização de residência permanente, ou "permamente", como Goran insistia em chamá-la.

No mesmo entardecer dos acontecimentos no campo de batalha, de onde Goran chegou encharcado após uma caminhada de quilômetros, ele contou para Laura o que havia acontecido. Não para se gabar do feito heroico, mas apenas para enfatizar a necessidade de fugir antes que acabasse sendo executado como desertor. Laura o escutara com lágrimas nos olhos, e alternadamente o elogiava e o xingava por ser uma pessoa tão boa e um marido tão ruim.

Goran respondeu que, de um jeito ou de outro, ela acabaria sem marido caso ele tivesse obedecido à ordem, porque restaria apenas uma sombra ou um espectro.

Nesse ponto, as reprimendas cessaram e Laura apertou sua testa contra a dele, e, a seguir, começou a fazer as malas.

Talvez Goran tivesse salvado a alma imortal naquele campo de batalha, mas cinco anos sem fincar raízes em lugar nenhum tinham de qualquer forma trazido uma certa espectralidade à vida da família. O que parecia mais vazio era não ter nenhum tipo de *dever*. Laura assumia a maior parte da responsabilidade pelas crianças, cuidava dos afazeres domésticos da melhor forma possível e estudava sueco. Goran com frequência ia à floresta, onde colhia frutas silvestres e cogumelos na estação. Fora da estação, ele havia se resignado a juntar latinhas. Do fazendeiro autossuficiente de antes não havia restado mais do que um resquício.

E logo veio mais um duro golpe. O pedido de autorização de residência fora negado, e assim a família teria de deixar a Suécia em uma semana. O último sopro de ânimo que ainda restava em Goran e Laura havia desaparecido. Por dois ou três dias, os dois andaram de um lado para o outro do abrigo como zumbis, incapazes de pensar em qualquer tipo de alternativa. As crianças também se tornaram apáticas e se recusavam a ir à escola.

Três dias antes que o prazo para deixar a Suécia chegasse ao fim, uma nova família chegou ao abrigo. Goran estava na cozinha comunitária tomando o quinto café do dia enquanto Marko, sentado ao lado, olhava sem nenhum interesse para um biscoito de amêndoas. Sempre havia barulho quando uma nova família chegava com seus pertences, e, ao fim de poucos minutos, um homem surgiu no vão da porta. Goran ergueu o rosto e os olhos daquele homem se arregalaram.

— Goran! Goran? Você está aqui?

Goran franziu as sobrancelhas e balançou a cabeça, não para negar sua presença naquele lugar, mas por não ter reconhecido o homem que, com movimentos cheios de entusiasmo, puxou uma cadeira, se sentou na frente dele e pegou suas mãos.

— Eu sou o Mansur — disse o homem. — Mansur Babic, você não se lembra? Você salvou a minha vida. Naquele campo de batalha.

— Ah — disse Goran, sem muito entusiasmo. — Que bom saber que você conseguiu se virar. — A conversa toda se desenrolava em bósnio, e de repente Marko se manifestou.

— Tata? O que ele quer dizer?

Goran e Laura nunca haviam contado para as crianças o que havia acontecido porque não queriam entrar em detalhes sobre os horrores da guerra e os conflitos étnicos. Por isso, Goran disse apenas:

— Mansur. Não vamos falar sobre a guerra na frente das crianças.

Mansur apontou para Marko.

— Mas o seu filho deve saber quem é o pai dele, não?!

Antes que Goran pudesse fazer qualquer tipo de protesto, Mansur contou a história para Marko, que ouviu tudo de olhos arregalados. E quando Mansur disse:

— E depois ficamos na chuva, agradecendo ao Goran e agradecendo a Deus — Marko olhou com o rabo do olho para Goran e viu que ele havia endireitado um pouco as costas.

— O seu pai é um herói — disse Mansur. — Um grande herói. Nunca se esqueça disso.

— Você está exagerando — disse Goran, dando a primeira risada desde a recusa do pedido de autorização de residência. — Mas, assim mesmo, obrigado.

Logo, os dois começaram a falar sobre o processo de asilo das famílias. A família Babic até pouco tempo atrás vivia escondida, mas, em razão da diabetes tipo 1 da filha, o advogado havia entrado com um pedido de reconsideração que havia sido aceito, e, assim, a família estava mais uma vez no sistema oficial. Quando Goran falou sobre a situação da família Kovač, Mansur ficou ofendido e disse:

— Que um homem como você... que um homem como você...

Mesmo que as costas de Goran estivessem novamente curvas, Marko se sentou e começou a observar o pai com um novo olhar. Ele não se lembrava de nada além do homem cada vez mais arrasado, que havia carregado as malas da família entre as várias hospedagens temporárias, fazendo agradecimentos e mesuras por qualquer migalha que fosse oferecida. Mas, naquele instante, Marko percebeu que por trás daquela figura recurvada havia um outro homem, um homem que andava de peito estufado e rosto erguido. Um herói. E esse era o pai dele. Um herói.

Me escute, pensou Mansur.

As pessoas da família que havia mantido a família Babic escondida eram boas, e Mansur tinha o número do telefone deles. E, se não houvesse lugar por lá, eles certamente conheciam outras famílias dispostas. Mansur bateu no peito e disse como se estivesse fazendo uma promessa sagrada:

— Goran, eu vou dar um jeito nisso, se Deus quiser.

E, com um olhar de esguelha em direção ao teto, acrescentou:

— Eu vou dar um jeito nisso mesmo que Deus *não queira.* Mas ele há de querer.

E assim foi. A família Kovač teve a "sorte" de ser recebida por uma família que tinha o porão inteiro disponível, e além disso os professores de Marko e Maria se mostraram dispostos a desafiar a lei e oferecer-lhes aulas particulares à espera de que as leis de asilo mudassem e a família pudesse ter uma nova chance.

Essa chance veio no outono de 1999. Com a ajuda de um novo advogado, um processo enrolado e uma carta de recomendação. Em dezembro daquele ano, a família enfim obteve a autorização de residência "permanente" e pôde sair em busca de um lar definitivo na Suécia, que foi encontrado em Norrtälje.

O olhar de Marko permaneceu transformado. Ele começou a pensar sobre aquela história e a acrescentar novos detalhes. Contou tudo para Maria, que ficou apavorada ao saber que Goran quase havia sido morto a tiros. Aquilo também assustava Marko, mas empalidecia ao lado da cena no campo de batalha, quando Goran avançava, as armas eram erguidas e a chuva se despejava do céu. Imaginar que uma pessoa havia feito uma coisa *grandiosa* daquelas! E que essa pessoa era o pai dele. Marko jamais esqueceria.

* * *

Uma foca que subia pelo Norrtäljeån se perde e vai parar no Lilla Torget, onde caminha desengonçadamente junto da Havsstenen e grita de medo. Muitos passantes se envolvem na situação. A polícia é chamada. Dois policiais chegam, coçam-lhe a nuca e chamam um veterinário. Com a ajuda de um pescador, eles conseguem capturar a foca com uma lona e levam-na em direção ao porto, seguidos por centenas de pessoas. Quando a foca enfim desliza para a água as pessoas batem palmas.

COMO UMA BOMBA TIQUETAQUEANTE

1

Desde que se aposentou três anos atrás, Harry Boström dorme mal. Pega no sono tarde demais e acorda muito cedo. Quando o relógio marca cinco horas naquela manhã de setembro, ele já está acordado há meia hora, na cama, com as pernas coçando, e então se levanta só de cuecas, vai até a janela da cozinha e olha para fora.

O amanhecer ainda é pouco mais do que uma sugestão, mas, em meio ao escuro, ele percebe as silhuetas das gruas erguidas à beira-d'água. Se tudo sair como foi planejado, em poucos anos ele vai perder a pequena vista do porto que hoje tem. As novas construções no porto de Norrtälje vão obstruir a vista entre a Vegagatan e a baía. Outros moradores da região passaram a organizar encontros e protestos, mas para Harry aquilo não fazia sentido. Seria mesmo possível impedir a construção de duas mil moradias para manter a vista de meia dúzia de aposentados? Dificilmente. Seria preciso se acostumar.

Harry sabe tão bem lidar com as coisas à medida que acontecem que seus companheiros de jogo às vezes o criticam quando todos se encontram na tabacaria do Lilla Torget para apostar nos cavalos do V5. Enquanto os outros se exaltam com as corridas, que podem ser assistidas num monitor, Harry passa a maior parte do tempo fazendo gestos melancólicos de cabeça. Ele raramente ganha uma aposta, e, segundo os outros, esse é o resultado da falta de engajamento. As apostas de Harry são tidas por aleatórias, o que lhe rendeu o apelido de Harry Boy.

— Tosse?

Ouve-se um ranger na palha trançada do corredor e, em seguida, um labrador já envelhecido entra na cozinha. Tosse se aproxima de Harry e baixa a cabeça no colo dele para reforçar o laço de amizade entre os dois naquele dia que começa. Harry afaga a cabeça do animal, onde um tufo de pelos grisalhos na pelagem escura não para de crescer.

— Vamos passear?

Tosse olha para Harry com uma cara de que provavelmente não valeria muito a pena, e, em seguida, volta ao corredor e se senta ao lado da coleira. Afinal, ele precisava fazer xixi. Harry está usando as mesmas roupas de ontem e de anteontem. Uma calça de jeans macia, uma camiseta de mangas curtas e um abrigo colegial tão desbotado que a estampa "Norrtälje elinstallation" ["Instalação elétrica em Norrtälje"] há muito tempo desapareceu junto com os tons de azul. Depois, ele põe o cachorro na coleira e os dois saem para se encontrarem com o mundo.

Tosse se anima um pouco quando os dois atravessam o portão e se põe a reconquistar sua área com certo entusiasmo. Harry também gostaria de ter aquela sensação, a de que um pedaço de terra era *seu*. Se um dia já a houvesse sentido, as demolições e depois as construções no porto haviam-no privado daquilo, porque a vista mudava todos os dias.

Mesmo assim, era impossível não começar a caminhada matinal tomando o caminho do porto, nem que fosse apenas para ver o que havia acontecido de novo e eventualmente praticar uma pequena sabotagem para fazer um protesto inútil. Chutar uma ferramenta esquecida ao mar, esconder uma caixa de suprimentos elétricos. Sem nenhum motivo.

Tosse conhece aquela rotina e, depois de terminar as marcações necessárias, segue em direção às antigas vagas secas do clube náutico, onde atualmente um terreno vazio aguardava uma construção.

No oriente, o céu acima de Norrtäljeviken estava vermelho-escuro e tinha nuvens rosadas que deslizavam vagarosamente. Harry disse para si: *Que bela manhã,* para não perder de vista esse motivo de alegria em meio às névoas da tristeza. Harry não é exatamente uma pessoa infeliz, mas também é verdade que já faz tempo que não se sente feliz, se é que alguma vez se sentiu assim. A solidão é grande.

Harry está tão perdido nesses pensamentos que não percebe quando Tosse para, e assim, quase tropeça ao ver o cachorro que rosna como se defendesse o próprio território. Tosse mantém o corpo tenso, a cauda erguida, os pelos eriçados. Harry ergue o rosto para ver o que se passa e o que levou Tosse a se comportar de forma tão atípica.

Um contêiner.

Bem adiante, no cais, há um contêiner amarelo que não estava lá na tarde anterior. Harry atravessa o porto a fim de dar uma olhada mais de perto enquanto Tosse o acompanha contrariado enquanto rosna.

75

O contêiner parece ter sido descarregado às pressas, porque um dos cantos está flutuando além da borda do cais, como se tivesse sido *jogado* lá. Não existem navios de carga nem caminhões à vista, mas, durante a noite, ou no início da madrugada, alguém deveria ter deixado aquilo por lá.

Harry se aproxima e passa a mão pela superfície lisa. A tinta não está descascando e não há pontos de ferrugem. O contêiner parece quase novo, e não há nenhuma identificação e nenhum texto que indique de onde veio ou para onde vai. É apenas um contêiner amarelo e anônimo. Harry bate no metal espesso, e o barulho ecoa com um som abafado. O contêiner não está vazio.

Harry não saberia dizer que impulso o leva a colocar o ouvido contra a superfície do contêiner. Tosse uiva e puxa a guia para se afastar enquanto Harry tenta acalmá-lo. Ele tem a impressão de ouvir um barulho no interior do contêiner. O barulho de um *movimento*. Harry bate mais uma vez e pressiona o ouvido contra o metal. Nada. Ele não sabe dizer com certeza se realmente ouviu um som na primeira vez, mas logo trata de ir à ponta do contêiner para examinar a porta.

Uma barra rústica e um cadeado igualmente rústico impedem que o exame continue. Harry olha ao redor para se certificar de que ninguém o observa, bate com força na porta e diz:

— Oi? Tem alguém aí?

Nada de resposta, nada de movimento. Harry se afasta e coça a cabeça. Será que deveria ligar para alguém? Para a polícia? Como a maioria das pessoas, ele não gostaria de fazer papel de ridículo, porém, ele *realmente* imaginava ter ouvido um barulho. Talvez fosse apenas um objeto que houvesse mudado de posição, mas e se, se...

Harry fica olhando para o contêiner por mais uns segundos. Em seguida, ele dá meia-volta e decide fazer a ligação. Tosse o puxa na mesma direção e o ajuda, louco para sair de lá.

Mais tarde, Harry acabaria se tornando uma celebridade em Norrtälje, e, por muitas vezes, haveria de repetir a história sobre o que havia acontecido naquela manhã. Ele havia sido o primeiro a ver e o único a ouvir.

2

— Essa história é a cara de Norrtälje.

Johan joga o exemplar do *Norrtelje Tidning* em cima do balcão e aponta para a foto do contêiner amarelo impressa na primeira página.

— Você viu?

Ove tira os olhos do trabalho, que consiste em pôr as bolas de boliche em ordem ascendente de peso nos preparativos para as partidas mais ao entardecer. Ele olha confuso para Johan e balança a cabeça, de boca aberta. Tempos atrás, ele havia jogado no time nacional, mas já naquela época tinha ideias que beiravam a loucura.

— O contêiner — disse Johan. — Esse contêiner que encontraram ontem. Aqui diz que ninguém pode abrir porque existe uma "situação de propriedade indefinida" em relação ao ponto ele onde se encontra.

Como em muitas outras vezes, Ove repete um conceito difícil. Sem largar a bola vermelha que tem nas mãos, ele repete:

— "Situação de propriedade indefinida"?

— Ah! Ninguém sabe se o ponto do terreno onde o contêiner está pertence ao município, à construtora ou ao clube náutico. Como é possível *não saber* uma coisa dessas? Só mesmo nessa merda de município...

Ove trabalha na pista de boliche desde a inauguração há dez anos, e nos últimos sete teve Johan como colega. Os dois se entendem, então Ove retorna ao trabalho com a certeza de que logo Johan vai se sair com uma tirada que dispensa qualquer outra participação. E, claro, Johan se levanta e começa a arrastar os pés de um lado para o outro atrás do balcão do café enquanto aponta o dedo para o jornal.

— Basta que a menor coisa não saia como o planejado e todo mundo começa a correr de um lado para o outro como um bando de galinhas decapitadas. As melhorias de saneamento foram para o brejo, a cobertura de fibra óptica na zona rural é sempre adiada, e tudo por quê? Por que não existe *nenhum responsável.* Quando o Norrteljeporten virou um monte de hangares com placas da Biltema que mais se parece com um caixote enfiado numa latrina em vez das *construções agradáveis com ares de arquipélago* que foram prometidas, de quem é a culpa? De ninguém, porque *ninguém* tinha a menor ideia de que o lugar seria tão feio. Mas venha cá ver, porra! Eu garanto que esse contêiner vai ficar parado lá até enferrujar porque ninguém do município vai tirar a bunda da cadeira para dar um jeito no assunto. Imbecis do caralho!

Ove já havia ouvido inúmeras variações desse monólogo ao longo dos anos. O ódio que Johan tinha do município precisava apenas de uma faísca para se acender, e a questão geralmente era encerrada com *imbecis do caralho.* Ele ouve sem escutar, como se trabalhasse perto de uma cachoeira com um murmúrio ao qual tivesse se acostumado. Ele organiza as bolas enquanto pensa no campeonato de 1986, quando havia feito vinte e dois strikes em sequência. Bons tempos!

3

— Qualquer coisa pode estar lá dentro.

Maja, da charcutaria, bate com o indicador na imagem do contêiner como se assim pudesse revelar todos os segredos daquele objeto. Ela, Siw e Ingela, da padaria, saíram um pouco mais cedo para o almoço porque vinham trabalhando desde o horário de abertura, e Ingela desde antes. As três estão sozinhas no refeitório do supermercado ICA Flygfyren, sentadas junto a uma mesa ao lado de uma janela gradeada com vista para um emaranhado de tubos e dutos que mais sugere uma indústria petroquímica do que uma loja de mantimentos.

De acordo com o novo estilo de vida saudável recém-adotado, Siw se contentou com uma salada. Ela já terminou de comer e sente a mesma fome que sentia antes da refeição. Siw olha de relance para a foto do jornal e sente um certo desconforto. O contêiner parece estar... muito *solitário* no cais, e a solidão é uma coisa perigosa.

Desde pequena, Siw tem uma tendência a atribuir uma alma a coisas inanimadas, e às vezes irritava a mãe ao levar para casa os mais variados objetos com a justificativa de que pareciam estar muito sozinhos. Uma pá encontrada na floresta, um galho caído encontrado no estacionamento. O contêiner lhe deu a mesma impressão. Como se tivesse perdido todos os amigos e naquele momento estivesse sozinha no porto.

— Qualquer coisa — repete Maja. — Pode ser que os russos tenham enviado lixo radioativo, ou então um daqueles venenos que usam para matar pessoas. — Ingela dá uma risada e Maja faz uma careta descontente. — Você ri agora, mas não vai rir quando acordar numa bela manhã e descobrir que perdeu todo o cabelo.

Siw tenta conter uma risada porque não gostaria de irritar Maja outra vez. Por já ter vinte e cinco anos ela, imagina fazer análises mais acertadas de situações atuais, e não tolera o deboche de uma colega de vinte e dois. Mas a imagem das melenas loiras de Ingela soltas em cima do travesseiro leva uma risada a escapar pelo nariz. Maja a encara com um olhar furioso, mas não consegue xingar antes que Ingela diga:

— Ou então viramos um grupo de super-heróis. Os habitantes de Norrtälje!

Quando Siw volta ao caixa e ao bipe monótono das mercadorias no leitor de códigos, aquela ideia a acompanha. Assim que ergue o rosto para cumprimentar o cliente seguinte com um "Olá", ela tenta imaginar que tipo de poder aquele cliente, seja homem ou mulher, jovem ou velho, poderia ganhar. Visão de raio-x, leitura de pensamentos, superforça, invisibilidade ou ainda outra coisa?

A brincadeira a mantém ocupada até o fim do turno, o que faz daquele um bom dia de trabalho, um dia em que o tempo passa sem que ela perceba.

4

O veículo de trabalho de Max é um Toro Workman, um carro elétrico de carga que sempre o leva a se sentir um pouco ridículo, já que precisa sentar com as longas pernas encolhidas para caber no assento.

— Não é lá muito bom pra arranjar mulher, como Johan disse certa vez. Não que Max tivesse qualquer intenção de andar pelas ruas de Norrtälje em busca de romance em potencial, mas um mínimo de dignidade nunca é demais.

Ele atravessa a ponte Societetsbron, faz uma curva à esquerda e entra no parque. Quando chega ao palco ao ar livre que existe no parque, ele para, pega o celular e confere se alguém no grupo de Facebook Pokémon Go Roslagen postou uma mensagem sobre raids em andamento ou prestes a acontecer.

Max não tem por hábito jogar durante o expediente, mas haviam acabado de liberar Entei como chefe de raid e ele queria muito capturá-lo antes de Johan. Uma situação ridícula, mas, assim mesmo, real. A única raid disponível era um chefe nível um, tipo Magicarp, e ninguém havia se interessado porque esses chefes são fáceis de derrotar sozinho.

Max guarda o telefone e dirige ao longo do cais. Quando chega à escultura que em Pokémon Go se chama *Wind Thingie,* ele para mais uma vez e olha para a margem oposta do cais.

O contêiner reluz como um farol. Muitas pessoas reunidas ao redor batem naquela grande caixa de metal e andam ao redor dela como os macacos ao redor do monólito em *2001.* Com a cor amarelo-clara e as linhas retas, parecia um objeto estranho, um ponto colocado no meio da existência. Pelo que Max entendeu, ninguém sabe de *nada* a respeito daquilo. De repente, o contêiner surgiu lá, e a carga ainda era desconhecida em razão do imbróglio relativo à posse do terreno.

Não havia como negar que havia certa emoção naquilo tudo, como acontece quando um mágico prepara o número em frente à caixa que logo será aberta. Mas a decepção será inevitável quando determinarem quem é proprietário do terreno e o cadeado for removido. Duas ou três toneladas de legumes estragados, ou então motores de barco roubados. O contêiner amarelo-claro é sugestivo por si só, o que pode ser visto no interesse demonstrado pelos habitantes de Norrtälje.

Max tira os olhos da caixa amarela e avança com o carro em direção aos aparelhos de exercício ao ar livre. No verão de poucas chuvas, os aparelhos foram muito utilizados, e alguns precisam de reparos. Após descer do carro com a maleta de ferramentas, ele olha ao redor antes de pegar o telefone e fica andando em torno da Pokéstop. Três *nanab berries...* será que faria mal?

5

— Você está bem assim, Eira?

Anna acomodou Eira Johansson com dois travesseiros para que ela não deslizasse de lado durante a refeição. Em geral, Eira consegue fazer as refeições sozinha, mas hoje está num dia ruim: as mãos tremem como se ela fosse constantemente atravessada por um choque elétrico.

Anna pega o prato com batatas e um bife de hambúrguer cortado em pedacinhos e serve um bocado na colher. Quando leva a colher em direção à boca da senhora, encontra os lábios fechados enquanto os olhos apertados de Eira olham fixamente para um ponto mais distante da mesa.

— Vamos, Eira — diz Anna. — Você precisa comer, senão nunca vai ser uma jogadora de futebol profissional.

— Olha! — diz Eira. A mão trêmula se ergue com um indicador que oscila como um metrônomo histérico enquanto aponta. — Olha ali!

Anna baixa a colher e olha. Sobre a mesa está o exemplar do *Norrtelje Tidning*, com a capa que estampa o contêiner amarelo. Anna pega o jornal e mostra-o para Eira.

— Isso aqui? — pergunta ela. — O contêiner?

— Aham! Esse mesmo! Vai ser um pandemônio! Um pandemônio dos diabos!

Outros dois ou três idosos no refeitório lançam olhares críticos em resposta a essa declaração de Eira. No caso dela, os acessos de tremor muitas vezes parecem estar ligados a um impulso de praguejar. Anna não leva aquilo a mal porque está acostumada a coisas piores em casa, mas, para manter tudo sob controle, diz calmamente:

— Eira, você não pode se alterar desse jeito. Assim as pessoas vão ter má impressão de você!

Anna tem o respeito e a admiração de todos os clientes da casa de repouso Solgläntan. Quase todos gostam daquela personalidade direta e às vezes até um pouco brusca, mas com os poucos que não gostam, ela sempre baixa o tom. Apenas Folke Gunnarsson claramente não gosta dela, mas a verdade é que não gosta de praticamente nada e ninguém, com ênfase em "imigrantes e parasitas".

Eira faz parte do fã-clube de Anna e sabe que aquela leve crítica era apenas para manter as aparências. Ela se inclina em direção à Anna e sussurra em tom conspiratório:

— Tudo vai acabar indo pro inferno. Tudo! Vai ser maravilhoso.

— Com certeza — responde Anna. — Mal podemos esperar! Mas agora você precisa comer um pouco.

Os lábios de Eira permanecem apertados quando Anna torna a erguer a colher. Anna suspira e diz:

— Abre a boca, Eira, senão você sabe o que acontece. Cinco golpes de vara e depois castigo na despensa.

Eira ri e se bate na cadeira de rodas. Eira abre tanto a boca que a dentadura amarelada se revela. Depois mastiga, estala os lábios satisfeita e torna a abri-la para comer mais.

* * *

Todos sabem que o cruzamento entre a Tullportsgatan e a Stockholmsvägen é um dos concorrentes mais fortes a pior projeto de tráfego em toda a Suécia. Os arranjos provisórios com lâmpadas piscantes e placas que solicitam aos motoristas avançar com o sinal vermelho serviram apenas para criar confusão. Por fim acabou decidido que a medida correta a adotar seria não adotar medida nenhuma. Um grande número de motoristas cede a passagem aos pedestres, mesmo sem ter a obrigação. E assim vai.

VAGANDO PELA CIDADE

1

No entardecer, Siw e Anna estão encolhidas de frio na sacada de Siw. Em um apartamento de esquina na Flygaregatan, as duas estão sentadas no sofá de imitação de vime com as pernas encolhidas, de frente para o antigo campo de pouso, atualmente usado como campo de futebol, e para a pizzaria onde Siw até pouco tempo atrás era cliente frequente.

Na mesa em frente às duas há uma embalagem Tetrapak de vinho Rawson's Retreat, dois copos e uma tigela cheia d'água onde três pequenas velas flutuam. Faltam poucos minutos para as oito horas, o entardecer dá lugar à noite e os times que treinavam no campo de futebol já foram embora. É a hora favorita de Siw. Quando as atividades do dia chegam ao fim e a escuridão chega de mansinho. Uma hora intermediária que não faz nenhum tipo de exigência.

Siw e Anna já passaram muitos entardeceres na sacada de Siw exatamente daquele jeito. Elas costumavam chamar aquilo de "aquece" — embora poucas vezes acabassem saindo, porque Siw não ficava à vontade com mais pessoas ao redor fora do trabalho. Era muita coisa acontecendo ao mesmo tempo. No fim, Anna havia desistido e deixado as festanças para outros conhecidos e amigas menos próximas do que Siw.

As duas estão no meio de uma discussão sobre que personagem do filme *O Senhor dos Anéis* seria o melhor para dividir um apartamento quando Siw recebe um SMS.

"Nos vemos hoje à noite? S."

Ela responde:

"Me desculpe. Tô ocupada. Fica pra próxima."

— Era o Sören? — pergunta Anna.

— Ah! Ele queria me ver. Mas eu não tô a fim.

— *Como* você poderia estar a fim?

Siw toma um gole de vinho e sente o rosto enrubescer quando diz:

— Ele é legal e tudo mais.

Anna endireita as costas e balança a cabeça com uma expressão cética.

— Legal?

Um sujeito de mais de quarenta que te chama de *foda amiga* e que não quer nada além de pegar nos seus peitos?

Siw se arrepende de ter dito para Anna que Sören usa aquela expressão que ela mesma também acha repulsiva, e também de ter revelado que ele tem uma verdadeira obsessão por seus peitos. Sören trabalha no depósito do ICA Flygfyren, e o relacionamento entre os dois começou há pouco mais de um ano depois de um incidente entre bêbados numa festa particular.

— Além do mais — diz Anna, se servindo de mais vinho mesmo que já tenha bebido três copos inteiros, — ele só dá notícias quando não tem nenhuma partida importante, só que tipo *todas* as partidas são importantes. Será que ele não queria dar uma rapidinha durante o intervalo? Meter, gozar e depois voltar para o segundo tempo?

— Para com isso, Anna, por favor.

É verdade que Sören tem um interesse extremo pelo futebol. A sala dele é um simples prolongamento da TV de sessenta e cinco polegadas que domina uma das paredes, e ele assina todos os canais de esportes. Siw é obrigada a reconhecer que as coisas ditas por Anna têm um fundo de verdade, mas não gosta de ver sua vida reduzida daquela forma. É muito doloroso.

Apesar da bebida, Anna percebe que foi longe demais. Ela suspira e passa a mão no rosto de Siw.

— Pobrezinha. Você merecia um namoro *decente*.

Siw afasta o rosto do afago bem-intencionado de Anna e diz:

— Não é sempre que você ganha o que merece.

Aos vinte e nove anos, Sören é o segundo relacionamento longo na vida de Siw, se é que se pode chamar aquilo de relacionamento. O primeiro havia sido Niklas, um rapaz que estudava manutenção automotiva na escola técnica. Os dois haviam começado a sair no último ano do ensino médio e continuado por um tempo depois. Niklas era ruivo, cheio de espinhas e tinha quase dois metros de altura. Siw havia passado muito tempo com ele na oficina, observando enquanto mexia nos carros. Os dois nunca propriamente terminaram: as coisas simplesmente foram esfriando. Eles começaram a se ver e a se falar cada vez menos, e, por fim, pararam. Em teoria, os dois ainda estavam juntos.

Nos dois casos se tratava de relacionamentos com homens que estavam ocupados com outras coisas além de Siw, em que o lugar ocupado por ela era o mesmo de um bicho de estimação negligenciado. "Amor" seria para ela um conceito vago caso não o tivesse visto em filmes, a não ser pelo amor que tinha por Alva e, em certa medida, pela mãe e pela avó.

Durante um período do ensino médio, Siw havia chegado a achar que talvez estivesse apaixonada por Anna, mas depois de uma tarde úmida em que as duas acabaram na mesma cama e Anna, meio sonolenta, começou a passar a mão nas coxas dela, Siw percebeu que não sentia nenhum, absolutamente nenhum tipo de arrepio. Antes mesmo que ela pedisse à amiga que parasse, Anna adormeceu. E aquilo nunca mais se repetiu.

Siw pega o telefone. Quando ouve a música de Pokémon Go, Anna resmunga e deixa o corpo cair para a frente, com o rosto entre as almofadas.

— Tem uma raid no Societetsparken — diz Siw. — Começa daqui a vinte minutos.

— Não — diz Anna com a voz abafada. — Por favor, não. Se a Alva acordar...

— É um ovo preto. Provavelmente o Entei. E mesmo que a Alva acorde não tem problema se eu passar um tempinho fora. Eu deixo um bilhete.

Anna endireita o corpo e passa as mãos no rosto.

— Se ao menos o Chris Hemsworth estivesse nessa porcaria de ovo e eu pudesse levar ele pra casa... — Anna pisca os olhos e se detém. — Ou melhor, não vamos exagerar. Nesse caso, eu iria *fácil*. Mas *Entei?* Que porra é um Entei?

— É um Pokémon que eu ainda não tenho. Porque ele acabou de ser lançado.

— Mas e pra que você quer *ter* esse negócio?

— Será que vamos começar outra vez essa mesma conversa? Eu tenho uma coleção. E com essa coleção eu posso participar de batalhas nos ginásios.

— Mas *por que* você faz isso?

— Por que você faz o que quer que seja? Eu tô pensando em ir. Você pode ficar aqui enchendo a cara se preferir. Eu volto daqui a pouco.

2

Max e Johan estão na tradicional caminhada Pokémon que inclui boa parte do centro de Norrtälje e dezenove PokéStops. Eles acabam de passar em frente à estátua do primeiro depósito bancário no Roslagens Sparbank e seguem em direção à biblioteca.

Os dois vestem camisas xadrez de manga curta. O ar está quente naquele entardecer de verão sem turistas. As pessoas que bebem cerveja na área externa dos bares esportivos são moradores locais, e Johan cumprimenta dois conhecidos do boliche.

Eles fazem uma curva depois da PokéStop da biblioteca e pegam a Stora Brogatan. Faltam poucos minutos para as oito horas, e, no restaurante tailandês Ran Mae, as pessoas já começam a ir embora. Quando chegam à antiga agência de correios que depois virou loja de artigos de iluminação e, posteriormente, virou a casa de repouso Lugn&Ro; todos deslizam os dedos nas telas dos celulares para acessar a PokéStop, Johan balança a cabeça e baixa o telefone.

— Afinal o que é que a gente tá fazendo?

— Caçando Pokémon — responde Max enquanto captura um Pidgey com uma curveball *excellent*.

— Tô falando numa perspectiva maior — insiste Johan. — É assim que a gente quer passar os fins de tarde? Você mesmo tinha dito que a vida parece estar fugindo.

Max abre a PokéStop em frente ao banco Nordea e ignora a Magicarp que se debate em frente à padaria da esquina. Ele já tem quatro Gyarados, um deles shiny. Max baixa o telefone e dá de ombros.

— Eu sei. Mas a verdade é que eu já desisti. Esses objetivos grandiosos e importantes não significam nada para mim. Prefiro coisas pequenas e bem definidas, como atingir o nível quarenta nisso aqui.

— Mas e depois? Quando você chegar ao nível quarenta?

— Mais cedo ou mais tarde vão abrir mais níveis.

Quando chegam à Hantverkargatan os dois recebem uma notificação e, em seguida, abrem o Facebook. É uma postagem do Pokémon Go Roslagen. O grupo vai se reunir daqui a meia hora para uma raid de nível cinco no Wind Thingie do Societetsparken.

— Isso! — exclama Johan, esquecendo todas as restrições anteriores. — Entei, porra!

Os amigos ensaiam um *high five,* se olham e começam a rir. Johan diz:

— Quantos pontos a gente marcaria numa escala de idiotice?

— Somos nerds — diz Max. — E sempre optamos pela diversão. Qualquer um perceberia.

3

Mesmo que tenha bebido praticamente uma garrafa inteira de vinho, Anna continua ao lado de Siw na caminhada em direção ao Societetsparken. O único efeito perceptível do álcool é que o mundo lhe parece um pouco mais leve. Todo o verde e todas as folhas parecem formar um abraço disposto a estreitá-la em meio ao leve farfalhar das copas. É a fase mais agradável da embriaguez, mas Anna raramente consegue parar nesse ponto. Às vezes, ela chega a achar que é uma pena.

Aquele fim de tarde será uma exceção, pelo menos por mais umas horas. Quando Anna cogitou levar vinho numa garrafa PET, Siw se mostrou firme ao dizer que não. Houve um rápido bate-boca, mas, por fim, Anna cedeu e fingiu aceitar o argumento de Siw, de acordo com o qual aquilo causaria uma má impressão aos outros jogadores. No fundo, ela havia decidido ver o lado positivo daquela exceção e aceitado dar um passeio com um leve pileque.

Siw abriu Pokémon Go no telefone, mas em seguida tornou a guardá-lo: o objetivo era apenas que a distância percorrida fosse registrada para chocar o ovo. Anna já entendeu mais ou menos como aquilo funciona e acha incrivelmente ridículo que Siw se disponha a ser a escrava de um bando de monstrinhos fantasiosos invisíveis. Ela havia experimentado jogar Angry Birds, mas largou o jogo na segunda banana porque havia se irritado com os grunhidos dos porcos.

Anna e Siw já haviam conseguido ir à Friskis três vezes, e Anna sentia uma dor terrível nas coxas em razão dos treinos, o que, por sorte, havia melhorado um pouco graças ao álcool. Ela sabe que o plano de emagrecer está fadado ao fracasso, porque vinho e destilados contêm muitas calorias, mas em relação a isso não há nada que se possa fazer. Sem as bebedeiras regulares ela acabaria afundando na tristeza, e de um jeito ou de outro esperava conseguir transformar pelo menos um pouco de gordura em músculo.

As duas chegam à rotatória e pegam a Bolkavägen, que passa entre as casas de pessoas bem-sucedidas. Anna pensa que gostaria de ter uma lata de tinta em spray para pichar aquelas cercas e muros arrumadinhos. Ela detesta aquele tipo de lugar, e só consegue se animar um pouco fantasiando a respeito das perversidades que sem dúvida ocorrem nos porões. Naquele instante, Anna imagina um homem de calça social e mocassins que põe filhotinhos de gato no forno de micro-ondas quando Siw pergunta:

— Você tem visitado o Acke nesses últimos tempos?

Anna põe de lado a imagem da porta do micro-ondas coberta de tripas e responde:

— Eu fui lá tipo anteontem. Ou um dia antes. Ou então ontem.

As visitas ao irmão três anos mais novo na penitenciária de Norrtälje são sempre tão iguais umas às outras que todas se misturam num mingau de falas idênticas na salinha cor de aveia. Durante os dois anos que o irmão passou preso, Anna deve ter feito mais de cem visitas. Ela se irrita por não conseguir lembrar direito, e assim responde de maneira desnecessariamente ríspida:

— Por que você quer saber?

Siw se afasta dez centímetros, como se Anna houvesse tentado golpeá-la, e diz:

— Pura curiosidade. Como ele tá?

Anna se sente mal por ter usado aquele tom agressivo, o que a deixa ainda mais irritada.

— Na mesma. Ele faz as merdas de apoios dele e fala sobre a merda da vida nova que pretende levar quando sair de lá. As duas já deixaram o idílio residencial para trás e chegam ao estacionamento em frente ao Janssons Tobak. O ímpeto destrutivo no peito de Anna se acalma. Ela toca o ombro de Siw e diz:

— Me desculpe. É só que eu tô muito cansada dele.

— Porque você ama ele.

— É. Se não fosse assim eu não me importaria.

Anders, ou Acke, é o irmão do qual Anna se sente mais próxima. Ela havia cuidado dele quando ainda era menino, e chegou a apresentá-lo aos filmes de gângster que tinham sido uma das primeiras referências conjuntas de Anna e Siw. Infelizmente aqueles filmes também o haviam inspirado a se envolver com os Irmãos Djup.

Depois de anos de sucesso com as vendas do produto que os irmãos chamavam de "feno" Acke por fim tinha sido parado na alfândega de Trelleborg. Os policiais chamados após uma revista à mochila de Acke disseram que "feno" não era o nome mais correto para os três quilos de folhas secas que tinham sido encontrados com ele, e pela quantidade não podia se tratar de substância para uso próprio. Ele foi condenado a dois anos.

Siw confere o relógio do celular. Elas correm o risco de chegar atrasadas para a raid, então na altura da Glasmästarbacken ela diz:

— Temos que apertar um pouco o passo se pretendemos chegar a tempo.

— Aperte o passo você. Como vão as suas coxas?

— Pelo menos se arraste um pouco mais depressa, então.

Siw também sente a dor dos treinos, e quando aceleram o ritmo as duas começas a mancar. Anna pensa que elas parecem duas patas cambaleando ladeira abaixo, e quando ri uma golfada de vinho azedo lhe sobe pela garganta e queima-lhe o nariz. Ela para de rir e continua a se arrastar em direção ao Societetsparken.

4

Ao se aproximar do Wind Thingie, Siw e Anna veem um grupo de pessoas reunidas. Anna já esteve com Siw em duas ou três raids antes, porém mais uma vez se sente impactada ao perceber as enormes diferenças entre as pessoas que fazem parte do grupo que se chama Pokémon Go Roslagen.

Grosso modo, todas as faixas etárias e todos os tipos de pessoas estão representados. Desde meninos de dez anos com movimentos desengonçados até aposentadas tocam calmamente nas telas dos celulares. Havia um adolescente parrudo que Anna reconheceu da Friskis e uma mulher da idade dela com jeito de quem mal havia saído de um longo período de abuso de substâncias. Só não havia meninas pequenas.

Parte dos homens parecia ser composta por nerds acima do peso que recebiam seguro-desemprego e só saíam da frente dos computadores para capturar Pokémons, enquanto outros poderiam muito bem se passar por funcionários corretos da previdência social. Se o grupo fosse posto na frente de Anna sem nenhum tipo de comentário, ela jamais poderia imaginar o que aquelas pessoas tinham em comum caso não fossem uma família. Mas de certa forma era aquilo era uma família. As pessoas conversam a meia-voz e olham para os celulares umas das outras, apontam, se ouvem risadas. Um homem de meia-idade oferece uma explicação a dois meninos.

Que bonito, Anna pensa quase contra a sua vontade. *Bem cretino. Mas bonito.*

Já se passou um minuto desde a hora marcada, e ao se aproximar do grupo Siw grita:

— Vocês já começaram?

— Não — responde um garoto alto e magro com mesma idade de Anna e Siw. — Tamos esperando a Christina. E por falar no diabo...

Uma mulher com cerca de sessenta anos chegou numa cadeira de rodas elétrica. Aquela mulher, que tem o apelido de "Sapa da Mamãe" participou de todas as três raids em que Anna tinha estado presente, porque é uma das pessoas mais respeitadas no universo de Pokémon Go em Norrtälje. Nível 39.

Quando se aproxima do grupo, Sapa da Mamãe puxa o telefone e faz a pergunta mais importante naquele momento:

— Vocês já começaram?

— Não — diz o rapaz. — Como a gente poderia começar sem você, Christina?

A expressão de Christina dá a entender que aquele comentário era ao mesmo tempo bem-vindo e mentiroso. Uma raid de nível cinco pode ser completado por cerca de seis pessoas, segundo as explicações de Siw, porém deve haver no mínimo trinta. Esse fato dá início a uma atividade que Anna não havia presenciado até então.

— Azuis para cá! — grita o rapaz que tinha respondido à pergunta de Siw, e em outros pontos do grupo se ouve "Amarelos!" e "Vermelhos!"

Siw chega mais perto do rapaz e Anna pergunta:

— Como funciona agora?

— O número máximo de pessoas numa raid é vinte — responde Siw. — A gente vai se dividir conforme os times.

— Você agora faz parte de um *time* então?

— É. Team Mystic.

— Meu Deus.

O rapaz que assumiu o papel de coordenador é bonito: tem um rosto anguloso, pele bronzeada e olhos azul-claros. Quando Siw para ao lado dele, os dois parecem a dupla cômica o Gordo e o Magro. O rapaz faz um gesto de cabeça para Siw e depois se vira para o amigo ao lado, que parece uma versão piorada dele próprio.

Anna abre as mãos em direção às doze pessoas que se reuniram ao redor do rapaz e pergunta:

— Vocês todos são o Team Mystic?

— Somos — responde o amigo do rapaz. — Qual é o seu time?

— Team Sportia.

— Legal — o rapaz diz sem rir, e a seguir volta a se concentrar no celular. Ele tem precisamente o tipo de aparência que Anna menos gosta. Lábios estreitos e finos com olhinhos apertados num rosto que parecia o de um rato.

Me dê um motivo, Anna pensa. *Me dê um motivo e você vai ver só.*

Ela se vira em direção a Siw para fazer um comentário negativo sobre o rapaz, mas Siw não está prestando atenção. Naquele momento, tem a boca aberta e os olhos fixos no outro lado do porto, onde está o contêiner amarelo. Os olhos estão arregalados, e o lábio inferior treme um pouco.

— O que foi? — pergunta Anna. — Siw, o que foi?

Siw não responde. O rapaz que lidera o grupo também percebe o comportamento de Siw e olha curioso para ela antes de se virar para o grupo e gritar:

— Muito bem, lá vamos nós! — Ao ver que Siw não reage, ele toca no ombro dela.

— Ei! Você me ouviu? Estamos começando.

O olhar de Siw retorna e ela se atrapalha com o telefone para entrar na raid. Siw abre um sorriso tímido para o rapaz e faz um joinha quando o contador exibe o número 97. O rapaz olha para Siw, para o contêiner e depois mais uma vez para Siw.

— Me desculpe — diz ele. — Mas... o que foi que houve?

— Nada — responde Siw. — É só aquele contêiner, sei lá, ele parece meio...

— Sinistro?

— É. Exato.

O amigo do rapaz olha para Anna com uma expressão que ela considera *avaliativa*. Dá uma boa olhada de cima a baixo e decide que ela não serve. Talvez seja apenas impressão, mas Siw precisa se esforçar para conter o impulso de mostrar a língua para ele. Em vez disso, ela dá uma risadinha e desvia os olhos.

— Eu sou o Max — diz o rapaz, estendendo a mão para Siw.

— Siw — responde ela, e Anna revira os olhos quando mais sente do que vê a maneira como a amiga quase *faz uma mesura* ao tomar a mão do rapaz. Mas graças a Deus ela não chega a completar o gesto, e logo a raid começa.

Anna se afasta dois ou três passos e fica observando o grupo que permanece reunido ao redor da escultura com os dedos na tela dos celulares. Ela percebe mais um conceito possível além de "família": o de *seita*. Uma seita em que o Wind Thingie

89

era o objeto de adoração e os telefones as oferendas. *O Pokémon nosso de cada dia nos dai hoje.*

— Tudo certo? — pergunta Anna. Siw está concentrada fazendo movimentos autistas com o indicador no telefone. Ela faz um gesto afirmativo e continua batendo com o dedo. Metade da tela é ocupada por uma criatura que parece um grande cachorro mal-humorado. Todas aquelas pessoas se reuniram para capturá-lo.

Bonito, talvez, pensa Anna, *mas acima de tudo doente das ideias.*

O olhar dela é atraído rumo ao ponto amarelo do contêiner. Há pessoas reunidas ao redor do contêiner, como se aquilo fosse o bezerro de ouro. Anna não entende o que Siw e o que Max pensam. Aquilo é só um contêiner como qualquer outro. Claro que deve ter uma carga. Mas isso não é motivo para se exasperar.

A raid avança para a fase seguinte. O Entei está cercado, e chega a hora de capturá-lo. As pessoas olham fixamente para as telas dos celulares e fazem movimentos retos ou curvos com os dedos para lançar PokéBolas brancas. Anna vê que Siw acerta o Entei com um lançamento *excellent* e ouve que a amiga murmura "Vamos lá, vamos lá" enquanto a bola se movimenta de um lado para o outro.

Vamos lá, Entei, pensa Anna. *Assim a gente pode ir embora de uma vez.*

— Porcaria! — exclama Siw quando o Entei salta para fora da bola e continua a resistir no gramado verdíssimo. Siw tem só mais uma bola e aperta os lábios ao girá-la e girá-la para lançar uma última curveball.

— Isso, Isso, ISSO! — grita o rapaz com cara de rato, erguendo triunfalmente o telefone. — Entei, porra!

Max parece não ter dado a mesma sorte, porque abaixa o telefone e passa a mão por cima dos olhos. Anna vê que os olhos do cara de rato brilham com um prazer pela desgraça alheia que ele não consegue esconder. Qual seria o nome do PokéDiabo com aquela cara? *Rattata.*

Siw suspira e os ombros dela caem.

— Você também não conseguiu? — pergunta Max, e Siw balança a cabeça.

— Eu consegui na última bola! — diz o amigo, mostrando a tela do celular, onde o Entei aparece emoldurado como num quadro. Anna está prestes a dizer *muito interessante* quando Max aponta para o outro e diz:

— Esse é o Johan. Ele é legal, mesmo que não pareça.

Antes que Anna possa evitar, Siw aponta para ela.

— E essa é a Anna. Para ela vale o mesmo princípio.

Anna fica paralisada e não consegue sequer pensar num comentário maldoso para fazer quando Johan abre um sorriso condescendente. *Não é assim* que as relações sociais costumam funcionar. Anna é quem geralmente quebra o gelo e abre um canal de conversa por onde Siw, depois de muita espera, se aventura um pouco.

Johan guarda o telefone e pergunta:

— Vamos lá dar uma conferida naquele contêiner?

Mesmo que a pergunta tenha sido feita a Max, tanto Max como Siw balançam a cabeça de um jeito tão sincronizado que chega a ser cômico. Max olha para Siw e pergunta:

— O que você sente a respeito do contêiner?

— Desconforto, só — responde Siw. — Como se, sei lá, como se uma coisa fosse acontecer quando abrirem aquilo.

— Eu sinto a mesma coisa. Mas o quê? O que poderia acontecer?

— Não tenho a menor ideia. Mas vai haver uma transformação.

— É.

Johan bate as mãos, ri e diz:

— Escutem só como vocês estão falando. Parece a cena de um filme de terror. *Eu tenho um sentimento, ah, eu tenho que...*

— A Siw entende dessas coisas — o interrompe Anna. — Desde pequena ela...

— Fique quieta! — exclama Siw, com um jeito tão brusco que Anna chega a levar um susto. Realmente aquele é um entardecer fora do normal.

— O que é que você sabe? — pergunta Max, com jeito cuidadoso.

— Nada — responde Siw, baixando os olhos. — Eu não sei de nada.

Os outros membros do Pokémon Go Roslagen já se afastaram, e os quatro se veem sozinhos sob a luz do holofote no alto do Wind Thingie. A pergunta sobre o que todos poderiam fazer juntos em outro lugar de repente está no ar, e a fim de se adiantar à resposta Anna pega a mão de Siw e diz:

— Bem, obrigada então e uma boa noite para vocês. — Ela faz um aceno de cabeça para Johan e acrescenta: — Parabéns pelo cachorro mal-humorado que você capturou.

Siw se deixa levar. Poucos metros adiante Max pergunta:

— Como é o seu nome? No Pokémon Go?

O rosto de Siw cora quando ela responde:

— ChaplinsFlicka.

Max dá uma risada e diz:

— Eu sou o RoslagsBowser. Foi um prazer!

Siw tenta encontrar uma resposta e Anna a puxa com força antes que ela faça um comentário infeliz. As duas atravessam o gramado na direção das quadras de tênis. Quando chegam à escultura rodeada por bancos, Siw afasta a mão e diz:

— Você é a única pessoa para quem eu contei aquela história. Você não pode simplesmente...

— Me desculpe. Eu me senti provocada quando o cara de rato duvidou de você. Mas qual seria o problema? O seu cara agiu do mesmo jeito, ele também estava cheio de sentimentos.

— Como assim *o meu cara?* Ele não é o meu cara.

— Naaah... — diz Anna, cutucando as costelas de Siw. — Mas você não teria nada contra se fosse, né?

— Pare com isso, é chato.

As amigas continuam em silêncio até chegar ao palco ao ar livre. Lá Anna não consegue mais se conter. Ela deixa escapar uma risada, balança a cabeça e diz:

— RoslagsBowser, hahaha. Você sabe mesmo escolher!

— Anna, já chega. Você está sendo desagradável. Seria areia demais pro meu caminhãozinho.

— *Quê?* Qual você pensa que é o seu caminhãozinho?

— Um bem velhusco. Com a suspensão arrebentada. Modelo 1970, sei lá. Um modelo bem ruim.

Anna põe a mão no ombro de Siw e a acomoda num dos bancos em frente ao palco, se senta num dos bancos ao lado e diz:

— Eu não sei se você quer ganhar elogio. Ou se você é simplesmente burra mesmo. Mas, Siw, você tem uma aura incrível. E os seus olhos! Quem dera você os usasse para olhar para as pessoas em vez de olhar para o chão... E o seu sorriso! Quem dera você o deixasse aparecer em vez de ficar mordendo os lábios. Você tem uma coisa especial. Muito charme. Quem dera você deixasse ele aparecer!

— Você é uma amigona — diz Siw. — Uma amigona. Mas você sabe tão bem quanto eu que...

— Eu não sei de nada, como se diz por aí. E veja bem, eu não tô querendo deixar você animada fazendo os seus lados com aquele cara, porque nesse caso a gente levaria o cara de rato de brinde.

— Nós?

— É, nós. Porque nós estamos juntas nessa, não? Então agora *nós* vamos para casa e você vai me contar todas as suas fantasias de uma vida incrível com o *RoslagsBowser*.

* * *

Na entrada do porto de Norrtälje dois barcos se encontram. Um é um navio de popa simples, feito de fibra, com um homem e uma mulher de tripulantes. O outro é um enorme Buster de alumínio com volante. Uma família de cinco pessoas está sentada em cadeiras e bancos. Quando os barcos se passam, os condutores erguem a mão num cumprimento, mesmo que não se conheçam. É assim que se faz no mar.

O SENTIMENTO DE UM LAR

1

Johan tinha vinte anos quando a mãe acabou no lugar para o qual ela há tanto tempo se encaminhava — um quarto na unidade de internação psiquiátrica na ala 142 do hospital de Danderyd. Ela já havia se tratado sem internação, mas depois de um episódio de delírio no qual havia perseguido outras pessoas no Lilla Torget com um extintor de incêndio para assim exorcizar os demônios que possuíam aqueles corpos ela passou a ser considerada um risco para si mesmo e para os outros. Mas a mudança para a unidade de internação psiquiátrica não melhorou nada: apenas piorou. Sem possibilidade de construir muralhas de lixo para se proteger do mundo ela sucumbiu a um estado catatônico durante o qual por longos períodos se negava a sair da cama.

Quando voltou ao apartamento da Bergsgatan para fazer uma limpeza, Johan não conseguiu passar do corredor de entrada, onde parou com os punhos crispados e um nó na garganta. Se o lar de infância tinha sido apenas um lugar meio bagunçado, naquele momento estava reduzido a um depósito de lixo com banheiro e cozinha. Roupas, jornais e tralhas se acumulavam até a metade da janela, e o apartamento tinha um fedor horrível.

O município. Esse município de merda.

Como era possível que deixassem uma pessoa chegar àquele ponto sem que ninguém tomasse nenhuma providência? Johan sabia que a loucura da mãe se manifestava em surtos, e que às vezes, por dias a fio, ela conseguia se portar como uma pessoa razoavelmente normal. Fazia compras, pagava contas, de vez em quando até ia ao cabeleireiro. Mas no fim ela sempre voltava para aquela *toca,* onde só Deus sabia que bichos se arrastavam entre as pilhas de lixo.

Johan tinha planos de fazer uma limpeza e recolher lembranças de infância, mas quando se viu no corredor de entrada com os maxilares tensos percebeu que não queria mais nada com a infância, que a infância podia muito bem apodrecer com tudo mais o que estivesse dentro do apartamento. Ele deu meia-volta e saiu com a intenção de nunca mais voltar.

Permaneceu em Norrtälje por mais uns dias para resolver a papelada e as assinaturas que a internação compulsória da mãe haviam gerado, e durante esses dias se sentiu atormentado por uma ansiedade que só podia ser aplacada com passeios no entorno do apartamento. Ele subia e descia a Bergsgatan, ia à parte da floresta no alto do morro onde ele e Max costumavam dar asas à fantasia, olhava para o portão, coçava os braços e se apavorava com a ideia de que talvez estivesse ficando louco. Ele sentia um *anseio* profundo e arrebatador, sem, no entanto, saber qual era o objeto desse anseio.

Dias mais tarde ele imaginou ter descoberto. Johan usou a metade de suas parcas economias para contratar uma empresa de mudança para fazer uma limpeza geral no apartamento e, dentro do possível, restaurá-lo à condição original. Três dias mais tarde ele foi avisado de que o trabalho havia chegado ao fim, e quando aos poucos atravessou a sala fria que cheirava a desinfetante Johan sentiu que havia feito a coisa certa.

Ele queria recomeçar. Queria estar no espaço em que havia vivido a infância e apagá-la mediante a construção de uma vida nova no mesmo lugar. Por muito tempo ele ficou sentado de pernas cruzadas no chão vazio da sala, olhando para as janelas recém-limpas, admirando a noite que caía sobre os silos do porto.

Essa é a minha casa.

Nos dias a seguir, durante os momentos de fraqueza ele se arrependia de não ter separado dinheiro para uma mesa de cozinha e um par de cadeiras. O apartamento de segunda mão em Estocolmo tinha sido alugado já mobiliado, e durante os primeiros tempos em Norrtälje Johan se virou com um saco de dormir no antigo quarto. Mas na maior parte do tempo a sensação era boa. Ele recomeçaria tudo do zero.

Com a ajuda de lojas de segunda mão, do site de vendas Blocket e de coisas em bom estado achadas em contêineres de lixo, aos poucos o apartamento se tornou habitável. Faltava apenas uma TV, e quando recebeu o primeiro salário pelo trabalho na pista de boliche ele foi até a Elgiganten perto do Knutby Torg e torrou as últimas economias numa Samsung 47 polegadas. O clique da TV ao ser encaixada no suporte de parede marcou o instante em que tudo ficou pronto. Naquele momento a vida estava recomeçando.

2

— Porra, você não bate bem das ideias mesmo — diz Johan enquanto põe a chave na fechadura para abri-la. — Elas eram... gordas demais, as duas.

— *Gorda* é outra coisa — diz Max, acompanhando Johan ao interior do apartamento. — Rechonchudas, pode ser, mas gordas...

— Elas eram gordas, gordas pra caralho. — Johan fecha e tranca a porta. — E aquela outra, você viu o jeito como ela ficou olhando para mim?

— Não, não percebi.

— Ela teve *ódio* de mim. Quando olhei nos olhos dela eu senti que... que ela tinha *ódio* por mim. Não que eu me importe, mas é real.

Max tira os mocassins da Ecco e os coloca bem ajeitados na sapateira quase vazia de Johan enquanto diz:

— Foi só porque ela não conhece a sua personalidade agradável e tolerante.

— Eu sei, você me acha cínico, mas é só porque eu dou a real e digo *gordas* e *ódio.*

— Você pode falar o que bem entender, mas a Siw pareceu especial. Como se... como se eu tivesse reconhecido ela.

— Ah, ela sem dúvida é ok, mesmo que Siw seja um nome horroroso, mas eu tava falando daquela outra. Como é mesmo aquela palavra que você gosta de usar? *Propício.* Não é *propício* ser uma pessoa tão cheia de desprezo quando você é gorda daquele jeito.

Max pressente que Johan está prestes a começar um protesto ligado à existência das pessoas gordas e, para se poupar do transtorno, pergunta:

— Mario Kart?

Ao longo dos anos, Max e Johan jogaram cem ou mais títulos de PlayStation, Xbox e vários consoles da Nintendo, mas para jogar um contra o outro a escolha se resume a dois: *Mario Kart* ou *Smash Bros.,* sempre nas versões de quinze anos atrás do GameCube.

O GameCube de Johan soltou o último suspiro e rodou o último disco já em 2010, enquanto o Wii retrocompatível permanece vivo e bem — e por sorte a Nintendo teve a bondade de pôr entradas para os controles do GameCube no Wii. Porque o objetivo é justamente esse: os controles.

Como muitos outros jogadores, Max e Johan concordam que os controles atingiram o ponto máximo com o GameCube. Nem a Sony nem a Microsoft chegaram sequer perto com os trambolhos que desenvolveram — e, quanto ao controle do Wii, era melhor nem mencioná-lo perto de Johan. Na opinião dele, aquele bastão fino com sensor de movimentos serve no máximo para ser usado como dildo em situações de desespero. Pelo menos ele vibra. Às vezes.

Mas o controle do GameCube! Ah! É bom ficar admirando as várias cores, tudo se ajusta perfeitamente às mãos e tanto os botões como os direcionais ficam no lugar exato, e assim o jogo se torna intuitivo, como se o controle fosse um prolongamento natural do corpo. O controle do GameCube é simplesmente *o melhor* e todos os que discordam são *imbecis do caralho,* na opinião de Johan.

Max bafeja sobre o disco e usa a barra da camiseta para limpar uma impressão digital na mídia de Mario Kart antes de colocar o jogo no console, que o engole com um zumbido e um clique satisfeito.

— Você quer uma cerveja? — pergunta Johan, indo para a cozinha.

— Não, eu tô legal — responde Max enquanto usa o odioso controle do Wii para dar início ao jogo na tela inicial. Ele ouve Johan abrir a porta da geladeira e tomar uns goles de qualquer coisa que vai diminuir os reflexos dele e torná-lo incapaz de ganhar o que quer que seja. Max pensa em beber uma cerveja por gentileza, para se colocar no mesmo nível, mas no fim desiste. Ele já estava cansado daquelas noites superestendidas, com bate-papos intermináveis e depois canções tristes. O plano era jogar duas rodadas e depois ir para casa dormir.

— Mario Kart! Iur-ru! — grita Mario na TV ao mesmo tempo que se ouve um chiado na cozinha. Johan chega à sala com uma lata de Carlsberg Sort Guld na mão, se senta no chão ao lado de Max e pega o controle. Os fios não chegam até o sofá. Os dois se sentam de pernas cruzadas, lado a lado, tão próximos um do outro que os ombros chegam a se roçar. Max escolhe o Koopa/Paratroopa pelo casco vermelho, e Johan escolhe Waluigi/Wario porque gosta de Waluigi, mesmo que seja difícil usar as bombas que são a arma especial dele. Eles começam na *Mushroom Cup.*

Já na contagem regressiva do Luigi Circuit uma *tranquilidade* toma conta de Max. No mundo real tudo está o tempo inteiro em movimento e é impossível voltar aos panoramas da infância. Mesmo que não tenham mudado, eles próprios mudaram, e nada mais parece ser da maneira como ele recorda. Mas no jogo isso é possível. O Luigi Circuit é exatamente idêntico àquele em que Max corria quando tinha treze anos, e ele conhece todas as curvas e todos os atalhos da pista, e quando faz a largada com um *dash* no momento certo o sentimento que tem é o mesmo. É como se o tempo não houvesse passado, e aquilo lhe acalma o espírito conturbado de uma forma que poucas outras coisas são capazes.

Max e Johan mexem os direcionais e fazem as curvas soltando faíscas dos pneus. Johan está um pouco à frente porque o carro dele é mais rápido, mas isso vai mudar assim que for atingido por um casco, porque a aceleração do carro é uma porcaria.

— Que papo foi aquele de sentimento? — pergunta Johan enquanto se defende de um casco vermelho soltando um verde logo atrás. — Lá no porto, a respeito do contêiner?

— Sei lá — responde Max. — Era só isso mesmo. Um sentimento. Meio como você tem no aquário Skansen. Você para em frente ao viveiro e olha por uma janela. E você não vê, mas *sente*. Em algum lugar lá dentro tem uma cobra.

— Eu nunca fui ao Skansen — responde Johan, largando uma caixa-surpresa falsa da qual Max escapa com facilidade. — Mas você não quer dizer literalmente que... tem uma cobra naquele contêiner?

— Não. Mas tem *alguma coisa*. Alguma coisa que não devia sair de lá.

— Não tô entendendo — diz Johan ao ser atingido pelo Chain Chomper enquanto Max o ultrapassa. Johan usa um cogumelo para acelerar depressa e chega ao lado de Max para então continuar:

— Você costuma ter esses sentimentos em relação ao *momento*. Tipo, que *agora* tem um negócio acontecendo. Não em relação a onde, nem a coisas que vão acontecer no futuro.

Johan aproveita o peso extra do carro para empurrar o kart de Max para o gramado, onde ele perde velocidade. O que quer que Johan tenha tomado na cozinha ainda não fez efeito, e Max precisa fazer as curvas em alta velocidade para não ficar para trás.

— Não — responde Max. — É estranho. Pode ser que tenha a ver com a Siw, afinal ela...

— Tem uns peitões *do caralho* — completa Johan, e Max responde com um suspiro. Ele não compartilha daquele gosto por vulgaridades e juízos categóricos que Johan chama de "dar a real", pelo contrário: para Max, essa forma de se expressar faz com que o mundo aos poucos se despedace.

— Foi mal aí — diz Johan, olhando para Max com o rabo do olho. — Síndrome de Tourette. O que você ia dizer?

O pedido de desculpas faz com que a fissura no mundo diminua. Os dois completam a primeira volta e Johan ainda está na frente. Ao passar em cima da caixa-surpresa Max ganha um casco verde que de imediato é jogado contra Johan, mas erra por um fio de cabelo.

— Lixo! — exclama Johan. — Mas e então, o que você ia dizer?

Johan costuma se justificar com a síndrome de Tourette quando nota que fez um comentário excessivamente rude, mas a verdade é que não sofre com nenhuma doença que o leve a ficar repetindo palavrões obsessivamente: se trata apenas da velha amargura em estado bruto. Já perto da linha de chegada, Max perde uma das faixas de aceleração e a corrida acaba. Ele chega em segundo.

A pista seguinte, *Peach Beach,* é a favorita de Max. O humor dele melhora e ele resolve deixar o comentário infeliz feito por Johan de lado. Quando os dois terminam a primeira curva e passam entre os patos mutantes, ele diz:

— É difícil explicar. É como se eu tivesse *reconhecido* ela.

— Pode ser que você tenha reconhecido mesmo — diz Johan. — Norrtälje não é tão grande assim. Pode ser que vocês já tenham se visto outra vez. Puta que pariu!

Johan é atingido por um casco vermelho e o carro dele capota no ar enquanto Wario e Waluigi acenam e se balançam nos assentos. Segundos preciosos são gastos para recuperar a velocidade, e em seguida ele é atropelado por outros personagens controlados pelo computador.

— Acho que não — diz Max. — Eu nunca vi ela antes, tenho certeza. Eu sei disso porque nunca me senti desse jeito antes.

— Opa! — exclama Johan. — Agora sim! *Nunca me senti desse jeito antes.* Qual é a sua explicação para *essa* resposta?

— Não é nada disso — retruca Max. — Nada a ver. É como se... como se eu tivesse reencontrado uma pessoa que eu não vi por muitos anos. Mesmo que eu nunca tenha visto ela antes.

— ChaplinsFlicka.

— É.

Johan olha para Max e tenta conter uma risada.

— Mas ela *tem* uns peitões do caralho, admita.

— Tá, Johan, eu admito. Ela tem.

— Esse também é um fator que você precisa levar em conta. Tipo, além de todo o resto.

Max não tem nenhuma vontade de continuar falando a respeito de Siw nesses termos. Quando examina o próprio sentimento e ao mesmo tempo evita os bicos dos patos, Max encontra uma outra palavra para aquilo, uma palavra que ele jamais diria para Johan. Quando estava ao lado de Siw, aquela menina baixinha e rechonchuda — pois estaria disposto a chamá-la de rechonchuda — de cabelos crespos e desalinhados com roupas soltas Max teve o pressentimento de estar na presença de uma coisa *sagrada.* Nem ele próprio sabia o que isso significava, mas o sentimento era esse.

Desconcentrado, Max fica para trás na pista. Mas logo ele se refaz e avança com a ajuda de uns cogumelos. No último trecho, Johan é atingido por um casco azul e Max o ultrapassa quase em cima da linha de chegada. Johan joga o controle longe e sucumbe à síndrome de Tourette.

3

Já é quase meia-noite quando Siw convence Anna a voltar para casa. O fato de que o vinho acabou a ajuda. Siw bebeu uns três copos, enquanto o consumo de Anna poderia ser medido em litros, e no final ela estava com a fala realmente pastosa quando disse:

— Ei, escute, aquele... RoslagLoser ou sei lá o quê... você não... não pode... não tem... sabe?

— Não, Anna. Não sei.

— Mas é que... ah! Ah! — Anna bate na testa como se quisesse soltar uma ideia presa num canto da cabeça. — Ah, você sabe, como é mesmo que se diz... contato! Será que você não consegue fazer contato pelo... Feixebook?

— Não é assim que funciona.

— Não funciona? No Feixebook? Mas é tão... *pra isso* que serve o Feixebook! É assim que funciona. Contato!

— Escuta, já é tarde e amanhã eu tenho que trabalhar cedo.

— Aaahhh, nossa como você é *chata*.

Essa era uma conversa recorrente durante as noites que Siw e Anna passavam juntas. A certa altura, em geral quando ainda era bem cedo, Anna se afastava de Siw no grau de embriaguez e a partir de então Siw se tornava uma *chata* que ficava lá sentada enquanto Anna enchia a cara sozinha.

Siw limpa as cinzas de cima das almofadas e suspira ao ver mais um buraco de queimadura. Anna "fuma socialmente" e a parte social começa assim que ela começa a beber. Ao virar a almofada Siw encontra outro furo de queimadura mais antigo, e assim a desvira.

Anna é a melhor e mais velha amiga que tem, na verdade, é a única pessoa a quem poderia chamar de "amiga", mas ela gostaria que essa amiga maneirasse um pouco mais no álcool. Anna diz que não tem nenhum problema com álcool, e o principal argumento para defender essa ideia é que ela nunca se descuidou do trabalho, logo tudo está sob controle. Mas Siw não concorda. Existem outras coisas que não podem ser descuidadas além do trabalho, e o efeito bola de neve é sempre uma ameaça. Mas independentemente de qualquer outra coisa, Siw percebeu que o consumo de álcool da parte de Anna tem aumentado ao longo dos anos. Se ela ultrapassar a beira do abismo, o resultado é uma queda livre.

Siw deixa os copos em cima do balcão da cozinha antes de abrir e achatar o Tetrapak, pois não quer que Alva comece a bisbilhotar e fazer perguntas na manhã seguinte. Na vez em que ela descobriu uma garrafa de vodca teve início um verdadeiro interrogatório sobre a possibilidade de que a mãe acabasse virando uma velha bêbada.

Siw vai até a sala, abre o laptop e clica no ícone do Facebook. Quando a página abre no monitor ela clica fora e passa os dedos sobre as têmporas. Abre o Spotify e põe *Ett kolikbarns bekännelser* de Håkan Hellström para tocar em volume baixo, com as faixas em ordem aleatória.

Os olhos começam a lacrimejar com as primeiras notas de "*Brännö serenad*" e quando Håkan começa a cantar surge um nó na garganta de Siw.

"*Vad vet du om månljuset, förrän du blivit sönderslagen under det?*" ["*O que você sabe sobre o luar, até ser esmagado por ele?*"]

Siw baixa o volume um pouco e se levanta do sofá. Ela vai até o quarto de Alva e espia pela porta. A luz noturna em forma de foguete está acesa na mesa de cabeceira e ilumina a menina encolhida de lado, que tem uma das mãos ao redor de Poffe, uma raposinha de pelúcia com apenas dez centímetros de comprimento.

O nó na garganta de Siw se torna mais apertado. Aos quatro anos Alva tinha encontrado aquela raposa jogada na cerca viva em frente ao portão e, segundo uma lógica que Siw nunca tinha conseguido refutar, havia chegado à conclusão de que aquele era um presente dado pelo pai dela, que estava no céu. Ele tinha jogado a raposa para ela, mas errou a janela e no fim a raposa caiu em cima da cerca-viva. Desde então Poffe — que além de tudo é um anjo — dorme sempre com ela, e Alva se nega a ir para a cama sem ele.

Um dia, querida. Um dia você ainda vai saber de tudo. Siw fecha a porta do quarto de Alva e esfrega os olhos, de onde as lágrimas ameaçam escorrer.

Ela se senta mais uma vez à frente do computador.

Hellström canta:

"*Ni kommer få se er ungdom ruttna framför er*" ["*Você verá sua juventude apodrecer diante de você*"].

Abre novamente o Facebook, mas só consegue rolar uma página sem encontrar nada antes de clicar em outra coisa.

O que estou fazendo?

Och vad vet du om kärleken... [*E o que você sabe sobre o amor...*]

Siw se levanta e vai para a sacada, onde se senta com as mãos no colo e olha para o campo de futebol com os refletores apagados. Estava daquele mesmo jeito na vez em que havia contado para Anna como estavam as coisas.

Siw tinha passado a tarde inteira desanimada e bebido um ou dois copos a mais do que devia, e da maneira como Anna via a situação aquela era uma das raras noites em que Siw não tinha sido uma *chata*. Já tarde, de repente Siw tinha dito:

— Agora eu vou contar. Como estou de verdade.

— Conte — disse Anna, enchendo o copo dela. — Eu sempre quis saber.

Siw tomou um gole caprichado para juntar coragem e disse:

— Parece que eu passo a vida por aí, *esperando.* Mas eu não sei o que eu tô esperando. Não, não diga nada, não é um peguete ou sei lá como você chamaria, não é um pau amigo, é... outra coisa. Uma coisa importante. Fundamental. *Diferente.*

— O que, então?

— Ora, é justamente o que eu não sei! Quando eu falo numa coisa diferente eu quero realmente dizer uma coisa *diferente,* uma coisa que eu não consigo nem imaginar o que seja, justamente porque ela é *diferente* daquilo tudo que eu talvez imagine querer. Você entende o que eu tô dizendo?

— Hmm, quê, um negócio religioso, tipo?

— É. Uma coisa mais nesse sentido, mas eu não acho que seja Deus nem qualquer outra coisa parecida, acho que pode surgir como... sei lá... uma revelação ou um... chamado de... não sei.

— Tipo as corujas do Harry Potter, quando chegam com as cartas?

— É! Isso! — Siw se empolgou tanto que deixou o vinho respingar nas almofadas sem nem ao menos perceber. — Exatamente isso! O Harry não sabe nem ao menos que Hogwarts *existe* antes de receber as cartas. Ele não sabe que o lugar está lá à espera dele, nem que é para lá que ele tem que ir.

— E enquanto isso você está morando no quartinho embaixo da escada?

No mesmo instante as lágrimas subiram aos olhos de Siw, e ela não sabia nem se tinham sido causadas em razão da pena que sentia de si mesma ou da alegria por ter sido compreendida.

— É — disse Siw. — Enquanto isso eu estou morando no quartinho.

— Você é bem louca. Saúde!

Siw olha para o campo de futebol porque tem a impressão de que um vulto o atravessa, em direção a ela, e logo nota que em sua fantasia aquele é RoslagsBowser, que veio buscá-la. O rosto dela cora, mesmo que não haja ninguém capaz de vê-la ou saber daquelas fantasias.

Então trate de agir já.

Antes que possa se arrepender, Siw se levanta decidida e, com movimentos bruscos, vai até o laptop e clica no Facebook. Ela rola a tela até encontrar uma postagem de RoslagsBowser no Pokémon Go Roslagen e clica no nome dele.

Claro...

O que mais ela teria imaginado? Que teria acesso a todos os segredos e fotos dele com os dedos em forma de V ao pôr do sol? O perfil RoslagsBowser é usado exclusivamente para Pokémon Go, e não tem nada além das postagens dele. Nem ao menos uma foto de perfil. Ela olha para aquilo sem pensar em nada enquanto Håkan continua a cantar.

"*Jag drömde att jag kunde sjunga, men det kan jag inte.*"

Então era isso.

Siw se levanta do sofá e esfrega as mãos. Depois volta a se sentar e lê todas as postagens feitas por RoslagsBowser no Pokémon Go Roslagen.

* * *

Uma mulher chora de pé em frente ao hospital de Norrtälje. A enfermeira que acabou o turno não sabe por que a mulher chora. Existem mil razões para chorar na frente de um hospital, e esse não é o detalhe mais importante. O detalhe mais importante é que a enfermeira se aproxima da mulher e toma a mão dela. As duas ficam assim de mãos dadas por cerca de trinta segundos, até que o choro da mulher se acalma um pouco. Ela olha para a enfermeira e faz um gesto afirmativo de cabeça. A enfermeira retribui o gesto. Depois ela solta cuidadosamente a mão da mulher e vai para casa.

O SOM DE UMA BATIDA

1

Quando pequena, Siw era uma menina de porte médio, talvez até um pouco magra. Foi só aos onze anos que o embrutecimento começou, sem que ela tivesse nenhuma culpa nesse processo. Simplesmente aconteceu. Desde menina, Siw se identificava com elfos e outras criaturas etéreas que esvoaçam cheias de leveza vida afora, mas, aos doze anos, se viu obrigada a constatar que a Terra e a gravidade haviam levado a melhor.

Ela não sabia o que fazer com a pessoa nua que via no espelho. Além do leve medo que todas as meninas sentem ao perceber que os quadris e os seios aos poucos ganham contornos arredondados, no caso específico de Siw houve também uma repulsa em relação a esse *embrutecimento*. Foi como se um espírito do mal tivesse furtivamente trocado o antigo esqueleto de passarinho pela ossatura de um adulto. Ela odiava, *odiava* aquilo que via, e foi preciso um ano inteiro de luta consigo para que enfim aceitasse o que tinha lhe acontecido. A elfa havia se transformado em um *troll*. A mãe Anita, que era pequena e esbelta, dizia que aqueles eram os genes do pai. Como se isso fosse consolo. Mas, no fundo, era um pequeno consolo. Pequeno.

Anita havia se mudado de Norrtälje para estudar pedagogia em Estocolmo, e lá havia conhecido Ulrik, o futuro pai de Siw — um nortista de quase dois metros de altura, espadaúdo e com mãos que quase mereceriam ser chamadas de *patas*. Acrescente a isso tudo uma barba preta cerrada e olhos profundos e você logo acabará com uma aparência que provavelmente levaria as pessoas a se afastarem correndo. Mas não foi o que Anita fez. Pelo contrário.

— Ele era *muito* gentil — dizia Anita tantas vezes que Siw já havia perdido a conta. — A pessoa mais gentil que eu já conheci. Já crescida, Siw havia entendido que justamente o *contraste* havia despertado a atração da mãe. Um lenhador de aspecto rústico, mas com um coração de ouro. Ela mesma já havia visto outros sujeitos parecidos nas bandas de rock. Os mais tatuados, cheios de piercings e assustadores eram muitas vezes os mais gentis.

Anita havia engravidado conforme o plano, quando os dois já haviam se formado e estavam trabalhando como professores havia um ano. Anita era professora de sueco, Ulrik de ciências. Quando Siw nasceu, eles alugaram um apartamento de dois quartos, em Bagarmossen. Tudo seguiu conforme o plano, que incluía mais um filho dentro de três anos e depois a mudança para uma casa com pátio em uma cidade-satélite.

E foi então que aconteceu. O destruidor de planos, o assassino silencioso. Ulrik estava de licença-paternidade e Siw mal havia completado um ano quando ele recebeu o diagnóstico. Câncer no sangue em estágio avançado. Ulrik se sentia fora de forma e, também, regularmente sentia dores pelo corpo, mas vinha de uma família em que as pessoas mal se lamentavam se tivessem de tirar uma parte do corpo fora. Ir ao médico com sintomas difusos era uma coisa que não existia. Quando ele notou sangue na urina, se passaram meses até que mencionasse o assunto para Anita, que de imediato o levou ao hospital onde ele recebeu a sentença.

Os oncologistas deram a Ulrik dois meses de vida no máximo. Ele se aguentou por cinco, porque não queria morrer sem ouvir a filha dizer "Papai". Aos quinze meses, Siw disse a palavra. Uma semana depois Ulrik morreu.

Anita ficou com Siw no apartamento de dois quartos, em Bagarmossen, agora vazia de futuro e vazio de sentido. Na sala, um dia, ela percebeu que Siw havia dormido em seu colo. E, então, se notou. Estava sozinha. E, segundo contou mais tarde para Siw, foi apenas naquele momento que compreendeu o verdadeiro sentido da palavra *solidão*. E foi também naquele momento que ela decidiu retornar para Norrtälje, onde, pelo menos, teria as amizades de infância e, acima de tudo, a companhia da mãe.

Foi assim que Siw passou uma parte da infância ao lado da avó Berit. Ela cuidava da neta e oferecia ajuda sempre que era preciso. Quando Siw cresceu e Berit se aposentou ainda cedo, com frequência Siw usava o tempo livre que tinha para fazer visitas à avó.

Foi na casa de Berit que ela aprendeu a amar Chaplin. Foram muitas as tardes em que as duas riram assistindo às grandes obras-primas e também os curtas-metragens mais antigos, em que as pessoas passam quase o tempo inteiro tropeçando e caindo. Aos onze anos, Siw já havia atingido um nível suficiente de maturidade sentimental para compreender o nível trágico daquilo tudo e derramar a primeira lágrima ao assistir *O garoto*. Depois continuou a chorar assistindo *Luzes da cidade* e *Tempos modernos* na companhia de Berit. Às vezes, as duas se abraçavam no sofá, com lágrimas correndo pelo rosto.

Esse tipo de excesso era estranho a Anita, e mais tarde, quando cresceu e pôde juntar as histórias contadas pela mãe, Siw entendeu que para ela se tratava de uma questão de autocontrole surgida após a morte de Ulrik. Deixar os sentimentos correrem soltos era como abrir a porta da jaula do tigre para ser devorado. Nada de lágrimas derramadas em nome de personagens fictícios, não, nada de lágrimas pelo que quer que fosse.

E, além disso, havia o fato de que Anita era uma pessoa focada em *palavras,* enquanto Berit, assim como Siw, era uma pessoa focada em *imagens.* Segundo essa lógica de gerações intercaladas, e para a alegria de *sua* avó, Alva havia desde muito cedo demonstrado um grande interesse por livros, e aprendeu a ler razoavelmente bem já aos cinco anos.

Berit, Anita, Siw, Alva. Quatro gerações de mulheres, todas filhas únicas. Seria acaso? É o que aos poucos descobriremos. Chegou a hora de discutir o elefante na sala.

2

Foi pouco antes do acontecimento em frente à biblioteca que Siw encontrou uma palavra para dar nome ao dom que a acompanhava desde os sete anos. Ela passou a chamar aquilo de *audição,* sem nunca usar o artigo definido. Assim, ela podia "ter uma audição" e ao longo da vida havia "tido várias audições". De certa forma, parecia conveniente também que essa palavra rimasse com *premonição.*

A primeira audição aconteceu uma semana antes do aniversário de sete anos de Siw. Ela havia ido ao centro de lazer depois da escola para ver se havia coisas legais para fazer por lá. Ao constatar que não, decidiu fazer uma visita a Berit, que na época trabalhava meio-turno e estava sempre em casa durante as tardes.

Ela já havia caminhado uns dez passos até a calçada que avançava ao longo do muro do centro de lazer quando ouviu o barulho de pneus cantando logo atrás de si e se virou para ver onde estava o carro. No mesmo instante em que completou o movimento, ouviu um baque surdo e o barulho de estilhaços.

Siw imaginou que tivesse sido atingida pelo carro, embora ainda não tivesse sentido a dor, como acontece quando você bate o dedão do pé e consegue pensar: "*ai*", antes que comece a doer de verdade. Mas a rua à frente estava vazia. Ela sabia que era uma ideia besta, mas, assim mesmo, resolveu examinar o próprio corpo para se certificar de que não havia sido atropelada; tudo havia soado *muito* real. Mas não havia um arranhão sequer.

Quando chegou à casa da avó e narrou aquele estranho acontecimento, Siw achou que Berit a havia encarado com um olhar desnecessariamente inquisitivo antes de falar:

— Escute, Siw, o que você acha de voltarmos até o centro de lazer para eu dar uma olhada? Faz *muito tempo* que eu não vou até lá!

— Acho melhor não, eu só quis dizer que...

— Mas eu estou com *muita* vontade! Vamos lá! — Siw tentou protestar, porque não queria voltar ao caos triste que acabara de deixar para trás, mas Berit não quis saber de contra-argumentos.

Quando chegaram ao ponto onde Siw havia ouvido o carro invisível, Berit lhe abraçou tão forte que chegou a doer.

— Ai, vó, me solta!

— Ah, desculpa, querida, eu... me excedi um pouco.

Quando as duas entraram no centro de lazer, a situação ficou ainda mais estranha. Berit mal se importou com os desenhos e trabalhos de Siw. Tudo o que ela queria era falar com os funcionários sobre a segurança do trânsito. Ela disse que vinha pensando bastante sobre a rua logo em frente. Não seria uma boa ideia erguer uma cerca e colocar um vigia por lá?

Os funcionários garantiram que as crianças recebiam instruções sobre como proceder, que havia um limite de 20km/h na rua e que a entrada do centro de lazer ficava entre dois quebra-molas. Siw não conseguiu entender por que a avó continuou insistindo até que os funcionários passassem a encará-la com olhares esquisitos. Por fim, Siw pegou a mão da avó e as duas foram embora.

Dois dias mais tarde, Wille, um dos colegas de Siw, foi atropelado por um motorista bêbado que não havia visto a placa de 20km/h e aterrissou após uma breve decolagem causada pelo quebra-molas no momento exato em que Wille corria pela faixa atrás de uma bola de futebol. Se estivesse um pouco mais longe, talvez Wille houvesse voado por cima do capô, mas, da maneira como tudo aconteceu, ele morreu no mesmo instante.

Na mesma tarde, Berit apareceu sem avisar e se trancou na cozinha com Anita. Siw, que não pôde acompanhá-las, passou a meia hora seguinte com o ouvido grudado no buraco da fechadura. As mulheres na cozinha falavam baixo, e Siw havia dificuldade para entender o que diziam, mas a palavra "responsabilidade" foi repetida diversas vezes. Era como se a avó quisesse contar uma coisa para Siw, enquanto a mãe se mostrava contra. Siw imaginou que estivesse relacionado a Wille.

Ela não era nem um pouco boba. Estava no jardim no momento do acidente, e ouviu o barulho dos pneus cantando, o baque e os estilhaços, e reconheceu os sons como idênticos àqueles que havia ouvido dois dias atrás. De certa forma, ela havia... ouvido um som do futuro.

A avó estava de mau humor ao sair da cozinha, e Siw teve a impressão de que ela havia perdido a batalha sobre o que devia e o que não devia ser contado. Siw a acompanhou pelo corredor e, enquanto Berit calçava as botas, perguntou em um cochicho:

— Vó, então quer dizer que eu posso, tipo...

Berit afagou a cabeça da neta e a interrompeu:

— Tudo a seu tempo, querida, tudo a seu tempo.

— O que isso quer dizer?

— Quer dizer que primeiro você precisa crescer mais um pouco — a avó disse, e então acrescentou, com um olhar em direção à cozinha: — Essa foi a *decisão tomada*.

3

Passaram-se mais de dois anos antes da Audição seguinte, e, na época, Siw já havia quase se esquecido daquele dom ocasional. Foi durante as férias de verão, quando ela e a melhor amiga Saga brincavam de espião no Societetsparken. Saga tinha um par de walkie-talkies que as duas usavam para manter contato enquanto vigiavam tipos suspeitos. O último havia acabado de sair do parque e as duas voltavam para casa ao longo do cais enquanto trocavam impressões.

De repente, Siw levou um encontrão forte na parte direita do corpo, que a levou a dar um pulo de lado. Uma pessoa gritou e logo ela ouviu o violento crepitar de um incêndio.

— O que foi? — perguntou Saga, olhando assustada para Siw, que olhava com olhos arregalados para o porto, onde não havia nada além das águas plácidas e tranquilas.

— Você não ouviu? — perguntou Siw.

— Não, o quê?

— Uma coisa queimando. Um barco, acho.

— Onde?

Somente naquele instante Siw se lembrou do que havia acontecido dois anos atrás e percebeu que explicar seria inútil.

Sem dizer nenhuma palavra, Siw deixou Saga para trás e correu para dar a notícia a Berit. Ela não havia dado muitos passos quando, no meio daquela agitação, percebeu que havia começado a ouvir vozes que a chamavam.

— Siw! Siiiw!

A voz vinha de sua mão, que ainda segurava um dos walkie-talkies de Saga. Siw deu meia-volta, correu de volta e devolveu aquele objeto precioso.

— Ei! — disse Saga. — Por acaso você está *brincando* de uma coisa nova?

— Não — respondeu Siw. — Infelizmente não.

Siw chegou esbaforida à casa de Berit e contou tudo o que havia acontecido.

A avó, que capinava o jardim em frente à casa geminada onde morava, nem ao menos se deu ao trabalho de trocar a calça suja de terra para voltar ao porto com Siw que ainda estava ofegante e pediu à avó que diminuísse o ritmo. A fala estava toda entrecortada quando ela disse:

— Vó... será que... eu posso... ver... ou ouvir... o futuro?

Berit olhou para a neta, apertou os lábios e tomou uma decisão antes de responder:

— Pode.

— Por quê?

— É uma longa história.

— Mas... eu quero... saber.

— Tudo a seu tempo.

Siw cerrou os punhos e rilhou os dentes. Mesmo que já tivesse se esquecido da rápida conversa com a avó dois anos antes, ela conseguia imaginar o ameaçador dedo em riste de Anita. E de repente teve um insight de gênio e perguntou:

— Você *também*... ouve... o futuro? Vó?

— É.

— E a mãe... *também*?

— É. Embora menos.

— Como assim... menos?

As duas haviam chegado ao topo de Glasmästarbacken. A avó estava prestes a fazer mais um comentário, porém, logo fechou a boca com um clique de dentes e parou. De um ponto mais abaixo no porto, uma densa pluma de fumaça se erguia em direção ao céu.

— Mas... — disse Siw. — Mas...

A avó tomou fôlego e expirou lentamente antes de dizer:

— *Isso* a sua mãe poderia ter ouvido, por exemplo. Porque foi mais próximo no tempo. Mas não aquilo que aconteceu com o seu colega.

Siw não conseguia tirar os olhos da pluma de fumaça. Ao longe, ela ouviu gritos no porto, e do centro chegava o som de sirenes.

— Mas... mas...

— É diferente a cada vez — disse Berit. — Você nunca sabe.

Nem mesmo nessa ocasião Anita permitiu que Siw fosse iniciada naquilo em que havia começado pensar como "o Segredo". Saber que tanto a mãe quanto a avó tinham o mesmo dom, mesmo que em graus diferentes, fez com que tudo se revelasse sob uma nova perspectiva. Já não parecia muito surpreendente que a mãe tivesse a mesma habilidade, e também a avó, talvez... quantas outras pessoas em gerações anteriores? Siw teve dor de cabeça ao pensar nessas coisas. Durante o jantar, ela tentou pressionar a mãe.

— *Por que* eu não posso saber?

— Você vai saber quando crescer mais um pouco.

— Mas eu *já sei* que eu posso ver... ou melhor, ouvir o futuro. E que a vó também pode. E você também.

— Foi a sua vó que disse?

— Foi.

Os lábios da mãe se estreitaram até se transformar em duas linhas, e então Anita disse:

— Bem, nesse caso você já foi informada.

— Mas tem *mais*. Eu sei que tem *mais*.

— Coma antes que a sua comida esfrie.

4

O acontecimento que enfim levou Anita a ceder aconteceu pouco mais de um ano mais tarde. Durante as férias de outono do terceiro ano, Anita havia matriculado Siw na escola de música municipal para que aprendesse a tocar flauta transversa. Siw estava a caminho da terceira aula. Ela levava o estojo da flauta nas mãos enquanto tentava bolar uma estratégia para tocar menos, porque ela achava aquilo muito difícil e também superchato.

Ao passar em frente à biblioteca, Siw viu o recanto de leitura onde outras crianças estavam acomodadas em pufes e sofás. Ela não era apaixonada por ler, mas gostava de folhear livros ilustrados e um de seus trabalhos dos sonhos era ser ilustradora de livros infantis, e *qualquer coisa* seria melhor do que ensaiar "Lilla snigel" mais uma vez e ficar com cãibra nos braços e nos lábios.

Siw se arrastou pela grossa camada de neve recém-caída e parou em frente à videolocadora para olhar os cartazes. *Gladiador* parecia superlegal, mas Anita não a deixaria ver *aquele* filme nem em um milhão de anos.

— Quando você crescer — disse Siw para si, torcendo os lábios como a mãe fazia. — Quando você se aposentar.

Ela tirou os olhos de *Gladiador* e continuou a andar pela rua, chutando pedaços de gelo. Porém, mal conseguiu andar dois ou três passos até que um baque pesado e úmido soasse bem na frente dela, levando-a a dar um salto para o lado. A reação foi instintiva, mas como a neve não havia derretido em lugar nenhum e não se via nada de especial, Siw compreendeu que *aquele negócio* havia acontecido outra vez. Mas o que ela teria ouvido? Um gemido soava no chão vazio logo à frente dela, a respiração arquejante e moribunda de uma pessoa. Uma mão gelada envolveu o coração de Siw quando ela compreendeu o que havia acontecido.

Ela olhou para ver se não havia carros na pista e atravessou para o outro lado da rua, onde olhou para o teto do prédio que no piso térreo abrigava a locadora. Não havia ninguém por lá, mas o telhado estava pesado com a neve acumulada. Num futuro breve, uma pessoa iria até lá para limpar o telhado, e então...

O primeiro impulso de Siw foi ir para a casa de Berit, mas logo ela se lembrou da última vez que *aquele negócio* havia acontecido. Ela havia chegado tarde demais. A pessoa que encontraria o próprio destino ao limpar o telhado já devia estar a caminho. Siw olhou desesperada ao redor enquanto tentava pensar no que fazer.

E então ela viu. Dois homens com pás estavam no teto do prédio em frente à biblioteca, cinquenta metros adiante. Sem olhar para os lados, Siw atravessou a rua correndo e, com o rabo do olho, conseguiu ver um carro que deslizou em direção a ela com os freios travados. Ela se jogou para a frente, e o carro não a atingiu por um fio de cabelo. Mas Siw não parou de correr. *Se eu...,* ela pensou enquanto corria.

Se qualquer coisa fosse acontecer *a ela,* será que também haveria uma premonição?

Será que ouviria a própria morte antecipadamente ou... será que ouviria se fosse até *o lugar* onde tudo aconteceria? Seria possível evitar a própria morte, nesse caso?

Siw ficou quase paralisada quando o verdadeiro pensamento inconcebível se ofereceu pela primeira vez: se ela ouvia coisas antes que acontecessem, como fazer para que essas mesmas coisas *não* acontecessem? Nesse caso, ela teria simplesmente... ouvido errado? Essa história toda era muito complicada — bem mais complicada que tocar flauta transversa, e ela sentiu o coração pulsar nas têmporas enquanto corria em direção ao prédio. O ângulo fazia com que Siw não conseguisse mais ver os homens no telhado, e os dois mal poderiam ouvi-la se gritasse.

Nesse momento exato, um homem saiu do portão, e Siw aproveitou para entrar. Ela foi até a escada no fundo do corredor e ficou em silêncio. Dava para ouvir vozes e o som de pás trabalhando. Em seguida ela subiu a escada correndo. No último andar Siw foi recompensada com a descoberta de um alçapão aberto que levava ao telhado. Havia uma escada posta na abertura.

Só quando já estava no meio da escada e precisou se apoiar numa das barras de metal, ela percebeu que ainda tinha a porcaria da flauta transversa na mão. Siw hesitou, porém, continuou subindo. Caso surgisse uma emergência, ela poderia usar a flauta como apito para chamar atenção. O som acabaria sendo praticamente o mesmo de quando ela tocava.

"Lilla snigel, akta dig..." [*"Pequeno caracol, cuidado..."*], cantarolou Siw enquanto chegava ao alto do telhado. Uma passarela de metal corria ao longo da cumeeira,

e Siw começou a se arrastar em direção à estrutura. Ela não tinha coragem de se pôr de pé.

Os dois homens estavam bem abaixo da cumeeira. Usavam cadeirinhas de segurança afixadas por grossas cordas a olhais de ferro na passarela. Não que Siw fosse topar um trabalho naquelas condições, mas tudo parecia seguro. Por que um deles haveria de cair?

— Oi...? — chamou Siw com uma voz fraca, que mal se projetava adiante. Ela estava *muito* alto, mais alto do que já havia estado em toda a vida. Desde o momento em que havia avistado os homens, Siw havia agido por instinto, havia *saído correndo sem pensar,* como a mãe talvez dissesse. Ela não havia pensado em como seriam as coisas uma vez que chegasse ao telhado. Não havia pensado no que dizer, por exemplo.

— Olá? — gritou Siw, e um dos homens virou o rosto. Ao vê-la, ele gritou.

— Ei! Não se mexa!

O grito parecia furioso. Siw levou um susto e deixou o estojo da flauta cair. O estojo escorregou pelo telhado e caiu lá para baixo. Segundos depois, ela ouviu uma batida ao longe. Aliviada, Siw usou a mão livre para se agarrar com força ao metal da passarela.

O homem que havia gritado recolheu a corda com um molinete preso ao cinto enquanto subia em direção à passarela. Siw tremia de medo. Ela não gostava de altura, não gostava de ser xingada e não gostava de pensar no que a mãe diria a respeito daquilo. Havia sido uma péssima ideia.

Mas o que mais eu poderia fazer?

Talvez aquele homem de rosto vermelho que subia na passarela fosse morrer em uma hora, três horas, no dia seguinte. O que ela deveria fazer? Siw tinha a obrigação de *tentar,* mas enquanto estava lá, tremendo de medo com os dedos fechados e doloridos em torno do ferro gelado, de repente, se solidarizou com a atitude da mãe em relação *àquele negócio.*

Com passos que fizeram a passarela balançar, o homem se aproximou de Siw, que fechou os olhos e baixou a cabeça:

— Escute, menina, você tem que descer! Você não pode ficar aqui!

Siw engoliu a saliva, que naquele momento tinha uma consistência de papelão, e reuniu toda a força de vontade para abrir os olhos, erguer o rosto em direção ao homem e dizer em um cochicho:

— Eu preciso dizer uma coisa.

— Que história é essa? — o homem se agachou ao lado dela, segurou o ombro dela com força e a balançou de leve. — Vamos, eu ajudo você a descer.

Siw não conseguia entender o que estava acontecendo, mas de repente foi como se um raio lhe atingisse o corpo.

Ela soltou a mão do homem, olhou-o bem nos olhos e *berrou:*

— Você vai morrer! Ou você, ou ele — disse Siw, apontando a cabeça para o outro homem que acompanhava tudo do beiral. — Um de vocês dois vai morrer!

O homem fez uma careta desconfiada.

— Que história é essa?

Siw não conseguiu mais conter o choro e começou a soluçar.

— Hoje ou amanhã ou um outro dia desses, um de vocês, ou outra pessoa que estiver aqui no telhado, vai cair bem ali — disse Siw, soltando o metal da passarela para apontar em direção à locadora. — Uma pessoa vai escorregar do telhado e cair e morrer, e eu não sei se ajudo muito ao dizer isso, mas agora eu já disse e vocês já sabem e eu quero descer!

Siw havia achado que naquele momento viria uma série de perguntas sobre como ela poderia dizer uma besteira tão grande. Ela compreendia que aquilo não fazia sentido nenhum. Os homens jamais acreditariam no que ela havia dito. Mas em vez disso o homem ficou parado, encarando-a com uma expressão triste no rosto. Ele balançou a cabeça com um gesto vagaroso e perguntou:

— Por que você está fazendo isso?

— Para avisar vocês. Mas vocês não acreditam em mim.

— Você acha que isso é engraçado?

— Não. Nem um pouco.

— Nem um pouco mesmo. Porque isso que você acaba de descrever... você deve saber... isso aconteceu anteontem. Com um amigo nosso.

5

— Eu não sei o que fazer com você. Você perdeu o juízo.

Anita marchava de um lado para o outro na sala. Siw estava no sofá, enrolada num cobertor. Ela ainda não havia se recuperado da tremedeira causada pelo frio no telhado.

O homem que a ajudou a descer a escada só a deixou ir embora quando ela concordou em fornecer o telefone de um dos pais. Numa tentativa lamentável de ganhar um pouco de solidariedade, Siw contou que o pai dela havia morrido. O homem lamentou, mas não desistiu enquanto Siw não lhe deu o telefone da Grindskolan, onde Anita trabalhava.

Quando Siw se pôs a andar pela rua, o homem a acompanhou e dobrou a esquina. Ao voltar, tinha o estojo da flauta nas mãos. O estojo havia se partido ao meio, e a flauta estava levemente amassada e havia perdido duas chaves.

— Tome — disse ele, entregando a Siw o instrumento danificado. — Você deu sorte de não ter caído na cabeça de ninguém, sabia?

— Aham — disse Siw, com uma lágrima a escorrer pelo rosto.

O homem se enterneceu e disse:

— Bem, eu não entendi muito bem o que você pretendia fazer aqui, mas... não faça mais isso, está bem?

— Não.

— Nunca mais?

— Não. Nunca mais.

Duas horas mais tarde, Berit e Siw estavam no sofá como duas rés em um tribunal. Berit disse:

— Se você tivesse me deixado contar...

— Ah! — Anita parou e abriu os braços. — Quer dizer então que é tudo *minha* culpa?

— Eu não disse nada disso, mas se a Siw tem esse dom, como a gente sabia que teria, então ela precisa saber com o que...

— A única coisa que ela precisa saber é que não deve meter o nariz onde não foi chamada, porque não tem nada que ela possa fazer!

— Mesmo assim, ela precisa saber pelo menos *isso* — disse Berit. — Embora eu não esteja de acordo com a sua posição.

— Eu quero saber — disse Siw, irritada. — E vou fazer isso quantas vezes forem necessárias para que eu saiba.

Berit levou a mão à boca para esconder um sorriso enquanto Anita apontava para Siw com o indicador em riste, como era habitual.

— Mas você não disse para aquele homem, você mesma disse que disse: "Nunca mais".

— Eu menti.

Anita desistiu. Ela fez um gesto como se tirasse um fardo dos ombros e disse a Berit:

— Diga tudo o que você quiser, eu não vou mais me envolver com isso.

Em seguida, ela foi até a sacada e fez uma coisa que deixou Siw boquiaberta: pegou um cigarro e o acendeu.

— A mãe *fuma?* — perguntou Siw em um cochicho.

— Eu estou tão surpresa quanto você.

— Você acha que ela *fuma escondida?*

Siw não tinha uma ideia muito clara sobre o que isso significaria na prática, mas sabia que era uma coisa ruim e a própria mãe afirmava *nunca* fazer coisas ruins.

— Muito bem — disse Berit, tomando as duas mãos de Siw, que ainda estavam frias e rígidas. — Eu vou contar tudo para você. Você sabe o que é uma sibila?

— Eu sei que existe uma lanchonete chamada Sibylla que vende cachorro-quente.

A avó esfregou os olhos.

— Vamos começar outra vez. Milhares de anos atrás havia mulheres que tinham o dom de prever o futuro. Essas mulheres eram vistas como criaturas sagradas, mas as pessoas também sentiam medo. Em parte porque elas sabiam mais do que as outras pessoas, porque sabiam quando outras pessoas iam morrer, por exemplo, mas também porque esse dom de prever o futuro significava que as pessoas não tinham como escapar do próprio destino. Porque dessa forma tudo estaria sendo dado de antemão.

— Mas *é assim* que as coisas funcionam?

— Eu acredito que não, mas essas mulheres, que recebiam o nome de sibilas, eram capazes de prever coisas que aconteceriam muitos, muitos anos mais tarde.

— Ah!

— É. Mas com o passar do tempo, esse dom se tornou cada vez mais fraco e acabou *diluído,* sabe? Mas, no fundo, é o mesmo dom que continua sendo transmitido de mãe para filha. As mulheres que têm esse dom só têm *uma* criança, e essa criança é sempre uma menina.

— Então eu sou... uma sibila?

— É.

— Você disse que havia *várias.* Muito tempo atrás. Hoje também existem várias?

— Não sei. Eu e você e a sua mãe somos as únicas que eu conheço além da minha mãe, que foi quem me contou essa história toda. Eu sei que antigamente eram várias, mas... você sabe o que é uma bruxa?

— Tipo João e Maria e a bruxa e ilha de Blåkulla e...

Berit balançou a cabeça.

— Antigamente, as mulheres acusadas de feitiçaria, o que incluía ter visões do futuro, eram chamadas de bruxa, e muitas dessas mulheres foram mortas.

— Como?

— Você quer mesmo saber?

— Quero.

Siw viu que a avó lançou um olhar em direção à sacada, onde a mãe havia acabado de apagar o cigarro na balaustrada para então jogar a bagana no estacionamento lá embaixo. Aquele era um dia *muito* esquisito. A avó baixou a voz e disse:

— Elas eram queimadas na fogueira.

— Queimadas *vivas?*

— É. Queimadas vivas.

Anita entrou mais uma vez no apartamento e Siw parou de fazer perguntas. Na mesma noite, quando ficou deitada de olhos abertos, sem conseguir pegar no sono, ela sentiu que podia ter vivido sem essa última informação.

A história contada pela avó sobre quem Siw era chegou como um ataque contra sua identidade, mas, assim mesmo, era um ataque com o qual ela conseguiria lidar. Ela leu a respeito de sibilas e bruxas na biblioteca da escola e deu um jeito de conciliar essas criaturas mitológicas — que, no entanto, não eram criaturas mitológicas — com suas fantasias a respeito de elfos e criaturas delicadas da floresta.

Tudo aquilo estava relacionado à *magia* da qual ela gostava de fazer parte, mesmo que fosse de um jeito meio *diluído*.

Quando Siw, mais tarde, voltou a pensar naquela época, não conseguia decidir se era trágico ou cômico que tivesse prontamente aceito o fato de que era uma das últimas sobreviventes de uma tradição mitológica, ao mesmo tempo que tinha uma dificuldade enorme para fazer as pazes com a mudança de retas para curvas que a acompanhou a partir dos doze anos.

Saber que parte de sua consciência estava nas mãos de forças totalmente fora de seu controle foi bem fácil de engolir, como um pedacinho de ovo cozido, mas a transformação do corpo sem que ela pudesse decidir nada a respeito daquilo era como uma bala azeda que ela tivesse deixado um bom tempo em cima da língua, até que derretesse por completo. Foi nesse contexto que ela conheceu Håkan Hellström, e quando na letra de uma música ele se dizia apaixonado pela menina mais feia do mundo, Siw tinha certeza de que ele se referia a ela.

* * *

É a primeira segunda-feira do mês. A escuridão caiu e a luz da antiga sinalização para aviões no telhado da piscina coberta se acende. As pessoas se detêm e olham para o cone de luz que começa a varrer Norrtälje. Muitos têm um sentimento vago de consolo. Como se fosse sempre possível confiar que existe uma luz para nos guiar em meio à noite. Como se a luz sempre estivesse lá quando precisamos dela.

O AGUILHÃO DA ORDEM

1

Um pensamento ocupava Marko desde os treze anos, um conceito que podia ser resumido em quatro palavras: *retornar como vencedor.* Os cenários imaginados durantes os últimos dezesseis anos eram incontáveis.

As primeiras imagens infantis haviam se inspirado no Mario Kart que às vezes jogava com Johan, no desfile da vitória ao final da corrida. Johan ganhava sempre, e como os personagens que escolhia eram Wario e Waluigi, e o kart era um carrão espalhafatoso com detalhes em dourado, Marko teve inúmeras oportunidades de ver Wario à frente do cortejo, dirigindo o carrão com gestos vitoriosos enquanto os habitantes da cidade dançavam hula-hula com saias de palha.

Assim, Marko havia pensado. *Bem assim.*

Depois, ele havia moderado o conceito e imaginado situações mais realísticas. Não parecia razoável imaginar que um dia ele pudesse andar pela Stora Brogatan num Mercedes dourado enquanto os moradores de Norrtälje requebravam o quadril e jogavam flores em cima dele, mesmo que fosse *exatamente isso* o que ele gostaria que acontecesse. De preferência com a trilha sonora de Mario Kart, também.

Na época em que frequentava a Escola de Economia em Estocolmo, ele havia brincado com a ideia de um helicóptero, mas também parecia complicado encontrar uma ocasião boa para pousar no Stora Torget para a alegria geral do povo. Seria preciso usar um heliponto meio afastado, e assim o conceito estaria arruinado. Além do mais, por que as pessoas em geral haveriam de se alegrar?

Talvez porque, do ponto de vista puramente teórico, Marko fosse uma das pessoas mais inteligentes de Norrtälje. Apesar da situação econômica precária, Marko terminou os exames da Escola de Economia com notas máximas e se dedicou por mais um ano ao estudo de análise do mercado financeiro, mais uma vez com nota máxima. Quando a pergunta surgia, ele dizia com orgulho que era um *imigrante de primeira geração.* Mesmo que tivesse passado quase a vida inteira na Suécia, ele não havia nascido lá. E não tinha nada contra ser chamado de iugoslavo. Ele era iugoslavo e além disso *lavava o chão* com a maioria daqueles suecos bananas.

Depois da Escola de Economia, a carreira de Marko evoluiu depressa. Foram duas ou três passagens breves por firmas menores, onde teve excelente desempenho, para então acabar na Carnegie, onde logo passou a ser considerado um dos gestores de ativos mais agressivos e competentes. Com salários e bônus cada vez mais altos, logo o dinheiro começou a entrar com força, e foi esse dinheiro que ele logo passou a administrar em fundos de tecnologia.

Foi ao fim de um treino de duas horas no SATS, quando estava sozinho na sauna, com o corpo moído e os pensamentos limpos, que Marko enfim pôde ter uma ideia clara e bem-definida sobre o que realmente queria.

Retornar como vencedor, ok. A princípio, não havia nada de errado com esse conceito, mas *como seria* esse retorno se ele pusesse de lado as fantasias juvenis que envolviam saias havaianas, hula-hula e balões de ar quente? E *por que* isso era tão importante para ele? Marko começou a massagear o pescoço. Ele tinha uma ideia bem clara a respeito dessa última questão.

Uma vez, ele havia lido um livro de Elias Canetti chamado *Massa e poder* imaginando que o livro abordaria a manipulação da vontade do povo. No fim, o livro não era nada do que ele havia imaginado, porém, Marko era uma dessas pessoas que sempre terminam aquilo que começam, e assim enfrentou as oitocentas páginas do livro e teve o esforço em parte recompensado, em especial no capítulo chamado "O aguilhão da ordem".

O capítulo parecia ter sido escrito para ele, para que pudesse entender melhor a si e a suas motivações. Cada ordem que uma pessoa é forçada a obedecer permanece naquela pessoa como um aguilhão, e a única forma de retirá-lo é o transferindo para outra pessoa.

O aguilhão de Marko havia se cravado na carne durante aquela tarde na varanda de Max em que viu o próprio pai ser aniquilado na frente do pai de Max. Goran era um herói que havia voluntariamente desafiado a morte para salvar outras pessoas e defender os princípios em que acreditava.

Que aquele homem, que Marko ainda idolatrava, houvesse torcido as mãos na frente de um diretor de merda com sobrepeso em cima de uma espreguiçadeira... era o tipo de coisa dolorida e sofrida, e que passou anos com Marko.

Marko era inteligente, ambicioso e encantador, e provavelmente conseguiria se dar bem na vida de um jeito ou de outro, mas o aguilhão cravado em sua carne o tornara *implacável*. Ele pouco se importava em passar por cima dos outros naquela cruzada de um homem só, que tinha por objetivo fazer justiça ao pai.

Esse era o *porquê*. Mas, além disso, era preciso resolver no que consistia essa cruzada, e como seria levada adiante. Marko se deitou no banco da sauna, tomando cuidado para não piorar o estiramento no pescoço, e, a seguir, olhou para o teto, onde o vapor desenhava formas. De repente teve uma visão tão clara que tornou a se sentar com um movimento brusco, quando sentiu uma fisgada no ombro. *Ele compraria a casa de Max para oferecê-la como um presente aos pais!*

Marko tomou uma chuveirada, se vestiu depressa e voltou ao apartamento de dois quartos na Sturegatan para ver qual seria a melhor forma de pôr esse projeto em prática. Os preços das casas em Kärleksudden não chegavam a ser tão altos quanto os de Djursholm, mas, ainda assim, eram bastante altos para os padrões de Norrtälje. Depois de passar um tempo analisando os preços de vendas feitas em anos recentes, Marko calculou que a casa dos pais de Max devia valer entre doze e catorze milhões de coroas.

Ele deu um zoom na casa usando o Google Maps, que exibia a maldita varanda, e sentiu no fundo das entranhas que era *aquilo* que precisava fazer. Ver o pai sentado na varanda, bebericando Slivovitz enquanto olhava para Kvisthamraviken, faria com que o aguilhão fosse removido para sempre.

Doze a catorze milhões de coroas não era uma soma impossível. Ele poderia dar uma entrada de metade se resgatasse os fundos indexados, e os ganhos dos investimentos mais pesados em fundos de tecnologia seriam o bastante para cobrir os juros e a amortização. Mas restava ainda um pequeno problema: convencê-los a vender a casa.

O mais fácil seria fazer uma *offer they can't refuse* [*"uma oferta que não pudessem recusar"*], mas que oferta seria essa? Vinte milhões? Vinte e cinco? Era muito dinheiro, mesmo para Marko. Restava ainda o sentido original, de *O poderoso chefão*.

Ele tinha contatos superficiais no mundo do crime graças ao clube, e não teria nenhuma objeção moral a mandá-los falar com Göran, mas achava que a estratégia seria um fracasso. Ele simplesmente passaria a ideia de um estrangeiro que tentava resolver assuntos pessoais com a ajuda da máfia iugoslava. Além do mais, Goran não aceitaria o presente caso soubesse que havia sido comprado dessa forma.

Marko enviou um corretor para averiguar a possibilidade de um negócio sem mencionar o nome do interessado, mas os clientes em potencial disseram que não tinham nenhuma intenção de vender a casa. Marko rangeu os dentes quando imaginou Göran reclinado naquela maldita espreguiçadeira e espantou o corretor como se fosse uma mosca indesejável.

Não, meu caro, está fora de cogitação!

Marko ficou tão irritado que chegou a cogitar a hipótese de empregar o método Corleone, mas tomou juízo antes de fazer o telefonema necessário. Depois de andar com essa frustração de um lado para o outro por dois ou três dias, por fim ele se resignou e optou pela melhor alternativa disponível: comprar uma casa *similar* nos arredores. Não era o ideal, mas serviria bem, e, além do mais, a casa que ele realmente queria poderia ser posta à venda no futuro.

Foi nesse ponto que Marko pensou seriamente na situação de Max. Afinal de contas, os dois eram amigos, e não seria nada bom surrupiar a casa onde um amigo de infância havia crescido. Quando se acalmou, Marko tentou se dar por satisfeito com a situação e ver aquilo como um aspecto positivo, uma forma de fazer o que gostaria sem nenhum risco de magoar Max. Mas claro que teria feito o que planejara se a oportunidade houvesse se apresentado. Fazer justiça a Goran era uma consideração mais importante do que todas as outras.

Enquanto fazia pesquisas, Marko havia encontrado à venda uma casa bonita que ficava a apenas três casas de distância da casa dos pais de Max. Uma casa grande, com a mesma vista e com uma porra de varanda *ainda maior*. Marko respondeu ao anúncio, foi ver a casa e enviou uma proposta. O preço inicial havia sido de onze milhões, mas naquela altura já estava em doze milhões e duzentos mil. Marko resolveu simplificar o processo e fez uma oferta de treze.

Sentiu quase como se flutuasse quando lhe telefonaram para dizer que os papéis estavam todos prontos e que a partir daquele momento ele era o proprietário de uma casa de dois andares com 282 metros quadrados na Strandvägen 13, em Norrtälje. Quando desligou o telefone, Marko cerrou o punho e gritou:

— Eu *mijo* na sua varanda, velho desgraçado!

E o aguilhão? No fundo não havia aguilhão nenhum, e não seria possível analisar o problema dessa forma, mas por ora era como se tudo houvesse voltado para o esconderijo assustador de onde havia saído.

2

Apesar do sonho de Marko com o retorno glorioso, ninguém ergue as sobrancelhas ao ver o Audi A6 preto que passa a rotatória vindo da Stockholmsvägen — e quem poderia fazer isso? À esquerda fica a parede branca de metal do Roslagsportens, e à direita se encontram as fundações de concreto da nova estação de bombeiros. A chegada a Norrtälje parecia tão atraente quanto a entrada de um necrotério.

Lana del Rey se lamenta nos onze alto-falantes do carro, e Marko tamborila os dedos ao ritmo de "*Summertime Sadness*" ["*tristeza de verão*"] no volante revestido em couro. Ele não é exatamente fã de Lana del Rey, mas aquela voz grave e aconchegante no interior do carro bem-isolado deixa tudo muito agradável.

Veste calça social bege e uma camisa vermelho-vinho da Sand. Os últimos dois botões estão abertos, mas, assim mesmo, a camisa parece justa sobre os músculos do peito, que levantam cento e sessenta quilos no supino. Marko tem um condicionamento físico perfeito, mas, assim mesmo, precisa se manter numa posição pouco natural enquanto pressiona as nádegas para não borrar as calças.

A situação é crítica. Quando Marko passa entre a Dogger e a Circle K, uma cólica muito forte o leva a enfiar as unhas no couro do volante e ele curva ainda mais o corpo, de maneira a aumentar a pressão das nádegas e evitar uma catástrofe. Mais uma daquelas e tudo estaria acabado.

Ele dá seta para a direita, ignora o semáforo que mudou para o vermelho, faz uma conversão arriscadíssima entre outros dois carros no estacionamento do Flygfyren e por fim para numa vaga para deficientes físicos, perto da entrada. Meio agachado e meio encolhido, atravessa a porta giratória, passa em frente à tabacaria e, para seu enorme alívio, encontra uma cabine vaga no banheiro.

A diarreia se derrama em uma cascata fedorenta que respinga em suas nádegas, e ele precisa gastar um bom tempo limpando a bunda com papel higiênico umedecido. Depois confere as horas no relógio Patek Philippe, se senta na tampa fechada do vaso sanitário e afunda o rosto nas mãos.

Yeah! Wario wins! [*Isso! Vitória de Wario!*]

Marko ainda guarda princípios suficientes da criação católica para cogitar a ideia de que aquilo poderia ser um castigo de Deus por ter sido orgulhoso e se imaginado capaz de retornar como Jesus, montado no jumentinho, mas a verdade era que estava nervoso. Todas as pessoas de fora da família consideram Marko uma fortaleza, tanto em termos físicos como psicológicos, e, de muitas formas, ele corresponde à expectativa, mas, no fundo, é tão bom em esconder as próprias inseguranças que a questão deixa de ser esconder e passa a ser *ignorar*.

Quando muitas inseguranças são ignoradas, chega um ponto em que todas se amontoam e ganham uma manifestação somática. Marko passa a ter enxaqueca ou problemas digestivos. Uma vez chegou a desmaiar. Havia sido um período muito agitado no trabalho, com muitas decisões complicadas. Ele já havia trabalhado catorze horas naquele dia e se levantou para buscar um café, e quando se deu conta estava caído no chão. Por sorte, já era tarde, e ele estava sozinho no escritório. Mas a parte mais interessante foi a que veio a seguir: Marko passou um tempo olhando para a lâmpada fluorescente no teto. Quando se levantou, já estava recuperado. A preocupação havia cobrado seu preço. Restava apenas seguir adiante.

Claro que não é assim que ele se sente quando está sentado naquele banheiro fedendo a bosta com o rosto enterrado nas mãos. O problema é que ele não sabe *por que* está nervoso. Ele chega como um vencedor no Audi para encontrar Max e

Johan, e admirar a casa dos sonhos que comprou para os pais. Por que ele não *sente* como se fosse um vencedor?

Devia ser culpa da cidade. Em Estocolmo, Marko havia se redescoberto, e lá podia andar pelo SATS e pelos clubes de Stureplan totalmente à vontade: a cidade era a palma de sua mão. Mas Norrtälje, não.

Norrtälje permanece fechada e o encara com um olhar antipático, e leva-o a se lembrar do menino que à tarde escalava o silo para fazer coisas grandiosas com a solidão que sentia. Não tente inventar mais das suas.

Marko se levanta e se olha no espelho, passa a mão pelos cabelos e endireita a gola da camisa. Ele tenta sorrir, mas não consegue abrir o sorriso fácil que havia usado em muitas outras situações. Depois tenta mais uma vez e o resultado é melhor. *Let's do this.* [*Vamos fazer isso.*]

3

Como dois garotos desobedientes à procura da melhor macieira para roubar, Max e Johan espiam por entre as barras do portão da casa que Marko comprou. O portão está destrancado, mas nenhum deles quer se adiantar ao ritmo natural das coisas: aquele é o momento de Marko.

— Quanto você acha que deve ter custado? — pergunta Johan.

— Não sei. Doze milhões, talvez.

Johan assovia.

— Porra, de onde ele tira esse dinheiro? Será que um dia você também... sabe?

— Não, o quê?

— Mas tipo, você devia ser como ele. Era esse o plano, não? Antes de tudo ir pro brejo.

— Eu não teria virado um cara tipo o Marko. De jeito nenhum.

— Por quê?

— Eu não tinha o mesmo... eu não fui tão infeliz quanto ele.

Johan põe a cabeça para trás de maneira a criar a impressão de um queixo duplo.

— Como assim? Por acaso o Marko foi *infeliz*?

— Ah, você sabe muito bem. Lá está ele!

O Audi desliza praticamente sem fazer nenhum som pela Gustaf Adolfs Väg. Atrás do volante estava Marko, usando um par de óculos de sol tão escuros quanto o carro que dirigia. Ao se aproximar, ele baixa o vidro e aponta para o portão.

— Vocês abrem pra mim?

— Claro, claro. A propósito, oi — sussurrou Johan enquanto baixava a maçaneta. Ele e Max abrem uma folha do portão cada um e, quando o Audi segue pelo acesso de cascalho, os dois fazem gestos corteses, como se estivessem recebendo um membro da realeza. O carro para e Marko desce. O corpo dele parecia mais apto a lutar contra um gorila das montanhas do que a se levantar de um banco de automóvel.

Max vai encontrá-lo de braços abertos. Quando Marko o abraça, Max pede:

— Não me mate.

Marko dá uma risada, solta-o, põe as mãos nos ombros de Max e os aperta.

— Você também está nada mal, pelo que estou vendo. Muito trabalho?

Marko olha para Johan, que se mantém a dois ou três metros de distância com as mãos nas costas.

— O que você tá fazendo aí? Vem aqui!

— Vem aqui você.

Marko olha para Max, dá de ombros, se aproxima de Johan e hesita por um instante, como se Johan fosse um peso que ele estivesse prestes a levantar. Marko abre os braços.

— O que foi?

— Nada.

— Por que você tá assim? Sou eu, Marko. Você não se lembra de mim?

— Sim. Vagamente. — Johan relaxa o aperto de mão. — Melhor assim?

— Pode ser. Agora vem aqui. — Marko abraça Johan, que praticamente desaparece no peito dele enquanto as mãos dão tapinhas aleatórios nas costas de Marko.

— Muito bem — diz Marko, soltando a mão e esfregando-a contra a outra. — Vamos olhar o cafofo que eu comprei, então?

O cafofo em questão era uma bela construção da década de 1960. Certos detalhes e soluções levam Max a pensar na casa de seus pais, e não seria estranho caso o mesmo arquiteto tivesse projetado as duas casas.

Marko anda pelos cômodos vazios e explica todas as reformas que pretende fazer. A cozinha seria toda refeita, as janelas com vista para a baía de Kvisthamraviken seriam transformadas em paredes de vidro, os pisos de linóleo seriam trocados por tacos de carvalho e assim por diante. Havia um elemento um pouco maníaco naquela litania de homestyling, e Max olhou preocupado para Marko.

Durante o ano que os dois haviam frequentado juntos a Escola de Economia em Estocolmo, Max já havia notado uma mudança. Nos últimos anos do ensino fundamental, o instinto competitivo de Marko consistia basicamente em ser melhor do que Max, e como Max tinha o intelecto mais privilegiado da classe, Marko precisou se esforçar bastante. Porém, mesmo que Marko levasse a competição muito a sério, havia também um elemento de brincadeira que, por caminhos tortuosos, havia levado os dois a fazer amizade. Os dois só tinham um ao outro no topo.

Marko havia acabado o ensino médio com notas máximas, apesar de não ter Max como adversário, mas quando os dois tornaram a se encontrar na Escola de Economia, Marko havia passado a competir contra *todos* — e, a despeito do que se possa dizer sobre a Escola de Economia, não há nenhum cabeça de vento por lá. Marko precisou levar o esforço a níveis extremos. Ele sempre tinha olheiras e desenvolveu um tique no canto do olho e um cacoete de mexer no lóbulo da orelha direita. Os olhos dele às vezes ficavam vidrados durante uma conversa, e nessas horas era possível ver que os pensamentos estavam muito longe.

Os três amigos de infância haviam se encontrado poucas vezes depois que Marko havia concluído os estudos na Escola de Economia e começado a trabalhar, porém, Max sempre o achava cada vez mais estável e mais capaz de relaxar, e cada vez menos aquele sujeito constantemente tenso. Mas hoje Marko havia voltado a exibir parte dessas antigas características.

— Caramba!

Johan abriu a porta da varanda e saiu. Max e Marko o acompanharam. A varanda era literalmente do tamanho de uma quadra de tênis, e não era possível imaginar como os antigos proprietários teriam aproveitado o espaço que, na ausência de móveis e de outros complementos, parecia absurdamente grande.

— Falando sério — diz Max, deixando o olhar correr pelas tábuas bem-cuidadas. — Para que eles usavam isso aqui?

— Era para uma piscina — responde Marko. — Eles tinham planos de construir uma piscina, mas no fim não tinham mais dinheiro. E agora eu estou pensando em levar essa construção adiante.

— Você está pensando em construir a piscina?

— Aham. Para que o pai e a mãe possam ficar aqui relaxando, cada um num colchão inflável.

— Mas eles *querem* fazer isso?

— Como?

— Você já perguntou *para eles?* O que eles gostariam de fazer?

Marko leva os dedos ao lóbulo da orelha direita e olha para Kvisthamraviken enquanto responde:

— Eles ainda não sabem.

— Como assim, você comprou essa casa aqui para eles... e *ainda não contou?*

— Isso mesmo.

Max olha para Johan, que desvia o olhar. Max não entende qual é o problema, nem por que Johan parece tão arisco. Seria apenas porque Marko não havia telefonado para ele? Marko avança dois passos na direção de Max e diz:

— Primeiro eu quero cuidar de tudo, sabe? Deixar tudo *perfeito*. E só depois mostrar para eles.

Parece haver um elemento de ameaça na postura de Marko, como se não admitisse opiniões em contrário, e Max se sente incomodado. Ele dá um passo ao lado, olha para o enorme deque de madeira e se sente incomodado. Depois ergue o olhar em direção à baía, onde o sol que se reflete na água o ofusca antes que toda a superfície da água comece a se inclinar.

Não... não...

Um rangido metálico soa, um rio preto se derrama, se ouvem respirações ofegantes e uma luta pela vida, gritos se erguem e uma multidão de rostos distorcidos espia por entre as sombras — é o terror em estado bruto concentrado num caixote amarelo.

O contêiner se abriu.

VENHA O ARMAGEDOM

1

Durante o pouco mais de uma semana que se passou desde a descoberta do contêiner, a administração do município de Norrtälje, com o apoio do clube náutico e da construtora SBAB, pôde celebrar novos triunfos no que diz respeito à ineficiência e à fuga da responsabilidade.

A atitude do município em relação ao contêiner não foi muito diferente daquela adotada quando o semáforo da Vätövägen estragou, e mesmo após três diferentes tentativas de conserto permaneceu estragado. O responsável havia declarado para o *Norrtelje Tidning* que era *bom* que o semáforo houvesse estragado, porque assim os motoristas dirigiriam com mais atenção. A história acabou quando um desses motoristas atentos bateu contra o próprio semáforo.

Da mesma forma, a autoridade portuária havia se pronunciado para dizer que era bom que o contêiner estivesse lá, uma vez que assim o proprietário teria mais tempo para buscá-lo. Como se um contêiner fosse uma coisa que uma pessoa perde enquanto anda por aí, como uma luva, e não um objeto conscientemente deixado em um lugar determinado por motivos desconhecidos.

O assunto era jogado de uma instância para a outra enquanto os responsáveis almoçavam, tiravam férias ou por qualquer outro motivo não podiam ser encontrados, e assim o interesse público aumentou em relação àquele objeto que em si mesmo não tinha nada de misterioso, porque era apenas um contêiner amarelo, mas, assim mesmo, havia aparecido como que graças ao capricho de uma divindade.

Especulava-se livremente a respeito do conteúdo em copas e locais de trabalho, e também no *Norrtelje Tidning*. O mais provável era que se tratasse de contrabando ou lixo industrial. Surgiu uma teoria que envolvia refugiados, que, no entanto, logo foi descartada porque uma das poucas coisas que se pôde fazer havia sido ouvir o contêiner com o auxílio de um estetoscópio eletrônico, e não havia som nenhum lá dentro. Como não havia necessidade de nenhum tipo de operação de resgate, a engrenagem burocrática podia rodar sem parar.

Durante os dias havia sempre um grupo de curiosos perto do contêiner, e um engraçadinho já havia pichado "DEIXEM EM PAZ!" numa das pontas. Um jovem tentou abrir o cadeado com uma serra em arco, mas foi impedido por outros curiosos: afinal, "não há como saber que tipo de merda pode estar aí dentro".

À medida que os dias passavam, crescia em meio ao público a suspeita de que o município havia coisas a esconder. Não era razoável que não se conseguisse determinar quem era o proprietário de um terreno. Devia haver outros motivos, e logo mais as teorias passaram a versar sobre lixo radioativo.

O assunto foi tão longe que por fim o município se viu obrigado a arranjar um contador Geiger e um operador que, na companhia de um jornalista do *Norrtelje Tidning,* fez medições do contêiner e constatou que os níveis de radiação estavam totalmente dentro do normal. As especulações logo tomaram outro rumo, mas aquilo havia sido uma ideia muito, muito boa.

Por fim, se chegou a uma decisão que parecia magnífica em razão da complexidade desnecessária. Como tudo indicava que aquela parte do terreno pertencia ao clube náutico, a construtora o arrendou por dez anos, para que então o município pudesse alugar os dez metros quadrados onde estava o contêiner pela soma de trinta mil coroas e dessa forma assumir total responsabilidade pelo conteúdo.

Se o proprietário não se apresentasse e não pudesse ser localizado com a ajuda do que estivesse no interior do contêiner, então o contêiner e o conteúdo passariam a ser posse do município. A decisão foi celebrada com café e torta no centro de atendimento do município, e mesmo assim surgiram especulações sobre que tipo de lebre estaria no saco comprado. *Podia* ser uma coisa valiosa, como por exemplos centenas de laptops ou milhares de telefones celulares, mas nesse caso o que seria feito desses produtos?

Os mais realistas acreditavam que o conteúdo provável seria uma carga de motores de barco roubados. Muita gente tivera o motor de popa roubado durante o verão, e se o município conseguisse devolvê-los para os proprietários legítimos, as pessoas seriam tomadas de boa-vontade em relação ao governo da situação. Houve um brinde durante o café. Aos motores de barco! No dia seguinte, o contêiner seria aberto.

2

O porto está em festa, porque o acaso decidiu que a abertura cairia num sábado. Ninguém sabe como o público descobriu que seria essa a ocasião em que o conteúdo do contêiner seria revelado: não houve nenhum tipo de anúncio. Um funcionário do município deve ter contado para outra pessoa, que contou para outra pessoa, e assim por diante. Norrtälje é uma cidade pequena e os boatos se espalham depressa.

Faz um dia frio e cinzento de outono, e o chuvisco fino que mais parece uma névoa umedece os cabelos e as roupas daqueles que desafiam a brisa marítima que sopra do leste. Muitas pessoas têm garrafas térmicas com café, e outras chegaram a levar cadeiras dobráveis. O grande assunto, afora o contêiner, era a estranheza de ver o porto depois que todos os silos haviam desaparecido. Para muita gente, aquela era a primeira visita à região portuária de Norrtälje desde que aqueles colossos tão característicos haviam sido removidos.

As pessoas falam sobre os silos em tom de nostalgia. Mesmo que ninguém se arrisque a negar que as construções eram horrorosas, elas também *faziam parte.* Todos se lembravam da época em que os silos se erguiam por trás do navio-restaurante *SS Norrtelje,* vazios, imprestáveis e decrépitos, mas, assim mesmo, como uma porcaria de cartão-postal que garantia que, sim, você havia chegado a Norrtälje. Muitos observaram com o coração apertado quando as construções foram demolidas de cima para baixo a fim de abrir espaço para a revitalização do porto. Uma coisa havia se perdido. Era o fim de uma época.

As conversas retornam ao contêiner, que mesmo naquele tempo nublado brilha com um amarelo intenso, como se um sol próprio o iluminasse. As pessoas fazem piadas sobre a lentidão do município e mencionam que o restaurante incendiado na ilha de Fejan não pôde ser reconstruído por questões burocráticas, que a fibra óptica nunca chega a certos pontos do município mesmo que a distribuição tenha começado há muitos anos, e quanto à expansão da rede de água e esgoto, o melhor seria nem comentar o assunto. Ninguém ficaria espantado se o contêiner ainda estivesse lá quando a revitalização do porto estivesse concluída.

Mas, naquele momento, o contêiner seria aberto, e todos haviam se reunido cheios de expectativa, como se fossem crianças na véspera do Natal. A tensão ao redor daquele caixote misterioso estava se acumulando fazia uma semana, e se a abertura não ocorresse hoje haveria o risco de tumultos. Ovos nas janelas do centro de atendimento do município, esse tipo de coisa.

Mas não foi preciso nada disso. Cinco minutos antes da hora marcada chegou uma van da serralheria Janssons Plåt com o slogan "Sua satisfação em porta" estampado na lateral. Um homem com roupas cheias de refletores desce, olha para a multidão, balança a cabeça, abre o compartimento traseiro e ergue a maior serra circular que qualquer um dos presentes já viu, com a lâmina do tamanho de um LP. O homem avança com as ferramentas rumo à multidão, que respeitosamente se abre. Ele larga a serra circular em frente ao contêiner e leva uma extensão até um dos quadros de luz da construtora.

Somente nesse instante, o homem percebe que se encontra no centro de todas as atenções, que devia fazer um comentário qualquer antes de começar, mas a única coisa que ele consegue dizer se destina a pessoas mais próximas:

— Se afastem! Isso aqui vai soltar muita faísca!

Quando as pessoas se afastam a uma distância razoável de segurança, o homem faz um comentário pouco elogioso em relação aos moradores de Norrtälje, coloca os óculos de proteção e os protetores auriculares e começa.

A haste do cadeado é grossa como um polegar e as faíscas saltam pelo chão enquanto um grito estridente e ensurdecedor se ergue rumo ao céu. Certas pessoas tapam os ouvidos, enquanto outras ficam como que paralisadas, admirando aquela demonstração da capacidade humana de destruição. Em um minuto, o cadeado está serrado ao meio e cai ao chão com um claque. O homem desliga a serra e chuta a haste incandescente em direção à água, onde o metal some depois de chiar.

— Todo mundo curioso, né? — grita o homem, que parece ter começado a achar a situação divertida e movimenta as mãos como um mágico antes de pegar uma das alavancas de fechamento na porta do contêiner. Mas o truque dá errado. A alavanca dá a impressão de estar emperrada: o homem consegue puxá-la apenas uns poucos centímetros antes que volte a bater com um estrondo ribombante. O homem chuta o contêiner e exclama:

— Puta que pariu!

— Precisa de ajuda aí, Tompa?

Mais um homem com uniforme cheio de refletores surge em meio à multidão e avança em direção a Tompa, que balbucia qualquer coisa e se afasta para dar espaço ao recém-chegado. O mágico agora tem um assistente. Reunindo força e com o rosto vermelho em razão do esforço, os dois conseguem virar as alavancas e as portas enfim se abrem com um barulho de sucção.

As mãos de Tompa e do outro homem se erguem para cobrir a boca e nariz, e se passam apenas instantes até que o vento leste sopre pela multidão e todas as mãos repitam aquele gesto.

O fedor é indescritível. O cais é envolto por uma nuvem de podridão, excrementos e morte. Uns correm até a beira-d'água para vomitar, outros vomitam exatamente onde estão e os demais têm as mãos fortemente pressionadas contra a boca enquanto fazem um esforço consciente para se conter.

Depois do fedor vem o líquido. Uma imundície escura e fluida escorre do contêiner e chapinha contra o calçamento de pedra no cais, enchendo as rachaduras e depressões enquanto avança em direção ao mar, onde escorre e se mistura à água que banha o porto.

Mesmo que Tompa e o outro homem sejam as pessoas mais próximas à origem do fedor, eles conseguem não vomitar. Os dois têm as mãos pressionadas contra os lábios enquanto examinam as entranhas do contêiner com os olhos arregalados de medo. Tompa faz um gesto com a mão direita. Ele quer sinalizar uma coisa ou outra, porém a mão se enfraquece e cai. Ele olha para o colega. Os olhares apavorados de ambos se encontram num momento em que é preciso tomar uma decisão. Os dois se afastam do contêiner. Tompa deixa a serra para trás.

Quando chegam perto da multidão, uma voz abafada pergunta:

— O que é isso? O que tem lá dentro?

Tompa olha para cima. Ele tem lágrimas nos olhos. Abre a boca para responder, mas logo os lábios se contorcem numa careta. Ele começa a chorar e corre até a beira-d'água, onde vomita. E depois vomita outra vez ao ver o próprio vômito amarelo se misturar ao líquido imundo do contêiner, que escorre sem parar.

POR ÁGUAS ESCURAS 1

Estamos sentados no escuro, à espera. As únicas conversas que tínhamos eram aos sussurros, com os lábios perto do ouvido. Por horas cometi o equívoco de iluminar os arredores com o celular que agora uso para gravar minha voz. Rostos terríveis surgiam na escuridão. Magros, sem olhos, desesperados. Como se eu estivesse no meio de um exército de fantasmas. Devíamos ter chegado a Trelleborg muito tempo atrás, porém, os movimentos do contêiner indicam que ainda estamos em alto-mar. O ar aqui dentro é viciado, e os buracos de ventilação no teto não permitem a entrada de oxigênio suficiente. Às vezes, um sobe na garupa do outro e coloca os lábios num desses buracos para respirar ar fresco, nem que seja por uns instantes. Depois, os dois trocam de lugar. A não ser pelas luzes esporádicas dos celulares, aqui é escuro como breu. Não ganhamos nenhum tipo de comida ou bebida desde que as portas se fecharam dois dias atrás. Dividimos os recursos que existiam, mas tudo está acabando. Uns dizem que outros escondem água e comida, e por isso a atmosfera tem sido muito ruim. As coisas vêm em ondas. Uma onda de irritação quando se alega que alguém roubou uma coisa que devia ser de todo mundo. Uma onda de esperança quando um som ou um movimento indica que chegamos ao nosso destino. Ou como agora: uma onda de apatia em que todos estão sentados em silêncio, olhando para o nada. Esse lugar poderia deixar qualquer um louco. Espero que ninguém enlouqueça. Não há espaço suficiente. Somos vinte e oito pessoas aqui dentro. Catorze homens, oito mulheres e seis crianças. Que Deus ajude a todos nós.

AS PESSOAS DE ONDE EU VIM

1

Marko segura Max, que havia caído de mau jeito no deque. O corpo de Max se contorce e estremece, e Marko olha assustado para Johan.

— O que eu faço?

— Deita ele no chão. Com cuidado.

Marko baixa o corpo de Max para trás até que ele esteja deitado nas tábuas do deque. Os olhos não veem, mas as convulsões diminuem. Só as mãos continuam fazendo pequenos gestos bruscos, como linguados em terra firme. Marko e Johan estão agachados, cada um de um lado.

— É a segunda vez que eu vejo isso — diz Marko. — A primeira foi lá no silo, você lembra?

— Como eu poderia *não* lembrar? Você salvou a vida dele e eu agi como um covarde.

Marko balança a cabeça.

— Você está sendo injusto com você mesmo.

— É fato.

— Então você presta atenção demais em fatos injustos.

Max ergue a mão, passa-a no rosto e olha confuso ao redor.

— O que foi que aconteceu?

— Você foi atingido por uma bola de golfe na cabeça — diz Johan. — O que você acha? O que foi que você viu?

Max se põe sentado. Ele olha para Kvisthamraviken com uma expressão atormentada nos olhos.

— É aquele contêiner. Aquilo está cheio de cadáveres. Vários cadáveres. Homens, mulheres e crianças que estão... apodrecidos.

Marko e Johan se olham. Os dois podem ter sido influenciados pela sugestão na frase dita por Max, mas é verdade que parece haver um leve cheiro de podre no ar. Nenhum deles questiona o que Max disse, e os três estão a menos de quinhentos metros do lugar descrito.

— Refugiados? — pergunta Marko.

— Não sei. Era escuro lá dentro, eu só vi... eu senti... — Max tapa o rosto com as mãos e os ombros dele começam a tremer. Por entre os dedos ele diz num sussurro: — Que horror.

Marko e Johan põe uma mão cada um nos ombros de Max, e passado um tempo as convulsões passam. Mas respira fundo, tremendo, afasta as mãos e diz:

— Tinha uma coisa *escorrendo.* Do contêiner. Uma coisa escura.

— Fluidos corporais, talvez. — diz Marko. — Puta merda. Imagine ficar trancado em um negócio daqueles até... talvez com a família inteira... e ver todo mundo... O olhar de Marko se perde na distância, talvez porque houvesse se lembrado da fuga empreendida pela própria família.

— É — diz Max. — Mas tinha outra coisa também. Que escorria. Eu não sei ao certo como dizer. Mas parecia uma coisa... metafísica.

— Metafísica? — pergunta Johan com toda a cautela. — Como uma coisa metafísica pode escorrer? Afinal, isso seria um simples... conceito.

— Não sei. Eu mesmo não entendo. Mas foi isso o que eu vi. Uma coisa que escorria do contêiner e que tinha um fedor horrível, e com certeza é isso mesmo. Fluidos corporais. Mas ao mesmo tempo era também outra coisa.

Os três permanecem sentados, e não é apenas impressão que um cheiro de carne empesteia o ar. É difícil imaginar como devem ter sido as coisas no porto, e ainda mais difícil imaginar como devem ter sido para as pessoas que deram origem ao cheiro.

Homens, mulheres e crianças. Apodrecidos.

Nos jornais, se pode ler todos os dias a respeito de pessoas que se afogaram no Mediterrâneo para depois serem levadas pelas marés às praias da Europa, às vezes reconhecíveis, às vezes inchadas para além de qualquer chance de reconhecimento. É o tipo de notícia que aparece nos jornais. Em tese podem ser fake news, situações que não aconteceram. Mas é diferente quando um contêiner aparece na sua porta. A situação do mundo chegou a Norrtälje.

Johan quebra o silêncio e diz para Max:

— Uma coisa que eu não entendo, ou melhor, uma a mais: por que você viu essa cena? Se as pessoas morreram há tempo, o suficiente para estarem apodrecidas? Afinal você costuma ver coisas que... estão prestes a acontecer, não? Isso já aconteceu.

— Eu não sei — responde Max. — Não entendo. Pode ser uma coisa que ainda vai acontecer em consequência disso. Mas eu não sei.

— Puta merda — diz Marko, se levantando. — Eu preciso tomar um copo d'água. Alguém mais...?

Os outros dois balançam a cabeça. Johan observa quando as costas largas de Marko somem na porta da varanda, e de repente surge a lembrança de uma imagem praticamente idêntica, quando Johan, aos treze anos...

2

...atravessou a varanda atrás de Marko, enquanto Max permanecia na varanda com o pai. O pai e a filha Kovač já haviam calçado os sapatos.

— Porra, Marko — sussurra Johan. — Porra, que bacana.

— Bacana?

— É, quando você fez aquele gesto de agradecimento na sacada. Muito bacana.

— Bacana não é bem a palavra certa.

Sem explicar qual seria a palavra certa, Marko amarrou cuidadosamente os cadarços dos tênis de academia. Johan observou-o com o canto do olho enquanto os dedos ágeis terminavam o nó duplo. Ele estava muito impressionado com a maneira como Marko havia lidado com a situação — a maneira como, ao enfatizar a posição subalterna com aquela mesura, havia feito com que todo o sentimento de vergonha fosse desviado em direção a Göran. Johan nunca havia pensado sobre *dignidade* como um conceito abstrato, porque não conhecia nenhuma pessoa que tivesse aquele tipo de dignidade. Mas, a partir daquele momento, ele conhecia.

Ele sabia que o sentimento de lealdade devia estar centrado em Max, o melhor e mais velho amigo que havia sido aniquilado por Marko, porém, naquele momento, não era assim que sentia, e isso o deixou confuso. Foi apenas quando saiu da casa com a família Kovač e chegou à rua que Johan compreendeu: ele fazia parte da trupe que voltava para o *cortiço,* enquanto Max permanecia na *varanda* chique com vista para o mar. Mais um conceito sobre o qual Johan nunca havia refletido: *classe.* Claro que ele e Max eram melhores amigos, mas na hora do aperto talvez a lealdade de Johan estivesse em outro lugar. Nas pessoas como ele.

— No que você está pensando?

Distraído com aqueles novos pensamentos, Johan mal havia notado que todos já estavam a centenas de metros da casa de Max. E então a pergunta de Marko caiu como um raio.

— Em como a gente... tipo... está junto nessa.

— Você quer dizer... no que diz respeito ao Max? É assim que se diz? "No que diz respeito a"?

— É. E sim, mais ou menos isso.

Johan gostaria de ter abordado mais um assunto, mas seria melhor deixar aquilo de lado.

Ele queria muito estar junto com a família Kovač e acima de tudo com Marko, porém, não havia nada a *dizer*. Maria diminuiu a marcha, parou ao lado dele e perguntou:

— Você sabe jogar xadrez?

— Eu sei as regras, sim.

— Quer jogar comigo?

Johan lançou um olhar interrogativo em direção a Marko, que deu de ombros e respondeu:

— Ouça o que eu vou dizer. Ela é bem mais esperta do que parece. Em especial com xadrez.

— É *no* xadrez que se diz — o corrigiu Maria. — E você é bem mais burro do que parece, mesmo que já pareça bem burro.

— Como é que se diz? — pergunta Marko. — Com xadrez ou... no?

— Sei lá — responde Johan. — Acho que dá pra dizer dos dois jeitos, mas é melhor dizer *no*.

Maria bateu as mãos e deu uma volta completa antes de mais uma vez se dirigir a Johan.

— Vamos jogar quando a gente chegar em casa?

Marko fez um comentário em bósnio que soou como uma reprimenda à irmã. Ela balançou a cabeça e disse:

— Mas ele *quer!* Você quer, não?

— Claro, mas não sei se fica bom para vocês.

— Apareça lá hoje à tarde — disse Marko. — Depois das seis. Você vai levar uma surra!

O aceno enfático de cabeça feito por Maria deu a entender que era exatamente o que aconteceria. Todos continuaram em direção ao cortiço. Johan olhou com o canto do olho para a família em meio à qual ele andava e mais uma vez tentou prestar atenção naquelas presenças e também na sua própria. Ele teve de se conter para não chorar.

Depois de constatar que a mãe continuava dormindo no meio da roupa suja e tomar um copo de achocolatado O'Boy feito com leite já quase passado, Johan foi ao morro.

Com as mãos nos bolsos, zanzou em meio aos pinheiros, bancos e arbustos onde ele e Max haviam passado grande parte da infância. Lembrou-se de várias brincadeiras, experiências vividas naquela região limitada que por um tempo havia sido um mundo só deles. Ele não sabia, mas estava se despedindo de tudo aquilo.

Depois de andar de um lado para o outro, Johan não parou no alto de uma pedra ou de uma árvore, mas no banco que dava para a Posthusgatan e era um dos últimos lugares com vista bonita em Norrtälje. Apoiou os cotovelos nos joelhos e respirou fundo, para então soltar o ar em expirações curtas. Ele sentia um aperto no peito.

Por inúmeras vezes Johan reviu mentalmente a mesura que Marko havia feito para Max, e com aquilo uma coisa pareceu se acender, uma coisa que no início parecia uma alegria exuberante mas que aos poucos havia tomado a forma de um aperto no peito que tornava até mesmo a respiração difícil.

Marko.

As outras vezes em que havia dado respostas que pareciam saídas de um livro infantil não deviam ter sido nada mais do que uma tentativa fracassada de fazer com que a família Kovač gostasse dele, mas depois de refletir sobre as próprias motivações, Johan chegou à conclusão de que o mais importante era que Marko gostasse dele. Os outros eram pessoas legais e ele gostaria de *fazer parte,* mas ninguém era mais importante do que Marko.

Seriam preciso anos de frustração e confusão antes que Johan percebesse e admitisse para si o que havia acontecido: ele estava apaixonado.

3

Como Marko havia dito, Goran mostrou que *tinha capacidade* e após o mês de experiência conseguiu uma vaga fixa na empresa. Ao fim de um ano estava em pé de igualdade com os outros empregados, e começou a receber tarefas mais importantes à medida que o nível do sueco melhorava, mesmo que nunca tenha virado um *craque* na língua como Maria havia dito. Laura arranjou emprego como auxiliar de enfermagem no hospital e, ao fim de um ano, o seu sueco estava quase no mesmo nível das crianças. A vida se endireitou para a família Kovač.

A única preocupação era causada por Maria. Ela se envolvia o tempo inteiro em conflitos na escola, tanto no pátio como também em sala de aula. O problema de fundo era que ela agia como se todos fossem menos inteligentes do que ela, e não guardava essa opinião para si — muito pelo contrário. Todos os dias, ela desafiava outras crianças para então destruí-las com a própria superioridade em cálculo, história, leitura, tudo.

Claro que foi chamada de imigrante, pele-escura e de outros nomes que tinham a pretensão de soar como insultos, porém, Maria dava um jeito de virar tudo a seu favor dizendo:

— Escuta, a imigrante aqui sabe o que essa palavra significa, e você, que é sueco não sabe. É muita burrice, não? Veja, a pele-escura que aprendeu a matemática contando bananas consegue resolver esse problema, mas você não. Por acaso você caiu do saco de esterco quando era pequeno?

Ela levava muitas pancadas e retribuía com muitas pancadas. Sempre tinha cortes e hematomas no rosto e nas mãos. Quando eram muitos contra a irmã no pátio da escola, Marko tentava intervir, mas era recebido com uma barragem de xingamentos em bósnio e em sueco para que não se metesse.

Com Johan era diferente. Nas poucas vezes em que havia passado o recreio com Maria e presenciado uma turma disposta a incomodá-la, ela parecia disposta a receber a ajuda dele de peito aberto.

— Esse aqui é o meu amigo Johan! Ele vai moer vocês na porrada! Vamos, Johan!

— Eu não vou moer ninguém na porrada, mas por que vocês passam o tempo inteiro provocando a Maria?

— Porque ela é *má* — disse uma menina sueca enquanto soltava um cacho do cabelo de Maria que antes pretendia puxar. — Passa o tempo inteiro fazendo comentários maldosos.

— É verdade, Maria?

— Eu só digo a verdade! Que eles são um bando de idiotas!

Johan lançou um olhar para as três meninas que não paravam de encarar Maria. A julgar por aquela ira de nariz empinado, cachos loiros e olhares nervosos, não seria impossível que Maria tivesse razão, mas Johan não pensava em lhe oferecer uma ideia dessas, e em vez disso respondeu às meninas:

— Eu tô cagando pro que a Maria diz. O que eu sei é que vocês três contra uma menina sozinha não é nem um pouco legal. Briguem com ela uma por vez, se é isso que vocês querem.

Nenhuma das meninas se dispôs sozinha a confrontar Maria e seus olhos verdes e perigosos, e, em seguida, as três se afastaram enquanto uma delas xingava Johan de "gayzinho de merda".

E assim foi. Aos treze anos, Johan ainda não tinha identificado a agitação deliciosa que sentia quando estava a sós com Marko como aquilo que era: sofrer por amor. Ele sabia apenas que gostava de estar com Marko, gostava de estar perto dele, de olhar para ele. Como nunca havia sentido aquilo por nenhum outro menino e nunca havia pensado daquela forma a respeito de Max, imaginou que aquele sentimento ao mesmo tempo efervescente e obscuro fosse um simples fascínio.

Johan tomava cuidado para não ser inconveniente, mas os convites ocasionais de Maria para que fosse à casa da família Kovač ser destruído no xadrez faziam com que ele e Marko se encontrassem com bastante frequência.

Os acontecimentos na varanda de Max haviam provocado uma alteração nos papéis daquela relação. Na escola, o convívio entre Marko e Max consistia em haverem se descoberto arquirrivais um do outro. Os dois nunca se encontravam durante o tempo livre, ao contrário de Johan e Marko, que costumavam jogar videogame juntos. Max e Johan, por outro lado, haviam se afastado um pouco desde o fim das brincadeiras fantasiosas. Uma nova ordem havia se estabelecido e passaria a valer pelos dois anos restantes do ensino fundamental.

4

Houve um acontecimento decisivo nas férias do nono ano. A mãe de Johan, que estava vivendo um período de rara lucidez durante o outono e o início do inverno, teve entre o Natal e o Ano-Novo uma visão que a levou a se deitar num monte de neve para ser levada pelos anjos do Senhor ao reino do céu. Quando Johan tentou convencê-la a voltar para casa e se aquecer, ela imaginou estar diante de um demônio enviado pelo Tentador para impedir a salvação de sua alma e começou a jogar pedaços de gelo no filho.

Foi quando Johan pegou celular e, enquanto vigiava a mãe, que rolava pela neve dando gargalhadas, ligou para o hospital. Quando dois enfermeiros apareceram para juntá-la, ela começou a berrar e tentou arranhar o rosto deles. Ela foi contida e presa a uma maca, para então ser levada ao hospital Danderyd.

Enquanto Johan permanecia cabisbaixo, olhando para a ambulância que dava ré no pátio, Laura saiu do portão da família Kovač. Sem dizer uma palavra, ela se aproximou e pousou a mão no ombro dele. Johan a abraçou e começou a chorar enquanto Laura afagava a cabeça dele e sussurrava:

— Calma... calma... você pode ficar com a gente. Você pode morar com a gente. Pelo tempo que for preciso.

E foi assim que Johan passou duas semanas morando com a família Kovač, e não houve um único dia em que não tenha feito uma breve oração a um Deus em que não acreditava:

— Faça com que a minha mãe não volte hoje.

Ele dormia numa cama dobrável de camping montada no quarto de Marko, e graças às longas conversas noturnas os dois se tornaram mais próximos. Marko havia começado a desfrutar de certa popularidade entre as meninas de turma e tinha muitas ideias a respeito do assunto, que Johan, sem nenhum tipo de experiência, podia discutir apenas no plano teórico. Mas os dois conversavam. E conversavam.

Mesmo que Johan adorasse morar na casa da família Kovač, essa proximidade com Marko era uma faca de dois gumes. A enorme satisfação se misturava a uma frustração igualmente grande, mas, nem assim, ele conseguia avaliar a situação como um todo. Era como se tivesse uma coisa na ponta da língua, que, no entanto, se recusava a dizer em voz alta.

Houve uma tarde em que a família inteira saiu para cuidar de vários afazeres e Johan ficou sozinho no apartamento. Ele deu uma volta pela sala, parou e ficou olhando para a chave pendurada abaixo de uma imagem de Jesus — a chave que ele sabia dar acesso à antiga casa da família Kovač. A família havia sido obrigada a abandonar a antiga casa em razão da loucura que havia tomado conta da região.

Um impulso levou Johan ao quarto de Maria. Maria havia passado por duas transformações importantes durante o último semestre. Ela estava mais calma e havia feito duas amigas que estudavam na classe do ano seguinte, e a beleza que haveria de ser para ela ao mesmo tempo uma bênção e uma maldição havia começado a se revelar. Mesmo que estivesse no sexto ano, os meninos do nono lhe dirigiam olhares, o que para Johan era motivo de um incômodo tão profundo quanto o bullying no pátio da escola. De certa forma, Johan sentia como se fosse um irmão mais velho.

Ao perceber o tipo de efeito que causava ao redor, Maria também havia se tornado cada vez mais cheia de si. Havia começado a usar maquiagem e a usar roupas femininas. Johan abriu o roupeiro dela e passou os dedos pelos vestidos curtos, calças de ginástica e suéteres folgados. Antes mesmo que pudesse entender o que estava fazendo, ele tirou o maior vestido do cabide, se despiu até ficar só de cuecas e passou o vestido pela cabeça. Ficou justo, mas ele era bem magro, então deu certo.

Com o coração palpitando forte e um tremor por todo o corpo, Johan se aproximou do espelho de corpo inteiro em que Maria passava horas experimentando diferentes roupas. Se alguém da família aparecesse naquele momento, ele morreria ali mesmo. O rosto de Johan enrubesceu quando ele se olhou no espelho. Ele fez um biquinho com os lábios e pôs a mão na cintura.

Não era nem um pouco excitante estar vestido com as roupas da bela Maria, e, naquele momento, ele chegou perto de sentir nojo, afinal ela era uma criança. Johan também não era um travesti, mas ele, por fim, aceitou por completo aquilo que desejava. Ele desejava que Marko o visse *daquele jeito,* como uma das meninas a respeito das quais fantasiava à noite. Ele queria parecer atraente para Marko.

A última ficha havia caído e o vestido justo deslizou pelas costas de Johan ao ser retirado, e então ele caiu de joelhos e apoiou a testa sobre os punhos cerrados.

Por favor, ele pediu. *Faça com que isso pare. Nunca vai acontecer, então por favor faça com que isso pare.*

* * *

No Stora Torget, há uma mulher que passou três dias triste sem entender por quê. Ela olha para a sacada acima do Handelsbanken, para a balaustrada onde dizem que o poeta Nils Ferlin se equilibrou em outra época. Pensa na queda de uma grande altura, no sangue que escorre e na fina corda de nylon. E de repente uma menina de cinco anos surgiu na frente dela.

— Oi — disse a menina. — O meu nome é Matilda. Qual é o seu nome?

A mulher ainda consegue dizer o nome antes que a mãe da menina interrompa e peça desculpas. A menina acena enquanto vai embora, e a mulher acena de volta. Ela pensa no próprio nome, no nome que a mãe havia escolhido para ela. Não se pode desperdiçar essas coisas.

SEM VOLTA

Harry Boström já repetiu a história para a polícia, para o Norrtelje Tidning e para todos os que se dispuseram a ouvir: *ele ouviu um barulho no interior do contêiner*. Um baque, como se um objeto tivesse caído no chão. As pessoas haviam levado a sério a ideia de usar um estetoscópio eletrônico para escutar, mas a coisa havia parado por aí. O contêiner permaneceu fechado, aguardando a opinião de vários idiotas. E veja só o resultado!

Junto com outros cinquenta habitantes de Norrtälje, Harry está de pé em frente às barreiras policiais com Tosse na coleira, observando enquanto várias macas com corpos e mais corpos envoltos por sacos plásticos são levados do contêiner para as ambulâncias à espera. Inúmeros flashes iluminam o dia cinzento e fazem com que a superfície amarela do contêiner brilhe como uma sinalização de alerta. Todos os jornais e canais de notícias deslocaram equipes ao local, e, naquele instante, Norrtälje é o centro das atenções de toda a Suécia — talvez do mundo.

Harry balança a cabeça ao ver mais uma maca passar. O corpo envolto por um plástico branco é tão pequeno que deve ter pertencido a uma criança. As câmeras clicam sem parar, os flashes vão à loucura e toda a cena se ilumina como um estroboscópio. Tosse choraminga aos pés de Harry. Tem medo de trovões e está à espera do estrondo que devia acompanhar cada um daqueles relâmpagos. Harry o afaga entre as orelhas e fala na tentativa de o acalmar.

O fato de que não há mais pessoas reunidas para observar aquele evento incrivelmente sinistro se deve a um único motivo: o fedor. Todo o centro da cidade se encontra envolto por uma nuvem de podridão e morte, e o porto é o ponto crítico. Muitas pessoas cobrem a boca e o nariz com lenços, e mantêm os olhos apertados a fim de impedir que o mau cheiro atinja os olhos.

— Você que é Harry Boström?

Um homem bem-penteado e suspeito que usa uma camisa azul-celeste por baixo de um blazer azul-escuro se aproxima de Harry. Na mão, ele traz um microfone com o logotipo da TV4. Logo atrás vem um sujeito menos arrumado com uma câmera no ombro. Ele abre um sorriso contrariado ao sentir o fedor, que em nada convém ao céu azul.

— Sou eu, sim — respondeu Harry.

— Foi você quem descobriu o contêiner, não? — Harry também foi obrigado a confirmar a informação, e assim o homem continuou — Você disse que ouviu um barulho lá dentro, mas, pelo que entendi, ninguém deu ouvidos a você. Pode ser que mortes tivessem sido evitadas caso tivessem levado você a sério. O que você tem a dizer sobre isso?

Harry olha para o contêiner e, em seguida, deixa o olhar correr em direção ao centro da cidade. Não se trata de lealdade aos políticos do município ou sequer à polícia, não — é mais uma lealdade à própria *cidade* onde Harry passou a vida inteira que o leva a responder:

— Ah, nem sei direito.

O repórter ergue as sobrancelhas com uma surpresa exagerada.

— Eu conferi na internet as notícias do Norrtelje Tidning enquanto vinha para cá e havia menções diretas a você. Dizendo que você havia ouvido um barulho.

— Claro, claro — diz Harry. — *A internet*. Os repórteres. Hoje em dia, a informação acaba distorcida nos pontos mais variados.

— Mas você não pode negar que...

Harry estava tão ocupado tentando se defender do repórter que havia se esquecido de Tosse, que naquele instante deu um tranco e levou a guia a escapar da mão de Harry. Com uma agitação fora do comum, o cachorro saiu correndo em direção ao contêiner, arrastando a correia atrás de si.

— Tosse! — grita Harry. — Tosse! Aqui!

O repórter faz um gesto ao cameraman para que filme o desdobramento inesperado em vez de se concentrar no velho turrão. Harry corre até a barreira, mas é parado por um dos policiais.

— A partir desse ponto somente com autorização!

— Mas o meu cachorro...

— O meu colega vai cuidar disso.

Tosse havia chegado até as portas do contêiner, onde fez uma certa bagunça. Um policial com o rosto coberto por uma máscara se aproxima do cachorro e, por um instante, Harry acha que Tosse vai ser abatido a tiros. Mas antes que possam impedi-lo, Tosse se deita no chão em frente ao contêiner e começa a rolar pela sujeira que escorre lá de dentro. Harry geme e sente o rosto corar. Tosse adora se esfregar em coisas que fedem, principalmente cadáveres de outros animais. Harry devia ter previsto aquela cena.

O policial pega a ponta da guia, como Tosse se recusa a sair do lugar, *arrasta-o* ao longo do porto enquanto a pelagem suja pincela uma listra de imundície no calçamento de pedra clara. Certas pessoas começaram a rir e Harry sente ainda mais vergonha, como se contra a própria vontade estivesse apresentando um esquete cômico no cemitério.

A ponta da guia é posta em sua mão e um par de olhos furiosos o encara por cima da máscara do policial.

— Segure bem esse cachorro, porra!

— Eu realmente lamento, sr. policial. Me desculpe.

O homem deboucha de "sr. policial" e se afasta a passos largos. Harry olha constrangido ao redor e vê o novato da TV4 dar um sorriso irônico enquanto o colega mantém a expressão anterior de nojo. Em seguida, Tosse se põe de pé, e Harry, cabisbaixo, leva-o de volta para casa.

Harry já se afastou cem metros do contêiner, mas percebe que o fedor não diminuiu em nada, uma vez que naquele momento ele o traz preso à coleira. Tosse olha cheio de expectativa, como se esperasse um reconhecimento por seu grande feito, ou pelo menos um tapinha na cabeça.

— Eu não vou nem *tocar* em você enquanto você não tomar um banho — diz Harry.

Tosse baixa as orelhas. Ele é velho o bastante para entender certas palavras, e "banho" é uma delas. Tosse se sacode e gotículas daquela imundície saltam para todos os lados. Uma delas acerta a mão de Harry, que a leva ao nariz para cheirá-la.

Meu Deus.

Se o barulho que Harry havia ouvido realmente fosse o som de uma pessoa, ela deveria estar cercada por morte e putrefação e atolada até os tornozelos naquela sujeira que, mesmo com uma simples gotícula de menos de um mililitro, causaria náusea profunda em qualquer um. Ele não queria ter ouvido nada. Mas, assim mesmo, havia ouvido. Ele *sabe* que ouviu. Infelizmente.

POR ÁGUAS ESCURAS 2

Chegamos ao terceiro dia. Na escuridão, o passar das horas e dias se torna abstrato. Quando não existe luz e nada acontece, o tempo não significa nada. Paramos de falar aos sussurros. Não queremos mais permanecer escondidos; queremos ser encontrados, por quem quer que seja. Queremos ser libertados, onde quer que seja. Já batemos nas paredes do contêiner, já gritamos. Não se ouve nada acima dos uivos do vento, e nada acontece além do constante movimento das ondas. Se não fosse pelas vibrações do motor, o contêiner poderia muito bem estar flutuando diretamente no oceano. Estamos sozinhos num universo escuro como breu. O balde de excrementos no canto está cheio. E fede. Minha esposa reclama de uma forte dor de cabeça. Eu a levanto para que ela possa respirar pelos furos de ventilação, mas a dor não passa. Nossa filha está encolhida, com as mãos nos ouvidos, os lábios apertados e os olhos fechados. Não posso fazer nada por nenhuma delas. Lamento profundamente que tenhamos nos lançado nessa viagem. Já não havia mais nada para nós em nossa terra natal, mas, pelo menos, tínhamos o nosso corpo, a nossa vida. Agora não controlamos sequer essas coisas. Nosso destino está em mãos desconhecidas, e depende de pessoas que nem ao menos sabemos como se chamam. Como se fossem deuses. Deuses alheios e indiferentes. Uma coisa desagradável aconteceu horas atrás. Um menininho começou a repetir:

— Tô com medo, tô com medo, tô com medo, tô com medo...

Não sei quanto aos outros, porque simplesmente fomos amontoados nesse lugar, mas imagino que a mãe haja tentado silenciar o menino, que se recusou a obedecer e continuou a repetir:

— Tô com medo, tô com medo...

Vários minutos passaram assim, e esse lamento do menino se tornou parte do ar viciado que respiramos, uma contingência de nossa vida. Depois, se ouviu um brado — eu não saberia descrever de outra forma. Não parecia sequer uma voz humana, mas deve ter sido um homem que a plenos pulmões bradou a repulsa que sentia ao medo demonstrado pelo menino. Um grito animalesco e primordial, uma ameaça mais antiga do que a humanidade, que levou o menino a se calar, ainda mais assustado, porém agora em silêncio. Quaisquer que sejam os deuses que presidem sobre nós, torço para que nos deixem sair. E logo. Tenho medo do que pode acontecer se não for assim.

DA PENITENCIÁRIA DE NORRTÄLJE AO LILLA TORGET

1

Às vezes, Anna gostaria que as visitas à penitenciária de Norrtälje fossem como as dos filmes americanos, em que as duas pessoas se sentam frente a frente, separadas por uma vidraça, e falam através de um interfone. Dedos contra o vidro e apenas as palavras mais essenciais. *You've got five minutes!* [*Você tem cinco minutos!*]

Anna tem uma predisposição otimista, mas as visitas de meia hora com Acke na Sala do Mingau, que é como ela chama aquele lugar por causa da cor da tinta nas paredes, muitas vezes lhe causam abalos psicológicos. Ela ama o irmão mais novo, mas os quase dois anos passados lá dentro o haviam transformado. Havia um novo rosto pintado em cima do velho, e os olhos pareciam endurecidos, ou até mesmo *secos,* como se já não comportassem mais o brilho de outrora. Com mais uns dez quilos de músculos extras, o irmão mais novo estava cada vez mais parecido com aquilo que era: um criminoso profissional.

— Ouvi dizer que abriram a porra daquele contêiner — diz Acke, correndo o dedo por cima de uma veia no bíceps hipertrofiado. — E que rolou um monte de afegãos pra fora ou coisa do tipo.

— Eles não rolaram para fora — diz Anna. — E ninguém sabe de onde aquelas pessoas vieram.

— Enfim.

Anna não sabe se a indiferença de Acke é genuína. Não sabe se aquilo é um jogo para criar uma imagem, ou se é um juízo sincero. A normalização do racismo foi outra coisa que ele aprendeu no complexo penitenciário. Para mudar de assunto, Anna diz:

— Faltam dez dias para você sair daqui. Você já tem planos?

Acke dá de ombros e responde:

— Vou dar um jeito na merda toda.

— Que merda, mais especificamente?

— Tenho assuntos pra resolver. Merda.

— E seria... o tipo de merda que pode te colocar de volta na prisão?

Acke passa um longo tempo encarando Anna com tanta intensidade que ela se sente obrigada a desviar os olhos, para a seguir fixá-los nas mãos fortes do irmão. Uma das recordações mais antigas dela era de quando, aos seis anos, ajudou o irmão — na época um bebê de um ano — a aprender a caminhar. Com as costas recurvadas, Anna caminhava atrás de Acke, que segurava o indicador da irmã com as mãozinhas enquanto cambaleava de um lado para o outro na sala. Anna era grande. Acke era pequeno.

Anna engole a nostalgia que parece crescer em sua garganta e diz:

— Tenho que ir. Eu vou encontrar a Siw.

— O que vocês vão fazer?

É pouco comum que Acke demonstre interesse pelo que Anna faz, e assim ela responde com mais detalhes do que em geral faria:

— A gente começou a treinar juntas. Na Friskis & Svettis. Duas, três vezes por semana.

— Legal. Ela continua gorda?

A breve amostra de boa vontade havia se encerrado. Anna abre a boca e diz:

— Ela é tão gorda quanto você é burro. Mas, no caso da Siw, ela, pelo menos, tem a chance de perder uns quilos, enquanto o seu QI vai continuar onde está.

Acke ergue o canto da boca. E diz:

— *Wham, bam!*

Anna o completa com:

— *Thank you, ma'am!* [*Obrigada, senhora!*]

E o encontro chega ao fim com relativa tranquilidade.

Como sempre, Anna sai do complexo penitenciário de Norrtälje e precisa caminhar centenas de metros até sentir que deixou aquele lugar rodeado de muros para trás. Ela pensa em todas as pessoas lá dentro. Todas as pessoas que um dia tiveram dedinhos pequenos, que se agarraram cheios de confiança a outros dedos. E em como esses dedos mais tarde se embruteceram e começaram a agir nas trevas. São pensamentos banais, porém, Anna nunca consegue evitá-los ao deixar todos aqueles espíritos malfadados para trás e retornar à liberdade.

145

2

— Como estão as coisas? — pergunta Siw enquanto as duas caminham ao longo da cerca em volta do campo de futebol com as mochilas de treino nas costas.

— Como sempre — responde Anna. — É o meu irmão. Ele tem um talento para fazer com que eu me sinta um lixo. Disse que tem uns assuntos para resolver. Com certeza é coisa que pode levar ele de volta ao xadrez. Mas vamos deixar isso de lado. Você teve notícias do RoslagsBowser?

Quando Siw abre a boca para falar, as bochechas dela coram.

— É sério! — exclama Anna. — Tem coelho nessa moita! Que negócio é esse?

— Nada — responde Siw. — Não foi nada.

— Por que então você corou como uma menina de catorze anos que tomou um drinque alcoólico? — Siw continuou abrindo e fechando a boca como se tivesse uma coisa presa no céu dela.

Ao contrário do que se poderia esperar, Anna se compadece e permite à amiga guardar aquele segredo. Mais cedo ou mais tarde acabaria escapando, como de costume.

Duas mulheres anos mais velhas, mas com físico bem melhor, estão vestindo leggings quando Anna e Siw entram no vestiário. Antes que Siw pudesse se afastar, Anna já havia jogado a mochila num banco próximo às duas.

— Olá — disse Anna. — Como estão as coisas?

— Bem, obrigada — disse uma das mulheres, que então aperta os lábios enquanto o olhar corre pelo corpo de Anna. — Pra você?

— Incríveis — respondeu Anna, batendo a mão aberta na barriga. — Só ando exagerando um pouco na batata frita.

— Ah, eu sei — disse a mulher, terminando depressa de vestir a legging. Siw se mantém de costas para as duas e olha para os armários como se tivesse dificuldade de escolher entre as quarenta portas idênticas. Quando as outras mulheres saem, ela pergunta:

— Você acha mesmo que era *necessário?*

— O quê? — perguntou Anna. — Foi um simples cumprimento. Um mínimo de socialização.

— Você sabe o que eu quero dizer.

— Não. Você não vai se tornar invisível, por mais que tente, sabia? Então não faz diferença nenhuma.

As duas se trocam em silêncio. Anna é a única outra pessoa em frente à qual Siw consegue se sentir minimamente confortável estando nua, embora não a ponto de se distrair com um bate-papo trivial. Quando ela e Sören fazem *aquilo,* Siw toma o cuidado de apagar a luz, o que não o incomoda em nada, porque ele se interessa principalmente em sovar os peitos dela como se fossem massa de pão.

Depois de vestir as calças de treino e os moletons universitários e de trancar as mochilas nos armários, Siw e Anna sobem a escada que leva à academia. Os vinte e três degraus são o bastante para que Siw comece a resfolegar. A academia tinha elevador, mas para tudo havia limite.

Metade dos equipamentos estão ocupados. São mulheres *slim-fit* como aquelas do vestiário, aposentados em reabilitação que fazem séries com um mínimo de peso nas mãos e uma expressão desiludida no rosto, homens de meia-idade tatuados como velhos marinheiros e rapazes com músculos hipertrofiados que se delineiam sob o tecido fino.

Anna e Siw decidem pegar o touro pelos chifres e começar pelo mais difícil. A série de abdômen. Depois de colocar um peso de vinte quilos, Siw se inclina para trás naquele banco, que tem uma incômoda semelhança com uma mesa ginecológica. Ela abaixa a barra, que lhe aperta os seios e faz com que se avolumem por baixo do apoio, e então vira o corpo para frente e para trás, para frente e para trás enquanto arqueja com o esforço.

— Muito bem, Siw! — a encoraja Anna. — Mais três!

Siw faz mais três repetições antes de cair para trás com um gemido, e então as duas trocam de lugar. Siw também incentiva Anna com palavras de apoio, e, mesmo que essas palavras sejam exageradas em relação ao esforço, não resta dúvida de que ajudam.

Após a segunda série na mesa ginecológica, Siw está tão exausta que fica deitada em cima do aparelho, ofegando como uma foca. Um rapaz com uma regata supercavada e boné enterrado na cabeça se aproxima.

— Vocês já terminaram a série?

Anna olha para aquele corpo em forma de V e diz:

— Uma pergunta. *Para que* você se dá o trabalho de usar essa regata?

O rapaz mastiga uma ou duas vezes um chiclete real ou imaginário. A dizer pelo olhar vazio, aquela seria uma pergunta difícil caso a resposta já não estivesse pronta.

— Porque eu tenho que usar — responde ele. — Não posso estar aqui sem camiseta.

— Mas bem que você gostaria, né?

Para *essa* pergunta, claramente não há resposta pronta: o rapaz simplesmente coça a cabeça, diz:

— Ah!

E vai embora.

— Por favor, Anna — diz Siw, ofegante. — *Por favor.*

— O que que tem? — pergunta Anna. — Eu só fiz uma pergunta. E ele me respondeu. — Anna baixa a voz e fala com o mesmo tom grave do rapaz:

— *Porque eu tenho que usar. Eu preferia vir sem roupa, mas* tenho *que usar. Sacou?*

Quando as duas terminam de tomar banho e estão sozinhas no vestiário fechando as mochilas, Siw diz:

— Tá bom, eu vou contar. Mas se você rir de mim, eu vou embora daqui e você nunca mais vai me ver.

— Tudo bem.

— É sério.

— Eu sei que não é, mas tudo bem, eu prometo que não vou rir. Conta. — Siw olha ao redor como se tivesse medo de que uma outra pessoa houvesse se esgueirado às escondidas para dentro do vestiário e então diz em um cochicho:

— Eu conferi as postagens dele. No Facebook.

— Normal. Quer dizer que você encontrou o perfil dele, então?

— Não, só a página de Pokémon, que ele usa para escrever para as outras pessoas do grupo.

— Um pouco menos normal, mas ok. E daí?

— E daí que ele tem um jeito... *legal.* Ele parece ser muito legal. E quando uma menina ou um menino ainda pequeno escreve com jeito de criança fazendo uma pergunta sobre o jogo, muitas vezes ele é o primeiro a responder e responde com um jeito muito amistoso, tentando dar o maior apoio possível. E...

— Hum? — diz Anna, já imaginando o que vem a seguir quando nota que Siw fica com as bochechas coradas.

— Parece que... enfim, ele não diz isso em lugar nenhum, mas dá pra entender nas entrelinhas que... eu acho que ele não tem namorada. Como se tivesse falado mais do que devia, Siw abana as mãos e acrescenta:

— Mas claro que eu acho que não existe nenhuma, nenhuma chance, enfim, de que eu...

— Para com isso — diz Anna. — Então agora você tá tipo apaixonada?

— Eu não diria apaixonada. Mas ele me parece... simpático.

Anna solta um suspiro.

— *Ele me parece simpático.* Pelo amor de Deus, Siw, quando você pretende largar essas muletas?

Siw baixa a cabeça e olha para a mochila enquanto responde com uma voz quase baixa demais para ouvir:

— Quando alguém estender a mão pra mim.

3

Siw mexe no celular durante a volta para casa. Enquanto as duas amigas atravessam o estacionamento localizado na metade do caminho, ela para e diz:

— Tem uma raid no Lilla Torget daqui a vinte minutos.

— No *Lilla Torget?* — pergunta Anna. — Vamos levar pelo menos vinte minutos para chegar lá, ainda mais nessas condições. Eu não sei nem se aguento caminhar até em casa.

— Tudo bem, mas eu tô pensando em ir.

Os lábios de Siw se mexem depressa e Anna a encara com os olhos semicerrados e um olhar suspeito:

— Ahá! — exclama ela. — O RoslagsBowser vai estar por lá?

— Talvez.

— Você *sabe* que ele vai estar lá porque ele escreveu que vai, não é?

— Pode ser.

— Tudo bem, então. Eu vou junto.

— Você não precisa.

— Você *prefere* que eu não vá?

O olhar dardejante de Siw é resposta suficiente. Anna dá uma risada e a seguir um tapinha no bumbum da amiga.

— Me desculpa, mas eu não quero perder esse momento. Prometo que vou me comportar.

— Promete mesmo?

— Desde que o cara de rato não esteja junto, claro.

As duas pegam o longo caminho pela Tullportsgatan, já que há várias PokéStops por aquela rota e Siw está com poucas PokéBolas. As coxas de Anna ardem como se tivessem sido envoltas em arame farpado, mas enfim ela havia conseguido aumentar a carga do exercício de coxas em cinco quilos. Apesar de tudo, havia feito progresso. *Mas a que preço?* — pergunta-se enquanto, com passos meio cambaleantes, acompanha Siw, que já está distraída com o celular e parece haver se esquecido da dor que também devia estar sentindo. Nem mesmo Red Bull te dá asas.

Faltam poucos minutos para as três e dois clientes se apressam em direção à entrada do Systembolaget, angustiados com o risco de passar o entardecer de sábado sem um aperitivo para consumir. Um mendigo com cerca de quarenta anos e a aparência de um ferido de guerra permanece sentado no chão e cumprimenta com "oioi" as pessoas que saem levando sacolas de bebida sem lhe dar nenhuma atenção. Anna pega a carteira, põe uma nota de vinte coroas na caneca e recebe uma rápida bênção como agradecimento.

— Bacana — diz Siw.

Anna dá de ombros.

— Eu quase sempre dou um trocado para os caras, porque quase ninguém ajuda eles. As duas caminham mais cinquenta metros e, quando chegam ao Stora Torget, Anna diz:

— Será que podemos parar uns minutos? As minhas pernas estão ardendo pra burro.

Siw consulta o celular e descobre que aquela parte do trajeto fora percorrida muito depressa. As amigas se sentam num dos bancos ao redor da Prefeitura, onde Anna massageia as coxas e pergunta:

— Você *não tá* doída?

— Já. Muito. Mas é que tipo... não tem problema.

Não tem problema. Simpático. Mesmo que as duas se conheçam há muito tempo, existem certos detalhes na maneira como Siw fala que podem tirar Anna do sério. Como, por exemplo, quando ela usa palavras de efeito para se manter longe da realidade. Talvez para acrescentar um pouco de realidade nua e crua, Anna pergunta:

— E aquela história do contêiner? O que você acha?

— Putz. Sei lá. É uma coisa horrível.

— Mas você teve um pressentimento lá. No parque. E ele também. O seu namorado.

— Ele não... — Siw começa a dizer, mas logo percebe que aquele seria um protesto inútil, e assim continua: — Eu não sei o que foi. Foi um sentimento de que... coisas ruins estavam prestes a acontecer. Nada mais.

— Bem, acho que vinte e oito pessoas mortas e apodrecidas pode ser considerado um negócio bem terrível.

— Claro. Mas não foi só isso o que senti. Foram também... as consequências que viriam depois. Depois que contêiner fosse aberto.

— E quais seriam *as consequências?*

— Não sei. Acho que ainda não começaram a acontecer. Mas agora precisamos ir.

Nesse breve intervalo, os músculos de Anna se enrijeceram, e foi com muita dificuldade que ela se levantou do banco e continuou a caminhar rumo ao Lilla Torget com pernas que mais pareciam troncos, torcendo para que todos os Pokémons queimassem no inferno junto com os músculos de suas coxas.

Os caçadores de Pokémon reunidos ao redor da escultura Havsstenen no Lilla Torget são bem menos numerosos do que aqueles que haviam participado da raid no

Societetsparken. Logo ao chegar, Anna vê Max, mas... sim, o cara de rato também está por lá. Na boca, Anna sente a língua se transformar em uma faca verbal.

Max ergue os olhos e vê as meninas.

— Oi — diz ele, sorrindo. — Lá vamos nós outra vez?

— É — diz Siw, com uma eloquência que toma conta do lugar.

— Siw e... Anna, certo? — diz Max, apontando para o rato que abre um sorriso incômodo. — O Johan vocês já conhecem. E esse aqui é o Marko.

Um rapaz alto de cabelos pretos, que até então estava de costas olhando para a fachada da livraria, se vira assim que Max para de falar, e Anna quase precisa usar a mão para evitar que o queixo caia. Os olhos castanho-escuros. A franja de menino, que cai meio de qualquer jeito por cima da testa. Os contornos do rosto, que serviriam para afiar machados, e os lábios carnudos que se abrem e revelam uma fileira de dentes regulares e brancos quando ele sorri e estende a mão para Anna:

— Olá. Marko.

— Anna — responde Anna, mantendo a voz firme enquanto a mão desaparece no aperto firme mas gentil de Marko, que dá a impressão de esconder uma força contida. E como se não bastasse ele é todo sarado.

Siw cumprimenta Marko e olha de soslaio com um jeito irritado para Anna, que sente uma gota de suor pingar da axila e escorrer pelas costelas.

— Muito bem — diz Max. — Vamos começar!

O grupo não é numeroso o bastante para que uma divisão por times se faça necessária. Anna e Marko ficam ao lado um do outro, olhando enquanto os jogadores clicam nas telas e fazem os ajustes necessários antes da batalha.

— Você também não joga? — pergunta Marko.

— Nah — responde Anna, que a essa altura já recuperou o equilíbrio natural. — Eu não tenho paciência com essas coisas.

— Eu também não — diz Marko. — Até experimentei por um tempo, mas achei muito chato. Não tenho relação nenhuma com esses Pokémon.

— A Siw tem — diz Anna. — Embora seja mais tipo... — Anna hesita por meio segundo antes de continuar: — uma relação sexual.

Marko joga a cabeça para trás e solta uma gargalhada que leva Anna a sentir uma onda de calor no ventre. A gargalhada acaba tão de repente quanto havia começado e ele diz:

— O Max e o Johan também. Eles com certeza devem ter fotos do Pikachu pelado em casa.

— Mas ele não tá sempre pelado?

— Tá. É verdade.

Nós dois temos muita coisa em comum, Anna pensa, e então se atreve a lançar um olhar em direção a Marko, que está ao lado. As sobrancelhas marcadas, o nariz desenhado, a sombra da barba recém-nascida. Poucas vezes ela havia visto um rapaz com uma aparência tão *máscula,* porém nunca havia prestado muita atenção ao assunto.

A batalha acaba e Anna percebe que Siw e Max, conscientemente ou não, se postaram ao lado um do outro e giram os dedos nas telas dos celulares para mais uma vez tentar capturar aquele cachorro mal-humorado.

— De onde você conhece eles? — pergunta Anna, sem entender o que um rapaz como Marko poderia ter a ver com aqueles dois.

— O Max e o Johan? Somos amigos de infância, ou melhor... de colégio.

— Eu e a Siw também.

— Onde vocês estudaram?

— Em Grind.

— Ah, a gente estudou em Kvisthamra. Tá explicado por que nunca nos encontramos antes.

Ou por que viemos de planetas diferentes, Anna pensou sem dizer. *Será que você teria olhado para mim na escola? Acho que não.*

Quase ao mesmo tempo, Siw e Max conseguem o que tanto queriam e cerram os punhos com um gesto triunfante, o que os leva a trocar olhares e rir, para então bater as mãos no ar. Anna se sente invadida por um sentimento paradoxal de tristeza.

Amiga, ela pensa. *Minha amiga querida. Eu torço demais por você, mas isso nunca vai dar certo. Ou será que vai?* O jeito como Siw e Max se olham. *Ou será que vai?*

O grupo começa a se dispersar. Apenas Siw, Anna, Max, Marko e Johan permanecem no largo, junto à Havsstenen. Marko olha para o relógio, que parece ser do tipo capaz de levar uma pessoa a ser morta em certos países, e diz:

— Tenho que ir. — Ele se vira para Anna e diz:

— Bom te ver.

Com passos ágeis, ele se afasta do largo. Anna consegue não olhar durante *muito* tempo para a forma como o bumbum dele se mexe sob a calça social, e logo se vira para o cara de rato, que a observa com um jeito esquisito.

— O que foi? — pergunta Anna.

Antes que Johan possa responder, Max diz:

— Escutem, nós três vamos nos reunir para jogar minigolfe amanhã. Vocês não querem aparecer?

— Ah, minigolfe... — diz Siw.

— Claro — diz Anna. — Que horas?

Depois que o local e hora ficam acertados e os rapazes vão embora, Anna despenca em cima do banco ao lado da Havsstenen.

— Meu Deus — diz ela. — Meu Deus do céu.

— O que foi? — pergunta Siw.

— Sério — diz Anna, com um gesto lento em direção à rua por onde Marko desapareceu momentos atrás. — Que cara gostoso.

* * *

Já é o segundo ano em que o casal mais velho aparece no dia doze de agosto e abre uma toalha de piquenique ao lado do DC3 na parte asfaltada do NorrteljePorten. Nesse ano é uma jovem quem fica intrigada. Bem, não tem nada de mais. É só que os dois se conheceram ali, exatamente quarenta e sete anos atrás. Quê? Ah, na época o avião ficava no Societetsparken, e por lá havia um café onde os olhares de muitos casais da época se encontraram pela primeira vez. Essas ocasiões mereciam ser comemoradas. Era melhor quando o avião ficava em um gramado em frente ao Hotell Roslagen, mas o que não se faz por amor? O sol atinge a carenagem prateada do avião, se reflete nos olhos da jovem e faz com que os olhos dela cintilem.

OLHEM PARA ESSE PALHAÇO!

1

— Mamãe, por que aquilo tá lá?

— Aquilo o quê?

— O cou... o cno... o cront...

— O contêiner?

— Aham.

Siw e Alva estão à caminho da casa de Anita, a mãe de Siw, que não havia parecido muito entusiasmada ao receber a ligação em que Siw lhe pedira para ser a babá de Alva por duas ou três horas. Alva e Anita se dão bem, mas Anita já havia sido babá na tarde anterior enquanto Siw havia "saído pra se divertir no sábado".

Minigolfe não é o programa favorito de Siw, em primeiro lugar porque ela joga muito mal — porém naquele momento seria necessário jogar se quisesse ver Max novamente.

Eu estou fazendo um papel ridículo em vários níveis.

— Mãe! Presta atenção!

— Me desculpe, eu... nem sei direito.

— E as pessoas mortas lá dentro? O que elas tavam fazendo lá?

— Como você sabe dessas coisas todas?

— A vovó me contou.

Anita não gosta muito de contar histórias sobre o passado nem de falar sobre os próprios sentimentos, mas adora discutir assuntos correntes, inclusive com Alva. Uma vez, quando Siw chegou, Anita estava lendo para Alva — que na época tinha cinco anos — uma notícia do *Aftonbladet* sobre um assassinato terrível. Quando Siw perguntou se aquilo seria adequado, Anita respondeu:

— Ela precisa saber como são as coisas no mundo.

Alva havia achado tudo aquilo muito assustador e depois teve pesadelos.

— A vovó disse que são refugiados. Que eles fugiram da guerra e da miséria.

Siw abre um sorriso. *Guerra e miséria* é uma das frases preferidas de Anita, junto com *Parece que todo mundo enlouqueceu* e *Tudo é culpa do celular*. Anita está convencida de que o celular torna as pessoas alheias ao ambiente em que se encontram, e que além disso prejudica a capacidade de concentração e destrói o cérebro com ondas de rádio.

— Parece que é isso mesmo — diz Siw. — Deve haver um bom motivo pra que as pessoas tenham se fechado naquela coisa.

— A não ser — diz Alva, erguendo o indicador no ar como se fosse uma velhinha em corpo de criança, — que elas fossem prisioneiras. Que fossem ser vendidas como *escravos*. Ou então... — Alva chega bem perto de Siw e baixa a voz, como se entendesse que aquela ideia talvez contivesse um segredo. — ...ou então elas podem ter sido *esquartejadas*. Porque aquelas pessoas não têm nenhum órgão. Porque já venderam tudo. Quer dizer, porque outra pessoa já vendeu tudo. E esquartejou aquelas pessoas todas.

— Foi a vovó que disse isso?

— Aham — confirma Alva, e então dá uma voltinha até o balanço do Monsterplanket, onde parecia ser obrigada — como se esse fosse o ritual necessário para manter a rotação da terra — a se balançar três vezes antes de continuar.

Siw havia passado uma parte da manhã lendo notícias online sobre o contêiner. Não se sabe de onde veio aquilo, nem por que havia pessoas lá dentro. O instituto médico legal faria necrópsias para desvendar as causas das mortes, e o próprio contêiner seria analisado por peritos criminais. Nenhuma fonte de notícias mencionava que os corpos tivessem sido *esquartejados*.

Na página da TV4 Siw encontrou vídeos com pessoas que continuavam a especular e a reclamar sobre o fedor enquanto repetiam variações de "Quem poderia imaginar que uma coisa dessas aconteceria *justo aqui*", como se Norrtälje estivesse a salvo das mazelas do mundo, a não ser por uns poucos mendigos. Num curto episódio divertido em meio àquele horror, o último item da lista trazia o vídeo de um cachorro se rolando na imundície que escorria para fora do contêiner. Como se poderia imaginar, pessoas com medo de cachorro haviam enchido a seção de comentários com epítetos pouco lisonjeiros dedicados aos donos de cachorro e aos malditos cachorros em geral.

Alva chega correndo do balanço com as tranças finas balançando ao redor do rosto. Como está meio frio, ela usa uma touca da serralheria Janssons Plåt na qual se lê o slogan "Sua satisfação em porta". Siw não sabe de onde ela tirou aquilo, e Anita detesta a touca por ser muito "camponesa" e pode ter sido justamente esse o motivo que havia levado Alva a querer usá-la. Ela às vezes é meio irritante.

— Pronta? — perguntou Siw.

— Aham. Mamãe, você tem um encontro com um rapaz?

— Por que você acha isso?

Alva dá de ombros com um jeito *blasé*.

— Eu só acho.

— O que você pensaria se eu tivesse um encontro com um rapaz?

— Depende de como ele é. Como ele é?

— Não tem rapaz nenhum.

— Então *por que* você falou nisso?

— Eu não falei nisso.

— Falou sim!

E assim as duas continuam por mais uns minutos, quando por fim dobram na Fältvägen e seguem em direção à casa de Anita. Desde que Berit, a avó de Siw, se mudou para o lar de idosos Solgläntan, aquelas quatro gerações de mulheres moram num triângulo retângulo no perímetro de um quilômetro. É como se não pudessem se afastar umas das outras.

2

O primeiro objeto em que o olhar de Anita se fixa quando ela abre a porta é a touca de Alva.

— Minha querida — diz ela. — Por que você anda por aí com esse estropalho na cabeça?

— O que é estropalho? — pergunta Alva enquanto entra no corredor e tira os sapatos.

— Na verdade, é um pano usado para limpar a louça — explica Anita. — Mas no uso do dia a dia significa uma roupa velha e feia.

— Ah — diz Alva, tirando a jaqueta enquanto mantém a touca na cabeça.

Ao entrar, Siw a cumprimenta com um:

— Oi, oi de novo, enfim.

— Me desculpe, mãe — diz Siw com a voz baixa. — Mas teve uma coisa que apareceu ontem e primeiro eu achei que não, mas depois... depois eu mudei de ideia.

— O que foi que apareceu, afinal? O que você vai fazer?

Siw amaldiçoa a si mesma por não ter inventado uma mentira convincente no caminho. Se tentasse inventar uma história ali mesmo, a mãe teria descoberto tudo na mesma hora, e assim ela respondeu:

— Eu vou jogar minigolfe.

As sobrancelhas de Anita se erguem ao máximo da capacidade humana enquanto ela repete em tom desconfiado:

— *Jogar minigolfe?* Você?

— Com um rapaz! — completa Alva.

— É verdade? — pergunta Anita, prendendo Siw com o olhar. — Bem, essa seria uma explicação para essa história toda.

— Não. Não é verdade.

— Nem um pouco mesmo. Com quem você vai jogar, então?

Siw não sabe por que permite que a mãe a trate daquele jeito, nem por que sente uma profunda irritação. Quando Alva faz o comentário sobre um rapaz, aquele maldito rubor no rosto volta com o sentimento habitual de vergonha. Como Siw não responde de imediato, Anita baixa as mãos com um gesto resignado enquanto torce a boca e diz:

— Com aquela Olofsson! Eu devia ter imaginado.

Anna pensa que Anita só pode ter uma vassoura enfiada no rabo para ser rígida e preconceituosa como é. Berit, por outro lado, é uma das pessoas favoritas de Anna no lar de idosos onde trabalha, e ela considera quase inacreditável que uma senhora tão simpática possa ter gerado uma filha tão antipática.

Siw sabe que esse juízo negativo de Anna em relação à mãe está ligado ao juízo ainda mais negativo que Anita faz em relação a Anna. Desde que soube da amizade que crescia entre Siw e Anna, Anita tentou destruí-la mediante críticas, difamações e proibições inúteis.

Quando Siw fez quinze anos ela juntou coragem e botou a mãe contra a parede. Afinal, *qual era o problema* com Anna? Tudo bem, ela falava palavrões e era um pouco... desleixada. Mas isso não era motivo para o comportamento explicitamente hostil da mãe. A partir de então ficou claro que o motivo era a má fama da família de Anna. A família Olofsson, de Rimbo, era conhecida como um grupo de pessoas envolvidas em todo o tipo imaginável de atividade ilegal desde a época do avô Tore Olofsson, que seduzia mulheres para roubá-las e mais tarde revelou ser um traidor durante a época da mobilização na Segunda Guerra.

Segundo aquilo que *todo mundo sabe,* pelo menos na versão de Anita, a família havia agido como um grupo de atravessadores de bens roubados em Norrtälje. Repintavam carros roubados e apagavam os números de série de barcos a motor e bicicletas. E, quando não se davam por satisfeitos vendendo cigarros e destilados ilegais, também ateavam fogo em casas e cultivavam maconha. Essa era a parte que *todo mundo sabe.* Provavelmente a família também negociava drogas ainda mais pesadas, em especial depois que havia se juntado aos Irmãos Djup. Assim Siw talvez pudesse entender que Anita não tinha razões para *dar pulos de alegria* quando soube que a filha passara a ter um convívio próximo com Anna Olofsson.

O argumento não provocou nenhum efeito. Siw disse que já havia encontrado a família de Anna em diversas ocasiões e que aquela era uma família normal e agradável — em boa parte mentira — e que Anna não tinha envolvimento nenhum com atividades criminosas — em boa parte verdade, a não ser pelas vezes e que vendia vodca lituana barata para adolescentes de catorze anos na frente de uma festa qualquer. De um jeito ou de outro, Siw não pretendia deixar que a mãe decidisse quem seriam as pessoas de seu próprio círculo social. Essa foi a primeira revolta de Siw contra a mãe.

— Então você continua vendo aquela Olofsson? — pergunta Anita enquanto balança a cabeça ao perceber a incapacidade da filha em se tornar uma pessoa melhor.

— Quem é *aquela Olofsson?* — pergunta Alva.

— Ninguém em especial — responde Siw.

— É a *Anna Olofsson* — responde Anita como se cuspisse uma bola de pelos. — E será que você pode tirar essa touca *horrorosa*?

— A tia Anna? — pergunta Alva, com uma expressão radiante. — Ela tá *sempre* lá em casa! Ela é superlegal. Mas às vezes bebe um pouco demais.

Siw percebe que um dínamo havia começado a girar, e antes que a carga elétrica aumentasse de maneira a causar um atraso diz:

— Nos vemos às cinco horas. Beijo — e então sai porta afora. Quando a porta se fecha, Siw ouve Alva dizer:

— A propósito, eu *adoro* essa touca!

A propósito.

É bom que Alva esteja por cima. A não ser que Siw tenha se enganado, a filha passaria por um verdadeiro interrogatório sobre os hábitos sociais de Siw durante a tarde.

3

As amigas se encontram no lugar de sempre: o banco ao lado da casamata. Mesmo de longe, Siw percebe que Anna está armada até os dentes, pronta para uma das batalhas em frente ao clube noturno Moberg na época da adolescência. Uma blusa branca solta, com um body modelador que esconde a barriga e realça os seios, e além disso longo o bastante para cobrir as coxas grossas ao mesmo tempo que revela as panturrilhas bem-torneadas. O cabelo está penteado e volumoso, e o rosto tem uma camada tão pesada de maquiagem que é difícil reconhecê-la. A primeira coisa que Siw diz ao chegar é:

— Meu Deus, Anna.

— Meu Deus pra você também, *Siw*. Todas as suas roupas boas estavam pra lavar? Você não achou o estojinho de maquiagem?

Anna é desnecessariamente ríspida. Siw escolheu uma calça de linho preta simples mas elegante, e veste uma camiseta branca com a melhor jaqueta de jeans que tem. Nunca na vida ela seria capaz de revelar o que pensa com a mesma clareza de Anna.

— Você parece ter esquecido que essa é uma causa perdida — diz Siw.

— Fale por você.

— Você tá falando sério? Se você quer falar sobre divisões...

— Ele é a elite da primeira divisão, claro — diz Anna, fazendo um gesto em direção ao campo de futebol como se realmente estivesse falando a respeito daquilo, — mas isso não impede uma trepadinha por compaixão.

— Ele não me pareceu ser o tipo de cara que perde tempo com trepadinhas por compaixão.

— O que você entende a respeito disso?

— Nada, mas...

— Nah. Então fique quieta. Agora vamos.

As duas tomam o caminho da área residencial em direção ao Janssons Tobak. Anna não faz nenhum comentário sobre a perversidade da pequena-burguesia e caminha de forma atipicamente silenciosa e concentrada, como se realmente se preparasse para enfrentar uma batalha.

É verdade que Siw já havia visto Anna se engraçar com rapazes da primeira divisão usando o corpo, os olhos e as expressões faciais para fazer promessas sutis que no fim os haviam convencido a jogar um amistoso na várzea, mas eram quase sempre rapazes de Norrtälje. Ela não tinha nada, ou pelo menos não *muita* coisa contra esses rapazes, mas aquele Marko realmente tinha um jeito de cidade grande, de um cara que já havia visto de tudo e ainda por cima ganhava dinheiro — e *além disso* tinha a aparência de um modelo fotográfico.

Talvez Marko fosse uma pessoa legal, mas para Siw ele não era mais do que um objeto. Um objeto muito bonito, porém sem nenhum tipo de relação com Siw — apenas uma estátua distante numa exposição. Antes que Siw pudesse dizer qualquer coisa para impedir aquele projeto fadado ao fracasso, Anna diz:

— Você e aquele Bowser pareciam ter se divertido ontem.

— Nós dois capturamos o Entei. Quase ao mesmo tempo — diz Siw, abrindo um sorriso ao recordar a cena.

— Aham. E isso foi o mais importante. Capturar o Cachorro Mal-Humorado.

— Pra isso que a gente foi até lá.

— Porra, Siw, e essa muleta? E essa muleta?

— Mas foi só isso mesmo. Nós dois ficamos contentes. Foi legal. Mas não foi nada além disso.

— Mas você colocou umas roupas bonitas.

— Não foi o que pareceu agora há pouco.

— Você está bonita.

— Obrigada.

Anna e Siw passam em frente ao Janssons Tobak e dobram na Drottning Kristinas Väg. Quando passam em frente à Kvisthamraskolan, onde os três rapazes se conheceram, Anna diz:

— Sem brincadeira. Você não consegue mesmo perceber que tá a fim daquele cara? Que ele é o tipo de cara que você poderia muito bem imaginar como um namorado?

— Claro que consigo — responde Siw, lançando um olhar em direção ao pátio da escola e tentando imaginar Max catorze ou quine anos mais novo, correndo de um lado para o outro por lá, ou então fumando num canto. Por fim Siw diz:

— Mas eu não consigo *dizer* essas coisas, porque é como se eu... como se eu fosse agourar o universo se me superestimasse a ponto de achar que posso merecer uma coisa dessas.

Anna solta um suspiro, põe o braço ao redor de Siw e apoia a cabeça no ombro dela.

— Nós duas somos um lixo — diz ela. — Cada uma a seu jeito.

— Aham — concorda Siw. — E agora vamos jogar minigolfe.

Ela sente o toque de Anna mais apertado, como se a amiga tivesse se esquecido de que estavam a caminho.

— Meu Deus — diz Anna, — você é boa nesse troço?

— Tá louca? — pergunta Siw. — Eu sou péssima.

— Eu também — diz Anna. — Jogo mal pra caralho.

As duas se aproximam da entrada do minigolfe, onde os três rapazes estão à espera. Anna larga Siw, ergue a mão em cumprimento e diz:

— Olá! Acho que vamos nos divertir.

* * *

Um homem que acabou de fazer a visita semanal à mãe no lar de idosos tem uma ideia. Ele pergunta a uma das mulheres que trabalham no local se há idosos que recebem poucas visitas. A mulher é da Somália e não parece ver nada de estranho na pergunta. Ela leva o visitante até um homem quarenta e três anos mais velho do que ele, sem nenhuma família. Aquele é um novo começo.

O MENINO QUE
ODIAVA O MUNICÍPIO

1

A fachada da pista de boliche é pouco atraente. A não ser pela placa onde se lê "Roslagsbowling" junto à entrada, talvez o lugar pudesse ser confundido com uma instalação militar. A construção é revestida por placas de metal corrugado e tem uma escada toda de metal com um elevador de cadeira de rodas. Johan havia sugerido que chamassem um grafiteiro para fazer uma imagem do arquipélago como as que havia acima das pistas, mas Peter, o gerente, achou que seria um gasto inútil, porque a construção logo precisaria ser inteiramente reformada ou até mesmo demolida. O isolamento tem problemas e o telhado está cheio de goteiras.

Johan sobe a escada, destranca a porta e desliga o alarme. O lugar está todo às escuras: somente a luz no balcão de vidro lhe oferece uma visão do painel que controla toda a iluminação.

Muito bem.

Ao contrário da fachada repelente e do estado de conservação terrível, o interior é... bem, Johan estaria disposto a descrevê-lo como *aconchegante*. Das paredes se ergue um teto ornamentado em estilo naval, mesas e cadeiras se encontram dispostas em conjuntos sob lâmpadas decorativas e o balcão atrás do qual Johan trabalha é repleto de doces, refrigerantes, filtros de café e uma estufa amarela de salgadinhos. As pistas cintilam de leve sob as lâmpadas fluorescentes, esperando receber o óleo.

Johan trabalha lá há sete anos, e se sente mais em casa na pista de boliche do que no apartamento onde cresceu. A despeito do que faça, ele não consegue se livrar de um sentimento de *solidão* em casa, uma solidão que nunca sente na pista de boliche, mesmo que seja um lugar bem maior e nesse momento esteja totalmente vazia. Mas Johan sente que está seguro por lá.

Depois de ligar a cafeteira, Johan dá uma volta para conferir se não houve nenhum estrago na noite de sábado, quando as coisas podem sair um pouco de controle, em especial quando há festas empresariais — mas tudo parece estar em ordem.

Ele dá um soco na máquina de boxe, onde tudo funciona como deve. Até uma máquina feita para apanhar pode sofrer um pouco durante as sextas-feiras e sábados, quando homens embriagados retrocedem a um estágio primitivo da existência e se põem a urrar quando acertam um soco bem dado. Mas aquilo rende um bom dinheiro e ajuda a reduzir o número de brigas, uma vez que todos podem descarregar a violência no aparelho, e não uns nos outros.

Johan confere o cronograma e vê que há uma festa infantil marcada para o meio-dia. Muito bem. Nesse caso está decidido. Ele não estava muito convencido de que seria uma boa ideia jogar minigolfe com as duas gorduchas, mas qualquer coisa seria melhor do que uma festa infantil. Johan não tem nada contra uma criança por vez, pelo contrário, mas festa infantil é uma coisa totalmente à parte. Ove pode se encarregar daquilo, em especial porque é idiota o bastante para achar que festas infantis são *legais*. Johan está disposto a trabalhar duro nas partidas do campeonato durante a tarde e a noite. Ove que se vire levando a calha de uma pista à outra, e também que console as crianças choronas que deixarem a bola cair em cima do pé.

Johan calça um par de sapatos limpos e vai de pista em pista conferindo se os sensores estão funcionando em todas. Duas semanas atrás um menino de quatro anos em uma festa havia decidido correr atrás da bola depois de lançá-la usando a calha. Sem que ninguém percebesse ele foi até o meio da pista, e teria acabado esmagado pela máquina de reposição se os sensores não tivessem funcionado corretamente e desligado a máquina antes que uma tragédia acontecesse.

Johan pode não gostar muito de crianças que gritam e sujam as bolas de ketchup e mostarda, mas assim mesmo não gostaria de vê-las esmagadas sob uma máquina — pelo menos não *nas pistas dele,* como as chamava sempre que o gerente saía de férias.

Após se certificar de que tudo funciona como devia, Johan vai até a despensa e toma o primeiro café do dia — o primeiro de muitos.

Ove chega às oito e quinze e Johan não faz nenhum comentário, porque acha que o colega trabalhou bem na tarde anterior. Tudo está limpo e em ordem. Ove o cumprimenta com um aceno de cabeça, pega um café e se senta.

— Tudo certo ontem à tarde? — pergunta Johan.

— Tudo — diz Ove, tomando um gole de café. — O mesmo de sempre. O pessoal começou a reclamar do perfil de óleo depois de tomar umas cervejas. A pista dois passou um tempo travada, mas depois se ajeitou, e de qualquer jeito o Carlos vem amanhã.

Carlos Martinez é o mecânico que aparece duas vezes por semana para fazer a manutenção das máquinas e consertar o que for preciso. O espaço atrás dos mecanismos de alinhamento dos pinos mais parece uma oficina abandonada, e contém entre outras coisas seis máquinas desmontadas de modelo idêntico aos funcionais, que já completaram trinta anos, compradas por uma bagatela de uma pista desativada em Göteborg para serem usadas como peças de reposição.

— Muita conversa a respeito do contêiner, claro — diz Ove. — Pobres coitados.

— A culpa é toda deles — responde Johan.

— Não diga uma coisa dessas. — Ove larga a caneca de café sem ter bebido. — Não fale assim.

— Ora, que tipo de gente é essa que pega mulheres e crianças e voluntariamente se tranca num contêiner para vir à Suécia viver de auxílio?

— Talvez não tenha sido voluntariamente.

— Talvez não, mas provavelmente foi. Claro que o aconteceu é terrível, mas não muda o fato de que nos últimos anos fomos inundados porque as pessoas estão dispostas a fazer *qualquer coisa* para vir para cá.

— Então você acha que foi *bom* que aquelas pessoas tenham morrido?

— Claro que não, mas já chegamos a um ponto em que *basta*. Não podemos ajudar o mundo inteiro.

— Você não falaria desse jeito se o Peter estivesse por aqui.

— Não, pode ser que não, mas ele não está por aqui.

Johan tem ciência de suas opiniões são politicamente incorretas e nem sempre as expressa em público, mas essa história do contêiner parece tê-lo incomodado. Em todos os meios não-alternativos de comunicação os mortos são descritos como *vítimas* ou como *heróis* que se atreveram a realizar uma proeza e acabaram perecendo.

A palavra *tragédia* aparece em toda parte.

São vinte e oito mortos, nada mais. Mais do que o dobro de pessoas morre todo mês no Mediterrâneo e já quase ninguém lamenta. Grandes instalações foram construídas para evitar que as pessoas entrem na Europa, e só porque aquelas vinte e oito pessoas foram parar no porto de Norrtälje de repente parecem ter se transformado em mortos especiais, mais tristes do que todos os outros. É pura hipocrisia.

Johan não tem nada contra estrangeiros e não é racista. Pessoas como Carlos e a família Kovač são melhores do que muito suecos que ele conhece, mas essas pessoas haviam chegado à Suécia numa época em que havia *condições.* Hoje em dia já não existem mais condições, mas os políticos e a mídia politicamente correta se recusam a admitir. A situação melhorou um pouco nos últimos tempos, e a despeito do que os partidos do governo digam, Johan acha que boa parte das melhorias se deve aos esforços do Sverigedemokraterna. Foi por isso que ele votou no partido na eleição anterior e também pensa em votar no partido outra vez na próxima.

Johan nem pensa em contar uma coisa dessas para Max, porque uma simples menção à palavra *Sverigedemokraterna* já traz junto um monte de lixo com o qual não pretende se envolver. Ele não tem nada em comum com os imbecis que haviam começado a falar sobre "contêineres de concentração". A dizer que *todos* os refugiados deviam ser tratados daquele jeito. Que era preciso amontoá-los, trancá-los dentro de contêineres e abandoná-los à própria sorte. Esse tipo de opinião era totalmente estranha a Johan.

— Você precisa me entender direito — diz Johan para Ove, que finalmente se atreve a tomar um gole do café. — Eu receberia todos os refugiados de braços abertos caso o *sistema* funcionasse, então aquela história de que a culpa era deles pode ter sido meio...

— Bom saber — diz Ove.

— É. Mas nesse momento o sistema não funciona. Não existe moradia, não existe trabalho e não existe nenhum plano funcional de integração, e além disso esses políticos e funcionários públicos *de merda* agem como se tudo estivesse bem. Aqui em Norrtälje então nem se fala, você sabe o que esses idiotas fizeram...?

Ove toma um gole de café e fecha os olhos enquanto Johan faz mais um comentário a respeito dos cretinos incompetentes que trabalham no governo municipal de Norrtälje. Ele já ouvi tudo aquilo inúmeras vezes, e ainda vai ouvir muitas outras. Ele tenta agir como se estivesse tudo bem, como se as palavras de Johan não fossem mais do que o tamborilar da chuva contra o telhado, mas a estratégia não funciona muito bem. É difícil ignorar a repulsa no olhar de Johan.

Tanto ódio, pensa Ove. *De onde vem tanto ódio?*

2

Johan tinha nove anos de idade quando recebeu o impulso definitivo que o levou rumo a um buraco negro de repulsa em relação aos poderes constituídos.

A mãe dele havia passado um bom tempo para baixo. Era raro que tivesse disposição para cozinhar, e sempre que possível Johan ficava na casa de Max até que a família do amigo se visse obrigada a convidá-lo para o jantar. Ele nunca falava sobre a situação da mãe com ninguém, porque o assunto era para ele motivo de profunda vergonha.

O céu havia começado a escurecer e havia neve no ar quando um dia no início de novembro Johan saiu da escola e foi contrariado para casa. A mãe havia estado muito confusa pela manhã, e dera a impressão de que poderia falar em línguas a qualquer momento. Johan se sentiu obrigado a verificar como ela estava, mesmo que essa ideia o fizesse sentir medo e nojo.

Já ao abrir a porta ele percebeu que havia uma coisa profundamente errada. O apartamento estava quente como uma sauna, e a umidade pairava no ar. O suor brotou de imediato na testa de Johan, e ele pendurou a jaqueta e andou pelo corredor da forma mais discreta possível. Havia o barulho de água corrente, e através da porta aberta do banheiro Johan pôde ver que a torneira de água quente na banheira estava totalmente aberta enquanto nuvens de vapor quente enchiam a passagem entre o corredor e o banheiro.

Na cozinha, a porta do forno estava aberta, e o calor irradiava das chapas incandescentes. Johan fechou a porta do forno e desligou o fogão antes de voltar ao banheiro e fechar a torneira. O apartamento silenciou, e no silêncio ele pôde ouvir um resmungo desesperado.

Eu não aguento mais. Eu não aguento.

Tudo o que Johan queria era abrir a porta e correr, correr até o fim do mundo e se jogar no abismo, para assim desaparecer para sempre. Em vez disso ele foi com passos leves até o quarto de onde vinha o resmungo. Postou-se no vão e apoiou a testa no marco da porta.

A mãe estava no meio do cômodo, totalmente nua, e arranhava o corpo inteiro com unhas roídas. Ela sangrava a partir de vários ferimentos superficiais no peito, na barriga e nos braços.

Nua. Por que ela tem que estar sempre nua?

Dentre todas as coisas perturbadoras nos surtos da mãe, esse era o aspecto que mais perturbava Johan: ele quase sempre a encontrava nua. O nojo que Johan sentia muitas vezes dava vez a um sentimento persistente de vergonha, como se *ele* tivesse cometido uma transgressão ao ser exposto a cenas como aquela.

— Mãe... — disse ele, sem olhar para ela.

— Estou com frio — choramingou a mãe. — Por que está tão *frio*?

— Talvez porque você não esteja vestida? — perguntou Johan enquanto sentia o suor escorrer pelas costas.

— Não! — exclamou a mãe, investindo contra o filho. — Esse é o frio da morte! Vem daqui de dentro! Daqui de dentro! E isso precisa sair daqui!

Johan se afastou quando a mãe se jogou no chão e começou a arranhar o sexo e a emitir sons guturais que tanto poderiam ser uma expressão de dor como de prazer. O tapete ficou todo manchando com o sangue dela, e essa foi a gota d'água para Johan. Ele não tinha mais como aguentar. Não poderia ficar nem mais um segundo assistindo. Ele se afastou e, com lágrimas nos olhos, correu até a porta do apartamento, abriu-a e tornou a fechá-la ao sair, para então descer a escada correndo e olhar para o pátio.

Durante os instantes que havia passado no apartamento a neve havia começado a cair. Cristais minúsculos rodopiavam no ar, e a pele úmida de suor se tornou gelada em poucos segundos. Ele usava apenas uma camiseta fina, porque a jaqueta havia ficado no apartamento. E as chaves estavam no bolso da jaqueta. Por sorte ele havia lembrado de calçar os sapatos.

Por sorte.

Como se ele tivesse uma galinha de ouro! As bochechas se esfriaram com as lágrimas que escorriam, e Johan soluçou um pouco enquanto agitava o corpo para se esquentar. O que fazer? Para onde ir? A solução habitual seria ir para a casa de Max ou se esconder em um lugar qualquer até que tudo houvesse acabado, mas daquela vez ele havia *se visto*. Um menino de nove anos que estava congelando na neve, sem ter para onde ir.

Socorro. Eu preciso de ajuda.

O serviço social havia feito duas ou três visitas à família depois que a mãe fora internada dois anos atrás. Mulheres de bundas grandes que cheiravam a perfume e davam a impressão de não querer nada além de se livrar daquilo. O serviço social era um conceito abstrato para Johan, porém meses antes a turma dele havia feito uma visita de estudos ao centro de atendimento do município. A turma havia sido apresentada às diversas atividades desempenhadas pelos serviços municipais e tido a oportunidade de fazer perguntas. *O município.* Johan sabia onde ficava o centro de atendimento do município.

Ele levou quinze minutos para caminhar a distância de cerca de um quilômetro até a Rubingatan, e ao chegar estava com princípio de hipotermia. Atrás de um balcão de madeira clara uma mulher estava sentada com o rosto apoiado numa das mãos e lia qualquer coisa enquanto a outra mão enrolava um cacho de cabelos em um lápis. Johan se aproximou, e o queixo mal chegava à altura da mesa quando ele disse:

— Eu preciso de ajuda.

— Como é? — perguntou a mulher, que parecia havê-lo notado apenas naquele instante.

— Eu preciso de ajuda. A minha mãe, ela... — Era muito complicado *dedurar* a própria mãe, mas por fim Johan conseguiu dizer:

— Ela está fazendo mal pra ela mesma.

— Pra ela mesma?

— É. Ela se arranhou até sangrar.

A mulher tirou o lápis dos cabelos e a usou para coçar o canto do olho, e a seguir disse:

— Sabe, aqui é o centro de atendimento do município, a gente não pode... a minha impressão é que a sua mãe precisa ir para o hospital.

— Mas ela... ela... ela *enlouqueceu.*

— Entendo, mas nesse caso o hospital também pode ajudar. Você tem que...

— Mas eu preciso de ajuda! — gritou Johan, fazendo com que a mulher erguesse as sobrancelhas. — Agora! Será que ninguém pode me ajudar?

A mulher o olhou de esguelha antes de se levantar da cadeira e sumir por uma porta. Johan ficou esperando com os punhos cerrados e as bochechas vermelhas. Ele havia feito a coisa mais absurda de todas. Havia *dedurado* a mãe e dito que ela havia *enlouquecido,* e nem assim havia adiantado.

Minutos depois a mulher voltou acompanhada de um homem ruivo que tinha as sobrancelhas mais grossas que Johan já havia visto. Uma barriga respeitável se avolumava por baixo de um casaco puído que tinha cotoveleiras e cheirava a cigarro.

— Sim? — disse o homem. — Qual seria o assunto?

— A minha mãe — disse Johan, com um pouco mais de facilidade ao contar a história pela segunda vez. — Ela enlouqueceu.

— Você quer dizer que ela está brava com você ou que...

— Não. Ela enlouqueceu. — Ao repetir a palavra pela terceira vez, Johan pensou naquele que havia negado Jesus. Ele perdeu as forças e sentiu o corpo inteiro gelado por dentro quando disse:

— Ela tá se arranhando toda.

— Sei. Mas escute, aqui é o centro de atendimento do município, e...

Johan sentiu as pernas amolecerem. Ele caiu de joelhos, apoiou a testa no chão, juntou as mãos em oração e implorou:

— Vocês não podem me ajudar? Vocês não podem simplesmente me ajudar?

Houve uma breve conferência a meia-voz acima da cabeça dele. Ele ouviu as palavras *serviço social, aconselhamento familiar* e *serviço psiquiátrico infantil.* Por muito tempo os dois adultos conferenciaram acima da cabeça de Johan, que permanecia deitado no chão com frio na barriga e as mãos postas em oração estendidas à frente do corpo. Por fim ele ouviu a voz do homem dizer com uma nota inconfundível de *desconfiança:*

— Ei, mocinho, será que você pode se levantar?

Johan primeiro ficou de joelhos, depois se levantou. Ele não tinha mais forças no corpo: as pernas e os braços pareciam estar adormecidos. Ele havia chegado ao fundo do poço e sido abandonado no fundo do poço.

167

— Se você esperar ali — disse o homem, apontando para um sofá verde ao lado de uma palmeira de plástico, — podemos ligar para o serviço social.

Johan não tinha mais forças para fazer protestos. Ele deslizou até o sofá e se sentou. O sofá era tão desconfortável quanto parecia. Ele se sentou com as mãos em cima dos joelhos e se pôs a esperar. De vez em quando olhava para a neve, que aos poucos ganhava força. Depois continuou a esperar. Passou-se uma hora até que uma daquelas mulheres perfumadas aparecesse. Durante todo esse tempo, ninguém disse uma palavra sequer para Johan, ninguém se dignou a olhar para ele, ninguém perguntou se tinha fome ou sede, como de fato tinha. Ele havia passado sessenta minutos inteiros com as mãos em cima dos joelhos, se dedicando a odiar o município com um ódio cada vez mais profundo.

3

Durante os anos passados desde esse acontecimento, Johan havia compreendido que o homem e a mulher com quem havia topado naquele dia não eram necessariamente representativos da classe. Ele havia dado azar e encontrado dois cretinos incapazes de agir, mas pouco importava. Assim que o município e a ineficiência do município eram mencionados, ele voltava a ter o sentimento de estar deitado no chão diante de dois adultos sem coração — o sentimento de estar sentado naquele sofá desconfortável com a humilhação a apertar-lhe o peito. Ele havia sentido ódio, e continuava a sentir ódio por instinto.

Essa era mais uma coisa que conferia vantagem ao Sverigedemokraterna. Eles *não existiam* naquela época, e assim não tinham nenhum tipo de associação com a desonra sofrida. *Não, porque na época os Sverigedemokraterna eram tipo nazistas,* talvez dissessem, mas todos mereciam uma chance para se tornar pessoas melhores. Desde que não fossem servidores do município.

Johan deixa a pista de boliche às onze e meia depois de passar rudimentarmente o óleo nas pistas — afinal, as crianças não poderiam atribuir o próprio desempenho ruim a um problema com os perfis, visto que nem ao menos sabiam lançar uma bola curva. As partidas do campeonato, mas tarde, usariam os perfis profissionais, mas assim mesmo Johan estava preparado para as reclamações habituais.

Com as mãos nos bolsos das calças ele se pôs a caminhar tranquilamente pelo outono de Norrtälje. As folhas das árvores decíduas haviam começado a mudar de cor, mas a temperatura ainda estava agradável e ele se sentia bem. Johan captura uns Pokémon aqui e acolá, muda o trajeto em razão de PokéStops. Quando passa pela escultura Black Egg, que naquele momento pertence ao Team Mystic, ele percebe que há um lugar vago e põe o Snorlax de guarda na tentativa de ganhar umas moedas.

Uma das razões para que Max tenha nível alto é que ele faz compras com dinheiro de verdade no jogo. Principalmente incubadoras: assim ele pode ter vários ovos chocando ao mesmo tempo. Ele pode se dar esse luxo. Johan só usa as PokéCoins que ganha colocando Pokémons de guarda nos ginásios, e por isso leva mais tempo para subir de nível. Até o mundo dos Pokémon é capitalista.

Para dizer a verdade, o trabalho de Johan também envolve menos trabalho ao ar livre e se presta menos à incubação de ovos do que o trabalho de Max. Porém mesmo que andasse de um lado para o outro como Max, Johan só teria uma ou duas incubadoras e continuaria perdendo. Johan gosta de pensar em termos de vencedores e perdedores, e acredita que quase sempre está na posição de perdedor.

Don't go there. [Não comece.]

Ele passa em frente à escola de música do município e pensa na época da quarta série, quando decidiu que gostaria de aprender a tocar violão. Ele deixou o violão da escola cair e a madeira rachou, e a partir de então não pôde tomar outro emprestado, mas comprar um novo seria impossível porque *Don't go there.*

Quando chega à Societetsbron, a ponte construída para que damas e cavalheiros elegantes de outra época pudessem ir dos barcos a vapor até o balneário, Johan olha em direção ao porto. O lugar onde está o contêiner se encontra vazio, e tudo parece ter voltado ao normal. Na segunda-feira a construção do empreendimento à beira-mar vai ser retomada para que as damas e cavalheiros elegantes de hoje, que pertencem à alta sociedade, possam morar na Torre do Sol e na Torre do Mar com vista para

Don't

Claro. *Do [Comece]*. Johan segura a balaustrada da ponte e sente um medo súbito e inexplicável de todas as pessoas de olhos vazios que vão se mudar para lá e povoar a futura parte mais importante da cidade — talvez pessoas de *Estocolmo.* O medo se transforma em fúria. Pessoas com *dinheiro* que contribuem para a *base tributária* caminhariam de um lado para o outro e trocariam sorrisos em *pontos de encontro planejados,* e quando dá por si Johan está pensando que gostaria de ter o contêiner de volta, como uma pedra no sapato daqueles grã-finos de merda...

Acalme-se.

Johan está tão furioso que a mão tenta balançar a balaustrada, que, no entanto, não se mexe. Ele solta a mão e a passa sobre os olhos. Johan perde a paciência com muita facilidade, mas aquilo foi demais. Ele atravessa a ponte fazendo massagem nas têmporas. Quando chega ao Societetsparken, aquele sentimento ruim começa a diminuir, e mais uma vez ele olha para a superfície vazia onde até o dia anterior estava o contêiner.

Esse provavelmente não é o tipo de coisa que viraria notícia, mas o contêiner não seria um exemplo solar da importância de ter *mecanismos de ajuda*? Se aqueles pobres coitados — como Ove havia dito — tivessem recebido a ajuda necessária para ter pelo menos o mínimo necessário à subsistência no país de origem, não teriam pegado mulheres e crianças e se trancado dentro de um contêiner. Teriam simplesmente permanecido onde estavam, à espera de uma situação melhor. Mas os governantes não pensam assim.

Imbecis do caralho.

Max o espera sentado em um banco na frente do palco ao ar livre, e Johan tenta pôr de lado os pensamentos negativos que ocuparam sua cabeça.

— Olá — diz Max, fazendo um gesto em direção ao palco. — Tem um nível três aqui. Raichu de Alola. Vamos tentar capturar?

— Estou sem passe de raid — responde Johan, exibindo o telefone como prova. — Peguei uns níveis um e dois a caminho do trabalho hoje pela manhã.

— Mas será que você não pode...

— Nah, não posso.

Um passe de raid custa cinco coroas em dinheiro de verdade, mas é uma questão de princípios. Johan tem menos reservas em relação à Nintendo do que em relação a quase todas as outras grandes empresas, mas assim mesmo não cogita a ideia estúpida de atirar as coroas que ganha a muito custo no bolso dos japoneses em troca de objetos imaginários.

— Que azedume, hein? — diz Max, guardando o telefone.

— Não é azedume — responde Johan. — É uma questão de princípios.

— Muitas vezes dá na mesma.

Os dois começam a andar com o Pokémon Go ligado no bolso para acumular a distância percorrida na incubação dos ovos, mas sem parar nas PokéStops porque os dois já têm bolas suficientes. Com o polegar, Johan aponta para uma região no outro lado do canal do porto e pergunta:

— Você consegue se imaginar morando lá?

— No porto revitalizado? Não sei. Por quê?

— Ah, é só que eu senti uma raiva *enorme* de pensar naquela região. Cheguei a ficar meio assustado até.

— Você quase sempre está com raiva.

Johan leva um susto quando uma bola de tênis atinge a tela próxima à sua orelha. Duas meninas no início da adolescência estão na quadra, jogando bolas uma para a outra com força impressionante. Os corpos se movimentam com agilidade e leveza pela terra escura, e de repente Johan se sente *velho.* Velho e com raiva, e assim decide falar sobre mais um assunto que o irrita.

— Por que você decidiu convidar aquelas meninas?

— A Siw e a Anna? Achei que era uma boa ideia. Nada mais.

— Isso não é resposta. Você por acaso tem planos com a Siw?

— Acho que não.

— Mas ontem na raid vocês pareciam... sei lá.

— É como eu já disse. Parece que eu... reconheço certas coisas nela.

Johan solta um gemido e faz um gesto circular por cima da barriga.

— Mas ela é *muito gorda!*

Johan e Max chegam ao mapa de Norrtälje e estão prestes a pegar o caminho que passa entre o café e a encosta da montanha. Max apressa o passo, ultrapassa Johan, se vira e o encara bem nos olhos.

— Escuta aqui, sério. Eu quero que você pare de falar desse jeito.

— Eu só tô constatando um fato.

— Pode ser, mas será então que você pode escolher outro fato para constatar? Eu tenho olhos, sabia? Eu *sei* como ela é.

— Claro, claro. Enfim, ela não chega a ser feia, mas...

— Sério. Para com isso.

Max se vira mais uma vez e continua a caminhada. Johan continua no lugar e pensa se o melhor não seria dar meia-volta e ir embora, mas a atitude parece infantil — então em vez disso ele pega o telefone e segue Max enquanto junta Pokémon. O que *não* parece infantil.

Quando Johan sai da passagem, Max para e o espera para que os dois possam andar lado a lado. Johan está concentrado na tela do celular e joga várias bolas para capturar um Psyduck com stats que são uma porcaria.

Para o diacho com você. Tomara que ele asse você em fogo lento.

— O que você pensa a respeito daquele contêiner? — pergunta Max.

Antes que Johan possa responder, ele acrescenta:

— *Afora* a sua opinião sobre a maneira como o município está lidando com o problema.

— Você que é o especialista nessas coisas. Você viu o que aconteceu e... como foi mesmo que você disse? Tem aquele lance metafísico. Eu ainda não entendi o que você quis dizer.

— Mas eu perguntei o que *você* acha.

— Eu acho o que todo mundo acha. Um bando de gente que tentou entrar no país ilegalmente e por um motivo ou outro as coisas não saíram conforme o planejado.

— Aham. Mas *por quê?* Devia ter sido uma coisa simples libertar aquelas pessoas. Por que elas foram mantidas lá dentro?

— Talvez elas não tenham feito o pagamento.

— Como assim? Você acha que puseram o contêiner lá como um *aviso?* Pra mostrar o que acontece com quem não paga?

— É. Por que não?

— Que tipo de gente faria isso?

— Agora você tá sendo ingênuo.

No memorial de Knut Lindberg os dois fizeram uma curva e começaram a subir a encosta. Se para Max Johan tem uma visão excessivamente negativa do mundo, para Johan é Max quem tem uma visão excessivamente positiva. Ele não para de se chocar ao descobrir as coisas horríveis que as pessoas são capazes de fazer umas com as outras, enquanto para Johan esse é simplesmente o estado natural das coisas. A civilização e a solidariedade são apenas a argamassa que recobre uma construção social instável; basta um tremor de terra para que as rachaduras apareçam.

Os dois chegam à pista de minigolfe pouco antes do meio-dia, e minutos depois Marko chega apressado da região chique onde se localiza a casa de Max. A casa de Max *e a casa de Marko,* Johan se corrige.

Marko tem as mãos nas costas e as sobrancelhas apertadas numa expressão preocupada, e Johan não consegue evitar. Como em muitas outras ocasiões, a vontade que tem é de dar um abraço em Marko, beijá-lo e acariciá-lo até que todos os problemas desapareçam. O tempo não mudou nada.

Quando Marko vê os amigos, o rosto dele se ilumina e se abre num sorriso largo como o de Ibrahimović, o que faz com que toda a dor no peito de Johan se dissipe. Que tipo de pessoa seria capaz de resistir àquele sorriso? Talvez as crianças do futuro, nascidas em laboratório, pudessem ser programadas para resistir — mas antes disso seria impossível.

— E aí? — pergunta Max. — Qual é a situação?

— Ah, você sabe — responde Marko. — Não posso me queixar. Tudo andando como devia. Mesmo que aos trancos e barrancos.

— Não é fácil — completa Johan.

— Não é mesmo.

Esse era um jogo que havia começado na adolescência e que os dois ainda cultivavam: falar apenas por meio de obviedades. Johan e Marko se sentiam bem ao fazer piada com os suecos, e ao mesmo tempo para Marko aquilo havia feito parte do aprendizado da língua. Ele fazia perguntas detalhadas sobre quais expressões eram aceitáveis e quais eram simplesmente bestas, e Johan respondia da melhor forma possível.

— E não é desde ontem — ensaia Max.

— Nah — responde Marko. — Mas *foi* ontem, então...

A rigidez instaurada quando Johan foi visitar a casa recém-comprada de Marko havia em boa parte ficado para trás, mesmo que o aperto no peito continuasse. Anos haviam se passado e muitas coisas haviam acontecido nesse meio-tempo, particularmente em Estocolmo, porém Marko continuava a ser o grande amor de Johan e quanto a isso não havia nada a fazer. Não havia nada a fazer.

Duas figuras arredondadas chegam a partir da Gjuterivägen, e a princípio Johan não acredita naquilo que vê — porém, à medida que as duas amigas se aproximam, ele percebe que a impressão estava correta. Siw tem uma aparência bem normal afora o sobrepeso, mas Anna... pelo amor de Deus. Johan não consegue lembrar quando foi a última vez que viu uma pessoa tão carregada de maquiagem desde Peppe, um palhaço que às vezes o pessoal contrata para as festas infantis na pista de boliche.

— Sério — diz ele em voz baixa para os outros. — Que jeito de se apresentar é *esse?*

— Ah — diz Marko. — As coisas são como são. Oi, meninas!

* * *

Uma menina de sete anos está na Societetsbron. Ela tem o queixo projetado para além da balaustrada enquanto olha para as águas do rio. A superfície ganha reflexos prateados quando os raios de sol batem no dorso de um salmão. A menina imagina que há tesouros escondidos por toda parte mundo afora, e que todas as pessoas são piratas e aventureiros em busca dessas riquezas. Depois ela começa a pensar que piratas são malvados, com ganchos e espadas, e que os crocodilos são criaturas terríveis. Os olhos dela se enchem de lágrimas e ela vai embora.

POBREZA E RIQUEZA

1

Marko passa a madrugada de sábado para domingo numa cama de acampamento colocada no meio da sala da casa recém-comprada. Johan, Max e os pais haviam lhe oferecido um lugar para dormir, mas ele queria pensar em paz.

Até Max dizer a Marko que seria bom perguntar aos pais o que eles queriam, a ideia não havia lhe ocorrido, por mais inacreditável que possa aparecer. Ele simplesmente havia imaginado cuidar de tudo da melhor forma possível para então deixar o pano cair: tcharam! A imagem do pai e da mãe boquiabertos, talvez com lágrimas nos olhos, no momento em que descobriam o quanto o filho os amava.

Mas o que levou Max a reagir, a história da piscina, fala por conta própria. Marko não tinha *nenhuma ideia* quanto ao que os pais achariam de uma piscina, e lá, no silêncio da casa vazia, foi obrigado a reconhecer que nem ao menos sabia dizer se os pais queriam uma casa.

Marko se vira na cama de acampamento, e o rumor das plumas ecoa pelo cômodo vazio. Muitas vezes tinham-no acusado de ser teimoso, de ser precipitado e agir por instinto. Mas isso não passa de uma meia-verdade. Marko tem um conhecimento sólido do mercado de ações, acumulado durante milhares de horas de estudo em tempo não-remunerado, mas quando chega o momento da compra ou da venda... o que dizer? A negociação de opções e derivados exige movimentos rápidos, e Marko sabe aplicar milhões baseado apenas em um *pressentimento* em relação ao que vai acontecer enquanto os outros medem os prós e os contras até que a oportunidade tenha escapado por entre os dedos.

É claro que age por instinto, e assim talvez pareça ousado ou simplesmente temerário, mas a questão é que os instintos quase sempre lhe mostram o rumo correto porque se baseiam em conhecimentos profundamente arraigados e em avaliações maduras — mas tudo isso foi preparado *com antecedência*. E, claro há também o *feeling*. A casa foi comprada da mesma forma, às pressas e a partir de um pressentimento. Treze milhões não era problema nenhum.

Marko se vira e se debate na cama, incapaz de encontrar uma posição confortável. O rumor das plumas começa a irritá-lo, e situação como um todo parece cada vez mais um problema de nervos. Uma coisa que ele fica remoendo e ruminando.

É ruim pensar que ele conhece profundamente o mercado de ações, que para a maioria das pessoas não passa de uma incompreensível mixórdia de números, enquanto o pai e a mãe, que são pessoas que o acompanharam pela vida inteira, permanecem como um mistério. No caso dos pais, Marko não sabe prever o movimento ou a reação seguinte.

Mãe e pai: 1, Bolsa de valores: 0. Cama de merda.

Marko se levanta da cama, irritado com os rangidos, e dá uma volta pela casa escura enquanto visualiza como tudo vai estar ao fim da reforma. Ele bebe direto da torneira da cozinha e lava o rosto com água.

Livres das turbulências causadas pelos redemoinhos de Estocolmo, onde decisões precisam ser tomadas a cada minuto e a cada segundo, os pensamentos de Marko começam a se acalmar quando ele se põe de pé ao lado de um banco vazio com água a pingar do rosto. Ele percebe que Max tem razão. Que precisa tomar uma decisão junto com os pais. Ele sabe *mais ou menos* do que eles gostam, mas imagine gastar trinta mil em um sofá para a sala para então descobrir que eles preferem usar o velho? E assim por diante. Marko precisa falar com os pais. Amanhã.

A ideia faz com que um novo redemoinho de tensão se forme no peito de Marko, e a seguir ele toma mais um gole d'água. Não adianta: no fim ele resolve se deitar no chão e fazer cem apoios. Depois cem abdominais. O exercício mal o deixa ofegante, mas a tensão se dissipa um pouco. Marko volta para a sala e se senta na cama, que protesta com mais um rangido estridente.

Produtos Jysk nunca mais!

Ele pensa em mandar uma mensagem para Max dizendo que não vai aparecer no minigolfe, mas pode ser bom ter uma desculpa para limitar o tempo passado com os pais. Por mais que os ame, em pouco tempo se sente um pouco sufocado na companhia deles. A seguir ele envia uma mensagem para o pai dizendo que deve aparecer às nove da manhã e que tem uma surpresa a fazer.

Marko se deita de costas e fica olhando para um gancho de luminária no teto e pensa em se enforcar para dar um fim a tudo aquilo, porém a ideia não passa de uma fantasia do momento: ideias suicidas eram totalmente estranhas a ele. Em vez disso, Marko analisa mentalmente o conteúdo de todo o portfólio de ações. São colunas de números, gráficos que sobem e descem, progressões vantajosas nos fundos indexados que ele tem como garantia, e no meio disso tudo ele por fim adormece.

2

Mesmo sendo proibido, Marko estaciona no pátio. Ele quer acompanhar os pais desde o portão até o carro e convidá-los a sentar, como um dignitário. Marko sai do carro e passa a mão no teto antes de encostar no trinco para trancar a porta. Já faz seis meses que ele não volta para casa, mas quando abre o portão o cheiro no lado de dentro é o mesmo que ele lembra da infância, e subir a escada é como regredir no tempo. Cada novo degrau é um passo rumo ao passado, e quando ele chega à porta dos pais quem toca a campainha é um menino.

A mãe dele abre. Os anos foram gentis. Ela já tem cachos grisalhos no meio dos longos cabelos pretos e duas ou três rugas novas ao redor dos olhos, sempre acompanhados por um semicírculo escuro, mas o olhar ainda é atento e o corpo se move com facilidade. A mãe espera Marko entrar e então o abraça e diz em bósnio:

— Bem-vindo de volta à casa, querido!

— Obrigado, mãe — responde Marko, em sueco enquanto a abraça. Laura respira depressa e, fingindo estar horrorizada, diz:

— Querido! Você está do tamanho de uma casa!

— Do tamanho de um barraco, no máximo — responde Marko.

— Não mesmo — diz a mãe. — Do tamanho daquela nova construção, como é mesmo que se chama?

— Attefallshus.

— Essa. É assim que você está.

Durante a adolescência nunca foi impossível ter conversas sérias com a mãe, porém o tom geral entre Marko e a mãe era de brincadeira, enquanto o relacionamento com o pai era mais sério.

Com Maria era precisamente o contrário. Brincalhona com o pai, séria e muitas vezes conflituosa com a mãe. Durante os jantares em família a atmosfera era uma mistura alegre de vários níveis emocionais, e a conversa tanto podia levar a discussões acaloradas quanto a risadas sinceras.

Ao entrar na sala Marko encontra o pai sentado, folheando um manual. No chão estão uma caixa grande e duas placas de isopor, enquanto no rack da TV está uma Samsung de 47 polegadas nova em folha. Marko tem uma idêntica, porém na versão de 55 polegadas.

— Oi, pai — diz Marko.

O pai tira os olhos do manual. Os cabelos estão mais grisalhos e afinaram bastante desde a última vez que Marko o viu, e o corpo parece mais recurvado no sofá.

— Ah, filho — diz Goran em bósnio antes de trocar para sueco. — Você pode me ajudar com isso? Esse guia de... instruções... é em finlandês, alemão, francês e... que língua é essa? Holandês. *Manual,* diz aqui. Mas eu não consigo... ah, meu Deus...

Marko remexe a caixa e encontra o manual para as línguas faltantes. Parece um pouco suspeito que o pai esteja de pé instalando a TV nova às nove horas da manhã de um sábado, e Marko percebe que aquela cena talvez seja uma armação. Marko teria que encontrar o manual e depois ajudar o pai a instalar a TV para que assim os dois tivessem um momento juntos em torno de um projeto comum.

E é isso mesmo o que acontece. Marko não precisa do manual para ligar os cabos entre a TV, o tocador de Blu-Ray e o receptor, para a alegria do pai. Depois que tudo está pronto, o pai abre os braços e diz:

— Meu filho. Como é que eu poderia me virar sem você?

— Acho que você tem se virado muito bem até aqui — diz Marko enquanto abraça o pai, um homem pequeno, magro ainda que forte e, claro, levemente corcunda. Laura entra na sala para admirar a maravilha recém-instalada e Marko se vira para ambos e diz:

— Vamos dar um passeio. Eu quero mostrar uma coisa para vocês.

— Não sem antes tomar um café — diz Laura, desaparecendo na cozinha. Marko olha para o pai, que ergue os ombros e abre as mãos como quem diz, *o que mais resta a fazer?*

— Vocês tiveram notícia da Maria nesses últimos tempos? — pergunta Marko, pegando mais um *loukomi* caseiro. O café com bolo não estava nada mau. Marko não havia feito nenhuma refeição desde o almoço do dia anterior — um cachorro-quente no Circle K —, e além do mais estava aproveitando a lembrança dos tempos de infância. Ele lambe o açúcar dos dedos e molha o *loukomi* no café.

— Ah — diz Laura. — Ela liga. Volta e meia. Pelo menos uma vez por semana. Marko não consegue decidir se a frase contém ou não uma censura escondida. No que diz respeito às ligações dele, os intervalos podem ser de meses, porém ele tem planos de melhorar nesse quesito.

— E como ela tá?

— Vocês não se falam?

— Já faz um tempo que não.

O pai balança a cabeça com um gesto triste, como se a existência de dois irmãos que não sabem o que se passa um com o outro fosse um atentado contra a ordem natural das coisas.

Marko havia *tentado* se manter a par do que acontecia com Maria quando ela, aos dezoito anos, procurou-o em Estocolmo, mas desde então os acontecimentos haviam criado uma certa distância entre os dois, e ao mesmo tempo a carreira de Maria como modelo havia decolado e ela havia passado a viajar por todo o mundo.

Se Marko ligava, geralmente ela estava muito longe e muito ocupada. E no fim ele havia desistido.

— Ela tá em casa? — pergunta Marko.

— Você quer dizer… na Suécia? — pergunta Goran, que ainda tinha dificuldade para colocar um sinal de igual entre "casa" e "Suécia" mesmo após vinte anos morando no país.

— Sim.

Ela está em casa. À procura de um lugar para morar. E de um trabalho.

— Que tipo de trabalho?

A mãe e o pai trocaram um olhar difícil de interpretar. Mais fácil de interpretar foi o suspiro que Laura soltou antes de responder:

— Como atriz de teatro.

— Quê?! — exclama Marko, deixando um gemido escapar. — Ela voltou a falar nisso *outra vez*?

— O que mais ela pode fazer? — pergunta Laura, deixando o olhar correr até o teto como se buscasse apoio na esfera divina. — Ela não tem nada além da aparência.

— Agora você foi um pouco dura — protesta Goran.

— Eu quis dizer em termos de formação — diz Laura. — O que ela teria a oferecer? Nada.

Desde pequena Maria era muito esperta, mas a não ser pelo xadrez ela não tinha nenhuma paciência com nada, e assim havia passado boa parte da adolescência se remexendo na cadeira escolar, aborrecida e inquieta. Movida pelo senso de dever, havia começado o ensino médio com formação em hotelaria e restauração, mas desistiu assim que recebeu a primeira proposta de uma agência de modelo e nunca mais retomou o assunto.

— Ter uma boa aparência não é garantia de talento no palco — diz Marko.

Laura revira os olhos.

— Experimente dizer isso *para ela*.

— Muito bem — diz Marko, limpando os farelos das mãos. — Vocês estão prontos?

— Mais um golinho de café.

Um dos pés de Marko começa a se agitar quando a mãe serve a segunda xícara com evidente gosto. Ele tem as mãos frias e percebe que o nervosismo passou. Marko está com medo.

— Que carrão, hein?! — exclama Laura, batendo as mãos. — E você ainda estacionou aqui no pátio! O que os vizinhos vão dizer?

— Desde quando você se importa com o que os vizinhos dizem?

— Eu me importo *demais* com o que os vizinhos dizem.

— É — diz o pai, olhando para a fachada do prédio. — Essa não foi uma ideia muito boa, Marko.

Fodam-se os vizinhos, Marko tem vontade de dizer. *Vocês não moram mais aqui.*

Em vez disso ele destranca o carro e abre a porta da frente para a mãe, enquanto o pai se acomoda no banco de trás.

Enquanto o carro manobra para sair, a mãe fica olhando o tempo inteiro pela janela lateral, como se temesse ser alvo de um cuspe ou talvez coisa pior.

Só em Glasmästarbacken ela se acomoda no banco.

— Para onde vamos? — pergunta o pai no banco de trás.

— É surpresa — responde Marko. — Uma surpresa bem grande, para dizer a verdade.

— Eu não gosto de surpresas — diz Laura. — Em especial de grandes surpresas.

— Garanto que dessa você vai gostar — diz Marko, sentindo um impulso de fazer o sinal da cruz.

Apenas quando ao dobrar na Drottning Kristinas Väg ocorre a Marko que *aquele* é o trajeto que vai percorrer no futuro quando fizer uma visita aos pais.

A ideia desperta um sentimento de nostalgia.

Ele precisa seguir reto em vez de dobrar à esquerda no Janssons Tobak. Eram dois mundos à parte.

Os três passam em frente ao campo de minigolfe, onde ele encontraria os amigos dali a cerca de uma hora.

Ele não lembra de já ter jogado minigolfe antes, mas não pode ser muito difícil, certo?

É uma bola que precisa cair no buraco. Em geral Marko aprende depressa, e essa é uma das últimas preocupações que têm quando eles chegam à casa.

Ele freia com o capô do carro a dez centímetros do portão e se vira em direção ao pai.

— Pai, você pode abrir?

— Aqui? Por quê? Quem mora aqui?

— Será que você pode abrir?

Enquanto Marko espera, Laura o encara com os olhos apertados.

— Marko, o que a gente tá fazendo aqui?

— Você já vai descobrir. Logo, logo.

Com olhares preocupados em direção à casa, o pai abre o portão. Marko entra com o carro e estaciona.

Ele toma um longo fôlego e desce do carro.

Laura desce sozinha, antes mesmo que ele possa abrir a porta.

— O que vocês acham? — pergunta Marko.

Os pais estão de costas para a casa, e a postura de ambos indica que estão prontos para se afastar imediatamente caso outra pessoa apareça e diga qualquer coisa.

A contragosto, os dois se viram.

— É uma casa — diz o pai. — Uma casa bem espaçosa. Quem mora aqui tem dinheiro.

— Não — diz Marko. — Você se enganou.

— Que brincadeira é essa, Marko? — pergunta a mãe. — Quem mora aqui?

— Vocês. Vocês moram aqui.

Mais uma vez os olhos da mãe se apertam, e ela põe a cabeça meio de lado. Pelo olhar, Marko nota que ela compreendeu. O pai não.

Ele se mexe e pergunta:

— Vamos para casa agora? Isso aqui não me parece uma boa ideia.

Goran já está a caminho do carro quando Marko o para e põe um chaveiro com quatro chaves na mão dele. Marko aponta para as chaves e recita uma lista:

— Porta da rua. Porão. Garagem. E aqui a despensa, que foi transformada em quarto de visita.

Ainda sem entender, o pai o encara.

— Por que *você* está com essas chaves?

— Porque eu comprei essa casa. Para vocês.

Com um olhar que parece quase de pavor, Goran olha para Laura, que responde com um aceno silencioso de cabeça:

Sim, foi isso o que o Marko fez. O pai tira os olhos de Laura e se põe a observar a casa.

Ele permanece boquiaberto enquanto balança a cabeça, e a seguir entrega as chaves de volta para Marko.

— Não tem como — diz ele. — Não tem como.

— Não tem como o quê?

— Isso aqui. A gente *não tem como* morar aqui, entende?

— Por quê?

— Porque *não tem como*.

O pai está a caminho do carro quando Laura diz em bósnio:

— Goran, se acalme.

Deixe o menino falar.

— Mas é loucura — diz o pai. — *Ludilo*.

Depois de um rápido bate-boca, Marko consegue acompanhar os pais ao interior da casa.

Eles andam pelos cômodos como se tivessem receio de encontrar fantasmas, e parecem desejosos de sair daquele lugar o quanto antes.

Laura nem mesmo comenta a cama improvisada de Marko na sala de estar. A única coisa que desperta o interesse dela é a cozinha.

Marko vê que a mãe se detém quando os olhos correm pelas superfícies feitas sob medida, a geladeira espaçosa e o fogão de indução, talvez pensando em como tudo seria mais fácil numa cozinha daquelas.

— Marko, Marko... — diz ela.

— Espere — diz Marko. — Vocês ainda não viram a melhor parte. — Ele atravessa a sala com o pai e a mãe, vai até o acesso à varanda, abre as portas e sai acompanhado pelos dois.

Marko abre os braços com um gesto em direção ao enorme deque de madeira com vista para Kvisthamraviken.

— Nada mau, não? — O pai balança a cabeça e geme, como se aquilo fosse *péssimo*.

— Tata — diz Marko. — Imagine um par de cadeiras de balanço aqui, onde vocês possam sentar e tomar uma taça de vinho.

— Fazer uma carne grelhada... você adora grelhar, e aqui... — diz Marko, indicando uma região no canto oposto, — aqui, se vocês quiserem, a gente pode construir uma piscina.

O pai leva a mão à testa, como se esse comentário tivesse sido a última gota d'água.

— Meu filho — diz ele. — Você perdeu o juízo. Piscina? Uma casa dessas aqui... você precisa entender que... só os móveis... só os móveis...

— Pai, quem não entendeu foi você.

— O que foi que eu não entendi?

— Eu não quero parecer exibido, mas você parece não entender quanto dinheiro eu tenho. Vocês só precisam me dizer que móveis querem e eu vou comprar tudo para vocês. Se custar meio milhão de coroas, não tem nenhum problema. E se vocês *quiserem* uma piscina, eu mando construir uma para vocês. Você não entende? Eu *quero* dar tudo isso para vocês.

Goran ainda se encontra em negação enquanto Laura, gostando ou não, parece ter aceitado o fato.

— Quanto custou essa casa? — pergunta ela.

— Treze milhões.

Goran solta mais um lamento e faz o sinal da cruz, como se pedisse a misericórdia do Senhor pela soberba do filho, enquanto Laura se contenta em suspirar e dizer:

— Você comprou uma casa para nós? Por treze milhões de coroas?

— Não — responde Marko. — Por treze milhões de Euros. — Antes que o pai e a mãe pudessem desmaiar, ele ergue as mãos e diz:

— Brincadeira. Foram coroas.

— Mais uma vez eu pergunto — diz Laura. — Por que você fez isso?

— Porque vocês merecem. Porque eu amo vocês. Porque eu quero que vocês tenham uma vida confortável. E, para ser bem sincero... esse sempre foi um dos meus objetivos na vida. Poder dar esse presente a vocês.

Laura faz um aceno que cabeça que Marko percebe como desnecessariamente triste e diz:

— Ah.

— Como assim, *ah?*

— Simplesmente ah. Eu entendo.

— O que você entende?

— Eu entendo, Marko. Está tudo bem.

— Mas...?

Laura olha para Goran, que olha para o ponto onde Marko indicou a futura piscina.

— O seu pai e eu temos que falar a respeito disso — diz ela.

— O que há a ser falado?

— Há *muita coisa* a ser falada. Querido, eu não quero parecer ingrata, mas você precisa entender que isso tudo é muita coisa para... como é mesmo que se diz?

Assimilar. Isso tudo é muita coisa para assimilar ao mesmo tempo.

— Pode devolver — diz Goran.

— Pai, comprar uma casa não é como comprar uma TV e você sabe disso.

— Bom saber que você comprou uma TV nova, aliás. Vai ficar muito bem por aqui. É para ver a série A, não?

Pela primeira vez desde a chegada à casa, surge um brilho nos olhos do pai quando ele faz um gesto afirmativo com a cabeça e repete:

— É para ver a série A.

Desde as mais tenras lembranças de Marko o pai nutre uma verdadeira paixão pelo campeonato italiano e, por motivos desconhecidos a Marko, torce para o Lazio e não perde as partidas do time a não ser em caso de absoluta necessidade.

— Imagine — diz Marko, apontando para a sala. — Eu posso colocar um sofá bonito aqui e você pode ficar aqui tomando uma cerveja enquanto vê o Lazio ganhar o campeonato.

— Ah, Senhor — diz o pai, fazendo mais uma vez o sinal da cruz a fim de proteger o filho, que não parava de se mostrar soberbo.

Os pais decidem voltar para casa a pé e Marko fica sozinho na entrada da casa, apoiado contra os pilares que sustentam o teto da varanda em frente ao grande quarto — um dos muitos detalhes que imaginou ser capaz de encantar os pais, o que, no entanto, não aconteceu.

Nada havia saído conforme a expectativa: não, tudo havia sido muito pior do que o pior cenário imaginável. Mesmo assim, Marko acreditava que tudo se resolveria com o passar do tempo, depois que Laura tivesse conversado com Goran e feito com que percebesse a realidade das coisas, porque Marko acreditava que o problema era esse. O pai era incapaz de *se imaginar* numa casa daquelas, e por isso empacou e repetiu que não havia como — e de certa forma não há mesmo. Mas isso estava nele.

Com Laura a situação era um pouco diferente. Os olhares positivos que havia lançado em direção à cozinha, e até mesmo a admiração que demonstrada já na varanda haviam dado a Marko a impressão de que a mãe pelo menos havia começado a visualizar como poderia ser a vida naquela casa. E ela acabaria por convencer Goran.

Mesmo assim, Marko havia errado o cálculo. O momento.

— Tcharam!

Com que tanto havia sonhado não havia chegado nem perto de acontecer. Mesmo que a casa fosse um presente, ele havia sentido como se fosse um vendedor desagradável, que insistia em empurrar uma coisa que no fundo os pais não queriam.

Merda.

A mão de Marko tem um espasmo quando ele tenta fazer o sinal da cruz. Marko acredita muito no mandamento de honrar pai e mãe, mas existe um pensamento que ele tenta ocultar de si mesmo. Na Bósnia, Goran e Laura foram camponeses até que Laura se formasse em enfermagem — e esses camponeses ainda viviam na cabeça deles. Não aja com soberba, não tente dar um passo maior do que a perna, viva uma vida simples em paz e harmonia. Depois a guerra destruiu tudo e expulsou-os da própria casa, mas os camponeses interiores não foram expulsos.

Mas isso tudo vai passar, Marko pensa. *Isso tudo vai passar. Um dia eles ainda vão me agradecer.*

Marko olha para o relógio e descobre que já são cinco para o meio-dia. Ele tranca a porta da varanda e a porta da frente antes de sair em direção ao circuito de minigolfe.

Bolas no buraco. Não pode ser tão difícil.

Max e Johan o esperam junto da tela que envolve as pistas. Todos se cumprimentam e Marko se sente um pouco mais animado quando Johan começa a contar histórias que os dois haviam inventado certa noite durante as semanas em que Johan havia morado com a família Kovač.

Depois as meninas chegam. Mesmo à distância Marko percebe que aquela com quem havia conversado um pouco na noite anterior está mais pintada do que um índio preparado para a guerra, e abre um sorriso largo porque essa ideia também desperta lembranças. Aquele era o estilo das garotas de Norrtälje na época da juventude, quando ele era o rei da paquera. As meninas dos clubes perto de Stureplan com quem ele sai hoje em dia são frias, usam pouca maquiagem e se fazem de indiferentes, mas lá estava — e a expressão chega como um elogio — uma legítima *oferecida de Norrtälje.*

Não que aquela fosse uma menina com quem pudesse engatar um relacionamento sequer dali a mil anos, mas ele aprecia o fato de ter contato com aquele *tipo* — e assim, quando Johan faz um comentário negativo sobre a aparência de Anna, Marko vai recebê-las com uma saudação calorosa e sincera:

— Olá, meninas!

NÃO PODE SER TÃO DIFÍCIL

1

Johan e Max não levaram tacos nem bolas próprios, uma vez que essa seria uma vantagem injusta — e assim tiveram que pagar o preço cheio. Como o mês já estava quase no fim, Johan não tinha muito dinheiro, e talvez aquelas cinquenta coroas fizessem falta. Mas não houve problema. Marko se dispôs a bancar a brincadeira desde que lhe pagassem um sorvete depois.

Os olhos de Anna, pintados de preto, brilharam quando ela olhou para Marko, que havia aberto a carteira extragrande para escolher o cartão. Era verdade que estava mais interessada na fisionomia de Marko do que na demonstração de riqueza que Marko tinha nas mãos, mas o que as pessoas estariam *pensando?* Por acaso ela havia se olhado no espelho?

Durante a escolha dos tacos, Johan tira um torto das mãos de Marko e o substitui por um reto. O grupo vai até a pista 1, onde todos começam a jogar em ordem alfabética. Para a surpresa de Johan, a primeira tacada de Anna é perfeitamente reta e cai direto no *green*. Anna parece compartilhar da surpresa. Ela olha para Siw com uma cara de *você viu isso?* antes de olhar para Marko e seguir em direção ao *green*.

— Não ande em cima das pistas! — diz Johan. Ele sofre ao ver as marcas deixadas pelos saltos de Anna.

— Quê? — pergunta Anna, se virando de um jeito que torna a marca sob o pé direito ainda mais profunda.

— Você não pode andar nas pistas! — repete Johan. — O material estraga. Você nunca jogou minigolfe?

— Já — responde Anna. — O meu pai tinha umas pistas em casa quando eu era criança.

— O que você tá dizendo?

— Enfim, que se foda — diz Anna, saindo da pista. A bola dela está a dez centímetros do buraco, e ao se aproximar do *green* ela abre as mãos e se vira para Johan:

— Muito bem, *Sturmbannführer*... o que eu faço agora?

— *Agora* você pode entrar na pista se tiver cuidado.

— *Jawohl!* — diz Anna enquanto se aproxima da bola. Da mesma forma surpreendente como havia dado a primeira tacada reta, Anna consegue errar o putt facílimo em linha reta. A bola passa ao lado do buraco e toca a borda. Anna brande o taco e grita:

— Caralho! *Caralho!*

Johan se vira para Max e Marko para confirmar que aquela menina é *vulgar,* mas percebe apenas o olhar tímido que Siw lança em direção a Max, que faz um aceno de cabeça, e a expressão de Marko, que ri como Ibrahimović ao completar um chapéu.

Johan balança a cabeça, se vira mais uma vez para Anna e explica que ela pode movimentar a bola pela distância de um taco, o que lhe rende uma continência.

2

Às vezes, Siw tem vergonha de Anna em contextos sociais, porque a amiga por vezes fala palavrões demais. Por mais duas ou três vezes se ouvem gritos de "Caralho!" até que por fim ela consiga pôr a bola no buraco. Por sorte os rapazes não parecem se incomodar, a não ser por Johan. Siw tinha razão: ele realmente olha para ela com evidente desprezo, o que desperta o instinto de preservação de Siw.

Quando Anna acerta o buraco e faz menção de voltar à posição inicial, Johan diz:

— Tire a bola do buraco! Você não sabe *nada* mesmo?

— Escuta — diz Siw antes que Anna possa responder — a gente não tá acostumada a jogar. Você precisa ter um pouco mais de paciência.

— Tá — diz Max. — Esfria um pouco a cabeça.

Siw percebe um calor no peito, logo abaixo do coração. Max havia tomado o partido dela na frente daquele amigo que Siw nem ao menos pode entender que seja um amigo: os dois são *muito* diferentes. Mas é o mesmo que acontece na amizade que ela tem com Anna. Siw acharia melhor perder um dedo a gritar palavras chulas em um lugar público.

Johan se abstém de fazer mais comentários e põe a bola na marca, para então dar uma tacada reta como a de Anna — mas dessa vez a bola vai direto para o buraco. Siw estaria ao mesmo tempo satisfeita e surpresa se conseguisse a mesma coisa, porém Johan nem ao menos abre um sorriso enquanto vai pegar a bola.

Chega a vez de Marko. Mesmo que ele venha de outro planeta, Siw não deixa de se sentir cativada por aquele sorriso. O rapaz é um arrasador de corações, porém essa expressão pressupõe que um coração tenha sido entregue para ser arrasado, o que Siw não pretende fazer; é Max que...

Pare, você está sendo besta.

Ainda que Max não venha de outro planeta, a aparência sugere que tenha vindo de... um outro município. Mas Siw gosta do jeito como ele a encara, gosta de ver quando toma seu partido. Ela fica satisfeita com essas migalhas.

Marko calcula a tacada e a bola voa dez centímetros acima do chão, passa por cima do fim da pista e desaparece em meio à grama alta. Ele se vira e olha para os outros com uma expressão que parece dizer, *Que merda foi essa?*

— Isso não é golfe convencional — diz Max. — O que você tem na mão não é um driver.

— Nah — diz Johan. — Mas a bola acabou na grama alta de qualquer jeito.

Max ri e Siw também ri de maneira discreta, embora não tenha entendido a piada. Ela percebe o olhar irritado de Anna com o rabo do olho e toma cuidado de não virar o rosto naquela direção.

— Caralho! — grita Marko, o que por sua vez leva Anna a rir exageradamente e permite a Siw retribuir aquele olhar.

3

— Caralho!

Anna podia ter batido palmas de satisfação, em parte porque Marko havia adotado a expressão dela, em parte porque assim tinha a chance de ouvi-lo dizer aquela palavra que, meu Deus, como ela gostaria de abrir aquele cinto e deslizar a mão para baixo e... mas não, ela não bate palmas: simplesmente ri por um bom tempo, o que leva Marko a olhar para ela, erguer as sobrancelhas e mais uma vez abrir aquele sorriso. *Meu. Deus.*

A despeito do que Siw pensasse, Anna não é totalmente ingênua em relação a Marko. Ela *sabe* que não tem a menor chance com um cara daqueles, mas nem por isso renunciaria ao prazer de *jogar o jogo* — e fica contente ao perceber que Marko também se mostra disposto. Marko percebe que virou o centro das atenções de Anna e começa a brincar com a situação, a lançar olhares sugestivo como que por brincadeira. É bom que seja assim, e por mais improvável que pareça não havia motivo para excluir *totalmente* a chance de uma trepadinha por compaixão.

Depois de uma breve procura em meio à grama durante a qual Marko empina o bum-bum no ar, Anna percebe que está praticamente hipnotizada por aquilo, e que só falta mesmo pôr a língua para fora. Ela se obriga a desviar o olhar e fixa-o no *Herr Sturmbannführer,* que, no entanto, tem o olhar fixo também em Marko. Quando percebe o olhar de Anna, Johan faz uma careta e olha para a tabela de pontos que havia se disposto a controlar.

Marko encontra a bola, volta ao início da pista e dá uma nova tacada, dessa vez mais suave, porém assim mesmo forte o bastante para que a bola se choque contra o primeiro obstáculo e a bola role de volta. Marko dá mais uma tacada idêntica, no mesmo ângulo diagonal. A bola nem ao menos chega perto de ultrapassar a tábua.

— Que jogo idiota!

Os lábios de Marko se comprimem enquanto ele desfere tacada atrás de tacada, sempre na diagonal, ora à direita e ora à esquerda.

— Acho que você já deu umas oito — diz Johan por fim enquanto Marko reage jogando o taco em direção à floresta.

— Escute — diz Johan. — Esses tacos...

— Cale a boca — diz Marko, batendo os pés enquanto segue em direção à floresta. — Eu compro tacos novos se precisar. Tacos *de verdade*.

Um sorriso desponta nos lábios de Anna. É bom saber que aquele cara não é *totalmente* perfeito. Existem falhas, e como é mesmo que Siw costuma dizer? É pelas falhas que entra a luz.

4

Marko sente o coração martelar no peito enquanto anda pela grama à procura do taco. Ele *detesta* perder, e ainda que Max jogue com a metade da desenvoltura de Johan ele vai levar uma surra. Por que aquela porcaria de bola não fazia uma trajetória reta mesmo quando ele dava uma *tacada* reta? No meio daquela fúria espumante ele sabe que a tacada não havia sido reta, porque se tivesse a bola não teria saído na diagonal, mas não é assim que as coisas funcionam. O que ele vê é uma tacada reta na bola, que então, como um pequeno demônio vermelho com vontade própria, se choca contra o obstáculo.

Marko encontra o taco, que não parece trazer nenhum sinal da viagem pelos ares. Ele se apoia numa árvore e tenta se acalmar um pouco. Se não tivesse sido pelo que aconteceu com Goran e Laura, talvez ele pudesse encarar tudo de forma um pouco mais leve. Marko não está muito estável.

A única parte boa do minigolfe é a Anna. Ela se comporta exatamente como as meninas da juventude dele, com aqueles flertes meio irritantes, aos quais ele de bom grado responde sem nenhum tipo de compromisso. Anna está muito abaixo dos limites do aceitável, e seria preciso tipo uma ilha deserta e uma garrafa inteira de destilado para que ele se mostrasse disposto.

Na cidade, Marko tem duas meninas com quem volta e meia se encontra em clubes para tomar uns drinques e depois ir para casa fazer sexo atlético por quinze minutos com trocas de posições regulares na cama da Hästens. As meninas são grosso modo idênticas. As duas têm vinte e cinco anos e longos cabelos loiros, provavelmente nota oito numa escala de um a dez, enquanto Anna seria no máximo um quatro, de maneira que... não.

Marko apoia o taco como se fosse uma espingarda no ombro e pisca os olhos. Por ora, não consegue recordar o nome de nenhuma das garotas de Estocolmo. Ele sai do meio das árvores, ainda com o taco apoiado no ombro. Naquele instante Max estava tirando a bola do buraco.

— Como foi? — pergunta Marko.

— Direto.

— Como?

— Na primeira tacada.

Marko passa a mão sobre os olhos. Ainda faltavam dezessete buracos.

5

Max conhece muito bem o instinto competitivo de Marko, especialmente em relação a ele próprio, e durante os anos finais do ensino fundamental havia sido estimulante ter um adversário do mesmo nível contra o qual fosse possível medir forças. Ao perceber o incômodo no olhar do amigo com a menção da pista completada com apenas uma tacada, ele tem vontade de fazer alguma coisa. Max não sabia que Marko era *tão* ruim que não adiantaria nada sequer desperdiçar umas tacadas de propósito, e além do mais...

A profunda satisfação com aquela tacada leva Max a perceber o quanto ele queria se exibir um pouco na frente de Siw, mostrar para ela o quanto era bom no minigolfe. Uma idiotice completa. Desde quando uma garota acabava caidinha por um cara ao ver que ele tinha habilidade no minigolfe?

Espere um pouco...

Será que Max *queria* que Siw acabasse caidinha por ele? Mesmo que tivesse xingado Johan pela maneira como havia se referido a Siw, ela *realmente* era redonda, e ele tinha dificuldade de se imaginar pegando aquelas gorduras trêmulas. Mas alguma coisa nela despertava uma vontade de se aproximar. Será que os dois não podiam acabar virando amigos?

— Você joga bem — diz Siw.

— Foi sorte — diz Max.

— Acho que não — responde ela, abrindo um sorriso cauteloso. Ele repete que foi e pensa que puta merda, o Marko é *multimilionário,* ele pode muito bem levar uma surra no minigolfe, não havia por que dar colher de chá!

— Sua vez — disse Max. Siw suspira e põe a bola na marca. Ela bate com menos força, mas a bola sai na diagonal, como as de Marko: a cabeça do taco vibra antes de acertar a bola, que se bate contra o obstáculo mais de uma vez.

Max se aproxima dela e diz:

— Você pode experimentar uma coisa. Tente ficar desse jeito. Tem gente que acha mais fácil assim. — Ele mostra como ela deve posicionar o corpo do outro lado da bola para usar um *backhand*. Max pousa as mãos nos ombros de Siw e a mexe cuidadosamente mais um passo em direção à bola.

— Tente. E termine o movimento com o taco.

Siw tira o cabelo dos olhos e dá a tacada. A bola acerta a borda da abertura no obstáculo, e Siw olha para Max e faz um gesto afirmativo com a cabeça. Na tacada seguinte a bola passa para o outro lado, erra o buraco por um fio de cabelo, bate no fim da pista e por fim acerta o buraco no movimento da volta. Siw abre os braços, arregala os olhos e, com um sorriso que Max não havia visto até então, fala com uma voz fininha:

— Yay!

— Você também gosta de *Friends?* — pergunta Max.

— Eu amo *Friends*.

— Como foi? — pergunta Johan, com o lápis flutuando acima do bloco de notas.

— Quatro — diz Max, e então Johan toma nota.

Previsivelmente, Anna se vira e diz:

— A Siw levou de quatro.

6

Placar final: Max: 35 (segundo melhor placar do ano), Johan: 37, Siw: 61, Anna: 72, Marko: 88. Com um desempenho terrível em duas pistas, Marko logo começou a dar as tacadas com uma mão, por trás das costas e de olhos fechados, se recusando a participar da competição. Naquele momento estavam todos sentados junto a uma das mesas em frente ao depósito de tacos, cada um com um sorvete na mão.

— Muito legal — disse Siw para Max enquanto mordiscava o sanduíche de sorvete. — Depois que você me ensinou aquele truque do *backhand...* enfim, agora eu sei jogar!

— Que jogo de merda — diz Marko. — Totalmente sem nenhum sentido.

— Que jogo você diria que tem sentido, então? — pergunta Johan, que já havia terminado o picolé.

— Diria — Marko debochou, brandindo o sorvete Daim no ar. — Eu *diria* que vareta é um jogo com sentido. General, À pesca... qualquer coisa, menos isso.

— Quer dizer que você é um craque em À pesca? — pergunta Anna.

— Aposto que eu daria um laço em você, mas agora eu tenho que ir embora — diz Marko, terminando a casquinha. — Eu vou estar aqui por mais dois ou três dias, então a gente ainda pode se ver. Meninas, o que vocês acham de terça-feira?

A certa altura do jogo Anna havia mencionado que ela e Siw costumavam treinar na Friskis & Svettis, o que havia levado Marko a fazer perguntas sobre o tipo específico de treino que faziam — perguntas que Anna se disse incapaz de responder.

Bem, então como era a divisão entre os grupos de músculos? Mesma coisa. A essa altura Marko havia dito que podia aparecer um dia na academia como personal trainer, para mostrar exercícios que funcionavam bem em combinação — uma oferta que Anna topou antes que Siw tivesse a oportunidade de protestar.

Max olha para o telefone e diz:

— Tem uma raid agora no memorial a Frans Lundman. Começa daqui a dez minutos. Mais alguém tá a fim?

— Eu tenho que ir para a pista — diz Johan. — Vamos ter campeonato hoje. E além disso eu não tenho passe, como eu disse antes.

— Eu topo ir — diz Siw. — Se você não se importar, claro.

— Claro que não. Fica ótimo. Mas então a gente tem que ir agora mesmo.

Siw lança um olhar de alerta em direção a Anna, mas tem a impressão de que tudo está bem. Anna, que parece tranquila, para de lamber o picolé e diz:

— Aproveitem.

Max e Siw se apressam em direção ao Societetsparken enquanto Anna e Johan ficam a sós. Anna se apoia preguiçosamente numa das vigas que sustentam o telhado de plástico corrugado e diz:

— Muito bem. Então você também é a fim do Marko.

Johan olha para Anna, que desliza o picolé para dentro e para fora dos lábios. Ele faz uma careta desconfiada.

— O que você tá *querendo* dizer?

— Ah, corta essa. Dá pra ver de longe.

— Olha só quem tá falando. — Johan mostra um centímetro entre o polegar e o indicador. — Você está a tipo isso aqui de começar a se roçar na perna dele.

— Quem me dera — responde Anna, levando a mão ao coração. — Mas pelo menos eu não tento esconder, ao contrário do que você.

— Ao contrário *de*. Será que você não sabe nem falar direito?

— Nah, talvez não, mas pelo menos eu sei falar *sobre* as coisas, e tenho certeza que você sente um tesão enorme pelo Marko. Né? Ou será que você mesmo não sabia disso?

Johan lança um olhar ameaçador para Anna, que continua a deslizar o minúsculo picolé para dentro e para fora dos lábios enquanto um filete de líquido escorre pelo canto da boca. Johan balança a cabeça e diz:

— Você é uma pessoa totalmente absurda. Eu vou embora.

— Aham — diz Anna, piscando o olho. — Tocar uma, quem sabe.

Johan se levanta tão depressa do banco que um dos pés se prende e ele quase cai de cara no chão. O riso debochado de Anna o acompanha pela rua e continua a ecoar na cabeça dele por todo o caminho até a pista de boliche. Que *vagabunda!*

* * *

Nos últimos dias uma escuridão compacta parece ter se abatido sobre Harry Boström. Mesmo que já tenha dado banho em Tosse, aquele fedor terrível não saiu da pelagem. Harry teve a ideia de que aquele fedor é o cheiro de sua própria vida solitária e fracassada. Quando ele tentou dar um segundo banho em Tosse, o cachorro rosnou e tentou mordê-lo, o que nunca havia acontecido antes. Desde então, Tosse se mantém afastado e começa a rosnar assim que Harry se aproxima. O limite do tolerável é ultrapassado, e Harry se surpreende ao perceber que praticamente não hesita ao pegar uma sacola plástica do Flygfyren e um rolo de fita adesiva. Ele se senta no sofá, põe a sacola na cabeça e a prende com força ao redor do pescoço. Apenas quando a sonolência e a inconsciência já estão muito próximas ele lembra que esqueceu de servir comida para Tosse. Mas a essa altura já é tarde demais.

NÃO VÁ PARA ESTOCOLMO

1

Quando Max e Marko se mudaram para Estocolmo a fim de começar os estudos na Escola de Economia, Johan ficou sozinho em Norrtälje. Por meses ele trabalhou num centro comunitário até perder a paciência com todas aquelas crianças que gritavam e faziam exigências o tempo inteiro. Depois trabalhou na limpeza do hospital de Norrtälje até perder a paciência com todos aqueles velhos solitários em busca de ajuda. Ele passava muito tempo na internet, e foi nessa mesma época que se interessou por mídias alternativas.

Aos dezenove anos de idade, Johan não tinha a menor ideia sobre o que fazer da vida. E foi também nesse mesmo período que a mãe dele entrou num dos períodos mais difíceis e recebeu pouca ajuda. O ódio profundamente arraigado que Johan tinha pelo município despertou, e ele começou a viver com uma ira candente.

Desde o divórcio, o pai havia melhorado de vida e passado a morar em um apartamento de três quartos na Skånegatan junto com a companheira e o filho de sete anos que os dois tinham. Johan havia feito umas visitas e sabia que a nova família tinha uma peça inteira dedicada a guardar a coleção de hóquei do pai.

Ele ligou e explicou a situação. O pai não pareceu muito contente, mas disse que eles podiam fazer um teste, e foi assim que na primavera de 2009 Johan saiu de Norrtälje para ir morar no SoFo, um dos bairros mais chiques em Estocolmo. A mãe ficou desesperada ao ouvir a história, mas Johan se manteve frio e fingiu não ter ouvido. Ele se sentia obrigado a sair de Norrtälje, porque de outra forma acabaria se afogando num mar de amargura.

Arranjou um trabalho na triagem do centro postal de Tomteboda, onde sua única atribuição era colocar as correspondências certas nos lugares certos. Era um trabalho solitário que não exigia nenhum tipo de esforço mental, o que naquele momento foi excelente.

Assim que se instalou na Skånegatan, Johan entrou em contato com Max e Marko para contar a respeito da mudança. Marko tinha que estudar, mas Johan e Max se encontraram no Hellströms para tomar umas cervejas baratas.

— O que você está pensando em fazer? — perguntou Max enquanto dava um gole no quarto caneco. — Da vida, digo?

— Eu vou esperar e ver.

— Mas você deve ter *algum* tipo de ambição, não?

A forma como Max falava havia se transformado após seis meses de estudos na Escola de Economia. O dialeto de Roslag ainda era perceptível, mas ele pronunciava as palavras inteiras, como se estivesse lendo um texto escrito em voz alta.

Johan percebeu que havia surgido um abismo entre ele e Max, que as ambições de ambos eram muito diferentes — um abismo que seria difícil transpor quando os dois já não tinham mais referências em comum. Havia *uma* coisa que Johan gostaria de fazer, mas era uma coisa vergonhosa por ser pouco realística. Mas naquele momento ele se viu obrigado a fazer essa revelação para que Max não achasse que estava satisfeito com aquela vida à deriva.

— Eu gostaria de escrever.

— Escrever o quê?

— Ah, você sabe. Histórias.

— Romances?

Johan não havia conseguido pronunciar aquela palavra impossível, mas ao ouvir Max dizê-la, reagiu com um:

— Aham.

O rosto de Max se iluminou.

— Você nunca tinha me contado.

— É uma vontade meio nova.

Ao escrever em fóruns alternativos, Johan havia descoberto que tinha um certo talento para se expressar. Metáforas eficientes e frases elegantes surgiam com facilidade, e com frequência ele tinha reações que incluíam *smileys* batendo palmas e compartilhamentos ao escrever sobre políticas de integração e recebimento de refugiados.

Ele tinha até mesmo escrito narrativas curtas, ou *contos,* vá lá — e assim descobrira que tudo era mais difícil quando o tema a ser discutido não estava dado de antemão. Na opinião dele, um desses contos tinha ficado bom. Era sobre um deficiente mental que matava o curador nomeado pelo município e depois se afogava no Norrtäljeån.

Esse era o motivo para que Johan gostasse do trabalho em Tomteboda. Não havia crianças, velhos ou colegas para fazer qualquer tipo de exigência em relação a suas capacidades espirituais. Enquanto fazia o trabalho, ele ficava totalmente a sós com o mundo da imaginação — um lugar bem mais emocionante do que as paredes cinzentas no centro de triagem postal. No fim do expediente Johan anotava as ideias que haviam lhe ocorrido e às vezes transformava-as em narrativas. Ele nunca as havia mostrado para ninguém.

— E o que você está pensando em fazer com esse material? — pergunta Max.

— Nada — responde Johan. — Por enquanto eu simplesmente escrevo.

— Mas você tem que... enfim, eu não sei o que se costuma fazer, mas você tem que...

Johan olhou em direção ao Fatbursparken e balançou a cabeça. Max jamais compreenderia. Estava programado para ver a vida como uma escada que as pessoas subiam degrau a degrau. Como uma lista de objetivos a serem riscados um após o outro, até que houvessem chegado aonde pretendiam. Para Johan a vida era mais parecida com um elevador que deixava os passageiros num andar imprevisível. Você podia apertar o botão da cobertura e ir parar no subsolo. O único jeito era entrar na cabine e torcer para que tudo desse certo.

— Nah, eu não posso — disse Johan. — Por enquanto eu vou simplesmente continuar escrevendo.

Max fez um aceno de cabeça, mas por trás do olhar levemente embriagado foi possível notar um sentimento de decepção que jamais seria expresso em voz alta. Foi naquele momento e naquele olhar que Johan percebeu que os dois acabariam inevitavelmente afastados um do outro.

2

Semanas depois Johan conseguiu acertar um café com o eternamente ocupado Marko. Os dois marcaram de se encontrar na Espresso House da Sveavägen no fim do expediente de Johan. O café ficava perto da Escola de Economia, para onde Marko voltaria às pressas assim que terminasse de beber o café. Johan chegou primeiro e conseguiu pegar lugares bons com sofás.

Para a frustração de Johan, Marko chegou acompanhado de uma menina que era tipo a mais bonita que ele já havia visto. Foi preciso dois ou três segundos para que Johan reconhecesse Maria, que ele não havia visto por uns seis meses. Ela já estava bonita na época, mas naquele momento usava um outro corte de cabelo e uma maquiagem que a deixavam quase perfeita. Johan notou que ela atraía muitos olhares.

Ele havia aceitado a própria situação e até mesmo agido de acordo em certas ocasiões, de maneira que para ele a aparência de Maria não despertava sentimento nenhum. Mas a beleza é sempre beleza, com todo o impacto destruidor e animador que traz ao se revelar, e assim Johan sentiu um frio na barriga ao se levantar para cumprimentá-la.

— Bom, você conhece a Maria — disse Marko no tom lamentoso que sempre usava ao falar da irmã.

— Claro — disse Johan, incerto quanto à própria maneira de se comportar. Parecia um pouco presunçoso se achar no direito de tocar uma figura sublime daquelas, dar um tapinha no ombro da Mona Lisa e perguntar: "How *you* doin'?" ["Como *você* tá?"] Por sorte, Maria facilitou as coisas ao lhe dar um abraço apertado e dizer:

— Oi, mano.

Johan retribuiu o abraço e todos os sentimentos de inadequação desapareceram. Por dois anos, Johan havia sido o único amigo da pequena Maria. Os dois jogavam xadrez e inventavam histórias sobre dragões, princesas canibais e príncipes sádicos nas quais todos morriam no final. Quando Marko não estava em casa, Johan inclusive se arriscava a brincar de boneca. Porém mesmo essas brincadeiras degeneravam em violência sem nenhuma influência de Johan. O que importava para os dois era esse passado compartilhado, nada mais.

Quando Johan se acomodou mais uma vez no sofá, notou que estava bem mais confortável na companhia de Maria do que Marko, que sempre criava um clima de hostilidade ao redor de si.

— O que você tá fazendo aqui? — perguntou ele a Maria, que também havia se acomodado em um sofá e cruzado as pernas com um gesto elegante e estudado.

— A Maria se mudou para cá — responde Marko antes que Maria pudesse responder. — Acho que ela vai virar atriz de teatro.

Maria voltou os olhos verdes para o irmão e disse pausadamente:

— Marko. Eu vou tomar um cappuccino.

Marko olhou para Johan e ergueu as sobrancelhas com um gesto interrogativo. Johan disse que também queria um cappuccino e Marko foi até o balcão.

— Atriz, é? — perguntou Johan a Maria, que seguia Marko com o olhar destruidor. Maria balançou a cabeça e olhou para Johan.

— É — disse ela animada. — Apareceu uma chance superbacana de conseguir um papel importante num filme importante.

— Mas... você estudou atuação e tudo mais?

— Nah — respondeu Maria, disparando um sorriso que em si mesmo já deixava claro o que tinha acontecido. — *I'm a natural*. Pelo menos é o que todo mundo diz.

— Então... uau. Meus parabéns. Espero que dê tudo certo!

Maria fez um gesto afirmativo com a cabeça e baixou o tom de voz.

— O Marko acha que eu sou totalmente ingênua e além disso burra. Eu *sei* que tem um monte de trabalho envolvido e que nada é certo. Mas é preciso aproveitar as chances que se oferecem, você não acha?

— Claro. Vá com tudo!

— E você, o que tem feito?

Johan falou sobre o trabalho. Maria se mostrou bem mais interessada do que Max, e fez pergunta sobre como funcionavam os números postais, as fases no processo de triagem e os trens que faziam o transporte. Ela ouviu, deu risada, falou sobre as coisas dela e, quando Marko voltou com o café, foi como se Johan e Maria estivessem prestes a retomar a história da princesa que comia bebês de manhã, de tarde e de noite. Bastou que os dois percebessem a expressão de superioridade no rosto de Marko para que ambos desatassem a rir.

Marko deu um suspiro e perguntou:

— O que foi?

— Nada — respondeu Maria. — Ou pelo menos nada que se possa aprender na Escola de Economia.

A conversa ficou mais engessada com a chegada de Marko, e quando Maria perguntou a Johan se ele não gostaria de encontrá-la outra hora ele aceitou o convite com alegria genuína. Foi como se uma nuvem passasse sobre os olhos de Marko.

— Você por acaso bebe? — perguntou ele a Maria.

— Bebo — respondeu ela. — Bebo refrigerante. E suco de morango.

Os dois se encontraram uma semana depois no Cliff Barnes na Norrtulls-gatan. O lugar tinha um limite de idade mínimo de vinte anos e o segurança não pareceu muito disposto a deixar Maria entrar. Ela o amaciou com um:

— Oiii!

Era como se ele fosse uma pessoa muito querida, e, na confusão a seguir, os dois passaram ao lado de dentro.

Johan pediu uma cerveja e Maria um Mojito com a pronúncia espanhola correta, o que deixava claro que já havia feito aquilo antes. Todas as mesas estavam ocupadas, então os dois se sentaram no balcão totalmente lotado e retomaram a conversa do ponto onde haviam parado anteriormente.

Maria falou sobre o trabalho que havia feito como modelo e sobre o filme em que talvez acabasse trabalhando. Era uma história policial baseada em livros a respeito dos quais Johan nunca havia ouvido falar. Maria faria o papel da filha do delegado que era o personagem principal — um homem que vivia sozinho com a filha após a morte da esposa. O melhor de tudo era que a série era composta por *cinco* livros, então se o filme desse certo haveria outros. No último, a história da filha era mais importante que a do pai.

— Você leu esses livros todos? — perguntou Johan.

— Li o último — disse Maria com uma risada. — Nesse eu sou a personagem principal. Mas pretendo ler os outros quando eu arranjar tempo. Eu tenho um pouco de dislexia.

— Não tem nada. Você só não tem paciência. Ou então ouça os audiolivros.

— Boa ideia.

A voz de um rapaz ao lado se fez ouvir:

— Me desculpe, mas você deve ser modelo fotográfica, não?

Sem virar o rosto, Maria respondeu:

— Não. Mas o meu namorado aqui é. E a gente tem bastante coisa para conversar, então...

Johan também não olhou para o lado, mas pôde sentir o olhar desconfiado e ciumento do rapaz, que pouco depois se afastou.

Não era nada fácil manter uma conversa com Maria, porque o tempo inteiro apareciam rapazes querendo chamar a atenção dela. Ao correr os olhos ao redor, Johan percebeu olhares que se desviavam de Maria ou que continuavam desavergonhadamente fixos nela, como os raios ligados ao cubo em uma roda de atração desesperançosa.

Depois da sétima cantada, Maria inclinou o corpo em direção a Johan e pediu:

— Me beije.

Johan umedeceu os lábios e aproximou o rosto de Maria, porém logo tornou a se afastar e respondeu:

— Me desculpe. Não tem como.

Maria riu e mexeu as sobrancelhas.

— Não é *tão* difícil assim, eu garanto. Mas tudo bem. — Ela olhou para as outras mesas, onde vários olhares masculinos continuavam fixados sobre os dois. — Então pelo menos faça um carinho no meu rosto.

— Não tem problema — disse Johan, e então passou o dorso da mão no rosto de Maria e deixou os dedos correrem pelas maçãs do rosto. Por fim ele virou a mão e tocou a bochecha dela. Maria apertou o rosto contra a mão de Johan e fechou os olhos.

— Eu te amo — disse Johan.

Maria fez um gesto afirmativo com a cabeça. Sem abrir os olhos, ela disse:

— Eu também te amo. Mano.

3

Os meses se passaram. Johan continuou a triar correspondências e malas postais enquanto os pensamentos corriam soltos por lugares distantes. Uma série de ideias começou a se acumular e a se articular, e aos poucos ele percebeu que aquilo tudo poderia ser um romance. Uma história sobre a decadência de Norrtälje Johan fez tentativas ocasionais de escrever a história sem, no entanto, conseguir mais do que cenas avulsas que em si mesmas até eram boas, mas estavam longe de ser um livro completo.

A proximidade com o pai e Kristina, a companheira dele, funcionou bem, ainda que ele sentisse mais como se fosse um inquilino do que um membro da família. Johan pagava três mil coroas por mês pelo quarto e pelas refeições, mas podia ao menos se consolar dizendo para si mesmo que, se fosse *mesmo* um inquilino, havia encontrado o melhor negócio do mundo.

Ele e o meio-irmão Henry se davam bem. O menino não era muito amigo do principal interesse de Johan — inventar histórias —, mas por outro lado gostava muito de montar Lego. Os Legos que Johan tinha quando pequeno eram uma pequena coleção de segunda mão, enquanto Henry tinha fortes e navios de pirata com *manual de instruções*. Johan sentia uma certa amargura quando montava com Henry criaturas que haviam sido negadas a ele próprio enquanto os dois ouviam uma narração do *Ursinho Puff* na voz de Allan Edwall.

Pouco antes do verão Johan completou vinte anos, e o aniversário foi comemorado com um piquenique em Djurgården feito na companhia de Max, Marko e Maria. Frango grelhado, salada de batata e uma toalha branca. Marko fingiu não ter visto quando Maria levou um copo plástico aos lábios. Os três fizeram um brinde a Johan, ao verão e ao futuro. O papel de Maria no filme ainda não estava garantido, mas depois do verão ela receberia uma resposta definitiva. A manhã e a tarde foram bonitas, e Marko conseguiu relaxar um pouco enquanto todos falavam sobre histórias passadas e sonhos para o futuro. Foi o último dia bonito que os amigos passaram juntos durante muito tempo.

Depois o verão chegou e Johan se viu mais uma vez sozinho. Max e Marko foram passar as férias em Norrtälje. Maria havia arranjado um bico como garçonete, e todo o tempo livre que tinha era dedicado aos preparativos para uma candidatura a uma vaga na escola de teatro durante o período de admissão no outono. Johan ficou zanzando por Estocolmo. Andava de um lado para o outro, tomava banho em Långholmen e por um curto tempo manteve um relacionamento com um homem dez anos mais velho que havia encontrado por lá.

199

O verão passava devagar com os dias quentes. No centro de triagem o sistema de ar-condicionado às vezes tinha um piripaque e começava a cuspir ar quente em vez de frio. Johan trabalhava apenas de regata, com o suor escorrendo das axilas. Estava contando os dias que faltavam até o retorno de Max e Marko. Ele podia ter ido a Norrtälje passar um dia, mas tinha medo de encontrar a mãe e de ser obrigado a ouvir sobre o inferno em que a vida dela havia se transformado depois que ele a havia abandonado *justo numa hora de necessidade.*

No meio de agosto Johan recebeu um cartão-postal de Cuba, no qual Max aparecia mergulhando com uma garota chamada Linda, de quem Johan nunca havia ouvido falar. A data no cartão-postal era de seis semanas atrás, então ou o correio de Cuba era recordista em lentidão ou o cartão-postal tinha feito a travessia a nado.

O semestre de outono começou na Escola de Economia e Johan mandou uma mensagem para Max, porém não recebeu nenhuma resposta. Quando enfim conseguiu falar com Marko, descobriu que Max havia feito a matrícula mas estava totalmente fechado em si mesmo. A única coisa que Marko havia conseguido descobrir era que Max havia se envolvido em um acidente de mergulho durante a estada em Cuba. No dia seguinte à matrícula, Max já não apareceu mais, e Marko tampouco havia conseguido fazer contato.

Johan ligou, enviou mensagem e chegou até mesmo a escrever uma carta convencional, mas não recebeu nenhum tipo de resposta. Por fim ele ligou para a Eniro, conseguiu o número do telefone do pai de Max e fez uma ligação. O pai dele respondeu no primeiro toque.

— Göran Bergwall! — disse a voz cheia de autoridade no outro lado da linha.

— Oi. Aqui é o Johan. Johan Andersson. Eu não sei se você lembra de mim, as eu conheço o Max do...

— Eu sei quem você é.

O tom na voz do pai indicava que a educação o havia levado a deixar de fora um *muito bem* entre *sei* e *quem,* mas Johan ignorou o assunto porque queria obter mais informações e disse:

— Eu gostaria apenas de saber se você tem notícias do Max. Eu não consegui...

— Ele está em casa. Aqui em Norrtälje.

— É mesmo? Como ele tá?

Um detalhe ou outro naquela voz cheia de autoridade pareceu relaxar um pouco quando o pai soltou um suspiro contido antes de falar:

— Ele está de cama. No quarto. E não quer falar com ninguém.

— O que foi que aconteceu?

— Ele não diz.

— Mas foi um acidente, não?

— Você sabe mais do que eu. Um acidente?

— É. Durante um mergulho.

— Eu não sei mais do que você. Ele está de cama. Apático. Isso é tudo o que eu sei.

— E os estudos? Na Escola de Economia?

Göran Bergwall não fez nenhuma tentativa de esconder a decepção quando disse:

— Ele diz que não pretende voltar. Acho que era tudo o que eu tinha para dizer.

Johan ficou andando de um lado para o outro no quarto, onde havia vários itens de hóquei pendurados nas paredes. Ele não sabia o que fazer. Max era uma das poucas pessoas com quem podia contar no mundo. Será que devia fazer uma visita? Johan tinha o sentimento de que não o deixariam entrar na casa.

Os dias a seguir foram tensos, e Johan se sentiu incapaz de agir. Ele fez o trabalho como sempre fazia, mas os pensamentos que normalmente embarcavam em emocionantes viagens se centraram de repente em Max. Cuba? Acidente de mergulho? O único tipo de acidente de mergulho que Johan conhecia era aquele que acontece quando o mergulhador sobe rápido demais à superfície e sofre com a expansão de ar nos pulmões — mas será que isso deixaria uma pessoa apática? Ou será que não?

O cartão-postal de María la Gorda tinha um humor sueco repleto de adjetivos batidos, porque Max sabia que Johan achava graça dessas coisas. Formulações do tipo: "Uma praia paradisíaca", "Restaurante de padrão internacional" e "Povo acolhedor". A imagem na frente do cartão mostrava o hotel, uma série de cabanas interligadas, e a cereja em cima do bolo: um xis marcado em cima de uma das construções, acompanhado das palavras "É aqui que estamos hospedados!". Nada sugeria acidente ou apatia, então aquilo devia ter acontecido mais tarde.

Johan continuou a enviar mensagens para Max todos os dias, nem que fosse apenas para mostrar que estava pensando nele, mas nunca recebeu nenhuma resposta. E assim foi até que pouco mais de uma semana depois Johan passou a ter outras coisas nas quais pensar.

Numa noite em que havia ido para a cama às dez porque tinha que trabalhar no turno matinal do dia seguinte e estar de pé às cinco horas, a campainha da entrada tocou. Johan ouviu os passos do pai no corredor, o barulho da porta se abrindo e a seguir vozes falando baixo.

Logo se ouviu uma batida na porta do quarto, e Johan disse:

— Entre.

Enquanto puxava o edredom até o queixo, como um menino com medo do Papai Noel. A porta se abriu e um grande vulto preencheu o vão antes que a porta mais uma vez se fechasse e Johan acendesse a lâmpada de cabeceira.

— Marko?

Marko estava no meio quarto com os punhos cerrados ao lado do corpo enquanto mordia os lábios. Tinha os olhos pretos quando olhou para Johan, que sentiu medo e não foi capaz de entender o que teria feito para merecer a fúria de Marko.

— O que foi? — perguntou Johan, incapaz de evitar que a voz se quebrasse um pouco. Para seu alívio, em vez de investir contra ele, Marko apenas se sentou na beira da cama.

— A Maria — respondeu Marko, com o rosto inteiro tenso. — A Maria foi estuprada pelo lixo humano que faria o papel de pai dela no filme.

— Quê?! Quando foi que aconteceu?

Parte da fúria de Marko se voltou contra Johan.

— O que importa? Por acaso você não ouviu o que eu disse? Ela tem *dezessete* anos! E foi estuprada!

— Meu Deus — disse Johan.

— Aham. É isso mesmo. Meu Deus. — uma expressão de *tranquilidade assustadora* tomou conta do rosto de Marko quando ele se inclinou em direção a Johan e perguntou:

— Você me ajuda?

— Se eu ajudo... ajudo a quê?

— A matar esse desgraçado.

4

Mais cedo naquela mesma noite Marko havia ido ao pequeno apartamento que Maria sublocava em Vårby Gård e encontrado a irmã completamente embriagada. Quando percebeu que ela havia bebido sozinha, quis saber o que havia acontecido. Em meio a uma fala pastosa e a um choro soluçante, a situação como um todo aos poucos se revelou.

Pouco menos de duas semanas antes ela havia ido à casa de Hans Roos, o ator que faria o papel de pai no filme, para ensaiar umas falas e "sentir" melhor determinadas cenas. Uma vez que Maria estava treinando para a escola de teatro, ela não quis perder a oportunidade. O coach em quem havia confiado era um ex-professor da escola Calle Flygare que estava o tempo inteiro levemente de pileque e não perdia nenhuma oportunidade de "por acaso" tropeçar e ter de se agarrar a ela em lugares onde não devia.

O ator de quarenta e sete anos tinha uma trajetória brilhante. Havia interpretado grandes papéis no Dramaten e em diversos filmes, ganhado o prêmio Guldbagge e até mesmo trabalhado nos EUA, onde atuara tanto em séries como também em filmes. Era o tipo de pessoa com quem se poderia aprender uma ou duas coisas.

Maria sabia que ele tinha fama de mulherengo, para não dizer assediador, para não dizer porco chauvinista, mas assim mesmo o papel a ser interpretado era o de *pai,* e se ele começasse a tomar muitas liberdades ela poderia lembrá-lo disso.

Maria chegou à casa do ator, que morava num apartamento alugado perto de Östermalmstorg graças a um acordo fechado com o Dramaten. O encontro começou bem: os dois ensaiaram as falas e puderam sentir melhor as cenas. Depois começou a ficar *muito quente* no interior do apartamento — mais tarde Maria compreendeu que ele havia aumentado a temperatura da calefação — e não, não dava para abrir as janelas. O ator ficou apenas de regata, e Maria se viu obrigada a continuar o ensaio apenas de camiseta.

A certa altura ele tentou acentuar o caráter dramático de uma cena agarrando-a pelo ombro, e foi nesse instante que Maria percebeu que se encontrava muito vulnerável. O homem devia ter quase trinta centímetros de altura a mais do que ela, pesava aproximadamente o dobro a diferença se devia em boa parte aos músculos que ele provavelmente queria exibir ao se mostrar de regata. A mão que a segurou pelo ombro era do tamanho do rosto dela.

Como se o homem tivesse sentido a mesma coisa, a pele dele começou a se ruborizar. Ele lambeu as gotículas de suor que tinha no lábio superior e começou a fazer insinuações. A carreira de Maria no cinema poderia dar muito certo: bastava se mostrar disposta a fazer determinados favores para as pessoas certas. Era o tipo de coisa que muita gente sabia a partir da própria experiência. Ele mesmo já havia ajudado muitas outras meninas, como por exemplo...

O homem mencionou um nome e Maria disse que precisava ir embora. O homem não quis saber. Os dois mal haviam começado, e a propósito, será que ela não gostaria de uma taça de vinho? Maria não tinha a menor intenção de acabar bêbada ou dopada, por isso recusou o convite e começou a vestir a blusa. Antes que pudesse terminar o movimento o homem fez um gesto meio de brincadeira para impedi-la, porém Maria segurou a blusa e a puxou até a cintura. Nesse momento o homem a segurou com mais força e a partir de então tudo aconteceu muito rápido.

Em três segundos o homem foi de um sujeito levemente indiscreto a um animal selvagem com um único objetivo em mente. Ele arrancou-lhe as roupas e, quando Maria tomou fôlego para gritar, fechou a mão sobre os lábios dela com tanta força que o lábio superior chegou a rachar. Ele a derrubou de barriga no sofá, apertou o rosto dela contra uma almofada e a penetrou. Maria tinha o gosto de sangue na boca, não conseguia respirar e tinha a impressão de que seria partida ao meio quando aquele homem largou todo o peso em cima dela.

Por cerca de um minuto, Maria pensou que morreria de dor, falta de oxigênio ou humilhação. Depois o homem grunhiu, um líquido imundo correu pelo ventre de Maria e a mão que lhe segurava a cabeça de repente se soltou. Enfim ela pôde virar o rosto para o lado e respirar um pouco. Continuou deitada de olhos fechados, com o sexo a arder de nojo.

Depois ela sentiu o cheiro de fumaça. O homem estava nu em um sofá, fumando um cigarro para celebrar a própria façanha enquanto observava Maria com os olhos semicerrados.

— Você entende, não? — perguntou ele. — Você entende que não pode contar o que aconteceu para ninguém, porque nesse caso a sua carreira de atriz vai estar acabada antes mesmo de ter começado. Você é uma menina esperta. Com certeza entende. Por outro lado, se você ficar quietinha e quiser repetir o que fizemos agora de forma um pouco mais... delicada, bem...

O homem fez um gesto para cima com a mão que segurava o cigarro, para mostrar que a carreira de Maria poderia decolar como um foguete rumo às estrelas. Ele continuou sentado enquanto ela se vestia, e continuou sentado quando ela saiu do apartamento com o corpo todo encolhido.

Marko havia levado duas horas até conseguir que Maria, aos prantos, aceitasse contar a história enquanto bebia quatro grandes copos d'água. Depois ele a havia colocado na cama. A essa altura Maria já estava sóbria o bastante para tomar a mão dele e dizer:

— Marko, não invente de fazer nada.

— O que você acha que eu vou fazer?

— Não invente de fazer nada, me prometa.

Marko havia prometido e a seguir deixado o apartamento. Quando saiu ao jardim, havia socado uma árvore com tanta força que chegou a quebrar o mindinho.

5

Marko ergueu a mão direita, onde o mindinho estava tão inchado quanto o polegar e dobrado num ângulo impossível.

— Tudo bem — disse Johan. — Eu tô dentro.

Em silêncio, Marko fez um aceno de cabeça e disse:

— Não tenho como pedir a mais ninguém, e você sabe que a Maria... ela...

Marko baixou a cabeça. As costas dele estremeceram e Johan compreendeu que o amigo estava chorando. Johan se sentou, deu um abraço de lado em Marko e encostou a testa no rosto dele.

— Que merda — disse Marko, chorando em silêncio.

— É verdade — disse Johan. — Que merda.

As lágrimas de Marko escorreram pela testa de Johan e por sua bochecha até chegarem à boca, onde o gosto salgado fez com que também ele começasse a chorar. Johan imaginou a cena. Imaginou Maria. Sua irmã mais nova. Johan endireitou a cabeça e enxugou as lágrimas antes de dizer:

— Mas eu tenho uma condição. Não podemos *matar* esse cara. Eu não posso virar um assassino.

— Nem pela Maria?

— Talvez se eu fosse obrigado. Mas eu não sou obrigado.

— Eu me sinto obrigado.

— É. Mas nesse caso eu não posso te ajudar.

Marko olhou para o chão enquanto apertava os maxilares. Por fim ele disse:

— Você tem razão. E além do mais, ele não sofreria. Caso morresse, eu digo.

— Mas podemos transformar a vida dele num caos.

— Aham.

— Como?

— Como assim *como?*

— Eu já vi esse cara nos filmes. Ele é *grande,* então precisamos de uma... vantagem.

Mesmo que Marko já fosse grande naquela altura, estava ainda longe de ser o armário que mais tarde se tornaria, e Johan continuava magro como sempre. Mesmo que os dois se jogassem ao mesmo tempo em cima daquele homem, havia um risco de que *os dois* apanhassem.

— Você quer dizer armas — constatou Marko.

— Sim, eu quero dizer armas. Não armas de fogo, mas... armas.

Johan saiu da cama e deu uns passos em direção ao canto onde o roupão estava pendurado. Sentia-se constrangido por não estar vestido, e assim tratou de amarrar o cinto antes de se virar mais uma vez em direção à cama e se sentar ao lado de Marko, que de repente fez uma coisa surpreendente. Marko o olhou bem nos olhos e perguntou:

— Você é a fim dela?

— Quê? Não, claro que não.

— Todos os caras parecem ser.

— Eu não. Mas eu amo ela.

Marko acenou a cabeça e pareceu satisfeito com a resposta. Johan apresentou mais uma condição para fazer parte da ruína que se abateria sobre o homem que havia violentado Maria: que os dois estivessem mascarados. Mesmo que estivesse disposto a correr o risco, ele queria pelo menos ter uma chance *razoável* de escapar.

205

Marko aceitou a condição meio a contragosto, mas passado um tempo reconheceu que Johan mais uma vez tinha razão. Aquele porco não teria o gosto de arruinar a vida deles fazendo com que acabassem na cadeia.

Logo os dois começaram a fazer planos. A pensar sobre o momento, o lugar, as armas. O primeiro impulso de Marko fora o de correr até a casa do homem e tornar o processo o mais breve possível, mas por um motivo ou outro ele havia resolvido falar com Johan primeiro. E naquele momento, quando a ira flamejante já havia dado lugar ao ódio candente, ele percebeu que havia sido para o bem. A chance de criar um verdadeiro caos seria maior se o próprio modo de agir não fosse caótico.

Enquanto os dois pesavam os prós e os contras de métodos variados, Johan sentiu uma onda de vergonha ao perceber que sentia *prazer* com aquilo. Apesar do horror que havia se passado com Maria, era bom estar perto do amigo elaborando uma fantasia, exatamente como ele e Max faziam quando eram meninos. Mas esse prazer desapareceu quando Johan se obrigou a pensar que aquilo tudo era muito sério e eles tinham que se concentrar em *agir*. E além disso tinha Maria. O rosto dela apertado contra a almofada. O pânico. A irmãzinha dele. O prazer desapareceu por completo.

Meia hora depois Johan e Marko tinham um plano rudimentar que pretendiam colocar em prática três dias depois. Os dois se levantaram da cama. Antes de ir embora, Marko abriu os braços e deu um abraço longo e apertado em Johan. Johan relaxou e se permitiu aproveitar um pouco aquele abraço.

— Pela nossa irmã — balbuciou Marko.

— Com certeza — disse Johan. — Pela nossa irmã.

6

Nos dias a seguir Johan compreendeu melhor o Raskólnikov de *Crime e castigo*. Sentia-se num constante estado de vertigem, durante o qual repetia para si mesmo as coisas que ele e Marko haviam de fazer e analisava o plano sob diferentes perspectivas com diferentes resultados. Enquanto triava mecanicamente as cartas, as fantasias habituais desapareciam e eram substituídas por imagens do corpo e do rosto daquele homem, do barulho, da sensação nas mãos. Quando ele se deitava na cama, essas imagens continuavam a rolar e ele não conseguia pegar no sono, o que deixava o dia seguinte com um clima ainda mais onírico. E assim era, dia após dia.

No dia em que tudo aconteceria, Johan entrou de vez no modo Raskólnikov e começou a remoer ao mesmo tempo a própria capacidade de fazer aquilo e também o sentimento de *justiça* ligado ao plano. Mais tarde ele haveria de se sair melhor do que Rodion Romanovitch, uma vez que o ator, ao contrário da penhorista, realmente merecia o que estava por acontecer, embora a questão da própria capacidade fosse um pouco mais difícil. Johan nunca havia batido em outra pessoa com o objetivo real de prejudicá-la gravemente. Não tinha confiança de que faria o que era preciso fazer quando a hora chegasse.

E tinha vontade de encontrar Maria, porém ao mesmo tempo sentia medo de encontrá-la. Medo do que o estupro podia ter feito com ela, medo de revelar os planos que havia feito com Marko assim que olhasse nos olhos dela. Depois de levar essa análise a fundo, Johan começou a examinar os próprios motivos. Será que estava mesmo fazendo tudo por Maria, que nem ao menos desejava aquilo? Será que estava fazendo por si mesmo? Por Marko? Assim como Marko, ele havia passado a nutrir um ódio profundo em relação ao que havia acontecido — mas não seria melhor convencer Maria a fazer uma denúncia na polícia?

Quando a noite chegou, Johan havia aceitado a terrível verdade: o principal motivo para que estivesse disposto a correr o risco de passar anos preso era a vontade de *fazer uma coisa grandiosa* com Marko, para que os dois estivessem juntos. O melhor seria que os dois pudessem juntos construir uma casa com as próprias mãos e lá viver felizes para sempre, mas na falta disso o plano de agredir violentamente outra pessoa teria que servir.

Marko e Johan se encontraram sob o Svampen, o abrigo em forma de cogumelo localizado em Stureplan, às nove horas. Eles haviam descoberto que o ator estava na montagem de *Sonho de uma noite de verão* em cartaz no Dramaten, e a peça terminava por volta das nove horas. Os dois caminharam lado a lado em direção à Sibyllegatan. Marko tinha os braços rígidos nas laterais do corpo, como se marchasse. O mindinho direito tinha um curativo.

— O que foi que você arranjou? — quis saber Johan.

Já estava quase totalmente escuro naquele fim de agosto, e não havia ninguém por perto. Marko balançou um dos braços e um objeto longo deslizou para fora do braço da jaqueta. Johan pegou o objeto e o examinou com certa desconfiança.

— Um taco de *brännboll*? A gente não tinha falado num taco de *beisebol*?

— Os de beisebol são grandes demais — explicou Marko. — Difíceis de esconder. E estamos na Suécia, afinal de contas. Aqui as pessoas jogam *brännboll*.

Johan fez um movimento com o taco de pouco mais de meio metro e descobriu que aquele tinha um peso maior do que os modelos usados na escola, mas assim mesmo não chegava perto de um taco de beisebol.

— Tá — disse ele. — E você pretende usar um taco de menina?

— Taco de menina? Não tenho a menor ideia do que você tá falando.

— Aquele achatado.

— Ah, não. Aqueles eu joguei fora. Comprei dois kits.

— E as bolas? — perguntou Johan, enfiando o taco de *brännboll* na própria manga enquanto os dois seguiam caminhando.

Marko disse:

— Eu guardei as bolas. Para usar na secadora.

A risada que Johan soltou tinha um certo ar de histeria.

Os dois tinham examinado a área próxima à casa do ator e encontrado um lugar bom para ficar de tocaia, atrás de um arbusto em um pequeno parque. De lá era possível ver o portão sem estar à vista de quem andava pela rua. A única desvantagem era que o esconderijo cheirava a mijo e a cocô de cachorro. Os amigos se agacharam ao lado de um muro e Marko pegou uma lata de polidor de sapato para que ambos passassem aquilo ao redor dos olhos antes de colocar as balaclavas.

Marko ficou totalmente assustador com o branco dos olhos cercado de pasta brilhante sob a luz da iluminação pública. Johan imaginou que fosse acabar com a mesma aparência, mas assim mesmo perguntou:

— Como estou?

— Você parece um monstro — disse Marko, e foi estranho ouvir a voz dele acompanhada daquela massa escura e ameaçadora. — Porra, Johan. O que a gente fez para acabar nessa situação?

— Sabe o que eu acho? — disse Johan. — Se vamos mesmo fazer isso, o melhor é não falar. Se a gente começar a falar, talvez perceba que toda essa ideia é totalmente absurda, e aí vamos ficar em dúvida, e aí...

— Entendi — disse Marko. — Mas eu não vou ficar em dúvida. Aquele desgraçado *estuprou* a Maria. Não se esqueça disso. Tenha isso o tempo inteiro em mente. *Estuprou.*

— Eu sei. Mas assim mesmo...

— Não vou falar mais nada.

Eles calçaram as luvas finas que haviam providenciado e se puseram a esperar. Por volta das dez horas uma senhora tirou um cachorrinho minúsculo de uma bolsa e o colocou no chão perto do arbusto. O cachorrinho saltitou em direção a Johan e Marko e chegou a erguer uma das patas, mas se deteve assim que os viu e logo se afastou ganindo. A senhora consolou e afagou o cachorrinho, tornou a colocá-lo na bolsa e se afastou.

Carros passavam e pessoas apareciam a intervalos cada vez maiores. Johan e Marko trocaram de posição e começaram a bocejar e a olhar para os relógios e celulares. Johan se sentou de pernas cruzadas e mais uma vez tentou visualizar o resultado. Primeiro Marko daria uma pancada atrás da cabeça daquele desgraçado, e quando ele começasse a cambalear Johan acertaria os joelhos para que, se tudo desse certo, ele caísse na rua, onde então receberia o tratamento completo.

Já era perto de uma hora da manhã quando um homem chegou caminhando pela rua. Ele caminhava com passos um pouco trôpegos e devia estar chegando do Teaterbaren ou de um outro lugar de merda qualquer onde devia ter enchido a cara com os colegas malditos. O coração de Johan começou a bater mais depressa, ele apertou o taco com força nas mãos e pensou: *O limite. É agora que vou ultrapassar o limite.* O pensamento se ofereceu completo. Johan compreendeu que estava a ponto de se transformar em outra pessoa. Um agressor. Se conseguisse levar aquilo até o fim.

O homem estava quase no portão. Não havia mais nenhuma pessoa à vista. Marko e Johan se olharam e trocaram um aceno de cabeça. Johan imaginou que seria possível ouvir as batidas de seu coração do outro lado da rua, que assim alertariam a vítima. Os dois saíram agachados do arbusto e correram em direção ao homem, que digitava um código no painel enquanto falava sozinho. Ele realmente era muito grande.

Já perto do portão, Johan percebeu um detalhe que provavelmente havia escapado à atenção de Marko. O homem já tinha digitado o código e estava olhando para a porta quando a silhueta de Marko foi refletida pelo vidro. Deve ter sido esse o motivo que levou o homem a se abaixar quando Marko desferiu o primeiro golpe com o taco, que passou acima da cabeça e atingiu o interfone, onde uma lâmpada começou a piscar.

Como se tivesse recuperado a sobriedade de um instante para o outro, ele berrou:

— Que merda é essa? — e com uma habilidade impressionante tirou o taco das mãos de Marko, ergueu-o no ar e perguntou:

— Quer morrer, desgraçado?

Não houve tempo para pensar. O homem devia ser vinte centímetros mais alto que Johan, e não haveria como acertar a cabeça dele. Quando o homem deu um passo em direção a Marko, Johan se jogou para a frente, estendeu o braço o mais para trás que podia e a seguir desferiu um golpe com toda a força que tinha entre as pernas do homem.

Ele nunca havia sido um jogador muito habilidoso de *brännboll,* mas aquela sem dúvida havia sido uma tacada vencedora. Uma tacada realmente especial. Se os testículos do homem fossem uma bola de *brännboll,* estariam naquele momento voando longe sobre o campo, a caminho da floresta. Talvez o time dele conseguisse *duas* voltas completas.

No mesmo instante em que o homem havia se mostrado pronto para a batalha, toda essa força pareceu se esvair quando ele soltou um gemido longo, deixou cair o taco que havia tomado de Marko e caiu encolhido na calçada. Marko pegou o taco de volta e ergueu-o acima do homem, que começou a se debater como um peixe fora d'água.

— Alô?

Marko se deteve e olhou ao redor. Quem havia falado, e por que havia dito *Alô* numa situação daquelas?

— Alô? Tem alguém aí?

A voz saía do interfone, e podia muito bem vir da senhora que havia passeado com o cachorrinho. Johan e Marko se olharam. Os dois haviam decidido *não dizer nada* para que mais tarde não pudessem ser identificados pela voz — e assim, em silêncio, Marko deu uma tacada num dos joelhos do homem, o que o levou a gritar ainda mais alto.

— Alô? O que vocês estão fazendo aí embaixo?

Ainda sob o efeito da adrenalina por ter salvo Marko, Johan acertou diversas pancadas em sequência num dos ombros do homem, e a certa altura se ouviu um estalo. O homem protegeu a cabeça com as mãos e gritou:

— Socorro! Estão me matando!

Uma silhueta apareceu na janela do segundo andar e em seguida desapareceu. A polícia chegaria logo, e o tempo era limitado. Marko golpeou o dorso das mãos do homem até que uma das mãos fosse retirada da cabeça e Marko pudesse pisotear os dedos. O homem gritava sem parar, às vezes palavras, às vezes apenas berros. *Por favor não me matem* e *Vocês não sabem que eu sou?*

Sabemos, pensou Johan. *Sabemos muito bem.*

Marko fez um gesto em direção a Johan e apontou para o próprio rosto. Johan abriu os braços. *O que você quer dizer?* Marko apontou mais uma vez para o próprio rosto, depois para o homem. *Ah,* pensou Johan, sentindo que devia estar temporariamente louco, que estava do outro lado do limite, junto com o Chapeleiro Maluco e os Hell's Angels. *A ferramenta de trabalho de um ator e tudo mais.*

Com a tranquilidade paradoxal da loucura, Johan tirou a outra mão do homem de cima da cabeça e, juntando as forças, ele e Marko o puseram deitado de costas.

Cem quilos. Pelo menos.

Marko encarou o homem cheio de ódio, bem nos olhos, e preparou o taco. O homem gemeu:

— Não, não... — e ergueu a mão para se defender. Marko afastou-a e desferiu uma tacada na boca. Houve um estalo e um tilintar de dentes quebrados ou arrancados, e logo o sangue começou a escorrer por entre os lábios. Marko acertou o nariz, que se quebrou. Mais sangue. Quando Marko ergueu o taco mais uma vez, uma luz azul piscou no fim da rua.

Marko parecia estar prestes a desferir uma tacada potencialmente fatal sobre a testa, mas inacreditavelmente se controlou quando Johan se aproximou com o indicador em riste. Os dois jogaram os tacos longe e saíram correndo.

Correram ao longo da Sibyllegatan e dobraram na Kommendörsgatan enquanto tiravam as balaclavas e limpavam o polidor de sapato que tinham ao redor dos olhos. Apenas quando chegaram a Humlegården eles puderam diminuir o ritmo e finalmente desabar à sombra do monumento de Lineu.

Os dois se olharam. Marko ainda tinha um pouco de polidor de sapato ao redor dos olhos, e os cabelos suados estavam de pé, então ele parecia um emo desarrumado. Johan abriu um sorriso insano e Marko retribuiu com o mesmo tipo de sorriso insano. Tudo parecia estar à mil no corpo de Johan: ele havia cruzado o limite e estava em um lugar onde tudo era possível, e assim pegou o rosto de Marko entre as mãos e o beijou. Marko o beijou de volta.

Um desejo intenso como ele não imaginava que existisse tomou conta de Johan. No instante seguinte ele teve uma ereção e começou a enfiar as mãos por baixo das roupas de Marko enquanto mexia a língua dentro da boca de Marko. Mas os lábios de Marko se enrijeceram e ele empurrou Johan para longe.

— Para! O que você tá fazendo?

— Mas... eu achei que... você me beijou e...

— Foi o calor do momento, cara. Tome jeito! Que merda é essa?

— Eu só... eu achei que...

— Então você achou *errado*. Te acalma, porra.

Tudo o que Johan tinha de intenso, efervescente e bonito dentro de si naquele momento se extinguiu e afundou como um meteorito que cai no oceano. Ele baixou a cabeça e se apoiou de costas contra a base da estátua. Os dois ficaram parados em silêncio, até que Marko se virou para Johan e disse:

— Obrigado. Você tirou o meu da reta. Mas isso não quer dizer que ele é seu, tá? Puta obrigado mesmo. Você é um irmão pra mim. Mas a partir de agora nunca mais vamos falar sobre o que aconteceu hoje à noite. Nada disso aconteceu. *Nada*. Tá legal?

7

Marko e Johan conseguiram escapar. A agressão a Hans Roos ganhou as manchetes dos jornais, e logo se começou a especular sobre os *agressores desconhecidos*. Uma testemunha havia dito que um era forte e robusto, e o outro um pouco mais esbelto, mas essa descrição não serviria para identificar Marko e Johan, e mesmo que Hans

Roos fosse capaz de estabelecer uma ligação entre o que havia feito a Maria, dificilmente admitiria:

— Bem, delegado, o que aconteceu foi que eu estuprei uma menina umas semanas atrás e...

A única pessoa que estabeleceu essa ligação foi Maria. Já no dia seguinte, quando a notícia apareceu nos jornais, ela ligou para Johan. Ele mal havia conseguido dizer alô quando Maria perguntou:

— Foram vocês?

— Fomos nós que o quê?

— Não se faça de tonto. Foram vocês?

— Eu não sei do que você tá falando.

— Foram vocês. Eu sei que foram vocês.

— Você é que tá dizendo. Eu não sei do que você tá falando.

Fez-se um silêncio e Maria tomou fôlego por duas vezes antes de dizer:

— Vão à merda, vocês.

Agora o filme não vai mais sair!

— Por quê...?

— Eu devia denunciar vocês.

— É o que você pretende fazer?

— Não, claro que não. Imbecis do caralho.

Maria desligou. Johan ficou sentado na cama, jogando o celular de uma mão para a outra. O entusiasmo febril que havia tomado conta dele ao cruzar o limite e fazer o impensável havia sumido após a rejeição de Marko. Quando ainda estava sentado com as costas apoiadas no monumento de Lineu, sentindo as bochechas queimarem de vergonha, o vazio havia chegado — e naquele instante o dominava por completo.

As cenas fantasiosas durante os preparativos, às quais havia se dedicado por dias a fio antes do fato, haviam dado vez a memórias concretas, porém o curioso era que essas memórias pareciam menos reais do que a fantasia de antes. Talvez porque Hans Roos fosse ator, e assim tudo lembrasse um filme. Mas não era o que Johan acreditava. O que Johan havia feito era uma coisa tão estranha a ele próprio que não parecia sequer *real* o fato de que havia estado naquela cena, e no filme interior ele simplesmente flutuava de um lado para o outro, como um fantasma que presenciasse o ocorrido.

Aquilo era o avesso de divertido. Ele havia ajudado a agredir outra pessoa, mas não sentia a menor vergonha ou o menor arrependimento pelo que havia feito. Já quanto ao beijo e à tentativa de... com Marko... naquilo ele mal conseguia pensar, tamanha a vergonha que sentia. Divertido, é?

Pouco mais havia se falado naquela noite. Depois de limpar cuidadosamente os olhos e enterrar as balaclavas e as luvas sob um arbusto, os dois haviam ido até a estação de metrô Hötorget, onde se despediram com um abraço que a Johan pareceu meio desajeitado.

Por mais que tentasse dizer para si mesmo que nada do que havia acontecido naquela noite havia de fato acontecido, Johan temia que aquilo pudesse deixar marcas no tipo de relação que tinha com Marko por um longo tempo. Talvez para sempre.

* * *

Um homem acaba de deixar um par de sapatos para fazer uma meia-sola no sapateiro perto de Lilla Bron. Ao sair da loja ele se detém por um instante com as mãos do guarda-corpo que corre ao redor do rio. O homem pensa sobre a movimentação na oficina de sapataria e se convence de que a única coisa que o sapateiro vai fazer é sabotar o seu par de sapatos favorito. Ele torna a entrar e diz que mudou de ideia.

QUANDO EU ANDO
AO TEU LADO

É agradável estar a sós com Max, andar ao lado dele a caminho de uma raid de Poké-mon como se fosse a coisa mais natural do mundo. Um pouco menos agradável é o fato de que essa situação leva Siw a se preocupar o tempo inteiro com a própria fisionomia. No dia a dia ela fez as pazes com o corpo e não pensa no assunto mais do que o estritamente necessário. Mas naquele instante! Naquele instante ela sente as dobras de gordura que saltam para fora da calça, escuta o farfalhar do tecido que se roça entre as coxas e vê os próprios seios se avolumarem na parte inferior do campo de visão. Sente-se qualquer coisa, mesmo em paz com o próprio corpo.

Pó, ela pensa. *De agora em diante vai ser tudo à base de pó.*

Não porque ela imagine que tem qualquer tipo de chance com Max, mas o en-contro podia ao menos servir de empurrão para enfim se afundar nas dietas à base de pó. Já fazia seis meses que ela havia comprado um kit completo de substitutos de refeição pela internet, mas desde então a caixa havia ficado na despensa, à espera da inspiração que havia chegado naquele momento.

Pó. De manhã, e tarde e de noite, pó. E além disso treinos. Uff.

— No que você está pensando?

Siw havia passado um tempo quieta, e a pergunta de Max veio de um jeito tão inesperado que ela sem pensar responde:

— Em pó.

— Pó?

— É. Pó.

— Como assim pó?

— Pó, ora. É uma palavra meio estranha.

— Pó... é, meio estranha mesmo. Pó.

— Bom, mas por outro lado quase todas as palavras soam estranhas quando você as repete. Pó, pó.

Siw tem um sentimento de alívio ao se livrar do apuro em que a espontaneidade a havia colocado, mas ao mesmo tempo aquilo havia baixado muito o nível da conversa. Para sair daquele círculo vicioso, ela pergunta:

— Você trabalha com o quê?

— Eu sou cuidador de parque, sabe? O cara que cuida dos gramados, das árvores e arbustos. Essas coisas. E além disso eu faço entregas do *Norrtelje Tidning* pela manhã.

— Nossa. Esse trabalho nos parques é de meio-turno?

— Nah. Turno integral.

— Você trabalha bastante, então.

— É. Eu trabalho bastante.

Em Granliden os dois pegam um atalho pelo meio de uma floresta para chegar mais rápido à Badstugatan, que leva ao parque. Siw olha com atenção para um arbusto e pensa que é ao mesmo tempo bonito e inesperado que Max se dedique a *cuidar* daquelas plantas.

— Será que eu posso falar uma coisa? — pergunta Siw, que no mesmo instante tem vontade de morder a língua. Claro que ela pode falar uma coisa. Afinal, os dois estão caminhando juntos e conversando. Sem dúvida aquilo é uma pergunta retórica, mas assim mesmo é doloroso se sentir em parte tão evasiva e em parte tão constrangida por ter plena consciência dessa evasividade e... *ah, que se foda. Fale de uma vez.*

Max responde com um "aham".

Então, Siw diz:

— Quando nos vimos pela primeira vez... eu imaginei que você tivesse, como posso dizer, um trabalho mais *intelectual*. Não me leve a mal, eu não vejo nada de errado com o seu emprego de cuidador de parque. Pelo amor de Deus, eu trabalho no caixa do Flygfyren, mas enfim...

Chega.

— Aham — diz Max, sem dar o menor sinal de ter se ofendido. — A ideia era trabalhar com uma coisa mais intelectual mesmo, porque eu cursei um ano na Escola de Economia de Estocolmo, mas depois... enfim, depois aconteceram umas coisas e eu acabei não levando a ideia adiante.

Está claro que ele não quer esclarecer o assunto, e Siw não pretende insistir. Além do mais, os dois já estão na metade do caminho que desce até o memorial a Frans Lundman, onde pessoas do grupo de Pokémon já estão à espera.

— Será que *eu* posso falar uma coisa? — pergunta Max, e Siw sente um calor por dentro quando faz um aceno de cabeça e Max prossegue — Quando eu vi você pela primeira vez eu achei que você era envolvida com arte. Talvez não profissionalmente, mas eu imaginei que era uma coisa importante pra você.

— Ah — diz Siw, virando o rosto para longe ao sentir as bochechas corarem. Então Max havia *pensado coisas* a respeito dela, e achado que ela era uma artista. O único problema é que Siw não é uma artista.

— Nah — diz ela. — Eu faço tricô. Será que conta?

— Claro. Desde que você sofra com isso.

— Ah, eu sofro.

Quando eles chegam até o grupo, dois meninos com cerca de dez anos gritam "Max! Max!" e vêm correndo em direção a ele para mostrar uns Pokémon com IVs perfeitos que haviam capturado. Siw observa Max com o rabo do olho quando ele se abaixa para falar com os meninos, que têm os olhos cintilantes quando ele os elogia e fala sobre os ataques que talvez fosse uma boa ideia mudar. Um sorriso triste surge nos lábios de Siw. *Ele é legal,* ela pensa. *Um rapaz legal. Ou homem. Mas nunca...*

A raid começa. O Entei urra no gramado enquanto recebe ataques de todos os lados. Siw percebe que alguém, por um motivo incompreensível, está usando um *Pidgey.* Talvez um jogador novato, se é que há um naquele grupo. O Entei cai e começa o momento de captura. Punhos cerrados se erguem em triunfo, mas também há suspiros quando o Entei consegue escapar da última bola. Siw gasta uma série de Golden Raspberries e captura o Entei com a sexta bola, após uma sequência de três Excellent Curveballs. Max não consegue. O grupo troca uma série de "Valeu", "Até a próxima" e "Se cuidem". Max e Siw continuam lá.

— Esse grupo é legal — diz Siw. — Tem uma atmosfera leve.

— Aham — diz Max. — Se o mundo inteiro fosse como o Pokémon Go Roslagen não existiriam problemas.

Os dois caminham ao longo da passagem que leva ao lado oeste do parque e seguem em direção ao cais enquanto Max fala sobre os *misfits* que haviam aparecido nas primeiras raids e ficavam apenas rondando o grupo, sem falar com ninguém.

Depois de algumas raids eles também começaram a trocar uma palavra aqui, uma frase acolá, e aos poucos histórias completas, que revelaram que um deles era um viciado em heroína de longa data que durante o processo de reabilitação havia perdido todo o círculo de amizades — sem contar os amigos que haviam morrido. O outro era um sujeito que sofria com bullying terrível na escola e não tinha nenhum amigo. Dia após dia, raid após raid e semana após semana esses dois aos poucos desabrocharam ao ver que haviam conseguido entrar num círculo social onde eram aceitos e respeitados como jogadores de Pokémon Go, sem que nada mais importasse. Naquela altura já não se percebia diferença nenhuma em relação aos demais jogadores, e além do mais os dois haviam feito amizade.

— Enfim — diz Max, parando na beira do cais com as mãos no bolso. — Longa vida ao Pikachu!

Siw acompanha o olhar de Max e percebe que ele olha para a superfície vazia onde antes estava o contêiner.

— No que você tá pensando? — pergunta ela.

— No contêiner. No que tinha lá dentro.

— Pessoas. Pessoas mortas.

— É, mas tinha outra coisa também. — Max vira a cabeça e lança um olhar interrogativo em direção a Siw. — Não é?

POR ÁGUAS ESCURAS 3

O balde usado para fazer necessidades transbordou, e uma mistura de fezes e urina se espalha de um lado para o outro com o balanço do barco. Sorte que a água acabou, e assim limita a quantidade de urina que sai da gente. Que sorte incrível. Pena que às vezes tem gente que vomita o pouco de líquido que ainda têm dentro de si quando sente o fedor. Nessas horas começa uma batalha para chegar aos furos de ventilação e respirar um pouco de ar fresco. Sempre tem alguém lá no alto, respirando por aquelas pequenas aberturas, enquanto outros se acotovelam para conseguir chegar lá em cima. É um inferno... eu diria na terra — mas parece que já não estamos mais na terra. Tudo o que diz respeito à existência no mundo real — terra, ar, luz, água — foi retirado de nós. Somos apenas corpos sem rosto à espera de um lugar que não existe. Todos aqui estariam dispostos a dar uma perna ou um braço para ser recebido no limbo descrito por Dante. Talvez *os dois* braços. E as duas pernas. Meu Deus, quem dera poder *respirar* com a cabeça em um corpo esquartejado! Temos que manter a esperança. Digo em um sussurro para a minha esposa e a minha filha: não podemos abandonar toda a esperança, porque nesse caso não restaria nada de nós se um dia escaparmos disso. Não sei se me dão ouvidos. Elas não respondem, mas eu ouço que ainda respiram. Estão vivas. E enquanto há vida há também esperança.

Estou cada vez mais convencido de que não estamos sozinhos. Aqui tem mais uma coisa *além* das vinte e oito pessoas que quatro dias atrás foram trancadas no interior do contêiner. Não sei o que é, mas sei como age. Descobri poucas horas atrás. Eu estava sentado como sempre, com as costas apoiadas na parede do contêiner e os joelhos dobrados. Os braços estendidos ao longo do corpo, o dorso das mãos tocando o assoalho. Aqui dentro não há diferença entre o sono e a vigília, mas acho que eu estava dormindo e fui despertado por um movimento. A embarcação devia estar subindo ou descendo uma onda. O contêiner deve ter baixado no lado em que eu me encontrava, porque a imundície da latrina cobriu minhas mãos. Eu estava me levantando quando senti. Foi um movimento. Uma carícia gosmenta e gelatinosa na minha mão esquerda, como o toque de uma água-viva. É difícil explicar e eu certamente não pude ver nada na escuridão, mas posso afirmar com total certeza que foi uma coisa *viva*.

E no mesmo instante em que essa coisa viva passou pela minha mão, a noite desceu sobre mim. A noite escura da alma. A chama baixa e bruxuleante sobre a qual agora mesmo falei foi extinta, substituída por um *terror* que eu jamais havia sentido. As coisas que narrei a respeito da existência nesse contêiner devem ser entendidas pela maioria das pessoas como uma situação de terror absoluto, e de certa forma é assim mesmo. Terror físico, terror psíquico — não há muito a piorar. Mas assim mesmo... Quando aquilo tocou em mim, senti um terror que nem minha passagem pelo seminário me deu palavras para descrever. Foi uma sensação mais profunda e mais pesada do que o meu corpo ou a minha consciência são capazes de suportar: uma revelação sobre o absoluto vazio de tudo aquilo que existe, a visão de um Deus bondoso urrando nas agonias da morte, o universo inteiro transformado em uma zombaria — um *terror* além de todas as coisas, mas também no interior de todas as coisas.

Bati minha cabeça contra a grossa parede de metal do contêiner, arranhei meu rosto até que as minhas bochechas sangrassem, tive vontade de gritar, correr, quebrar uma coisa ou bater em alguém, mas em vez disso o meu corpo exausto afundou em um poço de apatia e precisei esperar várias horas para dar continuidade a essa gravação. Uma parte importante de mim permaneceu no fundo desse poço. Não estamos sozinhos aqui. Estamos perdidos.

A VERDADE SOBRE MIM

1

Max vê que Siw está lutando contra si mesma, que existe uma coisa que ela gostaria de dizer, mas não consegue. Por fim ela lança um olhar tímido em direção a ele, abre os braços num gesto resignado e decide se entregar para o que quer que pudesse acontecer.

— Desde que eu era pequena — disse Siw —, eu tenho... um negócio que eu chamo de Audição. Eu tenho pressentimentos de coisas que vão acontecer em um lugar qualquer, ou então que já aconteceram. Eu nunca sei. Eu *ouço* o que vai acontecer um pouco antes que aconteça. Ou um pouco depois. Sei que soa bem doente.

— Não soa não — diz Max.

— Enfim — prossegue Siw —, aquele contêiner... é difícil explicar... mas eu ouvi quando ele foi aberto. Não bem a abertura em si, mas o *resultado* da abertura. Foi isso o que eu ouvi. E, se estivesse ao meu alcance, eu teria impedido que aquilo fosse aberto. Para evitar aquelas coisas todas.

— Você já conseguiu... evitar?

— Só uma vez. Quando eu tinha treze anos.

— O que foi que aconteceu?

Os olhos de Siw se estreitam, ela olha para Max e pergunta desconfiada:

— Você *acredita* no que eu tô dizendo?

— Acredito sim. O que foi que aconteceu?

Siw olha para o celular e diz:

— Eu tenho que ir daqui a pouco. — Max percebe que ela toma coragem antes de continuar:

— Para me encontrar com a babá.

— Você tem filhos?

— Aham. Uma filha de sete anos. Alva.

— Que nome bonito. — O olhar de Max corre em direção à mão esquerda de Siw. — E... marido?

— Eu não sou casada.

— Mas... e o pai da Alva?

Siw limpa a garganta e guarda o celular antes de dizer:

— Como eu vinha dizendo... eu tinha treze anos. E na frente da biblioteca ouvi tipo uma batida. Um objeto grande batendo contra outro, pequeno. E o grito de uma mulher. Isso era tudo. Então eu fui até lá e fiquei esperando, e houve uma hora em que eu quase desisti. Mas de repente apareceu um carrinho de bebê e... o que foi? *Que cara é essa?*

Enquanto Siw narrava a história os olhos de Max aos poucos se arregalaram, e naquele momento estavam tão esbugalhados que ele parecia francamente idiota. A boca também estava aberta, o que reforçava a impressão de imbecilidade, mas ele não tinha como evitar. Por dezessete anos ele havia procurado uma explicação para o que tinha acontecido, e naquele momento a explicação havia surgido. Em um sussurro engasgado ele diz:

— E o carrinho de bebê rolou até a rua e um ônibus da Samhall apareceu e passou por cima.

— É. Mas eu consegui segurar o carrinho. Então isso não aconteceu. Como é que você sabia?

— Porque... eu vi.

— Você *tava lá?*

— Não. Eu tava no alto do silo. Com o Johan e o Marko.

— Deu pra ver lá de cima?

— Não. Mas enfim...

Max sente as pernas amolecerem. Ele faz um gesto em direção ao banco logo abaixo do Wind Thingie e diz:

— Vamos nos sentar um pouco?

Siw olha para o celular.

— Eu gostaria muito de... a minha mãe vai passar quinze minutos inteiros me dando um sermão por ter negligenciado a Alva se eu não for agora.

— Ela faz esse tipo?

— Precisamente esse tipo.

— Mas então será que a gente não pode... sei lá... outro dia? Marcar um encontro? Tomar um café ou qualquer coisa do tipo?

— Claro. Seria bem legal. Vamos nos falando!

Siw acena duas vezes a cabeça e a sugestão de queixo duplo treme antes que dê meia-volta e se afaste com passos apressados.

Max se encontra ainda paralisado pela descoberta, de maneira que Siw já tinha dado uns dez passos quando ele grita:

— Mas a gente não precisa trocar os nossos números de telefone então? Se vamos marcar um encontro outro dia?

Siw imediatamente faz um giro de cento e oitenta graus, mas antes de se virar inclina o corpo para trás — um gesto que Max de certa forma reconhece.

Siw já está mais uma vez próxima quando enfim lhe ocorre:

Chaplin. Tipo quando ele avista a polícia. Aquele tipo de movimento.

Siw parece ser uma garota legal.

—A gente *não precisa* esperar que saia mais uma raid — diz Max. Ele dá o número para Siw, ela liga e o telefone dele toca.

O número dela aparece na tela dele.

Max salva o número nos Contatos e ergue o telefone para tirar uma foto de Siw.

Siw ergue a mão como se aquele fosse o Facehugger de *Alien* e diz *"Noo! Noo!!"* antes de dar outra meia-volta e se afastar. É. Ela realmente é legal.

2

Por um bom tempo Max continua sentado no banco embaixo do Wild Thingie enquanto olha para o antigo lugar do contêiner. Ele nunca imaginou que pudesse descobrir o que tinha acontecido naquele dia em que os três estavam no silo quando *outra coisa* interferiu e alterou o desfecho predeterminado, e menos ainda que essa outra coisa pudesse assumir a forma de outra pessoa.

Max não sabe o que pensar a respeito de Siw. Ela não é bonita, mas tem um jeito bonito. Não tem nenhuma aura imediatamente perceptível, mas tem um brilho similar ao de uma lâmpada fraca mas aconchegante. Não é muito verbal, mas dá a impressão de que sabe encontrar as palavras quando quer.

É. É isso mesmo. Siw tem muito *potencial*. Podia ser várias coisas, porém todas estão adormecidas dentro dela. Se essas coisas despertarem e subirem à superfície, talvez ela pudesse virar uma pessoa muito diferente. E como se não bastasse ela tem o que chama de Audição — da mesma forma como Max tem suas Visões. Visão e audição.

Max tinha lido na internet a respeito de pessoas que afirmam ter poderes sobrenaturais dos mais variados tipos, porém nunca havia encontrado nenhuma. Seria por isso que Max tivera a impressão de *reconhecer* Siw já na primeira vez que a viu? Uma sensibilidade a sinais que outras pessoas não conseguem perceber?

— Eu e ela — sussurra ele para si mesmo. Só de pensar nessas palavras... Max não esteve com mais nenhuma outra garota depois de Linda, naquela vez em Cuba. Ele não tinha coragem. Graças ao Lamictal ele consegue viver uma vida razoavelmente funcional, mas não confia em si mesmo. A companhia de outras pessoas faz com que se sinta pressionado, nervoso e muitas vezes exausto.

Mas aquilo que sentira em Siw o levara a agir totalmente fora da zona de conforto durante os últimos dias. Ao convidar as meninas para o minigolfe ele havia sentido um arrependimento quase instantâneo. Mas no fim havia dado certo. Quando Siw disse que gostaria de acompanhá-lo na raid ele esteve a ponto de dizer que tinha desistido da ideia. Mas no fim havia dado certo. Pelo menos até aquele ponto.

Mesmo que Max estivesse interessado em Siw, acima de tudo pelas capacidades sobrenaturais, ele não sabia se realmente telefonaria para ela. Siw tem uma filha e com certeza uma história complicada por trás, uma mãe difícil e provavelmente uma infância e uma adolescência difíceis também. Max não tinha espaço para mais uma pessoa em sua vida. A convivência superficial com os membros do Pokémon Go Roslagen era exatamente o tipo de companhia que desejava.

Max caminha ao longo do cais e, atraído por uma força quase magnética, vida a cabeça em direção ao antigo lugar do contêiner. Ele se lembra da experiência terrível na varanda de Marko quando o contêiner foi aberto. O grito, o rangido, as vozes. *O terror em estado bruto concentrado num caixote amarelo.* Talvez um motivo para que aquilo o tivesse impressionado tanto fosse o mesmo que o tinha levado a se sentir atraído por Siw: foi uma coisa que ele *reconheceu.* Ele já esteve pessoalmente lá.

MAIS FUNDO, MAIS FUNDO

1

Max havia tirado o certificado de mergulhador nas Ilhas Maurício aos doze anos de idade. A mãe tinha se mostrado hesitante, mas a instrutora alemã garantiu que já havia dado aulas para duas outras crianças de doze anos — a idade mínima para tirar o certificado. O pai não fez nenhuma objeção.

Por quatro dias Max frequentou o Sea Urchin Dive Center na praia de Flic--en-Flac para aprender teoria e conhecer o equipamento antes de fazer o primeiro mergulho. Ele começou bem perto da margem para desenvolver as habilidades necessárias e aos poucos foi mergulhando em águas cada vez mais profundas. No último dia, fez dois mergulhos a 25 metros de profundidade.

Ele tinha adorado tudo aquilo. Os peixes nos recifes e o ambiente subaquático eram incríveis, mas acima de tudo ele havia se encantado com a sensação *física* do mergulho. Quando o oxigênio estava calibrado do jeito certo no colete de mergulho ele não flutuava nem afundava — ficava apenas pairando naquela imensidão azul. Nadando vagarosamente com os pés de pato e controlando os movimentos acima do coral por meio da respiração. Bastava encher os pulmões para subir, ou esvaziá-los para descer. Durante os cerca de trinta minutos que cada mergulho durou ele descobriu que existem coisas na terra que até então permaneciam desconhecidas para ele.

Max recebeu elogios por não agir de maneira afobada e descobriu que tinha usado a mesma quantidade de oxigênio que os adolescentes. A instrutora disse que ele tinha encarado tudo aquilo "com a mentalidade correta" para se tornar um mergulhador competente, e o certificado que recebeu passou a ser a lembrança mais preciosa daquelas férias.

A partir de então, quando os pais falavam sobre viagens mundo afora, Max sempre tentava influenciá-los para que a família passasse ao menos dois ou três dias em um local de mergulho. Na maioria das vezes esse pedido era atendido, e assim ele havia mergulhado na Tailândia, na Malásia, na Indonésia e no Egito. Entre outros.

O fascínio original era satisfeito momentaneamente, porém nunca acabava. Assim que caía para trás na borda de uma embarcação, dava um passo de gigante a partir da plataforma de um balneário ou caminhava mar adentro com o cilindro roçando nas costas, Max sentia o corpo inteiro fervilhar de expectativa. Rever aquele mundo submarino que o esperava, silencioso e invisível, voltar à situação de ausência de gravidade que fazia com que tudo aquilo que ainda na superfície parecia importante ou difícil simplesmente desaparecesse. Trinta, quarenta minutos de concentração e *paz*.

2

Durante as férias no primeiro ano da Escola de Economia, Max decidiu viajar a Cuba, onde não mergulhava já havia dois anos. Ele tinha parado de viajar com os pais.

O namoro com Linda já durava três meses. Ela também estudava na Escola de Economia, e os dois haviam se conhecido numa festa estudantil. Não era nenhum amor intenso, mas os dois se divertiam juntos e não faziam grandes exigências em relação ao outro. Se o relacionamento quisesse desabrochar, não havia nada que impedisse. Linda também era mergulhadora, e assim como Max tinha pensado em viajar a Cuba, e em especial a María la Gorda, o ponto mais ocidental da ilha. Aquele tinha a fama de ser o melhor ponto de mergulho em Cuba, acima de tudo por causa de um recife de corais chamado *La pared*.

A viagem de Havana via Viñales se transformou em uma pequena aventura que fez com que um sentimento maior desabrochasse entre Max e Linda. Os dois conseguiram manter a moral alta quando estavam espremidos com outro casal no banco de trás de um *táxi colectivo* com as bagagens se batendo no rack acima do teto. Chegar três horas mais tarde a uma praia lindíssima foi como que uma recompensa por todo o sofrimento daquele trajeto.

Além de tomar banho, relaxar na praia e admirar o pôr do sol que parecia ter sido tratado no Photoshop, a única outra coisa a fazer era mergulhar. Então os dois mergulhavam, com frequência duas vezes por dia, nos mais variados pontos de mergulho. Fizeram três mergulhos em *La pared*, que era realmente impressionante no ponto em que afundava centenas de metros rumos às profundezas do oceano.

Linda era de Lidingö e tinha crescido numa família de situação econômica similar à de Max, com a diferença que no caso dela o dinheiro era coisa muito antiga. Mesmo que o pai de Max tivesse se entregado a certos hábitos da classe alta sem que isso respingasse muito em Max, no caso de Linda esses mesmos hábitos remontavam a gerações inteiras. Mesmo que ela não reclamasse das condições humildes durante aquela viagem, a princípio havia nela uma certa frieza, uma resistência a ceder àquela vulgaridade.

Mas, talvez como resultado da atmosfera geral de Cuba, dos mergulhos ou das cuba libres que os dois tomavam à noite, a verdade foi que passados uns dias ela começou a se soltar. Ria cada vez mais alto e com maior frequência, fazia piadas idiotas e se mostrava bem mais ousada no sexo do que em casa, na Suécia. Na penúltima noite os dois fizeram sexo em uma espreguiçadeira na beira da praia, escondidos pela escuridão. Depois ela entrou correndo no mar enquanto agitava os braços. Max achou que aquele podia se transformar num relacionamento de longo prazo.

No dia seguinte Linda se sentiu mal. À noite, os dois tinham levado uma garrafa de rum para a praia e conversado enquanto a garrafa passava de um para o outro até acabar vazia. A ideia era fazer um último mergulho em *La pared*, mas Linda não quis correr o risco de vomitar no regulador, então Max decidiu fazer o mergulho sozinho.

3

Na hora do mergulho, o parceiro de Max era um inglês gordo e pálido com cerca de cinquenta anos que se apresentou como Suggs. Na verdade, o nome dele era Rupert, mas todos o chamavam de Suggs, *"Like, you know, the guy from Madness"*.

Já na hora de colocar o equipamento Max entendeu que Suggs era um mergulhador pouco experiente.

Ele se atrapalhou na hora de vestir o traje e tropeçou quando o barco adernou. Ele deu uma trombada nos outros mergulhadores e começou uma série de *"Pardon, mate"* e *"Pardon, love"*.

Na hora de montar o cilindro, o colete e o regulador, Suggs ficou mexendo aleatoriamente no equipamento. Se realmente já tinha mergulhado antes, era certo que outra pessoa havia preparado tudo para ele. Max sentiu pena e conferiu tudo, do regulador à pressão do oxigênio no cilindro.

— *Cheers, mate. But you've done this before, I assume?* — perguntou Max.

Suggs olhou para os mergulhadores ao redor e baixou a voz.

— *Yeah, sure, but just like, you know... in a pool.*

Great, pensou Max. Se qualquer coisa acontecesse o parceiro dele teria pouca ou nenhuma utilidade, enquanto Max teria que assumir toda a responsabilidade pelo companheiro em vez de aproveitar o último mergulho em Cuba. Bem, naquela altura ele já tinha visto *La pared* três vezes. Paciência.

O barco parou e Suggs começou a ficar cada vez mais nervoso. Max tentou se mostrar calmo para evitar aquilo que de outra forma acabaria por acontecer.

Muito bem. Assim que todos deram um passo de gigante a partir da plataforma e se puseram a flutuar com os coletes inflados, Suggs começou a hiperventilar. O *divemaster* se aproximou dele e disse frases em espanhol, o que levou Suggs a se virar apavorado para Max e perguntar:

— *What's he sayin', mate?*

Max imaginou que, mesmo sem falar espanhol, Suggs devia ter entendido a palavra *inexperiência,* mas assim mesmo nadou mais para perto e continuou a conversa terapêutica que havia começado ainda a bordo. Os outros mergulhadores continuaram flutuando ao redor e lançando olhares oblíquos em direção a Max, que teve vontade de gritar: "*He's my* buddy, *not my fucking* friend!", porém, se conteve. Bem, ele pelo menos teria uma história a contar para Linda quando voltasse para casa.

Minutos depois a respiração de Suggs aos poucos voltou ao normal e o *divemaster* fez o sinal para que a descida começasse. Claro que eles precisaram fazer longas pausas ao longo da corda de orientação, porque Suggs tinha dificuldade para equalizar a pressão. Ele apertou o nariz e soprou até que os olhos ficassem injetados de sangue antes de fazer o sinal de positivo com o polegar, que em geral era o sinal para voltar à superfície. Max juntou o indicador e o polegar em um "ok?" interrogativo e Suggs respondeu com os dois polegares para cima. Logo os dois continuaram a descida.

Primeiro avançaram por uns trinta metros de fundo plano. Max cruzou os braços sobre o peito e relaxou, deixando o corpo flutuar enquanto ficava de olho em Suggs, que subia uns metros, tornava a descer e agitava pernas e braços para se locomover. Em seguida veio a parte que mais havia preocupado Max em relação ao companheiro: uma passagem estreita de cerca de vinte metros onde era preciso nadar por baixo do recife, sem possibilidade de voltar à superfície. Max ficou bem perto de Suggs para estar a postos caso fosse preciso intervir de qualquer maneira.

Suggs se bateu contra as paredes da passagem e agitou bruscamente os pés de pato. A areia do fundo se levantou e turvou a visão de Max, que a partir de então via apenas uns poucos metros à frente. Ele tentou se aproximar de Suggs e foi recompensado com um chute no rosto, que arrancou sua máscara. Max conseguiu pegá-la enquanto caía, tornou a colocá-la sobre o rosto e começou a soprar a água para fora enquanto pensava a respeito de *mad dogs and Englishmen.*

Logo os dois chegaram do outro lado. Mesmo que aquela fosse a quarta vez, Max novamente sentiu um frio na barriga quando chegou ao outro lado da abertura em *La pared,* olhou rumo às profundezas, rumo àquela imensidão azul que parecia não ter fim, e teve a impressão de que poderia *cair.* O colete de mergulho o sustentava no mesmo nível em que se encontrava, e mesmo que o equipamento falhasse ele ainda teria os pés de pato e a flutuação da própria roupa de mergulho — porém não havia como ter essa mesma certeza em relação ao cabeça de vento que naquele momento também flutuava acima do *abismo.*

Max olhou para Suggs, que estava surtando com aquela visão incrível. Ele se debatia ainda mais do que antes e fez um sinal com os polegares para Max, que respondeu com o sinal de "ok". Aquele seria um mergulho curto: todos estariam satisfeitos se o oxigênio de Suggs durasse vinte minutos daquele jeito. Max procurou os outros mergulhadores, que estavam um pouco mais adiante e um pouco mais acima. A visibilidade era de cerca de trinta metros, porém se não tomasse cuidado Max logo perderia os outros de vista. Suggs estava poucos metros abaixo de Max, que então conferiu o profundímetro. Merda. Ele tinha se distraído sem perceber que os dois haviam chegado a vinte e oito metros. Não que vinte e cinco fosse um limite absoluto, mas ele gostava de se manter próximo do limite.

Quando soltou o profundímetro, Max percebeu que Suggs tinha afundado ainda mais, até talvez uns trinta e cinco metros. Max foi obrigado a nadar para buscá-lo. Ele equalizou a pressão e virou o corpo. Suggs continuou a afundar. Será que tinha acontecido alguma coisa? Max fez o gesto de interrogação e recebeu um polegar erguido em resposta.

Se fosse possível correr a mão pelo rosto com a máscara, Max teria feito isso. Se ele fizesse o gesto que indica a subida — o polegar para cima —, Suggs entenderia aquilo como um sinal de incentivo. O único jeito seria descer nadando até uma profundidade em que Max nunca tinha estado e trazer o inglês de volta.

Max expirou e deixou o corpo afundar com os pés de pato apontados para cima, para a seguir nadar mais uns metros para baixo. Trinta e três. Trinta e quatro. Pelo que dava para ver, Suggs tinha parado de descer e estava parado a cerca de quarenta metros de profundidade. Trinta e cinco. Trinta e seis. Max percebeu uma coisa *embaixo* de Suggs e parou de bater as pernas.

Uma mancha branca aumentou de tamanho e aos poucos ganhou os contornos de um tubarão. Max inspirou de repente. Ele levou as mãos às têmporas e *gritou* no regulador, e aquela nota estridente fez com que Suggs olhasse para cima. Max havia perdido o controle sobre o próprio corpo, e o gesto que deveria indicar *abaixo de você, abaixo de você* se transformou em uma gesticulação desesperada enquanto o tubarão-branco emergia das profundezas.

Max já tinha visto tubarões-brancos em documentários e tentado imaginar o que faria se um dia tivesse o azar de se ver frente a frente com um daqueles animais. Diziam que a chance era de um em um milhão, mas que *se* isso acontecesse o risco de ataque era de cem por cento. Mas esses números todos perderam totalmente o significado quando Max estava a poucos metros daquela máquina de matar e pôde enfim ver os olhos frios e pretos e a bocarra que se abriu para revelar fileiras de dentes afiados.

Nunca na vida ele tinha sentido um medo tão profundo, nem mesmo quando havia quase caído do silo. O corpo, a consciência, tudo se emaranhou em um nó de terror em estado puro quando os dentes do tubarão-branco se fecharam sobre o ombro e o peito de Suggs.

A mordida fez com que o corpo do inglês tivesse um espasmo, similar àquele causado por um choque elétrico.

O regulador se soltou da boca de Suggs e caiu rumo ao fundo em meio a um turbilhão de bolhas de oxigênio que escapavam da mangueira cortada.

O tubarão fez um gesto brusco com a cabeça e Suggs foi jogado de um lado para o outro como uma boneca de pano enquanto a nuvem de bolhas de oxigênio se misturava a manchas de sangue.

A mão livre de Suggs se estendeu em direção a *La pared,* como se quisesse se agarrar a qualquer coisa que lhe permitisse fugir da Morte.

Filetes de sangue escorreram das pontas dos dedos que roçavam os corais, e durante todo esse tempo ele gritou com uma nota única e trêmula que se deslocou pela água e pareceu vir de todas as direções ao mesmo tempo.

Tudo o que Max tinha aprendido foi apagado da consciência porque não havia lugar para nada além de um único comando:

Fuja! Depressa! Suba!

Ele tomou um profundo fôlego para endireitar o corpo e as pernas começaram a bater em ritmo frenético, *depressa, depressa!*

A última coisa que viu foi quando o tubarão largou Suggs, que com os braços se movimentando devagar afundou por trás de uma cortina vermelha.

O mundo havia se dividido em duas variáveis. O Tubarão e a Superfície. A superfície azul-clara e reluzente lá no alto era o lugar a que Max precisava chegar se pretendesse sobreviver, mas, embora batesse as pernas com força suficiente para fazer os músculos das coxas queimarem, ele parecia não chegar nunca.

Max havia estudado tudo aquilo, havia treinado para fazer uma subida de emergência em caso de regulador obstruído.

A coisa mais importante a lembrar era que o oxigênio se expande à medida que você sobe e a pressão diminui.

Os bolsões de oxigênio no colete de mergulho se expandem e a flutuação aumenta, o que faz com que você suba cada vez mais depressa.

Ao mesmo tempo, o oxigênio nos pulmões também se expande, o que pode causar danos graves aos tecidos.

Por esse motivo era preciso soltar o ar vagarosamente enquanto você sobe.

Max sabia de todas essas coisas, porém naquele instante todo esse conhecimento sumiu para dar lugar à necessidade da *superfície, superfície, superfície* que se aproximava com velocidade cada vez maior enquanto o colete o fazia subir como se fosse uma rolha.

Faltavam talvez dez metros quando ele sentiu uma dor intensa no peito. O tubarão-branco também o havia pegado! Ele fez um gesto brusco para se desvencilhar, mas não havia nada que o prendesse: a dor vinha de dentro. Somente naquele instante uma lâmpada se acendeu nos pensamentos de Max, uma lâmpada de alerta que iluminava um painel com a palavra *AR*.

Ele soltou uma série de bolhas, mas quando segundos mais tarde pôs a cabeça para fora da superfície entendeu que já era tarde demais. A boca tinha gosto de sangue em razão do sangue que havia vazado das artérias pulmonares rompidas. Max soltou o regulador e apertou os lábios quando uma fagulha de consciência retornou. *Sangue. Água. Tubarão.*

Com esse pensamento veio junto a compreensão de que a Superfície tão desejada não era necessariamente uma salvação. O tubarão continuava por lá, e naquele instante talvez estivesse subindo para arrancar as pernas de Max. O pavor mais uma vez tomou conta de seu coração, inundou todo o corpo e o fez se sentir gelado. Max não se atreveu a baixar a cabeça para ver o que se passava lá embaixo através da máscara. Se visse o tubarão subindo...

Ele tirou a máscara para enxergar melhor e não se importou ao vê-la afundar. O barco estava a cerca de trinta metros de distância. Ele tentou nadar, mas não teve força para as braçadas. O peito estava como que prestes a explodir, e todo o restante do corpo estava rígido e paralisado.

Bolhas de oxigênio no sangue...

Tudo havia se expandido com a subida rápida, e assim as articulações também haviam se enrijecido. O capitão do barco estava sentado na borda, porém Max não se atreveu a gritar. Tinha a boca cheia de sangue, e se a abrisse o sangue escorreria e o tubarão seguiria o rastro. Ele acenou com os braços, fez o sinal de *socorro!* e o capitão na mesma hora endireitou as costas, deu a partida no barco e começou a manobrá-lo.

Os momentos que Max passou flutuando com facas enfiadas no peito enquanto respirava pelo nariz e com a boca tão cheia de sangue que tinha vontade de vomitar foram os mais longos em toda a sua vida. Mesmo no silo o tempo havia dado a impressão de se dilatar e se estender, mas aquilo tinha durado segundos. Dessa vez passou ao menos *um minuto inteiro* durante o qual cada um dos segundos podia ser aquele em que a sombra branca surgiria para arrastá-lo ainda vivo para as profundezas.

Mas a sombra o poupou. Um minuto depois o capitão pôs o corpo inerte e dolorido de Max sobre a plataforma, onde ele vomitou um sangue que se espalhou pelo convés em forma de leque. Max ficou deitado com o ouvido no assoalho e viu o sangue se misturar à água que escorria da roupa e do colete de mergulho. Depois ele perdeu a consciência.

4

Ao emergir da escuridão Max ouviu um barulho que não pôde identificar, mas que soava como uma batedeira gigante. A escuridão se dissipou e se transformou em uma membrana vermelha. Através dessa membrana um corpo arredondado caiu, rodeado por bolhas, e uma sombra branca e fatal acelerou em direção a ele. O corpo de Max estremeceu e ele abriu a membrana vermelha que eram suas pálpebras.

Estava sentado em uma cadeira, debaixo de um guarda-sol. A roupa de mergulho tinha sido retirada, e o corpo dele estava tapado por um cobertor fino. De joelhos na areia logo ao lado estava Linda. Os olhos dela estavam inchados e com olheiras. Quando Max abriu as pálpebras, ela segurou a mão dele e disse: —Ah! Ah! Como você está?

O olhar de Max correu ao redor. Dois cubanos estavam ao lado da cadeira com uma expressão séria no rosto. Um pouco mais além, um grupo de turistas olhava em direção a ele.

— Eu... — Max tentou dizer, porém a dor no peito quase o impedia de falar e, mesmo que estivesse na praia e tapado por um cobertor, o corpo continuava frio e enrijecido.

Será que estou paralisado?

Max olhou para a mão e tentou movimentar os dedos. Deu certo. Ele olhou para os pés e tentou curvar os dedos. Não, ele não estava paralisado. O estrondo da batedeira aumentou de volume. Um dos cubanos se abaixou ao lado de Max e perguntou:

— *Disculpe, pero tu* buddy, *qué pasó con el?*

O parceiro dele. Suggs. Eles queriam saber o que tinha acontecido com Suggs. Max ergueu um pouco a cabeça e olhou em direção ao sol. Ele apontou para o mar e disse:

—*Ti... Tiburón. Blanco. Tiburón blanco.*

Os cubanos — um dos quais naquele instante Max reconheceu como o *dive-master* — se olharam e depois perguntaram se ele tinha certeza do que havia dito. *Seguro?* Max respondeu com um aceno de cabeça, e esse pequeno movimento foi suficiente para causar uma dor lancinante em seu peito. O espanhol escolar de Max não era suficiente para descrever o que tinha acontecido, e os pensamentos deslizavam por sua cabeça com a mesma dificuldade que o sangue enfrentava para correr em suas veias. A única coisa que ele conseguiu dizer foi, — *Matar. Suggs. El tiburón matar.* Ele sabia que a frase tinha erros de gramática, mas assim mesmo seria compreensível.

A consciência apavorada de Max, ainda em modo de fuga, levou-o a interpretar aquilo que se erguia no limite do campo de visão como uma enorme ave de rapina que vinha pegá-lo. Ele tinha sobrevivido ao perigo das profundezas, mas naquele momento o perigo vinha do céu. Foi preciso um tempo para entender que aquilo era um helicóptero, e nesse instante o único pensamento de Max foi: *Helicóptero? Tem helicópteros aqui em Cuba?* A seguir ele novamente sucumbiu à escuridão.

Na segunda vez Max não passou muito temo desacordado. Quando voltou a si, percebeu que estava em uma maca e que a maca estava sendo colocada no helicóptero. A seguir, ouviu vozes falando sobre *La Habana* e *Decompresión.* Os pensamentos começaram a se organizar de maneira um pouco mais clara, e ele compreendeu que seria levado a Havana para receber tratamento em uma câmara de descompressão. O mesmo pensamento de antes voltou: *eles têm essas coisas?*

Linda falava com uma pessoa que tinha um inglês tão limitado quanto o espanhol de Max. Ela poderia acompanhá-lo no helicóptero, mas não poderia levar nenhuma bagagem. Não havia espaço. A discussão continuou por mais um tempo e no fim Linda se aproximou de Max e disse: — Eu sei que talvez você não consiga falar, mas pode ser melhor que eu pegue um táxi com a nossa bagagem e depois vá para o hospital.

Max engoliu a saliva com gosto de ferrugem e disse:

— Você... não precisa...

Com o barulho dos rotores do helicóptero, Linda não conseguiu ouvir Max. Ela se abaixou até quase tocar a orelha nos lábios dele e Max disse:

—Eu vou. Embora. Você não precisa.

— O que você tá dizendo? — perguntou Linda enquanto uma sombra de preocupação escurecia-lhe o olhar. — Como assim você vai embora?

— A câmara. Eu preciso. Fechado. Na câmara.

— Tá. Por dois dias. Foi o que disseram. Mas eu vou estar no hospital quando você sair. Meu Deus, Max. Meu Deus, que horror.

Max pôde apenas fazer um gesto afirmativo com a cabeça. *Meu Deus, que horror* era só o começo daquilo. Só o primeiro capítulo.

5

Max não aproveitou em nada a primeira viagem de helicóptero que fez na vida. As dores no peito e nas articulações eram terríveis. Ele precisou tomar uma injeção de morfina para mitigá-las, e a seguir uma injeção de adrenalina para mitigar os efeitos da morfina para que ele não parasse de respirar em razão dos pulmões destruídos. Era apenas o corpo que precisava daquele helicóptero, porque a consciência estava nas alturas, voando nas asas das seringas.

Mesmo o que aconteceu depois da aterrissagem no heliponto do Hospital CIMEQ permaneceu na memória como uma névoa. Os pulmões de Max foram submetidos a um exame de raio-x e o médico mostrou-lhe as radiografias, apontando e explicando em inglês passável o que tinha acontecido com ele. Veias pulmonares tinham estourado nos pulmões e ele provavelmente teria que ser operado, mas isso podia ser feito depois que pegasse um avião de volta para a Suécia. Na cadeira de rodas, Max fez um gesto de protesto.

— *No fly* — disse ele. — *Peligroso. Dangerous. Bubbles. Blood.*

O médico o tranquilizou dizendo que a viagem de avião ocorreria somente *após* a descompressão e que assim não haveria nenhum risco de que a pressão atmosférica a trinta mil pés de altura fosse motivo de ainda mais preocupações em razão do oxigênio expandido no sangue dele. *We know these things. No es peligroso.*

Depois de receber uma refeição com frango, arroz e feijões-pretos que mal conseguiu tocar, Max foi levado para o Tanque. Ele só tinha visto câmaras de descompressão em fotografias. Eram equipamentos modernos e recentes, decorados como um quarto de hotel em miniatura e quase agradáveis.

Mas o que ele viu na realidade era muito diferente. Um tubo de ferro grosso e escuro, com uma única janela redonda da largura de uma bola de handebol com um enorme cadeado. A porta estava aberta, e lá dentro havia somente um beliche fixado à parede e uma lâmpada sem pantalha. A cena o fez pensar numa câmara de tortura. Ao lado do tanque Max viu um manômetro acompanhado de uma placa enferrujada com letras cirílicas. O tanque de descompressão devia remontar à época em que a União Soviética e Cuba eram aliados próximos.

O médico se desculpou pelo estado do tanque, que segundo Max imaginou era uma peça da década de 1960, mas aquilo era tudo o que havia por lá. Com a fala meio pastosa, Max disse que agradecia muito o fato de estar recebendo aquele tratamento. Em seguida ele foi colocado no interior da câmara. Deitou-se no beliche e logo a porta se fechou com um baque metálico. Max estava sozinho.

Uma máquina começou a trabalhar no lado de fora, supostamente para aumentar a pressão no interior da câmara, que havia de comprimir mais uma vez as bolhas de oxigênio que lhe torturavam o corpo, para que então aos poucos a pressão fosse novamente reduzida de volta ao nível ambiente, com o oxigênio já assimilado. *We know these things.*

Quarenta e oito horas. Max olhou para o teto de metal curvo, tão escuro e opaco que mal refletia o brilho da lâmpada. Quarenta e oito horas. Se ele pelo menos tivesse pedido um livro ou uma revista, ou ainda um Game Boy...

Será que existe Game Boy em Cuba? Nintendo?

Pensamentos sem nenhum sentido como esse ocuparam Max durante a primeira hora no interior da câmara, até que o efeito da morfina passasse e os pensamentos dele clareassem mais uma vez. Aquela era uma parte que ele poderia dispensar, porque no mesmo instante começou a passar em sua cabeça um filme chamado *A morte de Suggs,* que seria exibido centenas se não milhares de vezes durante o tempo que havia de passar lá dentro.

Cada um dos detalhes angustiantes e aterrorizantes foi exibido, com direito a zoom e a replays em velocidade acelerada, às vezes com o silêncio do mar, às vezes com a trilha sonora de *Tubarão,* às vezes com os gritos de Suggs amplificados como se Max tivesse alto-falantes *surround* dentro de si. Era terrível.

Horas depois Max não aguentou mais. Ele se levantou e ficou andando de um lado para o outro como um tigre confinado no zoológico em uma jaula pequena demais. Apertou as mãos contra os olhos na tentativa de empurrar aquelas imagens de volta para o fundo do oceano, mas elas não paravam de ressurgir.

Naquele momento já não era mais Suggs, mas o tubarão-branco que se movimentava em seus pensamentos, nadando ao redor dele e observando-o com aqueles olhos pretos, brincando com ele e exibindo o corpo musculoso contra o qual ele não teria mais chance do que um musaranho contra um lince. Ou uma pessoa contra um tubarão-branco. A qualquer momento o corpo dele seria dilacerado por aqueles dentes e mastigado pelas mandíbulas poderosas. A dor seria indescritível, um tormento que por fim o levaria a uma morte solitária em um elemento ao qual não pertencia e onde ninguém o veria cair rumo a profundezas intermináveis, para então apodrecer no lodo do fundo.

Depois tudo outra vez. O tubarão se aproximava. Ele percebia os contornos ao longe. A visibilidade era boa. Ele viu o tubarão. E soube que não havia como escapar...

Max andava de um lado para o outro naquela prisão soviética e também nos pensamentos, certo de que a loucura não podia estar muito longe. Ele coçou os cabelos, esfregou o rosto, agitou as mãos. Quando a mão direita fez um movimento em arco por cima da cabeça ele acertou a lâmpada incandescente, que fez um movimento de pêndulo em direção à parede e se quebrou. Max baixou as mãos e se deteve.

O que foi que eu fiz?

Naquele momento a única luz que chegava ao interior do tanque vinha da minúscula janela, e não oferecia praticamente nenhuma visibilidade. O tanque estava mergulhado na escuridão. Max começou a hiperventilar, o que fez com que a dor nos pulmões explodisse e ele se prostrasse no chão. Arrastando-se ao longo da porta, ele foi até a janela e apertou o botão de alarme.

Minutos depois o médico entrou no recinto. Max fez um sinal indicando que precisava sair. O médico fez um sinal para indicar que, a não ser em caso de vida ou morte, seria impensável. Voltar à pressão ambiente *naquela situação* equivaleria a *mais uma* subida em pânico como a que ele havia feito naquela manhã. O médico apontou para o relógio, fez um pedido de desculpas por meio de um gesto e tornou a apontar para o relógio.

Max se sentou no beliche e ficou olhando para a escuridão. Naquele momento o tubarão apareceu mais uma vez, e mesmo que os dois estivessem debaixo d'água Max pôde sentir o cheiro de putrefação entre os dentes da criatura. O tubarão veio direto ao encontro dele. O coração de Max se apertou com o pavor, o corpo se enregelou e ele começou a gritar de angústia. Ainda faltavam quarenta e seis horas.

6

Aquelas quarenta e oito horas passadas no tanque causariam uma guinada na vida de Max. Horas intermináveis na companhia do Terror transformaram-no em outra pessoa — uma pessoa incapaz de terminar os estudos ou de pensar em outra coisa a não ser medo por meses após os acontecimentos. Quando ele por fim se levantou da cama no quarto de infância, estava transformado em uma pessoa sem ambição nenhuma: queria apenas sobreviver sem perder a razão.

Ele mal havia falado com Linda durante a viagem de volta, porque tudo aquilo que era Max fora calado, e ele sentia uma dificuldade enorme de se mexer e até mesmo de comer, porque tudo, absolutamente tudo era doloroso, salvo estar sentado ou deitado.

Quando passou um mês inteiro sem responder às ligações e aos SMS de Linda ela terminou o namoro. Para Max aquilo não teve importância nenhuma, porque ela pertencia a um mundo com o qual ele não conseguia se reconciliar.

No momento em que Max se encontra no cais e olha para o antigo lugar do contêiner ele sabe melhor do que muita gente o que aquelas pessoas devem ter sentido. E talvez aquilo tivesse sido *ainda pior* do que a câmara de descompressão, uma vez que aquelas pessoas não tinham nenhum limite de tempo para o inferno que viveram, apesar das outras semelhanças. O terror, a escuridão, a loucura à espreita.

Max leva as mãos aos bolsos e olha para a figura compacta de Siw naquela cena ao ar livre e pensa no gesto de Chaplin, no gesto da mão sobre o rosto. Ele abre um sorriso. Seria uma possibilidade, uma luz? Talvez.

* * *

Um homem alcoolizado está sentado em um dos bancos perto da estátua de Nils Ferlin. Muito tempo atrás ele estudou filosofia, e enquanto observa a água do rio em movimento ele pensa: Panta rei. Heráclito. Tudo se transforma. *Basta esse pensamento para que o homem se sinta apavorado. Ele vê a própria imagem e própria vida escorrerem pelas águas rumo à escuridão, e precisa tomar um longo gole de Koskenkorva para mitigar a angústia que surge no peito.*

O PÓ ME AJUDOU DE VERDADE

1

— Mamãe, o que é *isso?*

— Comida.

— Não é nada. Parece achocolatado mas não é achocolatado. *O que é isso?*

— Comida.

— Posso provar?

Siw estende o shake para Alva, que o cheira desconfiada pela abertura do copo e diz:

— Tem cheiro de chocolate, mas de um chocolate esquisito.

Siw está no terceiro dia do programa, que segundo os relatos que tinha lido era o pior de todos, e era assim mesmo que ela se sentia. Pelo quarto ou quinto dia a fase cetogênica entra em ação e o corpo, na falta de alimento suficiente, começa a queimar a própria gordura. Como ainda não chegou lá, Siw sente uma fome *terrível*.

Quando Alva leva o shake aos lábios, Siw torce para que ela ache o gosto ruim. Ela não quer perder nenhuma das seiscentas calorias diárias que se permite.

Aleluia. Alva toma um gole cauteloso, faz uma careta e torce a cabeça para o lado, como se quisesse se afastar daquilo, antes de correr até a pia, onde ela cospe a mistura e exclama:

— Argh! Que nojo! — ela deixa a opinião ainda mais clara quando aponta insatisfeita para o shake. — Isso tem um gosto *horrorível!*

Siw toma um gole generoso daquele líquido empelotado e sente o buraco que tem na barriga se preencher um pouco. Alva balança a cabeça.

— Como você consegue beber esse negócio?

— Eu já disse. É a única coisa que eu posso comer.

Alva faz um gesto teatral e pergunta:

— Mas por quê, mamãe? *Por quê?*

— Porque eu quero emagrecer um pouco.

— Mas *por quê?*

A macaquinha do teatro que se esconde dentro de Alva dá um passo à frente. Ela arregala os olhos e tapa a boca aberta com as mãos com grande efeito dramático antes de exclamar:

— É *aquele cara!* Ah! Claro! É por causa daquele cara, né, mamãe? Ele é legal?

— Alva, termine de comer o cereal. Temos que ir.

— Ah! É aquele cara!

Ainda de pé, Alva termina de comer as últimas colheradas de *cornflakes* com milho. Enquanto se veste para ir à escolha, Alva continua a bombardear Siw com perguntas. Qual é o nome daquele rapaz? Onde ele mora? Com o que trabalha? Ele tem carro? Gosta de coelhinhos?

— Por que essa pergunta? — Siw quer saber assim que as duas saem portão afora.

— Porque é melhor que ele goste de coelhinhos para quando eu tiver um.

— Alva, eu já disse...

— Não quero falar disso. Ele tem irmãos ou irmãs?

Quando as duas chegam perto da escola, Siw pousa a mão no ombro de Alva, se agacha e diz:

— Alva. Esse cara que você imagina ser meu namorado... seria melhor que você não falasse a respeito dele com os seus colegas.

Alva lança um olhar crítico em direção a Siw e diz:

— Mamãe. Eu não sou burra!

Não, você não tem nada de burra, pensa Siw enquanto acena para Alva, que já está na frente da janela da sala onde estuda. A filha enfia a mão por baixo da camiseta a movimenta para a frente e para trás, como se o coração estivesse prestes a sair do peito enquanto revira os olhos como se estivesse prestes a desmaiar de paixão.

Siw não contém uma gargalhada e passa um minuto de bom humor, quando a fome volta e devorá-la por dentro. O dia vai ser complicado. Como se não bastasse, ela ainda tinha quer treinar à tarde com Anna — e *puta merda,* justo naquele dia tinha ficado acertado que o tal de Marko seria o personal trainer delas.

Siw teria que se humilhar para que Anna tivesse a oportunidade de trocar uns olhares. Ela *podia* ir para casa, dizer que estava doente, baixar as persianas e passar o dia inteiro na cama, assistindo a *Friends* e comendo sorvete. Mas ela tem consciência de que não vai fazer nada disso.

Siw passa em frente a uma série de lojas que compõem a área comercial do campo de pouso. A Franks Färg, a Happy Homes, a Svanefors. Em frente à Cervera ela repara numa placa que oferece "Guardanapos para todas as ocasiões: 25/peça". Siw pensa que são guardanapos caros, mas por outro lado são guardanapos para *todas* as ocasiões. Da pet shop vem um cheiro que significa *bichos de estimação:* uma mistura de serragem, palha, ração e excrementos. É lá dentro que Alva viu o coelhinho que nunca vai ter, que ela chama de Bulgur.

Depois a Sportringen, a Gant, a KappAhl. Siw achava que aquela área comercial o lugar mais feio de Norrtälje. Mas isso tinha sido antes da inauguração do Norrtäljeporten. Ela faz uma curva para chegar à entrada e olha para a enorme fotografia que decora a fachada. Todos os funcionários, incluindo ela própria, aparecem no interior de um coração acompanhados do texto: "Com o coração no lugar certo — por uma Roslagen mais viva."

Ela gosta do trabalho, mas tem problemas com o uso publicitário de palavras como *amor, coração* e similares, como se o Flygfyren fosse um amante cheio de desejo em vez de um lugar onde se vendem tralhas. A outra placa também soava meio engraçada:

"Produtos cultivados aqui", o que sugeria uma publicidade relacionada a drogas.

A entrada dos funcionários fica ao lado da máquina para devolução de vasilhames. Siw passa o cartão, digita o código, entra no corredor vermelho e é recebida com as palavras "Seja bem-vindo!"

Obrigada. Mas esse é o meu trabalho, sabe?

Ela passa em frente à padaria, onde o cheiro de pão recém-assado faz com que a barriga ronque tão alto que ela parece ter engolido um gato. *Um baguete fresquinho. Com manteiga. E queijo. O baguete ainda quente, com a manteiga que derrete e o queijo que amolece e...* Siw engole a saliva e deixa para trás a placa que diz "Nossos valores" que ela, como nova funcionária, leu cuidadosamente mais uma vez.

Ela sobe a escada em direção ao vestiário e atravessa o corredor, onde uma linha do tempo mostra a gloriosa história do Flygfyren. Ela olha para o escaninho fica decepcionada ao ver que está vazio. Decepcionada? Porque ninguém deixou nenhuma mensagem e nenhuma mudança de cronograma por lá? Não. Para sua vergonha, Siw percebe que, na verdade, esperava uma mensagem de Max. O que seria absurdo, porque o escaninho é usado apenas para assuntos internos.

Já se passaram três dias. Ele disse que ia ligar e não ligou. A história de sempre. Siw também não ligou, com base na seguinte lógica: ela tinha ido à raid no Lilla Torget porque tinha visto que o RoslagsBowser estaria por lá. Mesmo que ele não soubesse, ela tinha dado aquele passo. O passo seguinte tinha que ser dele.

Mas e o convite para o minigolfe? E o convite para a raid no memorial a Frans Lundman? E a iniciativa de trocar números de telefone?

Bem... essas são outras coisas. Não se comparam ao fato de que Siw foi às pressas para o Lilla Torget com as coxas doendo apenas para encontrá-lo. Ela tinha remoído muita coisa naqueles últimos dias, mas já havia chegado a hora de deixar tudo aquilo para trás. Desde o início ela sabia que aquilo não daria em nada e seria importante tomar consciência disso o quanto antes. Ela estava bem antes de Max, e estava bem naquele momento.

O armário de Siw fica no vestiário menor, onde ela veste o uniforme de camisa xadrez e calça preta enquanto olha para a janela que dá para o telhado. Uma gaivota solitária está pousada num dos exaustores em meio àquele vazio grande e preto. A gaivota olha confusa ao redor e Siw imagina que é a alma dela que está lá.

Já com o uniforme, Siw desce a escada em direção à loja e passa em frente à fotografia dos colegas em que todos, com um sorriso histérico, demonstram como se faz um bom atendimento ao cliente. Ela passa o cartão no terminal para bater o ponto e desce.

Ao chegar, cumprimenta os colegas da charcutaria e da queijaria com um aceno de cabeça antes de ir aos caixas e conferir o cronograma. Hoje ela começa no caixa da esquerda, depois pega um caixa da direita e encerra com um turno na seção de hortifrúti. Ela dá oi para os colegas nos outros caixas abertos e abre o caixa cinco. Passa o cartão e retira a plaquinha que indica que o caixa está fechado. Mais um dia de trabalho começa.

O almoço, que costuma ser um dos pontos altos do dia, hoje vai ser o fundo do poço. Siw mistura o pó na água que esquentou na chaleira elétrica. Segundo o texto da embalagem, aquilo é uma sopa de frango com curry, mas o gosto ainda é de… pó. Ela olha cheia de vontade para as cestas de frutas grátis, *uma banana, uma mísera banana,* mas no fim se contém e se senta ao lado de Tanja, uma menina da mesma idade que trabalha no Flygfyren há mais ou menos o mesmo tempo que ela.

Tanja faz uma cara feia quando Siw coloca o prato em cima da mesa.

— Meu Deus, *o que é isso?*

— Pó — responde Siw, tomando uma colherada que pelo menos serve para dar um sentimento de calor naquela barriga vazia.

— Você está de dieta?

— Aham.

Tanja abana a mão em frente ao nariz e pergunta:

— Mas você não pode fazer uma dieta 5/2 ou low carb ou qualquer outra coisa que não seja *isso?*

— Não tenho a disciplina necessária. Tem que vir como um baque. Eu preciso ser radical, ou então não funciona.

É verdade. Para uma pessoa como Tanja, que tem sardas no nariz e um rosto que deve ter sido muito bonito na época da escola, mas que naquela altura está levemente rechonchuda e ficaria muito bem se perdesse cinco quilos, talvez uma dieta a longo prazo funcionasse. Mas Siw precisa mesmo chafurdar na merda e aguentar o tranco se pretende conseguir. Aquele vai ser um projeto pessoal.

Tanja se inclina para examinar melhor a sopa amarelo-pálida e aguada no prato de Siw.

— Eu acho que você precisa de uma disciplina *enorme* para comer essa nojeira. Como é que você consegue?

— Não tira nenhum pedaço comer essa bosta.

— O que foi que você disse?

— Nada.

Depois que lava o prato e passa um tempo sentada no terraço para aquecer o rosto no sol que se põe, Siw se prepara para voltar ao trabalho. Seria bom pegar um caixa na direita. O braço esquerdo já está meio doído de passar os produtos no leitor de código, e ela *não quer* ter síndrome do túnel carpal aos vinte e nove anos. Quer passar muitos e muitos anos como operadora de caixa!

Siw sai do refeitório e está a caminho do corredor onde ficam os retratos de todos os funcionários quando ouve uma voz à direita.

— Ei, você!

Sören está ao lado das geladeiras dos funcionários, no espaço à direita do refeitório. Ele larga a caixa plástica que tem nas mãos. Siw responde com um gesto de cabeça e Sören a encoraja a se aproximar enquanto se recolhe ao interior do espaço. Siw chega mais perto dele.

— Oi. O que foi?

Sören olha por cima do ombro de Siw para se certificar de que não há ninguém no corredor antes de agarrar a bunda dela com uma das mãos enquanto aperta o seio direito com a outra. Siw afasta o corpo.

— Para.

— Ah, não venha com essa — diz Sören, segurando o tecido da calça dela e puxando-a em direção a si. — Será que você não pode, sabe... — Sören empurra a bochecha com a língua e faz um gesto com o rosto em direção ao banheiro, onde gostaria de ganhar uma chupada.

Um pensamento absurdo surge na cabeça de Siw quando Sören mais uma vez lhe agarrar os seios: fazer aquilo simplesmente porque está com *muita fome*. Porque assim ela teria comida sólida na boca por um instante. Quantas calorias teria uma porção daquelas? Será que valia a pena? Essa sequência de pensamentos a leva a abafar uma risada.

— O que foi?

Siw afasta as mãos que a agarram e diz:

— Sören. Você é um palhaço.

A resposta sai mais ríspida do que Siw havia imaginado, e desfere um golpe mais duro que ela gostaria. Sören a solta e se afasta em direção à parede, onde fica emburrado como se realmente fosse um palhaço triste. Meu Deus, ela não o acha *nem um pouco* atraente. As sobrancelhas densas, os lábios grossos, a barriga de chope. Antes mesmo que Siw tenha decidido, as palavras escapam de seus lábios:

— Não me ligue mais.

O emburramento do palhaço nesse instante atinge um novo patamar. O olhar de Sören parece vidrado quando ele diz:

— Mas, olha, não é nada disso, eu só queria...

— Eu sei o que você queria, Sören, mas *eu* não quero mais. Já fui sovada o bastante.

Antes que Sören possa vir com mais desculpas ou — Deus proteja — comece a chorar, Siw se afasta e atravessa o corredor com os retratos, onde centenas de rostos a veem passar. Será que teria ouvido aplausos?

2

— Hai fáeiv!

Anna pronuncia as palavras com o sotaque cazaque inventado de *Borat* ao erguer a mão. Siw bate na mão dela e o encontro das palmas faz um estalo bem alto. As duas estão a caminho da Friskis & Svettis, e Siw acaba de narrar o incidente com Sören.

— Puta merda — diz Anna. — *Já fui sovada o bastante!* Quantas vezes uma resposta dessas surge na hora e não bem depois?

Siw concorda.

Era verdade que sentia grande satisfação quando as coisas saíam do seu jeito. Menos pela resposta em si do que pela atitude. Só depois de consumado o fato ela percebeu o quanto seria bom se ver livre de Sören. Desde muito tempo ela achava complicado receber as ligações dele. Era como ser chamada a fazer o trabalho mais deprimente do mundo.

— E então? — perguntou Anna. — Agora a lavoura está à espera de que o RoslagsBowser venha passar o arado?

— Anna, por favor. *Por favor.*

— Ora, eu só tô indo direto ao assunto.

— São duas coisas diferentes.

— O que isso quer dizer?

— Que você não tá sendo nem um pouco agradável. Tudo bem, eu admito que sinto atração por ele, mas ele não sente atração nenhuma por mim. Ele disse que ia me ligar e não ligou. Fim. E eu fico triste quando você insiste nessa tecla.

Anna puxa Siw para junto de si e apoia a cabeça dela em seu ombro.

— Me desculpa, sério. Eu sei como é. Mas qual seria o problema? Ele ainda pode ligar, né?

— Eu não me permito ter esse tipo de esperança.

— Me desculpa, amiga, mas é justamente esse o seu problema. Você não *se permite* coisas.

Siw e Anna passam em frente ao centro esportivo Contigahallen, onde jovens trocam passes de handebol entre si, seguem em direção ao estacionamento. Siw vê Marko no banco em frente à Friskis & Svettis, distraído com o telefone. Ele ainda não as viu.

Siw pega o braço de Anna e diz:

— Então, acho que eu não vou levar esse negócio adiante.

— O que é que você não vai levar adiante?

— Eu me sinto gorda e além disso... tô com tanta fome que acho que eu posso desmaiar.

— Me desculpa — diz Anna. — Mas agora você precisa me ajudar a *me permitir* isso aqui. Não vai dar certo se eu aparecer sozinha. E além do mais, é bom que ele possa nos ensinar umas coisas, não? Vamos lá. Mergulhar bem fundo na merda. Prometo colocar você embaixo do chuveiro se você desmaiar.

Marko ergue o rosto e vê as meninas. Mesmo a vinte metros de distância, aquele sorriso de Ibrahimović brilha como um pequeno sol no estacionamento já meio às escuras.

— Além do mais — acrescenta Anna em um sussurro, — ele pode saber a quantas anda o Max.

— Não pergunte — pede Siw em um sussurro assustado. — *Por favor* não pergunte.

— Não tem problema. Eu vou ser bem sutil.

Daria para chamar Anna de muita coisa, mas certamente não de *sutil*. O encontro de Siw com Marko vem acompanhado por um leve terror. Ele as cumprimenta com um abraço e um beijo no rosto, o que leva Anna a comentar:

— Uau! Como na França!

3

Enquanto Marko anda de um lado para o outro demonstrando os diferentes equipamentos para Siw e Anna, os marombados da academia olham para ele e o cumprimentam ao passar, como se a maromba de certa forma os irmanasse. Porém Marko não exibe os peitorais como os rapazes mais jovens. Ele veste apenas uma camiseta preta com as iniciais SATS escritas em letras brancas nas costas.

— É importante manter as costas retas para não trabalhar *nenhum* outro grupo muscular além daquele que o equipamento pretende trabalhar.

Marko se senta no aparelho de peitoral enquanto Siw e Anna se postam uma de cada lado como duas admiradoras diante de um pavão. Marko faz um gesto com o corpo inteiro ao trazer as mãos à frente.

— *Não façam* assim, por exemplo. Isso acaba forçando as costas e vocês podem se machucar. Fiquem bem tranquilas e cuidem da postura.

Marko apoia as costas firmemente no encosto e mais uma vez traz as mãos bem devagar à frente. A carga é de cem quilos, mas a julgar pelos movimentos suaves de Marko seria possível imaginar que não havia peso nenhum. Ele deixa o equipamento voltar à posição inicial e se levanta.

— Agora vocês.

Anna se senta na máquina. Pela maneira como se comporta é possível notar que a presença e a atenção de Marko a fazem se sentir mais bonita do que de costume, enquanto para Siw o efeito é precisamente o oposto.

Ela se sente como uma aberração, uma coisa que não pertence e que deveria ser excluída de cena.

Anna tenta mover o peso e obviamente não consegue tirá-los do lugar, o que a leva a dar uma risada.

Já é o terceiro aparelho em que ela mostra uma disposição festiva, e Siw se envergonha um pouco pela amiga.

— Quanto você costuma puxar? — pergunta Marko, enquanto retira a trava que segura os pesos.

— Quinze — responde Anna, que, na verdade, costuma puxar dez quilos. Siw vira o rosto para não ter que acompanhar o resultado da soberba de Anna.

O que ela estava pensando? Que Marko a consideraria uma espécie de Mulher-Maravilha porque ela puxa quinze quilos no aparelho de peitoral? O que aliás ela parece não ter conseguido fazer, a dizer pelo barulho do metal atormentado.

Com o rabo do olho, Siw vê os pés de Anna se agitarem e chutarem o ar.

— Fique tranquila e cuide da postura — repete Marko.

— Caralho — diz Anna.

Quando chega a vez de Siw, ela consegue um bom desempenho.

Contenta-se em pôr cinco quilos de carga e completa dez repetições com movimentos delicados e naturais enquanto mantém as costas retas, o que lhe rende elogios da parte de Marko.

Anna faz uma careta para Siw, que devolve a careta. As duas levam uma hora para experimentar aquele treino mais ambicioso do que o normal.

Marko explica que o normal é que cada treino se concentre numa parte do corpo — costas, pernas ou peito —, mas diz que imaginou que no caso delas seria melhor fazer um treino geral, já que o objetivo não é a hipertrofia muscular.

— Como você sabe? — pergunta Anna. — Talvez eu queira ficar igual à Mulher-Hulk.

— Você quer mesmo? Se é assim...

— Ela tá brincando — diz Siw, que mesmo tendo pegado leve com os pesos acha que pode muito bem vomitar ou desmaiar se fizer mais uma série em outro aparelho.

A fome grita e a cabeça sofre com a vertigem.

— E você? — pergunta Anna a Marko. — Você mal treinou.

— Eu treino principalmente com pesos livres, então...

— Tá, mas a gente que ver o que você sabe fazer.

— Anna... — diz Siw, que acha que a exibição já foi longe demais. Tudo bem, era *bom* aprender com uma pessoa que sabe o que está fazendo, e Marko tinha sido muito amistoso, mas Siw acha que a situação como um todo é bastante *artificial*. Como se todos estivessem obrigados a participar de uma peça de teatro com um sentido que ela não conseguia decifrar. Infelizmente Marko dá de ombros e vai até o lugar com as barras e os pesos livres.

É o último ato. Depois vamos embora.

Marko põe quatro discos de vinte quilos em cada lado de uma barra e fixa os pesos com as presilhas antes de se deitar no banco. Cento e sessenta quilos. Apesar da má vontade, Siw não tem como evitar um certo fascínio. Será que uma pessoa consegue mesmo levantar um peso daqueles?

Com as mãos cruzadas sobre o peito, Anna observa o corpo estendido de Marko com um olhar que dá a entender que ela precisa se controlar para não ceder ao impulso de montar em cima de Marko para brincar de upa, upa cavalinho.

Marko tira a barra do lugar e os olhos de Siw se arregalam quando ela percebe que a barra *se verga* com o peso enquanto Marko a sustenta com os braços retos. Em geral ela não se impressiona muito com músculos e demonstrações de força, mas aquilo parece quase sobrenatural e ela observa fascinada quando Marko baixa a barra até o peito, se detém por um instante em seguida torna a erguê-la. Anna aplaude e Siw balança a cabeça.

— Simplesmente acertou o cara assim, sabe? Bem na cabeça. Tiveram que chamar ambulância e tudo mais.

— Mas o que ele tinha feito?

Siw olha para o lado e vê que dois homens conversam em frente ao suporte de halteres. Um veste uma camiseta onde se lê "Skanska" e o outro aquilo que parece ser a versão bermuda daquelas calças de alta visibilidade que os trabalhadores das estradas usam durante o verão.

— Isso que é o mais doido. Primeiro ele colocou duzentas coroas na caneca...

— *Duzentas?*

— É, e aí o mendigo se deu conta do que aconteceu e quis beijar as mãos dele, sabe? Depois o sujeito desapareceu com a caixa e meia hora depois estava de volta lá.

Provavelmente estão falando sobre o mendigo para quem Anna tinha dado uma nota de vinte coroas dias atrás, que costuma sentar em frente ao Systembolaget.

— ...e ficou sentado, pensando em uma coisa ou outra. Com uma garrafa vazia de vodca que ele simplesmente... poft, na cabeça do mendigo. E aí ele caiu, teve um monte de sangue, foi um caos. E eu e o Conny távamos lá. Você conhece o Conny, né? A gente levantou e segurou ele, porque o cara parecia disposto a... continuar.

— Mas por que ele fez uma coisa dessas?

— Bom, a gente fez essa mesma pergunta. Que porra é essa que você tá fazendo? E você sabe o que ele disse? Que ele tinha ficado *deprimido* ao ver o mendigo. Dá pra acreditar?

— Não. Parece muito esquisito.

— É. E o Conny se cortou no gargalo daquela garrafa do caralho. Você conhece o Conny.

— O Conny Andersson?

— Não, porra, o Conny *Gerhardsson*. Vocês não foram colegas?

As atenções de Siw se voltam para Marko, que acaba de colocar a barra de volta no suporte ao som dos aplausos coquetes de Anna, com as mãos bem próximas do peito. Marko se levanta e faz uma mesura antes de começar a tirar os pesos da barra.

Nada de números extras, por favor.

— Muito bem, meninas. Espero que tenha sido útil para vocês.

Já relaxadas e de banho tomado, Siw e Anna estão ao lado do carro de Marko. Siw não sabe muita coisa sobre aquela situação, mas o primeiro namorado dela tinha dito que, no que diz respeito a carros fabricados em massa, Audi era a principal escolha de quem tinha dinheiro. Estava claro que Marko tinha dinheiro. O carro parecia ter saído da fábrica naquele mesmo dia.

— Claro — disse Anna, dando um tapinha no bíceps de Marko, — em especial... como é mesmo que se diz, Siw? Em termos visuais?

Siw não quer participar daquele jogo, e em vez disso diz apenas:

— Obrigada pela gentileza. Acho que vai ser bem proveitoso.

— De nada — diz Marko, estalando os dedos. — Aliás! No sábado... Eu comprei uma casa para os meus pais e tô pensando em dar uma festinha. O Max e o Johan vão estar lá. Uns amigos meus de Estocolmo também. E vocês seriam muito bem-vindas. Se estiverem a fim, claro.

— A gente tá — diz Anna.

Anna e Marko trocam números de telefone para que ele possa enviar o endereço, e a seguir Marko entra no carro. O motor ronca e o carro desliza pelo estacionamento. Marko joga um beijo, que Anna responde com um amplo movimento em arco. Siw se contenta com um aceno discreto.

— Ah — diz Anna, apertando as mãos fechadas sobre o coração e revirando os olhos como Alva tinha feito pela manhã.

— Você não perguntou nada a respeito do Max — diz Siw.

— Eu não tive oportunidade. E além disso você vai se encontrar com ele na sexta.

— Não sei...

Anna dá um abraço de lado em Siw e as duas atravessam o estacionamento, já a caminho de casa. Anna a aperta e diz:

— Você *sabe.* E quer saber por que você sabe?

— Não.

— Porque você vai *se permitir,* Siw. Dessa vez você vai se permitir.

* * *

Uma senhora com um andador de rodinhas atravessa a ponte Elverksbron. O restaurante ao ar livre no meio da ilhota está cheio de pessoas e há pouco espaço entre as cadeiras. A senhora chega a um ponto em que não consegue passar com o andador entre as costas de dois homens. Normalmente as pessoas lhe oferecem passagem de imediato, mas não é o que acontece naquele instante.

— Com licença — pede ela.

Os dois homens não a escutam, ou fingem que não a escutam. Quando a segunda tentativa de chamar atenção falha, ela toma impulso e empurra o andador pelo meio das cadeiras, o que leva o homem a se pôr imediatamente de pé.

Por um instante ela tem a impressão de que levaria uma bofetada. Porém logo o homem percebe a idade dela e toma juízo.

O ROSTO PÚBLICO

1

Enquanto anda pela Carl Bondes Väg, Marko pensa que aquele tinha sido um jeito legal de passar uma hora e meia, mesmo que às vezes o olhar e as constantes insinuações de Anna às vezes tenham parecido um pouco demais. Ora, mas ele só tem a si mesmo a culpar. O resultado desastroso no minigolfe havia criado a necessidade de uma reparação, e cabe aos vaidosos carregar esse peso.

Anna e Siw são o tipo de pessoa com quem ele jamais conviveria em Estocolmo, mas pareciam boas companhias em Norrtälje. Não teria sido precipitado convidá-las para a festa? Ele não tinha nenhuma vergonha delas, mas era orgulhoso demais para o retorno às próprias raízes que representavam, e ao mesmo tempo não sabia como as duas reagiriam aos amigos de Estocolmo.

Mas, enfim, não faltavam outras coisas em que pensar. Se Marko havia entendido bem, os pais aproveitariam a ocasião para lhe dizer se aceitavam ou não aquele presente. Caso não, ele teria que lidar com a venda da casa a partir de sábado, e teria que encarar o enorme prejuízo simplesmente como o aluguel de salão de festas mais caro do mundo. Nesse caso, de repente o melhor seria bancar o xeique do petróleo e trazer logo Taylor Swift de jatinho para um show.

Marko deixa o carro na vaga de sempre e dá uma volta até o morro com a melhor vista da cidade. Foi lá que certa vez ele e Johan tinham passado uma tarde sentados com umas cervejas antes de se separarem para começar o ensino médio.

Porra, Johan.

Marko é craque em disciplinar os pensamentos. Quando disse para Johan que a história com Hans Roos nunca tinha acontecido, era porque as coisas realmente funcionavam mais ou menos assim na cabeça dele. Ele nunca pensa naquilo, nunca remói nada. Mas ele não sabe se foi a forma de agir dele ou a de Johan que a partir daquela noite criou uma distância entre os dois. Provavelmente foi uma combinação, uma galeria de espelhos em que palavras e expressões, ou mesmo a ausência de palavras e expressões, são rebatidas de um lado para o outro até criar aquela sensação de frieza. Ele queria que as coisas fossem diferentes.

Marko senta no banco com as costas retas e olha para os morros de Norrtälje, para a flecha da igreja, para as luzes que se acendem na Tullportsgatan e para o refletor que ilumina o relógio da Prefeitura. Ele pensa em Johan e na cerveja que dividiram, no cigarro que passavam de um para o outro enquanto fantasiavam a respeito de um futuro que jamais pertenceria a ambos. Marko ergue o olhar em direção às estrelas e sente uma coceira na orelha direita. Uma lágrima solitária escorre pelo rosto dele. Marko a limpa com um gesto brusco e então se levanta. Havia chegado a hora de se pôr a caminho e conhecer o veredito.

2

Ao contrário do que em geral acontece, é o pai de Marko que atende a porta. Ele usa uma camisa recém-passada abotoada até o pescoço, e Marko não sabe como interpretar aquilo.

— *Tata?* Você vai para a premiação do Nobel?

— Meu filho — diz o pai. — Hoje é uma noite solene.

— Como assim?

— Venha até a cozinha.

Marko desamarra os sapatos e olha ao redor. Laura mantém o apartamento sempre organizado, mas naquele momento há também dois vasos com arranjos de flores. Dificilmente aquilo aconteceria caso os pais tivessem a intenção de recusar o presente. Parecia bem mais uma comemoração da nova casa. Ou pelo menos era o que Marko esperava.

De meias, Marko vai até a cozinha e para no vão da porta. O pai está inclinado por cima do balcão da cozinha e faz um movimento amplo do braço, como um apresentador de circo que anunciasse uma nova atração. Laura está sentada junto à mesa da cozinha com um vestido elegante. E também Maria.

— Nossa família está reunida! — exclama Goran. — Quanto tempo faz? Quatro anos?

— Maria? — pergunta Marko. — O que você tá fazendo aqui?

Maria se levanta e se aproxima do irmão.

— É assim que você cumprimenta uma irmã que não vê há muitos anos?

— Não, não, é só que...

— Vem cá.

Maria se aninha no peito do irmão enquanto Marko a abraça e lhe dá tapinhas nas costas.

— Porra! — diz Maria. — Mano! Você tá do tamanho de uma casa!

— Foi exatamente o que eu disse! — exclama Laura. — Exatamente o que eu disse. E você sabe o que ele me respondeu?

Maria ignora a mãe e tamborila os dedos nos músculos peitorais de Marko, ainda enrijecidos em razão do treino.

— Quanto você puxa no supino?

— Cento e sessenta, na série.

— Mãe! — diz Maria. — Você teve um *monstro*. Depois de outros comentários nesse estilo, a família se reúne ao redor da mesa e Marko percebe que Goran tem razão.

Uma aura *solene* paira sobre tudo aquilo, e essa aura é reforçada pelo candelabro de seis velas que enfeita o centro da mesa. Marko não sabe como deve se sentir naquela situação. A última vez que falou com Maria tinha sido durante uma longa briga sobre a forma como ela levava a própria vida. As brasas de um conflito permanecem acesas, prestes a se transformarem em chama, porém naquele momento Marko tem uma pergunta a fazer que o inflama ainda mais.

— Vocês já se decidiram? — pergunta ele, virando o rosto para Laura e Goran.

— Nós já nos decidimos — responde Laura.

— Meu filho — diz Goran, em tom sério. — Queremos agradecer a você de todo o nosso coração e recebemos esse presente com muita alegria.

— Então vocês querem ficar com a casa?

Goran faz um gesto afirmativo de cabeça e deixa a pose solene de lado.

— O que levou vocês a se decidirem?

Olhares que Marko não consegue interpretar são trocados entre os pais e a irmã, e por fim Laura diz:

— Pode não ter sido esse o fator decisivo, mas... a Maria disse que vai morar com a gente.

— *Quê?* — pergunta Marko, olhando para Maria. — Você quer morar em *Norrtälje?* — Bem, você sabe que eu cresci aqui.

— Mas... mas...

Mesmo que os anos não tivessem se passado sem deixar marcas para Maria, que já tinha rugas no canto dos olhos, ela continuava sendo muito, muito bonita.

O rosto, a postura, todo o jeito delicado fazia com que em Norrtälje ela parecesse um cisne num galinheiro.

— Mas... o que você pretende *fazer* aqui?

— Eu arranjei um trabalho — dia Maria. — Num café.

— Você vai trabalhar num *café*?

— Aham.

Marko não consegue evitar. Uma das expressões favoritas do pai cruza-lhe os pensamentos, e no instante seguinte desponta em seus lábios:

— Que Deus ajude a todos nós.

Maria lança um olhar perigoso em direção a Marko, e um conflito parece estar a caminho.

Goran consegue evitá-lo graças ao eterno questionamento:

— E quando vocês vão se casar?

Tanto Goran como Laura veem praticamente como um crime contra a ordem natural das coisas que nenhum dos filhos tenha um relacionamento estável naquela altura da vida. Por mais que façam outras coisas, esse permanece sendo um motivo constante de decepção.

Maria olha para Marko e revira os olhos.

Marko se limita a erguer as sobrancelhas para sinalizar concordância e assim a paz é restabelecida.

Marko está convencido de que para Goran a questão se relaciona menos a ver os filhos acomodados e mais ao desejo de ter netos.

Na companhia de crianças pequenas, a predisposição melancólica de Goran simplesmente desaparece.

Quando fala ou brinca com outras crianças da família, por um instante é como se a guerra nunca tivesse existido, e o sonho dele passa a ser um netinho ou uma netinha que pudesse encher de mimos.

— *Tata* — diz Maria. — Agora não. Por favor, agora não.

Com base em conversas anteriores com a irmã e em comentários feitos em outras ocasiões, Marko pode reconstruir aproximadamente a história dela para assim descobrir o que pretende.

Maria não tem planos de se mudar para Norrtälje em caráter permanente, mas precisa — nas palavras dela — *tirar uma porra de um tempo* para se refazer. Simplesmente para se refazer. Em termos práticos, as posses dela se encontram espalhadas pelo mundo afora, mas também no que diz respeito à alma ela vive dividida e espalhada por diferentes geografias. Maria não tem um lugar fixo para morar desde que saiu de casa aos dezessete anos. As memórias e as experiências dela se espalham por tantos lugares em tantos continentes que é impossível manter a coesão do todo. Uma vida que para os outros talvez pareça uma série de experiências repletas de cores vibrantes para Maria não é mais do que uma mistura cinzenta de apartamentos desconexos, quartos de hotel, passarelas, estúdios fotográficos e rostos, rostos, rostos, todos igualmente bonitos e igualmente desprovidos de sentido.

Claro que também houve momentos divertidos e momentos de euforia, mas são episódios isolados que, na lembrança dela, tendem a se misturar ou então a se diluir. Não há nada de sólido a que ela possa se agarrar, não há nenhum traço luminoso em meio à escuridão para o qual possa apontar e dizer: *foi esse o caminho que eu segui.*

Uma pessoa é a soma das todas as suas experiências, e como as experiências de Maria são abstratas e desconexas ela também sente que precisa *refazer* a própria alma.

Depois de voltar para a Suécia ela procurou trabalho em papéis de cinema e televisão e, graças à fama de modelo fotográfica internacional, foi chamada para vários testes. Ela tinha ouvido uma série de meias verdades e outra de convites implícitos ou explícitos, num interminável carrossel que acabou por jogá-la em um sofá na casa de uma pessoa conhecida onde estava morando temporariamente. E foi nesse momento que a cortina caiu. A pessoa saiu de casa e Maria passou três dias e três noites com as persianas fechadas, vivendo numa escuridão que vinha ao mesmo tempo de dentro e de fora. Não comeu nada, praticamente não bebeu água, sequer atendeu o telefone.

Quando se levantou do sofá Maria se sentia vazia, mas a diferença importante era que naquele momento ela *sabia* disso. Até então ela tinha exorcizado esse vazio por meio da atividade frenética. Corria de um compromisso para o próximo, de uma possibilidade para a outra. Porém sempre distante, sempre tensa, sempre confusa. Foram oito anos no tambor de secagem. Já estava na hora de parar.

3

— E o dinheiro? — pergunta Marko, enquanto acompanha com o olhar a espiral de fumaça que se ergue do cigarro de Maria em direção ao teto da sacada. Laura está tirando a mesa, porque Goran *precisa* assistir às notícias do Rapport, mesmo tendo a visita dos filhos em casa.

— Que dinheiro?

— Não se faça de tonta... Ao longo desses anos você deve ter ganhado muito dinheiro.

Maria dá de ombros.

— Sabe...

— Falando sério. Você apareceu na capa da *Vogue.* Não é possível que...

Maria bate a cinza para fora da sacada e ergue as sobrancelhas bem-feitas.

— Então você sabia?

— Foi você que me contou. Diversas vezes.

— E você comprou a revista?

— Comprei. Eu *também* te contei, mas você não lembra...

— O que foi que você achou?

— Você tá querendo elogio?

— Só fiquei curiosa.

Ao longo dos anos o rosto de Maria tinha enfeitado capas e edições de uma série de revistas femininas de moda, dentre as quais a *Vogue* tinha sido o ponto máximo. Por muitas vezes Marko tinha passado em frente a uma banca de jornal e se deparado com o rosto da irmã mais nova com uma maquiagem perfeita, exibindo os dentes brancos e regulares e os olhos verdes brilhantes.

Talvez Marko devesse sentir orgulho, mas aquele tipo de visão, na verdade, provocava um sentimento que misturava absurdo e desconforto em iguais medidas. Absurdo porque a irmã talvez naquele momento estivesse em outra parte do mundo e os dois talvez houvessem passado meses sem notícias um do outro, embora naquele instante Maria estivesse ao alcance da mão. Desconforto porque ele não tinha como escapar dela, como se aquelas capas fossem um olho mágico através do qual ele podia observar os movimentos dela e acompanhá-la como se fosse uma divindade onipresente.

— O que eu vou dizer? — pergunta Marko. — Você estava bonita, acho eu.

— *Acho eu?* Você sabe quem foi que fez aquela maquiagem? Quem foi que bateu as fotos? Você nunca...

— Maria? Escuta só. Eu sou o seu irmão. Não fico babando em cima de fotos suas. Mas como vai o projeto de se acomodar um pouco?

Maria se interrompe e se concentra em fumar. Marko tem a impressão de ouvir um *me desculpe* muito baixo, então pode ser que tenha havido mudanças.

— De novo — diz Marko. — O dinheiro. Você deve ter um pouco guardado em um lugar qualquer, porque se não for assim eu não imagino o que...

— Dinheiro, dinheiro — o imita Maria. — Esse é o *seu* mundo. O mundo do dinheiro. Ela joga a bituca no estacionamento lá embaixo e acompanha o movimento em arco incandescente antes de passar a mão no nariz e dizer: — O dinheiro acabou.

O movimento inconsciente de Maria leva Marko a apertar os olhos e dizer:

— Entorpecentes.

— Entorpecentes?

— Você gastou tudo com entorpecentes, não?

Maria solta uma risada que mais parece um tossido. — Quem é você? A polícia? Porra, quem é que fala *entorpecentes?* Pó, farinha, pico, cheiro, até mesmo droga... mas *entorpecente?*

— Então foi isso mesmo?

— Não foi o que eu disse.

— Então foi isso mesmo.

Maria pega mais um cigarro da carteira de Camel. Os dedos dela tremem e a chama bruxuleia, mas por fim ela consegue acender o cigarro. Os cantos dos olhos se umedecem e ela engole em seco antes de dar uma tragada profunda. Maria olha para a sala onde Goran se encontra banhado pela luz azul da TV antes de baixar a voz e dizer:

— Se você quer mesmo saber, eu tô limpa há dois meses. E tem sido um inferno.

— E antes...?

— Antes... — diz Maria, olhando para Marko com os olhos apertados através da fumaça. — Eu visitei outros países. Onde estive por uma semana ou mais. E eu não tenho *a menor lembrança*. Nesses últimos seis anos... mesmo fazendo um grande esforço, eu não sei se poderia reconstituir o que aconteceu em três. No máximo.

— Pelo amor de Deus.

— Não tem outro jeito. Precisa ser assim para você aguentar o tranco. E também para você se manter magra.

— Mas existem várias outras modelos que são ricas e que se envolveram em outro tipo de atividade depois da carreira na moda.

— Aham. Só que eu não sou uma dessas.

— Porra, Maria... que horror.

— Aham — responde Maria, cujos olhos brilham quando ela acrescenta: — *Det tycker vi blir bögigt.* [*"Parece que vamos virar gays"*]

A expressão grave desaparece do rosto de Marko e ele joga a cabeça para trás e ri. Tinha havido um período da infância em que os dois estavam obcecados por aquilo que se costumava chamar de "Turkhits" — músicas com letras em árabe que ganhavam uma nova letra feita de palavras que *soavam como* a letra original, porém em sueco.

A família Kovač tinha acabado de comprar o primeiro computador e os irmãos primeiro conheceram "Ansiktsburk" e a distorção que trazia àquela língua nova, mas a favorita era "Hatten är din — e os dois cantavam *Hatten är din, hatt-baby*" [*"O chapéu é seu, baby chapéu"*] até que Goran e Laura tapassem os ouvidos. Entre outros absurdos, essa versão da música tinha o trecho *Det tycker vi blir bögigt.*

Mesmo que Marko não tivesse pensado naquelas músicas por anos, ele ainda sabia todas as letras de cor em razão das centenas de vezes que as tinha ouvido com Maria. Quando ele termina de rir é Maria quem se mostra séria.

— Eu tô limpa agora e vivo a minha vida um dia de cada vez, como se costuma dizer. — ela examina o cigarro com aquele olhar avaliativo de quem fuma um baseado. — Esse foi um dos motivos que me trouxeram de volta pra cá. Eu quero me afastar desses círculos, dessa merda toda. Você entende?

Marko faz um aceno de cabeça e os dois permanecem em silêncio. Os únicos sons que se ouvem são o crepitar do cigarro de Maria e as vozes abafadas da TV. Por fim Maria joga a bagana longe, se inclina por cima do guarda-corpo e encara Marko por instantes antes de perguntar:

— Foram *vocês*, não? O Hans Roos?

— Não.

— Se passaram oito anos. Você já pode me contar.

— Não foi a gente.

Maria solta um suspiro e olha para o porto.

— Eu às vezes me pergunto como teriam sido as coisas se o filme tivesse saído. Mas cheguei à conclusão de que daria tudo mais ou menos na mesma. Tipo, não tem você como fugir de você mesmo. A gente sempre encontra um jeito de fazer o que gostaria, seja um jeito bom ou ruim. Então no fundo não importa.

Maria baixa o queixo e o apoia nas mãos, que estão pousadas sobre a balaustrada. Marko, que está usando apenas uma camiseta, esfrega os braços que se arrepiam com o ar frio. No interior da sala se ouve a voz do apresentador.

— ...a perícia técnica indicou que muitas perderam a vida em razão de violência física, que em certos casos parece ter sido infligida pelas próprias vítimas. Entre outras causas de morte estão falta de oxigênio e desidratação. A polícia não revelou informações sobre a origem do contêiner, e afirmou que...

— Ah! — exclama Maria, fazendo um gesto em direção ao porto. — Aquela porra de contêiner! No fim o que foi que aconteceu?

— Sei lá — responde Marko. — A gente pode entrar e ver o jornal.

O CONTÊINER

Não foram encontrados passaportes nem documentos de identidade entre os mortos do contêiner, mas após uma análise dos papéis e dos pertences que as vítimas transportavam foi possível determinar que a maioria dos mortos vinha da Síria, e um pequeno número do Afeganistão.

O momento das mortes vai desde as 48 horas anteriores à descarga do contêiner até uns poucos sobreviventes que, segundo tudo indica, ainda estavam vivos no momento da descarga, e que, portanto, devem ter morrido logo depois que o contêiner foi encontrado. É difícil ter certeza, porque ao fim de uma semana naquele espaço fechado os corpos já se encontravam em avançado estado de decomposição, mas o exame do ciclo vital de certos micro-organismos permite estabelecer uma cronologia aproximada. Mesmo assim, não se pode descartar totalmente a hipótese de que as mortes tenham ocorrido *antes* do fechamento do contêiner.

O número de registro indica que o embarque pode ter ocorrido no porto de Roterdã, porém como o contêiner havia passado três anos fora do sistema essa informação talvez não seja confiável. O último destino conhecido foi Roterdã, mas desde então o contêiner pode ter dado inúmeras voltas ao redor do mundo. Abaixo do radar, por assim dizer.

Ainda não foi possível determinar que embarcação transportou o contêiner. O relato de uma pessoa que se encontrava em Kärleksudden traz apenas informações sobre o ronco de um motor, uma vez que fazia uma noite escura e a embarcação viajava com os faróis apagados. A entrada no canal ocorreu logo após as três horas da manhã.

Quanto ao motivo, por ora não existe nada além de especulações. O mais provável é que se trate de uma operação que deu errado. O plano talvez fosse descarregar o contêiner em outro lugar, como por exemplo Kapellskär, que seria o porto de grandes proporções mais próximo — mas por um motivo ou outro pode ter sido necessário se afastar sem ter concluído o negócio para então abandonar a carga sob o manto da noite.

Uma peça-chave para reconstituição dos acontecimentos é um telefone celular encontrado no interior do contêiner. O telefone estava no líquido que recobria o assoalho do contêiner, mas ao extrair o conteúdo dos arquivos a polícia técnica conseguiu obter um arquivo de som que traz um testemunho ocular de tudo o que aconteceu no interior do contêiner durante a longa jornada.

Ainda existem muitos aspectos a esclarecer e as investigações seguem com a alocação de inúmeros recursos, porém uma coisa é certa: o que as pessoas viveram dentro do contêiner sem dúvida ultrapassa o limite daquilo que um ser humano é capaz de suportar no que diz respeito ao *terror*.

POR ÁGUAS ESCURAS 4

Minha esposa morreu. Minha filha morreu. Eu as matei com as minhas próprias mãos. Quando estavam dormindo ou inconscientes, eu tapei o nariz e segurei a boca delas, uma depois da outra. Primeiro a minha filha. Depois a minha esposa. As duas se debateram pouco antes de afundar nessa gosma escura. Já não tinham mais forças para resistir. Ou talvez fosse esse o desejo delas. Fiz o que fiz para poupá-las de um destino ainda pior. Depois tentei acabar com a minha própria vida batendo a cabeça nas paredes do contêiner usando toda a minha força. Passei um bom tempo desacordado. Mas depois recobrei os sentidos. Pelo menos é o que me parece. Dois dias atrás considerei a possibilidade de já estar morto. De que essa fosse uma das formas que a Morte assume.

De um tempo para cá, o contêiner é o interior da cabeça de uma pessoa insana. Isso tudo começou mais ou menos quando a aquela imundície tocou a minha mão. Logo depois que recobrei os meus sentidos eu ouvi o barulho de uma coisa se rasgando ou se partindo. Sacrifiquei um pouco da bateria que ainda me restava para iluminar a fonte do barulho. Um homem tinha usado os dentes para abrir as veias do pulso, e bebia do próprio sangue com o olhar tomado pela loucura. Apaguei a luz.

Um tempo depois o contêiner se pôs a bater e a rimbombar. Aquilo soava como os dobres de um sino. Acendi a lanterna. Um homem estava de pé, batendo o rosto de outro homem repetidas vezes contra a parede do contêiner. Enquanto o rosto desse outro homem se transformava em uma polpa sangrenta, os dobres do sino se tornavam mais claros. Apaguei a luz.

Depois ouvi um som estridente como o de um filhote de gato, seguido por grunhidos e batidas. Acendi a luz. Um dos homens violentava uma menina pequena. A cabeça dela estava prensada contra a parede do contêiner, e o pescoço parecia dobrado em um ângulo impossível. Talvez já estivesse morta. Nesse mesmo instante eu também pude ver que uma das mulheres tinha conseguido se enforcar na grade de ventilação. O corpo dela se balançava conforme os movimentos do barco. Apaguei a luz.

Foi então decidi que aquele tipo de coisa não podia acontecer com a minha família, mesmo que para tanto eu tivesse que agir com as minhas próprias mãos. Iluminei a minha esposa e a minha filha pela última vez, olhei para aqueles rostos atormentados, para aqueles olhos fechados. Depois apaguei a luz e tateei no escuro até encontrar os orifícios respiratórios delas e fechá-los de uma vez por todas.

Não restam muitos sobreviventes. Somos eu e outros dois homens. Um está encolhido em um canto. Quando o iluminei momentos atrás ele tinha o olhar de um morto, mas vi que o peito se mexia no ritmo da respiração. O outro homem está de deitado de costas na imundície, repetindo sem parar: — Satã é a Eternidade e a Eternidade é Satã, Satã é a Eternidade e a Eternidade.... Ouçam. É assim que ele soa.

O motor do navio desacelera, o ronco do motor se torna mais grave. O contêiner sacoleja. Pouco importa. Se chegarmos. Se formos soltos. Eu já estou morto.

A VIDA NA FAMÍLIA OLOFSSON

1

— Esse cara eu conheci!

Berit aponta para uma nota no *Norrtelje Tidning* a respeito de um homem encontrado morto em um apartamento próximo à zona portuária. No apartamento também estava o cachorro do homem, que foi sacrificado lá mesmo. Berit bate o dedo em cima da nota e acrescenta:

— Ele tinha eletricidade na cabana de verão. Sujeito estiloso.

— De onde você o conhecia? — pergunta Anna, enquanto tira os lençóis da cama de Berit. Ao contrário de vários outros clientes, ela não faz as necessidades nas calças e nem ao menos usa fraldas.

— Minha querida — diz Berit. — Você já ouviu falar de *internet*?

— Já tá na internet então? — pergunta Anna, tirando a fronha de um travesseiro.

— Tudo está na internet — responde Berit, fazendo um gesto em direção ao velho laptop em cima da mesa de cabeceira. — Desde que você saiba procurar.

— Será que você não hackeou o sistema da polícia?

— Quem me dera. Mas quer saber? Esse sujeito era uma *celebridade*. Foi ele que encontrou o contêiner, caso você não lembre.

— É — diz Anna, estendendo um lençol limpo. — Mas diga o que você sabe.

— Vamos lá. O nome dele era Harry Boström. Foi um sujeito estiloso. Fazia apostas nos cavalos. E quando passou dois ou três dias sem aparecer na tabacaria os amigos começaram a estranhar. Foram até a casa dele, tocaram a campainha. Ninguém atendeu. E aí espiaram pela fresta de correspondência e sentiram o *cheiro*. Ligaram para a polícia. A polícia foi até lá e abriu a porta. Foi isso o que os amigos escreveram na internet. No *Roslagsporten*. Você lê?

— Nah. Mas esse não é o nome do novo shopping center?

— O shopping center se chama *Norrtäljeporten*. Você precisa se inteirar mais das novidades, querida.

— Se eu não tivesse essas fraldas todas pra trocar eu, com certeza, estaria tão inteirada quanto você — diz Anna, fazendo a última dobra no lençol.

— Aqui você não vai trocar fralda nenhuma — diz Berit. — Pode dar cabo de mim antes disso.

— Com certeza — diz Anna. — Antes passar doze ou quinze anos presa do que um dia ter que ver a sua periquita.

— Você quer ouvir o resto ou prefere ser atrevida?

— Toca ficha — diz Anna enquanto coloca o travesseiro na fronha.

— Muito bem. Eles entraram no apartamento e encontraram o sujeito com uma sacola plástico na cabeça e fita adesiva ao redor do pescoço. Do Flygfyren, onde a Siw trabalha.

— A fita?

— Não. A sacola, tonta. "Coma, beba e seja feliz!" era o que dizia a sacola. Um toque especial, você não acha?

— Verdade. Tão especial que eu desconfio que você tenha inventado. Parece uma história de velha louca.

Berit solta uma risada satisfeita. Ela gosta de provocar as pessoas, e Anna também, e as duas adoram se provocar porque sabem exatamente o nível em que se encontram — e é um nível *alto*. Anna às vezes pensa que as horas passadas com a avó de Siw são mais lazer do que trabalho.

Berit tem oitenta e um anos e sofre de uma doença muscular degenerativa que a torna incapaz de se movimentar a não ser por breves períodos de tempo com um andador, e também incapaz de erguer objetos mais pesados do que um prato. Ela tem dificuldade para abrir a tela do laptop, uma atividade que leva bastante tempo. Mas é totalmente lúcida e tem dedos ágeis. Berit *detesta* aquela doença que a torna incapaz de se virar sozinha, e certa vez disse, em uma paráfrase de Bodil Malmsten: "No dia em que o meu esfíncter parar de funcionar eu dou o fora daqui". Talvez Berit seja a pessoa de quem Anna mais gosta no mundo depois de Siw, e todas as manhãs, ao chegar naquela casa, Anna faz uma prece silenciosa pedindo que nada tenha acontecido durante a noite, e que não descubra que a amiga *deu o fora daqui*.

— Para concluir — diz Berit, cruzando as mãos em cima do colo. — O sujeito comeu, bebeu e se alegrou pela última vez. Já o cachorro...

— Não — diz Anna, afofando os travesseiros já colocados nas fronhas limpas.

— Sim senhora. Os dedos e um pedaço da coxa. Quer dizer, a *carne* dos dedos. Porque o cachorro parece ter *descascado*...

— Já entendi — diz Anna. — Já entendi, obrigada.

— Eu não sabia que você era tão sensível. Muito bem. O cachorro estava totalmente descontrolado, com raiva. E avançou espumando pela boca contra a polícia. Por isso ele foi *sacrificado lá mesmo*. Simplesmente o abateram a tiros.

Anna esfrega as mãos e as coloca nas laterais do corpo.

— A gente teve um cachorro desses — diz ela. — Na fazenda. Ele ficou totalmente louco e mordeu Acke, o meu irmão mais novo. Na hora o pai não estava com a arma em casa, então ele pôs o cachorro num saco de lixo e o asfixiou com o gás do escapamento de um carro velho. Levou um bom tempo e o cachorro ficou se debatendo no saco e uivando até que... bem, até que tudo acabou.

Anna se preparou para sair. Berit apoia o rosto na mão e a encara com brilho nos olhos.

— Na hora o seu pai não estava com a arma em casa — repetiu ela. — Um dia, querida, talvez quando durante uma folga, você tem que me fazer uma visita para contar como foi crescer na família Olofsson. Eu estaria disposta a pagar.

— Não é preciso dinheiro — responde Anna. — Mas acredite, você não quer saber.

— Ah, mas eu quero sim.

2

O pai de Anna, o infame Stig Olofsson, costumava dizer que o segredo para um negócio de receptação bem-sucedido era muito simples. Tudo era uma questão de ter *espaço para a armazenagem*. Claro, era preciso ter contatos tanto para obter como para se desfazer dos objetos em questão, mas com frequência também era preciso guardá-los até que esfriassem — e nessas horas a armazenagem era tudo.

Anna não imagina ter visto sequer metade dos espaços que o pai tinha à disposição. Esses espaços iam de casas abandonadas no meio da floresta a armazéns em Görla, de um armário no restaurante coreano em Rimbo a uma loja de rádios fechada em Finsta.

Na fazenda, dois quilômetros ao norte de Rimbo, também havia bastante espaço. Era uma antiga propriedade rural com estrebaria, curral, chiqueiro e depósito de lenha, tudo precisando de reparos. A não ser por um compartimento secreto atrás do galinheiro, não havia na propriedade nenhum espaço para o armazenamento de objetos problemáticos, mas por outro lado o lugar era repleto de objetos legais que Stig Olofsson e a família também negociavam. Principalmente carros e tratores com pneus e trailers, mas também móveis. Os interessados em comprar uma bicicleta ou um *moped* podiam escolher entre uma numeração de chassi intacta ou uma numeração raspada pela metade do preço. Os que optavam por essa segunda opção precisavam esperar umas horas até que a mercadoria aparecesse. Muitas vezes as pessoas ficavam à espera das compras enquanto Stig ou Gustav, o irmão mais velho de Anna, ia a um dos armazéns.

Às vezes a polícia aparecia para fazer uma visita. Nessas horas a família oferecia café e se dispunha a conversar até que os policiais saíssem para fazer uma ronda e tomar nota das placas dos veículos espalhados pela propriedade. Depois iam embora sem ter encontrado nada de errado a não ser o pneu careca no carro pessoal de Stig. Anna nunca entendeu por que a polícia se dava esse trabalho.

Havia também os contrabandos. Destilados e cigarros guardados nas casas abandonadas, que ficavam dez minutos a pé rumo ao interior da floresta. Stig não se dava o trabalho de transportar nada: simplesmente acompanhava os clientes até a casa e destrancava a fechadura, para que o próprio cliente pudesse carregar o quanto aguentasse. Stig dizia que a venda de artigos contrabandeados era "um hobby". A maior parte do dinheiro vinha do comércio de carros, motos e barcos exportados para o leste por Kapellskär.

Apesar da fama em contrário, a família Olofsson nunca tinha se envolvido nem com a fabricação nem com a venda de narcóticos. Esse fato se devia menos a uma questão de princípios morais e mais ao fato de que os narcóticos eram o ramo de atuação dos irmãos Djup. E ninguém se metia com os irmãos Djup a não ser que pretendesse "dar um passeio" amarrado ao engate do reboque que haviam colocado no Volvo 740 especificamente para esse fim.

Além do mais, as famílias Olofsson e os irmãos Djup mantinham boas relações comerciais. Para o envio e o recebimento de certas cargas, haviam dividido os riscos e até mesmo trocado contatos. Mesmo que os irmãos Djup também se envolvessem no contrabando de destilados e cigarros, o negócio deles tinha outra magnitude. Eles fechavam os olhos para o "hobby" de Stig, que fazia principalmente transações locais. Mas, se inventasse de fazer negócios em Norrtälje, babaus.

Quando ainda era pequena, Anna não conseguia entender por que os pais tinham decidido ter filhos. Eles não demonstravam nenhum interesse por ela e pelos irmãos, que precisavam todos se virar por conta própria. Quando cresceu mais um pouco, Anna começou a suspeitar que o único momento em que o pai e a mãe paravam com os eternos arranca-rabos era quando trepavam, e que as crianças não tinham sido nada além de um subproduto indesejado dessas tentativas de criar um instante que fosse de paz entre os dois.

Somente quando saiu de casa aos dezoito anos, para a sincera tristeza dos pais, ela imaginou ter compreendido que a família era, na verdade, um clã — um bando de pessoas que devia permanecer naquela propriedade e habitar o espaço que havia por lá. Ela e os irmãos tinham sido postos no mundo justamente para formar e expandir o conceito de "família Olofsson".

Anna quase não tem lembranças do pai e da mãe durante os primeiros anos de vida. Se lhe dissessem que os dois tinham vivido longe até que ela fizesse sete anos, Anna acharia improvável, mas não impossível. As lembranças mais antigas que tinha estavam ligadas a Gustav e a Lotta, o irmão e a irmã mais velhos.

Era o irmão cinco anos mais velho que tinha o dever de cuidar para que Anna não se perdesse na floresta nem caísse dos montes de feno, e também de oferecer-lhe comida de vez em quando. Lotta, três anos mais velha do que Anna, ajudava de má-vontade com beliscões dados às escondidas e comentários maldosos. Anna até hoje não se acerta com a irmã mais velha.

Quando os irmãos mais novos chegaram foi a vez de Anna agir como mãe-estepe, principalmente em relação a Anders, ou Acke, o caçula. Desde pequeno Acke se mostrava hiperativo. Às vezes Anna ficava tão cansada de correr atrás do irmão que atava uma corda ao redor da cintura dele e prendia a outra ponta no moirão que a família usava para amarrar cavalos. Ela fazia daquilo uma brincadeira, e dizia para Acke correr ao redor do moirão até que toda a corda se enrolasse para então correr no sentido contrário até que toda a corda se desenrolasse. No fim, dizia ao irmão que ele tinha feito como a Terra que gira ao redor do sol, e Acke por fim era solto. Assim, em meio a vários gritos, a Terra era posta em movimento e Anna conseguia uma pausa de sete ou oito minutos.

Muito bem. Às vezes os dois passavam um momento agradável quando Acke se deitava após meia hora fuxicando em tudo o que era possível e pedia a Anna que lhe contasse uma história do Pato Donald. Como Anna não tinha o talento de inventar histórias, ela costumava recontar uma história do Pato Donald que tivesse lido. Às vezes Acke dormia no meio da história, e quando via a cabecinha do irmão no travesseiro e ouvia aquela respiração tranquila Anna sentia uma dor no peito. *Querido, o que vai ser de você?*

Passado um tempo veio o diagnóstico de TDAH e uma carreira precoce no crime, quando Acke, sem a anuência do pai, começou a fazer entregas de cigarros para os irmãos Djup. Aos poucos Acke ganhou a confiança dos irmãos e passou a receber grandes somas em dinheiro para financiar a importação de coisas mais pesadas. Os negócios foram muito lucrativos até a inspeção feita na alfândega de Trelleborg.

3

Sylvia, a mãe de Anna, merece um capítulo à parte. A palavra "mãe" nunca saía dos lábios dela a não ser que se referisse à própria mãe, *aquela cadela de merda,* ou à mãe de Stig, *aquela megera do demônio.* Em razão disso as crianças chamavam-na apenas de Sylvia, ou então Sylen, um apelido que ela tinha ganhado na época de escola. Se uma das crianças, talvez inspirada por um colega de escola, tentasse chamar Sylvia de "mãe" o resultado era uma bofetada.

— Eu não sou mãe de ninguém! Cuidem sozinhos da vida de vocês, seus pirralhos.

A consequência foi uma certa confusão. Em casa havia agora uma Sylen que gritava e berrava e às vezes se rebaixava a ponto de preparar comida ou arrumar uma coisa ou outra para então, por volta das sete horas, beber a primeira cerveja do dia — sempre uma Starkbock. Ela às vezes bebia dez, mas nunca parecia bêbada e nunca se tornava pior do que já era, se é que uma coisa desses seria mesmo possível. Mas quem era aquela mulher? Certa vez aos cinco anos Anna se atreveu a perguntar na cara dela:

— Quem é a minha mãe?

— Eu sei lá. Deve ter sido uma *troll,* para você sair feia como é.

— Mas quem é *você*?

— Você não sabe, cretina? Eu sou a Sylen.

O que levou Anna a solucionar o quebra-cabeças foi o fato de que sua mãe era muito bonita. Quando Stig se apaixonou por ela aos dezoito anos, Sylvia já tinha a boca mais suja de Rimbo, e que boca! E havia tudo o mais ao redor da boca! Ela era a garota mais quente do pedaço, mas os rapazes se comportavam como se fosse quente *demais* e não chegavam nem perto, com medo de se queimar.

Mas Stig, que vinha de uma família de pequenos criminosos, não era do tipo que se assusta com facilidade. Aos poucos ele se aproximou daquela boca até enfim dar-lhe o primeiro beijo, e que beijo! Por meio das insinuações do pai e a julgar pelos barulhos que às vezes se ouviam no interior do quarto de casal, Anna tinha entendido que a mãe realmente devia ter habilidades especiais na cama e em tudo o que se refere ao assunto.

Além disso, Sylvia era uma parceira valiosa em assuntos relacionados a dinheiro. Até os irmãos Djup tinham medo. Quando faziam visitas para discutir negócios futuros e o pai queria convidá-los para beber, a pergunta era sempre "A Sylen tá em casa?". Se estivesse, o melhor era conversar no quintal. Mas quase sempre essa tática dava poucos resultados. Poucos minutos depois Sylen saía às pressas de casa.

— O que vocês estão discutindo aos cochichos por aqui, seus imprestáveis?

Nessas horas, Ewert e Albert, os irmãos Djup, encaravam-na sem jeito e balbuciavam: "A gente não queria incomodar...", "Incomodar? Eu me incomodo mais limpando o meu rabo do que negociando com dois vermes bêbados que bem vocês. Entrem e vamos beber, seus cretinos."

Durante a conversa, Sylen proferia xingamentos suficientes para derrubar outras cinquenta pessoas, mas os irmãos Djup simplesmente abriam sorrisos constrangidos. E, quando chegava a hora de falar sobre os negócios, os dois já estavam devidamente amaciados.

Certa vez, quando os dois estavam prestes a ir embora, Anna ouviu Ewert perguntar a Stig:

— Eu não sei como você aguenta.

— Ah — Stig havia respondido. — Ela tem outros lados que você não conhece. Principalmente o lado de trás.

— Com certeza. E como!

Porém Sylvia tinha *uma* característica admirável. Quando as crianças adoeciam ela se transformava em outra pessoa. Ou melhor, não exatamente, mas se tornava um pouco mais cuidadosa, e os xingamentos que proferia com a voz mais branda já não se dirigiam mais à criança doente, mas à doença em si ou aos "fedelhos pulguentos" que haviam transmitido a doença. Somente quanto tinha sete anos Anna adoeceu de verdade e pôde testemunhar essa metamorfose. A partir de então, tentava adoecer sempre que possível. Ela andava com roupas finas e *sempre* queria dividir o chiclete com uma colega que estivesse tossindo.

Ah, a escola. As coisas não eram fáceis para Anna, e mais tarde na vida ela passou a adotar o lema, "Não sou burra, simplesmente tenho azar sempre que penso", o que era mais ou menos verdade. Quando Anna conseguia se concentrar no que tinha para fazer, o resultado por vezes era muito bom, mas em geral ela não tinha essa sorte. Os pensamentos pulavam de coisa em coisa, e os momentos em que realmente se fixava na tarefa que tinha pela frente eram raros.

Em razão da falta de paciência ela tinha dificuldades para reconhecer padrões, e assim custou para aprender a ler. Conseguia se virar com textos breves, como os balões num gibi do Pato Donald, mas assim que aparecia uma frase mais longa os pensamentos voavam longe e ela se via obrigada a ler e reler diversas vezes para entender o *conteúdo* naquela combinação de palavras.

Para que não acabasse com o desenvolvimento prejudicado, no terceiro ano ela passou a contar com a ajuda de Cecilia, uma professora de crianças com necessidades especiais. Cecilia tinha vinte e quatro anos e tinha acabado de se formar na Lärarhögskolan. Ela e Anna formaram um vínculo imediato. Cecilia tinha uma história parecida com a de Anna: era o que poderia ser chamado de *white trash,* e além de oferecer apoio ela passou também a representar a possibilidade de uma vida diferente daquela que os pais de Anna levavam.

Cecilia se tornou a ídola de Anna, e durante as quatro horas por semana que as duas passavam juntas Anna aprendia mais do que durante o restante das aulas. A diferença fundamental era que Anna gostava muito de Cecilia, e assim teve uma oportunidade para se concentrar e mostrar resultados para agradar a professora de reforço. E Cecilia, apesar da pouca idade, era também uma excelente pedagoga.

Além de ajudá-la com a dificuldade de leitura, Cecilia também levou Anna a entender coisas muito importantes a respeito da própria mãe.

4

Quando Anna completou seis meses sob a tutela de Cecilia, e a importância dessa influência para a evolução de Anna parecia evidente tanto na escola quando em casa, na medida em que o pai e a mãe se preocupavam com o assunto, chegou a hora da reunião com os pais. Geralmente Stig se ocupava sozinho dessas coisas, porque não queria levar Sylvia junto para os encontros com professores, mas dessa vez Sylvia foi junto porque queria "ver de perto o milagre" que era a professora de reforço de Anna.

Anna estava apavorada com a ideia dessa conversa, temendo que Cecilia nunca mais fosse gentil com ela depois de ter sido arrasada pela mãe. Porém Sylvia se manteve tranquila enquanto Cecilia descrevia os avanços de Anna e os métodos empregados para atingir aqueles resultados. Houve um ponto em que — acreditem ou não — Sylvia chegou até mesmo a fazer comentários elogiosos. Depois Cecilia foi para a conversa seguinte e Ann-Katrin, professora da turma, apareceu. Nessa hora os temores de Anna se concretizavam, embora já não fossem mais temores, pois de que importava Ann-Katrin, e o que importava que Sylvia a houvesse chamado de "cabeça oca"?

O problema que mais tarde surgiria tinha características que naquele momento Anna não seria capaz de imaginar. No carro, já de volta para casa, Sylvia fez comentários a respeito da aparência de Cecilia e Stig cometeu o equívoco de dizer que ela "alegrava os olhos". Anna estava acostumada a ver os pais discutirem, mas a briga no carro atingiu níveis que a levou a enfiar os dedos nos ouvidos quando Sylvia chamou a querida professora de Anna de "vagabunda" e "boqueteira". A poucos quilômetros de casa, Stig parou o carro, desceu e se pôs a caminhar rumo à floresta. Anna o viu desaparecer em meio aos abetos e perguntou:

— Para onde o papai tá indo? — Sylvia deslizou para o assento do motorista e engatou a primeira com um gesto que fez a caixa de câmbio gritar, porém logo o carro se pôs em movimento. — Ele vai enfiar o pau numa ninfa da floresta e depois vai se afogar no lago.

Horas depois Stig deixou a floresta com passos cambaleantes, talvez ao fim da visita a uma das casas abandonadas. Sylvia o recebeu com os xingamentos esperados, mas por trás daquilo parecia haver um alívio.

A partir daquele dia Sylvia passou a ter um novo bastão para golpear a cabeça de Stig. Na opinião dela, Cecilia, ou a "professorinha puta" tinha passado a ser a única coisa em que Stig pensava. Se Stig saía para ir ao mercado, ela dizia que era para "tocar uma punheta imaginando a bocetinha da Sexília" e se colocava uma acha de madeira no fogão a lenha da cozinha era porque estava pensando em "meter brasa na xoxota da professorinha". No encontro seguinte com Cecilia, Sylvia disse que ia chutar a boca da professora com tanta força que ela acabaria engolindo os dentes e cagando-os na mesma hora.

Um dia Anna voltou para casa e se sentiu triste. Ela se fechou no quarto e começou a chorar com um desespero tão profundo que Sylvia, ao contrário do que em geral acontecia, se mostrou preocupada. Ela abriu a porta do quarto de Anna e perguntou:

— Por que diabos você tá aí toda chorosa?

— Sai daqui! — gritou Anna, a seguir virando o rosto em direção à parede.

— Eu fico onde eu bem entender na minha casa! — retrucou Sylvia, se sentando na beira da cama e pousando a mão no quadril de Anna enquanto a sacudia: — Desembuche.

Anna levou as mãos à barriga para conter uma tristeza que parecia estar prestes a esmagá-la. Em um único fôlego ela disse:

— A Cecilia vai parar de trabalhar na escola porque a escola não tem dinheiro e você deve achar que isso é bom porque você odeia ela e eu odeio você porque você odeia ela!

Apesar da tristeza, Anna se sentiu apavorada ao perceber que havia dito aquilo e ficou à espera da bofetada física ou verbal que viria logo a seguir. Porém a mãe simplesmente se levantou e saiu do quarto.

No dia seguinte, quando Anna voltava da escola para casa, Sylvia apareceu caminhando no sentido oposto. Ela tinha se maquiado e arrumado o cabelo e estava usando um vestido curto que, nas palavras dela, — mal tapava o capô do Fusca. Anna não sabia muito bem o que isso queria dizer, mas o vestido deixava as belas pernas de Sylvia totalmente à mostra.

Anna tinha começado a adotar o jeito de falar da mãe, e assim perguntou:

— Que diabos você tá fazendo aqui? — enquanto tentava manter uma expressão insolente, mesmo que aquela presença fosse sempre assustadora.

— Eu vou falar com o diretor — respondeu Sylvia. — Vem comigo, porra. Vai ser bom pra você.

O diretor era para Anna uma entidade distante, quase mitológica, que atendia pelo nome de Per Hallberg. Nunca tinha acontecido com ela, mas dois ou três meninos da turma já tinha sido chamados para a *sala do diretor,* e esses momentos eram sempre apavorantes.

— O diretor? — perguntou Anna, mudando de direção para acompanhar a mãe a uma distância de um metro. — Como é que você vai falar com ele?

— Nós nos conhecemos. De uma outra época.

Uma porta com vidro jateado levava à sala do diretor, e Sylvia entrou sem bater. Como se tivesse sido flagrado com a boca na botija, o diretor se levantou de repente do outro lado da escrivaninha e se aproximou com a mão estendida. Com certeza o encontro já estava marcado, porque ele disse:

— Seja bem-vinda, sra. Olofsson.

Sylvia ignorou o aperto de mão e se jogou em cima de um sofá, onde se deitou com o corpo estendido. O diretor se inclinou em direção a Anna e disse:

— E essa é... a Anna, não é mesmo?

Anna fez um gesto afirmativo com a cabeça e seguiu o olhar do diretor, que logo se voltou para o corpo langorosamente estendido de Sylvia. Anna imaginou que o diretor tivesse mais ou menos a idade da mãe, embora fosse um pouco mais envelhecido, com cabelos ralos, rugas embaixo dos olhos e um paletó que parecia meio empoeirado. O diretor se sentou atrás da escrivaninha e Anna em um banco ao lado da porta — sempre pronta para fugir das situações em que a mãe a envolvia.

— Muito bem, sra. Olofsson — disse o diretor. — Segundo entendo...

— Você pode me chamar de Sylvia — disse a mãe de Anna. — Ou de Sylen. E eu vou chamar você de Pelle. Pelle do Pau. Você ainda costuma dar umas bimbadas quando tem a oportunidade?

Os olhos do diretor se arregalaram e o rosto ficou vermelho enquanto ele remexia os papéis que tinha à frente na mesa e disse:

— Sugiro que a gente...

— Você se lembra daquela festa em que estava tão bêbado que passou a mão na minha bunda? Como ficou o seu nariz depois daquilo? — Sylvia esticou o corpo para a frente e examinou o rosto do diretor. — Ah, ainda tá meio torto. Porra, você é feio demais.

O diretor se endireitou e tentou recuperar a dignidade exigida pelo cargo que ocupava. Um homem mais jovem surgiu naqueles olhos quando ele disse:

— Sylvia, você não pode vir aqui e...

— Eu posso vir aqui e fazer o que eu bem entender e você tem que me ouvir. — Sylvia se levantou, se inclinou por cima da escrivaninha e disse que Pelle do Pau devia tirar proveito daquele generoso decote. — A minha filha não aprendeu porra nenhuma nessa merda de escola antes que a Cecilia viesse para cá.

Anna levou um susto. Na mesma frase Sylvia a tinha chamado de filha e chamado Cecilia pelo nome, o que não tinha acontecido nenhuma vez desde o encontro com os pais, se ela não contasse as vezes em que a havia chamado de "Sexília".

— A nossa verba... — disse o diretor, fazendo um gesto em direção aos papéis que tinha à sua frente.

— Eu tô cagando para a verba. A minha filha precisa dessa professora e pelo que entendi ela é a única professora que tem *qualquer* coisa além de vento na cabeça. Ela parece ser uma pessoa competente, porra.

O olhar do diretor se fixou em Anna, que assistia à cena boquiaberta. O diretor então franziu a testa e disse:

— É muito simples. A escola não tem dinheiro. Quando chamamos a Cecilia...

— Então ofereça refeições *ainda* piores, baixe o seu salário... enfim, dê um jeito, você que é o garanhão do coreto.

Anna não sabia o que "garanhão do coreto" queria dizer, mas devia ser uma coisa bem ruim porque o diretor se levantou e, olhando bem no rosto de Sylvia, disse:

— Me escute por um instante, Sylvia, ou Sylen, ou como você preferir. Quando chamamos a Cecilia, a situação financeira da escola era muito diferente. Eu realmente lamento que crianças com dificuldades de aprendizado não possam mais receber esse tipo de apoio, mas o dinheiro não chega. Lamento, mas não há o que fazer.

Para dar a devida ênfase à última frase o diretor deu uma pancada em cima da mesa antes de se sentar mais uma vez. Sylvia então voltou ao sofá e cruzou as pernas lentamente.

— Muito bem, Pelle — disse ela, com uma calma perturbadora na voz. — Então vamos direto ao assunto. Você sabe quem eu sou e sabe quem é o pai da menina. Você sabe que tipo de recursos temos à nossa disposição. Demitir a Cecilia pode causar *danos enormes* à sua qualidade de vida.

Mais uma vez o olhar agora totalmente nervoso do diretor se fixou em Anna, e mais uma vez ela notou que estava boquiaberta. A mãe tinha dito várias frases em sequência sem nenhum xingamento. Os lábios do diretor tremeram quando ele falou:

— Eu sei muito bem quem você é, mas fazer ameaças não vai adiantar nada. Se não há dinheiro, não há dinheiro. Eu não posso me ocupar de pessoalmente...

— *Sempre* há dinheiro. A questão é saber onde está. Tudo bem, você sabe quem eu sou, mas você sabe quem é o padrinho da menina? Ewert Djup. Ele é muito preocupado com ela, e você sabe o que ele disse quando eu comentei que a professora de reforço dela seria demitida? "Acho que vou levar esse diretor para dar um passeio." Bem, *eu* é que não sei o que ele pretende dizer com isso, mas talvez pareça boa ideia?

Não havia uma pessoa criada em Norrtälje ou Rimbo que desconhecesse os métodos empregados pelos irmãos Djup contra aqueles que os desagradavam. Muitas costas e muitas bundas tinham sido esfoladas até o osso, e quando as vítimas se atreviam a fazer uma denúncia, os irmãos sempre arranjavam um álibi.

Essa última parte surtiu efeito. De um instante para o outro o rosto vermelho do diretor empalideceu. O suor brotou nas raízes do cabelo e os lábios tremeram quando ele começou a remexer os papéis com gestos ainda mais agitados.

— Você encontrou alguma coisa aí? — perguntou Sylvia.

O diretor limpou a garganta e colocou o dedo aleatoriamente numa coluna cheia de números.

— Encontrei sim. Temos uma provisão aqui que...

Sylvia se levantou e o interrompeu.

— Era o que eu imaginava. Ela estendeu a mão por cima da escrivaninha e disse:

— Bom te rever, Pelle. E agora mantenha esse pau sob controle. O diretor apertou a mão de Sylvia e deu a impressão de estar prestes a chorar.

Quando Anna e a mãe saíram mais uma vez para o pátio da escola, Anna perguntou:

— O tio Ewert é meu padrinho?

— Não seja besta. Aquele desgraçado odeia criança.

Anna se sentou no banco do passageiro. A cena na sala do diretor tinha virado muita coisa do que ela sabia de cabeça para baixo. Mas Cecilia continuaria a trabalhar na escola, e essa era a parte mais importante. Passados dois ou três minutos, Anna se atreveu a perguntar:

— Por que você fez isso? Eu achei que você *odiava* a Cecilia.

— E odeio mesmo. Mas você não odeia. Você precisa dela. E eu sou leal com você. Você é minha filha. Somos da mesma família. Então eu sou leal com você.

— Brigada, mãe.

Sylvia tirou os olhos da estrada para olhar bem nos olhos de Anna.

— Você por acaso está querendo levar um tabefe?

5

Como Sylvia havia previsto, Anna tinha aprendido uma lição aquele dia na sala do diretor. Ela aprendeu que havia uma força enorme no *medo*. Como Anna era pequena, outras colegas tentavam se aproveitar dela, embora sem nenhum sucesso, porque Anna não tinha medo de brigar. Já no final do segundo ano ela tinha conseguido impor respeito até mesmo em relação a alunos mais velhos.

Mas dar um murro na boca de uma colega de maneira a tirar sangue era ao mesmo tempo um acontecimento em si mesmo e um alerta futuro: *tem mais de onde saiu esse.* Com o medo era diferente. O medo consistia em uma promessa tácita que talvez fosse cumprida. Não era uma questão de ter punhos fortes, mas uma questão de *fazer com que os outros acreditassem,* que tinha menos a ver com fatos e mais a ver com atitudes.

E assim Anna mudou de atitude. Ela deixou de ser a menina irritada com quem não valia a pena bater boca e passou a agir como se fosse dona de toda aquela porcaria de escola. Já aos onze anos ela tinha feito tanto progresso que aquilo que a atitude dela sugeria havia se transformado em fato. Quando andava pela escola com uma trupe de seguidores ao redor, praticamente ninguém se atrevia a olhá-la nos olhos sem permissão, e ninguém sonharia em ocupar o lugar *dela* no refeitório. O melhor lugar, ao lado da janela.

Ela reagia a tudo com um misto de ameaças e recompensas. O capital de violência obtido em casa não valia muito na escola, e assim ela passou a construir um capital próprio. Uma menina esnobe do quinto ano foi agarrada pela trança e teve a cara batida contra uma árvore, um menino do quarto ano que jogou uma pedra em Anna teve a cara esfregada na areia até vomitar. E a partir de então tudo ficou resolvido. O resto foi deixado a cargo do medo e das histórias sobre ela própria espalhadas por admiradores e admiradoras.

Nesses dois casos ela foi chamada à sala do diretor, onde mandou lembranças do padrinho e foi dispensada ao fim de uma leve reprimenda. O medo é uma coisa boa quando você está no controle.

A outra coisa que Anna aprendeu naquele dia era mais abstrata, e levou um tempo maior até que a entendesse por completo. Era uma lição que dizia respeito à lealdade. Que dizia respeito a pôr de lado os próprios desejos em favor de uma coisa maior que muitas vezes estava ligada à família. A uma linhagem comum e a um destino comum.

Lotta, a irmã mais velha, podia ser extremamente maldosa com ela, beliscando-a e puxando-a pelos cabelos, mas que Deus tivesse piedade se outra pessoa fizesse essas mesmas coisas na frente de Lotta. Mexer com Anna era mexer com toda a família Olofsson, e esse tipo de coisa não era tolerado. Mais tarde, Anna não teria nenhum tipo de problema para entender a família Soprano ou a casa Lannister. Não era uma questão de poder — muito pelo contrário: era uma questão de vulnerabilidade. Quem está numa posição vulnerável não consegue se virar sem ter outras pessoas em quem possa confiar totalmente.

A despeito do que Anna quisesse, o fato era que havia crescido tendo essa lealdade em relação à família nos ossos. Era o que a levava a sempre visitar Acke na penitenciária, a estar sempre disponível quando Lotta precisava de ajuda e a cuidar da caçula Lena quando ela entrava em crise depressiva. Não porque Anna queria, mas porque era obrigada em razão de uma lealdade maior do que ela própria. Assim era crescer na família Olofsson, e assim ela contaria a história a Berit, se a conversa um dia realmente acontecesse.

Anna empurra o carrinho de roupas de cama limpas em direção ao quarto doze, ocupado por Folke Gunnarsson, e abafa um suspiro. Se Anna der sorte ele não vai ter borrado as fraldas a ponto de se escorrer todo, e se der ainda mais sorte não vai ter que ouvir nenhum discurso a respeito de imigrantes e parasitas. O melhor de tudo seria que aquele homem morresse durante a noite, sufocado na própria amargura.

Johan, Anna pensa.

É exatamente assim que o Johan vai ser quando estiver mais velho. Um inválido sem nenhuma memória a não ser pelas injustiças, uma vida inteira constituída a partir de tudo aquilo que *não* aconteceu.

Anna abre a porta e diz:

— Olá, Folke.

O quarto cheira a excremento. Essa sorte ela não teve. E a outra também não. Folke está de lado na cama, com os punhos cerrados e uma expressão terrível no rosto.

— Aquele maldito contêiner — diz ele. — O início de uma peste, imagine só. Quem pode imaginar o tipo de desgraça que aquela gente traz daqueles países de merda...

Que venha a morte.

* * *

De férias na Gâmbia, uma mulher havia conhecido um homem. Agora ele visita Norrtälje pela primeira vez. Ele é um homem gentil e bonito, e a mulher se sente feliz e orgulhosa. Ela quer mostrar para ele todas as coisas boas da cidade, então os dois fazem uma longa caminhada às margens do rio. Quando chegam à Pedra de Brodd, um sueco vem caminhando na direção oposta. Ele faz uma careta o ver o gambiano e diz: — Quantos quilos de banana você pagou por ele? A mulher sente um nó na garganta e os olhos dela ficam rasos de lágrimas. Se tivesse uma arma, ela o teria matado ali mesmo.

AMOR E ÓDIO

1

As tardes de sexta-feira são as mais lucrativas na pista de boliche. Um pouco porque todos estão dispostos a relaxar após uma semana inteira de trabalho, outro pouco porque grupos de tamanhos variados fazem o aquece por lá antes de ir para as festas no centro. É raro haver tumulto porque sempre há uma coisa ou outra para *fazer* e todos podem competir e medir forças com a bola e os pinos de boliche — e, claro, também com a máquina de boxe. De trás do balcão, Johan ouve pancadas, gemidos, gritos de triunfo e decepção, bolas que caem, pinos que são derrubados e o tilintar de copos. Para ele, aquilo é um panorama sonoro de harmonia e segurança, uma superfície macia na qual ele pode apoiar a testa.

Ah, e há também uma terceira categoria. *Los locos.* Os que aparecem à tarde, sozinhos ou em dupla, e jogam cinco, seis, sete linhas. Rapazes — porque são sempre rapazes — que levam três ou quatro bolas próprias de uretano, tanto simétricas como assimétricas, a depender do perfil de óleo da pista, e protetores em diferentes tamanhos para acomodar o inchaço do polegar ao longo de um treino prolongado.

O relógio marca sete horas quando Åke, um desses rapazes, vai até o balcão ao final do treino. Ele estala os dedos na frente de Johan.

— O de sempre? — pergunta Johan.

— Pode crer — responde Åke.

"O de sempre" é uma dose de Famous Grouse, uma IPA e uma porção de *pytt i panna* como acompanhamento.

Johan envia o pedido para Lollo, que hoje está na cozinha.

— O que você estava treinando? — pergunta Johan.

— A terceira flecha — responde Åke, balançando a cabeça. — Mas porra, esse Bourbon está mais parecendo a Vingança Contra os Jogadores.

As lamentações acerca dos perfis de óleo eram praticamente obrigatórias sempre que o jogador não marcava trezentos pontos em pelo menos duas linhas — e mesmo nesses casos por vezes havia reclamações. Johan sabe que Ove aplicou um perfil de óleo com proporção bem alta entre a parte externa e a parte interna, quase em formato de tuba, o que a tornava fácil de jogar, mas não ele não diz nada.

— Está mais para Vingança do Ove — diz ele. — Foi ele que programou a máquina hoje.

— Claro, claro. Foi o que eu imaginei.

Johan quase lamentava a ideia de ter inventado as pistas de vingança — uma distribuição aleatória do óleo, que servia para atrair jogadores mais experientes a competições especiais. A ideia era divertida, mas no fim também havia servido como desculpa para ainda mais reclamações intermináveis. Quando o jogo acabava mal, antes se dizia que havia um *troll* bola; agora o problema era atribuído aos perfis de vingança. Isso quando o problema não eram os sapatos, o mecanismo que recolocava os pinos no lugar, a lei de Murphy ou qualquer outra coisa.

— No mais? — pergunta Johan, enquanto serve o uísque em um copo.

— Tudo certo — responde Åke. — Mas você ouviu sobre aquela merda hoje à tarde?

— Que merda? — pergunta Johan enquanto larga o copo em cima do balcão. Åke toma um gole antes de prosseguir.

— Ah, esse aqui desce muito bem. Não, foram dois jogadores, uns caras da série A, que estavam conversando naquela plataforma abaixo da Faktoribron. Nos bancos de lá. Com uma garrafa de vodca e tudo mais, totalmente à vontade. E de repente um deles se irritou e tchibum, o outro acabou no meio do rio.

— Putz.

— E não acaba por aí. Sabe o que aconteceu depois? O sujeito que jogou o outro logo se jogou também. De roupa e tudo mais. Enfim, a água é rasa por lá. Mas aí ele começou a afogar. O outro cara. Segurou o pescoço dele empurrou para baixo d'água. E o sujeito começou a se debater, mas o outro era mais forte e depois de um tempo ele parou de se debater. O outro cara.

— Puta que pariu — diz Johan, pegando uma Ship Full of IPA da geladeira, abrindo a garrafa e colocando-a no balcão ao lado do uísque com um copo. — E o outro cara esse morreu?

— Ninguém sabe — diz Åke. — Tem uma delegacia no outro lado da rua e sei lá, talvez alguém tenha gritado pela janela, mas o fato é que um policial apareceu lá e separou os dois e tirou o cara esse da água e eu não sei como a história acabou, mas pelo que ouvi ele ainda tava vivo quando a ambulância chegou.

— Mas por que o cara esse tentou afogar o outro?

— A história não deixa claro.

Lollo sai com um *pytt i panna* guarnecido com rodelas de beterraba e o coloca na frente de Åke, que esfrega as mãos. Johan pensa *está de lamber os beiços* e Åke diz:

— Está de lamber os beiços. Ele põe o prato e os copos em uma bandeja e leva-os para uma das pontas da mesa, onde ataca o prato de *pytt i panna*.

Tem algo de podre em Norrtälje, Johan pensa — e, na verdade, esse não é um pensamento novo. Pelo contrário: é o pensamento de todos os pensamentos, o pensamento a partir do qual todos os outros surgem. Mas ele não consegue levar a ideia adiante porque um rapaz de olhos velados aparece e reclama que o mecanismo dos pinos não está funcionando como devia.

— O que não está funcionando como devia? — pergunta Johan, e obtém como resposta uma análise brilhante:

— O negócio tá todo errado.

Ao averiguar, Johan descobre que Ove aplicou óleo demais, e esse óleo excedente se gruda à bola, que por sua vez lambuza os pinos, fazendo com que a máquina tenha dificuldade de pegá-los. Johan limpa os pinos e as garras do mecanismo antes de religar o motor.

Quando Johan volta até o rapaz e os dois amigos dele, que também tinham os olhos um pouco velados, o rapaz que havia reclamado diz:

— Agora fiquei bolado com o negócio dos pontos e tudo mais.

— Eu ofereço uma linha de cortesia.

— Feito — diz o rapaz, deixando a bola lambuzada de óleo cair no chão. Para ele não haveria mais cervejas naquela noite.

Por volta das nove horas as coisas se acalmaram. Os que estavam no aquece já tinham saído para a festa, e assim restavam apenas os jogadores recreativos e uns poucos entusiastas, entre os quais estava Micke Stridh, um ex-membro da seleção nacional que havia jogado boliche a ponto de ter o braço direito uns dois centímetros mais longo do que o esquerdo, e o corpo inclinado para o lado em uma eterna posição de impulso. Johan vê no placar que ele está a dois strikes de fazer trezentos pontos. Legal.

— Oi.

Johan tira os olhos do placar e percebe que Marko está de pé no outro lado do balcão. Sem saber direito por quê, Johan limpa as mãos nas calças antes de responder com "Olá" e estender a mão direita para Marko, que a aperta e a seguir abraça Johan por cima do balcão.

— O que você tá fazendo aqui? — pergunta Johan.

Marko corre os olhos ao longo das pistas e nota que Micke Stridh faz mais um strike.

— Eu só queria ver o lugar — diz Marko. — Bem legal.

— Você achou mesmo?

— Achei. Bem tipo... agradável. Familiar. Sei lá.

— *Couzywouzy* — diz Johan, usando uma das expressões da juventude, o que leva Marko a sorrir. — Você joga?

Marko ergue a mão em um gesto resignado.

— Já tive a oportunidade de jogar, mas agora não. Já levei surras o bastante por essa semana.

Micke Stridh acerta o último strike necessário, cerra um dos punhos e o abaixa como se estivesse puxando a corda de um sino.

— Muito bom! — grita Johan, e Micke lhe responde com uma mesura.

— Cliente fixo? — pergunta Marko.

— Pra dizer o mínimo. O boliche foi responsável por moldar aquele belo corpo — diz Johan, fazendo um gesto de cabeça em direção a Micke Stridh, que vai até o painel de controle para começar mais uma linha.

— Você vai amanhã, né? — pergunta Marko.

— Claro. É pra levar alguma coisa?

— Humor raso e barriga vazia.

— Essa última eu posso garantir, já o primeiro...

Os dois continuam a trocar respostas desprovidas de sentido e Johan logo sente que Marko tem coisas a lhe dizer. Quando surge uma pausa, Johan pergunta:

— Você quer dizer alguma coisa em especial?

— Ah... nah. Eu só queria ver como era por aqui. Por onde você anda e tudo mais.

— Por quê?

— Ora, porque ainda somos amigos, não? E se lá pelas tantas eu pensar — *O Johan tá no trabalho* — agora eu sei mais ou menos o que imaginar. Como são as coisas ao seu redor.

Não é uma resposta amorosa, mas o conteúdo é suficientemente afetuoso para que Johan sinta que está prestes a chorar. Para evitar um constrangimento desses, ele dá a volta no balcão e decide mostrar para Marko a máquina de boxe.

— Acho que isso aqui faz mais o seu estilo — diz Johan, colocando uma nota de dez para ativar o equipamento e fazer com que o saco de pancadas descesse.

— Como é que se faz?

— Simplesmente bata com toda a sua força.

Marko ajeitou os ombros e desferiu um soco tão forte que o saco de pancadas logo parou outra vez na horizontal com um sonoro baque enquanto o mostrador de pontuação exibia um número perto do máximo possível.

— Foi bom? — pergunta Marko.

— Excelente.

— Legal. Então nos vemos amanhã.

Marko põe a mão que acaba de maltratar o saco de pancadas no ombro de Johan e o aperta de leve antes de ir embora. Johan o acompanha com os olhos quando ele sai porta afora. Depois olha para o saco de pancadas, que ainda vibra de leve. *Ai, meu coração.*

2

Quando volta para casa perto das onze horas, Johan acessa o Flashback e vai direto para fio sobre o contêiner, chamado por certos membros de "Enlatado turco".

Johan não gosta muito desse tipo de coisa. O que aconteceu foi uma tragédia, e ele não tem nada contra os refugiados vistos individualmente. O que lhe desagrada é a *massa*. Johan tinha achado a multidão de rapazes afegãos que protestavam em Medborgarplatsen repulsiva, por exemplo. Lá estavam eles. A multidão, a massa, a ameaça de uma diluição de tudo aquilo que é sueco. As "crianças de barba" — como chamavam os refugiados que mentiam a idade para receber benefícios sociais.

Mesmo que detestasse os políticos, Johan não detestava a Suécia enquanto conceito. Pelo contrário. Ele ama a ideia da Suécia e tem orgulho de ser sueco, e justamente por isso não quer que nada sueco desapareça no multiculturalismo. Os ataques contra a identidade sueca são por extensão um ataque contra ele próprio. Basta uma gota de tinta em um copo d'água para que toda a água se torne imprestável.

As pessoas no fórum especulam sobre o contêiner como o início de uma guerra biológica, sobre a possibilidade de que aquelas mortes tenham sido o resultado de maus-tratos, sobre a predisposição à violência de outras raças e toda sorte de baixeza.

Johan não leva nenhuma dessas histórias a sério. As pessoas do Afeganistão e da Síria podem ser pessoas tão boas quanto as outras, *mas o lugar delas não é aqui*. E, se pretendem viver aqui, então é preciso estabelecer um grau elevado de assimilação cultural. A Suécia não deve se dobrar nem um centímetro para se adequar a outras culturas. Ao visitar a casa de outra pessoa, você não faz exigências quanto à forma de preparar a comida nem decide que é preciso dizer Allah Akhbar antes de fazer a refeição. Não — você simplesmente mostra gratidão por aquilo que é oferecido.

Johan começa a escrever uma postagem sugerindo que o contêiner sirva como freio nesse sistema disfuncional e ri com a própria descrição do contêiner como "Um furúnculo amarelo na bunda dos políticos". Mas em seguida ele perde a vontade e apaga tudo antes mesmo de fazer a postagem. A amargura que ele costuma provocar ao escrever simplesmente não aparece.

Como são as coisas ao seu redor.

Marko tinha ido ao trabalho dele para que assim fosse mais fácil pensar nele mais tarde. Esse comentário deixa claro que Marko às vezes pensa nele. Johan imagina Marko sentado no trabalho *dele* — que Johan não sabe como é — sentado na cadeira, pensando em Johan.

Ainda somos amigos, não?

O problema é que é muito difícil ser amigo de uma pessoa que você tem vontade de cobrir de beijos. Johan tinha observado Marko às escondidas na mesa de refeições durante o período em que havia morado na casa da família Kovač. Ele tinha a impressão de sentir os beijos de um fantasma nos lábios. Como ele gostaria!

A família Kovač provavelmente não era totalmente assimilada. Eles tinham a comida iugoslava e o catolicismo, entre outras coisas. Celebravam datas festivas diferentes. Será que Johan gostaria que fossem expulsos da Suécia? Não, não queria, e Johan já tinha aceitado essa contradição na maneira como pensava. *Aquela* família podia ficar e agir como bem entendesse, *porque era a família Kovač.*

Ele sabia que esse era um problema e que outras pessoas conheciam outras famílias estrangeiras e poderiam dizer a mesma coisa a respeito delas, mas esse não era um problema dele. O asilo particular de Johan dizia respeito apenas à família Kovač, por mais contraditório que soasse.

Johan fecha a internet e abre uma pasta chamada "Contos". Durante os dois últimos anos ele vem trabalhando em um romance, embora se recuse a pensar no trabalho que faz com essa palavra. Ele o trata como se fosse um conto longo. O romance só passaria a existir se fosse publicado, porém ele nunca seria publicado porque Johan não tem a intenção de enviá-lo para nenhuma editora.

A história girava em torno de um menino que tem uma mãe com problemas mentais em Norrtälje. Essa é a camada mais externa, mas o verdadeiro tema da história são mundos paralelos. A maneira como tanto o menino como a mãe, a partir daquela existência pobre, se refugiam em fantasias distorcidas e passam a viver em mundos que só existem na imaginação. A história termina quando o menino, já como um homem crescido, retorna a Norrtälje após a morte da mãe. Ele está em um apartamento caindo aos pedaços e descobre que a partir daquele momento não resta nada além da realidade dura e fria. Será mesmo que aquilo era melhor?

A última frase da história é: "Ele estava na janela, olhando para os troncos retos e indiferentes dos abetos e para as copas verde-pálidas. De repente percebeu um movimento entre os galhos. Um anjo ou demônio revelou o rosto e fez um gesto em direção a ele. *Venha.* A sugestão é que o menino sofre da mesma doença mental que a mãe, e que vai continuar vivendo em uma realidade paralela.

A história é autobiográfica e reveladora o bastante para que Johan prefira não mostrá-la a ninguém. Mesmo assim, o verdadeiro motivo não é esse. Johan fez buscas na internet e descobriu que não mais do que dois por cento de todos os manuscritos não encomendados recebidos pelas editoras são aceitos. Todos os outros são recusados.

Com essa palavra. *Recusado.* Com tudo o que já há de errado na vida de Johan, ser ainda *recusado...* seria a gota d'água. Enquanto não mandasse a história para lugar nenhum e não fosse recusado, Johan poderia acreditar que escreveu uma história maravilhosa.

Johan lê os primeiros capítulos pela sexagésima segunda vez. Altera umas palavras, tira uma vírgula. Na verdade, não há mais nada a fazer. A história está pronta.

E se lá pelas tantas eu pensar "O Johan tá no trabalho".

Será que havia uma insinuação nessa frase? Um pingo de esperança? Não. Johan não se permite considerar essa possibilidade. O que ocorreu aquela vez no monumento a Lineu foi a pior recusa na vida de Johan, e ele não pretendia deixar que se repetisse.

COMO A BOLA QUE QUICA

É sábado e Siw e Alva estão jogando futebol no gramado na frente de casa. Ou melhor, "jogando" talvez seja exagero. Siw passa a bola para Alva, que tenta acertá-la com o pé. Ela está treinando. Depois de pensar nos prós e nos contras por semanas a fio, Alva tinha dito na sexta-feira que gostaria de entrar para o time de futebol com as outras meninas da mesma idade que ela tinha visto no gramado.

Siw não fez nenhuma objeção. Seria bom que Alva fizesse uma atividade física, e também seria muito conveniente para Siw. O treino é sempre nas quintas-feiras entre as seis e as sete horas da tarde, e o gramado fica entre a casa delas e a Friskis & Svettis, então Siw poderia treinar na academia enquanto Alva treina futebol.

A dieta à base de pós entrou na fase cetogênica e Siw já não sente mais fome, mesmo que de vez em quando se sinta um pouco zonza. A balança no banheiro indica que ela já perdeu três quilos. Não é um número impressionante, mas já é um começo. O pior de tudo é mesmo ter que comer aquelas porcarias de pós. Siw nunca foi uma grande entusiasta do que se costuma chamar "comida de verdade" mas agora estava sentindo uma enorme falta disso.

Tudo o que a ajudava a pensar em coisas que não fossem comida era muito bem-vindo, e quando Alva disse que *queria treinar* Siw aceitou na hora. Alva tem melhor desempenho com os gestos e as poses de vitória do que com a bola no pé. Pelo que Siw pôde ver, os treinos com as outras crianças de sete anos incluem corridas e brincadeiras além do futebol.

Siw chuta a bola cuidadosamente em direção a Alva, que toma impulso como se fosse arrombar uma porta, corre uns passos à frente e desfere um chute com a perna. Ela erra a bola, porém o movimento pendular do corpo leva-a a cair de costas no chão. A cena é absolutamente cômica, e ao constatar que Alva não se machucou Siw vira o rosto em direção à casamata e tenta apagar o sorriso que tem nos lábios.

— Ahhh! — exclama Alva. — Como é que se faz?

— Eu não sou nenhuma especialista — responde Siw, já com o impulso de rir sob controle —, mas acho que você precisa manter os olhos na bola.

— Como assim *manter os olhos?* — pergunta Alva, que se coloca novamente em pé e em seguida dispõe os dedos em forma de garra, levando-os ao rosto. — Como eu vou *manter os olhos na bola?*

— Você precisa olhar para a bola, simplesmente.

— Mas eu olho! Para *o quê* você acha que eu olho?

— Às vezes eu acho que você está olhando para os seus pés.

— Eu *nunca* olho para os meus pés!

Do Contigahallen chega o som de um motor. Siw rola a bola para Alva, que a encara de má vontade enquanto calcula, chuta e consegue acertá-la em cheio, jogando-a para trás de Siw.

— Ótimo! Muito bem! — exclama Siw. Alva faz uma comemoração digna de um Cristiano Ronaldo e parece quase disposta a tirar a camiseta quando Siw sai para buscar a bola.

Um cortador de grama está atravessando o gramado, e quando reconhece o rapaz que o dirige Siw percebe o maldito rubor no rosto. Bem, mas afinal ela está jogando futebol; nesse caso seria normal ter o rosto vermelho, não?

Max a vê, levanta a mão para cumprimentá-la e chega mais perto. Está usando um uniforme em cores chamativas e na cabeça tem um boné verde com a palavra "Green" estampada. As longas pernas estão recolhidas, e os joelhos ossudos aparecem nos dois lados do volante. Max desliga o motor e Siw pergunta:

— Você também trabalha aos sábados?

— Nah, é só que teve uma partida ontem à tarde e eu já precisava mesmo cortar essa grama, então... — Max põe as mãos no volante usa-as para apoiar o rosto enquanto olha para Siw. — Mas escute... — começa ele, quando de repente é interrompido por uma voz que pergunta:

— Quem é você?

— Eu sou o Max — responde ele. — E você deve ser a... Alva?

Alva arregala os olhos e olha para Siw.

— Ele sabe o meu nome!

Em seguida ela olha mais uma vez para Max.

— Como é que você sabe o meu nome?

— Porque a sua mãe me contou. E você gosta de futebol, pelo que estou vendo. Você joga bem?

— Eu jogo mal. Mas às vezes jogo bem. — Alva bate as mãos e aponta de um jeito quase acusatório para Max. — Por acaso você que é *o cara?*

— Não sei. O que é preciso para ser o cara?

— Namorar a minha mãe.

— Alva, por favor — diz Siw enquanto sente as bochechas esquentarem como as placas de um fogão elétrico. — Isso é coisa da sua cabeça. Não existe cara nenhum.

Para esconder a vermelhidão do rosto, Siw se inclina para a frente e pega a bola. Mas quando volta a endireitar as costas ela faz um movimento rápido demais. Sente a cabeça leve. Siw dá uns passos cambaleantes e precisa se apoiar no cortador de grama para não cair.

— Viu só? — pergunta Alva para Max. — Ela quase *desmaia* com você por perto!

— Como você está? — pergunta Max.

— Eu gosto de começar o dia tomando uma garrafa de destilado. Não... eu só me levantei rápido demais.

— Quase desmaia! — repete Alva, cambaleando como um bêbado pelo gramado até se estatelar no chão com os braços e as pernas estendidos.

— Escuta — diz Max. — Me desculpe por não ter ligado. As coisas têm sido meio... complicadas. Para mim. Porque eu... ah, é uma longa história. Mas não é porque eu não gosto de você. Porque eu gosto.

— Meu Deus! — grita Alva, apertando as mãos contra o peito.

— Ah, meu Deus! — Max começa a rir, e nem mesmo Siw consegue resistir, por mais constrangedor que seja ter a vida sentimental reproduzida no corpo de uma menina de sete anos.

— Enfim — diz Max. — Você vai à festa do Marko hoje à noite, né? A gente se fala melhor por lá. Tudo bem?

— Tudo bem — responde Siw, e então repete o gesto em que finge passar a mão no rosto enquanto, na verdade, puxa os cantos da boca para baixo.

— Tchau, Alva! — diz Max. — Gostei de conhecer você. Pode ser que a gente se veja outra vez!

— Ah, sim! Sim! — grita Alva em um êxtase fingido enquanto Max liga o cortador de grama e torna a avançar pelo gramado. Siw *não* fica observando enquanto ele vai embora. Em vez disso, rola a bola para Alva, que a pega sem nem ao menos arriscar um chute.

— Não existe nenhuma lei dizendo que eu você precisa me fazer de palhaça o tempo todo — diz Siw.

— Existe sim. Eu vou presa se não fizer isso. Mamãe?

— O que tem?

Alva olha para Max, que anda pelo gramado em linha reta.

— Ele é bem bonito! — diz ela como quem entende do assunto. — E também parece ser legal. Vocês têm festa hoje à noite?

— Temos.

Alva faz um aceno sério com a cabeça e depois larga um comentário que Siw não sabe de onde pode ter saído, se de Anna ou de uma história do Pato Donald, ou ainda de outro lugar. Com o olhar ainda fixo em Max, ela sussurra:

— Toca ficha!

* * *

Uma menina de dez anos chega do sul em direção à antiga Societetsbron. Na mão ela tem um celular, que logo é usado para bater uma foto preguiçosa de si mesma e fazer um envio em massa no Snapchat para manter o streak. Do norte chega um homem mais velho, que puxa um carrinho cheio de compras feitas no Ica Kryddan.

Os dois entram na ponte ao mesmo tempo, mas como anda depressa a menina chega ao ponto mais alto bem antes do homem. Lá ela tropeça em uma tábua solta e deixa o telefone escapar da mão. O telefone escorrega pela superfície lisa e cai em direção à abertura na parte inferior da balaustrada.

O homem vê tudo. O telefone vem na direção dele, e tudo o que ele precisa fazer para evitar que aquela viagem continue até o celular cair na água é estender o pé. A visão da menina, no entanto, lembra-o de que o neto jamais aparece para visitá-lo, e além do mais a nova tecnologia parece assustadora. O homem permanece imóvel e acompanha o telefone com o olhar enquanto o aparelho cai na água a dez centímetros do pé dele.

— Não, não, nãããffo! — grita a menina, batendo as mãos na cabeça de frustração. — Por que você não fez nada?

O homem olha para ela. E sorri.

A FESTA DE MARKO

1

— Não deve ser difícil se acostumar a isso aqui.

Lukas faz um gesto com a garrafa de cerveja em direção ao panorama de Kvisthamraviken enquanto a baía reluz com o sol do entardecer. Ele, Markus e Amanda chegaram de carro, vindos de Estocolmo, uma hora antes do combinado para "inspecionar a propriedade" como haviam dito. Os três deram uma volta pela casa e pelo jardim, e depois foram à varanda, onde Marko oferecia destilado, vinho e cerveja suficientes para embebedar um número de pessoas igual do dobro do número de convidados.

— Quanto foi que você disse? — pergunta Markus. — Doze milhões?

— Treze — responde Marko enquanto prepara um screwdriver para Amanda.

— Porra. E você vai simplesmente *dar* para os seus pais?

— Aham.

Amanda pega o drinque que Marko lhe estende e diz:

— Obrigada. No meu caso eu às vezes penso que não teria *nada* a dar para os meus pais, porque eles já têm tudo. É muito chato.

— Aham — diz Lukas. — No meu caso eu não daria nem uma casinha de cachorro para eles. Os dois sempre foram totalmente mão-fechada com dinheiro.

Pelo que Marko lembra da época na Escola de Economia, Lukas não passava nenhum tipo de dificuldade financeira. Ele não precisava fazer nada em troca das roupas de marca que usava, enquanto Marko trabalhava em uma lanchonete aos fins de semana para conseguir manter um padrão de vida minimamente razoável.

Markus balança a cabeça e diz:

— Eu lembro que às vezes eu levava um vinho para casa quanto tinha janta, e não era um vinho qualquer. E o meu pai tipo: " Não precisava" e colocava o vinho na porta da geladeira, nem ao menos na adega, como se aquilo fosse um vinho de mesa.

Marko não tem nada a acrescentar: as experiências que teve foram muito diferentes daquelas vividas pelos amigos da capital. Eles nunca foram muito próximos na escola, e somente anos mais tarde começaram a ter um relacionamento pessoal, uma vez que frequentavam os mesmos clubes nos arredores de Stureplan e tinham descoberto que trabalhavam mais ou menos com as mesmas coisas e além disso eram todos solteiros por opção.

— Acho que eu nunca vi um deque tão grande como esse — diz Lukas, fazendo um gesto circular com a garrafa. — Uma vez eu estive na casa do Johan Persson e... nah, a varanda não era tão grande quanto essa aqui.

— Você tá falando *daquele* Johan Persson? — pergunta Amanda.

— É. Por acaso existe outro?

— Eu pensei em construir uma piscina — diz Marko. — Se o pai e a mãe quiserem.

— Muito bom! — diz Markus. — Mas aí você precisa de alguém que venha fazer a manutenção e a limpeza.

— Não cheguei a pensar em tanto detalhe.

— Vai ficar demais. Piscina é demais. É caro, mas vale *muito* a pena.

— Legal.

— Saúde, porra — diz Markus, estendendo a garrafa para que Marko possa brindar.

Markus imita o que imagina ser a voz de um sueco banana e diz:

— Vamos encher a cara!

2

Maria chega meia hora depois e Marko não sabe se aquilo é uma tentativa de ironia, mas ela traz consigo dois pacotes de batata chips tamanho família. Marko a apresenta para os amigos e a atmosfera na varanda se transforma da maneira esperada. Lukas e Markus estufam o peito e Amanda se mostra ainda mais encantadora para esconder a inveja. Tudo fica meio duro e artificial até que Maria pega os sacos de batata chips e pergunta:

— Você tem uma tigela? Eu tô há sete anos com fome. E hoje vou encher a pança de batatinha.

— Tigela não é bem o tipo de coisa que eu já tenha arranjado — diz Marko. — Pode ser um balde?

— Você quer servir batata chips num balde?

— Ah — diz Maria, que então pega um dos sacos, enfia um punhado de batatas chips na boca e aponta para a mesa das bebidas.

— Faça um gim-tônica pra mim. Bem forte.

Marko fica pasmo com o comportamento de Maria. Sabe que a irmã pode ser muito elegante se quiser, porém ela parece estar decidida a interpretar um papel diferente, uma coisa mais próxima do *vamos encher a cara* dito por Markus, porém mais convincente. Maria já não parece estar totalmente sóbria, e ao contrário do que ela pede o drinque é preparado com apenas meia dose de gim no copo. Logo atrás, Lukas ouve a frase-padrão:

— Você por acaso é modelo?

— Nah — responde Maria, farelosamente com a boca cheia de batata chips. — Eu trabalho num café.

— Mas... eu acho que o Marko tinha dito que...

— O Marko inventa muita história. Uma vez ele disse que o nosso pai era o Goran Bregović.

— Quem é esse?

— Exato. Que tipo de sueco dá a mínima para o Goran Bregović? Além de tudo ele é burro.

Enquanto serve a tônica por cima da meia dose de gim, Marko lembra que tem bons motivos para não ter feito muitos contatos com a irmã em anos recentes. Maria não apenas lhe deixa com os nervos dele à flor da pele — ela os arranca do corpo. E depois os pisoteia.

3

— Eu encontrei a Siw hoje. Por acaso, no campo de futebol.

Max para e entrega a garrafa de Valpolicella a Johan, porque descobriu que o cadarço do sapato direito está desamarrado. Johan analisa o rótulo da garrafa e por fim pergunta:

— Você ia ligar pra ela, não?

— Ia, mas no fim... não saiu — responde Max, amarrando os sapatos elegantes. Aqueles cadarços são ocos e têm uma forte tendência a se desamarrarem sozinhos.

— Por quê? — pergunta Johan, demonstrando um interesse pouco característico que Max sabe ter motivado pelo nervosismo com a perspectiva da festa — como acontecia em todas as ocasiões sociais longe da pista de boliche — e pelo desejo de atrasar a chegada de ambos.

Max endireita as costas e está prestes a pegar a garrafa de volta, mas em vez disso diz:

— Ah, você pode dar essa.

Johan não tem nenhum presente de despedida a oferecer, provavelmente porque as finanças pessoais dele não permitiam, e Max de bom grado se dispõe a pagar aquela garrafa de trezentas coroas para ajudá-lo a se acalmar. Johan olha mais uma vez para o rótulo, como se de repente o visse sob uma nova luz ao saber que aquele seria um presente dele, e por fim diz:

— Obrigado. Mas por quê?

— A garrafa?

— Nah. Aquela Siw.

Johan costuma chamar Siw e Anna de "aquela Siw" e "aquela Anna" para deixar marcado que essas são pessoas estranhas a ele. Os dois param a vinte metros do portão de Marko quando Max reflete mais um pouco e diz:

— É difícil de explicar. No fundo acho que eu tenho medo.

Max esperava um comentário do tipo *medo de que ela quebre você ao meio quando sentar em cima de você?,* mas a pergunta é simplesmente:

— Como assim, medo?

Max chega quase a preferir que Johan tivesse feito um comentário irônico. É difícil pensar sobre essas coisas, mas ele faz uma tentativa:

— Ela me pegou meio de jeito. Eu não entendo. E não sei se eu tenho coragem. De deixar que ela me pegue de jeito.

Johan acena a cabeça. Uma coisa surge no olhar dele e ele diz:

— E além de tudo deve ser complicado se apaixonar por uma balofa.

Tudo estava de volta ao normal. Os dois continuaram em silêncio até o portão, e apenas quando Max já o tinha aberto Johan disse:

— Me desculpe. É minha síndrome de Tourette, sabe? Deixa as coisas seguirem o curso natural. Se rolar, rolou. Não pensa demais. Como o Marko e eu teríamos dito em nosso dialeto de obviedades: *siga o seu coração.*

Havia vozes na varanda, e os dois ignoram a porta da casa e em vez disso sobem na parte do deque que avança pela lateral. Max olha para Johan, que tem os lábios apertados e segura o gargalo da garrafa com tanta força que os nós dos dedos chegam a embranquecer.

Quando os dois enfim dobram no ponto em que o deque faz um L, descobrem Marko e Maria conversando com outras três pessoas que Johan provavelmente descreveria como *burgueses.* Os rapazes tinham cabelos para trás, fixados com cera, e a menina tinha um penteado loiro chanel. Camisas de cores pastéis em tons rosados, uma blusa creme solta de designer.

Desse pessoal de Estocolmo Max só conhece Lukas, que foi colega dele no primeiro ano de Escola de Economia. E é Lukas o primeiro a vê-los.

— Max! — exclama ele.

— *My man! How's it hanging?* — Max faz um gesto pouco comprometedor — *Comme ci, comme ça.*

Maria olha para trás. Ela usa uma calça jeans e uma camiseta preta. Na mão, tinha um pacote de batatas chips. Leva apenas um segundo para entender o que está acontecendo. Os rapazes acompanham cada movimento daquele corpo.

Quando Max e Johan se aproximam ela abre os braços, dá dois passos à frente e diz:

— Docinho! — para a seguir dar um beijo sabor batata chips nos lábios dele.

Lukas e Markus se encaram. Sobrancelhas se erguem de repente, ombros se tensionam: *que porra é essa?*

4

— Putz — diz Siw. — Putz, putz, *putz*.

— O que é tão putz? — pergunta Anna, tomando um gole da uisqueira.

— Ah, esse tipo de coisa — diz Siw, fazendo um gesto em direção à imponente casa que se erguia em frente às duas quando já estavam na estradinha interna do pátio, ao lado do Audi de Marko. Ao lado estava outro Audi, também preto, também novo. A impressão era que a casa receberia um encontro de diplomatas.

— Como assim, "esse tipo de coisa"? — pergunta Anna, e por sorte a voz dela não está pastosa mesmo após os três copos de vinho que tomou na sacada de Siw, que ainda por cima foram complementados com goles de vodca tomados da uisqueira.

— Você *sabe* — diz Siw. — Gente. Aparecer na frente de gente estranha. Ser julgada. Eu não consigo... será que a gente não pode voltar pra casa?

— Agora a senhorita me escute — diz Anna, entregando a uisqueira para Anna.

— Em primeiro lugar, tome um gole disso aqui.

Siw toma um gole do líquido quente e sente o calor se espalhar pela garganta. Destilado puro não é muito a praia dela, mas naquele momento... talvez seja autoengano puro, mas ela tem a impressão de que o líquido desata o nó que tem na barriga.

— *We're at war* [*Estamos em guerra*], você sabe né? — pergunta Anna, fechando a tampa da uisqueira antes de colocá-la de volta no bolso de trás.

— É *guerra*. Aquilo que o Max disse para você... agora é guerra. Uma guerra que vamos ganhar.

— Ele só disse que gosta de mim.

— Mas isso é *guerra*. Uma conquista de novos territórios. Avante! Marchemos sempre em frente! E assim por diante. Como foi mesmo que a Alva disse? "Toca ficha".

Anna dá uma risada e uma gota de saliva salta no rosto de Siw.

— Ah! Porra como eu amo ela! O que mais eu vou dizer? Simplesmente... Toca ficha!

Um grupo de pessoas menor do que aquele que Siw tinha imaginado e temido estava reunido na varanda, mas os rapazes de Estocolmo olham para o outro lado *exatamente* como ela tinha imaginado.

No momento em que Siw e Anna chegam, eles dão uma olhada rápida em direção às duas para em seguida encarar Marko com um olhar interrogativo:

Sério que o lugar dessas duas é aqui?

Siw busca refúgio no olhar de Max. Max a encara com um olhar cheio de afeto e o coração de Siw não consegue se decidir entre bater mais rápido ou relaxar, e por um instante ela teme estar sofrendo com um surto de arritmia.

— Anna! — exclama Marko. — Siw! Que bom ver vocês.

Uma menina que estava de costas se vira. Ela tem cabelos pretos como a asa do corvo e olhos verde-claros que as observa com uma expressão interessada.

Por ser a pessoa mais próxima, ela estende a mão para Anna e diz:

— Oi. Eu sou a Maria. Irmã do Marko.

Anna toma aquela mão e a aperta enquanto faz um gesto afirmativo com a cabeça.

— Sério? — pergunta ela. — Você tá de brincadeira?

— Como assim? — pergunta Maria.

— Você é bonita demais, será mesmo possível? Não tô gostando dessa história.

A sinceridade do comentário pega Maria de surpresa. Na falta de coisa melhor para dizer, ela pega um saco de batata chips e pergunta:

— Batatinha?

— Claro — responde Anna, pegando um punhado cheio.

5

Marko está ao lado do grill, virando as chuletas. Já se passaram horas desde que todos se reuniram, e por enquanto tudo bem. Claro que os amigos de Estocolmo falam principalmente entre si, com participações apenas ocasionais de Maria, que dá respostas curtas porque a irmã — em uma virada bastante inesperada para Marko — está mais interessada em falar com Anna.

Talvez o fascínio da irmã esteja ligado ao fato de que Anna *é,* enquanto Maria por ora tenta apenas *parecer.* Além do mais, as duas compartilham um interesse preocupante em beber grandes quantidades de bebida alcoólica e fazem visitas frequentes à mesa de destilados, onde discutem em alto e bom som a respeito da próxima rodada.

Siw, Max e Johan conversam num grupo à parte. Johan talvez sinta que está sobrando, porque volta e meia se remexe no assento e olha demoradamente para as águas da baía, como se contemplasse a hipótese de uma morte por afogamento. Marko haveria de salvá-lo se não estivesse embuchado com toda aquela carne. Os cortes foram marinados conforme a receita de Goran e todos sentem a boca se encher d'água com o cheiro que vem do grill Weber, comprado especialmente para a ocasião.

Lukas se aproxima dele com uma das mãos no bolso da frente e a outra ocupada com uma Modus Hoperandi. Ele baixa o tom de voz e pergunta:

— O Max e o Johan eu já conheço, mas e aquelas garotas? Quem são? Amigas de infância?

— Nah — responde Marko, usando o pegador para examinar o lado inferior de um pedaço de carne. — Eu conheci as duas umas semanas atrás.

— Muito bem — diz Lukas. — E qual é a situação?

— Que situação?

— Ora, você sabe.

— Não. Pode explicar.

Lukas ergue as mãos em um gesto de rendição e dá um passo para trás.

— Muito bem. *Have it your way.*

Marko o acompanha quando ele dá meia-volta e leva consigo Markus para fazer mais uma investida na direção de Maria. Claro que ele entende o que Lukas quer saber. Max sabe se apresentar e falar *como se deve,* enquanto Siw, Anna e Johan são outro tipo de gente — *gente de Norrtälje.*

Mas naquele momento todos estão em Norrtälje, em um território conhecido que também é o território de Marko. E Marko não vai permitir que Lukas questione o direito das meninas de estar na cidade onde nasceram. Ele entende a pergunta, mas não admite que seja feita.

6

Anna é divertidíssima. Em parte ela gosta de ver que Maria tem espírito de festa, em parte acha legal falar com uma pessoa que você geralmente só vê em foto — literalmente. Às vezes Anna compra exemplares de revistas femininas ou de moda para sonhar um pouco, e a essa altura ela já se convenceu de que Maria *realmente* é a modelo que ela viu em certas capas. É meio como ter a oportunidade de conviver com uma criatura bondosa do espaço sideral.

E enfim passar um tempo ao lado de uma pessoa que bebe com o mesmo entusiasmo dela. Siw é muito chata no que diz respeito a esse assunto, enquanto Maria alegremente vira um drinque atrás do outro sem acabar muito bêbada. É totalmente inacreditável, mas chega um momento em que Anna sente que precisa diminuir o ritmo caso pretenda esticar a noite. Maria! Que mulher!

Anna percebe que não é a única a pensar dessa forma. Logo os pretensiosos de Estocolmo se aproximam, cheios de sorrisinhos como se o tempo inteiro estivessem prestes a dizer *séérrio?* Os rapazes se colocam ao lado de Maria e, antes que possam cuspir uma única frase, Anna pergunta:

— Lukas e Markus? O que foi feito do Matteus e do Johannes? — o que leva Maria a cuspir um gole de cuba libre.

O sorriso de Markus se torna ainda mais oblíquo quando ele diz:

— A gente já ouviu essa piada antes.

— Ah — diz Anna. — Mas então vocês andam mesmo sempre em dupla? Tipo o Gordo e o Magro?

Maria estende a mão para cima e Anna a cumprimenta com um *high five* antes de tomar um gole quase suficiente para esvaziar o copo. *Muita calma nessa hora. Não perca o foco.* Markus e Lukas se retiram e, para sua grande satisfação, Anna percebe que ela *quase* deu um jeito de apagar aqueles sorrisinhos de superioridade.

Norrtälje: 1 Estocolmo: 0

— Lukas e Markus — diz Maria, balançando a cabeça. — Porra, como eu mesma não pensei nisso?

— Não adiantaria nada — diz Anna, imitando o sotaque de Estocolmo dos meninos. — *Eles já ouviram essa piada antes.* Você tem uma família religiosa?

— Católica — diz Maria. — Com santos e essas coisas todas. Você?

— Minha família é niilista. Pelo lado da minha mãe. Com a ausência de alegria de viver e tudo mais.

— Niili...? No que vocês acreditam?

— Ah, danem-se essas coisas. Vamos tomar mais uma?

Maria olha para a direção onde Max e Siw conversam enquanto Johan as acompanha como ouvinte passivo e diz:

— Acho que preciso cuidar um pouco do Johan.

— Do *Johan?* Aquele que...? Vocês são bem próximos um do outro, não?

— Ele foi um dos homens mais importantes na minha vida.

Em vez de simplesmente olhar com o rabo do olho, Anna vira o corpo para examinar Johan à luz dessa nova informação. Ela tem a impressão de que Johan parece triste e miserável como de costume, mas tem uma aura de superioridade um pouco mais tolerável do que aquela de Lukas e Markus. E ele também foi *muito importante* para aquela Maria celestial.

— Puta merda — diz Anna. — A gente ouve cada uma...

7

O velho da Argila...

Johan olha para as águas de Kvisthamraviken enquanto Max e Siw continuam a falar ao lado dele. Ele leu em um lugar ou outro que na época em que Norrtälje era o principal balneário da costa leste, a principal atração do lugar era a argila com supostos efeitos medicinais que havia por lá. As pessoas chegavam *em massa* para se jogar na argila, e era o Velho da Argila que todas as manhãs a recolhia com o auxílio de uma pá de cabo longo.

O velho da Argila. Parece o título de um conto. Johan imagina o velho na baía, ondulando no barquinho a remo. No barco há também um cachorro. Um... labrador? Não, é uma raça mista, um cachorro indefinível, que além de tudo é cego de um olho. O cachorro tem o nariz para fora do barco.

Quase sempre essa é uma atitude espontânea, mas naquele momento Johan se entrega conscientemente a imagens que, juntas, poderiam ser um conto. Max e Siw compartilham memórias da época da infância em Norrtälje, e a conversa transcorre em um tom ao qual Johan não consegue se adaptar. Um tom positivo e nostálgico que ele tem vontade de arruinar com palavrões e ironias, ainda que esteja calmo e sóbrio o bastante para entender que o melhor é deixar essa ideia de lado. E assim ele fica quieto e pensa no Velho da Argila.

Qual seria o problema? O conflito? Será que surgiria uma alegação de que a argila era radioativa, o que seria considerado uma característica positiva e milagrosa na época? Se imaginarmos que é verdade que o velho e o cachorro foram expostos a grandes quantidades de radiação... Johan ri consigo mesmo. *O vingador tóxico* em Norrtälje, nah...

— Do que você está rindo aí?

Maria inclina a testa em direção ao rosto de Johan. O hálito dela tem um evidente cheiro de álcool. Johan põe o braço sobre os ombros dela e beija-a na raiz dos cabelos.

— Como você está?

— Hmm — responde Maria. — Bem. Essa Anna é divertida pra burro.Maria ignora o fato de que Siw e Max estão tendo uma conversa sobre uma vez em que *devem* ter se visto no Societetsparken. Sem descolar do rosto de Johan, ela cutuca o ombro de Siw e diz:

— Ei. A sua amiga. Ela é divertida pra burro.

— Ah, é? — diz Siw. — Que bom que você pensa assim.

— *Você* não pensa? Se não, então você deve ser chata pra burro.

— Deixe-os em paz — diz Johan, aproveitando que tem o braço nos ombros de Maria para tentar afastá-la. — Os dois têm muita coisa a falar.

Maria descola a testa do rosto de Johan e cochicha com o hálito quente em seu ouvido:

— Claro. Porque o Max *também* é chato pra burro.

— Ei — diz Johan, puxando Maria um metro para o lado. — Você não acha melhor diminuir um pouco o ritmo? Da bebida?

— Eu? — pergunta Maria, se desvencilhando dele. Ela dá um quarto de volta com passos firmes e caminha uns metros em cima da fresta entre duas tábuas sem se desviar um centímetro sequer. — Olha. *I walk the line*. Sem nenhum problema.

— Não é bem assim. É normal que...

— Pssst — diz Maria. — Vem. Vamos dar uma volta. Eu quero falar mais um pouco com você.

Johan está prestes a ceder quando Marko grita que a comida está pronta.

— Vai ter que ficar pra depois — diz Johan.

8

O jantar é bem espartano. Chuletas e salada de batata servidas em pratos de papel com talheres de plástico, que todos comem sentados nas tábuas do deque. E além disso há também vinho no tetrapak. A conversa fica mais animada com o relaxamento trazido pelo álcool, e Max vê quando Johan começa a falar com Lukas e Amanda. Muito bem. Assim ele não precisaria se sentir responsável pelo bem-estar do amigo naquela situação.

É curioso ver que Markus, Lukas e Amanda, que já no primeiro ano da Escola de Economia queriam almoçar no Sturehof, não têm problema nenhum para fazer uma refeição como se estivessem no *Sweden Rock*. Ao longo do ano que havia passado em Estocolmo, Max tinha aprendido que esse era um jogo de código social e status. Estar com o sapato errado podia causar uma impressão pior do que vomitar em cima desses mesmos sapatos durante a semana gastronômica de Gotland. No mais, praticamente *qualquer* coisa podia ser feita, desde que todos a estivessem fazendo. Eu outras palavras: encher a cara em um festival não era nenhum problema.

Depois da refeição Marko ligou o Spotify, colocou para tocar na caixinha bluetooth uma playlist de músicas dançantes e acendeu dois cordões de luzes recém-tirados das embalagens. Não chegava a ser Ibiza, mas aos poucos começou a surgir um clima festivo tão espartano quanto o jantar.

Max desce a escada até o jardim e se senta no degrau mais baixo. Ele olha para o gramado e não consegue deixar de pensar no trabalho que Goran vai ter para manter aquela grama cortada. O olhar se desvia dos arbustos de frutas em direção às árvores que precisam de cuidados, e os pensamentos dele se concentram em Siw.

Max realmente gosta de falar com ela, e como Siw também está mais relaxada e risonha, ele a acha realmente simpática naquele momento. Max põe um *passe-partout* em cima da imagem de Siw e tira tudo o que não importa para se atentar à beleza do rosto no interior da moldura. Ela é simpática. Bonita.

Mesmo assim, é como se a conversa se mantivesse no nível de um interesse polido, como dois primos bem-educados que não se conhecem mas são postos na mesma situação porque têm a mesma idade e precisam achar coisas para dizer. Talvez porque os dois não tenham falado sobre *aquele negócio* que os une, talvez porque o elefante inflável que ocupa todo o espaço precise ser furado antes que uma aproximação possa ocorrer de fato. Mas será que ele *quer* uma coisa dessas? Ela é realmente simpática e bonita, mas...

Duas mãos grandes se fecham nos ombros de Max e o massageiam.

— E aí, Marko — diz Max, sem nem ao menos se virar. Somente uma pessoa no grupo têm mãos como aquelas.

— E aí — diz Marko, se sentando ao lado do amigo. — No que você tá pensando?

— No gramado. — Max faz um gesto com o copo de vinho em direção ao tapete verde. — Vai ser um trabalho do inferno pro Goran cuidar disso aqui tudo.

Marko dá uma risada e balança a cabeça.

— Você tá lesado das ideias.

— Os arbustos precisam de uma boa poda, e aquelas macieiras...

— Saúde — diz Marko, batendo o copo de leve contra o copo de Max. — E fique quieto. Vai dar tudo certo. Na pior das hipóteses eu contrato você. Marko faz um gesto brusco e olha para Max como se tivesse feito uma descoberta.

— Que ideia! Você teria interesse?

— Eu já tenho bastante coisa pra fazer.

— E no inverno? No inverno você tem menos trabalho.

— Não dá pra fazer a poda no inverno. Temos que ver. Quer dizer, talvez.

Marko faz um aceno de cabeça ao notar a presença de um jardineiro no círculo de amigos e conhecidos. Ele pousa a mão sobre a nuca de Max e a aperta como se estivesse tomando posse dele.

— E no mais? Você e a Siw pareceram bem próximos ali.

— Tá. Ela é legal. Simpática.

— Mas um pouco difícil de agradar, não? Porra, ela não comeu nada.

— Ela tá fazendo uma dieta de pó.

— Uma dieta de *quê*?

— Pó. Sabe, tipo...

— Ah — diz Marko, contraindo e mostrando o bíceps, — eu também já fiz isso por um tempo. Nunca mexi com anabolizante e essas merdas todas, mas...

Ele é interrompido pela voz de Maria, que se faz ouvir mais atrás:

294

— Você está aí exibindo os músculos como de costume? Se preparem! — Max vira a cabeça e vê Maria descer a escada apoiada em Johan, que tem um sorriso de desculpas nos lábios, como se a embriaguez de Maria fosse culpa dele.

Max sempre teve a impressão de que Maria tinha antipatia por ele — uma coisa que tinha existido desde sempre. Ou melhor, não. Desde o dia em que Max tinha arranjado um emprego para Goran. Desde então Maria o olhava sempre meio de lado e evitava falar com ele, e a situação não havia melhorado nem mesmo durante o período em Estocolmo. Não havia o que fazer.

Max e Marko se afastam para dar lugar aos dois. Primeiro vem Johan, depois Maria, com uma das mãos no ombro dele. A outra ela usa para mexer nos cabelos de Max com um gesto condescendente enquanto diz:

— Queridinho.

— Maria — diz Marko. — Você não pode mais beber por hoje.

Maria tira a mão dos cabelos de Max e mostra o dedo médio para Marko quando ele se vira de costas. Ela engole a primeira parte de uma frase que termina com:

— ...*não* o meu pai.

— Tá tudo bem — diz Johan. — Eu cuido dela.

Marko olha desgostoso para Maria, que cambaleia apoiada em Johan e por fim cai batendo as costas no tronco de uma enorme macieira cerca de vinte metros adiante. Ele sacode a cabeça para afastar pensamentos indesejáveis e por fim se vira em direção a Max e pergunta:

— Quanto você pediria de salário? Assim, sem nenhum compromisso?

9

Johan e Maria estão rodeados de frutas caídas. O chão embaixo da macieira está repleto de maçãs que não fizeram a alegria de ninguém, e que no escuro se revelam apenas como sombras arredondadas.

— Maçã — diz Maria, pegando uma do chão, dando-lhe uma mordida e cuspindo o pedaço logo no instante seguinte. — Ah, que merda! Essa tá podre! — Ela joga longe a fruta, que rola pelo gramado como o rascunho rejeitado de um logo da Apple. — Blergh!

Ela solta o corpo e apoia as costas na macieira, e então continua a cuspir e a fazer barulhos que denotam um nojo que logo se transforma em resmungo.

— Como estão as coisas pra você? De verdade?

— Diventchimpopa.

— O que foi que você disse?

— De... vent... ah, que se foda. Agora eu vou fazer uma pergunta pra você. E eu quero que você responda. Com toda a sinceridade.

Maria endireita o corpo e os olhos dela brilham na escuridão quando os dois são iluminados pelo cordão de luz estendido na varanda, onde se ouve o ribombar de uma música de Avicii. Ela se inclina em direção a Johan e pergunta:

— Foram vocês?

— O quê?

— Fala sério. *Foram vocês?*

Johan não bebeu além da conta: está precisamente naquele ponto em que tudo parece, em vez de confuso, *mais bem-definido* do que no dia a dia. A pergunta de Maria atravessa os pensamentos dele como se estivesse no vácuo, isolada do resto. Uma pergunta direta que exige uma resposta direta. Johan responde:

— Fomos.

Maria dá um murro no chão e acerta uma maçã podre que no mesmo instante vira purê e suja a mão dela. Enquanto ela se limpa esfregando os dedos no tronco na macieira, Johan tenta pensar nas consequências da confissão que acaba de fazer. Mas não consegue pensar em nenhuma.

— Eu sabia — diz Maria. — Eu *sabia*. Como?

— Com tacos de *bränboll*.

É estranho como tudo parece simples depois que ele começa.

E também libertador. Embora Marko diga que aquilo *nunca aconteceu,* não é assim que Johan sente. Aquilo o incomoda como um prego enferrujado cravado há anos no mesmo lugar, por mais justo que possa ter sido. Contar a história faz com que esse tormento se amenize.

— Bom, da parte do Marko eu entendo — diz Maria. — Mas e você? Como você pôde fazer um negócio daqueles?

— Eu amo você. E você sabe disso.

— Tudo bem... tudo bem, mas... ah! — diz Maria, batendo na testa como Newton, embaixo de outra macieira, de repente teve uma revelação. — Amor! Claro! É sempre assim! Ah!

— Do que você tá falando?

Maria cutuca o ombro de Johan com a violência espontânea dos bêbados.

— Eu disse pra você falar sério. E é óbvio que você é apaixonado pelo Marko, ou pelo menos era naquela época. E *isso* eu soube desde, tipo... desde sempre. Eu só não tinha pensado que... ah. Qual dos dois?

— Qual dos dois o quê?

— Você *era* ou *ainda é* apaixonado por ele?

No mesmo fôlego de simplicidade e libertação, Johan responde:

— Ainda sou.

— Ahhh! — exclama Maria, quase caindo por cima de Johan enquanto tenta abraçá-lo e o enche de beijos molhados. — Aquele desgraçado! — diz ela, fazendo um gesto ameaçador contra o irmão. — Aquele desgraçado é *totalmente* hétero!

— Tá. Eu já entendi.

— Na marra?

— Totalmente na marra.

— Ahhh...

— Já chega de beijos por enquanto, obrigado — diz Johan, passando a mão no rosto umedecido pela saliva de Maria.

— E também era você — diz Maria, se divertindo enquanto dá tapinhas nas costas de Johan — que mexia nas minhas roupas. O que você fazia? Experimentava tudo?

— É.

— Sei. — Maria novamente se recostou na árvore, exausta com todas aquelas confissões e revelações. Johan imagina se não vai se arrepender de tudo na manhã seguinte, mas por ora se sente bem por ter dividido aqueles segredos com outra pessoa, e por saber que essa pessoa ainda por cima é Maria. Johan se sente *limpo* de uma forma como não havia se sentido em muito tempo.

"Hey Brother" [*Ei, irmão*] toca na varanda enquanto a respiração de Maria aos poucos se torna mais pesada. Os sons da música se misturam à alegria, às risadas e aos aplausos. Johan se certifica de que Maria está bem acomodada e vai lá ver o que está acontecendo.

10

Anna está dançando, ou melhor, está curtindo a música da melhor forma possível na condição em que se encontra. Ela tirou as meias, os sapatos e a blusa, e está dançando apenas com um top fino. O corpo dela se agita e ondula, as chaves do carro tilintam enquanto os pés se movimentam fora do ritmo nas tábuas da varanda e ela berra:

— *There's nothing in this world I wouldn't do!* [*Não há nada neste mundo que eu não faria!*]

Em um triângulo ao redor estão sentados Markus, Lukas e Amanda, que a incentivam enquanto a filmam com os celulares.

"Rebola, shake that booty, baby!" *"Rebola, mexe esse rabo, baby!"*

O *drop* vem logo em seguida, e Anna rebola enquanto tropeça e se bate nas coisas e por muito pouco não cai enquanto o clima festivo chega a níveis ainda mais altos. Marko acaba de sair à varanda, e se ao longo da tarde já havia sentido uma má vontade cada vez maior em relação aos amigos de Estocolmo, naquele instante o sentimento chega perto do *ódio*.

Ele se aproxima de Anna para dar um basta àquele espetáculo vexaminoso. Ao vê-lo, Anna abre os braços e dá uns passos para trás enquanto continua dançando e grita:

— Marko! *Dance with me, baby!* [*Dance comigo, bebê!*]

Marko lança um olhar aniquilador em direção aos amigos da Escola de Economia, que continuam a filmar a cena como turistas aborrecidos que enfim conseguem ver os nativos fazerem uma coisa *autêntica*. Só existe uma forma de reduzir a humilhação de Anna. Marko se aproxima dela. E começa a dançar. Com o rabo do olho, ele vê quando Lukas e Markus baixam os celulares e trocam olhares.

— *Yeah!* — grita Anna, totalmente alheia ao clima de cidade grande contra cidade pequena. Marko não gosta muito de dançar, mas assim mesmo desfia o repertório pessoal de movimentos, que Anna imita com braços e pernas serpenteantes e dispostos a ir para todos os lados ao mesmo tempo. O olhar dela não se foca em nada, e o rosto está molhado de suor.

Ainda dançando, Marko se aproxima e segura Anna quando ela dá um passo em falso, tropeça e cai para a frente. O corpo dela pesa nos braços dele. Anna aperta o rosto contra a barriga de Marko e diz:

— Ah, Marko. Hmm... Marko.

— Anna, vamos lá — diz ele. — Acho que você precisa deitar um pouco.

— Como você quiser — diz ela. — Como você quiser.

Com o braço nos ombros de Marko, Anna se deixa levar até o interior da casa. Ela fede a suor e álcool e Marko faz uma careta de nojo. Ele a leva até a cama de camping e a põe sentada com um rangido. Quando está prestes a deitá-la, Anna o agarra pela camisa e puxa em direção a si.

— Anna, para.

Anna faz biquinho e umedece os lábios com a língua.

— Eu sou muito apaixonada por você, Marko.

— Aham. Mas agora fique deitada aí.

Marko faz uma nova tentativa de colocá-la deitada na cama, mas com um gesto rápido Anna segura-o pela nuca e dá-lhe um beijo na boca. Dessa vez Marko se sente obrigado a usar um pouco mais de força para tirá-la de perto.

— Porra, Anna, já chega!

Anna resmunga:

— Mas eu tô *apaixonada*.

— Tá, mas eu não tô apaixonado por você e nunca vou estar, então *para*.

— Nunca mesmo? Nem um pouquinho? — choraminga Anna.

— Não. Eu gosto de você quando você tá com a cabeça no lugar, mas nunca vou gostar de você desse jeito.

Finalmente Anna resolve se deitar, mas assim que se encontra deitada ela se vira de lado, encolhe os joelhos e começa a chorar convulsivamente. Marko abre os braços em um gesto resignado, talvez dirigido a uma divindade incapaz de vê-lo naquele momento. *Eu fiz tudo o que eu podia, não?*

Marko suspeita que tudo seria ainda mais difícil e constrangedor se ele tentasse oferecer consolo, e assim sai da casa à procura de Siw. Quando chega à varanda ele faz um duplo *Foda-se* para Markus e Amanda, que estão sentados mexendo nos celulares. Ele olha ao redor à procura de Lukas, mas não o encontra. Marko quer os três reunidos para que todos possam ouvir juntos que são uns merdas.

11

— Pssst. Ei. Você.

Maria levanta a cabeça e, no lugar onde imaginava ver Johan, descobre Lukas ou Markus ou Matteus ou Johannes agachado na frente dela. *Era gente demais.* Ela está prestes a fechar novamente os olhos quando alguém — ela não sabia quem — segura-a pelos ombros e a sacode.

— Sou eu. O Lukas. Eu tenho um negócio, se você quiser.

Lukas tem um negócio. Qual é a pergunta natural a seguir? Exato.

— Negócio? Que negócio?

— Ah, você sabe. Você tá meio cansada, e... é um negócio que pode te deixar mais animada um pouco.

Maria sabe que entende o que ele diz, mas os pensamentos se recusam a fazer o clique. À frente ela vê um campo nevado. A neve a deixa animada. Será que eles vão andar de esqui?

— É só mandar ver — diz Maria.

— Quê?

— Mas ele... como é o nome dele... o nosso herói nacio...

Como é o nome dele? Bergmark? Bergsten?

— Urban Bergsten?

— Nããão! — bufa Maria, desejando que a deixem em paz, enquanto Lukas pega a mão dela e a ajuda a ficar de pé.

Com um olhar vigilante em direção à casa, ele a leva rumo à estradinha do pátio e Maria pergunta:

— A gente vai... para as montanhas?

Lukas ri.

— Dá pra dizer que sim. Mas vai ser meio fora da pista, sabe? Neve em pó. Praticamente Chamonix. Você já esteve lá?

— Sempre. Stenmark é o nome dele. Ingemar Stenmark. Casado com... Björn Borg.

— Porra, você gosta de falar hein? Vem. Entra aqui.

Lukas segura a porta do carro aberta e Maria sabe que aquilo está errado — e não apenas na situação: ela se sente tão cansada de *andar e andar* que o assento de couro preto exerce uma atração irresistível. Ela despenca no interior do carro e cai numa escuridão macia.

O clique da porta fechando a desperta. Maria descobre que está sentada no banco do passageiro de um carro de luxo. Ela já fez aquilo muitas vezes. Do outro lado do vidro está a porcaria da casa que Marko comprou. O que foi que aconteceu? Alguém deve ter...

A porta do motorista se abre e Lukas entra no carro. Ah. Foi ele. Chucas. Maria deixa escapar uma risadinha. Homens com carros de luxo. Chucas.

— O que foi? — pergunta Lukas, enfiando a mão no bolso da jaqueta.

— Nunca chamaram você de... Chucas?

Lukas parece realmente ofendido, então pode ser que já tenha acontecido, talvez muito tempo atrás.

— Talvez — responde ele, pegando um pequeno ziplock cheio de pó branco. — Por quê?

— Eu só pensei — responde Maria, a essa altura já totalmente a par da situação. Ela já viveu aquilo antes. Duas, não, três vezes. Em Paris, Milão e... Dubai? Clube noturno, estacionamento, carro, cocaína. Não foi em Dubai. Roma?

Não importa.

Lukas vira um montinho em um raspador de gelo plástico com o logotipo da Biltema e começa a dividir as carreiras usando um cartão de crédito. American Express. É assim que se faz. Por outro, o logotipo da Biltema... Será que um sujeito como Chucas já esteve numa loja da Biltema?

Não importa.

Não. Já chega. Ela não vai fazer isso. Já fez antes, muitas vezes, mas agora chega. Existe uma decisão, uma promessa. Sim. Aquilo faz *mal* para ela. Maria está... como é mesmo? *Limpa.* Ela está limpa. Maria aponta para o raspador de gelo e diz:

— Nah. Não. Eu tô limpa. Faz dois meses.

— Você não tem ideia do que é esse negócio aqui — diz Lukas. — Muito, muito puro. Você *tem que* provar.

Maria sente a boca seca e uma vontade louca toma conta dela, como se estivesse à beira de um abismo e uma voz a chamasse lá de baixo. Uma voz familiar, que despertasse saudades. Um amigo próximo. O melhor amigo.

— Uma carreira só — insiste Lukas, tendo na mão o raspador de gelo com a cocaína já separada em quatro fileiras. Na outra mão ele tem um canudo cortado.

Tinha a ver com dinheiro. Ela tinha gastado muito dinheiro com aquele pó branco. Mas naquele caso não teria nada a ver com dinheiro. Seria um presente. A voz do abismo suplica, e Maria sente um arrepio no próprio sexo. Não é um amigo que a chama: é um amante, o melhor que ela já teve. Ela se inclina por cima do raspador, põe o canudo em uma das narinas, tapa a outra e cheira duas carreiras.

Fora da pista, filho da puta!

É como Lukas disse. Coisa da melhor qualidade, altamente pura. Quando os pensamentos se posicionam nos velhos caminhos ela sente a clareza repentina da neve e parte em velocidade alucinante montanha abaixo, com flocos por toda parte e o corpo tão leve que é como se *voasse* em meio à névoa de açúcar.

Como se as carreiras inaladas fossem cordas de piano, ela se reparte em duas pessoas. Uma confusa e atordoada, que se movimenta em um caos de pensamentos incompletos; a outra lúcida, capaz de pensar mais rápido e melhor do que o habitual. Por ora é essa última que está no controle da situação. Maria olha para Lukas, que a encara de volta enquanto ele passa a mão no nariz e diz:

— Ahhhh! Esse negócio é *bom!*

Maria responde:

— É só mandar ver.

Esse sotaque de Norrland está ruim *pra caralho* — diz Lukas, e uma luz delicada se acende nos olhos dele quanto ele pergunta: — Você não quer um, aliás?

— Sempre — responde Maria, abrindo a porta do carro. — Mas hoje estou de folga. Em *Chamonix.*

— Sério? — pergunta Lukas, balançando a cabeça de um jeito que faz um cacho dos cabelos encerados caírem por cima do olho. — Você não vai me dar nada em troca? Não vai rolar um *touchy-feely* ou coisa do tipo?

Maria se detém enquanto saía do carro. Ela se vira para Lukas e diz:

— Olha, uma vez um príncipe do petróleo me ofereceu um milhão de dólares pra passar uma noite comigo e eu recusei. — Ela faz um gesto de cabeça em direção ao raspador de gelo, onde se veem resquícios de cocaína. — Então não. Acho que não. Mas assim mesmo obrigada. Chucas.

Maria sai do carro com gestos bem mais ágeis e bate a porta. *Touchy-feely?* Quem é que fala esse tipo de coisa? Maria dá uma risada e o corpo dela se enche de energia. Ninguém vai passar a mão nela em um carro de luxo modelo B. Ela vai é dançar!

12

Quando acorda, por um instante Anna não sabe onde está. O quarto parece estranho e ela sente o medo como um nó na garganta — um sentimento de estar *perdida no mundo* de maneira a talvez nunca mais encontrá-lo. Quando se vira de lado na cama ela ouve um rangido. E então se lembra, e o remorso toma o lugar do medo.

A porta da varanda se abre e a melodia de "*The Sun is Shining and So Are You*" aumenta de volume para em seguida diminuir mais uma vez com o novo fechar da porta. *Essa porra de sol não está brilhando.*

A silhueta larga de Siw se aproxima de Anna, que ouve um sussurro.

— Você tá acordada?

— Aham. Infelizmente — responde Anna.

— Como você tá?

— Péssima.

— O Marko disse que...

— O que foi que ele disse?

— Que você não tava legal.

Anna se põe sentada e apoia leva as mãos ao rosto. Ela ainda está muito bêbada, e a escuridão por trás das pálpebras fechadas leva tudo a girar. Ela não se lembra exatamente o que acaba de acontecer, mas vê a prova do crime e tem vontade de bater com a cabeça na parede.

— Eu me perdi — diz Anna.

— Como?

— De todos os jeitos possíveis.

— Você não tá acostumada?

Anna faz um som que parece uma risada. Siw tem razão. Essas coisas já aconteceram antes, mas dessa vez ela foi um pouco longe demais, não? Ao contrário de Siw, Anna não tem nenhuma predisposição a sentir vergonha: o que está feito está feito. Mas assim mesmo você pode se sentir constrangido, pelo menos enquanto permanece no lugar onde passou vergonha.

— É — diz Anna. — Mas...

— Mas o quê?

A voz de Siw parece nervosa, e quando olha para cima Anna vê que a amiga está batendo as pontas dos indicadores uma contra a outra, como faz quando está impaciente. *Max.* Tudo parece ter dado certo para Siw, e é claro que ela quer voltar o quanto antes para o lado dele em vez de ficar lá tagarelando com a amiga patética.

— Mas o que foi? — pergunta Siw, mais uma vez, e dessa vez fica claro que ela *não quer* nenhuma explicação.

— Nada, ora — responde Anna. — Pode ir. Fora. Vá embora. Eu me viro. Só quero lamber minhas feridas em paz. Tá tudo bem.

— Certeza?

A verdade é que Anna gostaria muito de ter feito um comentário espirituoso sobre a própria desgraça, sobre o que Marko tinha dito para ela e sobre como tudo aquilo a tinha magoado, mas Siw parecia estar apaixonada e naquele momento não parecia ser a pessoa certa para esse tipo de confissão. Além do mais, ela dava sinais claros de impaciência. Anna aponta o dedo para a porta.

— Cai fora. E manda um abraço pro Pepsi Max.

Quando Siw vai embora, no meio de toda aquela miséria Anna não consegue segurar uma risada. Pepsi Max. Essa tinha sido boa. *Ah, puta que pariu.* Essa iluminação repentina a deixa e logo a escuridão torna a envolvê-la. O quarto parece se fechar ao redor e Anna tem a impressão de sufocar. Ela se levanta com as pernas bambas. Precisa sair, tomar um ar. Apressa-se em direção à varanda, onde aqueles desgraçados de Estocolmo se ocupam dançando uns com os outros. Ao chegar no fim da escada, Anna sente a grama sob os pés e só então percebe que tem os pés descalços e está vestida apenas com um top fino. Mas vamos deixar isso de lado. Ela não é friorenta, e nem ao menos está frio.

Mas onde seria possível sofrer em paz? Uma estrada de luar se estende pelas águas de Kvisthamraviken como uma via dolorosa, e Anna segue naquela direção. Atravessa o declive gramado e chega até a orla, onde um trapiche parece levar diretamente à estrada de luar. Ela segue pelo trapiche, deixando pegadas escuras de umidade. Ao chegar na ponta, Anna se abaixa. Põe a cabeça para além da borda e lava o rosto com água, o que lhe clareia ainda mais os pensamentos. Ela se deita de lado e se banha no luar.

Eu nunca vou gostar de você desse jeito.

O remorso cede à tristeza. Ela sabia muito bem que não tinha nenhuma chance com Marko — porém ver as coisas assim, preto no branco, é *muito* doloroso. *Eu nunca vou me apaixonar por você.*

Dor, dor, a dor de se sentir atraída por outra pessoa e sentir todas as esperanças destruídas por toda a eternidade. Dor, dor. Anna olha para a estrada de luar e aquilo também lhe causa dor. Ela tapa os olhos com as mãos, como se fosse uma menininha, e começa a chorar.

13

Marko deixa Max no banco do jardim quando Siw retorna. Parece que tem alguma coisa acontecendo na varanda. De novo. Ele sente não como se estivesse numa festa, mas como se fosse a babá de um bando de crianças mimadas e sobe os degraus da escada de dois em dois.

O alto-falante toca *"Wake Me Up"* [*"Me acorde"*], de Avicii. Ele não gosta dessa música, e aliás não gosta nem de Avicii, e o motivo para a presença maciça do sujeito na playlist é que ele morreu de forma trágica e isso mexe com as pessoas.

Quem diria. A animação está grande na varanda: Maria dança com Markus e Amanda. Ao contrário de Anna, Maria *sabe* dançar, mas parece uma louca quando faz um barulho gutural no ritmo da música e desfere socos no ar como se a dança não fosse suficiente para expressar o êxtase que sente.

Amanda dança com um jeito cansado e hesitante, enquanto Markus está claramente no sétimo céu quando Maria roça o corpo nele e deixa que ele ponha as mãos em seu quadril. Logo começariam a filmar aquela baderna também. Quando Marko se aproxima de Maria ela toma as mãos dele e grita:

— Dança comigo, mano! Iiirra!

— Valeu, mas eu já dancei o suficiente por hoje — diz Marko, examinando as pupilas dilatadas da irmã. Ele pressiona as mãos dela e pergunta:

— Você tomou alguma coisa?

— E se eu tomei? — pergunta Maria, enquanto tenta se desvencilhar de Marko, que a impede.

— Você disse que estava limpa.

— Ah, para! Foi só um teco, e o seu amigo Lukas disse que era coisa boa.

Marko solta as mãos dela e pergunta:

— *Lukas?*

14

— Aham — responde Maria, pulando. — Chucas. Johan foi dar um passeio na orla, passou um tempo sentado e depois jogou umas pedrinhas na estrada de luar. Festa não é o negócio dele. A única parte boa da festa era a possibilidade de conversar a sós, como ele e Maria tinham feito sob a copa da macieira. Ao pensar naquela conversa ele sente o peito se acalentar. A partir daquele momento os dois já não têm mais segredos um para o outro, e ele se alegra ao saber que Maria vai morar em Norrtälje durante o futuro próximo.

Quando ele volta, a festa está a todo vapor na varanda. Está tocando "Wake Me Up" e por cima da música ele ouve os gritos de êxtase soltados por Maria. É bom que ela esteja se divertindo, mas aquele tipo de coisa não funciona para ele. Johan segue em direção ao trapiche. Na metade do caminho ele percebe uma coisa um pouco mais adiante. A silhueta delineada contra a estrada de luar parece um monte de terra, ou uma trouxa de roupas. Talvez uma rede? Somente ao chegar um pouco mais perto Johan percebe que o monte se mexe, e que além disso está chorando.

Ele reconhece a voz e está prestes a dar meia-volta e ir embora, mas o acalento no peito leva-o a permanecer. Afinal, Maria só tinha dito coisas boas a respeito de Anna. Ou melhor, ela tinha se mostrado contente por ter uma superamiga, mas enfim...

O choro de Anna era tão desesperado que Johan não teve como não se comover, mesmo que não gostasse dela. Era o choro que se ouve de uma pessoa que já foi dilacerada antes, um choro que vem das profundezas daquilo que somos ou queremos ser. Johan se sentou a um metro de Anna, de costas para um cunho.

— Ei — diz ele. — O que foi que houve?

Anna funga e se vira em direção a ele. A estrada de luar impede que Johan veja o rosto de Anna. Tudo o que ele vê são os reflexos brilhantes das lágrimas que cobrem o rosto dela.

— Ah — diz Anna. — É *você?*

— Eu mesmo — diz Johan. — Você quer que eu vá embora?

— Pode ficar aí — diz Anna, enxugando os olhos. — Eu meio que já acabei.

O tom de voz dava a entender que ela não estava nem sequer na metade do caminho.

— O que foi que houve? — repete Johan. — Por que você tá chorando?

— Como se você se importasse.

— Digamos que eu me importe.

Anna respira fundo, olha para a estrada de luar e solta a respiração em um suspiro trêmulo.

— Eu sei que sou uma idiota — diz ela. — Mas eu sou totalmente apaixonada pelo Marko e ele disse que... que eu não tenho a menor chance. Do jeito mais claro possível.

— É — diz Johan. — Eu sei como é.

Anna joga a cabeça para trás e a lua brilha no canto do olho esquerdo.

— Você quer dizer... com o Marko mesmo?

— É.

— Bem que eu achei. Lá no minigolfe. Então você também foi... rejeitado?

— Fui. Totalmente.

Os dois permanecem sentados em silêncio, ouvindo as marolas que se batem contra os pilares de madeira do trapiche. Um peixe salta, um cachorro late do outro lado da baía.

— Eu me sinto burra pra cacete — diz Anna. — Eu me joguei em cima dele, fiz tudo pra que ele me quisesse, mas de repente ele... simplesmente me afastou e disse: não, obrigado, não vai rolar nunca. Como sou burra!

— Você nem imagina o que eu fiz — diz Johan. — Mas, pensando bem, você tinha que ao menos *tentar,* não? Mesmo que na hora seja uma merda, depois você talvez se arrependesse mais ainda de não ter nem ao menos... mostrado interesse. Quer dizer, talvez.

Anna enxuga o rosto com um pouco mais de cuidado usando a ponta do top e a voz dela já não soa mais como se estivesse a ponto de ceder mais uma vez ao choro quando ela diz:

— Você tem razão. Esse é uma perspectiva interessante. Obrigada por me dar essa perspectiva.

Os dois estão sentados em silêncio quando uma barulheira começa na casa. Johan se aproxima cinquenta centímetros de Anna e diz:

— Vamos recomeçar tudo outra vez? — Ele estende a mão. — Oi. Eu sou o Johan. Um idiota de Norrtälje.

Anna enxuga os olhos mais uma vez, aperta a mão de Johan e diz:

— Oi. Eu sou a Anna. A burra de Rimbo.

Os dois não conseguem dizer mais nada antes que a barulheira se torne impossível de ignorar. Gritos e berros parecem se aproximar, e Johan nota com grande satisfação que os barulhos vêm do pessoal de Estocolmo. A seguir se ouvem passos no trapiche, e sob a luz branca do luar os dois veem Marko se aproximar trazendo um dos rapazes — o que se chama Lukas.

— Marko, puta que pariu — berra Lukas. — O meu celular Marko, tá *tudo* no meu celular.

Como se aquilo que traz nas mãos não fosse mais do que um gatinho, Marko percorre toda a extensão do trapiche até o ponto onde Johan e Anna se encontram, para então erguer Lukas acima da cabeça e jogá-los três metros adiante na água. Ainda no ar, Lukas solta um último grito de "Celulaaar!" e por fim cai na estrada de luar, que se parte em mil gotas cintilantes. Dois ou três segundos depois a cabeça de Lukas reaparece — e ele parece um maníaco, pois não para de falar sobre o celular.

— Se você sair da água eu te mato — bufa Marko.

— Bom lançamento — diz Johan.

— Dez de dez — emenda Anna.

Marko olha de um para o outro e diz:

— Achei que vocês dois eram tipo gato e rato.

— É — confirma Johan. — Mas a gente descobriu que tem... interesses em comum.

15

Max e Siw estão juntos, apoiados contra a balaustrada na varanda. Na orla, as coisas parecem estar animadas. Markus e Amanda saíram correndo atrás de Marko e tentam convencê-lo a deixar que Lukas saia da água, enquanto Lukas permanece lá dentro e gesticula como se tentasse subir na estrada de luar para correr rumo ao outro lado da baía.

Ao lado, Maria dança "Despacito". Ela saiu da fase frenética e se movimenta com os braços colados ao corpo, de um jeito meio sonhador e... bem, *despacito*. Maria parece não ter dado a mínima para o que aconteceu na orla, mas continua a dançar com um sorriso de satisfação, como se estivesse fazendo amor consigo mesma e *this is how we do it in Puerto Rico*.

— Ah — diz Max, tirando a mão da balaustrada. — O que você acha? Vamos dar uma volta?

— Pode ser — responde Siw. — Para onde?

— Que tal... por toda parte?

— Vamos.

* * *

É fim de tarde em um sábado e as mesas ao ar livre do Åtellet estão lotadas. Mas parece haver uma certa estranheza na atmosfera. As pessoas falam mais alto do que o normal e fazem gestos mais enfáticos. Um copo de cerveja é virado e alguém leva um cutucão, que é respondido com um cutucão mais forte. A seguir vem uma chuva de xingamentos. Mais pessoas se aproximam. Um punho fechado voa pelo ar e uma pessoa cai ao chão levando consigo uma das mesas. Os funcionários tentam acalmar os clientes, mas também parecem alterados.

TIRE-ME DA LUZ MATINAL

1

Quando Max e Siw deixam a casa, os dois puxam os celulares e abrem Pokémon Go com uma sincronicidade que os leva a sorrir.

— Quantos ovos você tem na incubadora? — pergunta Max. — Três. Você?

— Sete.

— *Sete?* Quanto dinheiro você colocou nesse troço?

— Não queira saber.

Os dois caminham pela Gustaf Adolfs Väg e falam sobre Pokémon Go até chegar ao cruzamento em frente ao Janssons Tobak.

Faltam minutos para a meia-noite, e Siw devia ir para casa. Se os dois seguirem em frente, podem se despedir em frente à casa dela em quinze minutos. Se dobrarem à direita para descer Glasmästarbacken, seria impossível saber quanto tempo ela levaria para chegar em casa. *Amanhã é um novo dia* e ela precisa buscar Alva na casa da mãe. Antes que Max escolha por ambos, Siw dobra à direita.

— O Johan morava pra lá — diz Max, apontando para um prédio alto em forma de caixote que parecia ter sido importado de Rinkeby, — e também o Marko. Quando ainda éramos pequenos. A gente costumava brincar lá atrás. Mas isso foi antes do Marko.

Durante a noite, Max e Siw trocaram histórias sobre a infância e a adolescência em Norrtälje. Falaram sobre descidas de trenó em Kvisthamrabacken e aulas de natação na água fria da antiga piscina, riram de lembranças da época de escola e do rebuliço quando a loteria chegou ao Stora Torget, se surpreenderam ao ver que ambos tinham lembranças do show *extremamente* local chamado *Grindjävlar*. Os dois têm um senso de humor parecido e memória excelente, e a noite passou como um córrego ligeiro.

E ambos têm *um* ponto obscuro — ou melhor, radioativo. Assim que a conversa se aproxima desses pontos, o jeito é se afastar e trocar de assunto. No caso de Siw, esse ponto é o pai de Alva; no caso de Max, o motivo que o levou a abandonar a Escola de Economia e mudar de rumo na vida.

Os dois passam em frente ao Societetsparken e seguem ao longo da ponte que separa o canal e o Norrtäljeån. Os postes de iluminação pública brilham acima das mesas ao ar livre do Åtellet, e logo atrás se ouvem vozes irritadas e o barulho de copos que se quebram.

— Achei que esse seria um lugar tranquilo — diz Siw.

— Eu também.

— Os amigos do Marko não estão hospedados aqui?

— Seria bom que estivessem. Assim podem apanhar um pouco também.

— Você não era amigo daquele Lukas?

— Era outro tempo, outra vida.

Siw tem um sentimento vago de que essa última frase é uma citação e gostaria de ter feito mais leituras.

A única coisa que ela cita espontaneamente são as letras de Håkan Hellström, e naquele momento sente vontade de fazer comentários a respeito de "Man måste dö några gånger innan man kan leva" ["É preciso morrer umas vezes antes de viver"], que fala sobre apanhar de um estranho.

A grua do porto se estende em direção ao céu, e lá no alto brilha um único olho vermelho, como se toda a zona portuária de Norrtälje fosse vigiada por Sauron. Max e Siw continuam a subir a encosta e Siw aponta em direção a um prédio e pergunta:

— Você frequentou a escola de música?

— Não. Você?

— Aham. Fiz aula de flauta transversa. Uma vez, a caminho da aula... — Siw se interrompe e olha para Max. — A gente vai falar a respeito disso?

— Vamos — diz Max. — A gente vai falar a respeito disso.

Enquanto os dois seguem em direção à Vätövägen, Siw conta sobre a vez que teve uma Audição que a levou a subir no telhado de onde a flauta caiu na calçada e foi destruída. E tudo isso para nada, porque o acidente que ela pretendia comunicar já tinha acontecido.

— Você também ouve coisas que já aconteceram?

— Aham. Não é assim com as suas visões, né?

— Não. Quase sempre são coisas que acontecem quase de imediato. Às vezes um pouco mais adiante. Mas como pode uma coisa dessas? Quer dizer...

— Eu também já pensei — diz Siw enquanto eles passam em frente à Pizzeria Norrtälje, que já está com todas as luzes apagadas. — Em relação a certos fatos é como se o tempo não fizesse sentido. Como se eu visse tudo a uma distância

309

tão grande no tempo que... você entende? Se você pega, digamos, um bilhão de anos como termo de comparação, então um dia ou uma semana são igualmente insignificantes.

— Você está querendo dizer que vê as coisas sob essa perspectiva?

— De certa forma. Eu mesma não entendo direito. Quer dizer, eu também sou...

— O quê?

Siw para mais uma vez, olha para o chão e bate os pés. A única coisa que falta para que ela pareça uma menininha tímida é puxar a barra da blusa. Siw puxa a barra da blusa e olha envergonhada para Max.

— Eu nunca disse o que agora vou dizer pra você pra ninguém. Nem mesmo para a Anna. Ou você vai rir, ou vai me achar louca.

— Eu não acho que você é louca.

— Então, é que eu sou... uma sibila.

— Uma *o quê?*

— Você não sabe o que é uma sibila?

— Sei, claro, mas é que... *Mas é que agora tudo foi por água abaixo,* pensa Siw. Agora vem o papo de *Você não bate bem das ideias,* ou então ele vai achar que eu tenho mania de grandeza.

Max completa a frase:

— Bem, isso explica tudo.

— Então você *acredita* em mim?

— Por que não? Não esqueça que você tá falando com um cara que vê o futuro.

Siw repete as coisas que a avó havia lhe contado. Diz que a habilidade aos poucos se dilui com o passar dos anos, que passa de mãe para filha e que cada filha só tem *uma* filha. Ao chegar nessa altura ela se detém. Se Max acredita no que ela diz, também deve ter percebido as consequências dessa afirmação. Max deve ter percebido o que levou Siw a se interromper, porque logo diz:

— Eu gosto de crianças, mas nunca me vi como pai.

— Essas coisas podem mudar.

— Não pra mim. Eu tenho um... medo. Que eu não quero passar adiante.

Siw pressente que os dois estão cada vez mais próximos do ponto radioativo e não faz mais perguntas. Uma dor surge no olhar de Max. É uma dor tão intensa que Siw chega a achar que os olhos dele mudam de cor. Com a voz embargada, ele diz:

— Outra hora eu conto pra você. Mas agora não.

Siw e Max continuam andando. Ao longo daquela noite, por duas ou três vezes Max tinha deixado escapar frases como "outra hora eu conto" ou "quando a gente se encontrar de novo" e cada vez o coração de Siw havia batido forte com essas sugestões inconscientes de que *havia* um futuro.

— Posso fazer uma pergunta? — pergunta Siw, mordendo o lábio como de costume. *Não pergunte se você pode fazer uma pergunta.*

— Claro.

— A história do carrinho de bebê. Em frente à biblioteca. Você *viu* tudo? Logo antes que acontecesse?

— É. Mas não vi você. Essa é a parte mais estranha.

Quando chegam à Vätövägen os dois fazem uma curva à esquerda e passam em frente ao Rodengymnasiet enquanto Max fala sobre os acontecimentos no silo, ocorridos dezesseis anos atrás. Com um gesto, ele indica que não quer mais falar a respeito daquilo quando Siw pede que fale mais sobre o instante em que esteve prestes a cair e foi salvo por Marko. Max deixa Johan de fora da história e termina dizendo:

— E *nunca* aconteceu de uma coisa que eu vi realmente não se concretizar. Só nessa vez, antes de você entrar em cena. Quer dizer, eu não sabia disso na hora, mas você entendeu.

Siw caminha num silêncio tão melancólico que Max se sente obrigado a perguntar o que houve com ela.

— Vou soar como uma louca outra vez — diz Siw. — Mas eu acho que... eu acho que não sou humana.

— Pra mim você parece bem humana. De um jeito muito agradável. — Siw está tão perdida nos pensamentos que nem ao menos percebe a flertada no comentário e continua: — Eu tenho uma casca humana e faço tudo que uma pessoa faz, mas no fundo... a minha presença no mundo não é uma presença humana.

— Agora eu não entendi. Você tá caminhando e conversando ao meu lado, e eu posso passar a mão no seu cabelo, assim. Você tá aqui.

Pelo menos aquele gesto de carinho é notado por Siw, mas ela nem ao menos consegue aproveitá-lo, porque aquilo que está tentando descrever é ao mesmo tempo vago e grandioso a ponto de deixá-la preocupada.

— Eu tava pensando exatamente nisso — diz Siw. — Nessa coisa meio... oblíqua. Como eu posso ter uma Audição de uma coisa que está por acontecer? Como eu posso ouvir esse som para em seguida intervir e impedir que aconteça? Não faz sentido nenhum, a não ser que a minha intervenção não seja uma intervenção humana, mas... divina. Não me entenda mal, mas eu tenho a impressão de estar meio fora do quadro, por assim dizer. Como uma força invisível ou... uma tempestade de lugar nenhum.

Siw espera que Max reconheça essa última frase como parte da letra de "Det kommer aldrig va över för mig" ["*Isso nunca vai acabar para mim*"] de Håkan Hellström para que então ela possa falar sobre outras coisas, porém Max não dá sinais de estar disposto a abandonar um assunto ao qual dedicou tantas reflexões.

311

— Me desculpe perguntar — diz Max —, mas eu tenho a impressão de que você se incomoda com isso. Por quê?

Os dois entram na Baldersgatan e passam em frente à ÖoB.

— Porque isso faz com que a minha existência pareça *irreal.* Como, na verdade, eu não estivesse aqui e a qualquer momento pudesse desaparecer. Simplesmente deixar de existir, como uma bolha de sabão.

— Mas eu também me sinto assim. Ainda mais desde que... ah, enfim, eu não quero falar sobre isso agora, mas aconteceu uma coisa quando eu estava em Cuba. E desde aquilo eu sinto um profundo medo existencial diante de... diante da própria vida. Porque a vida parece irreal e efêmera, e eu tenho sempre comigo o sentimento de que não estou aqui.

— Mesmo assim eu acho que não é a mesma coisa.

Mas pode ser a mesma coisa, pensa Max, hesita e decide falar.

— Eu tomo remédio, aliás.

— Quais? — pergunta Siw.

— Lamictal.

— Aham. Eu também tomei. Quando eu tinha por volta de quinze anos.

— No meu caso é mais... crônico.

Siw dá de ombros.

— Me desculpa, eu tô vendo que isso é difícil pra você, mas hoje em dia todo mundo toma remédios. Não tem nada de mais.

Mesmo que Siw tenha feito o comentário com a melhor das intenções, Max se magoa ao ver o medo quase paralisante que às vezes sente banalizado. Como se o *terror* que o Lamictal tenta controlar fosse comparável a uma amigdalite. Ele enfia as mãos nos bolsos da calça e começa a andar com os olhos fixos no chão. Max e Siw chegam ao alto do morro e seguem até o ponto de ônibus. Siw também está pensativa, e leva um tempo até que os dois cheguem ao bicicletário ao lado do ponto e ela limpe a garganta para fazer uma pergunta:

— Você gosta do Håkan Hellström?

— Nah — responde Max. — Não gosto.

Ouve-se um suspiro quando Siw pergunta:

— Por quê?

— Eu preciso dar um motivo? Muito bem, então. Ele não sabe cantar. Parece ter um parafuso a menos, e as letras ou são patéticas ou então são incompreensíveis, e nos últimos anos ele parece estar sofrendo com mania de grandeza.

Dessa vez o que se ouve é uma fungada, e Siw responde com uma voz chorosa:

— Aham.

— Mas sério, você não pode... bem, tem o Lars Winnerbäck. Ele sabe escrever ótimas letras. Tudo bem que não é o melhor cantor do mundo, mas as letras! Ele pode ser o maior letrista que a Suécia já deve, e além disso toca violão bem demais. O Håkan sabe tocar violão?

Siw parece não estar ouvindo quando dá um passo à frente e balança a cabeça devagar. Os dois passam em frente à Pedra de Brodd e seguem em direção ao rio. Siw começa a andar mais depressa e Max diz:

— Não seja infantil.

— Eu vou pra casa — diz Siw, e então começa a andar mais depressa.

— Sério? — pergunta Max, parando a dez metros da ponte. — Só porque eu...

— É — diz Siw, fungando. — Só porque você.

Max abre os braços em um gesto resignado. Pode ser que tenha exagerado por não ter gostado daquele comentário sobre o Lamictal, mas jogar toda aquela noite no lixo só porque ele não gosta do idiota de Håkan Hellström... bem, assim Siw parecia *mesmo* uma doida, embora não pelo motivo que imaginava. Era uma péssima notícia mas não havia nada a fazer.

2

Siw está na metade da ponte quando detém o passo e olha ao redor. Ela se vira em direção a Max e grita:

— Aqui! Por aqui! Tem um...

Max está prestes a se sentar e cai de lado na grama. A ponte e o rio desaparecem e ele se vê sentado numa árvore. As mãos seguram os galhos de ambos os lados. Ele sente um arranhão no pescoço, que está no meio de um nó de correr. Ele olha para o rio, que corre para a direita, com a ponte a uns dez metros de distância. Depois ele solta as mãos e cai para a frente. Há uma folga na corda, que demora meio segundo antes de se retesar e se apertar ao redor do pescoço, e então a cabeça dá um golpe violento para a frente e... Max abre os olhos e vê Siw inclinada por cima dele com medo no olhar.

— Uma árvore! — exclama Max, resfolegante. — Nessa margem do rio, a uns dez metros da ponte. — Max se apoia nos cotovelos e aponta. — Naquela direção.

Siw corre em direção à margem enquanto Max se coloca de pé, ainda cambaleando um pouco. Ele passa as mãos no pescoço a fim de se livrar da sensação de que ainda tem a corda em volta do pescoço. Depois ele também começa a correr. Embaixo de uma árvore, Siw começa a gritar para cima:

— Ei! Não faça isso!

Há um homem sentado na árvore, cinco metros acima do chão. Ele tem cerca de cinquenta anos e os olhos são poços de desespero, tornados ainda mais horríveis pelas olheiras profundas. O homem dá a impressão de que não dorme há uma semana inteira, e veste uma calça jeans suja e uma camiseta desbotada com o texto "Beba com moderação". Ele tem um nó de correr ao redor do pescoço, e a corda tem uma boa folga, porque está amarrada ao mesmo galho em que o homem está sentado. Ele planeja quebrar o pescoço para não sufocar até a morte.

— Por que não? — pergunta o homem. — Tudo é um inferno silencioso e vazio e preto. Saiam daqui e me deixem em paz!

— Não tem como — diz Max. — A gente já está aqui.

— Mas nada faz sentido. Pra que se arrastar mundo afora dia após dia quando não existe sentido em nada, e ninguém se importa com você?

— A gente se importa com você — responde Siw. — Foi por isso que viemos!

— Como assim *foi por isso que viemos*? — pergunta o homem. — Como vocês souberam que eu... eu tô aqui faz uma hora e enfim tinha me decidido.

— A gente sabe — diz Max. — Foi por isso que viemos. E você não pretende que a gente esteja assistindo quando você... *eu,* pelo menos, não quero. Você quer, Siw?

— Eu não — responde Siw. — Desça daí. Você não pode fazer uma coisa dessas.

Leva uns minutos, mas por fim o homem tira a corda do pescoço. Os dois o convencem a soltar a corda do galho também, para que mais tarde não tenha a ideia de voltar. Quando o homem chega de volta ao chão, Max recebe a corda e joga-a no rio. O homem observa com uma expressão triste enquanto ela flutua para longe.

— Era excelente cabo — diz ele. — Eu o usava no barco.

Junto com o homem, Siw e Max seguem até a Tullportsgatan e notam que a cada passo as costas dele estão mais retas.

— Então você tem um barco? — pergunta Max. — Você costuma dar passeios pelo arquipélago?

— É — responde o homem. — Por Söderarm e arredores.

— Lá é demais — comenta Max. — Röder também. Com os rochedos e tudo mais....

— E Norruddarna? — pergunta o homem. — Você já esteve em Norruddarna?

— Claro — responde Max. — Lá é cheio de pedras lisas como lajes...

— A água da chuva se acumula nas depressões da rocha. E o lugar é cheio de morangos.

A voz do homem tinha uma sonoridade totalmente distinta em relação à árvore. Ele parecia ter uma expressão sonhadora. Quando todos chegam ao olmo em frente ao Systembolaget ele diz:

— Não sei o que eu estava pensando lá em cima. Mesmo que não haja mais nada, há pelo menos o arquipélago. Uma pena que o veraneio é tão curto.

— Mas ainda dá tempo de fazer um último passeio ainda esse ano.

314

O homem dá um soco de mão fechada na palma da outra mão e diz:

— Porra, você tem razão. Eu passei mal toda essa última semana, mas amanhã vou fazer um passeio dominical. Só pra ver a paisagem. Sentir a brisa do mar. Vocês não querem vir junto? Lugar não falta.

— Amanhã eu não posso — diz Siw. — Quem sabe uma outra hora? Ela percebe que aquilo soa como uma dispensa-padrão, e acrescenta:

— De verdade. Eu mal conheço o arquipélago.

— Ah, então você vai ter uma bela surpresa — diz o homem, estendendo a mão. — Charles Karlsson. Mas todo mundo me chama de Charlie. Ou pelo menos as pessoas que me chamam de uma coisa ou outra.

Max e Siw se apresentam e trocam números de telefone, o que deixa Charlie mais animado. Mal se nota que aquele é o mesmo homem que dez minutos antes estava sentado na árvore. Apenas as roupas são as mesmas: até mesmo as olheiras parecem ter em parte desaparecido. Charlie toma as mãos de Max e Siw e diz:

— Deus abençoe vocês, meus jovens. Não sou religioso, mas assim mesmo: que Deus abençoe. Se não fosse por vocês... eu desejo tudo de bom, e que vocês vivam a vida inteira juntos e felizes.

Charlie desaparece na Tullportsgatan. Por duas vezes ele se vira e acena. Max e Siw se deixam cair em cima dos bancos junto à mureta sob o olmo. Permanecem em silêncio e observam o homem que naquela altura estaria morto se não fosse por eles e pelas habilidades combinadas de ambos. Quando Charlie desaparece, Max diz:

— Foi uma bênção e tanto.

— É — concorda Siw. — Mas talvez um pouco fora de lugar.

— Como assim?

Siw aperta os lábios e olha para a vitrine da H&M, onde uma menina pequena vestida com uma capa ri como um tubarão em direção à câmera e parece ter oito dentes a mais do que uma pessoa normal.

— Foi inacreditável! — diz Max. — A gente salvou a vida de uma pessoa. Do *Charlie!* Eu tô bem mexido. Como você tá?

— É — diz Siw. — Eu também. Foi... uma coisa grandiosa. — Siw mexe nas cutículas e bate os indicadores um contra o outro e a seguir encara Max bem nos olhos e diz: — Você pode achar que eu sou infantil se você quiser, porque eu tô me lixando, então lá vai: eu não admito que você fale mal do Håkan.

— É nisso que você tá pensando depois que a gente...

Siw ergue a mão para indicar que ele pare de falar.

— É. É nisso que eu tô pensando em relação a você. E você não pode falar mal do Håkan. Ele significa muito para mim. É como se você estivesse mijando num objeto sagrado. Se quiser, você pode pensar em mim como uma cristã fanática, e o Håkan é uma Bíblia que você tá usando pra limpar o traseiro. Esse é o nível. Tá legal?

— Legal. Já entendi. Eu não vou...

— *Além disso...* — diz Siw, erguendo novamente a mão. — O Håkan *com certeza* sabe tocar violão. Talvez não tão bem quanto... — Os lábios de Siw se retorcem quando ela diz: — Quanto o *Lasse,* mas ele sabe tocar bem, sim.

— Tá legal. Eu...

— *Além disso...* Lars Winnerbäck? — Siw baixa a voz uma oitava e a deixa o mais rouca e o mais monótona possível para cantar, com uma melodia igualmente monótona: — *Löven ligger på marken och jag tvekar och det gnager / När jag sitter här i parken och tittar i min navel...* [*As folhas estão caídas, eu hesito e isso me rói / Sentado aqui no parque, olhando para o meu umbigo...*] Não é assim?

— Tome cuidado — diz Max. — Eu não tô no mesmo nível que você com o Håkan, mas... tome cuidado.

— Eu pelo menos conheço ele bem o suficiente para debochar. O que você sabe a respeito do Håkan? Eu acho que "Söndermarken" é uma música excelente.

— É, né? Minha favorita. E, na verdade, *tem* uma música do Håkan que eu gosto, que eu acho realmente boa.

— Qual? — pergunta Siw desconfiada.

— Adivinhe.

Siw corre os olhos por Max numa tentativa de avaliá-lo e por fim diz:

— För sent för Edelweiss.

— É. Como é que você sabia?

— Porque é a *minha* favorita. Mas você tá mentindo, né? Você não pode conhecer nenhuma além de "Lena" ou "Göteborg".

Max limpa a garganta e começa a cantar: *"Du säger att kärleken aldrig var till för dig..."* [*"Você diz que o amor nunca existiu para você...."*] Ele olha para Siw, que começa a abrir um sorriso, e continua: *"Att du aldrig känt vinden högt över trädtoppen..."* [*"Que você nunca sentiu o vento na copa das árvores..."*]

Siw começa a fazer a segunda voz e os dois passam a cantar juntos: "Du säger att den delar sig vid kinden och blir hel igen, bakom dig..." ["Você diz que o vento se divide no rosto e torna a se unir às suas costas..."]

Max está prestes a começar a parte *"varje moln är trasigt"* [Todas as nuvens estão rasgadas], mas se interrompe ao ver lágrimas reluzindo nos olhos de Siw. Ele hesita por um instante e uma lágrima solitária se desprende e rola pela bochecha dela. Então Max inclina o corpo à frente e a beija.

3

O primeiro beijo. Isso é um conceito: *o primeiro beijo.* Um limite físico que é ultrapassado, uma promessa futura, uma memória para guardar e um ponto eternamente fixado no tempo: o primeiro beijo.

Para Siw, o primeiro beijo foi também o último. Uns amassos numa festa, um garoto bêbado que não havia encontrado nada melhor para beijar, uma língua pra lá e pra cá e uma agarração incansável dos peitos, até que por fim ele desmaiou. Siw lembra que tudo isso *aconteceu,* mas não lembra de nenhuma característica e nem sequer do rosto — resta apenas uma impressão de saliva, suor, desconforto e uma necessidade humana que não tinha relação nenhuma com o amor.

Beijar Max tinha sido diferente. Assim que os lábios deles se tocaram ela pensou: *o primeiro beijo.* Mesmo que ela tivesse esperado muito tempo por aquilo, foi uma surpresa quanto o momento enfim chegou. Claro, uma coisa havia mudado entre os dois enquanto cantavam juntos, mas ela não sabia se ele sentia a mesma coisa, então quando os lábios de Max se fecharam sobre os dela foram precisos instantes até que Siw entreabrisse os seus — e assim houve tempo para que Max imaginasse ter feito um movimento errado. Mas depois ela se abriu. Recebeu-o como se quisesse engoli-lo. É um milagre: ela não pensa em *como* nem em *se* nem em *devo,* na maneira de sentar, na aparência, em qual seria o movimento adequado com a língua — simplesmente beija e continua a beijar.

E também há uma outra coisa importante a dizer sobre o *primeiro beijo.* Caso as pessoas que se beijam se tornem um casal, o futuro vai incluir um monte de beijos — então é importante que os beijos sejam *bons.* Claro que é possível estar com uma pessoa que dá beijos chatos e desajeitados, mas assim uma parte importante dos prazeres da vida pode se perder.

Siw tinha imaginado Max como uma pessoa intelectual e reservada. Não como um beijador apaixonado. Mas ela tinha se enganado. Intelectual talvez, mas ele demonstra ter a mesma fome que ela. Com lábios macios, Max chupa, mordisca, lambe delicadamente a língua dela, começa a dar beijos leves e depois volta a beijá-la com toda a vontade. Siw chega se sentir zonza.

Max e Siw passam minutos explorando os lábios e a língua um do outro. Max pousa a mão nas têmporas de Siw e acaricia a parte de trás da cabeça dela, enquanto Siw passa a mão no rosto dele e o segura pela nuca. Não há como saber por quanto tempo aquilo vai durar nem o que pode vir a significar, mas o *primeiro beijo,* ah! Enfim tinha acontecido como devia acontecer!

Por fim tudo fica molhado e suado e terno e simplesmente monótono. Os dois separam os rostos e se olham nos olhos.

— *Yay* — diz Siw.

Max faz um gesto afirmativo com a cabeça.

— *Yay.*

Antes que surgissem o constrangimento e a necessidade de falar *pois o que haveria a falar depois de um beijo como aquele?*, Max se levanta e estende a mão para ela.

Siw toma a mão dele e, acreditando que Max pretendia ajudá-la a se levantar, faz menção de largá-la assim que Max se coloca de pé — mas ele a segura e ela volta a pressioná-la. Os dois se põem a caminhar. De mãos dadas. Siw sente um nó na garganta.

Se você começar a chorar eu te mato!

Siw não sabe quem o que pretende matar. Ela se imagina como um pequeno maquinista, como naquele filme da Pixar, que sempre põe a máquina de chorar em marcha no momento errado. Dessa vez ela consegue deter o maquinista antes que ele — ou melhor, *ela* — tenha conseguido dar a partida. Os olhos de Siw permanecem secos.

Eles seguem pela Galles Gränd e passam em frente à Folkets Hus e ao Norrtäljes Konsthall. Quando chegam à Stockholmsvägen eles dobram à esquerda e passam em frente às antigas instalações da Kinnarps, hoje vazias, à escola montessoriana e ao restaurante chinês onde Siw nunca comeu porque o lugar parece meio sujo.

Já faz cinco minutos que os dois caminham de mãos dadas sem ter dito mais nenhuma palavra depois do "Yay" em comum. Será que já não era hora de falar? Siw aponta para a construção em forma de hangar do outro lado da rua e diz:

— É ali que eu trabalho.

— Muito bem — diz Max, olhando para o Flygfyren, que está às escuras a não ser pela placa com os horários de funcionamento. — Como é?

— Ah. É legal.

Como podem duas pessoas que passaram a noite conversando se tornarem tão monossilábicas depois de um beijo? Siw não tem nada contra andar em silêncio, e menos ainda contra andar de mãos dadas, mas aquilo parece estranho. Eles deviam ter *mais* a conversar, não?

Siw e Max seguem ao longo do cemitério e passam em frente à capela onde a empresa de jogos Niantic, talvez de forma um pouco insensível, havia colocado um ginásio de Pokémon Go. Às vezes cerca de vinte pessoas participavam de raids em meio às lápides. Essa ideia fez com que Siw lembrasse. Ela pega o celular e é cumprimentada por um ovo e uma mensagem de "Oh?"

— Claro — diz Max, que em seguida também pega o celular.

Na tela dele, a mesma cena se repete. Siw ainda tem dois ovos a abrir. Max tem cinco. Somente dois ovos de dez quilômetros permanecem incubando após a longa caminhada. Eles passam um tempo ao lado do portão, fazendo ajustes antes de retomar a caminhada. Siw faz um esforço para retomar a conversa. Tem um assunto que ela gostaria de abordar.

— Aquele Charlie... — diz ela.

— Sim?

— Aquilo que ele disse enquanto ainda tava na árvore. Você não tem a impressão de que as pessoas... de que uma coisa mudou? Em muito pouco tempo?

— Pode ser. No íntimo.

— Exato. No íntimo. Eu nunca tinha pensado nisso antes, mas é como se *todo mundo* sentisse o mesmo que Charlie, ainda que de forma menos profunda. Tudo parece mais deprimente.

— Ou menos amistoso. As pessoas são menos amistosas.

— É. Talvez porque todas sintam aquela mesma coisa. Ou então como naquela cena no Åtellet. E o *Norrtelje Tidning* tem publicado mais notícias do que o normal a respeito de pessoas que... foram más umas com as outras. No íntimo.

— Por quê, na sua opinião?

— Pode ser que eu me engane, mas eu acho que pode estar relacionado ao contêiner. Tanto eu como você tivemos uma impressão meio esquisita a respeito daquilo. Uma coisa ruim que não estava limitada às pessoas que se encontravam lá dentro.

— É verdade. Mas o que seria?

— Não tenho a menor ideia. Mas tem que ser... *alguma coisa*.

Os dois passam a borracharia que a Niantic insiste em chamar de "Carro no telhado" mesmo que o Fusca que antigamente decorava o telhado da loja tenha sido retirado muitos anos atrás. O restaurante tailandês já está fechado, e dos contêineres de reciclagem sai um cheiro especialmente nojento, como se escondessem um cadáver.

Os dois sobem a encosta e chegam à estrada por onde Siw quase diariamente volta para casa, e naquele instante o nervosismo bate. Logo eles vão estar na casa dela — e então o que vai acontecer? A maquinista parece não saber que botões apertar, mas por sorte evita tanto o botão de chorar como o enorme botão vermelho de pânico. Mas não consegue deixar de pisar fundo no pedal do nervosismo. A mão de Siw começa a escorregar na mão de Max à medida que o suor se acumula.

Os dois param em frente ao prédio de Siw, e uma das vantagens disso é que ela tem a oportunidade de largar a mão de Max e enxugar a sua discretamente no bolso de trás da calça.

— É aqui que eu moro aqui — diz ela, apontando o apartamento. — Aquela é a minha sacada.

— Muito bem — diz Max. — Será que eu posso me sentar lá um pouco? Às vezes as coisas são realmente simples.

4

Siw convida Max para entrar e consegue evitar o impulso de pedir desculpas pela bagunça que ela sabe que no fundo não passa de um senso exagerado de organização, que chama uma revista em cima da mesa e dois copos de vinho em cima da pia de "bagunça".

— Que bonito — diz Max ao correr os olhos pela sala. Ele faz um gesto de cabeça em direção ao cesto de tricô e diz: — O sofrimento.

Siw fica muito admirada ao ver que ele se lembra de um comentário que ela fez numa das primeiras vezes que... ou melhor, seria mesmo estranho? Afinal, *ela* lembra, então por que não...

Calma. Mantenha a calma.

Siw tenta ganhar coragem e assumir o comando — afinal, ela está em casa.

— Agora vamos fazer assim — diz ela, apontando para o sofá. — Você fica aqui sentado, eu vou pegar um copo de vinho e depois vou pôr umas músicas do Håkan pra tocar, e você vai mudar a sua opinião a respeito dele.

— Não — responde Max, tranquilo. — *Não vamos* fazer assim.

— Não? Então como?

— Vamos fazer assim — diz ele, e então se aproxima de Siw, põe a mão delicadamente na cabeça dela e a beija outra vez. O pensamento que surge na cabeça de Siw é *Puta que pariu!* e por um instante ela vê a maquinista olhar desesperada para o botão de pânico. Mas em seguida ela se entrega.

O beijo parece ainda melhor do que o primeiro agora que as bocas já se conhecem um pouco. Naquele lugar reservado, as mãos também podem entrar na brincadeira. Siw acaricia as costas, o quadril e a barriga de Max, e sente que aquele corpo é tão forte quanto os braços.

Como eu vou me relacionar com um cara desses?

Max passa as mãos pelo corpo de Siw, que nessa hora tem mais dificuldade para se entregar, uma vez que ela precisa empregar muita energia mental para não sentir vergonha. Siw já perdeu três quilos e sim, as passadas dão a impressão de estar um pouco mais leves, mas sob as mãos de Max ela sente o peso de cada quilo a mais; sob os dedos de Max, cada dobra e cada pneuzinho despertam uma repulsa e uma voz dentro dela parece gritar: *Não toque em mim! Não me obrigue a perceber o quanto sou feia!*

Porém Max não parece achá-la feia. Os carinhos na pele são leves e delicados — em nada se parecem com a sova promovida por Sören — e faz sons que denotam bem-estar, como se a ponta dos dedos lhe desse prazer. Siw começa a relaxar, e quando Max toma a mão dela e a leva para o quarto, apesar das camadas de autocrítica ela consegue sentir *desejo*. Siw *quer* aquilo.

Os dois começam a tirar a roupa. Quando fica apenas de sutiã e calcinha, Siw apaga a luz de cabeceira para deixar o quarto às escuras. Max torna a acendê-la, e a luz fica acesa. Os dois continuam a acariciar regiões recém-descobertas e todos os véus caem enquanto o desejo aumenta e Siw para de pensar. Naquele momento ela é apenas o corpo, e a despeito da aparência, aquele é o corpo *dela,* e é *esse* corpo que está lá naquele momento, *puta que pariu!*

— Puta que pariu — diz Siw.

— E então? — pergunta Max, deitando-a de costas na cama. — Você quer que eu...?

— Eu uso DIU.

— E além do mais...

— Isso mesmo.

Pode ser que gerações inteiras de mulheres na família de Siw tenham concebido uma única criança, uma menina, porém ela não queria saber de correr riscos, especialmente com *Sören*. Mas ela *não quer* pensar em Sören naquele momento. Esse seria o oposto de uma fantasia de compensação.

Siw geme quando Max a penetra. Ele corre as mãos pelo corpo dela, e o prazer que se origina do próprio sexo é tão intenso que ela começa a tremer de leve. Para se estabilizar, Siw fecha as pernas em torno dos quadris de Max, joga a cabeça para trás, fecha os olhos e começa a se balançar. Por trás das pálpebras ela começa a ver estrelas. Assim. Puta que pariu.

Um tempo depois os dois estão deitados de frente um para o outro sob a luz suave do abajur, acariciando os corpos que lhes proporcionaram aquilo tudo. *Que delícia,* Siw pensa repetidas vezes, como se aquele fosse um pensamento obsessivo. *Que delícia, que delícia.*

— Foi uma delícia — diz Max.

— Aham.

— Agora já me sinto pronto para aquela aula. Sobre o Håkan.

— Não é a hora dele — responde Siw. — Pelo menos não agora. Talvez depois. É mentira que amanhã é um novo dia. Não pode ser.

Tudo o que importa é essa noite. Essa noite para sempre. Siw e Max mantêm os rostos próximos, trocam carícias e procuram a eternidade nos olhos um do outro. Para sempre.

— Sibila — diz Max, tirando um fio de cabelo do olho de Siw. — Você é a coisa mais linda que eu já vi.

Naquele momento Siw já não pode mais resistir. O botão é pressionado e as comportas se abrem. Sem que ela possa esboçar nenhuma reação, as lágrimas começam a correr. Siw esconde o rosto no peito de Max e o abraça com força.

— Você deve ser cego — sussurra ela. — Cego, cego, cego.

SUICUNE

*"It's so easy to laugh, it's so easy to hate
It takes guts to be gentle and kind"*

The Smiths — I know it's over

POR TODAS AS FRENTES

Uma coletiva de imprensa havia sido marcada para a manhã de domingo, às 10:00. A polícia de Norrtälje, com a polícia de Estocolmo e dois especialistas, falaria sobre o rastreamento do contêiner encontrado na zona portuária de Norrtälje com uma carga de vinte e oito cadáveres.

Em razão do grande interesse despertado pelo assunto, a coletiva precisou ser transferida da delegacia para a sala de reuniões do governo municipal. Toda a imprensa sueca estava lá, e havia também um número considerável de repórteres da imprensa estrangeira. A SVT fazia uma transmissão ao vivo. O valor da notícia havia subido desde que Donald Trump fez um tweet dois dias antes com a foto de um contêiner sangrento e o texto: "Sweden's open borders kill 28 people. So tragic." ["Com a abertura das fronteiras da Suécia, 28 mortos foram encontrados. Que tragédia!"]

O primeiro a falar seria um perito do Centro Forense Nacional, em Linköping, que confirmaria as análises preliminares. Muitas daquelas pessoas haviam morrido por falta de substâncias essenciais à vida. Água, oxigênio, comida. Algumas poucas haviam morrido de parada cardíaca, provavelmente causada pelo estresse. Enquanto outras morreram em razão de ferimentos, sobretudo na cabeça.

Um porta-voz do serviço de imigração falou sobre o tratamento dispensado aos cadáveres. Os esforços focaram o sentido de contatar parentes dos mortos, e a intenção era devolver os corpos para que pudessem ser enterrados no país natal. No que dizia respeito à possibilidade de que aqueles imigrantes permanecessem na Suécia caso estivessem vivos, o porta-voz disse que não era possível fazer um juízo coletivo.

A polícia de Norrtälje não teve muito a acrescentar. Basicamente cumpriu o papel de organizador local para a coletiva de imprensa, uma vez que a investigação fora assumida pela Divisão de Operações Nacionais. A única coisa que a polícia de Norrtälje podia fazer naquele momento era manter a calma e a compostura, uma vez que nos últimos dias o número de casos de violência e suicídio havia aumentado. E bombas incendiárias foram jogadas contra os centros de acolhimento de refugiados na Albert Engströms Gata.

E por fim o mais importante: o rastreamento. A pessoa responsável pela Divisão Nacional de Operações se apresentou à plateia de cerca de cem pessoas e começou soltando uma bomba: o navio responsável pelo transporte do contêiner fora encontrado. Naquele momento, a embarcação, a tripulação e o capitão estavam em Ålborg, na Dinamarca.

Após colher vários depoimentos de testemunhas, a polícia da Suécia conseguiu identificar a embarcação. Era um navio de menor porte chamado *Ambrosia,* registrado na Holanda. Uma investigação internacional fora lançada, e, cinco dias após a descarga do contêiner, a guarda costeira dinamarquesa avisou que tinha novidades.

Tanto o capitão espanhol quanto os oito filipinos da tripulação negaram envolvimento em tráfico humano e descarga irregular de contêineres. Somente depois que encontraram um intérprete de chavacano, o dialeto crioulo falado pela tripulação, e puderam confrontar os homens com imagens, testemunhas oculares e até mesmo um vídeo curto que mostrava o embarque do contêiner em Algeciras, na Espanha, a resistência foi vencida e todos acusaram o capitão, embora com inúmeras contradições. Esse fato, por sua vez, levou o capitão a soltar a língua — e o depoimento desse homem foi considerado o mais digno de confiança.

Depois da travessia de Öresund, a tripulação havia se mostrado mais preocupada. O capitão não sabia ao certo como a ideia havia surgido, mas aqueles homens estavam convencidos de que o *Multo* estava no contêiner. Ao ser questionado sobre o significado dessa afirmação, o capitão deu respostas evasivas e o intérprete de chavacano foi chamado. O intérprete explicou que a ideia do *Multo,* como muitas outras criaturas folclóricas, podia ser interpretada de várias formas. O nome vinha da palavra espanhola para um morto *"Muerto",* e assim "Multo" podia ser interpretado como uma pessoa morta, um fantasma ou ainda a própria Morte na forma mais terrível.

Quando a embarcação chegou à costa sul da Suécia, a tripulação se recusava a mexer no contêiner, cujo destino pretendido era Sundsvall. Nem mesmo o capitão pôde abrir as portas para entregar comida e bebida às pessoas trancadas lá dentro, mesmo que fosse possível ouvir as batidas de desespero. Se o Multo escapasse, todos estariam condenados à morte — tanto a tripulação como aqueles passageiros. Antes os passageiros do que todos.

A paranoia aumentou à medida que o navio avançou rumo ao norte. Já próximo a Estocolmo, a tripulação exigiu que o contêiner fosse jogado ao mar, para que assim o Multo acabasse lá no fundo. Quando se negou a proceder dessa forma, o capitão foi acorrentado, e o imediato assumiu o controle do navio.

Durante a manobra em que a grua ergueu o contêiner e deslocou-o para além do convés, o imediato percebeu a presença de uma embarcação da Guarda Costeira ao longe, e assim decidiu entrar em Norrtäljeviken.

Quando o pânico inicial passou, o capitão conseguiu negociar um meio-termo. Em vez de lançar o contêiner ao mar, eles o abandonariam em terra assim que fosse possível encontrar um porto fundo o bastante para que o navio pudesse atracar. A esperança do capitão era que o contêiner fosse encontrado ainda a tempo de ajudar os necessitados. A tripulação se mostrou cética, porque nesse caso o Horror seria lançado sobre as pessoas que o abrissem — mas claro que isso seria um problema *dos outros*. Dos suecos.

E assim o contêiner foi largado num fim de entardecer de setembro no porto de Norrtälje, para horas depois ser encontrado por Harry Boström e pelo cachorro Tosse.

POST FESTUM

1

— Vovó, onde fica a Filipínia?

— O nome é Filipinas. Fica na... por que você quer saber, Alva?

— Porque as pessoas que saíram daquela caixa vinham de lá.

— Que caixa?

— O cou... coutêiler?

— O contêiner?

— Aham. Aquelas pessoas eram da Filipínia.

— Achei que você estava assistindo aos programas de criança.

— Esse era mais interessante.

Anita se levanta da mesa da cozinha, onde estava distraída com as cruzadinhas na edição dominical do *Dagens Nyheter,* e entra na sala.

Na TV, um de cabelos grisalhos e curtos esclarece que sim, crianças morreram em consequência da violência, e também que não, a polícia não tem nenhuma linha investigativa que inclua fenômenos sobrenaturais.

Anita pega o controle remoto e desliga a TV.

— Vovó, ferimentos contundentes na cabeça quer dizer que uma pessoa bateu na cabeça da outra até matar?

Anita ignora a pergunta e pega cuidadosamente o globo terrestre que fica no parapeito da janela.

O globo está frouxo no suporte desde que Alva resolveu girá-lo a mil e setecentos quilômetros por hora, o que, segundo Anita havia dito, era a velocidade real de rotação da Terra.

— Veja — diz Anita, apontando para as ilhas no Pacífico. — É aqui que ficam as Filipinas.

Alva examina aquela confusão de ilhas como se fosse um código que ela precisasse decifrar, gira o globo meia-volta e aponta.

— Aqui é a Espanha?

— Aham.

— E Öre... Öresund. Onde fica?

Quando Anita indica o estreito do Báltico, Alva deixa o olhar correr para lá e para cá entre a Espanha, as Filipinas e Öresund. Por fim, ela diz:

— Eles estavam muito longe de casa. — E, com o dedo, ela traça uma linha de Öresund às Filipinas e acrescenta: — Quase não tem como ser mais longe. Talvez por isso tenham começado a imaginar coisas.

Anita suspira.

— As pessoas não precisam imaginar coisas para matar umas às outras. Tem pessoas que sentem prazer ao fazer isso.

Alva torce o nariz e encara Anita com um olhar que equivale a um dedo em riste antes de emendar:

— A mamãe não gosta quando você fala assim comigo.

— Mas é verdade.

— Não, porque essas pessoas não mataram ninguém. Simplesmente acharam que tinha um fantasma na caixa e não quiseram abrir.

— As pessoas da Filipínia, eu quis dizer.

— O nome é Filipinas. Mas que história é essa de ferimentos contundentes na cabeça?

Alva solta um suspiro teatral, decepcionada ao ver que a avó não se mantém informada.

— As pessoas que estavam *dentro* da caixa.

— Do contêiner.

— Tá, tá. — Alva ergue a mão e uma ruga de concentração surge na testa enquanto ela conta com o polegar e o indicador. — E as outras.

— As outras pessoas que vinham da *Síria* e do *Afengastão*. Elas eram refugiadas. Eu tenho pena delas.

— Afeganistão.

— Ah! — exclama Alva, abrindo as mãos. — Você entendeu o que eu disse! Pare de me corrigir o tempo inteiro! Em vez disso me mostre onde ficam a Síria e o Afengastão.

Anita mostra para Alva dois outros pontos além dos três iniciais. Ela gira o globo e corre o dedo entre os países, desenhando rotas pelo globo terrestre enquanto os lábios se mexem por conta própria.

Por fim, ela balança a cabeça e diz em tom sério:

— O mundo é estranho.

Anita não tem nenhuma correção a fazer.

Meia hora depois, Alva quer ir para casa. Anita olha para o relógio e diz:

— A gente combinou meio-dia. Ainda são onze horas!

— Mas que diferença faz? — pergunta Alva. — Uma hora a mais ou a menos. — sorri Alva ao reconhecer uma expressão que costuma usar.

No geral, Alva está numa fase de experimentar linguagem: ela escolhe palavras e conceitos, usa-os e avalia o resultado, para então decidir se os abandona ou continua a usá-los por mais um tempo.

— É verdade — diz Anita. — Que diferença faz uma hora a mais ou a menos?

2

A persiana no quarto de Siw tem uma lamela faltando, e assim o sol da manhã consegue desenhar uma listra de luz que atravessa o quarto. O corpo nu de Siw está numa posição que faz com que essa listra recaia sobre a curva do ombro, fazendo com que a pele ganhe um brilho cor-de-rosa.

Max está de lado, com o braço enfiado sob o travesseiro, admirando o nascer do sol em miniatura enquanto tenta definir o que sente naquele momento. É meio como tentar pegar um bicho de pelúcia naquelas máquinas de garra que existem nos parques de diversão. No momento exato em que ele acha que pegou uma coisa para tirá-la do meio da massa, aquilo escorrega da garra e torna a cair onde estava.

Será que está alegre, triste, apaixonado, angustiado, satisfeito ou desejoso? Ele mesmo não sabe. A única coisa que pode afirmar com certeza é que está deitado numa cama que não é a sua, vendo as costas de Siw, com quem passou a noite anterior. Ele não sente nenhum impulso de ir embora, mas também não sente nenhuma vontade de ficar mais.

Durante a noite tudo parecia diferente. Longas horas haviam se passado, mas ele tinha dificuldade para lembrar o que havia acontecido, porque simplesmente estava *no momento,* sem se preocupar com juízos e reflexões. Simplesmente havia vivido sem fazer perguntas. Mas, pela manhã, era diferente, porque havia a expectativa de um sentimento. Nas palavras de Conor Oberst: *It was so simple in the moonlight, now it's so complicated.* [*Era tão simples ao luar, agora é tão complicado.*]

Siw respira e uma alteração sutil na postura do corpo, uma leve tensão nos músculos do pescoço, dá a entender que está acordada. Mesmo assim, ela não se vira. Talvez esteja tentando reunir os fragmentos da noite para analisá-los à luz do dia e fazer uma avaliação de tudo o que aconteceu.

Mas permanece em silêncio, observando o monte iluminado do ombro que diminui de volume e some quando Siw se deita de costas. Ela puxa o lençol até o queixo, olha-o depressa bem nos olhos e diz:

— Oi.

— Oi — diz Max. — Bom dia. Dormiu bem?

— Aham. E você?

— Aham. Eu também.

Siw faz um gesto afirmativo com a cabeça, e Max o repete. Os dois tiveram uma boa noite de sono. Já é um mínimo de validação.

Será que ninguém pelo menos suou frio sem conseguir dormir, pensando *O que foi que eu fiz?* Siw olha para o despertador, que marca pouco mais de onze horas.

— Eu preciso dizer uma coisa.

— Diga.

— A minha filha. A Alva. Ela chega ao meio-dia. Por favor, não entenda mal o que eu vou dizer, mas... eu não gostaria que você estivesse aqui. Acho que pode ser confuso pra ela.

Não era o que Max esperava. Mas também era verdade que ele não havia feito nenhum esforço no sentido de se envolver com a situação naquele momento. Max se encontrava em um momento livre de sentimentos, um momento de total ausência de limites. No caso de Siw parecia ser diferente, e talvez essa ausência de limites exista somente para aqueles que não têm filhos.

— Tudo bem — diz Max, estendendo as pernas para fora da cama. — Claro.

— Você não vai ficar chateado?

— Não, não. Claro que não.

Ele veste as cuecas e começa a procurar as meias quando de repente se ouve o barulho de uma chave na porta de entrada. Ele e Siw se encaram com olhos arregalados. Antes que Siw possa dizer qualquer coisa, Max recolhe todas as roupas dele e se mete embaixo da cama. Os pés de Alva surgem no limiar da porta e logo ela chega correndo e pula em cima da cama.

— Mamãe!

Max se encolhe o máximo que pode junto da parede, faz uma bola com as roupas e usa-as para apoiar a cabeça. Ele nunca chegou a descobrir se a vida era uma tragédia ou uma comédia. Naquele momento, a vida parecia uma farsa de alcova.

3

Vista de trás, a figura sentada em um banco de madeira na margem do rio, pouco abaixo do Roslagsmuséet, poderia ser tomada por uma bêbada qualquer. Os cabelos estavam desgrenhados e desalinhados, a postura era curva e ela tinha duas latas de cerveja ao lado. Vista de frente, era apenas Anna Olofsson, tomando uma cerveja.

Já está na hora de parar.

Anna toma um gole demorado de uma das latas de Falcon Bayerskt compradas no Ica Kryddan. A cerveja morna escorre pela garganta e oferece um pouco de alívio para braços e pernas cansados.

Depois da agradável cena no cais — quando Lucas foi jogado nas águas da baía, com celular e tudo —, Anna havia permanecido sentada com Johan, enquanto Marko renunciava à amizade com os amigos da capital. Lukas por fim saiu da água e continuou tagarelando sobre o celular estragado até que os três decidiram ir ao Åtellet enquanto Marko seguia ao encontro da irmã. Anna e Johan pegaram um tetrapak de vinho e retornaram ao trapiche.

Sobre o que estavam conversando mesmo? Anna toma mais um gole e aperta os olhos em razão do sol, que se reflete nas águas vagarosas do rio. Ela tem dificuldade para lembrar, mas deve ter acontecido *alguma coisa,* porque os dois permaneceram sentados até que uma nuvem rosa-escura despontasse no céu de Kvisthamraviken. As articulações de ambos fizeram cliques e estalos quando se levantaram e levaram a caixinha vazia de vinho para a casa, que estava totalmente em silêncio. Eles grita-ram *Olá* e *Tem alguém aí?* na varanda de Marko, e, a caminho de casa, Anna teve de resistir ao chamado de cada arbusto pelo qual passava: *veeeenha... descansaaar... no maciiio.* Ela resistiu a essa canção de sereia e se jogou na cama às seis horas, mas acordou quatro horas depois com a cabeça latejando, o corpo coçando e a palavra *cerveja barata* colada na língua.

Ela e Johan deviam ter falado sobre a vida. Anna se lembrava de que Johan havia feito um comentário sobre a pista de boliche, de que aquilo era como um casulo, mas que ele nunca sairia do estágio de pupa para virar uma borboleta. Anna havia repetido as palavras "estágio de pupa" e dito que isso devia ser o que vinha antes do primeiro emprego de uma borboleta, e os dois haviam feito um brinde. Haviam fei-to vários brindes. Falado bobagem. Em relação a *essa* parte Anna não tinha nenhum problema.

A questão era a *outra* coisa. Anna tinha uma predisposição de praticamente zero para o arrependimento e o remorso, mas a noite anterior foi *meio assim.* A dança com a garrafa não passava de uma lembrança difusa e ela via a cena toda como que de longe, mas a pessoa que fazia tudo aquilo era sem dúvida ela.

Já está na hora de parar.

Mais um gole de cerveja, mais um pouco de memórias confusas enquanto o cor-po inteiro continuava inquieto. Quantas vezes ela pensou naquilo desde que havia começado a encher a cara de verdade aos catorze anos? Enfim, no dia seguinte? Cem vezes? Duzentas? Eram dias passados com cerveja barata, pizza e filmes em DVD. Era adequado fazer aquele papelão aos quinze, dezoito anos, mas, naquele momento, ela tinha *vinte e nove* e já estava na hora de parar.

Anna examina o falcão bravo que decora a lata de cerveja enquanto o tráfego zune pela Stockholmsvägen e as bétulas farfalham com as folhas secas.

— Quééé, quééé! — dizem os patos no rio.

Será que daqui a trinta anos ela vai estar no mesmo banco pensando a mesma coisa? Uma velha azeda com o fígado arrebentado, talvez na companhia de um velho sem dentes que bate uma siririca para ela em troca de um goró.

Anna põe o rosto nas mãos e geme. Ela nunca teve um relacionamento longo, e, a bem dizer, nenhum relacionamento. Saía com rapazes desde que havia perdido a virgindade — às vezes com três ao mesmo tempo. Não *ao mesmo tempo,* pelo amor de Deus. Mas ela fazia malabarismos e brincadeiras com os três alternadamente.

Já no oitavo ano falavam a respeito dela. Não quando ela estava perto, porque ninguém se atrevia a fazer isso, mas histórias exageradas sobre o comportamento dela se espalharam e logo o número de telefone dela passou a ser rabiscado nos banheiros, junto com uma breve descrição dos serviços oferecidos. *Engulo até a última gota — quero muito ser sua garota.* Em duas ou três ocasiões, ela chegou a receber ligações de idiotas.

Naquela manhã, com a cabeça latejante Anna tentava olhar para o próprio coração, e foi assim que mais uma vez pôde ver a verdade simples e paradoxal: o motivo para que não suportasse relacionamentos era um medo terrível de estar *sozinha.* Pense nisso. Um medo tão profundo de não estar com outra pessoa que você não consegue sequer estar com outra pessoa.

— Quééé, quééé! — gritam os patos. Irritados, segundo parece. Até os patos parecem bravos com ela.

Você só está sozinha quando é abandonada. Antes disso você é apenas *você mesma,* uma entidade autossuficiente que se basta, porém, assim que entra em um relacionamento mais longo com outra pessoa você sempre corre o risco de um dia se ver largada, abandonada, deixada para trás. Sozinha.

Existe uma cena que persegue Anna. Na casa de repouso onde ela trabalha tem uma mulher de noventa e um anos de idade chamada Greta Gustafsson, que todos chamam de Garbo. Para o aniversário de noventa anos de Garbo, os funcionários perguntaram se deviam fazer um pequeno evento — quem sabe reservar o refeitório para uma pequena festa? Não, não, *não se incomodem por minha causa.*

Ninguém foi visitar Garbo naquele grande dia, e quando ela não apareceu tampouco para o jantar, Anna ficou preocupada e foi ver o que estava acontecendo. A porta do quarto da senhora estava entreaberta.

Anna olhou discretamente para dentro e viu uma cena que nunca mais saiu de sua cabeça.

Garbo estava usando maquiagem de festa, sentada na mesinha da cozinha, usando o vestido mais elegante que tinha. Um colega devia tê-la ajudado a fazer compras, porque a comida estava posta. Havia velas acesas, uma garrafinha de vinho. Até aí tudo bem. O que deixou Anna com um nó na garganta foi o que havia do outro lado da mesa.

Eram fotografias emolduradas dos filhos de Garbo, das irmãs e do falecido marido. As fotos, que normalmente decoravam as paredes, estavam naquele momento colocadas de pé em cima da mesa, com todos os rostos olhando para aquela mulher sozinha, que ergueu o copo numa discreta celebração, disse rápidas palavras e tomou um pequeno gole do vinho.

Anna nunca havia visto uma imagem mais clara da solidão e permaneceu imóvel, com a cabeça apoiada contra o marco. *Tudo é retirado de nós.* Será possível viver de lembranças? Será que é realmente possível viver de lembranças? Anna teve a resposta quando se recompôs e bateu à porta antes de entrar no quarto.

— Greta, com licença...

Garbo levou um susto e virou o rosto. Por um segundo, Anna olhou diretamente para uma tristeza e uma solidão tão enormes e ao mesmo tempo tão pequenas que foi como se o coração dela afundasse no peito. Depois Garbo se reassenhorou, se obrigou a mostrar um pouco de ternura nos olhos e abriu o sorriso amistoso de sempre.

— Pois não, Anna?

— Eu... eu só...

Garbo fazia parte do grupo de idosos que raramente adoecia, nunca reclamava e sempre demonstrava gratidão pela ajuda que recebia. Uma senhora contente, segundo parecia, mas, naqueles instantes, Anna pôde vislumbrar o desespero negro e sem rosto que se escondia por trás daquela máscara de satisfação.

— Eu pensei que talvez... você gostaria de ter uma companhia?!

— Não, não. Você tem o seu trabalho.

— Mas eu posso...

— De jeito nenhum. Estou aqui com as minhas lembranças. Estou bem.

Anna havia se afastado com a impressão de ter as mãos vazias. Pelo que sabia, Garbo tinha três filhos. Pelo que sabia, nenhum deles era morto. Pelo que sabia, todos os três deviam levar uma surra pública.

— Quééé, quééé, QUÉÉÉ!

Os grasnados irritados levam Anna a erguer a cabeça. Na margem oposta do rio está uma menina de cinco anos, acompanhada pela suposta mãe. A menina segura um pedaço de pão, de onde arranca pedaços para jogá-los no rio.

Uns dez patos estão reunidos para a festa a um metro abaixo dos pés da menina — uma festa que mais se parece com uma das bebedeiras de Stig durante a madrugada. Os patos rodopiam, grasnam revoltados e tentam arrancar os pedaços de pão uns dos outros. Penas são arrancadas, asas se batem e a superfície da água se encrespa enquanto a menina ri encantada e faz uma chuva de pão cair sobre a cabeça das aves, como uma pequena deusa caprichosa que espalha dádivas entre adoradores em êxtase.

Porém, logo as condições mudam. Todos juntos, como se obedecessem a um sinal, os patos abrem as asas. Eles batem os pés sobre a superfície da água enquanto tomam impulso e alçam voo. Em poucos segundos aquela massa de confusa e grasnante de plumas sobe para a margem e cerca a menina. Os animais tentam arrancar o pão de suas mãos. A menina o deixa escapar, solta um grito e corre para a mãe.

Os patos não se dão por satisfeitos. Como uma turba submissa que percebe a própria força e vê crescer a sede de sangue, os animais correm desengonçadamente em direção à menina e começam a bicá-la, tentando pegar os dedinhos brancos.

— Xôôô, xôôôôô! — grita a mulher, batendo nas cabeças agitadas enquanto a menina grita e esconde o rosto no casaco da mãe enquanto os pássaros ruidosos batem as asas e tentam bicá-lo no rosto.

Em vez disso, um dos patos abocanha o dedo em riste da mãe. A mulher grita e puxa a mão do bico. O indicador está sujo de sangue, e a expressão naquele rosto se transforma.

A mulher toma impulso e desfere um chute com a perna direita. Ouve-se um impacto macio, o pato voa pelos ares com as asas relaxadas e por fim cai no rio, onde a correnteza o leva.

Ódio e triunfo brilham nos olhos da mulher quando ela olha para os patos que seguem grasnando e tenta fazer um strike antes de recobrar a compostura, pega a mão da menina e leva-a em direção à Tullgränd com o bando de pássaros gingando logo atrás. Um bico desfere um golpe contra a margem do rio e leva junto um pedaço de pão.

Anna ouve uma risada próxima. Estava tão concentrada naquela adaptação local de *Os pássaros* que não percebeu a chegada de outra pessoa ao banco, ainda que o homem em questão seja tão corpulento que uma das pernas chega a roçar na dela.

— E esses patos assassinos? — pergunta Ewert Djup, tirando um sachê de *snus* que estava sob o lábio e estudando-o por um instante antes de jogá-lo no rio. — Bichos de merda.

Mesmo que Ewert tivesse ajudado Anna a terminar a escola simplesmente por existir, ela se incomodou um pouco com aquela presença. O homem transpirava violência, e estar ao lado dele era como estar diante de um tigre numa jaula talvez destrancada. Uma vida de sessenta e um anos dedicada ao crime havia feito com que os traços no rosto dele se tornassem cada vez mais duros e mais frios. O nariz é torto desde uma época muito tempo atrás, quando ainda existia quem tivesse a coragem de erguer a mão contra ele. Ewert sorri para Anna e exibe uma dentadura artificialmente branca que a leva a estremecer por dentro.

— Bichos — Ewert diz com um jeito pensativo, e então começa a narrar uma de suas muitas histórias. Na década de 1980, ele e o irmão tinham uma cabana perto de Spillersboda, por acaso Anna sabia? Bem, de qualquer forma, tudo ia muito bem naquele cafofo, a não ser por uma coisa: as malditas gaivotas. Assim que o sol nascia aqueles lixos começavam a grasnar e não paravam mais enquanto o dia não acabasse. Cagavam em todo o trapiche, no barco, em tudo. O que fazer? Eles tentaram serpentes de plástico, corujas empalhadas, jogaram pedras e deram tiros com espingarda de pressão.

A contragosto, Anna se interessou pela história. A imagem daqueles dois irmãos rústicos montando espantalhos e disparando espingardas de pressão enquanto rilhavam os dentes em razão das gaivotas era tão inesperada que ela ficou curiosa por ouvir a história até o fim. Ewert parece notar esse interesse, porque logo se inclina para trás e deixa a barriga se avolumar como uma almofada sob a jaqueta de couro marrom no modelo dos anos setenta.

— Aqueles lixos! — exclama ele, e então se cala.

Anna oferece a resposta que ele tanto esperava.

— E o que vocês fizeram?

Os irmãos haviam providenciado uma carga de areia e dois quilos de arenque em conserva. Duas bananas de dinamite no rochedo, cobertas pela areia, e em cima de tudo o arenque. Depois puxaram o fio do detonador até atrás da cabana e esperaram. Quando umas quarenta gaivotas estavam reunidas no monte, disputando o peixe, Ewert acionou o detonador.

— Aqueles lixos — repetiu ele, segurando uma risada. — Também quebramos duas ou três janelas no meio de todo o resto, mas no fim valeu a pena. Tinha pedaço de gaivota por tudo quanto era arbusto, e a minha teoria é que foi *isso* o que assustou as outras gaivotas. Se uma pessoa visse um lugar com tripas, dedos e cabeças penduradas, não sentiria vontade de estar por lá, não é mesmo? Bem, a questão é que tudo ficou em silêncio.

— Vocês ainda têm? A cabana?

— Como? Não. Um filho da puta apareceu e queimou tudo poucos anos depois. Mas a gente conseguiu pegar ele.

Ewert faz um gesto afirmativo de cabeça para si mesmo e olha para o pato morto que flutua em direção ao Kvarnholmen. *A gente conseguiu pegar ele.* Pode ser que isso também tenha resultado em uma cena envolvendo tripas e dedos. Ou um "passeio". A conversa tomou um rumo que levou Anna a se lembrar de quem era o homem a seu lado e a desejar que aquilo acabasse — que Ewert dissesse logo o que pretendia.

— Muito bem — diz Ewert, enlaçando os dedos atrás da nuca e separando um pouco as coxas grossas envoltas por uma calça de jeans estonado. — E você tá aqui, bebendo cerveja em plena tarde.

— Cerveja barata — diz Anna, como se tivesse receio de que ele pudesse *contar tudo para o pai.*

— Aham. E na quarta-feira o Acke sai do xadrez.

— Sei.

— Quanto você conhece da... da situação por lá?

— Que situação?

Ewert passa o dedo que mais parece uma linguiça sobre o nariz vermelho, onde pelos avulsos crescem feito espinhos de cardo num bloco de granito.

— Você sabe que ele foi pego. Na alfândega. Com três quilos. De pó. Trazidos de Hamburgo.

— Sei.

— Ele não disse mais nada? Pra você?

— Não. O que teria além disso?

Anna não gosta nem um pouco do olhar atento que Ewert lança em direção a ela. Aquilo faz com que ela se sinta nua. Não de roupas, mas de uma outra coisa ainda mais fundamental. E não há o que fazer além de virar o rosto para longe.

— Aham, aham — diz Ewert de forma ameaçadora para então continuar. — Bem, lá em Hamburgo... Ele tinha levado dinheiro para comprar cinco quilos, e me confirmaram que ele comprou os cinco. Mas na alfândega... de repente havia só três. Como se explica uma coisa dessas?

— Não sei — responde Anna em um cochicho, sem olhar para Ewert.

— Dá pra imaginar que esses dois quilos foram sumidos. E que o seu irmão pretendia vender esses quilos extras para ganho próprio. Vender os outros três por um preço mais alto, ou então misturar outra coisa para que pesassem mais... Sei lá. Quem conhece ele de perto é você. Afinal, você é a irmã ele. O que você me diz?

A ênfase do parentesco entre Anna e Acke era um sinal de alerta, como se de repente ela automaticamente fosse participante de uma tentativa no mínimo ousada de enganar os Irmãos Djup — uma coisa que simplesmente *não se fazia.*

— Não tenho a menor ideia, Ewert. A menor ideia.

— Não. Pode ser que não. Mas você sabe que o valor desses dois quilos na rua é de umas duzentas mil coroas. Os três quilos apreendidos são o tipo de prejuízo que faz parte do negócio, mas pilantragem e trapaça são coisas muito diferentes. Muito diferentes mesmo. Duzentas mil coroas! Que com os juros normais podem render quase trezentas. Trezentas mil coroas.

Anna não sabia o que Ewert queria dizer com *juros normais* que pareciam totalmente anormais, mas sabia que os irmãos também mexiam com empréstimos — e, parafraseando o lema da família Lannister, os Djup sempre cobravam as dívidas.

— Por quê... por que você tá me contando isso? — perguntou Anna, com uma voz de dar pena.

— Eu só queria que você soubesse que o teu irmão tem uma dívida de trezentos mil com a gente. Que essa é a situação em que ele se encontra. Pelo menos logo de cara.

4

Onde diabos eu tô?

Ao abrir os olhos, Marko passa dois ou três segundos desorientado, como se tivesse sido sequestrado e, ao ter a venda tirada do rosto, descobrisse um lugar totalmente estranho. O sentimento de cair no espaço vazio. Mas logo ele reconhece Kvisthamraviken e a varanda cheia dos restos deixados pela festa no dia anterior.

Depois de se ver obrigado a oferecer a cama de acampamento para Maria ele havia descoberto uma velha cadeira de praia e um edredom mofado que serviriam como acampamento noturno. Ele está meio deitado na região da piscina imaginada, e as molas enferrujadas rangem quando se põe mais uma vez sentado e começa a massagear a nuca enrijecida enquanto a boca solta um bocejo de leão. Ele sente as gengivas pegajosas e a língua inchada.

La dolce vita.

Marko se ergue com dificuldade da cadeira agonizante e vai direto à cozinha, onde toma água direto da torneira para então se apoiar no balcão da pia com a cabeça baixa.

Após o incidente com Lukas, o pessoal de Estocolmo levantou acampamento. Marko tinha ficado sozinho na varanda, onde bebeu vários copos de vinho com uma ausência de foco bastante incomum para ele enquanto mantinha os olhos apertados, como se quisesse examinar a própria vida. Horas depois ele desistiu e bebeu mais vinho enquanto deslizava o dedo na tela do Tinder e se sentia contaminado por tantas meninas fazendo duckface, todas iguais.

Marko pensou em se juntar a Johan e Anna, que continuavam no cais, mas o esforço que seria necessário para manter uma conversa normal pareceu-lhe excessivo. Assim ele decidiu buscar Maria, que havia desabado ao pé da macieira, e levá-la para a cama. Depois bebeu mais vinho e encontrou a cadeira de praia, e assim a história chegou ao fim.

Marko empurra o balcão da cozinha para longe e pensa em fazer uns apoios para começar o dia, mas sente que o cérebro parece ter sido trocado por uma bola de bocha que rola de um lado para o outro, se batendo contra o interior do crânio com um estalo seco. É um dia estranho. Marko *nunca* tem ressaca, porque nunca bebe até se embebedar. Nas festas ao redor de Stureplan ele sempre mantém o consumo de álcool em um nível que o permita dirigir pela manhã, caso decida. Mas naquele momento ele não sabe nem ao menos se conseguiria andar de bicicleta. Marko lava o rosto com água fria e suspira. *Pisei na bola ontem à noite. Que tipo de expressão é essa? Pisei na bola?*

Maria está toda encolhida na cama de acampamento, enrolada no saco de dormir de Marko. Ele ainda está bravo com ela, mas naquele rosto adormecido e indefeso ele reconhece a menina que a irmã foi em outra época e um pouco da fúria se dissipa. Lukas devia... o que ele devia fazer? Diversos cenários violentos envolvendo sangue, merda e vômito passam diante dos olhos dele, e Marko se sente um pouco revigorado.

Marko vai até a varanda e começa a juntar as ruínas deixadas pela festa. Papelão, plástico e bitucas de cigarro — tudo vai para dentro do saco. Aqui e acolá os convidados derramaram vinho, que deixou manchas na madeira clara. Quando a varanda está limpa ele ouve passos deslizantes logo atrás.

— Marko? — Maria está no vão da porta, enrolada no saco de dormir. O cabelo dela está uma maçaroca, a maquiagem escorreu toda e os olhos estão fundos e com olheiras, estilo *heroin chic*. Quando ela boceja, fios úmidos se estendem de um lábio ao outro. — Que horas são?

— Umas dez.

Maria faz uma careta como se aquilo fosse uma confirmação de seus piores temores. Ela se arrasta até a cadeira de praia e mais cai do que se acomoda no assento. As molas rangem de dor.

— Onde foi que você dormiu?

— Aí.

— *Aqui?*

Maria examina a cadeira de praia como se quisesse verificar se Marko falava a verdade.

Depois ela ergue as sobrancelhas e pergunta:

— Onde está o Chucas? E o Marcoca?

— Foram embora.

— Depois que...? — Maria aponta o indicador em direção ao trapiche e relincha como um cavalo.

— Não tem nada de legal.

— Tem sim. Foi *muito* legal.

Marko pensa em fazer um comentário azedo sobre a culpa de Maria em relação ao que tinha acontecido, mas no fim resolve evitar a discussão. Além do mais, não havia como negar: tinha sido incrível atirar Lukas no lago. Maria se reclina na cadeira de praia e com a mão protege os olhos do sol que se reflete na baía. Marko pega uma bituca que ficou presa entre duas tábuas e joga-a no saco. Depois ergue o rosto e vê que Maria tem os olhos fixos nele. Por fim abre os braços e pergunta:

— O que foi?

— Marko — diz Maria em um tom sério fora do comum, — o que você quer *de verdade?*

— Como assim?

— Ah, por exemplo... o Chucas e o Marcoca e aquela menina que eu sei lá como se chama. Eles querem uma coisa. Você quer a mesma coisa?

— Não tô entendendo.

Maria toma um longo fôlego e solta a respiração. Os olhos delas se apertam concentrados quando ela diz:

— Vamos lá, então. Se aceitarmos que uma pessoa pode ser definida a partir dos próprios sonhos... a partir daquilo que ela *quer...* então aqueles bostas devem querer morar numa casa com sótão em Vasastan, um Jaguar na garagem, uma carteira de ações e uma garota cheia de botox com bunda grande que eles possam trair. E você, o que quer?

— Garanto que nada disso.

— Não. Mas é esse tipo de coisa que você tem. Esse tipo de vida. Esse tipo de sonho.

Marko segura uma risada.

— Você tá querendo dizer que a minha vida é superficial porque eu corro atrás de status e dinheiro? Uma análise dessas sim é superficial pra cacete.

— Será mesmo?

— É. O que você acha que eu devia fazer?

Maria estala a língua e dá de ombros.

— Sei lá eu. Arranjar um trabalho no Handelsbanken aqui em Norrtälje ou coisa do tipo. Mudar de casa.

— Em primeiro lugar, essa casa não é minha. Em segundo lugar... quanto você acha que eu ganharia se fizesse isso? Um quarto do que eu ganho hoje? Um quinto?

— E daí? Você não se lembra mais do que o pai costumava dizer quando a gente fazia coisas imorais? — Maria baixa a voz e imita o tom ao mesmo tempo hesitante e reprobatório de Goran:

— *A sua alma corre perigo, meu filho.* É isso, Marko. A sua alma corre perigo.

5

Johan está sentado no morro. No mesmo banco em que ele e Max e depois Marko costumavam sentar. É apenas uma tábua que nem ao menos tem encosto. No colo ele tem um maço de papéis. Johan folheia até a última página e começa a ler.

— Ele estava na janela, olhando para os troncos retos e indiferentes dos pinheiros e para as copas verde-pálidas. De repente percebeu um movimento entre os galhos. Um anjo ou demônio revelou o rosto e fez um gesto em direção a ele. *Venha*.

Johan ergueu o rosto e olhou para os pinheiros mencionados no texto. Não havia nenhum movimento, nenhum gesto e nenhum chamado.

Apenas pinheiros. O relógio na igreja de Norrtälje marca onze e meia. No alto da caixa d'água cresce uma coisa que parece um pinhal. Certa vez Johan tinha escrito um conto inspirado em Lovecraft sobre um deus pegajoso que passava a morar na caixa d'água.

A grande falha da realidade é a ausência de fantasia. Tudo precisa ser acrescentado pelas pessoas. Johan às vezes inveja Max ou mesmo a própria mãe pela capacidade que ambos têm de criar fantasias distorcidas. Claro que no caso deles essas fantasias eram motivo de tormento, mas assim mesmo era verdade que viam coisas *do além*.

Johan pode ler Lovecraft e Kafka, pode inventar coisas, mas no fundo sabe que tudo o que existe é a realidade sem graça com pinheiros e mais pinheiros. Ele sente o peso das páginas já bastante manuseadas e sente vontade de tomar impulso e jogar aquela merda toda do alto do morro em direção à Tillfällegatan, ver as páginas voarem acima da cidade como pombas da paz abatidas a tiro.

E depois... Uma pessoa vê uma dessas páginas, junta-a do chão e começa a ler. *Meu Deus!* A pessoa em questão tem vontade de ler mais, corre ao redor e encontra mais uma página. No meio do caminho, encontra outras pessoas que também encontraram uma ou duas páginas e estão à procura de outras. Toda Norrtälje está em alvoroço! As pessoas correm ao redor à cata de papéis, fazem trocas umas com as outras, se reúnem em grupos e fazem leituras em voz alta. É fantástico, inacreditável, de onde veio essa maravilha? Os habitantes de Norrtälje erguem o olhar para as alturas e lá no alto está Johan, com a silhueta delineada...

Ah. Claro.

Johan suspira e se levanta do banco. Sorte que sonhar acordado é grátis, pois de outra forma ele estaria devendo até as meias naquela situação. Com o maço de papel apertado contra o peito, Johan segue até o morro de grama alta, com o qual ninguém mais parece se importar. A escada de pedra que desce rumo ao portão de casa está afundada, e arbustos crescem pelas bordas.

Anna havia feito uma pergunta durante aquela noite no cais: *O que você quer ser quando crescer?* Johan tinha chegado muito perto de contar a respeito do sonho de ser escritor.

Havia uma coisa ou outra com a maneira direta de Anna, com aquela forma de simplesmente aceitar as coisas da maneira como eram, que o havia levado a enfim falar sobre Marko. E havia também o fato de que tanto ele como Anna tinham sido rejeitados naquela paixão impossível.

Mas antes de falar sobre virar escritor ele se deteve. A partir de comentários e frases avulsas, tinha ficado claro que Anna dificilmente teria lido um único livro na vida caso não tivesse sido forçada. Johan imaginou que Anna, como muitas pessoas que não têm o hábito da leitura, encararia a escrita como uma coisa mágica, ou então suspeita e artificial. E assim tinha guardado o sonho para si, porque não era mais do que isso: um sonho.

Johan pega o telefone em que agora tem o número de Anna e além disso uma foto constrangedora batida com flash no cais. Pele totalmente pálida sob o brilho do flash, olhos vermelhos da bebedeira rematados pela maquiagem borrada pelo choro e pela boca virada em um borrão colorido. Johan sente o coração leve. Anna parece tudo aquilo que ele despreza. Durante aquela noite ele foi além dos próprios limites e se tornou amigo de um monstro.

Amigo?

Sim, dá para dizer que sim. O vinho e a atmosfera sentimental tinham ajudado, mas as conversas longas sobre os mais variados assuntos tinham parecido muito *puras,* sem nenhum tipo de restrição ou tabu. Ele tinha falado sobre a doença mental da mãe e ela sobre a família delinquente como se esses fossem assuntos totalmente normais entre duas pessoas que não se conhecem. Quando já pela manhã chegou a hora de se despedir, os dois haviam trocado números de telefone. Johan não era fã de contato físico desnecessário, mas eles tinham até trocado um abraço. Por vários segundos. E aquilo tinha parecido natural, simplesmente uma coisa que acontece. Portanto, sim: amigo.

Johan se sentou no degrau mais baixo da escada, ainda com o maço de papéis apertado contra o peito. Aquilo é o que ele tem, um tipo de consolo, de cachorro, e talvez por isso mesmo ele o tenha levado para a rua. Para que aquele maço de papéis desse um passeio num lugar onde nunca tinha estado. Um primeiro passo no mundo, que nunca vai ser acompanhado pelo segundo.

Loucura total.

Dali a uma hora Johan estaria na pista de boliche, ocupado com os preparativos para a rodada do campeonato naquela tarde. Essa é a realidade. Johan se levanta e segue rumo ao portão de casa. Antes de entrar, mostra o maço de papéis ao mundo pela última vez. Não há ninguém para ver. Somente os pinheiros fazem um gesto de aprovação.

6

Com uma vontade súbita e exagerada de comprar sorvete no Flygfyren, Siw por fim consegue tirar Alva de casa para que Max saia de baixo da cama. Ele se veste com gestos apressados e está prestes a fechar a porta quando de repente se detém. Siw e Alva levariam pelo menos vinte minutos até voltar. Havia tempo para uma rápida olhada pela casa.

Max nem ao menos sabe o que procura enquanto anda devagar pelo apartamento bonito e bem-cuidado de Siw. Talvez uma impressão, uma ideia sobre quem ela é possa se manifestar na forma como o apartamento está decorado.

Na estante há pouco mais de quarenta livros, quase todos contam histórias de detetive escritas por autoras suecas. Também há filmes. Fantasia, aventura, comédias românticas e uma coleção do Chaplin que ocupa um terço da prateleira.

Um problema do Spotify é que não se pode mais conferir a coleção de discos das pessoas para ter uma ideia sobre a personalidade delas — e logo os livros e os filmes devem acabar seguindo pelo mesmo caminho nos respectivos serviços de streaming. Logo vai restar a apenas o clássico armário do banheiro.

Max dá uma volta pela cozinha e encontra a gaveta com a famosa dieta à base de pó da Itrim. Tudo está no devido lugar nas gavetas: copos e pratos cuidadosamente empilhados e facas perfeitamente na vertical, presas no suporte magnético. Max coça o rosto com barba por fazer enquanto sente um mal-estar e tenta se lembrar da linha de um poema.

Ele abre uma fresta na porta que leva ao quarto de Alva, sem entrar. Ao deixá-lo — mesmo que involuntariamente — sozinho no apartamento, de certa forma Siw deu autorização para que olhasse ao redor. Mas Alva não. Max constata apenas que o instinto de organização de Alva é menos desenvolvido que o da mãe enquanto torna a fechar a porta.

Ele olha para a sala. A cadeira de balanço, o cesto de tricô, a pequena TV, o tapete com desenhos geométricos. Não há absolutamente *nada* que chame a atenção, nada a que se apegar, a não ser por um certo excesso de luzes quentes — e assim Max percebe que não sabe nada além do que já sabia ao começar aquela ronda. A linha do poema de repente surge nos pensamentos dele.

O mistério do subúrbio é a ausência de um enigma.

É exatamente a impressão que ele tem naquele momento. Talvez fosse esse o motivo do mal-estar. O apartamento de Siw e tão normal e transparente que... não, não é nada disso. Max esfrega os olhos. Afinal, o que ele *esperava* descobrir? Uma coisa... que deixasse a desejar. Um amontoado de cabos empoeirados, uma gaveta cheia de lixo eletrônico, um molhe de beterrabas mofadas. Uma coisa que...

Sim!

Uma coisa que se parecesse com ele próprio.

Simplesmente não há lugar para ele naquele espaço. Pronto. Esse era o motivo do mal-estar. Ele se sente menos como um voyeur e mais como um *invasor* que a cada passo suja o chão por onde passa. A sugestão é tão forte que Max imagina estar usando sapatos dentro de casa e se sente obrigado a conferir se realmente os havia tirado.

A ideia dos sapatos dentro de casa desperta um impulso de sair do apartamento. Falta apenas uma coisa. Max enfia a mão no cesto de tricô e tira uma blusa de criança ainda pela metade, que ele ergue contra a luz da janela. Passa um bom tempo olhando para a blusa, examinando cada ponto, até sentir o gosto de sal na boca e perceber que está chorando.

Ele solta a blusa com a mão esquerda para colocá-la em cima do coração e *sentir*. Mas não há nada por lá. Nada de tristeza, nada de alegria ou desejo. Max simplesmente chora, sem nem ao menos saber por quê. Duas lágrimas caem em cima da blusa enquanto ele a coloca de volta no cesto.

— *Já chega* — diz ele de si para si. — *Por que você tá chorando?*

Fazia tempo que ele não chorava, e naquele momento parecia uma provocação adicional não saber nem ao menos por quê. Max enxuga as lágrimas do rosto e sai ao corredor, onde leva um tempo até encontrar os sapatos embaixo da sapateira. Quando abre a porta ele olha mais uma vez para o interior do apartamento, e dessa vez sente as lágrimas antes que cheguem até a boca.

7

Siw está tão desacostumada a conseguir aquilo que gostaria que não sabe direito o que pensar. Enquanto caminha ao lado de Alva em direção ao Flygfyren, tem os pensamentos fixos numa cena que se repete inúmeras vezes.

A última música do bis no show que Håkan havia tocado no estádio de Ullevi durante o verão anterior. Siw havia achado que o show estava acabando quando os fogos de artifício explodiram no céu noturno de Göteborg acompanhados pelos acordes iniciais de "Du är snart där" ["Você está quase lá"]. E essa alegria contagiante aumentou a níveis inacreditáveis quando o telão atrás de Håkan começou a exibir a cena final de *Tempos modernos*. Chaplin e a menina, que de mãos dadas andam por uma estrada rural. Aquilo foi *perfeito*.

E depois teve o bis do bis. Era como se nunca fosse acabar. Milhares de pessoas no público se puseram a cantar repetidas vezes os versos "Om du vill ha mig, nu kan du få mig så lätt" ["Se me quer, agora pode ter facilmente"] — e Siw tinha se deixado levar por aquele mar de gente e começado a cantar a plenos pulmões, e a sentir que todos os limites bem-guardados que trazia em si tinham começado a se soltar e que a única coisa que existia a dizer sobre ela e a vida dela como um todo cabiam nesses versos tão simples.

"Se você me quer, agora é fácil me conquistar."

Ela ouve as vozes na cabeça, sente as reverberações no corpo, o rumor nos ouvidos. *Om du vill ha mig...* A questão não é o conteúdo dos versos, porque no fundo ela não sabe se aquilo é verdade, mas o sentimento de estar do lado de dentro por um momento que dura para sempre.

— Né?

A voz de Alva atravessa o rumor e o tom irritado leva Siw a compreender que perdeu todo um raciocínio.

— Me desculpe, querida, o que foi que você disse?

Alva revira os olhos e treme com um gesto que Siw sabe que significa mais ou menos: *Mamãe, você não está prestando atenção!,* mas para variar um pouco ela repete o que tinha acabado de dizer sem reclamar.

— Eu falei sobre quando as pessoas estão assustadas. Que elas fazem um monte de besteira. Né?

— É, é isso mesmo. Por quê?

— Porque como eu disse *antes...* As pessoas naquela caixa fugiram porque estavam com medo da guerra e da miséria e as pessoas que cuidavam do barco tinham medo de fantasma e foi por isso que aconteceu o que aconteceu.

Siw precisou se esforçar para entender do que Alva estava falando. Caixa? Barco? Fantasma? Depois as peças do quebra-cabeça se juntam, mesmo que a parte do fantasma seja novidade. Ela suspira e diz:

— Foi a vovó que falou sobre essas coisas?

Alva balança a cabeça.

— Eu tava vendo *Piggley Winks,* mas não achei muito bom e aí eu troquei de canal e aí tinha um velho falando sobre aquela caixa.

— O contêiner?

— Ah! Como vocês falam! Por que a vovó pareceu tão estranha antes?

— Quando?

— No corredor. Quando a gente tava indo embora.

Um leve rubor que por sorte escapa ao olhar atento de Alva sobe pelo rosto de Siw. Depois de tirar Alva da cama, Siw tinha entrado no corredor no momento exato em que a mãe empurrava os sapatos de Max para baixo da sapateira. A mãe tinha olhado para Siw, que tinha balançado a cabeça, o que levou Anita a erguer as sobrancelhas e abafar uma risada, o que por sua vez levou Siw a soltar um gemido involuntário. Uma troca de frases totalmente silenciosa que provavelmente havia chamado a atenção de Alva. Alva tinha corrido os olhos de uma para a outra e por fim perguntado:

— O que foi? O que foi?

Mesmo assim, Siw se sentia grata por aquela rara mostra de consideração. Se Alva tivesse visto os sapatos, ela não teria desistido enquanto Max não fosse obrigado a sair de baixo da cama — e nesse caso as coisas acabariam *realmente* complicadas. Mas naquele momento estava tudo normal. Alva suspeita de que coisas se escondem por baixo da superfície e mergulham como andorinhas-do-mar contra o espelho prateado.

— Eu notei — diz Alva. — Ela tava esquisita. E você também parecia estranha. Por quê?

Siw faz menção de inventar uma explicação plausível, mas logo de cara a história toda vem abaixo. Ela está acostumada a dormir oito horas por noite, mas na noite anterior dormiu só três e a cabeça está cansada. Depois de fazer amor, Siw tinha colocado Håkan a tocar para Max e depois os dois tinham conversado na sacada, enrolados nas cobertas. Tinham bebido vinho.

Era uma sequência de acontecimentos totalmente estranha às experiências passadas de Siw. Nos relacionamentos anteriores, se é que contavam mesmo como relacionamentos, Siw participava mais como um objeto contra o qual o companheiro se esfregava e no qual se esvaziava. Além de sová-la, no caso de Sören. Nunca uma paixão tinha dado origem àquele tipo de atmosfera aconchegante, quase flutuante, em que havia intimidade — como tinha acontecido com Max. Pela manhã, Siw tinha pela primeira vez vivenciado o sexo mais como uma coisa grandiosa do que como uma comichão a coçar. Era ao mesmo tempo revolucionário e assustador.

Mas aquele não era o tipo de coisa que pudesse explicar para Alva, e assim ela deu uma cartada que usava apenas muito raramente:

— Coisas de adulto.

Conforme o esperado, Alva se mostrou furiosa, cerrou os punhos e esfregou-os contra as têmporas enquanto soltava um:

— Aarrgghh! É *trapaça* dizer isso! Trapaça! Você não devia fazer assim!

No silêncio injustiçado que veio logo a seguir, Alva começou a bater os pés e a andar uns passos à frente de Siw, que não conseguiu pensar em nada para desarmar a situação. As coisas teriam que ficar daquele jeito mesmo, com a esperança de que o sorvete pudesse esfriar a fúria de Alva.

Om du vill ha mig... [*Se você me quiser...*]

Aquele momento no estádio de Ullevi tinha sido maravilhoso, e tudo o que ela tinha vivido com Max na sacada horas antes tinha sido uma experiência do mesmo tipo. Aconchegada em Max e enrolada no edredom macio sob o brilho da luz quente, com o vinho descendo pelas veias até o sexo que permanecia agradavelmente sensível, ela tinha sentido os limites seus e também os limites do momento se dissiparem, como se fizesse parte da eternidade.

Nesse caso, o que havia de assustador?

O fato de que ela queria mais, e não sabia como arranjar? Não, pois exatamente como em Ullevi ela tinha aceitado que *é agora ou nunca* e provavelmente ela e Max não eram pessoas que ficam juntas no final, como dizia a letra da mesma música.

O assustador era o quanto se sentia *mexida* por essa nova experiência. Toda a vida e todas as possibilidades de repente pareciam diferentes do que ela tinha imaginado. Siw foi levada a vivenciar uma verdadeira perda de controle, e se havia coisas de que ela *não gostava* nem um pouco, essas coisas eram perder e controle e se sentir mexida.

Sim, pensou Siw. *Eu tô mexida. Eu tô mexida pra caramba.*

Alva para a dez metros das portas giratórias que dão acesso ao Flygfyren e fica observando a grande foto da equipe com moldura de coração, na qual a própria Siw também se encontra — a foto que uma vez tinha levado Alva a dizer que Siw era uma *celebridade*.

Quando Siw chega mais perto, Alva aponta para a foto e diz:

— É um monte de caras e de meninas.

— Pode ser — diz Siw. — Que sorvete você vai querer?

Mas Alva não se deixa levar. A primeira fala tinha por objetivo simplesmente traçar uma risca de giz no chão, e talvez para se vingar da resposta trapaceira Alva pergunta com uma voz chorosa:

— Por acaso um *desses* é o meu pai?

— Alva, eu acabei de dizer que...

— Eu acho que você tá *mentindo!*

— Tudo bem. Não, não é nenhum deles. Eu juro por tudo o que é mais sagrado.

— Hmm — diz Alva. — Eu quero Ben & Jerry's.

— Você tem ideia do *quanto custam* esses sorvetes?

— A culpa é sua, trapaceira!

Alva vai depressa até a porta, e Siw lança um último olhar em direção à foto. Talvez aqueles não pareçam ser os rapazes mais estilosos de Roslagen com as camisas xadrez, mas vários deles talvez gostariam mais de ser pai de Alva do que o pai verdadeiro. No fundo, talvez qualquer outro rapaz gostasse mais.

DESGRAÇADO

1

Na época, Siw e Anna não sabiam, porém 2011 mais tarde revelaria ser um ano em que as duas haviam feito coisas e tomado decisões que influenciariam a vida de ambas por anos e mais anos.

Durante a primavera, Siw, com a ajuda da mãe, tinha comprado o apartamento na Flygaregatan, enquanto um dos "parceiros comerciais" de Stig havia transferido o contrato de aluguel do apartamento mal-cuidado nos arredores da Stockholmsvägen para Anna. Ela a princípio achou que aquilo seria um arranjo temporário, como a vaga que tinha arranjado na casa de repouso após terminar a formação técnica de enfermagem no ensino médio. Sete anos depois, Anna estava no mesmo apartamento e no mesmo trabalho.

Siw tinha estudado ciências sociais e pretendia continuar estudando para se tornar socióloga. Esse projeto ainda não tinha se realizado, mas quando no outono de 2011 ela começou a trabalhar no Flygfyren, Siw pensou que ficaria por lá por apenas seis meses para depois tentar uma vaga na universidade. Mas não foi o que aconteceu, em parte porque naquele mesmo outono ela ficou grávida — tudo por culpa de Johnny Depp.

Tanto Siw como Anna eram fãs enlouquecidas de *Piratas do Caribe* desde que, aos catorze anos, no Bio Royal em Norrtälje, tinham alternadamente prendido a respiração e explodido em risadas com as estripulias de Jack Sparrow. As duas também concordavam em dizer que os filmes estavam cada vez piores, e não haviam nem ao menos se dado o trabalho de ver o quarto filme quando estreou no cinema durante o verão.

Mas durante o outono o filme saiu em DVD e Blu-ray, e além disso Stig tinha instalado um home theater fora de série. Isso foi anos antes que 55 polegadas fosse um tamanho normal para televisões grandes, mas o lema de Stig era "Tem que ser o que tem que ser" — e foi assim que ele levou para casa uma Samsung de 65 polegadas. Além disso havia um sistema de som com um subwoofer tão potente que fazia os roedores saírem das tocas, segundo Stig.

O temperamento de Sylvia tinha se acalmado um pouco com o passar do tempo, e assim ela se limitou a dizer qualquer coisa a respeito de "extensores penianos" para então se espreguiçar no sofá gigante e conferir a coleção de filmes de guerra que Stig havia trocado por uma banheira preta sem uso.

Num entardecer de sexta-feira, quando Anna sabia que a casa estaria vazia, ela e Siw foram até lá com *Navegando em águas misteriosas* para conferir tanto o equipamento de Stig como as imitações que Johnny Depp fazia de Johnny Depp. Para honrar a temática da noite, Anna tinha comprado duas garrafas de rum. A marca? *Captain Morgan*, claro. Segundo Anna, a grande vantagem de um home theater era que dava pra beber e fumar durante o filme. Desde os quinze anos de idade ela tinha sido banida para sempre do Bio National em Rimbo por fazer exatamente isso. O fato de que o cinema fosse administrado por uma organização que promovia uma vida livre de bebida não ajudou em nada.

A enorme tela preta de televisão dominava o ambiente da sala, e Anna e Siw a estudaram com uma reverência cética. Anna pegou dois copos, e também uma Coca-Cola para misturar. Siw mostrou com o indicador o pouquinho que queria e Anna serviu uma dose dupla. Para si mesma, Anna usou a Coca-Cola apenas para dar um gostinho no copo transbordante antes de se colocar a postos com os controles remotos enfileirados na mesinha do sofá. Passados dez minutos de navegação infrutífera pelos menus e canais, Siw pegou o manual de instruções e depois de mais quinze minutos enfim conseguiu fazer com que o menu inicial aparecesse. A essa altura, Anna já tinha acabado o copo e servido o segundo.

Na primeira cena em que Penélope Cruz apareceu na tela, Anna apontou com o copo, que derramou um pouco de rum em cima do sofá de couro, e disse:

— Eu não sou chegada a essas coisas, mas se fosse eu *com certeza* topava dar uma tesourada nessa daí.

O filme realmente não era grande coisa. A história da busca pela fonte da juventude parecia forçada, e os trejeitos de Jack Sparrow, que no primeiro filme tinham parecido muito divertidos, naquele momento pareciam ser apenas... trejeitos. A única salvação era Penélope.

— Porra — disse Anna após pouco mais de uma hora ao esvaziar o terceiro copo enquanto jogava a cabeça para trás no sofá. — Johnny Depp da Deprê. Esse negócio tá me dando sono. — E cinco minutos depois ela dormiu. Siw continuou a acompanhar tudo o que acontecia na tela, mesmo que as duas cubas-libres fracas que havia preparado fossem o suficiente para que não conseguisse mais acompanhar o enredo desnecessariamente complicado.

Assim que Anna começou a roncar, a porta do apartamento se abriu e Siw sentiu o corpo gelar. Em meio às muitas palavras que podiam ser empregadas para descrever a família de Anna, uma das que ocupavam o topo da lista era *imprevisível*. Quando um membro da família entrava num cômodo da casa, ninguém sabia o que aconteceria a seguir. Se aquela presença traria sol e simpatia ou trovões e xingamentos. Além disso, a situação podia se alterar por completo de um minuto para o outro.

Uma voz resmungou no corredor e o som de passos chegou cada vez mais perto. Siw prendeu a respiração como se quisesse evitar que a vissem por lá quando Acke apareceu no vão da porta. Ele tinha a cabeça baixa e espiava por baixo da franja.

— Ah — disse, balançando a cabeça ao ver Johnny Depp tagarelando como um chimpanzé. — Essa bosta. — Em seguida ele se sentou pesadamente no apoio de braço e exalou uma respiração que parecia cheirar a uísque.

— Você já viu esse?

— Faz tempo. Na Pirate Bay. É um filme de merda. — Acke olhou para Anna, que dormia de boca aberta enquanto um fio de baba escorria do canto. Acke achou graça.

— A mana já tá bêbada?

— Mais ou menos.

Siw olhou para Acke, que tinha os cabelos pretos caídos por cima do rosto. O rosto era anguloso e todo marcado por um caso grave de acne aos quinze anos, que naquele momento, dois anos mais tarde, já havia se resolvido. Acke abriu para Siw um sorriso torto que a mãe dela teria descrito como *sem-vergonha*. Simplesmente para quebrar o silêncio, perguntou Siw:

— Como estão as coisas?

— Tudo uma merda — respondeu Acke, coçando um volume na virilha que estava a menos de meio metro do rosto de Siw. — A Beata terminou comigo. Eu já estava com tudo acertado pra passar o fim de semana inteiro metendo e... pfft.

Acke coçou o nariz, que talvez houvesse usado alguma coisa a mais para aumentar o efeito do uísque. Era o que o olhar fixo que não parava de encarar Siw por trás da cortina de cabelos dava a entender. Siw voltou a se concentrar na TV, mas corou ao perceber que aquele olhar não se desviava dela.

— Vamos trepar? — perguntou Acke.

— Não — respondeu Siw. — Não mesmo.

Acke tinha feito uma sugestão parecida aos quinze anos, quando o rosto dele mais parecia uma tentativa fracassada de pizza, mas a recusa de Siw se deu menos em razão da aparência e mais em razão do fato de que aquele era o irmão mais novo de Anna e além disso uma criança.

Mas naquele momento o rosto de Acke havia se recuperado e ganhado traços mais duros, e se não fosse por um jeito de furão ele poderia até mesmo ser chamado de charmoso. A pergunta de Acke tinha criado uma nuvem de desconforto acima da cabeça de Siw, mas também uma coceirinha naquele lugar que a mãe costumava chamar de *lá embaixo*.

— Quem diria — disse Acke. — Você corou. Você tá a fim.

— Eu corei porque você é idiota.

— Para com isso, Siw. Por que não?

— Você sabe por quê.

— A mana tá dormindo.

— Não é isso.

— O que é então? Ninguém precisa saber de nada.

Acke se inclinou por cima de Siw e deu-lhe uma lambida no pescoço. A nuvem de desconforto aumentou de tamanho. A coceirinha aumentou de intensidade. Acke pegou a mão de Siw e puxou-a em direção à virilha. Havia um volume impressionante por trás do tecido, e ela sentiu o pulsar quente na palma da mão. Acke mordiscou a orelha de Siw e ela gemeu.

Já fazia três anos desde que ela tinha estado com Niklas, do curso de manutenção automotiva. Três anos sem sentir o corpo quente de um rapaz dentro do seu. Quando Acke passa a mão por entre as coxas de Siw, o calor no peito aumenta a ponto de apagar todos os resquícios de razão.

— Mas não *aqui* — sussurrou ela.

Acke respirou fundo no ouvido dela, pegou a mão que estava em sua virilha e se levantou.

— Vem.

Siw olhou para Anna, que continuava a dormir naquela pose dramática, e foi com Acke até o quarto dele. As ideias começaram a girar em torno de si mesmas enquanto gemiam: *não, não, isso não é nada bom.*

O quarto de Acke estava iluminado apenas por um cordão de luzes vermelhas acima da janela. Quando ele fechou a porta, Siw mal conseguia enxergar um palmo à frente do nariz. Acke tornou o processo o mais eficiente possível graças às roupas que usava, e no instante seguinte estava totalmente nu diante de Siw, que, já com os olhos acostumados à baixa luminosidade, se pôs a olhar para o sexo grande e rijo de Acke, que parecia quase inacreditável naquele corpo magro. Ele estalou os dedos e disse:

— Vamos lá.

Isso não é nada bom, isso não é nada bom.

350

Siw ficou aliviada com a iluminação discreta, porque sentiu como se o corpo inteiro houvesse corado ao tirar a roupa. Ela precisou rebolar um pouco para tirar a calça, e quando abriu o sutiã notou que os peitos mais pareciam balões cheios d'água. Acke pareceu não se importar. Ele a empurrou devagar contra a cama, e quando a dobra do joelho tocou a borda, Siw se deixou cair para trás com um gemidinho assustado. Acke a segurou pelos joelhos e abriu as pernas dela.

— Eu não tomo pílula — disse Siw em um suspiro. — Você tem que...

Parar. Você tem que parar.

Acke enfiou a mão embaixo do colchão e tirou uma embalagem de camisinha, que ao ser aberta de qualquer jeito acabou rasgando o conteúdo. Quando ele tornou a enfiar a mão embaixo do colchão, Siw esfregou os olhos, tomou juízo e fechou as pernas.

— Acke, eu não quero.

Ela pôs as mãos no quadril e tomou impulso para se sentar. Acke desistiu de procurar outra camisinha e em vez disso agarrou os peitos de Siw e a empurrou de volta para a cama.

— Acke, não. Não!

Acke bufou e gotas de saliva caíram no rosto de Siw. Nesse momento, com uma força inesperada, ele abriu as pernas dela, largou o peso do corpo e a penetrou. Não havia nada de bom naquilo, nada — especialmente porque a parte ínfima de Siw que a contragosto havia demonstrado receptividade e calor naquele momento estava totalmente fria e fechada. Não havia nada além de violência mecânica enquanto Acke batia a haste contra a abertura dela. Uma vez, duas vezes, três vezes.

Siw quis sair do próprio corpo, quis se transformar em um punhado de metal impenetrável, e acima de tudo quis gritar, mas não gritou porque a visão de Anna no vão da porta teria sido uma humilhação insuportável. Ela mordeu os lábios para conter o grito enquanto sentia a cabeça se bater contra a parede a cada nova estocada.

Quatro, cinco vezes. Depois o corpo de Acke entrou em modo prancha e ele começou a gemer enquanto uma gosma quente preenchia o ventre de Siw. Por fim, Acke caiu por cima dela como uma marionete sem fios. Ficou jogado por uns instantes e em seguida disse:

— Puta que pariu!

E saiu de dentro dela. O pênis latejou mais uma vez e uma última gota caiu no rosto de Siw.

Ela tinha acabado de ser estuprada, mas não era nisso que estava pensando enquanto se mantinha deitada com as mãos postas em cima do peito, como se estivesse rezando, com os olhos fixos no teto vermelho-escuro. O que ela estava pensando era: *Idiota, idiota, idiota* — em relação a si mesma. Quando parou de pensar *idiota*, ela pensou: *Deus, por favor não, me deixe engravidar.*

Quando o sêmen de Acke começou a escorrer pelas coxas dela, ele disse com desgosto na voz:

— Pronto, agora você pode ir.

Sem responder nada, Siw juntou as roupas do chão e saiu encolhida do quarto. Na sala, o ribombar de salvas de canhão fazia com que o chão vibrasse enquanto Siw se esgueirava em direção ao banheiro como um bicho assustado. Ela fechou a porta, evitando se olhar no espelho, e entrou no chuveiro.

Por vários minutos deixou a água escorrer pelo sexo, de onde o sêmen de Acke parecia não parar de escorrer nunca. Se esfregou com os dedos, chorou e quase enfiou a cabeça do chuveiro para dentro do corpo na tentativa de limpar aquela secreção potencialmente vital e ao mesmo tempo letal. Ela queria apagar o que tinha acontecido, voltar atrás, desfazer o que estava feito.

Quando Siw voltou ao sofá dez minutos depois, Anna continuava dormindo. Ela acordou com a movimentação de Siw e olhou confusa ao redor.

— Nossa — disse ela. — Por acaso eu perdi alguma coisa?

Sim. Dá pra dizer que perdeu.

Siw apertou as mãos contra o ventre, bem no lugar onde Alva logo começaria a se desenvolver.

2

Se Alva deve a Johnny Depp a própria concepção, a sobrevivência dela talvez se deva a um navio em uma garrafa. O navio é um modelo em miniatura do cruzeiro *Galaxy, da* Silja Lines, e a garrafa é do modelo da vodca Absolut, porém sem o texto.

Como um navio com dez centímetros de altura vai parar dentro de uma garrafa com um gargalo de três centímetros de diâmetro, no entanto, é um assunto que não cabe nessa história. Imagine o que você quiser. O importante é saber que a garrafa com o navio foi parte de uma campanha publicitária feita em 2011, e foi dada como brinde para quem comprasse uma viagem de grupo para vinte ou mais pessoas.

E foi essa a viagem que o gerente de pessoal no Flygfyren tinha encomendado para incentivar os funcionários. A equipe fez a viagem em duas etapas para não comprometer o funcionamento normal da loja. A primeira viagem sairia dois dias após o abuso cometido por Acke contra Siw, em um domingo.

Ela não tinha manifestado vontade de participar. Em parte porque não gostava de navios lotados de pessoas com olhar vidrado que se amontoavam como porcos a caminho do abate na área comercial, em parte porque tinha uma certa predisposição a enjoos em alto-mar.

Mas no sábado Siw mudou de ideia e enviou um e-mail para o endereço da pessoa encarregada dizendo que gostaria de participar se ainda houvesse lugar. A resposta chegou depressa:

— Tem lugar! Vai ser uma doideira!

A doideira era uma questão à parte, mas Siw queria se afastar da rotina, se libertar, fazer uma coisa fora do habitual. E havia também uma fantasia com os ventos em alto-mar. O abuso de Acke não a deixava. Se ela pudesse se postar bem na popa do navio e sentir a brisa fria do Báltico por todo o corpo, tudo ficaria melhor, menos sujo. Uma coisa assim.

Não foi nem doideira, nem crise de enjoo nem purificação. Foi apenas um bate e volta para a Finlândia com o pernoite numa pequena cabine que ela dividiu com Kajsa-Stina, da peixaria. Siw tentou ficar com o pessoal na danceteria, mas ao terminar a segunda cerveja ela sentiu que o álcool logo a pegaria de jeito e a jogaria em um lugar escuro.

Ela foi para a cabine, onde Kajsa-Stina havia começado os trabalhos ainda cedo com uma garrafa de licor de menta. Kajsa-Stina havia falado sobre reumatismo nas articulações e bebido copo atrás de copo enquanto soltava longos suspiros, que logo deixaram a cabine com cheiro de After Eight. Depois as duas se deitaram. Siw passou um bom tempo acordada, ouvindo o ronco do motor e os movimentos da hélice na água. Imaginou um navio solitário que atravessava o mar escuro com os faróis apagados. Será que havia um gaiato no porão?

Três semanas mais tarde a menstruação de Siw atrasou, e se passaram outras duas até que a compra de um teste de gravidez, porque ela *não queria* daquilo e *não queria* lidar com aquilo. Por fim ela tomou jeito e, depois de fazer xixi no bastão, leu o resultado na fita.

E agora?

Cabisbaixa, Siw ficou sentada no vaso sanitário. Na verdade, ela já sabia. Semanas antes ela tinha começado a sentir enjoos matinais, e os seios estavam sensíveis à camisa apertada do uniforme de trabalho. Os sinais estavam lá, mas não eram mais do que sinais. Naquele momento ela tinha a prova na mão. Azul no branco.

E agora?

A princípio, Siw não era contra o aborto, mas ao mesmo tempo resistia à ideia de permitir que outra pessoa cortasse a pequena vida que naquele instante crescia dentro dela. Mas será que naquele estágio haveria mesmo o que cortar? Ou mesmo depois? Siw imaginava que fosse mais parecido com uma lavagem. Mesmo assim, ela sentiu um calafrio só de pensar naquilo.

Por outro lado... Como ela poderia ser *mãe?* Siw repetiu a palavra, saboreando-a, e então disse em voz alta: "Mãe". A única associação que ela fazia era com a própria mãe, e *aquilo* ela não gostaria de ser. Logo Siw mudou de estratégia e disse o mais relaxada possível:

— Você já soube? A Siw vai ser mãe.

Soava como loucura. Ela podia igualmente ter dito:

— Você ouviu falar? A Siw vai pegar um foguete para a lua.

Claro que Siw já tinha alimentado a esperança de um dia ter filhos e construir uma família, mas não *naquele* momento. Quanto a construir uma família, *certamente* aquela não era situação adequada. Acke era tão adequado ao papel de pai quando o astronauta da viagem imaginada à lua. Na verdade, talvez o astronauta fosse até melhor. A decisão seria dela e de ninguém mais.

E assim as semanas passaram enquanto Siw pesava os prós e os contras. Praticamente só havia contras. Ela passaria a viver num espaço menor, teria mais dificuldade com dinheiro e não poderia estudar como havia planejado. E acabaria cansada de dormir mal e não arranjar tempo para nada. O único pró era uma criança hipotética, que ela não conhecia e não estava pronta para receber. Ela sabia o que tinha a perder, mas não tinha a menor ideia do que teria a ganhar.

Dez semanas haviam se passado quando, a caminho do trabalho, Siw deu um murro imaginário em uma mesa imaginária. Já chega! A única atitude racional seria... retirar o aglomerado de células em forma de pessoa que ameaçava destruir a vida da maneira como ela a conhecia. Durante o almoço, ela ligaria para a clínica e marcaria um horário.

Siw passou as horas no caixa em um misto de euforia e mal-estar. Finalmente! Ela deixaria aquele episódio desagradável para trás e faria com que tudo afundasse no poço do esquecimento, como se nunca tivesse acontecido. Não faria mal nenhum e a vida seguiria em frente.

Chegou a hora do almoço. Siw pretendia comer e depois ligar para a clínica. Quando entrou no refeitório com a marmita esquentada no micro-ondas ela descobriu que o lugar de sempre estava ocupado, e assim escolheu um lugar no fundo, ao lado da janela. Ela não devia ter dado nem três mastigadas quando percebeu um objeto no parapeito. O navio na garrafa. O *Galaxy*. O mesmo navio em que tinha feito a viagem.

Siw continuou sentada, olhando para o modelo detalhado que descansava sobre o plástico azul dobrado, com a pintura decorativa no casco e as nuvens brancas no céu azul. Aquilo chamou-lhe a atenção. Devia haver um motivo. Um motivo que a levou a refletir. E então Siw percebeu.

Por mais que houvesse pensando em se libertar e nos ventos em alto-mar, ela não tinha sentido a menor vontade de fazer aquela viagem. As razões tinham sido outras — no fundo, a possibilidade de uma história alternativa sobre o bebê em sua barriga que não envolvesse Acke. Uma trepada de qualquer jeito com um finlandês meio bêbado — uma outra coisa que *pudesse ter acontecido*.

Ela tinha feito a viagem para arranjar um pai inventado para uma criança que nem ao menos existia naquele momento. Esse pai tinha sido necessário, porque ela já sabia que, *se* estivesse grávida, ela teria o bebê.

Siw examinou o modelo do navio na garrafa. Imaginou-se lá dentro, o momento na cabine antes que Kajsa-Stina tivesse aparecido com o licor, o finlandês que dava estocadas fortes e fez o beliche tremer, e que depois a deixou para nunca mais aparecer.

A não ser pelo detalhe relativo às estocadas, seria essa a história que contaria para o bebê e para quem mais perguntasse. *Você já soube? A Siw vai ser mãe!* Sim. Ela já sabia.

O VENTO FALA

Cá estou eu, outra vez. Não há nada estranho, porque sou eterno e onipresente. Nem sequer o mar consegue se manter espelhado quando me faço presente, e o próprio sol é obscurecido ao ser coberto por nuvens. Você pode dizer que o vento não sopra, mas sempre há uma folha a tremer no alto do choupo.

O vento da transformação sopra por Norrtälje, e essa é uma metáfora que tem pouco a ver comigo. Claro que eu posso derrubar árvores e provocar o naufrágio de navios, mas transformações como aquelas a que me refiro eu não sou capaz de provocar. Mesmo assim, sou o repórter ideal, porque consigo meter o nariz onde eu bem entender.

Portanto... Em minhas viagens, percebi que as árvores decíduas nas margens dos rios começaram a perder as folhas mais cedo esse ano. Pelo fim de outubro, tílias e bordos começam a se desfolhar para que eu possa brincar até me cansar e depois jogar as folhas no rio. Nesse ano a superfície da água já tem manchas amarelas no meio de setembro, e pelo fim do mês as árvores já estão nuas. Houve dias em que nem ao menos consegui encostar em todas as folhas antes que caíssem rumo ao repouso eterno.

E os movimentos do mar, a alegria e o orgulho de Norrtälje, que correm pelas águas do rio — que fim levaram? Só o que vi foram barrigas pálidas que avançam com a correnteza e somem em meio às folhas.

No Societetsparken o chão está com problemas de estabilidade e certas partes foram isoladas devido ao risco de afundamento. Afundamento! Centenas de milhares pisotearam aquele chão ao longo dos séculos, mas é somente agora que a terra de repente ameaça se abrir sob os pés de todos.

À noite, um delinquente caminha às escondidas pela área externa do parque, cortando árvores. Nos últimos tempos, essa pessoa começou a cortar círculos na casca das árvores para que, em vez de tombar ao chão, simplesmente morram. É uma pessoa que odeia tanto a natureza como as outras pessoas.

Houve quem notasse que o cascalho acumulado na parte transitável à margem do rio começou a se acumular e a brotar do chão, fazendo com que os desavisados tropecem, mas por enquanto noto apenas uma leve inclinação na ala norte do hospital de Norrtälje, que vagarosamente, muito vagarosamente, começa a afundar.

Muitas são as situações indesejáveis, e se tivesse mãos eu certamente estaria disposto a ajudar, mas da maneira como as coisas são eu não posso fazer mais do que ver as rachaduras surgirem na Faktoribron, a inclinação que afeta a Pedra de Brodd e o leito do rio, que se esfacela e cai na água. Precisamos ser claros nesse ponto: Norrtälje está sofrendo com uma lenta decadência.

E por enquanto mencionei apenas as impropriedades físicas e práticas. Não sou nenhum conhecedor da alma humana: deixo esse tipo de assunto para os psicólogos e escritores. Posso apenas relatar o que vejo por fora, e o que vejo é mal-estar e nervosismo, uma insatisfação com a vida que se revela tanto nas expressões do rosto como na postura das pessoas que se movimentam nos arredores do rio.

Ainda nesse mesmo espírito de falar às claras, quero dizer que aquilo que se encontra no rio é o *horror*. Havia horror na sujeira preta que vazou do contêiner e escorreu para o canal portuário, e aos poucos chegou ao rio, onde exala seus efeitos maléficos.

Talvez vocês queiram me refutar dizendo que o horror é um *conceito,* e não uma coisa dotada de existência física. Permitam-me lembrá-los de que quem está falando é o vento. Eu também posso ser reduzido a um conceito que descreve os movimentos do ar, mas cá estou eu, indignado, sob a forma concreta de letras em papel impresso. E estou dizendo a vocês que aquilo era o horror.

Como esse horror surgiu a partir do medo que as pessoas sentiram no interior do contêiner, ou se foi um gaiato que criou esse medo, não cabe a mim dizer. O pouco que aprendi sobre a alma humana me diz que causa e consequência muitas vezes se encontram misturadas em uma galeria de espelhos que amplifica o efeito das imagens. Vocês são criaturas complexas — para não dizer complicadas.

O QUE O RIO FAZ CONOSCO

1

— ...e o Bowser raptou a Peach e depois pegou todas as coisas bonitas do mundo para usar no casamento com a Peach, mas ela não quer se casar com ele porque ele é muito grande e feio e por isso o Mario precisa salvar ela.

Alva faz um gesto afirmativo com a cabeça e lambe a casquinha de Daim como um gato, deixando que só a pontinha da língua encoste no sorvete. Desde que ela foi à casa de um amigo jogar aquilo que chama de "Mario Oddsy" uns dias atrás, a palavra "Switch" tem sido repetida à exaustão. Ela fala daquele aparelho como se fosse uma divindade, capaz de conjurar visões milagrosas e proporcionar a felicidade eterna.

Siw investigou o assunto e descobriu que a divindade custa em torno de quatro mil coroas, então a felicidade infelizmente vai ter que ficar para mais tarde, quando ela tiver mais dinheiro. Além disso, Siw acha que Alva é pequena demais para ter um videogame em razão de certas tendências obsessivas. Quando jogava Angry Birds no telefone de Siw, ela ficava tão compenetrada que não ouvia nem via nada do que acontecia ao redor, e era capaz de passar horas entretida com o jogo.

Ao sair de Glasmästarbacken, as duas entram na Tillfällegatan. Alva caminha na frente e Siw pressente as intenções dela. Os olhos de Alva não veem nada enquanto ela lambe o sorvete e sonha acordada com o *Mushroom Kingdom*. De repente ela olha para trás, encara Siw bem nos olhos e pergunta:

— Como você sabe que eles estão mortos?

— Quem... de quem você tá falando?

— Do meu vô e da minha vó.

— Porque o seu pai disse.

— Quando?

— Quando a gente se conheceu.

— Quando vocês *dormiram juntos*.

Um mês antes, Alva tinha chegado em casa depois de passar uma noite na casa de Anita e oferecido explicações detalhadas sobre a origem das crianças.

O pirulito, a xexeca, os espermatozoides — tudo. Siw não fez nenhuma objeção: simplesmente acrescentou que podia ser uma coisa *muito boa* dormir com outra pessoa na idade certa, mas Alva não acreditou. Dormir com outra pessoa era coisa de adulto, e ela torcia para que nunca acontecesse a ela. Bem, talvez quando já estivesse aposentada. Antes disso, não.

Alva para e fica olhando para as caixas de *Lego Friends* colocadas na vitrine da Dubbelboa. Ela não diz nada, mas encara a mãe com um olhar triste que supostamente é uma forma de preparar o terreno para aquilo que deve acontecer em breve. E, claro, em seguida Alva faz uma curva e entra na Lilla Brogatan.

Quando as duas se aproximam da escultura Folkflinet, um pressentimento incômodo cresce dentro de Siw — o prenúncio de um prenúncio. Ela para e olha para a obra de metal que representa uma pessoa fazendo fiau. Era lá em que em outras épocas se localizava o pelourinho de Norrtälje, mas por sorte as audições de Siw não chegam tão longe no passado — nesse caso ela não poderia sequer ir até o trabalho, pois a praça de execuções da cidade ficava onde hoje funciona o Flygfyren. Não, é outra coisa.

Na Strömgatan, a poucas dezenas de metros, transcorre uma briga. Cinco rapazes fazem gestos bruscos uns para os outros, mas as vozes são abafadas pelo murmúrio do rio. Muitos rapazes afegãos costumam treinar na Friskis & Svettis, e pelo que Siw vê dois desses rapazes estão no grupo dos que discutem. Os outros três são suecos étnicos.

Não dá para entender o motivo da discussão, mas um dos rapazes afegãos brande o telefone no ar e aponta para a tela como se ali estivesse a prova fotográfica de uma coisa ou de outra, o que parece irritar os suecos. A troca de palavras logo dá vez a empurrões e os rostos são distorcidos por uma expressão de repulsa. Um chute atinge a barriga do rapaz com o telefone na mão.

Ele se curva e um dos suecos arranca o telefone e atira-o no pátio da casa logo atrás. Estilhaços de vidro e plástico se espalham pelo asfalto.

O outro rapaz de cabelo preto tenta acertar um golpe no sueco que atirou o celular longe, porém um dos outros suecos, mais corpulento, empurra-o de um jeito que o leva a voar para trás. O rapaz afegão se bate contra o guarda-corpo ao redor do rio e quase rola para o outro lado. O rapaz que havia jogado o telefone cumprimenta-o e a seguir desfere mais um chute contra o aparelho, e por fim os três seguem em direção à zona portuária enquanto os afegãos ficam encolhidos na calçada.

Siw tem vontade de fazer alguma coisa, de dizer alguma coisa, de ser uma imagem alternativa da Suécia, mas não consegue pensar em nada, e além disso tem o corpo inteiro ainda ocupado com o prenúncio, que não tem relação nenhuma com a cena que ela acaba de testemunhar. Apesar do desconforto, não tinha sido o bastante para proporcionar-lhe uma Audição.

Alva não tinha percebido nada. Está de pé na ponte, de costas para Siw, olhando para a água do rio que corre e salta por cima das pedras. Ela tem os ombros caídos e as costas recurvadas. Quando se põe a correr em direção ao Lilla Torget, a postura melancólica é a mesma. Siw a segue na tentativa de oferecer consolo, se possível, mas se detém ao chegar no meio da ponte.

Vida de merda.

As costas recurvadas de Alva se afastam pela Lilla Brogatan, e Siw é tomada por um grande medo em relação ao planeta em que a filha há de crescer. Não se trata apenas da discussão ocorrida pouco antes; é bem maior do que isso. A polarização cada vez maior, os ventos que insuflam a direita mundo afora, o ecossistema ameaçado, a extinção das espécies, a elevação do nível dos mares. Um mundo e uma humanidade que consomem a si mesmos: é isso o que Siw tem a oferecer para a filha. Os pulmões se encolhem como se estivessem prestes a levar uma pancada, e Siw tem dificuldade para respirar.

Do horror que brota no peito dela surge uma imagem. Todos os líderes do mundo, todos os magnatas cegos para as mudanças climáticas e todos os nacionalistas ensandecidos, perfilados no antigo campo de pouso. Siw está de pé na sacada, olhando para aquele exército de milhares de homens e mulheres. Depois ela faz um gesto afirmativo com a cabeça e aperta o detonador que tem na mão.

O explosivo colocado no meio do grupo explode. Uma chuva de carne se espalha por todas as direções enquanto tiras e pedaços de roupa são capturados pelo vento e soprados rumo ao céu. Siw inclina o corpo em direção ao parapeito enquanto uma névoa vermelha agradável e quente umedece-lhe o rosto. Todo o campo de futebol está coberto por um tapete de entranhas dilaceradas que brilham ao sol. Políticos avulsos que estavam nas bordas do grupo se arrastam com os corpos mutilados, porém logo cessam todo e qualquer movimento. A paz e a tranquilidade tomam conta de tudo.

Vocês mereceram.

Siw pisca os olhos e não entende o que está sentindo. Fantasias violentas não são o negócio dela, e ela detesta filmes de terror e todos os tipos de violência. Talvez esteja ligado àquela mudança em que havia pensado antes.

Alva para na metade do caminho até o Lilla Torget e faz um gesto para que Siw se aproxime. Siw se recompõe e chega perto da filha, que ainda parece triste.

— O que houve, filha?

— Imagina se a gente ficasse pobre e tivesse que se mudar e não tivesse dinheiro para comprar comida!

— Não se preocupe. Eu não ganho muito no meu trabalho, mas é o suficiente para nós.

— Mas e se você morrer?

— Eu não pretendo morrer, querida.

— Mas e se o meu pai aparecer e me sequestrar?

— Eu nunca deixaria uma coisa dessas acontecer.

— Não. Porque eu mataria ele antes.

Siw ergue as sobrancelhas. Em meio às incontáveis formas que Alva tinha encontrado para lidar com a problemática do pai, essa era totalmente nova. Ela nunca tinha demonstrado medo do espectro do pai.

— De onde você tirou essa ideia? — pergunta Siw.

Alva dá de ombros e endireita as costas.

— Eu simplesmente pensei nisso. — E em seguida ela esquece a pergunta e se põe a caminhar em direção ao Lilla Torget com passos mais leves enquanto Siw vem logo atrás.

Como Siw havia imaginado, Alva estava sendo atraída pela loja de brinquedos Spel och Sånt. Ela aperta o nariz contra a vitrine e olha para uma grande figura de Mario e um coelho de olhar desvairado em papelão.

— Ah, o Mario — suspira Alva com o choro na voz. — Ah, o coelho.

— Querida, você sabe que...

— Eu sei, mamãe, eu *sei*.

Um aspecto positivo que os sonhos de Alva com o Nintendo Switch haviam proporcionado era que ela tinha parado de falar sobre o coelhinho na loja de pets e se fixado naquele coelho ficcional que, segundo o título do jogo, se chamava *Raving Rabbid*. Alva funga e passa o dedo no vidro da vitrine.

Siw conhece a própria filha. Além de teimosa, Alva também é paciente. Se Siw não estiver enganada, aquele é apenas uma etapa de uma campanha mais longa que tem por objetivo vencer a resistência de Siw — e não é possível que Alva no fim saia vitoriosa.

Mas naquele momento a campanha parece dar uma trégua. Alva tira o rosto da vitrine e começa a andar pelo calçamento de pedra enquanto cantarola uma melodia, provavelmente de "Oddsy". Siw olha para o corpo esbelto da filha que saltita com uma energia infantil, ouve os gritinhos de "Yo-hoo!" e de repente um pouco da tristeza que ela havia sentido na ponte retorna.

Pode saltitar, querida, até que todos os Bowsers reais apareçam e levem tudo o que é bonito no mundo.

2

A sacada de Anna tem três metros quadrados. O local tem vista para um estacionamento e para uma fachada desbotada. Ao longo da sacada corre uma placa corrugada em outros tempos pintada com uma cor entre bege e cinza, que hoje está descascando. Na parte de cima há um guarda-corpo enferrujado que chega a sujar as mãos de quem o toca. Uma rachadura comprida atravessa o piso e em certos pontos as pastilhas se soltaram. Há sujeira e teias de areia nos cantos. Uma mesa de metal com pernas bambas e um grande cinzeiro onde as bitucas flutuam na água da chuva. Uma cadeira dobrável que nunca é levada para dentro e que tem uma camada marrom após anos da ação do tempo.

Por que essa descrição minuciosa da sacada de Anna? Ora, porque ela está lá sentada, se sentindo exatamente no mesmo estado. Anna se reclina na cadeira de plástico, que range em protesto, e traga o cigarro sem nem ao menos prestar atenção ao que faz. Na sacada do prédio em frente uma mulher de setenta anos também fuma enquanto o olhar de Anna se fixa numa bicicleta caída.

Eu e você, vovó.

Como se tivesse ouvido esse pensamento, a senhor ergue a cabeça e por um breve instante olha bem para os olhos de Anna. Por uma fração de segundo há uma troca, uma confusão na cabeça de Anna, e ela se vê pelos olhos daquela outra mulher. Ela mesma é — ou ainda há de se tornar — aquela mulher. Um arrepio estremece o peito de Anna quando ela se reacomoda em si mesma. O cinzeiro chia quando ela joga mais uma bituca lá dentro.

Uma de suas colegas na casa de repouso tem uma expressão favorita. Quando um número grande de colegas precisa faltar em razão dos filhos ou de doença, ela gosta de dizer: "A situação está insustentável". Não há como sustentar aquilo, a coisa logo vai desmoronar de um jeito ou de outro. Mas isso nunca acontece. Tudo simplesmente fica pior.

A situação de Anna naquele momento é exatamente essa. Insustentável. Ela não pode continuar daquela forma. A ameaça velada feita por Ewert Djup foi como uma pedra escura jogada em um cálice já cheio de incertezas sobre a vida. Naquele momento o cálice transborda, e ela tem a impressão de estar se desfazendo.

Anna se levanta da cadeira e entra no apartamento. A decoração toda é provisória, uma coleção de objetos escolhidos ao acaso que ela pretendia deixar para trás quando se mudasse. O sofá afundado e puído, a mesinha manchada, os tapetes roídos. Anna detesta aquele apartamento, que nem ao menos pertence a ela.

Bolas de pó rolam-lhe aos pés quando ela atravessa a sala e entra no quarto. A cama é a mesma de quando era pequena, e não tem sequer um box — apenas um colchão de espuma. Ela sente o estrado no bumbum ao se sentar com o rosto afundado nas mãos.

Do outro lado da janela, que está suja de fumaça de escapamento e chuva ácida, o tráfego incessante flui em direção à Stockholmsvägen. À noite Anna sente a cama vibrar com a passagem dos ônibus, enquanto as luzes dos faróis projetam no teto as sombras das persianas quebradas. Os gritos de rapazes bêbados impedem-na de dormir.

Homens, pensa Anna. *Homens.*

Anna está profundamente cansada dos homens. Da imbecilidade e da falta de consideração dos homens que estragaram sua vida. Desde o envolvimento do pai Stig com o crime por meio de relações sem nenhum sentido com idiotas em tratores EPA até a merda de Acke com os irmãos Djup. E tudo acaba respingando nela. Frustrada, Anna dá um murro no colchão e levanta uma nuvem de pó.

A longa série de homens e rapazes que a perturbaram ao longo da vida passa em revista diante de seus olhos e para na imagem do velho e mal-humorado Folke Gunnarsson na casa de repouso — a essência da repulsa masculina destilada por meio de uma vida inteira a serviço da amargura. *Abaixo os imigrantes, viva o pau na boceta!*

Muito bem. O que fazer? Anna não tem economias e não tem nada de valor que possa vender além do próprio corpo, e essa não é uma alternativa viável. Aos dezesseis anos, por duas ou três vezes durante uma bebedeira ela tinha oferecido favores sexuais em troca de caronas, e o nojo que havia sentido ao recobrar a sobriedade não era o tipo de coisa que ela pretendia sentir outra vez.

Muito bem. Será que devia simplesmente deixar que tudo seguisse o curso natural até que Acke, imundo e aos berros, fosse amarrado ao engate de reboque dos irmãos Djup? Essa tampouco seria uma alternativa viável.

A única opção seria, portanto, a menos desejável: pedir ajuda à família. Não havia motivo nenhum para que Anna fosse responsável pelo bem-estar de Acke, mas tinha sido assim desde que ele era pequeno. Ela acabaria por se encarregar da defesa dele. A defesa do idiota.

Anna queria afundar no colchão. A tristeza que sentia era imensa, e ela decidiu lidar com tudo da forma habitual: indo para uma festa. Em cinco minutos, já tinha ligado para três velhas amigas de Rimbo que moram em Norrtälje e feito convites para uma noitada que começaria no Little Dublin. A seleção de companhias estava cada vez mais reduzida à medida que as pessoas se acomodavam, e essas três não eram a primeira nem a segunda opção — estavam mais para o fundo do poço. Mas pelo menos daria para encher a cara.

Anna baixa o telefone e tamborila os dedos contra o joelho. Há uma longa tarde pela frente. Ela devia fazer uma faxina. Ela queria fazer uma faxina. O estado do

363

apartamento era como um protesto, uma forma de resistir à realidade de que ela mora lá. Nas raras vezes em que faz uma faxina e cuida da casa, Anna se sente derrotada, obrigada a aceitar o que devia ser provisório como se fosse definitivo.

O que fazer?, Anna pensa. O rosto se acende e ela dá um tapa na perna. Naquele instante ela soube *exatamente* o que fazer.

3

É a primeira vez que Anna cruza os corredores da casa de repouso fora do expediente. O saco de papel com dois folhados doces do Flygfyren farfalha na mão dela enquanto Anna se sente como uma invasora. A situação não melhora em nada quando Reza, que só trabalha aos fins de semana, encara-a com um olhar interrogativo. Anna faz um gesto para indicar *essas coisas acontecem* e se dirige à sala de Berit, para então bater à porta.

— Entre, entre! — diz a voz de Berit com a nota habitual que sugeria uma interrupção bem no meio de um trabalho importante.

Anna abre a porta e vê Berit sentada à frente do laptop. Ela olha irritada na direção de Anna, porém a expressão se torna mais amistosa quando ela percebe quem é.

— Ah, é você, Anna! As pessoas correm feito loucas por aqui.

— Estão simplesmente fazendo o trabalho delas. — Anna faz um gesto com o saco de papel. — Eu trouxe uns folhados para você.

— Oba! Os bolinhos de canela daqui são o terror da minha dentadura. Venha.

Berit se coloca meio de pé e Anna a cumprimenta com um abraço apressado. Aquela mulher não cheira a fraldas, escaras e mau hálito; é mais um cheiro de talco, naftalina e chocolate.

— Muito bem — diz Berit quando Anna termina de preparar o café e põe os folhados numa bandeja. — É hoje que eu vou saber como é ser uma Olofsson?

— Talvez — responde Anna.

Berit põe a cabeça meio de lado.

— Você está preocupada, querida?

Anna hesita, porém, logo fala menciona a conversa que teve com Ewert Djup, a situação potencialmente fatal em que o irmão se meteu graças ao comportamento estúpido e a responsabilidade dela na situação.

— Agora eu fiquei meio perdida — diz Berit. — Por que você tem responsabilidade nessa situação?

— Você me perguntou como é ser uma Olofsson, e aqui você tem um exemplo perfeito. Simplesmente é assim. Ele é o meu irmão e eu tenho que olhar por ele.

— Você está dizendo que tem uma responsabilidade familiar da qual não pode abdicar?

— Eu não usaria essas mesmas palavras, mas... é isso mesmo.

— Hmm. — Berit limpa os farelos de folhado que estavam grudados aos lábios e aponta para uma secretária onde várias fotografias emolduradas se encontram dispostas lado a lado. — Olhe para essas fotografias. Me diga o que você vê.

Anna se levanta e estuda cerca de dez fotografias em diferentes tamanhos e tiradas em diferentes épocas.

— Eu reconheço a Siw — diz ela. — E a Alva. E essa aqui é a Anita, ainda jovem.

— Ela já era azeda — diz Berit. — Continue.

— E essas mulheres... imagino que uma delas seja a sua mãe.

— Errou.

— Ah. Então um dos homens que é o seu pai?

— Não. O homem bem à direita é o meu marido. O pai da Anita.

— Você não tem nenhuma foto dos seus pais?

— Não. E adivinhe por quê?

— Talvez porque... essa foto não exista?

— Ah, as fotografias existem. Aos montes. Mas eu joguei tudo fora. Porque eu não gostava dos meus pais. Eles não eram pessoas boas. Assim que fiz idade suficiente eu rompi com todos. Simplesmente parei de vê-los como minha família. As outras pessoas nas fotografias são amigos e amigas. A maioria já morreu. Eram *eles* que eu via como minha família.

Anna voltou à mesa onde Berit estava sentada e a encarou com tanta intensidade que Berit desviou o olhar e deu de ombros.

— Então você acha que eu devia romper com a minha família?

— Não foi o que eu disse. Eu acho que você devia pensar muito bem sobre quem merece a sua lealdade. Você não escolheu a sua família. Ao longo da vida, todo mundo conhece um monte de gente à toa. Não está escrito em lugar nenhum que você precisa assumir a responsabilidade por essas pessoas.

Anna passa um tempo sentada em silêncio enquanto reflete sobre o que Berit acaba de dizer. Ela compreende o raciocínio e concorda, mas simplesmente não consegue reunir a força necessária para agir contra aquilo que imagina ser uma obrigação. Ela se sente presa.

— E então? — prossegue Berit, esfregando as mãos. — O que você quer fazer hoje à noite?

Anna menciona rapidamente o plano que tem, o que leva Berit a balançar a cabeça com uma expressão melancólica.

— Eu tomaria muito cuidado se fosse você.

365

— Como assim?

— Não sei o quanto a Siw falou sobre... esse dom que temos na nossa família.

— As audições?

— Aham. Ontem eu fui ao centro bater perna com o andador e fazer umas comprinhas. Não demorei muito porque... — Berit passa a mão na testa com um gesto gracioso que indica o cérebro. — As audições da Siw são bem forte e diretas, mas as minhas são um pouco mais abrangentes, e o que eu ouvi na Tillfällegatan...

Berit estremece com a lembrança e os dentes postiços estalam de leve quanto ela inspira para voltar a falar.

— Existe muita *raiva,* tanto hoje como no futuro. Muitos gritos, muitos baques de corpos que tombam. Isso tudo vai acabar.

— Isso tudo o quê?

— Norrtälje.

4

São oito e meia da noite e Anna já bebeu duas cervejas com shots de acompanhamento e ainda tem outras duas pela frente antes de se entregar ao esquecimento e ao entorpecimento. A raiva que Berit havia mencionado ainda não tinha assumido uma expressão violenta, mas parecia mesmo estar no ar, no tom das conversas e nos movimentos das pessoas ao redor. Uma tensão.

Ela está sentada em frente à mesa para quatro pessoas com Johanna, Emma e Elin, que pertenciam ao círculo de amizades mais distantes na época do ensino básico. Quando olha para o outro lado da visão em túnel causada pelo álcool, ela vê três versões pioradas de si mesma. *Rimbotrash.* Todas as três estão acima do peso em razão do consumo excessivo de junk food e das bebedeiras em casa, usam maquiagem carregada, cabelos falsamente pintados de loiro e blusas de cores alegres com ou sem babados que ficam justas na altura do busto. Emma e Elin trabalham com pessoas idosas, e Johanna está de licença médica em razão do burnout causado pelo trabalho como babá.

Naquele momento ela parece não sofrer com burnout nenhum, e, na verdade, parece estar *on fire* quando narra um encontro recente que teve pelo Tinder.

— ...e aí uns dez minutos depois ele tipo: "Esses peitos são mesmo seus?" e eu tipo: "Não, eu peguei tudo emprestado da minha vó" e vocês sabem o que ele respondeu? "Posso pegar?" Como assim? "Posso pegar?", como se eu fosse tipo um abacate que ele gostaria de apertar um pouco antes de...

— Oi, meninas. Olá.

O homem tenta ganhar a atenção das meninas por dez minutos, mas todas o ignoram. Ele tem quarenta e poucos anos e a ideia que faz a respeito de se arrumar para uma noite fora é uma camiseta com um slogan de uma firma de serviços hidráulicos: "Com a gente você não entra pelo cano". Ele tem os olhos velados e um fio de saliva pinga da boca quando se vira para os dois amigos e se lamenta.

Johanna termina a história da maneira habitual: ela tinha acabado indo para a cama do sujeito e tudo fora um desastre. Logo as meninas começam a falar sobre os rapazes que pegam fotografias da internet e as usam como se fossem suas.

— Ei, ei! Mas que porra...

O homem se apoia na mesa para se manter de pé. Quando ele cambaleia às costas de Anna, ela ouve o tilintar de uma fivela. O homem se posta na ponta da mesa com uma mão no ombro de Anna enquanto usa a outra para tirar o pênis de dentro das calças e colocá-lo em cima da mesa.

— Ora! — exclama o homem, abrindo um sorriso sugestivo. — O que foi que vocês viram agora?

O órgão está a vinte ou trinta centímetros da mão direita de Anna. Ela tem vontade de fechar o punho e amaciar um pouco mais aquela carne, mas logo pensa que não vale o trabalho. Fora do contexto amoroso, o órgão sexual masculino é uma coisa incrivelmente *ridícula,* mas não parece ser o que o homem pensa enquanto se esfrega contra a mesa com um sorriso de satisfação no rosto.

Homens. Homens. Homens.

O que é que ele espera? Que elas levem as mãos ao rosto, encantadas, e se maravilhem com aquilo?

— Ahhhh! Nossa, você tem um *desses!* Como você é *especial!* Os incels devem imaginar que a simples posse de um pau é uma espécie de passe livre para um parque de diversões onde os brinquedos funcionam vinte e quatro horas por dia, bastando para tanto que digam: *mas é claro que eu tenho um desses.*

Um segurança se aproxima, pega o rapaz pelos ombros e o arrasta em direção à saída. Ele se debate para colocar aquele ridículo órgão balançante para dentro das calças enquanto grita:

— Vadias! Vagabundas sem coração...

Um raio gelado de dor atinge o canto do olho direito de Anna e chega até o cérebro, enquanto as amigas dela gritam xingamentos humilhantes para o homem. A enxaqueca desce como um trapo frio no interior do crânio de Anna e ela esfrega os olhos enquanto as amigas deixam que as vozes indignadas se misturem.

— Que fracassado... o que esse sujeito pensa? Ele queria que simplesmente... sei lá... como se o MeToo não existisse...

Os amigos do rapaz de repente voltam todas as atenções para os canecos de cerveja. Um deles teve até a decência de corar. Anna chega a pensar que ele até é bonitinho, e quem sabe...

Não. Não.

Anna sente como se uma coisa a atravessasse, ou então como se caísse através de outra coisa. No clarão da enxaqueca ela se vê sentada no lugar onde está, rodeada pelas amigas que no fundo não são amigas em uma noite como outras mil noites. Ela vai acabar bêbada demais e na manhã seguinte vai estar de ressaca, e logo tudo começaria outra vez.

Ao longo da vida, todo mundo conhece um monte de gente à toa.

Exatamente como acontece com Emma, Elin e Johanna. Elas estavam à toa por Rimbo numa época em que o importante era passar as noites fumando e bebendo cerveja barata na velha quadra de tênis. Risadinhas, palavrões e papo sobre os garotos. A noite que caía trazendo o cheiro de folhas úmidas. Não havia nada de errado com esse passado — mas e agora? Agora?

Anna se levanta.

— Me desculpem. Lembrei que eu tenho uma coisa...

Emma arregala os olhos.

— Como assim? Você vai *embora*?

— A gente mal começou!

Elin faz um gesto em direção ao caneco pela metade para indicar o quanto falta.

— Eu tenho que...

Anna não sabe o que quer além de se afastar do Little Dublin e de tudo o que aquele lugar representa. Ela precisa virar a página, encontrar um novo começo — qualquer coisa, desde que seja longe. Agora.

5

Desde sempre Johan tem problemas com a própria existência, com estar no instante presente. A primeira vez que notou o problema foi durante uma chamada na volta das férias, na época em que havia começado o quarto ano. Quando o professor chamou o nome dele, Johan levantou a mão e disse: "presente". Ao baixar a mão, foi tomado por um profundo sentimento de remorso, como se houvesse mentido ou fingido.

Enquanto outros nomes eram chamados e os colegas respondiam "presente" sem nenhum tipo de preocupação, Johan começou a sofrer com uma dúvida atroz. Será que estava mesmo *presente*? Ele passou os dedos por uma cruz riscada na cadeira, se beliscou de leve no braço. Sim. Tudo indicava que estivesse presente — mas nesse caso, por que a sensação não era essa? E onde mais estaria, se não presente na sala de aula?

Com o passar do tempo, Johan compreendeu que a raiz desse sentimento, ou melhor, dessa ausência de sentimento, era a constante atenção a um mundo de pensamentos e fantasias. Ele tinha dificuldade para separar a vida interior da vida exterior — uma versão um pouco mais leve dessa mesma síndrome que afetava a mãe. Pouco importava se aquilo fosse genético ou aprendido: ele seria obrigado a manter o fenômeno em xeque se pretendesse levar uma vida próxima de normal.

É por isso que Johan adora escrever. Ou melhor... digamos que Johan se sente *aliviado* ao escrever. Quando se senta em frente ao computador e trabalha numa história, essa cisão acaba. O mundo interior passa a se expressar no mundo exterior por meio de palavras na tela, e assim ele consegue chegar a uma situação de harmonia. De equilíbrio.

Mas agora é uma tarde de domingo na pista de boliche. Johan ergue o cesto da fritadeira e vira as batatas fritas em um prato. Os movimentos são habituais e mecânicos, e assim os pensamentos correm livremente. Ele está pensando em trocar *mão* por *cão* em frases feitas.

Ele é o meu cão direito. Nada mau. *Um cão lava o outro.* Um pouco melhor. Johan vira o hambúrguer na chapa pela última vez e o coloca em cima do pão com uma fatia de queijo e verduras, acrescenta molho e finaliza com a outra metade do pão. Pronto. Ele ergue o prato e está a caminho da saída quando de repente para. *Com um cão na frente e o outro atrás.*

Johan precisa abafar o riso ao largar o prato no balcão à frente de Olof Carlgren, que ganhou o apelido de Bola por causa do hobby e também da forma física. Bola o encara com os olhinhos apertados pelas dobras de gordura e pergunta:

— Qual é a graça?

— Com um cão na frente e o outro atrás.

— É verdade. E o que tem isso?

— Essa expressão... enfim. São noventa coroas. Depois de receber o pagamento, Johan dá uma volta pelo salão e recolhe bandejas. O lugar está calmo para uma tarde de domingo: apenas quatro pistas estão em uso. *Entregar de cão beijado.* Johan está a caminho da cozinha levando as bandejas de volta quando ouve uma voz próxima:

— Olá.

Anna está ao lado da máquina de boxe com as mãos enfiadas nos bolsos da jaqueta. O olhar tem uma expressão frágil, como se a pele sob os olhos fosse excessivamente fina e delicada.

— Olá — responde Johan, erguendo as bandejas. — Eu só vou... — Ele se interrompe e diz: — Com um cão na frente e o outro atrás.

Anna dá uma risada e parte daquela fragilidade no olhar se desfaz. Johan segue em direção à cozinha, se sentindo grato em relação às bandejas que neutralizaram a decisão de abraçar ou não abraçar. Quando volta, Anna está em uma das mesas.

— Você quer alguma coisa? — pergunta ele. — Uma cerveja?

— Não. Para dizer a verdade, não. Mas como é que vai a história com a Siw? Você já *colocou os cães* nela?

— Mais ou menos.

— É. Mais ou menos. A sua frase era melhor.

Na mesa ao lado, Bola investe contra o hambúrguer cheio de grunhidos e de entusiasmo. Johan se acomoda em uma cadeira e baixa a voz ao perguntar:

— Como estão as coisas?

— Sabe — diz Anna, apoiando o rosto na mão, — as minhas amigas me fizeram a mesma pergunta pouco tempo atrás e eu respondi tipo, queixo erguido e pé no chão, tudo vai dar certo.

— Mas...?

— Mas a verdade é que as coisas não andam bem. — Anna corre a mão pela superfície da mesa e limpa farelos invisíveis. — Não sei nem por que eu decidi vir para cá, mas...

— Não tem problema nenhum.

— É. Pode ser que não tenha mesmo.

Rapazes que terminaram uma partida estão de pé em frente ao balcão, e Johan precisa atendê-los. Enquanto recebe os pagamentos e imprime os cartões de pontuação, ele olha para Anna, que naquele momento tem as mãos ao redor das bochechas, como a pintura de uma menina que chora. Ela não sabe o que a levou até lá e Johan não sabe por que está feliz de saber que ela fez isso, mas é assim que as coisas são. Johan pega um copo e uma Coca-Cola da geladeira e volta à mesa de Anna.

— Quer uma Coca?

— Quero. Obrigada. — As sobrancelhas de Anna se franzem quando ela serve o refrigerante, toma um gole e diz. — É só que a minha vida, enfim, tudo parece tão... sei lá...

— Sem perspectiva?

— Opa. Sem perspectiva. Eu nunca teria usado essa expressão. Mas é isso mesmo. Sem perspectiva. Como se tudo fosse uma névoa e eu só conseguisse enxergar um metro à frente do meu rosto. Sempre um dia de cada vez, tipo.

— Mas será que não pode ter nada de bom nessa névoa?

— Pode. Mas eu não consigo ver. Eu não tenho nada tipo... que me dê esperança. Você?

Johan não poderia dizer que tem *esperança* no romance porque não tem coragem de fazer nada com aquilo, mas assim mesmo o romance existe como uma possibilidade atraente. Como um boato sobre uma luz, um farol em meio à névoa. Mas não é sequer uma possibilidade que Johan esteja disposto a pôr em palavras enquanto sóbrio, e assim ele responde apenas:

— Não. É sempre um passo de cada vez. Até que a gente chegue ao destino final no crematório.

Anna solta um gemido.

— Você parece bem mais pessimista do que eu.

Os dois passam um tempo em silêncio. Pinos são derrubados e Bola mastiga as batatas fritas. Depois Johan pergunta:

— E você não pode arranjar uma coisa ou outra? Que lhe dê esperança?

— Tipo o quê?

— Não sei, mas uma coisa que lhe dê... um rumo. Uma coisa que possa servir de base para outras, tipo.

— Um curso superior?

— Por exemplo.

Anna leva uma mecha de cabelos pretos à boca e os mordisca antes de responder.

— Um rumo. É. Pode ser.

— Eu costumo pensar assim — diz Johan, adentrando um território perigoso. — Como se a minha vida fosse uma história. Mas será que é uma história razoável? Verossímil? Será que o protagonista age de maneira consistente? Será que eu me importo com ele? Surge um tipo de... de ordem quando eu penso dessa forma. É como se existissem uma linha.

— E você gosta? Dessa história?

Nessa hora é Johan quem precisa conter uma risada.

— Digamos que eu não sairia correndo pra comprar um livro sobre a minha vida. Mas as coisas são como são.

Anna faz um aceno de cabeça, toma o último gole da Coca-Cola e então dá um tapa na mesa, se levanta e diz:

— Bem, agora eu vou pra casa.

— O que você vai fazer?

A pele sob os olhos de Anna já parece normal quando ela responde:

— Uma boa faxina. — Anna ergue o indicador como se pedisse silêncio. — É a hora de... Como se diz mesmo? Cães à obra! — Johan ergue a mão no ar e Anna o cumprimenta.

6

Às quinze para as dez, os últimos jogadores se retiram da pista e Johan encarrega Ove de fechar tudo e apagar as luzes. Quando Johan volta para casa ao longo da Baldersgatan ele sente uma estranha satisfação. Não para sequer para cuspir no letreiro da segurança social ou para mijar nos canteiros de flores como de costume. Simplesmente vai andando.

Johan tem uma zona de conforto com limites tão absolutos que aquilo mais se parece com uma cela acolchoada. Ele não gosta de quebrar a rotina que lhe permite viver em uma realidade paralela no interior da própria cabeça. Tudo o que vem de fora e o perturba é potencialmente destrutivo.

Mas apesar de tudo: Anna. Desde o fim do ensino fundamental ele evita o tipo de pessoa que ela representa. Pessoas que riem alto demais e ocupam espaço demais de um jeito irrefletido e desleixado, e que sempre acabam bêbadas. *White trash*, como se diz em inglês. Como a visita de Anna à pista de boliche podia tê-lo deixado de tão bom humor?

Talvez a proximidade inesperada trouxesse junto um distanciamento em relação à cela acolchoada, uma espiadela em direção ao corredor, ou mesmo um passeio no parque — uma oportunidade de respirar ar puro. O fato de que ele inicialmente a desprezava tinha feito com que o passo fosse ainda maior, e assim surgiu uma sensação de liberdade que Johan não tinha sentido em muito tempo.

Os cachos das tramazeiras reluzem vermelhos sob a luz branca dos LEDs descem pela encosta até a rodoviária. Johan passa os dedos nas frutas e pensa *outono* e a palavra de repente passa a significar não apenas folhas amarelas e caídas, mas também horizontes largos, folhagens que trocam de cor e uma nostalgia sem nenhum tipo de sofrimento. Ele está na parte iluminada dos próprios pensamentos.

Permita-me beijar o seu cão.

Johan atravessa a plataforma de ônibus e passa em frente à da biblioteca enquanto outras expressões surgem em sua cabeça. *Andar de cães dados.* Ele dobra em direção na Hantverkgatan e segue em direção ao Lilla Torget. Quando chega na Havsstenen ele dobra à direita, em direção à Lilla Bron, e envia uma mensagem para Anna enquanto caminha: *Pôr os cães na massa.* A resposta vem na mesma hora na forma de um emoji sorridente e um joinha. Johan nunca mandou um emoji sorridente para ninguém. Ele tem dessas coisas.

— Oi! Oi!

Johan já está quase no Harrys quando a voz surge logo atrás. Ele para e se vira. Dois rapazes com aquilo que Johan considera ser cortes de cabelo afegãos chegam correndo do Lilla Torget. Um aponta para o celular na mão de Johan.

— Ei, eu posso dar uma olhada no seu telefone?

Não tem nada de estranho com o iPhone 6S de Johan a não ser pela tela sem nenhuma rachadura, e assim ele pergunta:

— A troco de quê?

O rapaz dá de ombro.

— Eu só quero dar uma olhada. Passa pra cá.

Enquanto o rapaz estende a mão, o amigo dele dá mais um passo em direção a Johan, e naquele instante já não resta mais nenhuma dúvida quanto à natureza da situação. O amigo dá um tapinha no ombro de Johan e diz:

— Não faça nenhuma besteira. Entregue o telefone.

O coração de Johan começa a bater mais forte e ele aperta o celular contra o peito enquanto o aparelho vibra. *Mais vale um pássaro no cão do que dois voando.* Ele solta uma risada nervosa e naquele instante consegue pensar apenas que, se perder o telefone, perde também o número de Anna. A mão no ombro o aperta com mais força, e a mão estendida faz um gesto indicando *passe pra cá* enquanto o rapaz diz:

— Um sueco quebrou o meu. Agora eu vou ficar com o seu. Me dê.

A mão no ombro logo está no pescoço de Johan, e ele se sente ocupado, como se estivesse preso com botas embarradas na cela acolchoada, e detesta a sensação — mas não tem como se defender. Johan está fazendo o gesto necessário para entregar o telefone quando um homem enorme com jaqueta de couro e cheio de tatuagens sai do bar próximo.

— O que é que tá acontecendo aqui? — pergunta ele, cruzando os braços repletos de imagens sobre o peito.

— Nada — diz o primeiro rapaz, baixando a mão estendida enquanto a mão no pescoço de Johan aos poucos se afasta. — Não tá acontecendo nada.

— Parece que tá rolando um problema — diz o homem, e então se vira em direção ao bar e grita:

— Ei! Tem uns babuínos roubando banana por aqui!

Dois sujeitos do mesmo tamanho se levantam de uma das mesas e avançam em direção à saída. Os rapazes afegãos se olham e saem correndo. Antes que os motoqueiros saiam do bar os rapazes já tinham chegado à altura do Lilla Torget, onde dobram em direção à zona portuária.

O homem faz um gesto para os amigos indicando que podem voltar aos assentos e dá um tapinha nas costas de Johan.

— Você tá legal?

— Tô — responde Johan. — Muito obrigado.

— Não foi nada — diz o homem, olhando em direção ao trajeto de fuga. — A gente precisa dar um jeito nessa invasão de macacos, né? Te cuida.

O homem volta ao interior do bar onde faz um comentário para os amigos, que quase explodem de tanto rir. Apenas nesse instante Johan percebe que está tremendo da cabeça aos pés. Ele nunca tinha sido exposto a uma tentativa de roubo, nunca tinha sentido a própria integridade *ameaçada* da forma como tinha acabado de acontecer.

O telefone quase escorrega das mãos suadas. Ele guarda o aparelho no bolso e continua em direção à ponte com as pernas bambas. Quando chega à ponte lhe ocorre que os rapazes talvez houvessem simplesmente dado a volta na quadra e estivessem à espera dele no fim da Tillfällegatan. As pernas de Johan se tornam ainda mais bambas e ele precisa se apoiar no corrimão da ponte.

Invasão de macacos.

Johan imagina um exército formado por rapazes de cabelo preto, curtos nas laterais e altos na parte de cima, invadindo casas, roubando e estuprando enquanto riem e tagarelam em árabe. Imagina-os agitando bandeiras do Estado Islâmico, obrigando os habitantes de Norrtälje a se porem de joelho no Stora Torget para então cortar a garganta de todos com facas longas enquanto aquele falatório de macacos se ergue em direção ao campanário transformado em minarete.

O medo se transforma em fúria e Johan olha para as águas do rio, pretas como a noite, enquanto se imagina desferindo golpes de martelo contra o ladrão do telefone, quebrando os dentes dele, colocando as bolas dele num torno e apertando até que ele urre por misericórdia para então dar mais uma volta e ver o sangue começar a jorrar. Esse tipo de coisa. Viva os tornos, abaixo as bolas de macaco!

Fortalecido por aquela fúria incendiária, Johan larga o corrimão e atravessa a ponte. Ele segue pela rua e se entrega com tanto ímpeto àqueles cenários de vingança imaginária que se esquece do medo. A fúria mais intensa se aplaca à medida que Johan sobe Glasmästarbacken, mas ele ainda está tão bravo que chega a sentir um nó na garganta.

Quando entra no apartamento ele tira uma cerveja da geladeira e a bebe enquanto anda impaciente de um lado para o outro. Depois ele bebe mais uma, sem conseguir desmanchar o nó. Só há uma coisa a fazer.

Johan abre o computador e faz login no Roslagsporten sob o nome SvenneJeanne. Depois ele escreve uma postagem, uma longa postagem sobre o que tinha acabado de acontecer e como ele acha que aquele tipo de problema devia ser resolvido. Assim o nó se desfaz. Ao copiar o texto e fazer a postagem, Johan está totalmente relaxado.

7

"Sudda, sudda, sudda, sudda bort din sura min..." [*"Apague, apague, apague, apague essa cara azeda..."*]

Provavelmente não havia em todo o mundo nenhuma música que Anna detestasse mais do que essa. O mais incrível era que a antipatia tinha sido criada por sua própria mãe. Às vezes, quando Anna ficava muito brava ou muito frustrada, Sylvia rosnava a letra sobre tirar a expressão azeda do rosto de um jeito que chegava até mesmo a tirar a expressão azeda pra caralho do rosto da própria mãe.

"Munnen den ska skratta å va glad..." [*"A boca deve rir e estar contente..."*]

A ideia de que você precisa rir e estar contente parece muito desconfortável. Você enxerga uma boca que ri e canta enquanto atrocidades terríveis são planejadas no interior do corpo — eis a origem do medo de palhaços.

Então como pode ser que Anna esteja cantarolando essa melodia odiosa enquanto limpa o espelho do banheiro? Camadas e mais camadas de sujeira e calcário se transferem para o pano em sua mão, e assim o espelho aos poucos recupera a resolução em HD e se torna indistinguível da realidade. No reflexo está uma Anna sorridente que observa o resultado do próprio trabalho.

Ela já bateu os tapetes e passou o aspirador. Já deu um jeito na louça e esfregou a bancada com Ajax. Já botou o lixo para fora e limpou as portas dos armários. Ainda *não* resolveu o assunto do forno, que é uma história inteira à parte, mas aos poucos tudo vai se resolver. Anna está decidida.

Foi o comentário de Johan sobre rumo. Pelo que se vê agora, Anna não poderia entrar num curso superior nem mudar radicalmente a vida para facilitar qualquer tipo de progresso. O que ela *pode* fazer, no entanto, é limpar a sujeira que obstrui a vista.

Talvez o problema todo começasse com aquela ideia sobre *homens*. Todos esses cretinos sorridentes, muitas vezes com um sachê de *snus* por trás do lábio, que ficavam no meio do caminho sempre que ela tentava sair do lugar. E além disso a bebida, o álcool que a fazia cambalear quando podia andar em linha reta. Anna queria limpar tudo, dar um jeito em tudo, e a forma mais fácil de começar seria pelo apartamento. Aceitar que aquilo é o que ela tem e que é um ponto de partida tão bom quanto qualquer outro.

De certa forma, Anna também apaga a própria expressão azeda a cada novo movimento do pano. Se aquilo se transformaria em uma *história* a contar para outras pessoas eram outros quinhentos. Mas em um lugar ou outro é preciso começar, e até mesmo uma viagem de dez mil quilômetros começa com um chute no traseiro.

A história de Acke com os irmãos Djup ficaria para mais tarde. Não havia por que fazer alarde. Até rimou, Anna pensa animada enquanto põe o pato perfumado sob o assento do vaso. Será que ela acabaria se transformando numa dessas pessoas orgulhosas e cheias de si que passam o dia inteiro arrotando obviedades dia após dia? Parecia improvável, mas não impossível.

Anna dá uma risada quando pensa: *pôr os cães na massa*. Para que um trocadilho funcione, é preciso que crie uma imagem engraçada. O telefone de Anna toca. A imagem dos cães sovando massa ainda está na cabeça de Anna quando ela entra na sala e pega o celular. A tela lhe oferece duas informações distintas e aparentemente irreconciliáveis: 1: é uma hora da manhã. 2: quem está ligando é Siw. Ela nunca liga depois das onze, então Anna fica meio preocupada e atende:

— Oi, miga. Como você tá?

Um suspiro faz com que o fone rosne desde o outro lado e por fim Siw diz:

— Enfim. Eu simplesmente não consigo dormir.

— Tem a ver com o Max?

— Não. Ou melhor, sim. Ou talvez não.

Anna encolhe as pernas e se acomoda no sofá recém-aspirado. A despeito do que possa fazer da própria vida, ela não vai deixar de se interessar por fofocas e problema de relacionamento que no fundo *são* interessantes.

Em outras épocas Anna talvez dissesse:

— Conte tudo. Nos mínimos detalhes. Mas, como havia tomado uma decisão ao deixar para trás as amigas de Rimbo, e como também sabia que esse tipo de comentário não teria o efeito pretendido sobre a caretice de Siw, que ela mesma preferia chamar de integridade, no fim tudo o que Anna disse foi:

— Conte. O que foi que aconteceu?

— Deu tudo certo — diz Siw, e uma entonação diferente na voz diz a Anna que a amiga tinha corado. Então estava tudo certo *mesmo*. Depois vem o inevitável:
— Mas...

— Mas?

— Mas é que... que tipo de função eu poderia desempenhar na vida dele?

— Função?

— É. As coisas têm sempre uma função, não é mesmo? Ontem à noite a gente... fez o que fez... e depois conversamos, e eu senti como se... como se eu tivesse o direito de estar lá. Senti que eu tinha uma função. Mas hoje pela manhã... não sei...

— Então você quer ser uma *função*? Pensa no seu relacionamento com o Sören, que é puramente funcional. Um melão com um furo teria a mesma função.

Siw choraminga.

— Não fala assim.

Anna morde o lábio e acrescenta *críticas cínicas* à lista de coisas que pretende abandonar.

— Me desculpe. Eu não devia ter falado assim. Mas você entende o que eu quero dizer. Você tá pensando de um jeito torto. O amor não é uma função, é mais um...

Anna se cala e Siw diz:

— Diz, Anna. Me diz o que é o amor.

— Porra, eu também não sei. Mas sei que não é uma função.

A ligação fica em silêncio enquanto Anna pensa se ela mesma tem uma definição de amor, mas as únicas coisas que lhe ocorrem são obviedades que ela ainda não se vê disposta a arrotar, e mais uma vez a imagem dos cachorros sovando massa. Por fim, Siw diz:

— Eu me sinto mexida. Fora do meu elemento natural. Não consigo dormir. É como se eu estivesse meio fora de mim. Não é nada bom.

— Você gosta dele?

— É. Eu gosto muito dele. Mas é como se eu não pudesse me permitir uma coisa dessas.

— Porque você não tem nenhuma função?

— É.

— Mas a sua função já está sendo cumprida.

— Como assim?

— Você é a pessoa que gosta muito dele. É a melhor função que você pode ter.

— Mas isso pressupõe que ele sinta a mesma coisa por mim.

— Tá. Esse é o problema.

— Bem, mas boa noite então. Agora eu vou dormir. Ou pelo menos tentar.

— Boa noite. Mas saiba que pelo menos numa coisa você tem razão.

— Que coisa?

— Você está mexida. Boa noite, miga.

A LEMBRANÇA DE
UMA LEMBRANÇA

1

Max envia uma mensagem ao Discord e dez pessoas aceitam o convite para a raid na Pedra de Brodd. Era um resultado melhor do que ele esperava às sete horas numa tarde de domingo, quando o chefe da raid já não era novidade. Max já tem quatro Entei — um com stats quase perfeitos —, e assim a raid era mais para acumular pontos e ter companhia.

Max nunca entendeu a Pedra de Brodd. Essa pedra com inscrições rúnicas, que fica na encosta que dá para as águas do Norrtäljeån, perto da rodoviária, é uma réplica de uma pedra que nem ao menos se encontrava originalmente naquele lugar. Um monumento ancestral totalmente fake, que apesar disso é uma das principais atrações de Norrtälje. Talvez estivessem aguardando que com o tempo ninguém mais lembrasse disso e as pessoas começassem a tratar a pedra como se fosse o artigo genuíno.

O céu escureceu e a temperatura caiu. Véus úmidos de névoa se erguem da encosta, e o humor não é dos melhores em meio ao grupo que se reúne sob os olmos desfolhados. A conversa e a exibição de Pokémon capturados simplesmente não acontece. As pessoas andam de um lado para o outro, concentradas nas telas, enquanto a raid chega cada vez mais perto.

Especialmente quando se trata de um novo chefe, a contagem regressiva pode ser emocionante, porém, naquela hora, Max sente pela primeira vez como se aquilo fosse um presságio de maus agouros. Como se fosse a contagem regressiva para uma catástrofe. Ele não entende como a ideia surgiu, porém quanto mais a contagem regressiva se aproxima de zero, maior é a preocupação que sente.

Claro que nada acontece. O Entei surge nas telas e os Pokémon dos jogadores se organizam em círculo para atacar. Como o elemento do Entei é o fogo, Max escolheu Pokémon de água, liderados por um Vaporeon 100% talado. Em pouco mais de um minuto, o Entei é vencido e as capturas têm início.

Max não entende se aquilo depende de um algoritmo ruim, da lei de Murphy ou de azar puro e simples, mas o fato é que poucos conseguem capturar o cachorro de fogo. São muitos suspiros, resmungos e gemidos até que um menino de doze anos fecha os punhos e grita:

— Isso, isso, isso!

— Cale essa boca — bufa um homem de quarenta anos com uniforme esportivo que não tem nenhum Entei e está prestes a lançar a última bola.

Um suspiro se espalha em meio ao grupo e as pessoas se olham. Todos podem celebrar as capturas, e "Cale essa boca" simplesmente não faz parte do que se costuma ouvir naquele grupo. O menino de doze anos olha assustado para o homem mais velho, que lança a bola e apesar do *excellent* não consegue atingir o objetivo.

— Pode baixar esse tom agora mesmo — uma mulher diz ao homem, que parece disposto a lançar o celular dentro do rio com uma *curveball*.

— Que merda! — responde o homem, erguendo o celular de maneira a revelar duas pizzas de suor nos sovacos. — Jogo injusto do caralho! Esse pirralho aí tá em que nível? Vinte? Ele lançou duas bolas retas que nem ao menos foram *nice* e conseguiu fazer a captura. Eu tô no nível quarenta, lancei quatro *curveballs* com *excellent* em sequência e... enfim. Às vezes é meio irritante.

— Ouça o jeito como você, um homem adulto, está falando — disse a mulher.

O homem estava prestes a dar uma resposta ainda mais irritada quando uma mulher bem-arrumada com cerca de trinta anos que trabalhava para o município gritou com toda a força:

— Puta que pariu merda *caralho!*

Mais um suspiro coletivo. Como sempre há crianças no grupo, existe um acordo tácito de que palavrões grosseiros não devem ser usados. Assim como é possível manifestar alegria, também é possível manifestar frustração. Mas sempre dentro de um limite razoável.

A mulher que havia repreendido o homem se vira para a mulher que havia acabado de praguejar e diz:

— Você devia cuidar melhor esse linguajar.

— Pode enfiar o seu telefone você sabe onde, sua velha — responde a mulher, para então dar as costas para o grupo e se afastar. Com olhares apologéticos e constrangidos, o grupo se dispersa sem nem ao menos saber quem havia conseguido capturar o chefe.

Max tinha se distraído tanto com o comportamento do grupo que ainda tem quatro bolas. Ele usa Golden Razz Berry antes de lançar todas as quatro e consegue capturar o Entei na última. Quando olha ao redor, Max descobre que está sozinho.

O que foi que aconteceu?

Ele tinha visto tanto o homem com o abrigo de treino (PuttePelle3) e a mulher que trabalha para o município (MjauVoff) em raids anteriores e os dois nunca haviam se comportado daquela forma. Tinham sido discretos e amistosos, como praticamente todos os outros. Max pensa na estranha angústia que havia sentido antes da contagem regressiva, mas não chega a conclusão nenhuma.

— Alguma coisa aconteceu — cochicha ele para si enquanto guarda o telefone no bolso. — Não tenho dúvida.

Max desce a encosta que leva até a Elverksbron. Quando chega a Kvarnholmen, onde fica o café onde Maria arranjou um trabalho, ele para e olha para as águas do Norrtäljeån. Aquele é um dos trechos mais revoltos do rio, e a água se agita ao cruzar as pedras polidas que refletem a iluminação pública e se parecem com centenas de olhos de animais selvagens que o observam do fundo do rio.

O tubarão está vindo atrás dele. Aquela máquina de matar surge das profundezas com olhos pretos que o observam com uma fome indiferente; ele não passa de um pedaço de carne que nada na imensidão do oceano. O terror enche o peito de Max e ele sente um nó na garganta... e depois Micke, o pequeno *troll* surge com a serra e começa a serrar. O suflê de horror despenca e a respiração aos poucos volta ao normal. Max continua atravessando a ponte.

Faz anos desde a última vez que pensou no tubarão daquela forma, como uma ameaça presente e real, uma encarnação da morte iminente. Esse foi um acontecimento terrível e decisivo no passado de Max, porém nada mais do que isso. Uma abstração. Mas em Kvarnholmen aconteceu uma coisa que fez com que aquele terror passado aflorasse mais uma vez.

Max leva a mão ao peito, onde ainda sente o coração bater depressa.

Alguma coisa aconteceu.

Quando chega à Tullportsgatan e se posta embaixo do olmo onde pouco tempo atrás esteve com Siw e Charlie, ele sente os batimentos cardíacos voltarem ao normal e tem uma ideia. Os pais vão passar um mês em um cruzeiro, e a casa vai ficar vazia. Em vez de pegar o caminho da direita que leva à Stockholmsvägen, Max toma o caminho da esquerda. Para experimentar uma coisa.

2

Ao passar em frente ao portão da casa de Marko, Max vê que as janelas estão iluminadas. Ele não tem nenhuma pressa com o teste que pretende fazer e naquele momento parece quase um *luxo* ter Marko por perto, e assim ele decide aproveitar a oportunidade.

Quando Max se aproxima, a porta se abre e Goran e Laura saem da casa. Max não os via há vários anos, mas reconhece-os no mesmo instante. Laura está com os cabelos grisalhos, mas ainda tem a mesma presença de antigamente. O corpo de Goran está curvado pelos anos de trabalho, mas ele se movimenta com dignidade. Max olha ao redor, tomado por um súbito impulso de fuga. Ele nem ao menos sabe por quê, mas é como se um raio de vergonha o houvesse atingido.

Antes que Max possa fazer qualquer coisa, Goran o vê e ergue a mão em cumprimento.

— Ah, Max! — diz ele. — Você veio visitar o nosso filho... tem uma palavra... ah, *biruta*. Você veio visitar o nosso filho *biruta*?

Goran aperta a mão de Max e Laura recebe-o com um abraço rápido enquanto Marko observa no vão da porta. Seguem-se as gentilezas habituais, porém Max não consegue se livrar daquele impulso de sair correndo e se esconder. Depois Goran e Laura vão embora. A caminho do portão Laura ergue o dedo para falar com Marko e diz:

— Nada de exageros!

— Como assim, exageros? — pergunta Max ao se aproximar de Marko.

— Ah, a gente tava falando sobre a decoração — explica Marko. — Se eles fossem escolher, usaríamos móveis baratos do Blocket em toda a casa.

— E se você escolhesse seria tudo com o luxo da Bukowskis?

Max ri e faz um gesto de cabeça em direção ao interior da casa.

— Entra. Max entra e tira os sapatos no corredor, mas assim mesmo os passos dele ecoam nas paredes nuas e nos cômodos vazios.

Marko aponta para a cozinha, onde as bebidas que sobraram da festa estão enfileiradas num balcão.

— Você aceita uma bebida? Sobraram uns três tetrapaks e umas vinte cervejas.

— Não, eu tô legal, valeu.

Os dois atravessam a sala, onde a cama de acampamento de Marko está feita, e saem na varanda, onde Max para com as mãos nos bolsos e olha para o jardim, que se revela apenas como uma série de silhuetas no escuro.

O que diz a seguir soa como uma surpresa até mesmo para ele próprio.

— Eu pensei — diz Max, antes mesmo de pensar, — que se você quiser uma ajuda com o jardim, eu posso fazer isso. Ser o jardineiro daqui.

Marko olha intrigado para Max e então diz:

— Não, acho que não precisa.

Max solta um resmungo e abre os braços em direção ao caos do pátio.

— Mas precisa. Acredite em mim. Não que eu precise do trabalho, mas... o jardim precisa.

— Não foi isso o que eu quis dizer.

Marko olha para baixo e parece estar prestes a continuar a explicação, mas em vez disso balança a cabeça e pergunta:

— Como foram as coisas com a Siw ontem?

— Não tenho uma resposta simples.

— Faz de conta que a gente é adolescente. Porque aí *sempre* tem uma resposta simples.

— Então foi legal.

— Legal. Ótimo. Acho que você estava precisando.

Um barulho de uma coisa rachando, similar a uma risada, saiu de Max.

— Porra, que baita clichê!

Marko deu de ombros.

— Pode ser. Mas você parecia mesmo, sei lá, estar numa seca e tanto.

— Seca?

— É. Quer ver o resto da casa?

A palavra o tinha atingido em cheio. Enquanto Max se deixava conduzir pelos diferentes cômodos, as letras que formava *seca* pareciam estar pichadas com tinta fosforescente no muro da consciência.

Durante todo aquele verão excepcionalmente quente e de pouca chuva, Max havia travado uma luta desigual justamente contra a seca, e assim tinha salvado uma grande quantidade de plantas.

As flores murchavam e os arbustos estendiam dedos finos em direção ao céu, como se fizessem um pedido de ajuda.

Será que a paisagem interna dele se revelava também por fora, de maneira que os outros pudesse vê-la?

— Acho que aqui vai ser o recanto da Maria — diz Marko quando os dois entram num cômodo de quinze metros quadrados onde o único objeto é uma lâmpada pendurada a um fio do teto.

Marko vai até o canto mais distante da peça e se deixa afundar no chão, com as costas apoiadas na parede.

Max se senta no canto oposto. Os dois se olham. O ambiente sugere uma cela ou uma sala de interrogatório — um espaço austero, onde poucas palavras ganham muito peso.

Se há algo a dizer, a hora é agora.

— É o seguinte — diz Marko. — Eu acho que você é a pessoa mais importante na minha vida.

— Eu?

— Aham. Você.

A força luminosa daquelas palavras logo perde a força, e Max tateia no escuro para entender o que Marko havia dito. Depois do episódio no silo, era possível dizer que Marko tinha sido a pessoa mais importante na vida de Max, uma vez que se não fosse por ele essa mesma vida teria acabado naquele instante. Mas e o contrário?

— Não entendi — diz Max. — Deve ter muitas outras pessoas, a sua mãe, o seu pai...

Marko levanta a mão para que ele pare de falar e então fecha os punhos em cima do colo e diz:

— Eu quero dizer que você é a pessoa que tem a maior influência sobre as minhas decisões.

— Começou naquela vez em que o seu pai arranjou um trabalho para o meu, você lembra?

— Claro.

Max de repente se lembra e descobre a origem do incompreensível instinto de fuga que tinha sentido pouco tempo antes.

Uma ficha que havia passado anos emperrada finalmente cai enquanto Marko prossegue:

— Desde aquele dia eu vivo uma competição entre nós dois. Eu queria fazer tudo que você fazia, porém, melhor.

— Dá pra dizer que você...

— Espere. Essa casa. Você sabe o que eu queria de verdade? Eu queria ter comprado a *sua* casa.

Porque aquela vez na varanda, quando o meu pai e o seu pai... eu queria deixar aquilo no passado, apagar tudo comprando o lugar onde tudo aconteceu.

— Marko, me desculpe se...

— Não peça desculpa. Não foi culpa sua. Mas assim mesmo é fato: você ditou toda a minha vida.

E está na hora de acabar com isso.

Os dois permanecem sentados, olhando um para o outro. Um replay do ocorrido na varanda toca em passa na cabeça de Max e ele percebe que lembra surpreendentemente bem de tudo e que aquilo também ficou marcado nele como um acontecimento importante — ele só não sabe dizer *por quê*.

— Eu limpo folhas caídas e distribuo jornais. Pode ficar tranquilo.

Marko segura uma risada e balança a cabeça.

— Cara, cara — diz ele. — Você é um idiota. Será que você não entende que... quando você se oferece para fazer jardinagem aqui...

De um jeito ou de outro é você quem ganha?

383

— Mas de que jeito?

— Eu não consigo explicar. Mas é assim. Eu *sei* que é.

3

Quando Max chega mais uma vez à Drottning Kristinas Väg já escureceu. Uma névoa fina paira no ar, criando halos ao redor das lâmpadas de iluminação pública e um filme de umidade sobre o asfalto. Max enfia as mãos nos bolsos da jaqueta e segue em direção à casa onde cresceu.

A conversa com Marko o deixou abalado. No ensino fundamental ele achava legal ter um amigo com quem pudesse medir forças, mas nunca tinha se perguntado como Marko via essa relação.

E Johan? Quando Max se preocupava com a situação terrível dele? Quando estava ao lado do amigo para oferecer ajuda? A resposta: somente quando lhe convinha.

Eu sou um egoísta. Sempre fui um egoísta.

A rua está deserta e os únicos sons são os passos distraídos de Max sobre o asfalto preto e úmido. Uma camada de nuvens atenua o luar e brilho das estrelas. Um frio penetrante atravessa as roupas e Max se sente irreparavelmente sozinho quando se dá um abraço.

A lembrança da lembrança do tubarão retorna mais uma vez. A solidão daquele instante, presente em todos os dias da vida. Um pedaço de carne na escuridão, sem nenhum sinal de vida humana ao redor. As águas pretas do Norrtäljeån que deslizam por cima de pedras escorregadias, a solidão nos olhos que as observam.

Merda. Merda.

Max leva as mãos aos olhos para descobrir se está chorando. Ele sente que está, mas não há lágrimas. Max é tomado pelo impulso de correr até a casa de Siw, porém esse impulso some no mesmo instante em que havia surgido. Ele não tem nada a oferecer: é uma pessoa incapaz até mesmo de chorar.

Há janelas acesas na casa do pai e da mãe dele. Já houve arrombamentos naquela região, e por isso foi instalado um timer que acende e apaga as luzes em diferentes cômodos para causar a ilusão de vida. Era importante usar um timer desses.

O portão range quando Max o abre, e ele mal consegue avançar dois passos antes que a iluminação acionada por movimento se acenda. Max aperta os olhos para se proteger da luz ofuscante e se sente flagrado no ato, um invasor sem nenhum direito de estar lá numa hora daquelas. Ele se recompõe, protege os olhos com a mão aberta e destranca a porta, entra depressa e digita o código para desativar o alarme. O invasor conseguiu entrar. A casa foi invadida.

Max acende as lâmpadas e anda pelos cômodos. A faxineira deve ter feito uma limpeza recente, porque o lugar cheira a sabão e a desinfetante e todas as superfícies reluzem. A cena parece a fotografia de uma casa no catálogo de uma imobiliária. Há uma certa fantasmagoria na total ausência de fantasmagoria — Max é o próprio fantasma.

Ele para e olha para o sofá onde teve a visão do homem que havia posto o cano da espingarda na boca. Vai até a cozinha e corre os dedos pelo balcão de mármore onde costumava beber suco e comer biscoitos depois da escola. Não há um único grânulo de pó naquela superfície. Max se senta no banquinho em que às vezes se sentava para fazer companhia à mãe enquanto ela preparava o jantar. Aperta os olhos enquanto olha para o fogão, mas não consegue vê-la, não consegue se ver sentado no banquinho: sabe que fez aquilo apenas como um dado puramente teórico.

Ele sobe a escada e para em frente ao antigo quarto. O adesivo com a mão fazendo um gesto de "pare" com o texto "Somente pessoal autorizado" ainda está na porta, e leva-o a hesitar antes de acionar a maçaneta.

O quarto está grosso modo como ele o havia deixado quando se mudou para Estocolmo e começou os estudos na Escola de Economia. O pôster de *The Commitments — Loucos pela fama,* que por muito tempo fora o seu filme preferido. O computador não está mais em cima da escrivaninha, mas os vários bonecos de *O senhor dos anéis* continuam na estante, e o quepe estudantil continua pendurado no gancho. A única grande mudança foi que o quarto naquele momento era usado como um depósito onde caixas de papelões se empilhavam no canto.

Max se senta na cama, que está coberta por um patchwork feito pela avó. Ele olha ao redor e observa o quarto onde passou grande parte da infância, e onde não esteve por cerca de cinco anos.

Como ele suspeitava e temia, visitar aquele quarto não o leva a sentir *absolutamente nada.* Visitar o cômodo vazio onde ele e Marko haviam conversado teria o mesmo efeito. E o mesmo valia para o restante da casa. Não havia diferença nenhuma entre aquilo e as superfícies vazias de Marko.

Da mesma forma como na teoria podia se ver sentado no banquinho como um menino, Max sabia que na teoria aquela era a casa de sua infância — mas não era assim que sentia. Aquele era apenas um lugar onde por acaso se encontrava, e no fundo a casa de sua infância não ficava em lugar nenhum.

Max se levanta e se posta em frente ao espelho que vai do chão ao teto. A partir dos doze anos, quando parou de ter medo das visões, *The Commitments* o havia inspirado a se olhar no espelho e fazer entrevistas consigo mesmo, cheias de perguntas lisonjeiras sobre o próprio futuro brilhante.

Naquele instante, a figura do outro lado do espelho o encara com uma expressão de ceticismo. Acena a cabeça como se tivesse conseguido uma confirmação esperada desde muito tempo e dissesse:

— Ah, muito bem. Então você está de volta.

— Estou — responde Max. — Estou sim.

— Você está decepcionado?

— Estou. Eu esperava um tipo de... confirmação.

— Confirmação de quê?

— De que sou capaz de ter um sentimento puro. E a nostalgia costuma ser assim, não?

O Max do Espelho faz uma careta insatisfeita e diz:

— Por aqui sou eu quem faz as perguntas.

— Me desculpe.

Faz-se silêncio. A figura no espelho observa Max dos pés à cabeça e parece não gostar nem um pouco do que vê. Ele suspira e diz:

— O que você pretende fazer com sentimentos? Isso não costumava ser um assunto. O importante era o futuro. O que foi que aconteceu?

— A Siw. A Siw aconteceu.

— Siw? Aquela gorducha?

— Não fale assim. Ela é... eu acho que ela é... a minha chance. Se eu ao menos arranjar mais um encontro.

O Max do Espelho dá de ombros.

— Você é quem sabe o que fazer.

— Eu?

— É. Senão você não estaria falando comigo.

— É o remédio, não? Eu preciso parar de tomar o remédio?

O Max do Espelho olha para longe com uma expressão contrariada ao perceber que Max fez mais uma pergunta.

Max se senta na cama e olha para as mãos, que começaram a tremer.

Pare de tomar Lamictal.

Max vem tomando aquele ansiolítico há tanto tempo que não tem a menor ideia em relação ao tipo merda que pode sair da caixa de Pandora que traz na consciência — em relação às coisas escrotas e terríveis que podem escapar.

Mas será que o remédio é um freio tão eficiente quanto deveria ser? Não tinha sido o suficiente para evitar a situação em Kvarnholmen, por exemplo. O medo que havia tomado conta dele fora um medo à moda antiga, da época anterior ao remédio.

Max pode remoer essas coisas todas o quanto bem entender, mas no fim vai ter que tomar uma atitude em relação a Siw caso pretenda ter a chance concretizar uma coisa ou outra. Por ora, é como se usasse um traje anticontaminação, ou como se amasse sem tirar as luvas de cozinha. Ele tinha que pôr as defesas de lado e confiar que os ataques não seriam muito duros. Max se levanta da cama e se coloca de pé em frente ao espelho.

— Muito bem, seu azedo — diz ele. — Você tem razão. Obrigado. Mas essa vai ser a última vez.

A LEALDADE

Anna tirou um dia de férias e na manhã de segunda-feira vai até o carro, um Golf 96 vermelho-fogo que fica no estacionamento atrás do prédio. Ela comprou o carro de Stig a "precinho de amigo" por oito mil coroas, quatro anos atrás. Não era ruim, mas Stig tinha comprado o mesmo carro por cinco mil, então Anna não devia ser exatamente uma *super*amiga.

A porta fez o barulho de uma coisa chacoalhando ao fechar. O carro tinha o cheiro característico de carros antigos — uma fragrância que não existe em aromatizadores. Havia também um leve cheiro de óleo e gasolina, e também de estofamento castigado por inúmeros quilômetros.

Mesmo assim, Anna gosta do carro, que apelidou de Satanomóvel em razão da cor e do estado de conservação infernal. Ao fim de quatrocentos mil quilômetros rodados, o carro é cheio de truques e jeitinhos. O freio de mão é preso com um pino, os limpadores de para-brisa funcionam só quando querem e jamais quando chove, o ventilador só funciona no máximo. Entre outros.

Mas o carro sempre liga, como também acontece naquele dia. Com um urro triunfal do escapamento estourado, Anna sai à Stockholmsvägen e dobra à esquerda. O rádio já estava detonado quando Anna comprou o carro, então não resta nada além de recorrer às próprias ideias. Anna se entrega à brincadeira de Johan e ri em voz alta quando pensa *Bata os cães se estiver contente,* e chega a parar no acostamento e enviar uma mensagem para ele antes de continuar o trajeto.

Quando ela sai da estrada no trevo de Röra, os pensamentos se voltam para Siw, que estava *mexida.* Anna nunca tinha se sentido assim. Claro, ela podia dizer que estava *a fim* ou até mesmo *apaixonada* por um rapaz com quem estivesse saindo, mas a verdade era que nunca tinha estado com um homem que fosse mais do que... enfim, uma função. Se alguém tinha mexido com ela até aquele ponto, essa pessoa era Siw.

Na opinião de Anna, não era uma questão de não ter encontrado "o cara certo — e nos piores momentos ela imaginava ser incapaz de amar outra pessoa — o que criava uma mistura perigosa com o medo que tinha de acabar sozinha. Mas ela tinha

388

horror à ideia de se revelar e deixar que outra pessoa afagasse *uma cadelinha com os dedos sujos de massa.*

Siw era diferente. Desde os últimos anos do ensino fundamental Anna sabia que Siw era indefesa, e assim tinha encarado a defesa voluntária e o endurecimento progressivo da amiga como questões de honra, sem, no entanto, obter mais do que um sucesso modesto. E depois Max tinha aparecido. Uma coisa era certa: Deus precisaria ser muito bom com Max se ele inventasse de fazer qualquer mal a Siw, porque nesse caso teria de se haver com Anna Olofsson — e então tudo poderia acontecer.

Anna entra em Finsta, onde santa Brígida teve visões e tagarelou com o rei tipo mil anos atrás. *Girl power* sob a proteção do rei — que beleza! Mas esse pensamento inspirador é acompanhado por uma ideia mais deprimente: a situação da própria Anna, ou melhor, a situação de Acke. Ela e o irmão não estavam sob a proteção de ninguém. Que diabos ela faria caso Stig e Sylvia não quisessem ajudar? A verdade era que Anna não tinha a menor ideia.

Anna lê a placa que diz "Santuário de Santa Brígida". Por meio de uma associação improvável, a palavra "santuário" a leva a "suástica" e então Anna pensa: *A relíquia protetora dos nazistas. A suástica de Santa Brígida.* Anna dá uma risada, mas não há alegria nenhuma na risada — somente o desejo de não estar triste.

As coisas não melhoram nem um pouco quando ela chega a Rimbo vinte minutos depois. Não há nada de errado com aquele lugar onde tudo se reúne em torno da rua principal, como nos filmes de caubói, mas sempre que volta ela se sente *presa* como um bicho enjaulado que tivesse conseguido escapar da jaula apenas para retornar mais tarde por vontade própria.

Anna passa em frente à antiga piscina pública, onde ela e os amigos uma vez encontraram a chave e passaram uma noite inteira flutuando em colchões-d'água na piscina às escuras enquanto fumavam e bebiam vodca direto da garrafa numa versão budget de Beverly Hills.

O restaurante chinês que nunca arruma a placa de "Restarante chines". A loja de brinquedos onde ela costumava afanar cartas de Magic para vendê-las aos meninos mais velhos na escola. A pizzaria Miami, com a decoração triste que ela tinha passado dias inteiros observando de ressaca.

Aqui está a sua vida.

Os amigos que seguem morando por lá contaram que ainda correm histórias a respeito de Anna Olofsson, e que, portanto, ela devia sentir orgulho — mas o sentimento de Anna é raiva. A infância e a adolescência tinham sido uma *guerra,* e se quisesse Anna poderia ter choramingado e dito que sofria de estresse pós-traumático e por isso tinha dificuldade para confiar nas pessoas.

Depois de passar pelo centrinho, Anna pega a Närtunavägen e segue em direção à propriedade da família, que fica na margem oposta do Långsjön.

O último pedaço do trajeto é percorrido devagar porque a floresta é repleta de animais suicidas de todos os tamanhos, e ninguém estranhava quando Sylvia ou Stig apareciam com faróis quebrados ou amassados na lataria causados pelo contato direto com animais selvagens. Stig chegou a arranjar uma pistola de dardo cativo que ficava guardado na mala do carro, porque o machado fazia sujeira demais.

Anna sente um aperto no peito ao entrar de carro no pátio e ver o furgão de Lotta com o capô aberto. O texto nas laterais diz "Pitstop Pennsylvania — American stuff". Lotta não gosta de ser chamada de *caixeira-viajante,* e por isso mesmo Anna costuma chamar o carro dela de caixote-viajante. O aperto no coração se deve ao fato de que Lotta é a pessoa mais crítica da família em relação a Acke e ao tipo de atividade em que se envolve. Com ela por lá, tudo vai ser mais difícil.

Anna desliga o motor e o Golf estremece e morre. Quando abre a porta do carro ela houve um tilintar metálico e xingamentos em voz baixa no carro de Lotta. Stig está debruçado por cima do motor, tentando soltar uma coisa que não se mexe, uma vez que diz:

— Vamos lá, seu merdinha. Ou então um rato entrou no capô.

— Oi, pai.

Sem responder ao cumprimento nem erguer a cabeça, Stig diz:

— Me dê uma mão aqui.

Anna se coloca ao lado do pai e olha para o motor, que tem um cheiro forte de spray antiferrugem — um cheiro que ela sempre tinha associado à infância, porque Stig tinha muitas coisas enferrujadas. O terminal de um dos polos da bateria está marrom de ferrugem e brilha com a umidade do antiferrugem. Por causa dos ângulos estúpidos é difícil girar a porca e ao mesmo tempo segurar o outro lado. Anna pega uma chave de boca enferrujada e idêntica e prende o parafuso de forma que Stig possa usar as duas mãos para girar a porca. Minutos depois Stig consegue retirar a bateria. As mãos de Anna tem a coloração marrom do antiferrugem. Ela se limpa com um pedaço de estopa enquanto Stig leva a bateria para a garagem, onde há um carregador.

Uma visita típica, porque ninguém faz sala na família Olofsson. Mesmo que já se houvessem passado meses desde a última visita de Anna, ninguém parece dar grande importância àquilo. O negócio é entrar de cabeça e se comportar como os outros.

Stig deixa a garagem enquanto limpa as mãos sujas de óleo no macacão e se espreguiça o máximo que pode, e então diz:

— Ah, muito bem. Você enfim apareceu por aqui.

— É — diz Anna. — Já fazia tempo.

— É mesmo? Pode ser. Mas ninguém conta os dias por aqui.

Uma palavra muitas vezes empregada por crianças que mais tarde se tornam adultos infelizes e precisam fazer terapia é *indesejada*. Anna nunca tinha se sentido indesejada, porque tanto Stig como Sylvia davam às crianças atenção suficiente para sabotar o psicológico de todas. Os cinco irmãos Olofsson de certa forma tinham crescido como bichos selvagens, mas nunca tinham sofrido com exigências ou expectativas absurdas.

— Você vai jantar por aqui? — pergunta Stig.

— Não, não pretendo demorar.

— É verdade. O que você quer, então?

— Tem um negócio que a gente precisa discutir.

— Um negócio?

— É. Um negócio bem importante.

— Claro, claro. Nesse caso, vamos entrar.

Talvez não indesejada, mas com certeza *mal-vinda*. Mesmo assim, Anna não se sente diretamente afetada, porque sabe que o impulso de Stig e de Sylvia é achar que as outras pessoas existem acima de tudo para causar transtornos.

Stig vira-lhe as costas e segue em direção à casa com passos ágeis e largos. Ele está quase na idade de se aposentar, mas não daria para saber disso pela forma como se movimenta, o que deixa Anna um pouco triste. Ela mal pode esperar pelo dia em que os pais acabem fragilizados e precisem de ajuda, para que assim possa ter o prazer de se negar a ajudá-los — mas esse dia ainda parece distante. O único sinal de decadência em Stig é uma barriguinha de cerveja e os traços mais rechonchudos no rosto. Anna esfrega as mãos pela última vez com a estopa e acompanha o pai.

Se o cheiro do antiferrugem, similar a marzipã, evoca certas memórias da infância, o cheiro no interior da casa evoca memórias distintas. Para Anna, apesar de tudo aquele é o cheiro *de casa*, e é difícil explicá-lo. O cheiro de café, terra e suor, que juntos se parecem com o cheiro de sangue, mas também o cheiro de fumaça impregnada no fogão a lenha e um estalo elétrico do aquecedor que talvez se junte ao cheiro do fogo. A casa onde Anna cresceu tem cheiro de sangue e fogo.

Sylvia e Lotta estão sentadas à mesa da cozinha com xícaras de café que não fazem parte de um mesmo conjunto. Entre as duas há um saco aberto de rolinhos de canela que parece ter sido rasgado por um leão. Ao ver Anna, Lotta aperta os olhos com uma expressão de tristeza e diz:

— Ah, a senhorita Slimfit resolveu fazer uma visita?

— Do que é que você está falando? — pergunta Sylvia. Se o sinal da idade em Stig é o excesso de gordura subcutânea, no caso de Sylvia o que se deu foi o oposto.

391

O rosto, que já era anguloso, naquele momento parece desbastado. As maçãs do rosto haviam se tornado mais protuberantes, e era possível discernir o crânio por trás da pele fina, como se aquilo fosse o prelúdio de uma transformação completa em zumbi.

Como se tivesse feito a revelação de uma verdade humilhante, Lotta diz:

— Você não ficou sabendo? A Anna começou a *treinar.* Essa última palavra foi cuspida junto com farelos de massa.

A revelação não tem o efeito desejado. Sylvia tira os olhos dos farelos cuspidos, olha para Lotta e diz:

— Talvez você também devesse, gorducha.

Anna morde os lábios enquanto tenta conter um sorriso. Até mesmo aquela é uma situação típica. Como a atenção dos pais era uma dádiva rara, um clima de guerra tomava conta dos irmãos quando surgia. Todos queriam receber estar sob os holofotes para assim obter uma migalha de reconhecimento. A vez em que Sylvia tinha levado Anna para humilhar o diretor era praticamente uma lenda no círculo familiar, e por mais ciúmes que sentissem daquilo, os irmãos nunca se cansavam de ouvir a história.

Assim, mesmo que Anna quisesse ver o pai e a mãe definharem sozinhos em cima de uma cama no outono da vida, ela não tinha como evitar uma satisfação infantil ao ver que a mãe tomava seu partido. Como naquele momento a balança se inclinava para o lado dela, Anna modera o tom e diz apenas:

— A gente tem um problema.

Ela faz um resumo do que aconteceu com Acke, do que ele fez e então oferece informações um pouco mais detalhadas ao descrever a conversa com Ewert Djup e falar sobre as trezentas mil coroas devidas por Acke. Quando Anna termina, Lotta põe um rolinho de canela na boca e diz entre uma mordida e outra:

— Você disse que *a gente* tem um problema. Por que isso seria um problema *nosso?*

— Porque a gente é uma família — responde Anna com os olhos fixos em Stig, que não desvia o olhar, mas simplesmente acena a cabeça enquanto Anna prossegue: — E o Acke vai se dar muito mal se a gente não fizer nada.

Stig abre a boca para falar, porém Lotta é mais ligeira:

— Se vocês pretendem botar trezentas mil coroas na mão daquele idiota, eu gostaria que fizessem a mesma coisa por mim.

— Cale essa sua boca — diz Sylvia. — Ninguém vai botar dinheiro na mão de ninguém.

— Mas mãe — diz Anna, e no mesmo instante se arrepende de ter usado essa palavra. Sylvia se irrita ainda mais e põe o indicador em riste para falar:

— Eu já disse antes e vou dizer outra vez: eu não sou mãe de ninguém, porra. Se alguém se afundou na merda, que dê um jeito de sair por conta própria.

— O Acke vai dar um passeio — diz Lotta, limpando farelos de bolo dos cantos da boca. — No carro dos Irmãos Djup.

Anna se sente tão revoltada que passa a usar o jargão da família quando se vira em direção a Lotta e diz:

— Se fossem arrastar essa sua bunda gorda pelo asfalto eu não teria nada contra. Você consegue untar todo o trajeto até Grisslehamn com esse monte de toucinho, mas...

— Não é isso o que vai acontecer — diz Stig.

— Ah não? — pergunta Anna, para então se desviar de um rolinho que Lotta joga na cabeça dela. — O que vai acontecer então?

— Os Irmãos Djup vão dar um trabalho para ele. E quando o trabalho estiver concluído, a dívida vai estar paga.

— Mas que tipo de trabalho paga uma dívida de trezentas mil coroas? Um assassinato?

— É. Talvez dois.

Anna sente que está boquiaberta enquanto olha para os membros da família.

— Vocês estão falando sério? Vocês querem deixar que os Irmãos Djup transformem o Acke num *assassino* só porque você não querem... pra depois ele passar o resto da vida na cadeia?

— Fazer um trabalho desses e ir para a cadeia são duas coisas diferentes — diz Stig. — Vai depender de como o trabalho é planejado.

— Ah, é? E como você acha que *o Acke* vai planejar? Como vocês mesmos estão dizendo, ele é um idiota. Eu amo ele, mas ele é burro como uma porta e todo mundo aqui sabe disso. *Qual é o problema de vocês?*

— Bem, você pode ajudar ele, se quiser — diz Sylvia. — Já que você é tão inteligente assim. E além disso tão dedicada.

As mãos de Anna se levantam e ela pressiona as têmporas. — Você quer que *eu* ajude o Acke a matar outras pessoas? É isso que você tá dizendo?

— Eu não tô dizendo coisa nenhuma. Só vou dizer o seguinte: não temos de onde tirar trezentas mil coroas pra você. Isso simplesmente não existe.

Aquelas palavras atingem o peito de Anna em cheio e ela sente um nó na garganta que praticamente a impede de falar. Quando se levanta e se apoia na mesa, Anna tem farelos de rolinho na palma das mãos e a única coisa que consegue dizer vem num sussurro:

— Vocês falam muito em lealdade. Como então podem ser *traidores?*

CUIDE BEM DELA

1

Os bolsos de Siw estão cheios de pedras, ou pelo menos é assim que parece quando ela toma o caminho do trabalho na segunda-feira pela manhã. Os ombros caem sob o peso, as costas se curvam. As pedras são as expectativas frustradas que a puxam rumo ao chão. Assim que uma pessoa começa a ter esperança, também descobre sua irmã sombria — a frustração. Por anos Siw tinha andado de um lado para o outro, sem nenhuma esperança e com os bolsos vazios. Mas, agora que está mexida, quase não consegue se manter de pé.

Ela não deu notícias para Max e Max não deu notícias para ela. Siw entende que é responsabilidade de Max dar o primeiro passo, uma vez que os dois tinham estado juntos na casa dela. Como um agradecimento. Ou então ela é simplesmente covarde ou antiquada ou patética ou irremediavelmente burra e MeToo e incel e *será que Max não podia ao menos enviar uma mensagem?*

Siw passa em frente à Clas Ohlson, que anuncia uma promoção de lâmpadas: "ilumine a escuridão do outono". Siw adora luzes quentes, cordões de luz e iluminação decorativa, e assim tenta se irritar com Max por não sentir nada em frente à imagem da campanha publicitária, que mostra uma sala aconchegante com vários pontos de luz. Estar brava é melhor do que estar triste, mas ela não consegue.

Acima de tudo, Siw gostaria de encarar a noite de sábado e a manhã de domingo como aquilo que tinham sido: uma ocasião especial, uma coisa maravilhosa que tinha acontecido, uma lembrança a guardar com carinho. Mas ela não conseguia. Aquilo tinha *significado demais* para que fosse interpretado dessa forma. Uma força até então desconhecida havia despertado em Siw, e naquele momento essa força não voltaria a dormir. Não havia o que fazer. O jeito seria continuar arrastando os pés com as pedras da decepção nos bolsos e o desejo a rasgar-lhe o peito.

Siw olha em direção à placa com a equipe toda rodeada por um coração, abre a porta e, ao entrar no corredor vermelho — que funcionava como o canal do parto que era o trabalho —, para em frente ao cartaz onde a mensagem "Adoramos comida boa" aparece escrita com pequenos ímãs em forma de coração. É como ter um filtro rosa mas assim mesmo repulsivo diante dos olhos: amor, amor, amor por toda parte e por todos os lados — a não ser para ela.

No vestiário, Siw veste o uniforme enquanto olha para a rua. A enorme superfície preta, o exaustor e… a gaivota. Siw chega perto da janela e quase encosta o nariz contra o vidro enquanto tenta se lembrar de uma coisa. Uma história sobre a gaivota ser parte de sua alma. Bem, nesse caso nada mudou. A gaivota está lá, e a alma dela está arrasada como de costume.

Será que está lá apenas como decoração? Talvez empalhada? A gaivota, enfim.

Siw ri de si mesma e endireita um pouco as costas. Ela vai conseguir. Claro que vai. A gaivota está no lugar de sempre, e Siw começa o trabalho de sempre. Tudo segue. Pouco importa se ela está mexida.

É bom apertar os botões do caixa, é bom abrir sorrisos de cortesia para os clientes que chegam com uma quantidade interminável de mercadorias para a leitura dos códigos de barras, é bom deixar que as mãos ajam soltas, como duas criaturas livres no mundo, e não como se fossem dois sacos cheios de pedras.

Depois do expediente, Siw vai para a academia. Nos últimos tempos, Siw tinha aumentado o peso de vários aparelhos em cinco quilos. Um progresso real que não dependia de outras pessoas. Ela tinha perdido quatro quilos e estava começando a diminuir a dieta de pós. E acabaria forte, muito forte, praticamente uma Píppi Meialonga de autoestima — moro onde quero e faço o que quero, sim, magia está no aaar!

Siw acaba de ler o código de barras de um salpicão de frango e de um suco de laranja Brämhults sem nem ao menos erguer o rosto quando de repente ouve uma voz dizer:

— Ei!

Max está do outro lado da esteira, usando as roupas de trabalho, e a única coisa que Siw consegue dizer é:

— O que você tá fazendo aqui?

— Eu vim pegar o meu almoço — diz ele, apontando para o salpicão de frango. Siw olha para a embalagem como se pudesse encontrar nela uma dica sobre a melhor forma de se comportar naquele momento. Nem o salpicão nem o suco oferecem qualquer tipo de resposta para além das preferências de Max na hora do almoço, e assim ela diz apenas:

— Ah.

Max olha para o cliente atrás dele, segura a borda da esteira e se inclina em direção a Siw. Ele baixa a voz e diz:

— Escute, eu lamento se… ah, deixa pra lá. Vamos nos ver? Depois do trabalho?

— Não posso, eu vou... amanhã?

— Claro, pode ser — diz Max. — Amanhã. Ficar bem. Não ótimo. Mas fica bem.

— Por que não fica ótimo?

— Porque ainda vai demorar um pouco pra te ver. Depois a gente acerta a hora e o lugar, tá?

Max pega as compras e joga um beijo para Siw, que não pode retribuir o gesto porque tem os dedos entrelaçados por baixo da esteira. Ela sente um calor na garganta e no pescoço enquanto o coração bate forte no peito, as pedras caem dos bolsos e a ideia de autoestima dá a volta ao mundo.

Falta um dia pra eu te ver.

2

— Ele é muito... ahhh... afobado demais, sabe?

Anna fala enquanto faz uma série no aparelho de peito. Aquela é a última série do dia, e ela usa o apoio de pés para largar os pesos de maneira controlada antes de se levantar. Siw assume o lugar dela e baixa o pino para aumentar a carga em cinco quilos. Anna assovia e olha ao redor.

— Se exibindo pra quem?

— Pra ninguém — responde Siw. — Eu acho que ninguém por aqui se impressionaria ao me ver puxando quinze quilos no aparelho de peito.

— *Puxando quinze quilos no aparelho de peito* — Anna a imita. — Você até já começou a falar como rata de academia. Mas ouça o que eu vou dizer. Ele realmente disse isso?

— Bem, pelo menos nós duas temos nomes — diz Siw. — E estamos falamos uma com a outra. Mas acaba por aí.

— Do que você tá falando?

— A gente *não passa* no teste de Bechdel.

Siw faz as dez repetições com tranquilidade. Anna é melhor nos exercícios de barriga e coxas, mas os movimentos dela têm uma energia que não se adapta bem aos exercícios de peito. Talvez por estar num aparelho de aspecto *másculo,* ela vê, ou melhor, ouve, que aquela conversa soa como *papo de mulherzinha.*

— Eu tô cagando pra Bechdel — responde Anna, — e tô cagando pro gato *e pro cachorro* de Schrödinger. Você tá apaixonada?

— Tô — responde Siw. — Acho que tô, sim.

Anna bate palmas com um jeito coquete que não se assemelha em nada ao temperamento dela, talvez justamente porque adora esse gesto capaz de transformá-la em outra pessoa.

— E você? — pergunta Siw. — Como você tá?

As mãos de Anna se abaixam e o olhar dela se entristece. Ela balança a cabeça.

— Para dizer a verdade, não tô muito legal. Eu odeio a minha família e nunca mais quero ver aqueles desgraçados. Você sabe quem são os Irmãos Djup?

— Já ouvi umas histórias.

— E o Acke, bem, você conhece o Acke. Ele aprontou uma e agora tá devendo trezentas mil coroas pra eles.

— O que foi que ele aprontou?

— Não vem ao caso. Mas se não arranjar esse dinheiro ele vai acabar de um jeito que eu não gosto nem de imaginar.

— Mas o que você tem a ver com isso?

Anna faz uma careta e olha desconfiada para Siw.

— Você também vai começar? Ele é o meu *irmão caçula*. Talvez você não entenda porque você não... enfim.

— E o que você pretende fazer?

Anna tem a mesma expressão que costumava ter na época da escola quando estava prestes a criar problemas para os outros.

— Tive uma ideia. Uma ideia boa pra caralho. Vamos cuidar uma da outra, como a gente fazia nos velhos tempos?

Está claro que Anna não pretende explicar qual é a ideia, então as duas enxugam o aparelho com a toalha e vão para o próximo. O aparelho seguinte está ocupado por um homem que escreve mensagens no telefone. Anna o reconhece como o mesmo homem que volta e meia pesca no rio. As duas esperam. Um amigo do homem passa, e os dois trocam frases corriqueira. Depois o homem mais uma vez começa a escrever no telefone.

Anna chega mais perto e aponta para o aparelho.

— Com licença, será que a gente pode alternar?

O homem tira o olhar da tela e examina Anna antes de responder:

— Não.

— Mas você só tá sentado aí. Será que você não pode fazer o que tá fazendo em outro lugar?

O homem pensa por um instante e responde:

— Não.

Anna olha para Siw com os olhos arregalados e um olhar incrédulo para então se dirigir mais uma vez ao homem e dizer:

— Você tá falando sério? Qual é o teu problema? Isso aqui não é uma pescaria. Tem gente esperando!

O homem suspira e se levanta. Ele é duas cabeças mais alto do que Anna, e deve ter uns bons cinquenta quilos de músculo a mais. Parece haver uma fúria difusa no olhar dele quando se inclina, encara Anna bem no fundo dos olhos e diz:

— E daí?

Siw puxa Anna pelo braço.

— Vem. Deixa isso de lado.

Para o alívio de Siw, Anna parece ter notado o tom de ameaça naquele olhar e se deixa levar pela amiga. O homem rosna e logo se senta mais uma vez no aparelho com o telefone.

— Qual é o problema dessa gente? — pergunta Anna. — É como se... sei lá.

— Vamos mudar de assunto — diz Siw enquanto elas descem a escada rumo ao vestiário. — A minha mãe já tem me quebrado vários galhos nos últimos tempos, então... será que você poderia ser babá amanhã à tarde?

— É por causa do Max?

— É. Você pode?

— Você sabe que posso.

O MURMÚRIO DO RIO

Marko dedicou toda a segunda-feira a fazer compras. Quanto aos móveis de Goran e Laura, a princípio eles não quiseram nada, mas depois começaram a falar sobre o Blocket e, ao fim de uma negociação árdua, Marko conseguiu pelo menos levá-los à IKEA. Ele fez uma encomenda com entrega domiciliar, mas ainda seria necessário esperar uns dias até que os móveis fossem entregues.

Duas coisas que não estavam no pedido da IKEA eram a cama e a mesa da cozinha, porque nesses dois casos os pais julgavam ter móveis totalmente satisfatórios. Marko discordava. A cama de casal já tinha uns bons anos nas costas quando foi comprada dezesseis anos atrás, e o mesmo valia para a mesa da cozinha, que além disso era pequena demais para a cozinha da nova casa.

Marko já tinha entendido que seria inútil tentar convencer os pais a deixar que ele fizesse um upgrade na mobília, então o melhor seria colocá-los diante de um fato consumado. Se depois quisessem vender as coisas no Blocket, tudo bem.

A cama queen size com baú duplo fora comprada na KungSängen e tinha se mostrado um verdadeiro inferno na hora de levá-la para o cômodo no andar de cima que seria o quarto dos pais. Marko também havia comprado o colchão, travesseiros e edredons. As roupas de cama tinham sido compradas num pedido duplicado, para que ele mesmo pudesse dormir na cama e depois trocar o jogo quando os pais se mudassem.

Depois da KungSängen ele levou o caminhão alugado até a Mio, onde havia comprado uma mesa de cozinha e cadeiras. E também duas luminárias de pedestal e um tapete. E além disso um sofá. Esse último tinha sido o único a lhe causar dúvidas. Goran adora o sofá de couro descascado, que com o passar dos anos se adaptou perfeitamente ao corpo dele quando se senta para assistir a Série A.

Bem, mas a casa é grande e sempre vai haver lugar num canto ou outro, e assim Marko pode ter um assento confortável no meio-tempo.

O relógio marca sete horas e Marko acaba de chegar de volta à casa após deixar o caminhão alugado na Circle K. Tudo está no lugar e ele se senta à mesa da cozinha com uma xícara de café em pó. A mesa tem mais ou menos o dobro do tamanho da antiga mesa dos pais, e além disso se abre para receber convidados extras.

Goran e Laura têm parentes espalhados por todo o mundo e às vezes acontecem grandes encontros — mas até o momento nenhum desses encontros se deu em Norrtälje em razão da falta de espaço. Mas as coisas podem mudar a partir de agora. Marko ri sozinho ao imaginar Goran andando de um lado para o outro, mostrando a casa e o jardim para irmãos e primos enquanto, com um orgulho mal disfarçado, reclama do esbanjamento de Marko. Depois, uma grande festa ao redor da mesa aberta.

Marko se senta com o olhar fixo ao longe e evoca o murmúrio das vozes em diferentes idiomas que logo devem encher a casa quando de repente a campainha toca. Ele se levanta e atende. Do outro lado está Maria. Ela tem olheiras, e a postura graciosa de sempre parece ter desaparecido. Maria parece quase uma pessoa comum.

— Posso entrar?

Marko dá um passo para trás no corredor ainda totalmente vazio para receber a irmã. Maria arrasta os pés à frente e a bolsa do ombro e cai no chão com um baque enquanto ela segue em direção à cozinha. Sem nem ao menos comentar o fato de que agora existe uma mesa de cozinha, Maria se senta e pergunta:

— Você tem alguma coisa para beber?

— Você quer dizer...?

— É.

— Da festa. Tenho sim. Você quer?

— Pode ser o que você tiver.

O tom de Maria dá a entender que ela gostaria de tomar um destilado, porém, Marko acha que não seria uma boa ideia.

Ele pega um tetrapak de vinho tinto na despensa, abre a caixa e serve o conteúdo em um copo de vinho que também fora comprado na Mio. Quando põe o copo servido na frente de Maria ela diz:

— Agora você tem copos de vinho?

— Muito bem observado — diz Marko.

Apenas naquele instante Maria ergue o rosto e olha ao redor. Ela aponta com o indicador para a mesa e para as cadeiras e faz um gesto afirmativo com a cabeça antes de tomar um longo gole. Depois larga o copo à sua frente e desaba na cadeira.

— Como vão as coisas? — pergunta Marko. — Hoje foi o seu primeiro dia no trabalho, não? No café?

Maria responde com um aceno de cabeça e uma expressão que parece confirmar um fato absolutamente lamentável. Ela esfrega os olhos e suspira.

— Você nem imagina.

— Muito estressante?

— Estresse pra mim não é problema. Quer dizer, eu tô estressada, mas... não é isso.

— O quê, então?

Maria toma mais um gole de vinho e gira a haste entre as palmas das mãos.

— As pessoas são... desagradáveis pra caralho. Eu achava que... no mundo da moda, sabe? É muita inveja, muita rivalidade, e o tempo inteiro um... como se diz mesmo... um sarcasmo constante. E puxação de tapete. Eu resolvi deixar isso tudo pra trás. E agora tô de volta ao mundo real... mas, puta merda, esse negócio é ainda pior.

Marko serve um pouco de vinho em outro copo e se senta perto de Maria. Ele não sabe que tipo de ideia a irmã tinha a respeito do que se costuma chamar de mundo real, mas sabe que as pessoas costumam abrir caminho às cotoveladas.

— Talvez você tivesse a perspectiva errada — diz ele.

Maria esvazia o copo e balança a cabeça.

— Você não entendeu. Quando eu falo "desagradáveis", eu não me refiro a pessoas mal-educadas ou mal-humoradas. São pessoas... ruins de verdade. Eu larguei uma xícara de café numa mesa, a xícara se mexeu de leve e tilintou.

Um rapaz perguntou:

— Será que você precisa fazer essa barulheira toda? Depois passei entre duas mesas e uma mulher pediu que eu parasse de esfregar os peitos na cara do marido dela. Larguei um copo de suco na frente de um rapaz e ele me perguntou por que eu estava fedendo. E um velho me chamou de... você pode servir um pouco mais pra mim?

Marko faz como Maria tinha pedido, mas não serve mais do que um quarto do copo.

— Do que foi que ele chamou você?

— De puta estrangeira. Eu simplesmente não acreditei no que eu tava ouvindo. E não foi só isso... as pessoas são desagradáveis umas com as outras também. Não dão licença, não deixam os outros pegarem cadeiras vagas. Mas isso nem foi o pior.

Maria bebe mais um gole, inclina o corpo para a frente e enterra o rosto nas mãos. Ela estremece, soluça e Marko passa a mão no ombro da irmã para confortá-la.

— O que foi o pior?

Maria respira fundo e tenta se recompor. Quando ela torna a erguer o rosto, os olhos estão marejados de lágrimas.

— Eu quase nunca pensei na minha infância durante os anos que éramos refugiados. Mas hoje... Maria fez um movimento circular com a mão, como se usasse uma filmadora de modelo antigo.

401

— Sabe, o café fica numa ilhota no meio do rio. Você passa o tempo inteiro ouvindo o murmúrio do rio, e sei lá eu, foi como se... tudo saísse de repente daquele murmúrio. Todos os quartinhos de merda onde a gente dormiu. Na Alemanha, na Holanda. O medo constante que eu tinha da polícia, a total falta de companhias para brincar, e não sei você se lembra da Dolly...

— A sua boneca.

— É. Como eu não tinha companhia, eu brincava com a Dolly e ela era a minha melhor amiga *de verdade,* e eu cuidava dela quando ela sentia medo e dormia com ela e ela foi... ela foi esquecida. Numa rodoviária em Aachen ou em outro lugar de merda qualquer.

— Eu me lembro. Você passou semanas chateada.

— É. E hoje... sei que é uma ideia doente, mas hoje, ouvindo aquele murmúrio, foi como se eu ouvisse a Dolly pedindo socorro. Eu vi ela ser despedaçada por dois cachorros num piso de cimento, e enquanto os cachorros puxavam os braços dela o sangue escorria pela boca, e esse tempo inteiro ela tava gritando por mim e querendo saber por que eu tinha deixado ela para trás.

Nesse momento, as lágrimas escorrem pelo rosto de Maria. Marko pega o rolo de papel-toalha e arranca uma folha para a irmã. Maria enxuga os olhos e o papel fica manchado de rímel e delineador. Ela respira fundo com o corpo trêmulo e solta a respiração enquanto as mãos se enrijecem e ela fecha um dos punhos em frente ao rosto.

— E ao mesmo tempo isso não é mais do que um símbolo de toda a merda que a gente passou ao longo de anos e mais anos. A minha infância foi toda... uma merda. E eu ouvi, naquele murmúrio, todas as vozes indiferentes de funcionários públicos, dos policiais que gritavam com a gente, das pessoas que nos encaravam na rua. E me senti tomada por... *ódio.* À medida que o dia passava e o murmúrio continuava a soar nos meus ouvidos, e as pessoas continuavam a ser desagradáveis... juro, se na hora eu tivesse uma metralhadora, eu teria promovido um massacre.

O olhar de Maria arde com uma ira tão profunda que as lágrimas parecem evaporar. Antes que possa dar início a mais um longo desabafo, Marko pousa a mão no ombro dela.

— Escute. Você não precisa trabalhar lá.

Maria puxa o braço do irmão em direção a si.

— Eu é que não vou deixar aqueles desgraçados me derrotarem. Nem acabar com a minha infância. Eu vou criar uma casca dura, tá? Vou me transformar numa *arma.* Aço frio. Eles vão ver só.

O MACACO E A CHAVE DE BOCA

1

— A mamãe vai encontrar aquele rapaz?

— Que rapaz?

— Ah, você sabe. *O rapaz.* Aquele que dirige o cortador de grama.

— Ah. É, é aquele rapaz que ela vai encontrar.

— Oba! Eu quero os seis!

— À pesca.

Alva toca nas cartas espalhadas por cima da mesa da cozinha como se realmente pudesse sentir uma diferença ao passar os dedos nas costas dos "peixes".

Ela levanta uma carta, olha e dá uma risada antes de juntá-la às outras que tem na mão.

Aquela já é a terceira partida, e Anna está começando a se aborrecer. Por que as crianças gostam tanto de jogar À pesca? Devia ser proibido aprender esse jogo.

— Eu quero as rainhas — diz Anna.

Alva abre os braços, resmunga qualquer coisa sobre trapacear no jogo e entrega três cartas. Para o alívio de Anna, em seguida Alva joga toda a mão no mar e diz que não quer mais jogar.

— Muito bem — diz Anna. — O que você quer fazer, então? Ver um filme?

— Não. Vamos brincar!

— Mas brincar de quê?

— Você sabe. *Brincar!*

— A gente não pode só conversar um pouco?

— Não. Brincar!

O que Anna mais gosta de fazer com Alva é simplesmente ficar conversando, porque Alva sempre tem opiniões muito categóricas sobre a forma como o mundo funciona.

Alva também gosta das histórias que Anna conta sobre o mundo louco dos adultos. Brincar e inventar histórias não são o forte de Anna, para dizer o mínimo, e ao se dirigir ao quarto com Alva ela arrasta os pés como uma prisioneira. Anna se senta no chão em frente a Alva e recebe um boneco das Tartarugas Ninja.

— Essa é a Pequena Sereia — diz Alva. — Você é ela. Eu sou a Elsa. — Alva pega uma boneca incrivelmente magra da personagem de *Frozen*.

Anna olha para a tartaruga mascarada que tem na mão.

— Essa aqui é a Pequena Sereia?

Alva revira os olhos.

— Eu não tenho uma Ariel de verdade, então você tem que *fazer de conta*.

— Tudo bem.

— Pode falar então.

— Falar o quê?

— Ahhh! Essa é a Elsa, então você tem que dizer coisas tipo: "Não, não! Elsa, você não pode congelar o mar porque se você fizer isso todos os meus amigos peixes vão virar... nuggets de peixe congelados!"

Anna ri e Alva a encara.

— O que foi?

— Não, nada... é só que nuggets de pcixe foi...

— Vamos brincar!

E assim as duas passam talvez dez minutos, até que Alva declara que Anna é *superchata* na brincadeira — o que dá a entender que também é um fracasso como babá. Anna diz:

— Quem souber a resposta, levante o cão.

— Quê?

— Ah, é só você pegar uma coisa que as pessoas em geral dizem, tipo uma expressão, e trocar "mão" por "cão", tipo "Bata os cães se estiver contente".

Alva solta uma risadinha.

— Bata os cães...

— Tente inventar um você mesma! Enquanto isso eu preciso fazer uma ligação.

Anna vai à sala e Alva continua no chão, olhando fixamente para o tapete com uma expressão concentrada. Anna pega o telefone e faz a ligação. Johan atende no segundo toque.

— Alô?

— Oi. Me diga uma coisa, você é bom em inventar histórias e essas coisas todas?

— Acho que sou. Por quê?

— Eu tô de babá da Alva, a filha da Siw, e ela... enfim, brincadeiras de faz de conta... eu não aguento esses negócios.

— E você quer que eu...?

Alva sai correndo do quarto e grita:

— Eu sei uma, eu sei uma! "Batatinha quando nasce, se esparrama pelo chão, menininha quando dorme, põe o cão no coração!"

Johan dá uma risada no outro lado da linha.

— Essa foi boa. Vocês estão brincando disso?

— Eu tava desesperada. Espera um pouco. — Anna baixa o telefone e se dirige a Alva. — Eu tenho um amigo que é superbom em inventar brincadeiras. Você quer que ele venha pra cá?

Alva acena a cabeça e Anna torna a erguer o telefone.

— Ela acenou a cabeça. Você pode? Você quer? Você aguenta?

— Aham. Mas só se você prometer que não vai exagerar na propaganda. Não sei se eu sou *superbom* nesse negócio.

— Comparado comigo, não tenho nenhuma dúvida. Venha assim que você puder.

Anna dá o endereço para Johan e diz ele que chega dali a quinze minutos. Quando a conversa termina, Anna percebe que Alva a encara com um olhar interrogativo e pergunta:

— O que foi?

— Esse cara superbom aí — diz Alva. — Ele é o seu namorado?

— Não. Não mesmo.

— Mas você *quer* que ele seja o seu namorado?

— Não, não quero. Isso nunca aconteceria.

— Por que não?

Anna imagina que Johan não gostaria que ela discutisse sua orientação sexual com uma criança, e assim tenta sair da fria em que havia se metido. Antes que ela conseguisse parar e pensar, as seguintes palavras saem de sua boca:

— Vamos jogar À pesca?

2

Johan chega exatamente quinze minutos depois. Alva parece desconfiada e se mantém o tempo inteiro ao redor de Anna enquanto Johan tira os sapatos e a jaqueta, acompanhando cada um dos movimentos dele como se quisesse fazer uma avaliação preliminar de seu caráter. Ao terminar, Johan diz:

— Ouvi dizer que tem uma pessoa por aqui que é bem ruim em inventar brincadeiras. — Ele se vira para Alva. — Por acaso é você?

Alva balança vigorosamente a cabeça e aponta um dedo acusatório para Anna. Em seguida ela volta a atenção novamente para Johan e pergunta:

— Por que você usa trança?

405

Johan vira a cabeça para que os cabelos presos caíam por cima do ombro.

— Isso, na verdade, é um rabo de cavalo. Mas é meio estranho, sabe? Porque se esse é o rabo, então minha cabeça é a bunda do cavalo!

Alva leva as mãos boca e segura uma risada enquanto olha para Anna com uma cara de *Você ouviu o que ele disse?* Por mais esperta e precoce que seja, Alva compartilha esse tipo de humor com outras crianças da mesma idade — e bundas sempre fazem parte. O gelo está quebrado, e Alva pergunta:

— Você quer ver o meu quarto?

Johan a acompanha e se senta no chão. Talvez para comparar melhor, Alva faz o mesmo que havia feito com Anna. Ela entrega para Johan o boneco das Tartarugas Ninja e diz que aquela é a Pequena Sereia, enquanto a boneca dela é Elsa.

— Tá — diz Johan. — Mas quer saber de uma coisa? A Pequena Sereia tá numa missão secreta. E por isso se disfarçou de tartaruga. E sabe o que mais? Essa missão é tão *supersecreta* que se disfarçar de tartaruga não foi o bastante — ela precisou se disfarçar de tartaruga *mascarada!*

Alva concorda cheia de entusiasmo e diz que Elsa também está numa missão secreta. Ela quer congelar todo o oceano da pequena sereia e transformar os amigos dela em nuggets de peixe congelados.

— Mas por quê, Elsa, por quê? — pergunta Johan com uma voz fininha.

— O meu povo está passando fome! — diz Elsa. — Eles precisam de nuggets de peixe.

— A gente não pode ir juntas caçar? — pergunta a Pequena Sereia. — Eu conheço um lugar onde crescem pés de almôndegas gigantes.

— Almôndegas não crescem em árvore — diz Alva. — São animais que as pessoas passam no, como é mesmo que se diz, no *moedor.*

— Mas essas são almôndegas que dão em árvore — responde a pequena sereia. — Porque são almôndegas vegetarianas. O único problema é que as árvores são guardadas por *dragões de gosma.* O que vamos fazer?

Anna acompanha a brincadeira boquiaberta. Alva olha para ela e faz um gesto de cabeça para indicar ao mesmo tempo *Está vendo?* e *É isso que você precisa aprender!,* e a seguir ergue as sobrancelhas para dar a entender que a presença de Anna já não é mais necessária — e talvez não seja nem mesmo desejada.

Anna se senta na cadeira de balanço da sala e abre o Facebook no telefone. Fazia tempo que ela não postava nada, mas no campo de mensagens ela vê que as amigas de Rimbo tinham feito postagens sobre o seu comportamento durante o último encontro. Fazer o convite para depois ir embora! Onde já se viu?

Anna deixa o polegar suspenso acima da tela por um instante antes de bloquear todas as três. A atitude desnecessária causa uma sensação tão boa que ela decide abrir a lista de contatos e apagar também os números das três. Anna começa a apagar vários contatos, porém logo se detém. Seria melhor dar um passo de cada vez.

Ela larga o telefone e se inclina para trás na cadeira, balançando devagar enquanto ouve as vozes de Johan e Alva no interior do quarto. São palavras avulsas sobre explosões, perigo e um oceano de cocô. Anna ri sozinha, fecha os olhos e adormece. Ela não sabe quanto tempo se passou quando Alva aparece à sua frente, já de pijama, e declara que vai dormir.

— Nossa — diz Anna. — Que horas são?

— Oito e meia — diz Johan, que está sentado no sofá.

— Vocês brincaram por... uma hora e meia?

— Eu queria brincar mais — diz Alva. — O Johan disse que já era hora de ir para a cama, mas não é verdade porque eu costumo me deitar às oito.

— É, foi o que a Siw disse. Como foi a história com o... dragão de gosma?

Alva olha para Johan com uma expressão aborrecida, como se a pergunta dissesse respeito a coisas passadas muito tempo atrás.

— Deu tudo certo — responde Johan. — Ele virou um dragão normal depois de comer um tubo de supercola.

— Que bom.

Alva se deita na cama e puxa as cobertas até a altura do queixo. Anna se senta no chão ao lado da cama enquanto Johan continua de pé, apoiado no marco da porta. Anna afaga os cabelos de Alva e pergunta:

— Você quer que eu leia uma história, cante uma música ou...

— Não. O Johan vai contar uma história.

Anna lança um olhar interrogativo em direção a Johan, que se aproxima da cama e se senta para ficar na mesma altura delas.

— Tudo bem — diz ele para Alva. — Que tipo de história você quer?

— Como?

— Escolha duas coisas que devem aparecer na história. Pode ser qualquer coisa. Um hipopótamo e uma bola de futebol, por exemplo. Ou um alienígena e uma boneca velha. Entendeu?

Alva faz um gesto de positivo com a cabeça e franze o rosto para se concentrar antes de dizer:

— Um macaco e... e uma chave de boca!

Johan deu uma risada.

— Você sabe o que é uma chave de boca?

— Claro. Um técnico foi arrumar o aquecedor da minha escola. E ele tinha uma. Bem grandona.

— Muito bem — diz Johan, pensando por uns instantes antes de dizer: — Essa é a história do macaco e da chave de boca.

Johan começa uma longa e complicada história sobre um macaco que encontra uma chave de boca na selva. O macaco não tem amigos, e assim resolve experimentar a chave de boca de todas as maneiras possíveis. A chave não é comestível, mas serve para descascar bananas. O macaco encontra máquinas que estão derrubando árvores na floresta e usa a chave de boca para sabotá-las. Logo ele vira um craque em destruir essas máquinas. Um belo dia ele chega ao litoral, onde um navio está parado em razão de uma pane no motor.

O macaco sobre a bordo e consegue arrumar o motor. O capitão, um homem barbudo e bondoso, convida o macaco a trabalhar no navio como maquinista, e por se sentir muito sozinho o macaco aceita.

Durante uma série de aventuras em alto-mar, o macaco e a chave de boca são decisivos. E por fim o navio atraca num porto da Suécia. O macaco está cansado de navegar, e assim é convidado a morar em terra com a filha do capitão.

— E foi assim — diz Johan, encerrando a história, — que o sr. Nilson conheceu Píppi Meialonga. Você sabe quem é a Píppi Mcialonga, né?

— Claro — responde Alva. — A minha mãe leu os livros dela pra mim. Mas como foi que a Píppi arranjou o cavalo?

— Essa história vai ficar pra outro dia — responde Johan. — Boa noite.

— Boa noite e, sabe... — Alva ergue o indicador no ar. — Sempre estenda o cão para as pessoas de quem você gosta!

Johan dá uma risada e ergue a palma do cão. Alva bate o cão no dele. Quando Anna também dá boa-noite e os dois saem do quarto de Alva deixando uma fresta na porta, Anna baixa a voz e diz:

— Essa história eu nunca tinha ouvido.

— É uma história apócrifa — diz Johan.

— Uma história o quê?

— Ah, nada. Eu simplesmente inventei.

— Agora? Enquanto você tava ali sentado?

— O que tem?

— Então tipo, se eu pedisse pra você contar uma história sobre... sobre um punk e um aparelho de surdez, você também saberia contar?

— Acho que sim.

— Legal. Pode começar, então. Um punk e um aparelho de surdez.

Johan dá um sorriso cansado.

— Por hoje já chega de histórias. Eu tô com a cabeça cansada.

— A minha simplesmente explodiria — diz Anna. — E assim mesmo eu não conseguiria inventar nada. Você aceita um copo de vinho?

— Seria ótimo, mas eu tenho que acordar cedo amanhã. O técnico vai lá na pista consertar a máquina que ajeita os pinos. Mas quem sabe outra hora? Digo, outra hora de verdade, não só do jeito como as pessoas dizem e... pode ser?

— Legal. E obrigado por ter... me ajudado com as brincadeiras.

— Não foi nada.

Após um segundo de hesitação, Anna toma a iniciativa de abraçar Johan, e em seguida ele vai embora. Quando os passos se afastam na escada, Anna balança a cabeça e diz para si mesma:

— O macaco e a chave de boca. Que loucura.

3

Os cheiros da Flygfältets Pizzeria fazem a barriga de Johan roncar, e ele pensa em comprar uma Quattro Stagioni para levar para casa. Mas já são quase nove horas, a hora de fechar, e além disso ele não queria se sentir estufado numa altura daquelas. Pizza é muito bom enquanto você está comendo, mas depois você se sente cheio e pesado, e isso não seria desejável quando Johan se sentia leve e aliviado como há tempos não se sentia.

Brincar com uma criança é muito libertador quando você se entrega à brincadeira. A brincadeira não tem nenhum outro objetivo a não ser brincar. É preciso se jogar no rio para descobrir onde ele deságua, e durante esse processo você lava a alma. Johan achou que tinha sido legal de verdade brincar com Alva, porque ela inventava detalhes que levavam as histórias a tomar direções muito inesperadas.

O macaco e a chave de boca tinha sido um sucesso. Desde a época em que Max e Johan brincavam no morro Johan sabia que tinha um talento para criar mundos de fantasia. E se ele tentasse escrever histórias como aquela em vez do romance denso e triste passado em Norrtälje?

Enquanto atravessava o campo de futebol em direção à Carl Bondes Väg, Johan não pensava em nada disso: o que ocupava seus pensamentos era o novo desafio, *O punk e o aparelho de surdez*. Ele não tinha como evitar. Era como encontrar uma barra de salto em altura com uma placa dizendo: — Nem tente. Claro que todo mundo ia tentar, nem que fosse só pra ver o que acontecia. Era o mesmo que tinha acontecido com aquelas palavras que haviam entrado nos ouvidos dele como um veneno, e que se recusavam a deixá-lo.

Será que o punk sofre com zumbido por ter frequentado muitos shows com volume alto? Ou será que usa o aparelho de surdez apenas como um acessório? Será que ele toca um instrumento? Será que toca guitarra e não consegue ouvir direito o que está tocando, e assim a música se torna ainda mais punk? Depois ele arranja um aparelho de surdez e fica apavorado ao descobrir como aquilo, na verdade, soava... *Não, espere!* Johan acaba de entrar na Carl Bondes Väg quando tem um estalo.

O punk usa aparelho para a surdez porque ele é um *velho* com problemas de audição! Mas o movimento punk começou na década de 1970, então o punk não pode ter mais do que... bem, pode ser assim então: um homem de 80 e poucos anos que mora numa casa de repouso e acaba de descobrir o punk rock! Simplesmente começa a curtir Ramones, Sex Pistols e Ebba Grön. Mas, como usa aparelho de surdez, ele precisa tocar muito alto, e os outros idosos na casa de repouso começam a reclamar... ou será que *também* entram nessa?

Johan solta uma risada ao imaginar uma turma de idosos com andadores cantando "I Wanna Be Sedated". Esse pode inclusive ser o título da história. Não é nada mau. A velhice é um período da vida em que as pessoas podem deixar toda a consideração de lado para se entregar à anarquia. Imagine um grupo de pessoas que fizesse isso de verdade!

I can't control my fingers, I can't control my brain. I wanna be sedated. Simplesmente perfeito! Johan desce a escada depressa e quando chega a Glasmästarbacken começa a correr. Ele precisa chegar em casa e escrever tudo que naquele momento consegue ver em imagens cristalinas!

Já no corredor ele deixa as roupas caírem no chão e vai correndo até a escrivaninha, onde abre o computador. O e-mail abre na página inicial, e ele vê que muita gente comentou a postagem dele no Roslagsporten. Johan hesita, mas é vencido pela curiosidade e faz o login.

Mais de setenta pessoas escreveram comentários, e Johan lê cada um deles com mais desânimo. O ódio que surge da tela é de um tipo até então desconhecido. Não contra ele, autor da postagem, mas contra os imigrantes em geral e os afegãos em particular.

Tudo bem, a postagem de Johan tinha sido escrito no calor do momento e talvez ele tivesse usado formulações desnecessariamente ríspidas como "cabeças de Svinto predispostos ao crime" com uma menção à marca de palha de aço, e "muçulmanos debochados" mas os comentários vão muito além desse nível e falam em pregar as portas dos abrigos para refugiados e jogar bombas incendiárias lá dentro e em grampear as muçulmanas no meio das pernas para que parem de ter filhos. Será que a página não tem moderador?

Praticamente todos os autores de postagens consideram SvenneJanne como um sujeito que fala a verdade nua e crua, e além disso como um companheiro de batalha. Ele também ganhou pontos extras por ter inventado o termo "cabeça de Svinto" que se tornou um clássico no fórum.

Johan fecha o Roslagsporten e passa um tempo em silêncio com as mãos fechadas no peito. Sim, ele acha que a entrada de imigrantes deve ser limitada, mas devido aos problemas com a integração, não porque os muçulmanos sejam pessoas inferiores. Ao mesmo tempo, é preciso admitir que tinha sido essa a impressão causada pelo artigo.

Johan não sabe o que fazer, e assim decide procurar "cabeça de Svinto" no Google e descobre que essa era uma palavra usada antigamente para se referir a pessoas do sul da África. E também a Tiina Rosenberg, segundo parecia. Mas ela estava mais para escova de limpeza, não?

Johan dá uma risada nervosa, esfrega os olhos, tira o elástico do cabelo e o solta. Não há mais nada a fazer. Ele abriu a caixa de Pandora, e agora as coisas acontecem por conta própria. Resta apenas torcer para que morram aos poucos. Johan pensa em parar de escrever artigos, por maior que seja a insistência dos leitores que escrevem comentários.

Ele vai até o banheiro, lava a cabeça com água fria embaixo do chuveiro e se seca com uma toalha usando tanta força que chega a sentir que os cabelos estão ainda mais ralos. Depois Johan se senta em frente ao computador e começa a escrever.

Passada meia hora ele já se esqueceu da história de acordar cedo na manhã seguinte. Mais uma hora inteira depois ele se lembra, mas não dá a menor importância. Ao fim de quatro horas ele tem pronto um conto de oito páginas sobre aposentados que moram em uma casa de repouso e ouvem punk rock tão alto que chegam a causar microfonia nos aparelhos de surdez.

I Wanna Be Sedated é um título perfeito, mas naquele momento ele usa "O punk e o aparelho de surdez" e anexa o arquivo em um e-mail para Anna. A única coisa que Johan escreve no corpo do e-mail é: "Desafio aceito".

TEM UMA MONTANHA QUE EU COSTUMAVA FREQUENTAR

1

Max e Siw vão se encontrar perto do palco ao ar livre no Societetsparken. Siw chega uns minutos atrasadas porque Lisa, a cabeleireira, passou um bom tempo criticando sua falta de cuidados com os cabelos. Siw pediu que Lisa maneirasse nos cremes e sprays, mas assim mesmo ela está com aquele cheiro de quem acaba de sair do cabeleireiro, que grita *aqui estou eu, e eu me arrumei para vir.*

Já ao pegar a estradinha do parque, Siw enxerga a forma magra que está sentada num dos bancos em frente ao palco. O céu começa a escurecer e assim ela também consegue ver a luz do telefone na mão dele. Quando vai em direção a Max, Siw tropeça e precisa se apoiar numa árvore para não cair.

Esse tipo de coisa aconteceu diversas vezes nos últimos dias, e ela acredita que tudo pode estar relacionado ao fato de se sentir *mexida.* É uma sensação difícil de explicar, como estar dois centímetros ao lado do próprio corpo, o que faz com que às vezes esses movimentos finos não saiam da forma esperada. Siw digita números errados no caixa, espeta o garfo fora do macarrão.

Às vezes o fenômeno desaparece, mas logo a Siw-fantasma que paira ao lado dela sem, no entanto, se integrar a ela retorna. É exatamente isso. Ela tem a sensação de que há um fantasma, de que está *possuída,* mas o fantasma é uma outra versão de si mesma. Siw não entende.

Max balança a cabeça quando Siw se aproxima e diz:

— Me desculpe pelo atraso.

— Não tem problema — diz Max, apontando para o palco. — Eu ocupei o ginásio. Você quer pôr alguma coisa aí?

Siw pega o telefone. Como tanto ela como Max pertencem ao Team Mystic, Siw também pode colocar um Pokémon no ginásio. Ela vê que Max escolheu um Gyarados gigante e, de brincadeira, escolhe um Plusle, que parece minúsculo ao lado da enorme serpente marinha. Max olha para o telefone e diz:

— Uau. É um time forte. — Ele coloca o telefone no bolso e se levanta. — Vamos?

— Para onde vamos?

— Tem um negócio que eu quero te mostrar.

Quando Max se aproxima de Siw para dar-lhe um abraço, a música de Pokémon Go toca no bolso dele.

— Escuta — diz ela. — Vamos desligar o Pokémon?

— Claro. Só deixei ligado por costume.

— Eu sei.

Ambos fecham o app e trocam um sorriso ligeiro. É um momento levemente constrangedor, e Siw tem dificuldade de compreender que o homem logo à frente esteve no apartamento dela, e também dentro dela. Tudo isso parece muito distante enquanto os dois estão lá com os corpos separados.

— Como você tá? — pergunta Max quando eles começam a caminhar.

— Não sei direito — responde Siw. — Tô sentindo meio como se... eu não fosse eu mesma.

— Como se você fosse outra pessoa?

— É difícil explicar, mas é como se eu ao mesmo tempo fosse e não fosse eu mesma.

Max solta uma risada.

— Antes eu tava no Tinder. E uma vez eu encontrei uma menina. Ela se negava a acreditar que eu fosse eu. Sentou e ficou comparando a foto do meu perfil comigo e *se negou* a aceitar. Ela não me conhecia, mas... ah, desculpe. Eu comecei a falar demais. Tô meio nervoso.

— Então você usou o Tinder?

— Pra dizer a verdade, foi só dessa vez. Não é o meu tipo de coisa, mas sei lá. Acho que eu queria companhia. E você? Já usou?

— Eu não, ainda bem.

Siw havia relaxado um pouco quando Max disse que estava nervoso. Os dois chegam à Bergsgatan, e Siw aponta em direção ao palco que mal pode ser visto em meio às copas das árvores.

— Uma vez eu me apresentei lá numa peça de teatro.

— Você foi atriz?

— Dizer que fui atriz seria um exagero. Era uma peça humorística local. A peça se chamava *Pânico em Pitágoras.* — Max ri e repete o nome da peça, que era tão ruim quanto parece, e Siw prossegue:

— Eu fiz o papel da empregada. A personagem tinha um monte de coisas pra carregar de um lado pro outro e exatamente *duas* falas: "No momento o fabricante não está em casa" e "Aceita mais um café?"

Já em Glasmästarbacken, Max solta uma risada que ecoa em meio às fileiras de casas. Siw acha que ele ri alto demais e por tempo demais, então não deve ter sido *tão* engraçado. Ela olha para ele e Max interrompe a risada colocando a mão na boca. Ele respira fundo duas vezes em sequência, por entre os dedos, e então diz:

— Me desculpe, eu... me passei um pouco. O seu cabelo tá muito bonito.

O que faz com que as pessoas queiram tocar o próprio cabelo ao ouvir um elogio ao cabelo? Siw doma o impulso e o transforma em uma ajeitada no casaco, o que leva Max a perguntar se ela está com frio — e ela responde que um pouco.

Max passa o braço pela nuca de Siw e aperta o ombro dela antes de esfregar a mão freneticamente pelas costas dela. Assim como a risada, aquele movimento parece *excessivo*. Será que ele está mesmo tão nervoso? Siw dá um passo para o lado na tentativa de se afastar daquele toque quase agressivo.

— Eu passei os últimos dias ouvindo as músicas do Håkan — diz Max, sem perceber o gesto de Siw. — Nos fones, enquanto trabalho e tal. Mudei totalmente a minha opinião. Agora eu entendo por que você gosta tanto dele. É bom demais. De verdade... de verdade mesmo, enfim. Em especial *Det kommer aldrig va över för mig*. Esse disco tem várias músicas que... que...

A voz de Max se perde e ele olha ao redor como se quisesse ver se não havia ninguém a segui-los.

— Que...? — pergunta ela.

— O quê?

— O que o quê?

— Sei lá.

Max atravessa para o outro lado da rua e Siw aperta o passo para acompanhá-lo. Max continua a subir a encosta com as mãos nos bolsos e o olhar fixo na rua, sem lembrar que tem uma companhia. Ele deixa a calçada e entra no estacionamento em frente às fileiras de casas de três andares e segue adiante.

No peito de Siw, o coração parece bater mais depressa do que exigiria o mero esforço de acompanhar Max. Ela para, olha para o Janssons Tobak e pensa em deixar tudo aquilo de lado e ir para casa. Se parece estar assombrada por um fantasma, então Max deve estar possuído por um demônio, porque está praticamente irreconhecível. Enquanto Siw hesita, Max se aproxima dela.

— Olha, eu posso estar precipitando um pouco as coisas — disse ele. — Mas eu queria mesmo que você... eu quero que... vem cá.

Max se inclina para a frente e dá um beijo nos lábios de Siw com um jeito tão afobado que os dois batem os dentes. Siw passa a mão na boca e pergunta:

— O que você tá fazendo?

Max esfrega os olhos.

— Desculpe. Desculpe. Me desculpe mesmo. Eu vou contar tudo, mas... vem, depressa!

Siw dá de ombros e acompanha Max por entre as casas, sobe uma escada ladeada por arbustos e um morro repleto de pinheiros onde bancos simples se espalham em meio a arbustos selvagens. Max anda uns cinquenta metros em direção ao centro e de repente para.

Norrtälje se estende lá embaixo e brilha em meio à escuridão de setembro com a silhueta da caixa-d'água nas alturas, como uma sentinela gigante. A vista alcança até o Lilla Torget, e é possível ver carros do longo da Lilla Brogatan.

Luzes amarelas iluminam as janelas da antiga estação de bombeiros e se refletem nas águas do Norrtäljeån.

Max abre os braços e faz um gesto em direção ao morro logo atrás.

— Esse aqui é... o país da minha infância.

— Achei que você morava perto do Marko, não?

— É, mas a gente quase nunca brincava por lá. Era para cá que eu sempre vinha com o Johan. Ele mora lá, e era para cá que a gente vinha praticamente todas as tardes... para brincar e inventar histórias. Quando eu penso na minha infância, é quase sempre esse lugar que me vem à mente.

Siw olha ao redor. A luz da cidade e dos postes de iluminação era suficiente para deixar claro que não havia nada de especial naquela região — era apenas um espaço qualquer, num lugar qualquer da Suécia. Mas não é o que as coisas *são* que faz as nossas memórias: pelo contrário, é o que *nós* fazemos com elas.

— Por que você quer me mostrar esse lugar? — pergunta Siw.

Max arranca a grande folha amarelada de um bordo, a última que ainda estava naquele galho. Ele aperta a folha de leve e diz:

— Para que você saiba. Se eu, por exemplo, disser: "Uma vez no morro eu e o Johan fizemos isso e aquilo...", você sabe de que lugar eu tô falando e eu sei que você sabe, e... espera, será que foi agora? Foi. E... bem, é isso! Agora foi! Eu tenho que... — Max para de apertar a folha, se posta ao lado de Siw e aponta para a zona portuária, onde as varandas recém-construídas das casas estão decoradas com cordões de luz.

— Você se lembra do silo?

— Quem em Norrtälje não se lembra? Você contou que vocês subiram lá no alto e...

— Não é isso. Quer dizer, é sim. Mas eu tava falando de outra coisa. É que... — As mãos de Max tremem de leve e ele rasga a folha de bordo em duas metades, que ele observa por um tempo até por fim executar um gesto afirmativo com a cabeça e prosseguir. — Desde aquela época, quando a gente tinha doze anos, eu sentia uma...

ausência. Uma coisa faltando. Um vazio. Como se eu não tivesse nenhuma chance de me sentir completo enquanto eu não encontrasse aquilo que me faltava.

— Você me contou — diz Siw. — Que aquele negócio aconteceu na frente da biblioteca com o carrinho de bebê. Que você conseguiu ver tudo.

— É. Mas eu pensei mais a respeito disso e entendi que, num sentido mais amplo... — Max junta as duas metades da folha para que novamente formem uma folha inteira, — ...você era o que faltava. Pra mim. Esse lugar vago tinha que ser preenchido, e só você pode preenchê-lo.

Siw tenta fazer um comentário, mas é como se houvesse um nó em suas cordas vocais. Ela junta os dedos e aperta as mãos contra a barriga enquanto olha para o porto e evoca a silhueta do antigo silo na escuridão. Vê os meninos subindo e o carrinho de bebê rolando para além da escada da biblioteca — um acontecimento que instantes depois vai ter consequências decisivas. Por fim ela diz:

— Nossa!

— É. E naquela manhã que eu passei na sua casa, o que me deixou pensando foi aquela blusa que você tá crochetando...

— Tricotando.

— Eu nunca sei a diferença, mas enfim. Aquilo era a única coisa... incompleta, a única coisa que se parecia comigo, e eu tive a ideia de que ao seu lado... é muito difícil... mas que tipo, aos poucos, um ponto de cada vez, junto com você, as coisas poderiam... ser um dia terminadas, desde que eu possa, desde que eu consiga...

Max deixa as metades da folha caírem ao chão e balança as mãos como se as palavras o atacassem por todos os lados e ele precisasse se proteger e escolher frases que fizessem sentido. Siw toma os pulsos dele nas mãos e o puxa para junto de si.

— Tá tudo bem — diz ela. — Eu entendi. Mais ou menos. Vem.

Ela ergue o rosto para beijar a boca de Max.

— Espera — diz Max, se afastando um pouco. — Só mais uma coisa, depois que se dane tudo. Naquele domingo que a gente passou juntos. Foi um momento incrível, mas ao mesmo tempo foi meio como um conhecimento puramente teórico. A constatação de que foi incrível.

E pela manhã eu não conseguia mais... enfim. Eu parei de tomar o remédio. E é por isso que eu estou tão... como eu mesmo. É bem complicado, mas eu quero saber como a realidade é de verdade. Por você.

Max lança um olhar tímido em direção a Siw e conclui:

— Eu quero poder amar você.

E depois tudo se danou. Os dois se beijaram até sentir o gosto de metal na língua. Siw respirou fundo e sentiu o conforto melancólico de setembro se espalhar pelo corpo, deixando-o leve e ébrio com o futuro. Ela quis que Max lhe mostrasse os lugares dele, quis mostrar para ele os lugares dela e também descobrir novos lugares na companhia dele.

Os lábios se separam e Siw aperta o rosto de Max contra o peito em um abraço apertado. No fim ela compreende a sensação de ser duas versões de si mesma. De um lado a pessoa que ela *é*, e de outro a pessoa que ela é *para Max*. Essas duas pessoas não são exatamente a mesma. E é somente no instante que Siw as enxerga ao mesmo tempo que as duas versões de si mesma se encaixam uma na outra com um clique e se transformam numa só. Ela voltou a ser ela mesma. E agora vai ser a pessoa que deve ser. Para sempre.

2

Os dois se aconchegam um no outro e ficam olhando para Norrtälje. Siw vê a cidade natal ora como a parte bonita e vendável de Roslagen, ora como uma prisão pitoresca, uma extensão secreta do complexo penitenciário de Norrtälje. Do alto do morro, onde ela e Max veem a pequena cidade cintilar logo abaixo dos pés, surge a sensação de uma *promessa*, como se aquele fosse o cenário de uma história de amor futura. Siw sente o rosto enrubescer e comemora o fato de que, mesmo quando suas bochechas ficam vermelhas como as placas de um fogão elétrico, pelo menos elas não *brilham*.

— Vamos caminhar um pouco? — a convida Max.

— Aham.

Na montanha, o chão coberto de musgo se revela escorregadio e traiçoeiro no escuro da noite. Os dois caminham de mãos dadas em direção à escada demasiado estreita para que desçam lado a lado.

Mesmo assim eles não soltam as mãos. Max põe os dedos entrelaçados de ambos no ombro e desce na frente. Siw o acompanha, e a diferença de altura somada aos degraus da escada faz com que ela possa andar com o braço esticado para a frente. É uma experiência nova. Tudo é uma experiência nova.

De mãos dadas, Siw e Max descem Glasmästarbacken e fazem uma curva à esquerda antes de chegar ao rio, passando em frente ao navio de Rurik, uma escultura que repousa no alto de um pilar de pedra na entrada do porto.

— Rurik — diz Max. — O que você sabe a respeito dele?

— Nada. Só sei uma coisa legal sobre os vikings: que eles comiam cogumelos alucinógenos.

— Por quê?

— Não tenho ideia.

Os dois seguem pelo caminho ao longo do rio enquanto especulam sobre os possíveis motivos para que os vikings comessem cogumelos alucinógenos, se é que realmente faziam isso. Não importa. O que importa é que os dois estão à procura do tom certo, de uma compreensão da melhor forma de conversar um com o outro, seja de brincadeira ou a sério.

Siw chega perto do rio e sente o murmúrio se alojar como um sussurro constante no ouvido direito. Quando ao seguir pela Strömgatan eles se aproximam de Skvallertorget, Siw recorda o medo que havia sentido em relação ao mundo e aperta a mão de Max com mais força.

— O que foi? — pergunta ele.

— É só que eu... você acha que vai tudo para o saco? Quer dizer, o mundo?

— Pode ser — responde Max, com a voz meio embargada.

Ele solta a mão de Siw, bate no peito e diz:

— Me desculpe. Eu tô meio com um, tipo um... uma crise de pânico. Max se apoia contra a parede de uma casa, baixa a cabeça e começa a respirar com dificuldade.

Max está perto do local onde o celular do rapaz afegão tinha sido jogado na parede, e no chão os cacos de vidro ainda reluzem sob a iluminação pública. As costas de Max começam a arquejar e ele tenta respirar. O medo toma conta de Siw.

Ela acha que Max é bonito e simpático e uma ótima companhia, mas não conhece esse outro que existe dentro dele, não sabe como esse outro se expressa agora que ele parou de tomar o remédio. O demônio pode assumir vários rostos. Pode ser mau, desdenhoso e violento, e transformar a vida dela num inferno.

Uma cascata de imagens se derrama a partir do interior de Siw — imagens de um Max nas garras da loucura, capaz de machucá-la mais do que qualquer outra pessoa justamente porque ela tinha expectativas em relação a ele. Então ela agora tem esse tipo de expectativa? Não seriam apenas fantasias bestas criadas pela falta de experiência no que diz respeito ao amor? Ela pode ser usada e enganada. O agradável calor no peito de Siw começa a queimá-lo ao se transformar em medo.

Com um gemido, Max se afasta da parede e olha para Siw. Na expressão dele é possível ver o mesmo medo que Siw também sente. Max aperta os punhos fechados contra o peito e diz aos borbotões:

— Eu. Preciso. Lutar. Contra.

É. Ele tem razão. O medo está sempre à espreita, querendo guiar nossas ações e nossos pensamentos. Siw sabe disso melhor do que a maioria das pessoas. Só ela sabe quantas vezes evitou até mesmo pequenas mudanças por medo de fracassar, e no fim escolheu o caminho de sempre. Mas é preciso lutar contra isso. Ter a ousadia de sonhar.

Siw chega perto de Max e ouve o rumor do vidro sob os sapatos quando o abraça por trás e pousa as mãos no peito dele e enquanto tenta impor um ritmo mais calmo à respiração arquejante. Os dois passam um tempo em silêncio, e a princípio cada novo fôlego de Max é um pouco mais profundo que o anterior, porém logo ele volta a respirar normalmente. Max se vira, passa mão no rosto de Siw e diz:

— Obrigado. Não sei o que houve. De repente eu senti medo.

— Eu sei como é. Eu também senti.

Siw e Max se dão as mãos e voltam a caminhar. Quando passam em frente ao Folkflinet e à praça onde ficava o antigo pelourinho, Siw aponta para a escultura de metal e diz:

— Tudo se resume ao medo.

— Como assim?

— Aqui ficava o pelourinho. A gente sempre tenta... as coisas que não se encaixam, que não são como nós... a gente exclui, transforma em motivo de vergonha. Exclui por completo.

— É assim as pessoas se afirmam. Para deixar claro quem são, dizem: "Não somos como eles."

— É isso mesmo. Mas, na verdade, a gente tem medo. Porque no fundo somos assim mesmo. Uma coisa que não se encaixa.

Max olha para Siw com uma expressão que ela não consegue interpretar. É um olhar de apreciação, mas ela não sabe dizer se aquilo se deve ao que ela acaba de dizer ou ao fato de que ela, que trabalha no caixa do Flygfyren, seja capaz de fazer esse tipo de reflexão.

— O que foi? — pergunta Siw. — Você não me achava capaz de pensar esse tipo de coisa?

Max sorri.

— Uma das coisas que mais me interessa nesse momento, Siw Waern, é descobrir que tipo de coisa você é capaz de pensar.

Siw não consegue decidir se isso é uma resposta, mas se dá por satisfeita mesmo assim. Os dois continuam, passam em frente à sapataria e à alfaiataria e atravessam a antiga ponte de madeira que aparece em *Bill Bergson, o ás dos detetives*. Já perto da água, enquanto os dois seguem caminhando, o murmúrio do rio de repente se torna incômodo para Siw. É como se tivesse se depositado como uma névoa fria por cima de todos os pensamentos quentes que ela gostaria de pensar.

Em frente ao ponto de informações turísticas, ela continua a ouvir uma nota que parece atravessar o murmúrio, e ao mesmo tempo se reconcilia com aquilo. Siw para e segura a balaustrada enquanto rilha os dentes. Logo a Audição abafa os demais sons. São vozes exaltadas, farfalhar de roupas, suor de corpos, gritos e depois um estalo e o barulho de ossos que se partem, e por fim um grito que cessa de repente.

— O que foi? — pergunta Max.

— Aqui — diz Siw, fazendo um gesto em direção ao entorno. — Vai acontecer uma coisa por aqui. Ou talvez já tenha acontecido.

— Quando?

— Não sei. Eu acabei de dizer. Sei lá. Mas alguém vai cair no rio. E morrer. Pelo menos é o que me parece.

— Você quer esperar?

Siw balança a cabeça.

— Pode ser amanhã. Ou pode ter sido anteontem. Eu desisti de tentar. E agora quero sair daqui.

— Vamos para a Espresso House?

— É. Qualquer coisa. Desde que a gente saia daqui.

Eles dobram na Öströms Gränd e Siw se sente aliviada por estar longe do murmúrio do rio. A cada novo passo ela se sente em maior sintonia com a maravilha que aquela noite traz, e assim não consegue entender o súbito acesso de medo. O alívio é tão profundo que, ao chegar na Posthusgatan, Siw se aconchega em Max e deixa que os olhos cintilem como os de Lady na famosa cena de *A dama e o vagabundo*, que ela assiste todo Natal.

Ó lindo luar, sua luz chega ao mar, e nos traz a bella notte.

3

Os dois pedem cappuccino — o de Max com uma dose extra de espresso — e logo escolhem uma mesa onde podem se sentar lado a lado em um sofá. Max toma um gole, limpa a espuma dos lábios e diz:

— Eu não entendo como você pode se manter tão calma com isso.

— Isso o quê?

— Com a sua... Audição, né? Quando eu tenho as minhas visões é muito diferente.

— Mas não é tão... é meio como aqueles fones com cancelamento de ruído. Quando você liga a função, todos os outros somem... e aí eu ouço exatamente o que tenho que ouvir.

— Mesmo assim eu acho que você parece muito calma — diz Max, que se inclina para a frente e tasca um beijo no rosto de Siw.

Tanto a bochecha beijada como a outra logo estão coradas. Siw olha ao redor e dentro dela uma vozinha diz: *Vejam só! Eu tô aqui no café com esse cara bonito ganhando beijos!,* mas ninguém parece ter notado aquele momento épico: a primeira vez que Max fez uma demonstração pública de afeto. Será que eles são namorados?

— Eu só não entendo qual é a utilidade — diz Siw.

Max se faz de bobo e pergunta:

— Do meu beijo?

— Não, em relação a isso eu entendo muito bem — responde Siw enquanto se inclina em direção aos lábios dele e pensa: *Vá com calma, porque esse negócio pode se tornar ridículo bem depressa* e se dá por satisfeita com um beijinho tímido antes de responder:

— Esse dom. Tá, uma vez eu consegui impedir uma tragédia. *Uma* vez. Ou duas, se a gente contar o Charlie. Mas tipo, esse negócio que aconteceu agora no rio. Pra quê isso? O que se espera de mim? A única coisa que eu sinto é um desconforto tremendo, porque não tem nada que eu possa fazer. E além do mais...

Siw queria ser capaz de fazer com que os olhos brincassem e cintilassem, mas entre outras coisas Max é a única pessoa que ela já conheceu que não só acredita totalmente naquilo que ela diz, mas que além disso consegue entender tudo. Anna acredita nela, mas nunca conseguiu entender. Não totalmente.

— O que tem? — pergunta Max, que não parece ter nenhum problema em discutir o assunto.

— Tem a Alva — responde Siw com um nó na garganta. — Um dia esse dom também vai despertar nela, e ela vai ter que viver com esse conhecimento horrível sobre um monte de coisas que ela vai saber mas não vai ter a capacidade de evitar. Eu espero muito que demore. Ela é muito pequena.

— Aham — diz Max. — Mas assim mesmo ela parece durona. E divertida! Pode ser que ela se vire melhor do que você imagina.

Siw toma um gole do café e se reclina no sofá:

— Você tinha que ouvir ela falando: "Você vai encontrar *o rapaz?* Quando eu vou conhecer *o rapaz?*". Acho que ela se lembra de você lá do campo de futebol e acha injusto que eu tenha um segredo.

— Por mim você pode me apresentar pra ela. Quando você achar que é a hora.

A cabeça de Siw dá voltas. Ela vinha simplesmente falando e se sentindo feliz de poder falar sobre outras coisas que não problemas, mas de repente teve a impressão de que coisas demais estavam acontecendo ao mesmo tempo. Ela disse:

— Eu só vou ali... retocar minha pintura.

Max ri do anacronismo digno de *Pânico e Pitágoras.* Siw se levanta e consegue caminhar até o banheiro com passos firmes antes de cair em cima do vaso sem abrir a tampa.

Por mim você pode me apresentar pra ela.

Nem era tanto essa parte, mas o que viera depois: *Quando você achar que é a hora*. Acima de tudo, esse comentário dava a entender que Max via um longo tempo à frente, o que não era exatamente uma surpresa depois do que ele havia dito no morro, mas assim mesmo soava diferente quando repetido de forma casual, sem nenhuma intenção de impressionar.

Quando você achar que é a hora. Mas gosta de Alva e quer revê-la, mas esse reencontro deve acontecer "na hora", ou seja, de forma que possa lançar as fundações de uma relação entre os três. Siw não consegue interpretar todos os significados contidos naquela frase simples, mas uma coisa parece clara: Max está falando sério.

Siw geme e apoia o rosto nas mãos enquanto sente o corpo ser atravessado por um calafrio. É como se uma parte dela quisesse subir até a janelinha alta do banheiro e escapar. Mas seria preciso no mínimo uns seis meses com a dieta de pó antes que ela pudesse cruzar aquela abertura, e além disso era uma ideia maluca. Por que seria assustador realizar os próprios sonhos?

O medo que toma conta de Siw é muito diferente do terror frio e devorador que ela tinha sentido na margem do rio; é mais parecido com o espanto que sentimos ao tomar uma criança recém-nascida nas mãos. O medo de perder, machucar, cometer um erro e ver aquela vida preciosa se esvair por entre os dedos. Um baque seco contra o chão de concreto e tudo está acabado.

Siw respira fundo duas, três vezes, se levanta e lava o rosto com água fria. Ela segura a pia e se olha no espelho antes de erguer o indicador e dizer para si mesma:

— Siw Waern, tome jeito agora mesmo! Trate de se endireitar. Se você jogar fora uma coisa dessas por covardia... você vai se ver comigo!

— E quem é você?

— Você não gostaria de descobrir. E agora saia daqui!

Siw seca o rosto com uma toalha de papel enquanto tenta pensar como Lady.

Ó lindo luar que reflete no mar. Depois ela volta ao café. Max está sentado da maneira como ela o havia deixado, com os braços estendidos por cima do encosto do sofá. Siw se aproxima e diz:

— Totalmente inacreditável.

Max olha ao redor como se o inacreditável fosse uma coisa que Siw acaba de ver e que é exatamente aquilo que parece ser. Ela aponta para Max.

— Você passou uns minutos sozinho e *não* pegou o celular.

Max dá de ombros.

— A gente disse que ia desligar o Pokémon Go.

— Mas você sabe que um celular pode ser usado pra outras coisas também, né?

Max sorri e parece estar prestes a fazer um comentário quando os lábios dele se contorcem numa careta terrível.

Os olhos se reviram nas órbitas e as mãos se agarram convulsivamente ao encosto do sofá. O corpo se tensiona como um arco e os pés chutam a mesa à frente, que vira e derruba as canecas. Todas as conversas ao redor silenciam enquanto Max arqueja como se estivesse possuído por um demônio.

— Max, Max, o que foi?

As pernas de Max chutam o chão e os calcanhares das botas acertam e quebram uma das canecas. No mesmo instante Siw sobe no sofá para colocar as mãos no peito dele e pôr fim àquele surto. Com um derradeiro suspiro, Max cai no chão e permanece deitado enquanto os braços e as pernas continuam a se debater. Uma gota de suor pinga dos cabelos e atinge o olho dele no mesmo instante em que o olhar volta ao normal.

— O que foi que aconteceu? — pergunta Siw. — Você viu alguma coisa?

Max faz um gesto afirmativo e estende a mão para Siw, que o ajuda a se pôr de pé. Max cambaleia, limpa a garganta e diz:

— Eu vi a mesma coisa que você ouviu. Está acontecendo agora. Daqui a pouco. — Sem largar a mão de Siw, ele corre em direção à saída.

Quando Max abre a porta, uma voz grita atrás deles:

— Ei! Você tem que pagar a conta!

Os dois saem correndo ao longo da Posthusgatan e dobram em direção ao rio.

4

Não são gritos que Max e Siw ouvem quando desce a Öströms Gränd correndo, mas uma cacofonia de vozes, cacarejos e coaxados, como se houvessem soltado galos de rinha no rio e a batalha estivesse a pleno vapor. Siw olha para Max, que abre os braços ao mesmo tempo que corre. Os sons não estavam na Audição de Siw nem na visão de Max.

Logo os dois chegam à margem do rio e se inclinam por cima do guarda-corpo para ver melhor. Os barulhos vêm do rio, que fervilha de movimentos. A princípio se veem apenas vultos sob a iluminação fraca da iluminação pública, mas à medida que os olhos se acostumam ao escuro os dois conseguem distinguir silhuetas que se movimentavam depressa e uma sombra que anda de um lado para o outro de um tronco caído.

— É um castor — diz Max. — É um castor.

Siw nunca ouviu falar de castores no Norrtäljeån, porém nada mais teria a cauda achatada, o corpo atarracado, a cara semelhante a um hamster e os dentes que investem contra os patos, que voam ao redor e bicam em fúria.

Dois já foram derrubados. Um está preso entre dois galhos com as asas abertas, como um anjinho caído, e o outro flutua na água ao sabor da corrente. Ao acompanhá-lo com o olhar, Siw descobre que há dezenas de pessoas reunidas na ponte vinte metros à frente, acompanhando o espetáculo.

Não foi isso o que eu ouvi.

Quando Siw se vira para Max a fim de perguntar exatamente o que ele tinha visto, a situação muda. Pela outra margem do rio, três meninos com idades por volta de dez anos chegam correndo da Smala Gränd com os braços apertados contra o peito. Assim que todos chegam até a margem, Siw reconhece um deles do Pokémon Go Roslagen. Os meninos abrem os braços e pedras de tamanhos variados — de bola de pingue-pongue a um punho fechado — caem no chão. Os três enchem as mãos de pedras e começam a bombardear o castor.

— Mattias! — grita Max. — Mattias, pare com isso!

O menino não presta atenção e joga uma pedra grande e pontiaguda que acerta as costas do castor. O animal é derrubado e cai na água, enquanto os patos bicam a cabeça dele.

Quando o castor volta a subir no galho, ele tem a lateral do corpo manchada de sangue, que parece preto sob a luz fraca. Os pássaros notam que ele está enfraquecido e intensificam os ataques.

Siw olha para Max e pergunta:

— O que...? — porém Max já está correndo em direção à ponte. Siw hesita e vê um homem adulto correndo em direção às crianças, que não percebem nada porque estão ocupadas atacando o castor. A essa altura ele foi atingido por mais duas pedras e mal consegue se defender quando os patos lhe bicam os olhos.

— Que merda é essa, criançada do cacete? — berra o homem cujo rosto havia se transformado em uma máscara que representava o conceito do *ódio*. Com um único gesto ele ergue Mattias pelos braços, pega-o no colo e o joga no rio.

O menino gesticula com os braços e deixa as pedras caírem enquanto voa pelo ar. O grito se junta aos grasnados dos patos quando ele cai de costas no rio com um tremendo estrondo e o bando sai voando para todos os lados, como se uma bomba tivesse explodido bem no meio deles. Na margem do rio, os outros dois meninos fogem dos braços furiosos daquele homem.

Quando Siw vê outros dois adultos chegarem da Smala Gränd ela também começa a correr, uma vez que a situação começa a se parecer com o que tinha ouvido antes. Siw lança um último olhar em direção ao rio e vê que por sorte Mattias foi jogado longe o bastante para cair na parte mais funda, sem se bater contra as pedras. O menino choraminga e nada até o ponto de onde Siw nesse instante parte na tentativa de intervir, se ainda for possível. Os gritos exaltados de vozes adultas que tinham estado na Audição surgem numa diagonal às costas quando Siw entra na ponte.

Ainda mais pessoas chegam e comentam os acontecimentos com vozes trêmulas de fúria, e a ponte naquele momento está tomada por uma turba furiosa. Lá embaixo se ouve um grito que Siw reconhece — e nesse instante ela sabe que é tarde demais. Siw chega ao guarda-corpo no momento exato em que o homem que jogou Mattias no rio é atingido por um empurrão forte no peito. Ele cambaleia de costas, tenta se agarrar ao nada e a seguir cai para o outro lado da guarda-corpo.

Siw vê a pedra afiada e protuberante contra a qual a cabeça do homem há de se chocar e fecha os olhos no momento exato em que o grito é interrompido pelo chapinhar e pelo baque que ela tinha ouvido meia hora antes. A turba ao redor comemora.

Siw abre os olhos no instante em que Max reaparece na Smala Gränd. Ele compreende o que aconteceu, se vira e se afasta. Os dois homens na beira do rio olham desconfiados e boquiabertos para o homem imóvel nas águas rasas, com lábios que parecem congelados naquele último grito. Na outra margem do rio, Mattias sobe as pedras irregulares chorando. Há duas rosas de sangue nas costas da blusa.

As pessoas na ponte se dispersam. Umas poucas ficam por lá, chamam a polícia e se mostram dispostas a ser testemunhas. Os pássaros vão embora voando ou nadando, e logo o drama chega ao fim. Siw se inclina por cima da balaustrada e vê uma sombra flutuar devagar para longe. O castor morto se bate contra duas pedras e segue em direção ao mar.

5

Dez minutos depois Siw e Max estão sentados no banco ao lado da Havsstenen no Lilla Torget.

— É como você disse — comenta Max. — De que adianta esse negócio se a gente não pode fazer nada? E ao menos pra mim, essa foi de longe a vez que eu fui... enfim, avisado, ou como você quiser chamar, com maior antecedência.

— Se a gente tivesse ficado no rio teria dado tempo — responde Siw.

— Às vezes eu me pergunto... — diz Max, jogando uma pedrinha na escultura de pedra que se parece com uma pia batismal. — Desde pequeno, muitas vezes eu me perguntei por que eu nunca... me via ligado a pessoas que *quase* morriam. Ou já está predeterminado quem vai viver e quem vai morrer, ou então eu chego um instante atrasado, quando o que ia acontecer já tinha acontecido.

— Mas não foi o que aconteceu agora. Você viu. A gente correu para lá e aconteceu uns minutos depois.

— Quando a gente já não tinha mais tempo para fazer nada. Como se o *plano* fosse que a gente ficasse naquele café de merda, longe da ponte. Como se o *plano* fosse que a gente ficasse olhando como dois idiotas enquanto... porque enfim, eu teria corrido direto caso soubesse que...

Max se encolhe enquanto as mãos fazem gestos aleatórios no ar e a boca tagarela sem parar. Siw o abraça, o aperta e diz:

— Ei. Ei. Ei. Calma. Tá tudo certo.

Max se vira e pergunta:

— Tá tudo *certo*? A gente acabou de ver uma pessoa morrer e nós dois éramos os únicos que podiam fazer qualquer coisa a respeito, e mesmo assim...

Siw o aperta mais forte.

— Sério. A gente não pode determinar os rumos do mundo. Seria egocêntrico e maluco imaginar que seria possível. Cada um é responsável por suas próprias ações. E pense no Charlie! Às vezes dá pra tomar uma atitude.

Os músculos tensos de Max relaxam um pouco.

— É, mas será que ele *teria* feito aquilo se a gente não aparecesse? Será que ele teria *mesmo* tirado a própria vida?

— Você mesmo viu o que aconteceu.

— É, mas eu também vi o carrinho de bebê. Estou começando a achar que *você* consegue mudar as coisas. Eu não.

— Por que seria assim?

— Porque você é uma sibila. Uma pessoa que é, como posso dizer? Reconhecida. Autorizada pelo destino ou enfim, qualquer coisa do tipo, enquanto eu não passo de um desgraçado com visões que não servem para nada além de me atormentar.

— Max...

— Espera. Eu agora há pouco estava na cabeça do sujeito que caiu no rio. Sabe qual foi o último pensamento dele antes de partir a cabeça?

— Não. Isso não faz parte do meu dom.

Pena que esse pirralho de merda não morreu. Foi isso o que ele pensou. Não em *palavras*, claro. Não, mas a cabeça dele estava cheia de imagens de Mattias jogado numa vala com pedras afiadas sendo jogadas contra ele. A pele se rasgou, os olhos se arregalaram e o sangue começou a escorrer da boca quando os dentes caíram.

Um menino de dez anos, ele pensou essas coisas sobre um menino de dez anos, e depois parou de pensar. Posso dizer que foi até bonito.

Max se levanta e anda de um lado para o outro em frente ao antigo Stadshotellet. Ele passa as mãos no cabelo antes de dar na própria cabeça um tapa que ecoa por todo o Lilla Torget.

— Se esse negócio pelo menos desaparecesse, se fosse possível se livrar disso!

Siw se levanta, suspira e mais uma vez toma as mãos dele, que se agitam como que por vontade própria.

— Max. Olha pra mim.

O olhar de Max se fixa nos olhos de Siw. Ela olha para dentro, rumo a um ponto além da membrana de angústia nos olhos de Max, e diz:

— Você deve ter feito essa escolha. Em um momento ou outro, você deve ter feito a escolha de viver com isso em vez de enlouquecer, não é mesmo?

A membrana se afasta e os olhos de Max se fixam ao longe.

— É. Foi uma nuvem. Que parecia um elefante. Apoiado nas patas de trás.

— Legal. Pense no que você decidiu, então. Em como foi a sensação. Na promessa que você talvez tenha feito a si mesmo. Agarre-se a isso. Porque é isso que importa.

Max acena a cabeça devagar, as mãos dele relaxam nas mãos de Siw e em seguida ele as afasta e usa-as para abraçá-la.

— Obrigado — cochicha ele no ouvido dela.

— Isso foi... — Max respira pelo nariz e fala: — Você esteve no salão ou algo do tipo?

— Aham. E se você prometer que vai tentar manter a calma, então pode ir jantar com a gente depois de amanhã, na quinta-feira. Comigo e com a Alva.

Max interrompe o abraço e se afasta um pouco, mas deixa as mãos pousadas nos ombros de Siw.

— Tem certeza?

— Tenho. Parece... a coisa certa a fazer.

MAI PIÙ

1

No outono de 2016 Maria fez um ensaio fotográfico em Ragusa, na Sicília, para a coleção de outono da Dolce & Gabbana. A carreira dela já tinha passado do ápice e ela não era mais a cara da marca, mas apenas um entre três rostos. Mas assim mesmo: era a Dolce & Gabbana. Naquela altura o nome da grife já estava manchado pela superexposição, e era visto como menos desejável e até mesmo *passé* no universo da moda. Mas não aos olhos das pessoas comuns — e era aí que estava o problema. Aquilo tinha virado um produto fabricado em massa.

O plano era recuperar a credibilidade por meio de uma coleção mais exclusiva e mais ousada, que tinha como nome de trabalho *la ferocia,* a ferocidade — e Maria havia conseguido o trabalho graças aos olhos verdes e perigosos.

Tinha voado de Milão para a Catânia após pouco mais de duas horas de sono, enquanto o corpo ainda sentia as sobras de cocaína da noite anterior e o ritmo da música eletrônica na pista de dança. Ao sair do aeroporto, ela voltou imediatamente à esteira de bagagens para pegar a mala — até lembrar que não havia mala nenhuma. Ou pelo menos era o que parecia.

Um motorista tinha uma placa com o nome dela escrito errado. Maria desabou no banco de trás do Audi A4 que era mais ou menos o padrão naquele ramo e apagou quase na mesma hora. Ela acordou uma hora e meia depois, quando o motorista fez uma curva muito fechada que levou a cabeça dela a se bater contra o vidro.

Maria abriu os olhos e olhou para fora da janela. Piscou os olhos. Imaginou que aquilo fosse uma alucinação causada pela droga, esfregou os olhos e olhou mais uma vez. Do outro lado da janela havia uma cidade *vertical.* Construções de pedra que se empilhavam umas em cima das outras ao longo de um paredão que se estendia rumo ao céu. Maria limpou a garganta e perguntou ao motorista com a voz rouca de cigarro:

— *Cosa è questo?* O que é isso?

— Ragusa! — exclamou o motorista, tirando as mãos do volante para gesticular em direção ao paredão feito de casas. — Ragusa Ibla!

Quando eles chegaram mais perto, Maria viu que, por mais inacreditável que fosse, havia ruas serpenteantes que subiam por entre as construções — ruas tão estreitas que o motorista era obrigado a recolher os retrovisores para conseguir passar. Ao fim de uma viagem sinuosa, que quase a levou a vomitar, Maria foi arrastada ao longo de uma praça grande e inclinada.

Maria tinha a vaga lembrança de uma mensagem que mencionava a Piazza del Duomo, onde ficava a catedral, e a dizer pela enorme igreja que dominava o lado esquerdo da paisagem ela imaginou que houvesse chegado ao destino. O motorista gesticulou em direção à escada, que estava cheia de luzes para fotografia.

Maria fez um gesto afirmativo com a cabeça e percorreu os últimos cinquenta metros. Ela estivera tão fora de si pela manhã que havia escolhido sapatos de salto agulha. Em uma situação normal não seria problema nenhum se portar de forma digna em qualquer tipo de salto, mas a inclinação da praça, somada à inclinação no interior da cabeça dela, quase a fez tropeçar quando deu a impressão de que a catedral se curvava por cima dela.

De repente uma buzina soou. Maria deu um salto para trás e por pouco não caiu quando um trenzinho cheio de turistas atravessou a praça. Um homem de meia-idade sentado na última fileira gritou "Ciao, bella ragazza italiana!" ao vê-la. Maria respondeu com o dedo do meio típico da Bósnia.

Ao olhar para cima, descobriu que toda a equipe estava reunida na escada e acompanhava cada movimento seu com outra centena de curiosos que se amontoavam nos degraus da escada. Maria se endireitou e usou toda a força de vontade e toda a habilidade no manejo do salto alto para começar o trabalho sem mais problemas.

A equipe era formada por onze pessoas, e apenas cinco pareciam ter responsabilidades bem-definidas. Maquiagem, cabelo, iluminação, figurino e um faz-tudo. Os outros pareciam simplesmente andar de um lado para o outro para futricar nas coisas mais variadas. Maria entrou numa tenda onde foi cuidadosamente maquiada, penteada e vestida sem ter sequer que levantar os braços.

Ela perguntou quem era o fotógrafo e a maquiadora deu a impressão de falar em tom quase sagrado ao responder:

— Sergio Al'Uovo.

Maria suspirou.

Apesar do nome incompreensível "Sergio com Ovo", ele era um dos fotógrafos mais respeitados e mais bem-pagos naquele ramo. Alto, careca, musculoso, hiperestético e superafeminado. Maria já havia trabalhado com ele em outras duas ocasiões, e as experiências não tinham sido nada agradáveis. Dito de forma simples, Sergio tinha problemas em ver as pessoas como mais do que objetos animados.

Maria saiu da tenda com um vestido que parecia ter pertencido a Jane antes que conhecesse Tarzan, ao fim de uns dias perdida na selva. Uma fenda comprida que mais parecia um rasgo deixava as pernas de Maria à mostra, e a parte superior do seio esquerdo ficava à mostra, uma vez que a alça daquele lado estava faltando, como se tivesse sido roubada por um macaco.

Sergio já estava a postos, de mau humor. Ao ver Maria, desferiu um sonoro tapa na própria cabeça e começou a dar instruções num italiano tão esganiçado que ela não entendeu sequer uma palavra antes de ser levada de volta à tenda para um retoque na maquiagem.

Quando Maria tornou a sair, Sergio a encarou com um olhar duro e abriu os braços como se quisesse dizer: "Vejam só com o que eu devo trabalhar". Toda a parte superior da praça estava naquela altura repleta de gente, e inúmeros telefones com ou sem paus de selfie se ergueram no ar.

Maria se colocou em posição na escada da catedral, no ponto marcado com uma cruz de fita adesiva, e esperou as instruções do Ovo. Sergio tirou umas fotografias de teste, deu instruções para o rapaz que cuidava da iluminação tirou mais umas fotografias até se dar por satisfeito e depois voltou suas atenções a Maria.

Maria abriu o sorriso de modelo idêntico a um sorriso natural, que ela saberia manter até pegar no sono caso fosse necessário. Sergio balançou a cabeça e gritou:

— Anima, stronza! Vita, eh!

Mais vontade, cretina. Mais vida.

Maria tentou pôr um pouco mais de ânimo na pose e no sorriso.

Ela se imaginou Alexander Skarsgård no papel de Tarzã, atravessando a selva para levá-la nos braços musculosos como os de um gorila. Sergio apertou os olhos como se estivesse sofrendo e gritou:

— Che idiota!

As pessoas na praça deram risada. Maria estava acostumada a ser vaiada e humilhada, mas não em público. O sorriso se tornou mais tenso no rosto quando ela pôs as mãos na cintura, em uma pose que se pretendia ousada. Sergio balançou a cabeça e subiu as escadas depressa.

— La ferocia, stronza. La *ferocia!* — ele bufou tão perto do rosto de Maria que gotículas de saliva pousaram nos lábios dela. Depois agarrou a cintura dela com força e a colocou em posição, como se aquilo fosse uma sessão de quiropraxia. Colocou uma das mãos no bumbum dela e a outra na barriga, a fim de projetar o quadril mais para a frente.

Maria nunca fora submetida àquele tipo de tratamento, embora já tivesse ouvido histórias a respeito. Como o próprio Sergio era gay e não havia nenhuma conotação sexual naquilo tudo, ele imaginava ter o direito de tratar o corpo das modelos como bem entendesse.

— Sei eccitata e feroce, capisci? [*Você se sente excitada e feroz, entendeu?*]

Maria acenou a cabeça e estava prestes a responder que tinha entendido perfeitamente quando Sergio lhe apertou o sexo com tanta força que um dedo envolto em tecido chegou a penetrá-la de leve. As pessoas na *piazza* celebraram quando Sergio repetiu:

— Eccitata!

Antes que Maria pudesse se recompor do choque, Sergio deu-lhe dois tapas que fizeram lágrimas brotarem dos olhos e disse:

— E feroce! Ya! — antes de se voltar mais uma vez para a câmera.

Maria queria sair correndo daquele lugar, porém mais do que tudo queria brigar. Teria mesmo sido para receber aquele tipo de tratamento que ela havia evitado chutes e socos no jardim de infância? Para ser humilhada em público por um sádico careca? Maria tinha vontade de bater aquela câmera de meio milhão de coroas naquela careca reluzente até ver o sangue escorrer pelos degraus da catedral.

Mas ela não brigou. Ela não correu.

Em vez disso, canalizou toda a raiva na expressão, e disparou raios laser dos olhos contra a lente da câmera, para assim queimar as córneas de Sergio. A câmera disparava como uma metralhadora. Quando endireitou as costas, Sergio parecia estar radiante e disse:

— Facile, eh! Che belleza! [Fácil, né! Que beleza!]

Foi apenas mais tarde, quando Maria já estava sentada na cadeira de maquiagem com o rosto coberto por demaquilante enquanto uma assistente da maquiadora tirava o blush das bochechas, que as lágrimas começaram a escorrer. Ela nunca tinha sido tão humilhada e tão objetificada. E naquele momento fez uma promessa a si mesma: aquilo jamais aconteceria outra vez.

2

Ter um trabalho e escapar totalmente da objetificação é impossível. Trabalhar é cumprir uma função e se colocar à disposição dos outros. Se antes a mercadoria eram o rosto e o corpo de Maria, agora a mercadoria eram suas mãos e seus pés. Tirar bandejas, canecas, talheres e pratos. Pôr mesas e tirar mesas, levar e trazer. Porém mais do que objetificada, Maria se sentia mecanizada — e isso parecia aceitável. Ela podia ser uma máquina eficiente e impessoal, que simplesmente executava as tarefas para as quais fora programada.

Parecia tolerável. Mas na prática não era, porque a máquina em questão tinha a aparência que tinha. Os olhares de muitos homens se demoravam nela, e o nojo pegajoso da objetificação aos poucos se grudava nela. Certos rapazes, tanto aqueles na idade dela como os mais velhos, olhavam para o anular vazio e perguntavam o que ela fazia depois do trabalho. Ela respondia que cuidava dos cinco filhos. Essa parte era tolerável.

O pior era a hostilidade que ela tinha descrito para Marko. O tom autoritário na voz das pessoas, os olhares desgostosos que dirigiam umas às outras, e que acima de tudo as mulheres dirigiam a Maria. As caras feias quando um sanduíche não tinha o gosto imaginado, as reclamações do café fraco demais, forte demais, frio demais.

Os fregueses do café se sentavam com uma expressão mal-humorada no rosto à procura de um detalhe que servisse como pretexto para uma reclamação — e, quando não encontravam nenhum, reclamavam dos outros fregueses. Palavras duras haviam sido trocadas em duas ou três ocasiões, mas nunca havia se chegado a vias de fato. Mesmo assim, Maria acreditava que era apenas uma questão de tempo.

E o murmúrio, o murmúrio. Aquilo seria o bastante para enlouquecer qualquer um. Os marulhos e borborejos constantes enquanto o rio atravessava as pedras e se dividia na ilhota onde ficava o café.

Aos catorze anos, Maria tinha assistido ao filme *Poltergeist* — os chuviscos na televisão em que os fantasmas apareciam. Lá era a situação era a mesma, mas com som. Naquele murmúrio, ela ouvia as vozes do passado que a tinham humilhado e assustado enquanto caminhava entre as mesas da área externa com um sentimento de medo sempre a vibrar no peito. Se de tempos em tempos não tivesse que entrar no café para buscar os pedidos, ela já teria sofrido um colapso.

A área externa seguiria aberta pouco mais de uma semana antes de fechar no fim da temporada, porém, Maria achava que não teria mais como aguentar, então começou a fazer uma coisa que não imaginava fazer nunca mais: ela tinha começado a rezar.

Goran e Laura não eram cristãos devotos, mas eram suficientemente religiosos para frequentar de vez em quando a missa católica na igreja da cidade em que estivessem, e por um tempo Maria costumava acompanhá-los. Durante os primeiros anos em Norrtälje ela tinha ido diversas vezes à missa mensal que a congregação de Nossa Senhora promovia na igreja de São Marcos, em Grind. Em parte esse hábito estava relacionado ao fato de que Marko não demonstrava absolutamente nenhum interesse por missas, e assim durante todo o trajeto de ida e de volta Maria tinha o pai e a mãe inteiramente para si. Além disso, descobriu que realmente gostava daqueles elementos cerimoniais e mágicos na rotina. E até mesmo das orações. Maria tinha feito as orações vespertinas todas as tardes até os treze anos de idade.

Se a missa era uma forma de estar com o pai e a mãe, a oração era uma forma de estar consigo mesma, de transformar os pensamentos dispersos em uma coisa maior e se sentir em paz.

Mas por volta dos treze anos, os assuntos terrenos passaram a ocupar parte cada vez maior de sua rotina, e assim a oração caiu no esquecimento.

Mas naquele momento havia retornado. Uma oração contra o murmúrio. Enquanto anda entre as mesas, Maria repete dentro da cabeça as orações que recorda da infância, tanto em bósnio como em sueco. Terços verbais para evitar a própria destruição.

Fader vår som är i himlen, helgat varde ditt namn...

Funciona bem. Em parte o som interno da oração abafa o murmúrio, e em parte o próprio ato faz com que aquela menininha de joelhos ao lado da cama ressurja e torne-a mais terna e mais compreensível em relação às falhas humanas. Toda a hostilidade corria por cima do escudo protetor oferecido pela oração.

Está na hora do almoço, e embora não deva fazer mais do que doze graus metade da área externa já se encontra reservada. As pessoas reclamam e resmungam de pedidos demorados e mexem furiosamente o açúcar do cappuccino. Maria está zanzando entre as mesas com a oração girando na cabeça quando uma mulher aponta para o rio e grita:

— Vejam! O que é aquilo?

Muitos rostos se viram para olhar, inclusive o de Maria. Uma coisa chega flutuando pelo rio, uma coisa... peluda. Muitas coisas chegam flutuando pelo rio. Folhas e galhos são considerados normais, mas há também pássaros mortos — tanto passarinhos como patos. Uma vez houve também um esquilo.

Mas aquilo que está chegando dessa vez é maior. As pessoas se colocam de pé e se aproximam da balaustrada para ver melhor. Ouvem-se manifestações enojadas de "uff" e *"puta merda"* — pois dessa vez é um cachorro. Um cachorro de porte médio, talvez um cocker spaniel, inchado e com uma guia dourada de arrasto.

Um homem com cerca de quarenta anos se levanta e se aproxima da balaustrada. Ao passar por Maria ele desliza a mão pela bunda dela e dá-lhe um apertão. Foi como se um pano vermelho se estendesse diante dela.

Nunca mais.

Havia vários aspectos horríveis ligados ao trabalho no café, mas assédio sexual não constava na lista. Na Itália os comentários indecentes e as mãos que caíam no lugar errado eram situações corriqueiras, mas ou os suecos tinham um caráter diferente, ou o MeToo realmente tinha surtido efeito. E mesmo assim aquilo tinha

433

acontecido. Um homem imaginou ter o direito de usá-la como objeto de suas próprias fantasias e apertá-la como se estivesse conferindo uma manga para decidir se estava madura.

Naquele instante Maria não tem nada nas mãos, então ela se vira para dar na cara daquele homem um tabefe forte o suficiente para derrubá-lo no chão. Ela é capaz disso, já fez isso antes. Mas quando puxa o braço ela percebe uma coisa por cima do ombro do homem. Um brilho suave, muito diferente do cinza característico de um céu de setembro.

Maria baixa a mão. Aquele homem nojento passa por ela com uma respiração sôfrega. A área externa se encontra totalmente vazia: somente a mesa que dá para a Elverksbron está ocupada. Nessa mesa está sentado Jesus. A luz que ela viu é a luz que irradia do rosto dele, daquele sorriso infinitamente solidário. Ele tem a mesma aparência do Jesus no quadro que Goran e Laura têm no quarto. Jesus ergue a mão e faz um sinal para que ela se aproxime.

Maria balança a cabeça e dá um passo para trás enquanto começa a balbuciar uma oração, até perceber que a situação é absurda. Jesus está ali. Ela pode falar diretamente com ele, mas em vez disso se afasta mais ainda. Porque aquele não é Jesus. Porque ela está ficando louca.

Uma expressão acusatória toma conta do rosto de Jesus, mas o sorriso não desaparece: ele parece tão capaz de mantê-lo quanto Maria na época de modelo. Jesus ergue a mão em um gesto de *não tenha medo* e, quando Maria continua a balançar a cabeça, faz um novo gesto que significa *Tudo bem, nós temos tempo.*

Junto da balaustrada as pessoas estão se lamentado porque a correia do cachorro ficou presa, e naquele instante o animal morto está balançando ao sabor das águas bem em frente ao café. Um sopro de podridão chega ao nariz de Maria antes que ela possa dar a volta e correr para o interior da cozinha.

MINHA VIDA EM SUAS MÃOS

Oi, Johan.

Fiquei bem impressionada com o seu talento. Como foi que você pôde escrever uma história dessas com tão pouco material? O punk e o aparelho de surdez. Muito bom! Eu dei boas risadas enquanto lia. Em especial na parte em que o funcionário do município faz uma visita e eles cantam "Staten och kapitalet" [O Estado e a capital]. Bom mesmo. Não sei como você consegue. Eu não costumo ler muito, mas se você escrever outra história, pode mandar para mim. Eu prometo ler. E provavelmente vou adorar.

Um abraço da sua fã número um,

— Anna

Johan e Anna têm encontro marcado na pizzaria com o estranho nome "Pastaexperten" na Stora Brogatan. Bem, eles também servem massas, mas acima de tudo o lugar é uma pizzaria. A decoração é espartana e o aconchego é inexistente, mas o preço é baixo, a pizza é boa e Anna e Johan ainda não têm um com o outro uma relação que envolva qualquer tipo de aconchego.

O relógio marca poucos minutos para as oito quando Johan chega levemente adiantado. Ele pega o telefone e lê o e-mail de Anna. Como crítica literária, o e-mail tem pouca utilidade, mas é a primeira coisa que outra pessoa diz sobre o que ele escreveu, e assim o coração dele se amolece um pouco.

Johan tinha pesado os prós e os contras mil vezes e chegado a perder o sono em razão disso, mas por fim havia chegado a uma conclusão: ele deixaria Anna ler seu romance. O maço de folhas estava guardado na bolsa esportiva a seus pés. Ele sentia a presença daquilo como uma fonte de tensão, como um bicho enjaulado. Já sentado na pizzaria, ele pesa mais uma vez todos os argumentos contra e a favor, e percebe que no fundo ainda não se decidiu.

A situação como um todo é muito perturbadora para Johan. No *Norrtelje Tidning* ele havia lido o atentado contra o abrigo para refugiados na Albert Engström Väg. O responsável, ou talvez os responsáveis, tinham pregado a porta de acesso e jogado um coquetel incendiário por uma janela. Na parede haviam escrito: "cabeças de Svinto go home".

Por sorte o incêndio não havia se alastrado, e assim era possível rir de tanta imbecilidade. Por que pichar a parede de um prédio que se pretende ver queimado? E por que a mensagem para que os refugiados voltem para casa ao mesmo tempo em que se tenta matá-los? Apesar disso, Johan não ri. Simplesmente deseja que não tivesse escrito aquele texto.

Anna chega minutos depois das oito horas e consegue dissipar uma parte das perturbações de Johan ao fazer com que se ponha de pé, dar-lhe um abraço, dizer que ele era "tipo um gênio" e então falar mais uma vez sobre o quanto ela tinha se impressionado ao saber que ele era capaz de inventar uma história tão boa a partir de tão pouco — mais ou menos como o preparo da clássica sopa de pedra.

Logo os dois pedem cada um a sua pizza. Uma Quatro Stagioni para Johan e uma Capricciosa para Anna. Enquanto os dois esperam a comida, Anna diz: "Bem, na verdade, eu não devia comer pizza. Não conte nada para a Siw. Johan faz um gesto como se fechasse a boca com um zíper.

— Muito bem — diz Anna. — O que você tem feito?

— Nada de especial — responde Johan enquanto o maço de papéis resmunga na bolsa como se fosse um bebê de colo. — O de sempre.

— E o que é o de sempre? — pergunta Anna. — Me conte como é um dia típico no seu trabalho.

Johan explica o trabalho na pista de boliche e fala sobre as manias engraçadas dos clientes, as superstições em relação ao jogo e as eternas reclamações sobre os perfis de óleo.

— Os xeiques são duros na queda — diz Anna.

— Como é?

— Os perfis de óleo. Os xeiques são duros na negociação.

Johan ri e relaxa mais um pouco. O juízo que tinha feito em relação à inteligência de Anna na primeira vez em que os dois se encontraram havia se mostrado totalmente equivocado. Tudo bem, ela não era nenhuma intelectual, mas era uma garota inteligente capaz de fazer associações rápidas. *Bata os cães se estiver contente* era uma das frases favoritas de Johan naquele que havia se tornado um jogo em comum entre os dois. Assim que um deles saía com uma novidade, a frase era mandada por mensagem.

As pizzas chegam e os dois passam um tempo quietos. Por diversas vezes Johan sente a bolsa com o pé e se certifica de que não foi embora. Cada vez o que o náilon farfalha ele sente um arrepio de angústia no peito.

Será? Será que tenho coragem?

— E você? — pergunta Johan. — Tem alguma novidade?

Anna toma um gole de Coca-Cola Zero, que ela reconhece ser uma causa perdida em razão da pizza, e responde com um aceno de cabeça.

— Para dizer a verdade, tenho.

— Então conte.

Anna toma fôlego e balança a cabeça como se não conseguisse entender aquilo que está prestes a contar.

— Eu quero fazer um curso superior.

— Opa! De quê?

— Fisioterapia. Um nome chique para personal trainer de pessoas doentes. Mas, você sabe, eu trabalho com pessoas idosas. Eu gosto do trabalho, mas ao mesmo tempo... é meio deprimente não fazer nada além de segurar a barra dos pacientes. Eu queria poder *fazer* alguma coisa que eles se sentissem melhor. Enfim, é isso. Um curso de fisioterapia. Eu acabei de me informar e parece que o meu histórico escolar é suficiente para entrar.

— Uau! Então você vai entrar para a universidade?

— É. Vou estar em Uppsala na primavera, se tudo der certo. Passar três anos lá.

Johan ergue o copo cheio de Coca-Cola normal para fazer um brinde, e Anna o toca com o seu.

— À coragem de se jogar no mundo! — exclama Johan.

— Ah — diz Anna. — Mas não pense que eu não tô apavorada!

Agora!, vem um grito da bolsa. *Chegou o momento! Vamos lá!*

Johan está prestes a se abaixar e pegar a bolsa, mas uma manifestação psicossomática o impede de fazer a movimento. Ele sente uma fisgada na lombar, geme e torna a endireitar as costas.

— O que foi? — pergunta Anna.

— O boliche — responde Johan. — Acabei me machucando no trabalho.

— Você também arranja tempo pra jogar?

— Arranjo. De vez em quando.

Já fazia meses desde a última vez que Johan havia pegado uma bola para derrubar pinos. Apesar da dor nas costas, ele se sente fascinado pela capacidade do corpo em manifestar um estado psicológico.

— Por falar em jogar... — diz Anna, fazendo um gesto em direção ao telefone de Johan, que se encontra em cima da mesa. — Você me ensina a jogar Pokémon Go? Tipo, como é que eu faço?

— *Quê?* Eu achei que você detestava Pokémon Go.

— Ah, é que... — Anna se contorce no assento. — É que eu fiquei sabendo que você pode ter amigos, trocar presentes e coisas desse tipo. E eu queria fazer isso com a Siw. E com você também.

— Só por isso?

Anna coloca o último terço da pizza de lado no prato e responde:

— Não. Também porque... porque eu sinto que estou sempre na mesma. Nunca experimentei uma coisa nova de verdade, ou... como foi mesmo que você disse? Nunca tive coragem de me jogar no mundo. E agora eu tô querendo fazer isso. Mas pra fazer isso eu preciso questionar certas coisas que eu imaginava saber. Tipo Pokémon Go. Você me ensina?

De uma forma que Johan não consegue entender, o interesse demonstrado por Anna em relação a Pokémon Go serve como o último empurrão que faltava. Com um gemido de dor ele coloca a bolsa em cima da mesa, pega o maço de papéis e o entrega a Anna, que lê na folha de rosto: "A metamorfose de Roslag". Ela limpa os dedos com o guardanapo antes de pegar as folhas e erguê-las no ar.

— O que é isso?

— Isso é a minha vida. Está nas suas mãos.

— Opa — diz Anna com um sorriso levemente torto. — Alerta de pretensão!

— É, pode ser meio pretensioso, mas ao mesmo tempo é verdade. Em parte é uma versão alternativa da minha própria vida, uma versão mais elevada, e em parte... esse maço de papéis é tipo... a esperança que eu tenho.

Anna corre os olhos pelas folhas e lê trechos escolhidos ao acaso.

— É um romance, então?

— Eu tenho muita dificuldade para... é uma história. E você disse que gostaria de ler mais histórias.

Os lábios de Anna se mexem enquanto ela lê duas ou três frases. Ela abre um sorriso e diz:

— Muito bem. Mas escute, você não devia... tipo, eu não costumo ler. O Max já leu? A Siw é bem mais...

— Ninguém leu. Você é a primeira pessoa para quem eu tô mostrando isso.

— Nossa. por quê? Quer dizer, por que eu?

— Sinceramente, eu não sei dizer. Pode ser que eu tenha ficado lisonjeado com o seu e-mail sobre a outra história, e... não sei. Eu só queria que você lesse. E me dissesse o que você acha. E por falar em estar apavorado... agora eu tô *totalmente* apavorado. Uma parte de mim quer arrancar essas folhas das suas mãos e dizer pra você esquecer o assunto para sempre.

Anna parece não ter ouvido a última frase de Johan, porque já está distraída com um trecho da história. Sem responder aos temores de Johan, Anna diz:

— Mas você não devia, sei lá, tipo mandar pra um lugar onde isso pudesse virar um livro?

— Pra uma editora? É. Mas eu nunca vou ter coragem, sabe, porque...

— ...talvez eles não gostem. E você vai se sentir destruído.

— Por aí. E por favor, tente ler o mais rápido que você puder, porque eu vou ficar...

Johan faz um gesto brusco com a cabeça para ilustrar o nervosismo extremo. Anna faz um gesto afirmativo e corre os dedos sobre a folha de rosto, que está suja e amassada ao fim de um semestre inteiro de correções insistentes.

— Eu vou começar hoje mesmo — diz ela. — E você me ensina a jogar Pokémon Go, combinado?

— Combinado. E agora me desculpe. Acho que tenho que ir no banheiro vomitar.

A CHAVE DE CASA

1

A casa está pronta — tão pronta quanto poderia estar antes que Goran e Laura levem as coisas do antigo apartamento para lá. Marko anda de um cômodo para o outro e tenta imaginar o cotidiano dos pais, se há coisas faltando para que tudo funcione bem. Ele comprou guarda-roupas e mesas de cabeceira para o quarto, luminárias, cômodas e tapetes para outras peças. A casa tem espaço para descarga, despensa. Lava-roupa e secadora. Entre outros.

Mesmo assim ele tem a impressão de que uma coisa está faltando, uma coisa que ele não consegue identificar, porque fica andando de um lado para o outro como um detetive, com os olhos atentos a detalhes na tentativa de perceber o que foi retirado do local do crime, ou então o que devia estar lá mas não está. Ele está à espera de uma revelação, daquele momento estilo *ah, então ela tinha um cachorro? Nesse caso, onde está a guia?*

Durante pouco mais de uma hora, Marko anda pela casa sem conseguir decifrar o mistério, e por fim se resigna a concluir que o que falta é uma *conexão*. A casa não passa de um espaço repleto de objetos sem nenhum tipo de lembrança, e nesse sentido parece correto dizer que lhe falta vida. Por sorte Goran e Laura podem mudar isso.

A parte triste é que Marko sente exatamente o mesmo em relação ao apartamento onde mora na cidade, e não tem nenhuma vontade de voltar àquele ambiente exclusivo e estéril. Antes de vir para Norrtälje ele tinha imaginado dedicar uma ou duas semanas a arrumar a casa para os pais e então retomar as coisas em Estocolmo do ponto onde havia parado. Mas naquele instante ele já não sabe mais se gostaria de fazer isso.

Havia muitos fatores em jogo. O incidente com Lukas e Markus e o fato de que não queria ter sonhos de merda como os deles, a revelação de que a competição de praticamente uma vida inteira com Max havia chegado ao fim e acima de tudo a sensação de ter simplesmente corrido sempre à frente sem nem ao menos conferir se o terreno era firme. Marko era uma pessoa sem fundações, sem raízes e sem planos.

Era como a casa por onde andava, um lugar vazio à espera de um conteúdo verdadeiro. Esse sentimento não é de todo desagradável, porque também traz consigo um certo potencial. Coisas novas podem acontecer.

E o que acontece naquele instante é que o telefone dele toca. A tela exibe "Mãe" e é assim que Marko atende Laura diz:

— Marko, você tem que vir pra cá. A Maria está muito estranha.

Marko se senta numa cadeira da cozinha.

— Como assim, estranha?

— Ela se trancou no quarto e não quer mais sair. Acho que ela está bebendo sozinha.

— Claro, claro. Eu tô indo agora mesmo.

Desde que Maria havia conseguido o trabalho no café, Marko tinha maus pressentimentos. Ele acha que Maria não é capaz de fazer um trabalho normal. Ela precisa estar nos holofotes, na frente das câmeras, diante de olhares admirados. Simplesmente fazer a roda girar não é o tipo de coisa que Maria faz, na opinião de Marko — e ela tinha sofrido um colapso ao fim de apenas quatro dias na vida de uma pessoa normal. Aquilo podia ser cansativo.

2

— Maria? Maria?

Marko ouve os sons de Maria no interior do quarto, e quando põe o ouvido contra a porta imagina ouvir o barulho de um copo sendo posto em cima da mesa. A voz de Maria está chorosa quando ela pergunta:

— O que foi?

— Eu quero falar com você. Você abre a porta?

— Na-na-ni-na-não.

Goran e Laura estão dois metros atrás de Marko. Ele se vira e abre as mãos, porém Laura faz um gesto para que insista.

Marko suspira. Os pais deviam saber tão bem quanto ele que Maria é teimosa, para não dizer incorrigível.

Depois que ela fincava os pés no chão, não havia mais como tirá-la do lugar. Apenas para mostrar a Laura e Marko que estava tentando, Marko diz:

— Eu *preciso* falar com você.

— Por quê?

Ele tinha conseguido uma abertura — seria a última chance. Na fresta da porta, Mako repete uma linha de *Hatten är din* [*O chapéu é seu*]: "Alla ver varför och allt blir perfekt" ["Todos sabem por que e tudo vai ser perfeito"].

Uma mistura de riso e choro soa no interior do quarto e dois segundos depois a fechadura se mexe. Laura arregala os olhos e pergunta apenas com movimentos dos lábios:

— O que foi que você disse?

Marko dá de ombros e diz:

— Hatten är din [O chapéu é seu], o que faz com que os pais se olhem ainda mais confusos. Eles não lembram.

Den hatten lever så roligt [*Aquele chapéu vive tão engraçado*], Marko pensa enquanto abre a porta do quarto de Maria para logo a seguir fechá-la às suas costas.

— Trapaceiro — diz Maria antes de afundar no pequeno sofá do canto, onde ela pega um copo cheio de líquido cor de âmbar e toma um gole. Marko se senta na cama e pergunta:

— O que foi que houve?

Com a musculatura fraca de um bêbado, Maria deixa o pescoço cair contra o ombro enquanto vira o copo e aperta os olhos para enxergar melhor os reflexos da luz no líquido. O laptop dela está aberto em cima da cama, ao lado de Marko. No monitor uma pessoa estende a mão para alguém que está debaixo d'água. A mão é nítida, e o dono da mão parece familiar apesar da imagem borrada. Quando Marko olha para o endereço da página ele entende por quê. *Encounters with Jesus.* Marko aponta para o computador e pergunta:

— Achei que você tinha largado essas coisas.

— Eu também.

— Mas...?

— Mas... você sabe. Jesus nunca desiste dos pecadores.

Maria ergue o copo mais uma vez e Marko diz:

— Escuta. Você tem que parar de beber. Do que você tá falando?

Para a surpresa dele, Maria o obedece. Ela larga o copo e vira os olhos injetados na direção de Marko. Abana as mãos ao lado das orelhas e diz:

— O meu trabalho... É um inferno. As pessoas... as pessoas são um bando de filhos da puta... um bando de filhos da puta de merda... O dia inteiro... *che palle.* E aquele rio... sabe Aspirina C?

— Você quer um analgésico?

Maria recusa com um gesto enérgico.

— Não, não, *não!* Eu quero dizer que é como trabalhar... dentro de um copo de Aspirina C. Maria faz um barulho efervescente, borbulhante, que faz a saliva espumar em sua boca.

— O tempo inteiro. O tempo *inteiro.*

Marko olha para o monitor do laptop, para a figura sorridente de cabelos longos que estende a mão em direção ao observador, *venha cá, eu ajudo você.*

442

— Mas o que isso tudo tem a ver com Jesus?

— Sei lá — diz Maria. — Mas é para lá que ele vai. Para aquela porcaria de lugar.

— Jesus... vai para o café?

— Aham. Já apareceu três vezes lá. Ele sempre quer falar comigo, mas eu não quero falar com ele.

— Sei... mas por quê?

— Porque eu acho que não vou gostar nem um pouco do que ele tem a dizer.

Antes que Marko possa dizer ou fazer qualquer coisa, Maria puxa o copo para si e bebe todo o conteúdo de uma só vez — mas, quando ela se espicha para encher o copo mais uma vez, Marko consegue afastar a garrafa antes que ela a alcance. Maria faz beiço e cai de volta ao sofá.

Marko sente o peso da garrafa nas mãos. Como é mesmo a frase que ele tinha ouvido? *Basta resolver um problema para que surja outro.* Se Maria tinha dedicado anos a cultivar o vício em entorpecentes, seria muito difícil se livrar disso sem arranjar um novo vício.

— Eu sei que você não acredita — diz Maria. — Por que você acreditaria? Eu mesma não acredito que eu... espera. Isso. Eu mesma não acredito que eu acredito.

— Mas você *acredita,* não?

Maria segura uma risada.

— Eu passei quinze anos sem ir à igreja nem rezar, então é meio como dizer que eu tenho um cachorro mesmo depois de... quinze anos sem cachorro. Mas enfim...

Marko larga a garrafa no chão a uma boa distância de Maria, que se inclina para a frente e diz:

— O quê?

Maria desconfia daquela atitude intolerante e passa um bom tempo olhando para o irmão antes de dizer:

— Eu comecei a rezar. Para suportar. Mas só como uma ladainha ou, como se diz mesmo, uma litania. Um palavrório. Na minha cabeça. E aí ele apareceu. Surgiu numa cadeira por lá e ficou me olhando, como se quisesse que eu chegasse perto.

— E o que você fez?

— O que você acha? Eu fiquei apavorada, porque esse tipo de coisa não existe. Saí correndo para a cozinha e fiquei lá, tremendo até ser mandada de volta com um pedido. Mas a essa altura ele já tinha ido embora, e as pessoas estavam totalmente... tinha um cachorro morto por lá.

— No lugar de Jesus?

— Ah, foda-se essa parte. Isso não interessa. Mas hoje ele voltou. Apareceu duas vezes. E eu... — O corpo de Maria ficou tenso e ela segurou o apoio de braço com força antes de sussurrar. — Marko. E se for o Diabo?

443

Marko quase solta uma risada, mas consegue reduzir o impulso o suficiente para transformá-lo apenas em um sorriso contido enquanto diz:

— Por que o Diabo seria mais provável do que Jesus? Eu sou ateu, mas assim mesmo acho que Jesus seria uma figura bem mais razoável do que um sujeito com rabo e cascos.

— Você acredita mesmo nisso?

— Eu não acredito, mas eu acho.

Maria se levanta e vai em direção à cama. Marko empurra a garrafa discretamente para que continue fora do alcance, porém Maria percebe a manobra. Ela se senta ao lado dele e começa a clicar em vários testemunhos no computador — imagens de figuras borradas ou luminosas.

— Essas pessoas aqui — diz Maria, fazendo um gesto em direção a uma série de postagens. — Foi quase sempre numa situação de muito estresse ou de muita desesperança que Jesus apareceu para elas. Quando uma coisa horrível tinha acontecido ou estava prestes a acontecer. Quando estavam se sentindo um lixo. Não encontrei *uma única* pessoa que estivesse curtindo uma sexta-feira em frente à TV com a família quando Jesus do nada apareceu tipo: "Opa, o que vocês estão assistindo?". Não, é sempre... quando as pessoas realmente precisam. E sei lá, eu na minha situação...

— Mas então acredite, ora — diz Marko.

Maria tira os olhos do monitor e encara Marko.

— O que foi que você disse?

— Eu disse *então acredite*. Você acreditava quando era pequena, e se isso agora pode ajudar você a se curar ou a encontrar um porto seguro... por que não? Continue rezando e acredite naquilo que você vê.

— Você não acha que eu tô com uns parafusos soltos?

— Acho. Mas não por causa disso.

Maria ri aliviada e dá um empurrão no ombro de Marko antes de se concentrar novamente na imagem da figura que salva um eu que se afoga. Marko passa a mão nos cabelos dela e puxa a garrafa discretamente para si quando Maria se levanta e vai em direção à porta. Antes de sair, Maria diz para si mesma:

— Você...

3

Quando Marko sai do quarto de Maria com a garrafa de uísque pela metade na mão, os pais dele estão na sala. Laura faz um gesto de cabeça em direção à garrafa e junta as mãos numa mímica de aplauso. Goran parece abatido. Marko faz um breve relato sobre a situação de Maria, porém não diz nada sobre as visões e diz que ela está passando por uma pequena crise religiosa, o que faz com que os rostos do pai e da mãe se acendam.

Marko larga a garrafa em cima de um balcão na cozinha e tenta identificar uma sensação de arrepio na barriga. É como se uma mosca estivesse voando lá dentro, batendo as asas contra as tripas dele.

E por fim ele descobre o motivo. É difícil identificá-lo por não ser comum na vida dele, mas se trata de um sentimento de *inveja*. Mesmo que haja um elemento de loucura na fé redescoberta de Maria, ele a inveja porque aquilo a põe mais uma vez em contato com o passado, o que a torna mais completa. Quanto a ele próprio, não passa de um... bem, o que ele é? Marko não sabe, e o problema é justamente esse.

Quando Marko retorna à sala, Goran e Laura estão sentados no sofá, conversando com os rostos próximos. Involuntariamente a atenção de Marko se volta para o Jesus pendurado acima de ambos. É difícil imaginar aquela figura simples, bonita e luminosa como um cliente do café em que Maria trabalha, mas segundo ela é isso o que tem acontecido. Marko balança a cabeça e está prestes a se sentar num dos sofás quando vê a chave pendurada abaixo de Jesus. De repente ele fica olhando para aquilo tudo boquiaberto até que Laura pergunta:

— Marko, o que foi? Você está vendo um fantasma?

Não. O que Marko está vendo são galinhas. Antes que a família se mudasse da casa, quando ele ainda tinha quatro anos, seu lugar preferido era o galinheiro. Laura conta que, se Marko não estivesse em casa ou no pátio, então sem dúvida estaria no galinheiro. Ele mal conseguia ficar de pé sob o telhado enviesado, rodeado pelo calor e pelos cacarejos baixos de cerca de vinte galinhas. Ainda hoje ele consegue recordar os barulhos, sentir os cheiros e reviver o sentimento de segurança que o galinheiro lhe proporcionava.

Marko se senta em um sofá, aponta para a chave e pergunta:

— A nossa casa. Por acaso ela ainda é nossa?

Goran leva as mãos às têmporas e abre-as como que para indicar que a cabeça havia explodido, e por fim diz:

— Não sobrou nada além de ruínas, filho. Eu já contei tudo. A casa foi crivada de balas e o galinheiro... você se lembra do galinheiro?

— Foi nisso que eu pensei agora mesmo. Eu sei, nada disso existe mais. Mas o terreno ainda é nosso?

— É — responde Laura. — Se a gente quiser. Ninguém mora por lá. Mas de qualquer modo não deve valer nada. Por que você pergunta?

Marko não responde. O galinheiro age como catalisador de uma reação em cadeia e assume a forma de um jogo de imagens que se projetam no âmago dele. O pôr do sol atrás dos morros de Mostar, os focinhos úmidos das vacas e o cheiro de grama no hálito daqueles animais, a casinha dos coelhos e um coelhinho que se chamava... *Rambo*. O ranger da bomba-d'água enferrujada no pátio, as lascas de ferrugem que ficavam nas mãos dele e o fato de que mal e mal alcançava a alavanca. A porta externa que se abre, o marco desgastado com uma marca profunda, o cheiro do corredor...

— Mãe — diz ele. — Pai. Está tudo acertado para a mudança no fim de semana, caso vocês já estejam com tudo pronto.

— Ah, ah — diz Goran, balançando a mão no ar. — Nós vivemos aqui por dezesseis anos. Não ache que somos mal-agradecidos, filho, mas é difícil.

— Eu estava pensando sobre isso mesmo — diz Marko. — Vocês chegaram a se sentir realmente em casa por aqui? A sentir que essa era a casa de vocês?

Goran e Laura trocam um olhar que dá a entender que em um momento ou outro, talvez em tempos recentes, os dois tenham falado precisamente a respeito disso.

— Existe uma palavra boa em sueco — diz Laura. — *Hemmastadda*. Aqui nos sentimos *hemmastadda*. Bem-acomodados. Mas não... a nossa *casa*... a nossa *casa* é aquela... ruína.

Marko se levanta e tira a chave do lugar, revelando uma silhueta escura com o mesmo formato no papel de parede. Ele pega a chave como se estivesse prestes a executar um passe de mágica e pergunta:

— Essa é a chave da fechadura da entrada, certo?

— É — confirma Goran em tom lamurioso. — Mas já não existe mais fechadura, porque já não existe mais porta.

— Eu vou encomendar uma porta — diz Marko. — E depois vou encomendar para um chaveiro uma fechadura que abra com essa chave.

— Parece caro — diz Laura. — Não invente despesas desnecessárias. Não vai ser mais nossa casa por causa disso. Vamos pendurar a chave na parede da casa nova como estava pendurada aqui. É melhor assim.

Goran assente com a cabeça e Marko diz:

— Vocês não entenderam. Eu quis dizer uma porta nova e uma fechadura nova para a antiga casa. Depois que ela tenha deixado de ser uma ruína.

Laura compreende e olha quase assustada para Marko antes que a ficha caia para Goran, que abre as mãos como se Marko realmente tivesse feito um passe de mágica.

— Como?

— Tata, eu vou até lá. E vou reformar tudo.

Mais comentários desconfiados foram proferidos, e depois vieram as tentativas de convencê-lo a abandonar o projeto com objeções que iam desde o custo e a dificuldade de encontrar trabalhadores capacitados até as constantes tensões étnicas na região.

Nada funciona. Marko está decidido. Ao ver a chave capaz de conjurar o galinheiro, que por sua vez desencadeou toda aquela sequência de imagens, ele sabia ter encontrado seu Jesus, a fé capaz de fazer com que seus pés mais uma vez tocassem a terra.

Agora que a competição com Max chegou ao fim e ele grosso mudo conseguiu terminar tudo aquilo que havia se proposto a fazer, está na hora de estabelecer novos objetivos. A reforma da antiga casa é apenas parte de um projeto maior. Talvez Marko ainda volte a viver a vida que vive hoje, mas enquanto isso não acontece surge uma outra coisa que ele resume para o pai e a mãe nessas palavras simples:

— Eu vou ser iugoslavo.

A SOLTURA

Anna sai para dar uma volta longe da cerca do complexo penitenciário de Norrtälje. É sexta-feira pouco antes da uma hora da tarde, o horário da soltura de Acke. Ela quer se certificar de que ninguém mais o espera, nenhuma outra pessoa com objetivos menos pacíficos do que ela própria. Anna não vê mais ninguém e então volta ao Golf, que ela deixou no estacionamento, o mais perto possível da saída.

Ela baixa o vidro para ouvir o barulho de outros veículos que possam se aproximar e pega o maço de papéis que é o romance de Johan. Anna leu aproximadamente metade das trezentas páginas e, entre os poucos romances que leu na vida, o de Johan é um dos melhores.

A descrição do menino é de partir o coração, e uma cena em que ele é recebido numa repartição pública do município com frieza e incompreensão a tinha feito chorar. Durante aquela noite no trapiche de Marko, Johan tinha falado sobre a mãe, e Anna tinha se impressionado muito com a forma com a forma sensível como ele a havia descrito. A loucura como uma luta para fazer com que o mundo faça sentido.

Mas ao mesmo tempo não é uma descrição autobiográfica pura e simples da infância, porque há trechos em que as fantasias do menino e as alucinações da mãe se encontram numa realidade paralela chamada de Território. Esse é um lugar mais real do que o mundo, com a importante diferença de que tudo que acontece no Território tem uma justificativa e um sentido, enquanto o mundo corriqueiro é descrito como vazio e aleatório.

Anna entende que Johan não queira se arriscar a ter o manuscrito *rejeitado,* como se diz, mas um resultado como esse seria um pecado. Na opinião dela, as editoras deviam estar brigando por um livro como aquele. Por outro lado, Anna não havia terminado a leitura — será que o final podia ser ruim? Só havia uma forma de descobrir.

Anna lê mais umas páginas. O relógio marca uma e dez, e por enquanto não apareceu ninguém para abrir o portão. Nem outro carro. Ela confere o telefone para ver se Acke escreveu alguma coisa ou se o relógio do carro não está adiantado. Mas não chegou mensagem nenhuma, e o relógio do carro está certo.

Anna suspira. Aquele é o tipo de merda antiga que prometera deixar para trás.

Desde que resolveu começar a estudar na primavera, Anna fez um exame da própria vida para decidir a que *time* ela pertence — para falar como se diz em pokemonês. Sem nunca ter pensado a respeito, até aquele momento ela havia feito parte do *Team Olofsson*. Mas a decepção com a traição dos pais a havia levado a pedir para sair de imediato, e naquele instante ela estava... sem time.

Mesmo assim, Anna sabe muito bem a que time pretende se juntar — e chama-o de Time da Ajuda. Ela quer ser uma dessas pessoas que ajudam as outras e assim fazem do mundo um lugar melhor. Não é nenhum delírio de grandeza; ela sabe muito bem que seus esforços vão estar limitados a proporcionar um pouco mais de bem-estar físico a meia dúzia de idosos — mas e daí? Ela vai pelo menos fazer a parte que lhe cabe nesse time.

Anna larga o romance de Johan na bolsa de náilon e olha para o portão. Ela não tem a menor ideia do que vai ser feito de Acke e dos irmãos Djup. Na fúria causada pela traição, Anna havia formulado um plano ensandecido que consistia em roubar o ouro que Stig tinha escondido num lugar que ela conhecia. Mas ela tinha largado esse plano de mão; não pretendia se complicar.

O relógio marca vinte para as duas, e o almoço estendido de Anna só vai até as duas horas. Ela desce do carro e se aproxima da guarita. Uma mulher com uniforme preto da polícia aponta para um microfone no vidro à prova de balas e Anna diz:

— Oi. Eu vim esperar o meu irmão Acke... Acke Anders. Ele devia ser solto à uma hora.

A mulher aperta as teclas de um computador e pede a identidade de Anna, entregue através de uma fresta.

A mulher examina o cartão plástico, devolve-o e por fim diz:

— Ele saiu às onze horas — como se aquilo fosse uma ameaça.

— Você tem certeza? Por quê?

A mulher dá de ombros.

— Consta apenas "situação especial". Isso é tudo o que eu tenho a informar.

— Legal. Brigada.

Não é difícil imaginar qual seria a situação especial — a mesma situação que havia levado Anna a dar uma volta e fazer o reconhecimento da área. Mas por que Acke não havia mandado uma mensagem?

Anna se senta no carro mas para com a mão no meio do caminho até a chave. Os irmãos Djup sabem de tudo, o que talvez inclua os procedimentos internos do presídio. Será que tinham sido informados sobre a alteração de horário e haviam esperado Acke às onze?

Anna escreve uma mensagem e depois tenta ligar. O telefone chama, mas ninguém atende. Ela sente um calafrio ao imaginar o telefone de Acke tocando ao lado de um corpo irreconhecível levado a "dar um passeio" o grito do irmão caçula quando os irmãos Djup mijam em cima das costas esfoladas.

Ela se sente tão perturbada que dirige por cem metros com o freio de mão puxado. Somente quando o cheiro de borracha queimada chega às suas narinas ela entende por que o carro está fazendo um som tão estranho. Anna solta o freio, respira fundo e agarra o volante com força.

Deus, não permita que o encontrem.

De repente a ideia de roubar o ouro já não parece tão louca.

INSANO COMO UM PSICOPATA

1

Max leva uma vida surpreendentemente tranquila sem Micke o pequeno *troll*, pelo menos enquanto as coisas acontecem da maneira habitual e ele consegue manter a rotina. Pela manhã, entregar os jornais. A primeira descoberta que ele fez ao pegar o fardo de exemplares do *Norrtelje Tidning* foi a notícia que ocupava toda a capa: o homem que tinha morrido depois de ser empurrado para dentro do rio. A notícia já tinha aparecido na versão online da noite anterior, mas só foi impressa na edição de sexta-feira.

Max tinha se sentado na escada e lido as quatro páginas e examinado as fotos enquanto uma onda de desespero aumentava dentro dele sem que houvesse uma motosserra capaz de cortar-lhe a ponta. Por fim ele havia amassado o jornal até fazer uma bola e se abraçado àquilo enquanto sentia no corpo os tremores da angústia.

Se eu não tivesse ido ao café, se eu tivesse ido direto, se eu tivesse corrido um pouco mais depressa...

Sentindo-se incapaz de se movimentar, Max tinha olhado para a escuridão da manhã até que esta assumisse a forma de um líquido similar a tinta preta, que ameaçava escorrer para dentro dele. Os últimos pensamentos do homem naquele instante já morto chapinhavam na tinta — o apedrejamento de um menino de dez anos, reproduzido nos mínimos detalhes e observado com uma alegria cheia de ódio.

Depois Max conseguiu fazer uma coisa que parecia impossível: reproduzir os efeitos do Lamictal por meio da sugestão. Foi bom que antes tivesse criado uma imagem mental de Micke, e assim naquele instante foi possível visualizar o pequeno *troll*, o ronco da motosserra e o corte de seus próprios sentimentos. Adiantou. Não foi tão eficaz quanto o medicamento real, mas foi o suficiente para que ele pudesse se colocar de pé e em movimento.

Depois ele fez a rota no modo automático, porque aquilo era a própria imagem do conceito de *rotina*. Frear a bicicleta em frente a um portão, separar a quantidade certa de exemplares, subir a escada, dobrar os jornais, colocá-los nas caixas postais, descer a escada e seguir adiante. Ao terminar a rota, quando o amanhecer despontava no horizonte, ele se sentia mais ou menos como uma pessoa normal. Foi para casa, tomou café e comeu um sanduíche antes de ir para o outro trabalho no Green. Naquela altura do ano, o mais importante a fazer era a poda das árvores adultas e dos arbustos. O trabalho mais delicado acontecia nos meses de julho, agosto e setembro, enquanto o trabalho mais rústico, como dar forma às copas de olmos e bordos que cresciam demais, era feito durante o outono. Em circunstâncias normais ele teria limpado as folhas caídas também, mas como aquele era um verão excepcionalmente seco as árvores tinham começado a perder as folhas já em agosto, e em setembro já estavam praticamente nuas. O incidente seguinte ocorreu às onze horas. Depois de trabalhar com a tesoura de jardinagem nos arbustos que rodeiam o ponto de ônibus, Max foi até o Societetsparken para ver se o vândalo não tinha aprontado nada ao longo da noite. Era um idiota que por um motivo ou outro tinha inventado de cortar árvores pela metade com uma motosserra, e em mais de uma ocasião Max se vira obrigado a terminar o trabalho começado por esse idiota. Tinha derrubado a árvore, cortado os galhos e feito a remoção.

Já ao chegar perto da escultura *Fuga pelo mar* ele notou que havia alguma coisa errada. Max teve a impressão de que tiras de um material claro tinham sido amarradas aos dois olmos que ladeavam o monumento à fuga dos balcânicos pelo mar Báltico. Ele freou o Toro e foi observar.

Quando entendeu o que tinha acontecido, Max sentiu uma onda de raiva ainda mais forte do que o desespero que havia sentido pela manhã. O vândalo havia cortado um círculo que dava toda a volta na casca das árvores. Uma faixa mais clara, com dez centímetros de largura, dava a volta em todo o tronco das árvores, e nessa área toda a casca fora removida. Assim a copa não poderia mais transportar a alimento para as raízes, e a árvore ressecaria e morreria de fome. Levaria cerca de dois anos, e não havia nada que ele pudesse fazer para impedir.

Max ficou tão bravo que soltou um urro e bateu com os pés no chão como se disputasse uma corrida sem andar para a frente. Ele desferiu socos no ar e soltou um novo urro. Com o rabo do olho, viu uma senhora com um cachorrinho dar meia-volta e se afastar pelo mesmo caminho por onde havia chegado.

— Matar árvores! — gritou Max enquanto a senhora ia embora. — Que tipo de imbecil faz um negócio desses?

A senhora se encolheu e apressou o passo enquanto puxava o cachorrinho pela guia. Max chutou a base da escultura e a dor no pé levou-o a ter um momento de clareza durante o qual resolveu fazer o mesmo que havia feito pela manhã: *fingir* que o remédio estava fazendo efeito. Com os punhos cerrados e a cabeça baixa, ele concentrou toda a energia possível a fim de invocar o *troll* a que preferia não recorrer.

Minutos depois a respiração e os batimentos cardíacos haviam voltado ao ritmo normal. Max relaxou os punhos cerrados e examinou as árvores. Não havia nada a fazer. As árvores continuariam de pé durante mais uns dois anos até morrer, e se transformariam em um risco à segurança de todos quando o sistema de raízes não pudesse mais sustentá-las. Na medida em que árvores podiam ser entendidas como seres vivos, aquilo era o mais próximo que se poderia chegar de uma tortura.

Max retornou ao Toro e pegou a serra elétrica. Ele poderia ao menos dar um fim àquele sofrimento. O vândalo sem dúvida havia feito aquilo durante a manhã. Quando a serra de verdade soltou um urro, o barulho abafou os últimos resquícios da raiva que Max sentia, e não restou nada além de tristeza. Max fez o primeiro corte.

2

A última árvore foi derrubada, a serra foi limpa e o veículo de trabalho foi guardado no galpão. São cinco e meia, e Max toma o rumo de casa. O jantar na casa de Siw está marcado para as seis horas, e ele ainda quer tomar um banho antes. Ao passar em frente à floricultura Fröken Knopp ele entra e compra um pequeno buquê de tulipas. Tulipas podem ser flores meio tristes, mas lírios são flores de enterro e rosas seriam um exagero.

No chuveiro o nervosismo chega com força e aumenta cada vez mais enquanto ele veste a camisa favorita, azul-clara com detalhes florais no interior do colarinho e dos punhos, jeans e um blusão vermelho de lã. Max não consegue decidir entre os sapatos sociais e os sapatos Ecco que usava no dia a dia.

Confortáveis. Seguros. Discretos. Legais.

Seriam os sapatos Ecco. Já são oito para as seis quando Max enrola as tulipas num velho exemplar do Norrtelje Tidning, e as mãos deixam marcas de suor no papel. Ele mal comeu durante o dia inteiro porque queria terminar o trabalho nas árvores, e não tem a menor ideia se o que sente entre a barriga e o peito é fome ou medo.

Por que estou com tanto medo?, ele se pergunta quando sai apressado pela Kyrkogatan e caminha depressa em direção ao porto com as tulipas balançando ao lado do corpo.

Porque tudo o que ele tinha dito para Siw no alto do morro era verdade. Com Siw, pela primeira vez desde Cuba ele tinha sentido que existia a possibilidade de uma vida repleta de sentido, que avançava aos poucos em vez de continuar travada sempre no mesmo lugar, como uma colcha de retalhos formada apenas por dias tristes. Max tinha medo de estragar tudo. De se comportar como um idiota, de que Alva não gostasse dele, de... de... tudo que podia dar errado.

O relógio marca seis e cinco quando ele atravessa o túnel que leva à casa de Siw. É preciso lutar contra o impulso constante de dar meia-volta e sair correndo, e Max adota o método empregado por Ross para convencer Chandler a ir ao casamento com Monica.

Vá até o portão. Sem problemas. Suba a escada. Sem problemas. Toque na campainha. Você consegue. É só fazer uma coisa de cada vez.

A porta se abre. Siw está usando meia-calça, um vestido xadrez que vai até os joelhos e uma blusa branca. Antes que os dois se cumprimentem, Max estende as tulipas e diz:

— Tulipas.

Naquele instante Max percebe. Ele e Siw deram longas caminhadas juntos, salvaram a vida de Charlie, fizeram amor e conversaram na sacada. Subiram o morro e admiraram a vista de Norrtälje, viram um homem morrer no rio e se abraçaram no Lilla Torget.

Foram momentos grandiosos, cada um a seu modo.

Mas havia chegado a hora de *fazer as coisas no modo normal*. Simplesmente fazer o que as pessoas normais fazem. É isso o que Max tem medo de não conseguir.

Não é normal por exemplo dizer "tulipas" como primeira frase ao encontrar outra pessoa.

O que se diz?

Siw ri do nervosismo evidente de Max, que parece deixá-la mais à vontade, e em seguida ela o convida para entrar.

Enquanto Max tira os sapatos, Alva vai até o corredor, aponta para ele e diz:

— Ha! Então era você!

— Era eu que... o quê? — pergunta Max.

— Você que era o rapaz!

— Alva — diz Siw. — Você já sabia. Você mesma disse que a Anna tinha contado.

— Aham. Mas agora eu tô vendo com os meus próprios olhos! Alva está usando uma calça de moletom e uma camiseta com Shaun, o carneiro, que tem as orelhas abaixadas quase da mesma forma que as finas tranças da menina.

— Você gosta do Shaun? — pergunta Max.

— Aham — responde Alva. — Ele é legal. Você gosta de brincar?

— Alva, agora não — diz Siw. — A comida já está quase pronta.

Siw entra na cozinha e Max ouve o farfalhar de papel e o rumor de água corrente enquanto ela põe as flores num vaso.

Alva enfia as mãos nos bolsos e não dá passagem a Max.

Ele afunda num banquinho e aponta para a blusa dela.

— Você já viu o filme com o coelhosomem?

Alva balança a cabeça.

— Não. Esse não é do Shaun, o carneiro, mas do Wallace e Grommit. O seu amigo gosta de brincar.

— O meu... quem?

— O Johan. Ele é seu amigo, não?

Max resiste ao impulso de balançar a cabeça diante do estranho comentário de Alva, e em vez disso faz um gesto afirmativo. Em seguida ela pergunta:

— Como você sabe que o Johan gosta de brincar?

— Porque ele esteve aqui. E brincou comigo. Ele tem uma imaginação muito boa. Você também?

Max não sabia o que responder, mas é salvo de repente pela volta de Siw, que sai da cozinha secando as mãos numa toalha enquanto diz:

— A Anna estava aqui de babá quando a gente se encontrou. E ela convidou o Johan.

— É — confirmou Alva. — Ele contou a história do macaco e da chave de boca. Você conhece?

Max não falava com Johan havia três dias. Claramente, um longo trajeto fora percorrido desde a raid no Wind Thingie, quando Johan em parte tinha afirmado que Anna o odiava e o desprezava, e em parte havia dito que não se importava com nada disso. Era no mínimo o trajeto de uma maratona. Alva tinha contado apenas metade da história do macaco e da chave de boca antes da refeição, e assim quando a hora chega ela vai direto para a parte em que ficou claro que o macaco era, na verdade, o senhor Nilson.

Siw preparou ensopado de peixe com açafrão. Alva come o peixe, mas separa os camarões que, a dizer pelo tamanho, foram comprados por unidade, para assim indicar que o tamanho está errado e que além disso não são do *tipo certo* de camarão.

— Qual é o tamanho certo de um camarão? — pergunta Max.

Alva mostra um tamanho entre o polegar e o indicador e a seguir pergunta a Max com o que ele trabalha. Max diz que entrega jornais e trabalha com árvores, na esperança de que Alva se interesse pelo vândalo que mata árvores. Mas o que ela quer mesmo é ouvir histórias sobre o trator, embora não haja muito a dizer a esse respeito. Alva lança um olhar curioso na direção de Max e ele compreende que está perdendo a comparação com Johan.

— Você trabalha *muito* — diz Alva.

— É, é verdade — responde Max, imaginando que por trás dessa constatação se esconde um *você é chato*. A camisa de repente parece apertada e Max não consegue se conter: ele enfia o dedo por baixo da gola, em um gesto inconfundível.

Siw parece notar e diz:

— Alva. Agora já chega de perguntas, tá? Eu e o Max vamos conversar um pouco.

— Só mais uma coisa — diz Alva. — O que *mais* você faz? Afora o trabalho?

Max faz uma busca rápida entre os vários interesses aborrecidos que tem em busca de um capaz de despertar o interesse de Alva. Ele diz:

— Eu jogo Pokémon Go e...

— Eu sei — o interrompe Alva. — A minha mãe também joga. *O tempo inteiro.*

— É. Eu sei. Bom... eu também tenho um Nintendo Switch que...

Essa frase dá a impressão de acionar uma chave. Alva se levanta da cadeira com um gesto brusco e olhos arregalados.

— Quê?! Você tem um *Nintendo Switch?*

Max olha confuso para Siw, que quase chega a revirar os olhos, porém logo substitui esse gesto por um aceno de cabeça.

— Que jogos você tem? — pergunta Alva depois que Siw a põe mais uma vez sentada.

— Agora eu estou jogando um chamado... não sei se você conhece... *Kingdom Battle,* e...

— O jogo com os coelhinhos! — grita Alva. — Ah! Com os coelhinhos e o Mario!

— Esse mesmo. Enfim...

Max conta a história do Reino dos Cogumelos, que foi invadido por coelhos loucos que precisam ser combatidos nos mais diversos cenários. Alva o escuta como se ele fosse um profeta que pregasse a Verdade do Evangelho. De certa forma, Max sente como se aquilo fosse uma forma de trapaça, mas os suores no pescoço cessam e ele ganha um tempo durante o qual pode mostrar que tem *alguma* coisa de interessante, mesmo sem a fantasia de Johan.

Ao encerrar, Max diz:

— Se a sua mãe deixar, eu posso trazer o console para cá uma hora dessas para você conferir.

Na mesma hora ele sente a consciência pesada. Se já tinha parecido trapaça falar sobre *Raving Rabbids,* parece ainda mais trapaça comprar a simpatia de Alva com tecnologia em vez de personalidade.

Mas eu tenho personalidade. Só preciso de mais um tempo.

Alva naturalmente fica encantada com a proposta, e Siw diz que aceita desde que ela não insista em ganhar um mais do que já insiste. Alva promete que isso não vai acontecer, e assim a atmosfera ao redor da mesa parece favorável a Max quando a campainha soa.

3

Devem ser os periódicos de Natal, Siw pensa quando pede licença e se levanta da mesa onde Alva continua o interrogatório sobre o Nintendo Switch. Ela gostaria que Max e a filha tivessem estabelecido uma relação com base em outra coisa além do videogame, mas por outro lado é bom que tenham descoberto um interesse em comum. Aos poucos surgiriam outros. Pois haveria um futuro: Siw estava cada vez mais convencida. O simples fato de que Max tivesse aparecido, mesmo com o nervosismo evidente, já dava mostras de que estava disposto a se esforçar.

Quando chega ao corredor, Siw se pergunta se haveria uma oportunidade para fazer sexo depois que Alva tivesse dormido. Parecia um pouco vergonhoso ou até mesmo sujo, mas ela tinha que se acostumar a esse tipo de coisa se quisesse mesmo engatar um relacionamento com Max. A presença de Alva era um fato, e ela e Max não poderiam limitar a vida a dois às vezes em que estivessem a sós. Bastaria pôr a vergonha de lado.

Siw destranca a porta. Ela tem por hábito comprar alguma coisa da primeira criança que bate, e para esse ano pensou em comprar um calendário para si e um livro do ursinho Bamse para Alva. Ela abre um sorriso desarmado e abre.

De repente o sorriso se transforma em uma careta. Do outro lado da porta está Acke. Se Max estava nervoso, o irmão caçula de Anna parece totalmente paranoico. O capuz do abrigo preto está abaixado por cima da cabeça, e as pupilas dilatadas correm de um lado para o outro enquanto ele esfrega os dedos como se enrolasse bolinhas de meleca com as duas mãos.

— Oi — diz ele, entrando no corredor sem esperar por um convite.

— O que você está fazendo aqui? — pergunta Siw em um sussurro. — Você não pode simplesmente...

— Cala a boca — diz Acke. — E fecha a porta. Tranca esse negócio.

— Não. Saia daqui agora mesmo.

— De jeito nenhum — diz Acke enquanto começa a entrar no apartamento sem tirar os sapatos. — É sério. Tranca esse negócio. Tem um pessoal que... — a voz dele amolece um pouco ao repetir. — É sério. Tranca esse negócio.

Siw tenta ouvir sons vindos da escada, mas não há nada. Ela não sabe o que fazer. Será que devia correr para a rua? Chamar a polícia? Gritar por ajuda? Ela tinha esquecido que aquele era o dia da soltura de Acke, mas nunca imaginaria que...

Ligue para Anna.

Sim, é a única coisa razoável a fazer. Assim Anna pode vir e cuidar do irmão caçula alterado. As pupilas dilatadas seriam heroína ou anfetamina? Siw não lembra — e será mesmo que importa? Um drogado está no mesmo apartamento que a filha dela. Antes que Siw possa fazer qualquer coisa, ela ouve a voz de Acke na cozinha:

— Ah, vocês estão numa festinha de família!

Siw entra na cozinha ao mesmo tempo que Alva pergunta:

— Quem é você? — Acke encara Siw com um olhar matreiro.

— A sua mãe não contou?

— Alva, vá para o seu quarto. — Ao ver que a filha não reage de imediato, Siw pega a filha pelo braço, e Alva resmunga. Siw dá um leve empurrão nela.

— Alva, vá para o seu quarto agora. E tranque a porta.

Talvez essa última frase dê a entender para Alva que a conversa é séria. Com medo no olhar, Alva vai para o quarto e Siw ouve a chave girar. Acke ri.

— O quê, você achou que eu...

— Eu não achei nada. Você tem que sair daqui.

Acke se senta na cadeira de onde Alva saiu poucos segundos atrás. Os dedos inquietos, e os pés batem repetidas vezes contra o chão.

Max se levanta e se inclina por cima da mesa.

— Ei. Você não ouviu o que a Siw disse? Ela quer que você vá embora.

Acke aponta para Max com o polegar da mão trêmula:

— Escute só! Esse é o chefe da casa? Você sabe quem eu sou?

— Eu tô cagando pra quem você é — responde Max. — Sei que a Siw não quer você por aqui, e pra mim isso é suficiente.

Acke aponta em direção ao quarto de Alva, onde Siw imagina que Alva tenha colado o ouvido na fechadura da porta. Ela mal consegue fechar a porta da cozinha antes que Acke diga:

— Eu sou o pai da menina, então não preciso da sua autorização para estar aqui, seu merda. — Max lança um olhar incrédulo em direção a Siw, que baixa o olhar e faz com que Acke solte uma risada rouca. Ele estala os lábios e diz:

— Me traga um copo d'água. Estou com a boca seca pra caralho.

Max dá a volta na mesa. Acke põe a mão no bolso do moletom no exato instante em que Siw tem uma Audição. O som do que parece ser uma faca penetrando em carne, seguido por um grito de Max. Parece que as visões de Max não funcionam quando se trata dele mesmo, porque ele se posta na frente de Acke com os braços cruzados sobre o peito. Ele tem a voz trêmula quando diz:

— Saia daqui agora.

— E se eu não sair? Quem vai me obrigar? Você?

Rígida de medo, Siw olha para a mão que Acke mantém enfiada no bolso. Pode acontecer em dois segundos, um minuto ou uma hora. Mas ela acha que não vai demorar uma hora. Como era mesmo que Max tinha dito?

— *Você consegue mudar as coisas. Eu não.*

— Max — diz Siw. — O que ele disse é verdade. E eu preciso falar com ele. Você precisa sair daqui agora.

Os lábios de Max começam a tremer.

— *Eu?* Mas você acaba de dizer que...

— Não importa o que eu disse. Saia daqui. Não quero saber de você por aqui.

A expressão de mágoa nos olhos de Max é como uma faca no coração de Siw. O pé de Acke começa a bater mais depressa e a mão dele não sai do bolso enquanto ele mantém os olhos fixos em Max.

— Você ouviu o que ela disse. Suma daqui para que os adultos possam conversar em paz.

Max aperta os lábios trêmulos e abre as mãos. Ele quase chega a dizer alguma coisa, mas no fim dá meia-volta e sai em direção ao corredor. Acke estende a perna e dá um pontapé na bunda de Max, que por pouco não cai. Siw o segura pelo ombro e diz em voz baixa:

— Max, foi...

Max se desvencilha da mão dela e calça os sapatos. Quando Siw faz menção de ir atrás, Acke diz:

— Você fica aqui, Siw. Não saia para conspirar lá fora. Ou será que vou ter que falar com a menina nesse meio-tempo?

Siw deixa os ombros caírem e volta à cozinha com o coração sangrando e batendo com toda a força. Acke aponta para a torneira.

— E aquele copo d'água? Eu tô morrendo de sede.

Enquanto Siw serve o copo d'água, a porta do apartamento se abre e a seguir torna a se fechar.

Com uma batida. Acke toma o copo inteiro de um só gole, seca os lábios com as costas da mão e diz:

— Tranque.

Tranque a porta. Em poucos minutos, Siw está reduzida a uma escrava em sua própria casa. Ela vai até o corredor e faz como Acke tinha mandado.

Olha para o lugar onde os sapatos de Max estavam momentos antes, ouve-o dizer "tulipas" e entrar em sua vida aos poucos, meio atrapalhado.

Ela funga. Ainda deve ser possível dar um jeito naquilo quando surgir a chance de se explicar.

Ligue para Anna.

Claro — mas o telefone está no balcão da cozinha, e Acke não parece muito disposto a deixar que ela faça uma ligação.

Quando volta para a cozinha, Siw começa a temer por si mesma e também por Alva.

Sem nenhuma substância capaz de estimulá-lo, Acke se torna imprevisível, como um animal selvagem.

Apesar de tudo, é quase um alívio quando Acke aponta para a cadeira ao lado e diz:

— Senta aqui. Me desculpa se eu fui meio grosseiro, mas a situação é *muito* grave. — Acke tira a mão do bolso e pega um copo de vinho, que logo é esvaziado tão depressa quanto o copo d'água.

Siw se acomoda na ponta da cadeira e aguarda, enquanto Acke esfrega os olhos e coça os cabelos sem parar.

Ele ganhou vários quilos de músculo desde a última vez que Siw o viu, mas assim mesmo tem o rosto mais magro e olheiras profundas.

— Estou afundado na merda — diz Acke. — O resumo é que se eu não juntar trezentos mil paus eu vou me foder.

— Tá.

— *Tá?* Você não entendeu. Eu tô falando sério: tô afundado na merda e *fodido pra caralho*. Você conhece os irmãos Djup?

— A Anna já falou a respeito deles.

— Aham. Sei. E ela falou sobre o que eles fazem com as pessoas que não pagam dívidas?

— Acho que não.

— Não. Porque se ela tivesse falado você ia lembrar, pode saber. Eu preciso de trezentos mil pra ontem.

— Acke, eu não tenho esse dinheiro.

Acke usa o indicador para fazer um gesto em forma de círculo acima da cabeça e diz:

— Esse apartamento aqui, quanto vale? Um milhão e meio? Dois? Certeza que você pode me emprestar.

Pela primeira vez desde a chegada de Acke, o medo e o desespero de Siw se diluem em um pouco de indignação.

— Você aparece aqui do nada, expulsa o meu amigo, assusta a minha filha e agora quer que eu pegue um empréstimo de trezentos mil porque...

Acke ergue a mão em um gesto para indicar que Siw deve parar.

— A *nossa* filha, se você me permite.

Siw perde a concentração e tem dificuldade para se articular, mas por fim consegue dizer:

— Você nunca, nem um por um segundo, demonstrou que... que você dava a mínima para ela.

— Não — diz Acke. — Mas eu posso começar, não? Ter mais... engajamento com ela, como dizem. Enfim... Participar da vida dela e tudo mais.

— Você tá me ameaçando?

— Entenda como você quiser. Mas eu preciso do dinheiro.

Siw se levanta da cadeira e vai até o balcão da cozinha, onde pega o telefone.

— Eu tô ligando pra Anna agora mesmo. Ou você prefere que eu ligue para a polícia?

Acke passa as mãos nos olhos e de repente parece exausto. Ele se levanta devagar e diz:

— Liga pra quem você bem entender. Mas pensa bem. Siw, eu preciso desse dinheiro e... — suspira Acke, se retorce no assento e diz: — Vamos lá então. *Por favor.* Eu te imploro.

Siw clica o nome de Anna na lista de contatos. Enquanto o telefone chama, Acke diz:

— Eu tô dando o fora. Mas eu vou voltar. Se você quiser entender como uma ameaça, tudo bem.

Siw acompanha Acke até o corredor e cancela a chamada não atendida. Acke abre a porta e sai em direção à escada. Antes de fechar a porta, diz ele:

— A propósito... ela é uma menina linda.

4

— Mamãe, *quem era aquele?* Ele era bem assustador.

Siw está de joelhos em frente ao quarto de Alva, com a filha no colo. Alva abraça Siw com um dos braços e Poffe com o outro. Se alguma vez Siw havia pensado em contar para Alva, naquele momento essa ideia parecia totalmente fora de cogitação. Antes um pai no céu, que jogasse raposinhas de pelúcia, do que aquela figura "assustadora" que tinha acabado de aparecer na cozinha.

— Aquele era o Acke — disse Siw. — O irmão caçula da Anna.

— Da *Anna?*

— É. Da Anna.

— Mas ele não pode ser o irmão caçula! Ele era grande e assustador.

— Bom, mas ele é.

— E por que ele tava aqui?

— Porque... ele queria dinheiro emprestado.

— E ele conseguiu?

— Não.

— Não. Porque a gente não tem dinheiro. Não muito, pelo menos. Não o suficiente pra comprar... — Alva pressiona os lábios ao redor da palavra que imaginava dizer e olha em direção à cozinha. — Onde tá o Max?

— Foi embora.

— Ele vai voltar? Com... o Switch?

— Espero que sim. Eu só tenho que...

Alva sentiu o corpo inteiro se enrijecer quando teve as necessidades imediatas de consolo satisfeitas. Siw a larga, pega o telefone, clica em "Max" e escreve: *"Me desculpe pelo que aconteceu. Eu tive uma Audição. Uma coisa terrível aconteceria se eu não tirasse você de perto de mim. Eu fui obrigada. Me liga.*

Segundos depois da mensagem o telefone tocou. O coração dá um pulo no peito de Siw, mas a tela mostra "Anna".

Quando Siw responde, Anna diz:

— Me desculpe, eu tava no banho. Não era pra você estar com o Max?

— Era, mas... o Acke veio para cá.

— O Acke? Na sua casa? Por quê?

— Ele quer dinheiro. Trezentas mil coroas.

Os olhos de Alva se arregalam e ela pergunta:

— *QUÊ? TREZENTAS MIL COROAS?*

— Quer o *seu* dinheiro?

— É.

— Mas... mas...

Siw se sente encurralada e deseja que tivesse contado a verdade muito tempo atrás. De qualquer forma, aquela não seria a hora, com Alva perto e o coração dilacerado. O peito de Siw dói e ela sente dificuldade para respirar. *Será que uma coisa se quebrou? De verdade?*

— Eu só queria dizer pra que você soubesse — explica Siw.

— Porra, que merda. Siw, me desculpa.

— Não é culpa sua.

— Eu já fui atrás dele, e ele tá... não é nada bom que ele esteja por aí. Acho que estão de olho nele.

— Os irmãos Djup?

— É.

Siw balança a cabeça.

462

— Mas não era... tipo aquela música que fala sobre um pessoal que mora no interior e uns camponeses que... parece quase ridículo.

— Siw, escuta o que eu vou dizer. Esse pessoal pode ser qualquer coisa, menos ridículo. O Acke disse para onde ia?

— Não.

— Merda. Enfim, não é problema seu. Mas eu tenho que... preciso desligar, amiga.

Siw desliga e ouve o grito de Alva com aquela soma astronômica. Ela vê certos traços de Acke naquele rostinho, percebe o jeito dos olhos quando se estreitam um pouco. Uma parte inseparável dele está nela.

Não é problema meu? Quem dera fosse assim.

5

Quando Acke chega ao fim da escada ele olha para o pátio através do vidro na porta de entrada. É difícil enxergar com a iluminação da escada acesa, e assim ele se agacha com as costas apoiadas na parede e afunda a cabeça entre as mãos.

Ir até a casa de Siw tinha sido um impulso do momento, causado pelo desespero que surgiu quando todos os outros caminhos se mostraram fechados. Acke tinha passado o dia escondido no porão do prédio de Anna. Ele tinha uma cópia da chave por manter coisas suas guardadas por lá. Acke tinha ligado para todas as pessoas que poderiam ajudá-lo, mas ninguém havia se mostrado disposto. A situação dele é conhecida.

Acke baixa a cabeça e sente os ligamentos do pescoço tensos. A metanfetamina que havia usado para tomar coragem e sair permanece no corpo e transforma o sistema sanguíneo nas galerias de um formigueiro, por onde milhares de pezinhos minúsculos e afoitos correm e o impedem de sucumbir a um terror mais apático. Logo ele vai precisar de mais. De preferência, o bastante para ter uma overdose e se livrar daquela merda de uma vez por todas — mas ele nunca ouviu falar de uma overdose de metanfetamina inalada: para tanto seria preciso injetar, e esse era um limite que nunca havia cruzado. Já se conseguisse heroína...

Os pensamentos rodopiam enfurecidamente no ritmo das palpitações, e os dedos tamborilam nos joelhos. Acke não está orgulhoso da maneira como tratou Siw e assustou a pequena, mas também não chega a sentir vergonha. Não há espaço para vergonha na situação em que se encontra: a única coisa que importa é sobreviver.

Já na cadeia, Acke compreendeu o que aconteceria quando fosse solto, e chegou a ter um gostinho do que estava por vir. Nas costas, ainda tinha as marcas de um ataque sofrido no chuveiro, quando foi espancado com barras de sabão enroladas numa toalha, e o polegar da mão esquerda mal funcionava depois de ter sido espremido em um torno na oficina.

Acke já havia repetido centenas de vezes: não fazia a menor ideia do que tinha acontecido com aqueles dois quilos. Em um lugar qualquer entre a compra em Hamburgo e a alfândega essa parte tinha desaparecido — e o mais provável era que o vendedor tivesse sido o responsável. Depois de feito o negócio ele havia oferecido um bagulho dos bons para Acke, e no meio da confusão mental a seguir devia ter pegado dois pacotes de volta. Acke estaria chapado demais para notar.

Ele rilha os dentes e se entrega a mais uma das fantasias detalhadas a respeito do que aconteceria se encontrasse mais uma vez aquele alemão filho da puta chamado Klaus. Quando Klaus surge esticado e chicoteado em um balanço, a luz da escada se apaga. As mudanças repentinas fazem com que Acke leve um susto. Com um gesto espasmódico, ele se coloca de pé e olha para o pátio escuro. Nada.

O plano naquele momento era simplesmente voltar à casa de Anna. Ele jamais se atreveria a aparecer por lá se o porão não tivesse uma entrada própria nos fundos do prédio. Lá Acke poderia esperar a chegada da noite e torcer para que a manhã trouxesse ideias melhores ou a colaboração de Siw. No fundo ele não acreditava em nenhuma dessas alternativas, mas o que mais restaria a fazer?

Inutilmente encolhido, Acke sai portão afora e tenta se manter à sombra quando dobra à esquerda e entra no túnel que sai do pátio. Ele já está na metade do caminho quando um vulto de porte avantajado surge e se delineia contra as luzes da Flygaregatan. Os pulmões de Acke se encolhem e o ar sai por seus lábios com um gemido. Ele não sabe se aquele é Ewert ou Albert, mas com certeza é um dos dois. É raro que os irmãos se encarreguem pessoalmente desse tipo de assunto — parece bem provável que considerem Acke um caso muito especial.

Acke não pensa nenhuma dessas coisas. Simplesmente não pensa em nada. Assim que o vulto surge, é como se houvesse um blecaute em sua cabeça. Acke geme, dá meia-volta e sai correndo. Mal consegue dar três passos antes de esbarrar num corpo igualmente grande, que mal podia ser visto no escuro.

— Epa — diz Albert Djup, que em seguida dá uma bofetada na orelha de Acke com a mão enorme. Um zumbido enche a cabeça de Acke quando ele cambaleia de lado e se apoia contra a parede para não cair. Ele tateia em busca do canivete que traz no bolso, mas pode ser que a pancada na orelha o tenha feito perder o equilíbrio, uma vez que logo é tomado pelo enjoo e vomita nos próprios tênis.

Albert espera até que Acke termine de vomitar e então agarra o capuz do moletom, puxa a cabeça de Acke para trás e dá-lhe mais uma bofetada que parece anestesiar metade da cabeça.

464

— Mantenha a calma na tempestade. O Senhor está próximo. — Um lenço limpa o vômito nos lábios de Acke e a seguir é empurrado para o interior da boca. Acke ouve um ruído e duas voltas de fita adesiva são dadas ao redor de sua cabeça. Ele está prestes a desmaiar e mal percebe o que está acontecendo. Encolhe o corpo, engole e tenta se controlar para que não torne a vomitar no lenço, o que poderia sufocá-lo.

Albert o segura, tira o canivete do bolso de Acke, ri e guarda-o no seu próprio bolso. Ouve-se mais um ruído e os dois pés de Acke são juntados, como se estivesse em posição de sentido. Mais um ruído e as mãos foram presas com abraçadeiras plásticas de um centímetro de largura. Ewert observa-o e faz um gesto afirmativo de cabeça.

— Empacotado e pronto para se despachado — diz ele, caminhando em direção à saída do túnel enquanto deixa Acke sozinho com Albert, que distraidamente enfia o dedo no nariz e cantarola uma melodia que Acke tem a impressão de reconhecer. O coração dele palpita como se fosse possível ver um punho fechado socando-o de dentro para fora. As pernas se transformam em *crème brûlée,* e ele nem ao menos se aguentaria de pé se Albert não o segurasse debaixo do braço.

Acke diz:

— Mppfff.

e Albert responde:

— Corta essa.

Um barulho de motor soa no interior do túnel e logo um carro chega de ré. É um Volvo 740. O *crème brûlée* desanda e Acke cai praticamente do pior jeito possível, mas antes da queda Albert o segura e diz:

— Agora vamos dar um passeio.

Ele ergue Acke no peito, como se fosse um menino, leva-o até o carro e o joga no interior do porta-malas.

— Boa noite — diz Albert, fechando a tampa do compartimento. Tudo fica preto.

6

Acke está amarrado no escuro. Ele houve o tilintar de objetos metálicos ao redor e sente o cheiro de óleo e antiferrugem. A atitude em relação a vomitar acaba de sofrer uma transformação. Ele tenta vomitar para assim sufocar e pôr um fim àquilo tudo o quanto antes. Mas a única coisa que ele consegue é um cheiro azedo que sai pelo nariz.

Acke começa a chorar. Ele caga nas calças. Bate a cabeça contra a lataria do carro na esperança de desmaiar. Urra de desespero e se caga um pouco mais.

Ele não sabe quanto tempo a viagem deve levar, e além disso se encontra naquele espaço atemporal onde habita a própria essência do medo — mas de vez em quando, em certos momentos, o barulho do motor se altera e o carro diminui de velocidade. Os pneus fazem um barulho de cascalho. O motor é desligado com um último movimento. Passos pesados chegam mais perto, e logo o porta-malas é aberto.

Ewert Djup está lá. Ele se abaixa em direção a Acke, porém logo se detém e agita mão em frente ao nariz, dizendo:

— Putz. Que cheiro de chiqueiro.

— Você não se lembra? — pergunta Albert. — Era de praxe.

— Lembro. Agora que você disse...

Ewert estala os dedos.

— Claro, porra! A gente costumava forrar com jornal!

Albert estala os lábios com uma expressão lastimosa.

— Quem diria. Será que a gente perdeu o jeito?

— Pode ser. Mas já faz um tempo desde a última vez que tentaram nos sacanear.

— Verdade. É verdade.

Acke balança a cabeça, solta barulhos em protesto, *nunca, eu jamais sonharia, me deixem explicar,* mas a única coisa que se ouve é um gemido abafado enquanto a impossibilidade de se explicar faz com que as lágrimas corram. Juntando as forças, os irmãos tiram Acke do porta-malas e prendem as mãos atadas ao engate do reboque, com o rosto dele esteja voltado para o céu estrelado.

Deus, por favor me deixe morrer.

— Muito bem — diz Ewert ao examiná-lo. — Já podemos dar a partida. Você vem junto?

Ele sorri com o gracejo e está a caminho do banco do motorista quanto Albert pergunta:

— Você não tá esquecendo nada?

Mais uma vez Ewert estala os dedos. Um botão é acionado, se ouve um deslocamento de ar e a seguida a melodia de um acordeom. Logo um grupo de homens começa a cantar: *"Vi bor på landet, och snart vi fann det, vi behövde nånting i stallet..."* [*"Moramos no interior, e assim que o encontramos, precisamos de uma coisa no estábulo"*]

O carro dá a partida e o motor ronca. O escapamento tosse e a fumaça envolve a cabeça de Acke, mas ele não sente nenhum cheiro além do fedor de vômito. Simplesmente olha para o céu e tenta fazer com que a própria consciência se entregue à escuridão. Se desligue. Desapareça. Mas não funciona. E assim tudo continua enquanto as vozes continua a cantar aquela letra sobre atividades rurais: *"Vi behövde nånting i lagårn. Vi låna av morsan, och köpte kossan ..."* [Precisamos de uma coisa no curral. A mãe no emprestou dinheiro e compramos a vaca...]

Acke geme quando o cascalho afiado corta sua pele na altura da lombar. Ele finca os pés no chão e faz uma ponte. O carro acelera. As solas dos sapatos deslizam e se batem contra o chão irregular, e as lascas de cascalho batem contra seu pescoço enquanto ele tensiona os músculos da barriga para manter as costas e bunda acima do chão.

O carro aumenta a marcha e as pernas de Acke são jogadas para o lado. Ele sente um beliscão forte nos pulsos ao cair e geme de dor quando o lado direito do quadril é arrastado por um segundo contra o cascalho cortante antes que possa endireitar o corpo outra vez. Uma guinada para a esquerda e o quadril recebe o mesmo tratamento nesse lado. Acke sente o sangue escorrer pela barriga.

Quanto tempo? Quanto tempo eu aguento?

Se Acke tivesse a menor chance de refletir, talvez sentisse um alívio paradoxal ao perceber que por ora o terror havia desaparecido para dar vez ao mais puro instinto de sobrevivência. A questão era apenas manter o equilíbrio com os pés que deslizavam sobre o cascalho e manter os músculos do abdômen suficientemente tensos. As dezenas de milhares de abdominais que ele tinha feito na academia e na cela ofereceriam uma ajuda grátis, mas duas curvas depois os músculos do abdômen mais parecem uma corda retesada prestes a arrebentar.

"Vi sålde servisen, och köpte grisen..." [*"Vendemos a baixela e compramos o porco..."*]

O suor escorre pelo corpo de Acke e a bunda dele se abaixa irremediavelmente na direção da superfície abrasiva. Ele sente as lascas de cascalho de maneira cada vez mais distinta como pequenos movimentos pinicantes contra os pés. As solas dos sapatos estão cada vez mais desgastadas, e logo as solas nuas dos pés vão ser lixadas.

Ranho escorre do nariz de Acke e ele geme e faz um último movimento para cima com os músculos do abdômen enquanto grita de dor. Ele consegue erguer o corpo cerca de dez centímetros, porém logo torna a baixar. Um som característico surge quando a parte traseira do jeans se arrasta por cima do cascalho. Acke está prestes a desistir e se resignar a ser esfolado vivo quando o carro de repente diminui a velocidade e para.

Lá dentro, as vozes dos camponeses seguem cantando, agora fazendo imitações de todos os bichos que estão reunidos. E logo a música cessa, o motor é desligado e a porta do carro se abre. Acke se estende numa posição incômoda, com as mãos ainda presas ao engate do reboque e o suor escorrendo para dentro dos olhos. Ewert se aproxima, põe as mãos na cintura, encara-o e faz um gesto afirmativo com a cabeça.

— Ora, ora — diz ele, tirando as mãos de Acke do engate. — Você se virou muito bem. Mas vejo que os sapatos ficaram um pouco estragados.

Será que acabou? Será que escapei?

Ewert segura as pernas de Acke, vira-o meia-volta e prende os pés dele no engate do reboque. Depois faz mais um gesto afirmativo e diz:

— Mas a segunda volta é pior, como você pode imaginar.

Acke grita desesperadamente por trás da fita adesiva ao imaginar a *segunda volta*. Não haveria como se proteger da abrasão causada pelo cascalho: ele seria moído aos poucos. Acke grita e grita. Ewert leva a mão em forma de concha ao ouvido, franze a testa e pergunta a Albert:

— Você ouviu o que ele disse?

— Deve ser o de sempre.

— Bem provável. Mas podemos tentar ouvir mesmo assim.

Ewert enfia o dedo por trás da fita adesiva que mantém a boca de Acke fechada e as unhas compridas cortam-lhe os lábios quando a fita é baixada até o pescoço. Acke tem a respiração irregular em razão do pânico que sente, e não consegue dizer nada coerente.

— O que foi? — pergunta Ewert. — Ou podemos seguir viagem?

— Não, não, não — resfolega Acke. — Não fui eu, vocês precisam acreditar em mim, eu fui enganado, eu...

Ewert suspira.

— Essa história nós já ouvimos antes. Se não há mais nada, então...

— Eu faço qualquer coisa — diz Acke. — Qualquer coisa. Exatamente o que vocês quiserem, desde que vocês não arranquem.

Ewert olha para Albert e em seguida para Acke. Ele se abaixa até que o joelho fique na altura da cabeça erguida de Acke, se inclina para a frente e pergunta:

— Qualquer coisa?

— Sim, sim, sim. Qualquer coisa.

Ouve-se um clique quando Albert abre o canivete de Acke e corta a abraçadeira que lhe prendia os pés. Os pés caem no chão com um pequeno baque. Ewert diz:

— Muito bem. Mas agora vamos ter que pensar.

7

Siw permanece imóvel em frente à mesa posta e ao jantar comido pela metade. É uma visão deprimente, porque são os sonhos e as esperanças dela que estão lá, expostas sob a luz das velas acesas. Ela não consegue tirar a mesa e lavar a louça porque no fundo ainda nutre a esperança de que Max possa voltar, e assim deixa tudo lá, esfriando como um monumento ao fracasso.

Acke. Maldito Acke.

Por que ele tinha escolhido justamente aquela noite para estragar tudo? No que dizia respeito a Siw, ele podia ficar o resto da vida na prisão. Ela nunca tinha dito para Acke que Alva era filha dele, mas ele devia ter feito os cálculos e visto as semelhanças. De qualquer forma, o comportamento de Siw naquela noite tinha confirmado tudo.

Maldito Acke.

Será que ela teria de suportá-lo a partir daquele momento? Depois do abuso, Siw evitava até mesmo pensar em Acke. Se não fossem as perguntas constantes de Alva, Siw poderia encarar a própria filha como o fruto de um nascimento imaculado. Mas a partir daquele momento essa possibilidade havia se tornado ainda mais impossível. A merda tinha batido no ventilador.

Os olhos de Siw ardem quando os punhos dela tremem diante do jantar deixado pela metade. Ela deseja que Acke suma da face da terra e imagina uma cena em que o atrai até o Societetsparken para jogá-lo em um sumidouro. Um escorregão e um baque, e assim o mundo estaria livre daquele problema. Enquanto Siw visualiza os dedos de Acke escorregando rumo ao fundo do sumidouro, o telefone toca. Na tela está o nome de Max. Siw engole o choro, limpa a garganta e atende.

— Oi — diz Max em tom neutro. — Eu vi a sua mensagem.

— Ah, eu queria... eu fiquei muito triste com o que aconteceu, mas eu ouvi que... que você seria esfaqueado.

— Sei. Entendi. O que ele disse é verdade? A respeito da Alva?

Siw tenta se recompor. Ela nunca tinha contado aquilo para nenhuma outra pessoa. É preciso fazer um esforço para segurar aqueles dedos e trazer Acke de volta à superfície, em frente aos olhos de todos. Siw baixa a voz a um sussurro e diz:

— É. Ele me estuprou.

Max suspira e diz:

— Eu lamento, Siw.

— Não precisa. Eu tive a Alva. O problema é que ele veio junto com o pacote. Será que você não pode vir para cá?

Tudo fica em silêncio no outro lado da linha, e Siw mantém a respiração suspensa. Ela olha para a mesa da cozinha. Se ao menos fosse possível *eliminar* a aparição de Acke! Tratar aquilo como uma cena dispensável e pouco verossímil, do tipo que não aparece sequer nos extras. Para voltar à narrativa principal no ponto em que havia sido interrompida.

— Para ser bem sincero... — diz Max, e Siw aperta os olhos. Nada de bom pode vir de uma frase que começa com *para ser bem sincero,* e os temores de Siw se confirmam quando Max continua. — ...eu acho que não consigo. Você sabe o que eu sinto por você e tudo mais, mas agora eu parei de tomar o remédio e tudo ainda é muito... — A voz de Max fica embargada quando ele termina: — ...eu acho que simplesmente não consigo.

— Por favor! Será que você pode ao menos tentar?

A voz de Max treme com o choro contido quando ele diz:

— Eu não tenho coragem. Tudo está muito confuso. Eu tenho medo de fazer coisas que... eu não confio em mim mesmo. É muito caos. Me desculpa, Siw, de verdade. Por tudo. A gente vai dar um jeito nisso, mas... não agora. Boa noite... e tchau. — Max desliga.

Siw fica olhando o celular, e por fim o nome de Max pisca e desaparece. A tela preta reflete o rosto dela, que parece meio assustador iluminado de baixo para cima pelas chamas das velas. Em silêncio, Siw larga o celular em cima do balcão e começa a tirar a mesa. Um sumidouro se abre no peito dela, e o anseio que sentia grita ao afundar na lama.

Ela raspa os restos de cozido de peixe no saco de lixo orgânico. Enxuga a louça e coloca tudo na máquina de lavar. Siw está colocando o que sobrou na panela de cozido em um pote plástico quando Alva entra na cozinha.

— Mamãe, por que você tá chorando?

— Eu tô muito triste.

— Porque o Max foi embora?

— É. Mas também não é só isso.

Alva se aproxima de Siw e apoia a cabeça na cintura dela. Siw larga a concha para afagar os cabelos da filha. Alva pega a mão de Siw e diz:

— Ele vai voltar.

— Você acha mesmo?

— Aham. Vocês já se beijaram?

— Já.

— Então ele vai voltar. Com o Switch.

O SOM DE UMA BATIDA 2

1

— Bum-tchaca-lac!

Marko faz um gesto largo com o braço direito enquanto a tela acima da cabeça exibe uma animação de piratas que disparam uma bala de canhão e limpam todos os pinos no deque de um navio com a palavra "Strike!". É o primeiro strike dele, na nona bola. Três bolas foram direto para a canaleta, e ele está muito atrás na pontuação. Mas um strike é sempre um strike.

Enquanto Max se levanta para pegar a bola, Marko chega perto de Johan, que o cumprimenta com um high-five e diz:

— Beleza. Você apareceu. Como foi a mudança?

— Passei o tempo inteiro carregando coisas de um lado pro outro e suspirando. Mas agora eles estão acomodados, e a Maria também. Embora tenha feito pouco mais do que reclamar. Não entendo qual é o problema dela.

— E agora você pretende voltar pra Estocolmo?

Marko coça o pescoço e olha para Max, que ergue a bola até o queixo.

— Depois a gente fala a respeito disso.

Max avança dois passos enquanto a bola faz um movimento de pêndulo para trás antes de rolar pelo chão com uma curvatura leve que parece impecável, mas assim mesmo dois pinos sobram de pé.

— Que lixo! — grita Marko. — Não se faz uma coisa dessas!

É domingo, e Marko finalmente concordou em jogar uma partida. Apesar dos gritos de zombaria, ele está setenta e cinco pontos atrás de Max e cento e trinta pontos atrás de Johan, que só perdeu o strike em duas bolas. Johan se dispôs a jogar com a mão esquerda, porém Marko recusou a oferta dizendo que assim ficaria *ainda mais* irritado ao perder.

Quando Max derruba os pinos faltantes no spare, Johan se levanta, ergue a bola sem nenhum esforço aparente e faz o sétimo strike. Marko parece emburrado quando se levanta, mas não pode conter um sorriso quando Johan aponta para a animação dos piratas no monitor e diz:

— Um ataque-surpresa dos escoteiros do mar.

Marko pega a bola.

— Você ainda se lembra.

— Óbvio. Foi uma das coisas mais engraçadas que você disse.

— Legal. Mas agora presta atenção nessa bola mortífera.

A "bola mortífera" de Marko consiste em um lançamento vertical feito com toda a força. Se os pinos fossem do modelo antigo, com núcleo de madeira, talvez acabassem danificados pelo projétil, mas hoje em dia os pinos são feitos de plástico rígido e aguentam o tranco. Para que não sejam pulverizados.

Johan faz uma careta quando a bola de Marko voa dois metros no ar e se bate contra o assoalho com um estalo que faz o chão tremer antes de continuar o trajeto, fazer uma curva e acertar o pino mais próximo da lateral sem derrubá-lo, para enfim desaparecer no fim da pista.

— Caralho — diz Marko, o que faz o coração de Johan palpitar. A expressão leva-o a pensar em Anna, que ainda não disse nada sobre o romance, o que por sua vez o leva a viver numa situação constante de nervosismo.

Os três chegam ao fim da partida e Johan busca três cervejas na geladeira. Os amigos escolhem uma mesa, se sentam juntos e fazem um brinde com as garrafas.

— Que jogo de merda — diz Marko para a surpresa de ninguém, para a seguir tomar um gole e se dirigir a Max:

— Como foi o encontro com a Siw na sexta-feira, aliás?

Parece surpreendente que Marko tenha aceitado jogar, e ainda mais surpreendente que tenha aceitado com tanta facilidade a derrota catastrófica. Alguma coisa tinha acontecido desde a partida de minigolfe. Max suspira e corre o dedo pelo gargalo enquanto responde:

— Foi meio... atravessado, digamos.

— Atravessado? Como assim?

— Eu não posso entrar em detalhes. Tem a ver com a vida da Siw e é ela que... É meio dif — ah!

Max faz uma careta e leva a mão direita ao peito, na altura do coração. As pernas se estendem e a cabeça se joga para trás enquanto ele começa a soltar um gemido agoniado.

— Puta merda — diz Marko. — É tão ruim assim?

Johan se levanta e segura Max pelos ombros, para evitar que o amigo caia no chão. O surto é breve e já ao fim de poucos segundos Johan sente que os músculos de Max relaxam e o olhar volta ao normal.

— Você viu alguma coisa? — pergunta Johan.

— Vi — responde Max entre um tossido e outro. — Eu levei um tiro. Quer dizer, alguém levou um tiro.

— Onde? — pergunta Johan.

— Aqui. No coração.

— Mas em que lugar? Aqui no centro?

— Perto da Pedra de Brodd, naquele... como se chama mesmo? Zetterstenska Parken. Naquela trilha à margem do rio.

Marko saca o telefone.

— Você quer que eu ligue para o 112?

— Não. Tem gente por lá. É quase certo.

— Mas quem foi atingido?

— Não tenho a menor ideia. É bem longe, e assim tudo fica meio... confuso. Tudo! Mas alguém levou um tiro. De pistola. — Max passa a mão em frente ao rosto, fazendo um gesto que indica cansaço. — Mas que se foda isso tudo. Eu não aguento mais. — Ele toma um gole de cerveja e Johan e Marko o acompanham.

Os três passam um tempo em silêncio e por fim Marko pergunta:

— Porra, agora as pessoas começaram a dar tiros umas nas outras? O que tá acontecendo com essa cidade?

— Sério, Marko — diz Max. — Eu não aguento mais. É merda demais acontecendo ao mesmo tempo, eu simplesmente... não aguento mais.

— Tá — diz Marko. — Mas assim mesmo eu posso contar. O Johan me perguntou se eu ia voltar para Estocolmo, mas eu não vou. Em vez disso eu comprei um bilhete para Sarajevo. Para quarta-feira.

— Sarajevo? — pergunta Johan. — Na Bósnia?

— É, espero que sim. Senão eu fiz uma grande burrada.

— O que você quer fazer lá?

— Em suma... — diz Marko, abrindo os dedos endurecidos pelo boliche antes de puxá-los e estalá-los de um jeito que leva Max a fazer uma careta. — Eu tô cansado de fingir que sou sueco. Me sinto tão integrado que tenho vontade de vomitar.

— Mas você *é* sueco, não? — pergunta Johan.

— Mais ou menos. Tem um negócio que... bom, de um jeito ou outro, eu decidi que vou tentar me... *desintegrar* um pouco, se é que a palavra existe nesse sentido. Buscar minhas raízes e essa merda toda. Quero ir para a Bósnia visitar a nossa antiga casa, ver se tem alguma coisa que eu possa fazer.

— Uau — diz Johan. — E você ainda sabe falar... como é mesmo? Servo-croata? Bósnio?

— *Naravno* — responde Marko. — Claro. Quinze dias por lá e eu vou ser totalmente iugoslavo outra vez.

— Então saúde — diz Max, batendo a garrafa de leve contra a garrafa de Marko.

— *Živjeli* — responde Marko. — *Živjeli,* irmão.

2

Um anjo ou demônio revelou o rosto e fez um gesto em direção a ele. *Venha.*

Anna larga a última página do romance de Johan e passa um bom tempo sentada no sofá. Ela lembrava de já ter ouvido romances serem descritos como "sofridos — mas nunca tinha entendido o que isso queria dizer na prática. Afinal, romances não eram mais do que histórias — tinta no papel. Mas naquele momento ela compreendia tudo com mais clareza, porque o romance de Johan a fizera sofrer, como as pessoas sofrem com uma doença ou uma tragédia — que a propósito era o tema da história.

A parte mais impactante, que às vezes tinha levado Anna a interromper a leitura e largar aquelas páginas para recobrar o fôlego, era a maneira como essas desgraças cotidianas eram enobrecidas e transformadas em acontecimentos grandiosos e repletos de sentido quando vistas a partir do Território. Um episódio psicótico com um extintor de incêndio se transformava em uma luta heroica contra criaturas das trevas chamadas Kravar, que ameaçam tanto o menino como a mãe dele.

O novo testamento.

É, esse tipo de coisa. A exaltação da morte de um mártir torturado na cruz, capaz de transformá-la numa história maior sobre se erguer acima da condição humana e atingir a redenção.

É exatamente assim que Anna pensa, mesmo sendo pouco versada na Bíblia — mas assim mesmo ela sente que aquela leitura lhe ofereceu mais do que uma simples narrativa a ser acompanhada. Ela se sentia como em uma *comunhão,* como se tivesse vivido uma coisa bem mais profunda do que papel e tinta. Talvez porque a história se passasse em Norrtälje e ela pudesse seguir cada passo do menino.

O sangue de Anna fervilha e deixa-a agitada. Ela pega os cigarros e o isqueiro e vai à sacada para acalmar a euforia com um pouco de nicotina. Assim que acende o cigarro, Anna vê um vulto familiar se aproximando.

— Acke? Puta que pariu!

A exclamação faz com que Acke leve um susto, como se tivesse sido apanhado no flagra, porém logo ele olha para cima e ergue a mão.

— Oi, mana.

— O que você tá fazendo aqui?

— Uma visita. O que você tinha imaginado?

— Por que você entrou por trás?

Acke dá de ombros.

— Sei lá.

— Sobe logo, idiota.

Anna dá uma longa tragada no cigarro e depois o apaga. O motivo para a escolha do caminho pouco usual devia ser o temor de que a entrada principal estivesse sendo vigiada. *Mas não é só isso,* pensa Anna. *Nesse caso, essa pode ser a última vez que eu o vejo.*

Anna enfia o romance de Johan embaixo das almofadas do sofá, sai ao corredor e abre a porta. Ela ouve vozes na escada. Acke conseguiu entrar sem que o interceptassem no caminho. Ela respira aliviada.

Se não tivesse feito visitas regulares ao presídio, ela mal reconheceria o irmão. O corpo que sobe os degraus tem vários quilos de músculo a mais do que o rapaz de estatura normal que havia sido mandado para a penitenciária, e parece ainda menos próximo do menino enérgico e magro que corria ao redor de um moirão fazendo de conta que era um planeta.

Anna está de braços cruzados quando Acke chega à porta. Ele abre um sorriso torto e abre os braços.

— Será que eu ganho um abraço?

Anna balança a cabeça e entra no apartamento, seguida por Acke.

— Você tá brava? — pergunta ele enquanto tira os sapatos.

— Que merda foi essa com a Siw? — pergunta Anna. — O que você inventou de fazer na casa dela?

— Ah. Eu tava meio estressado.

Acke entra na pequena cozinha, acomoda-se numa cadeira e pergunta:

— Você não teria por acaso uma cerveja?

Anna abre a geladeira, pega uma lata de Falcon Bayerskt, coloca-a em cima da mesa com um estalo antes na frente do irmão e se senta do outro lado da mesa com os olhos fixos nele. Acke abre a lata com uma lentidão exagerada, toma um longo gole, abre um sorriso satisfeito e limpa a boca com as costas da mão.

Anna não entende. Lá está Acke, tranquilo como água de poço, sem nem ao menos ter chaveado a porta ao entrar. Aquela não era a situação esperada.

— Você não tava meio *estressado?* — pergunta Anna.

— Aham — confirma ele.

— E agora não tá mais?

— Não. Agora não tô mais.

— Como assim?

— As coisas se resolveram.

— O que foi que se resolveu?

— As coisas, ora.

Acke faz um aceno de cabeça, como se pretendesse confirmar a veracidade daquela afirmação, e por fim toma um novo gole de cerveja. Anna não fica nem um pouco satisfeita com aquela resposta. Ela diz:

— Quer dizer então que o Ewert Djup me ameaça e...

— Ah, é verdade. Foi mal.

— ...e pelo que eu entendi você estaria ferrado se não aparecesse com aquele dinheiro.

— É isso aí.

— E então? Como foi que você fez?

— Como foi que eu fiz o quê?

— Não se faça de tonto. Você pagou as trezentas mil coroas?

— Tipo.

— Como assim tipo?

— A gente fez um... um plano de pagamento.

— Um... eu nunca ouvi dizer que os irmãos Djup tenham aceitado uma porra de um...

— Eu sei. Mas dessa vez se resolveu assim.

Acke acena mais uma vez com a cabeça e toma o restante da cerveja em um único gole. Ele amassa a lata e a joga no lixo com um baque. Anna o encara desconfiada e faz um gesto de cabeça em direção ao balcão da cozinha.

— Quem é que ainda faz isso hoje em dia?

Acke dá de ombros, se levanta da mesa e diz que tem coisas a fazer. queria apenas mostrar o rostinho bonito para a irmã. Depois os dois podem conversar com mais calma. Anna o acompanha até o corredor. Enquanto Acke calça os sapatos ela pergunta:

— Por que a Siw? Por que você não veio falar comigo?

Acke endireita as costas e estende a mão para acariciar o rosto da irmã, que não afasta o rosto.

— Porque você não tem dinheiro — diz ele, correndo o indicador da orelha até o queixo dela. — E também porque você faz perguntas demais.

Acke se vira de costas. Quando ele põe a mão na maçaneta, Anna pergunta:

— Você aceitou matar outras pessoas?

— Quê?

— Foi o que o pai achou. Que você teria que matar outras pessoas pra saldar essa dívida.

Acke se mantém de costas para Anna, e assim ela não consegue ler a reação dele. Acke diz:

— O pai é um idiota — e então sai do apartamento. Anna fica para trás e ouve os passos do irmão se afastando pela escada. A agitação que havia tomado conta dela ao final da leitura do romance de Johan de repente é substituída por uma variante bem mais concreta.

É justamente a tranquilidade de Acke que a deixa perturbada.

Anna sente que há uma coisa terrivelmente errada.

3

Aquilo era bem típico. O MeToo era capaz de varrer o país e levar todos os políticos a se declararem feministas, mas quando havia overbooking no campo de futebol, quem tinha que ir para o gramado comum fora da grade? As meninas pequenas, claro.

Não que Alva ou as coleguinhas de equipe tivessem protestado. Todas praticavam dribles na fileira de cones e faziam passes desajeitados umas para as outras. Siw acompanha o treinamento a partir do banco ao lado da casamata — o banco onde ela e Anna costumam se encontrar. Siw percebe que Alva está entre as piorzinhas do time, mas não é *a pior.* Essa distinção pertencia à menina gordinha que tropeçava nos próprios pés assim que a bola se aproximava dela.

Siw sente um pouco de vergonha das coisas que estava pensando, que em muito se aproximavam de *Schadenfreude* — a sensação de felicidade com a desgraça alheia. Ela baixa os olhos em direção ao telefone e clica no ícone de mensagem. Mas no fundo sabe que não adianta. Se Max tivesse enviado uma mensagem ou ligado, haveria um pequeno número um vermelho em cima do ícone. Mesmo assim, ela não consegue evitar. Pode ter havido um problema. Mas não. Não é nada.

É domingo e mal se passaram quarenta horas desde que Acke tinha surgido no pior momento possível. Max já devia ter arranjado tempo para se orientar naquela situação nova, e Siw está um pouco brava com ele. Ela tinha impedido que ele fosse esfaqueado e possivelmente morto e recebia aquilo como agradecimento? Silêncio. Ela *não ia* ligar enquanto Max não ligasse.

Siw treme de frio. Podia ficar sentada no vento cheia de orgulho, porém mesmo assim estava muito brava. Max podia ser uma pilha de nervos, mas Siw queria que fosse a pilha de nervos *dela.* O silêncio consome a força mental de Siw, porque ela se obriga a *imaginar* muita coisa. O cérebro simplesmente não para de rodar.

— Messi! — grita uma das meninas, e a resposta não demora:

— Asllani! — Siw esfrega as mãos e abre o Pokémon Go.

O ginásio logo atrás dela é do Team Instinct, e Siw passa um tempo o conquistando para o Team Mystic. Ela derrota vários Pokémon e está colocando um Vigoroth como defensor quando uma coisa lhe chama a atenção e ela olha para cima. Siw baixa o telefone.

As outras meninas no time de Alva continuam a correr atrás da bola com as roupas de treino enquanto Alva permanece imóvel. Os braços ficam dependurados junto às laterais do corpo, o queixo pende e os olhos se arregalam quando ela mira um ponto logo atrás de Siw.

Siw olha na mesma direção, mas a única coisa que vê é a rotatória no cruzamento entre a Drottning Kristinas Väg e a Carl Bondes Väg. Uma van chega à rotatória e segue em direção ao Flygfyren.

Uma van? É isso o que...

A sequência de pensamentos de Siw é interrompida quando Alva tapa os dois ouvidos com as mãos e grita com todas as forças. A atividade no campo cessa e Siw corre em direção à filha.

— O que foi, querida? O que foi que aconteceu?

A princípio Alva se recusa a tirar as mãos dos ouvidos e a abrir os olhos apertados. Quando ela finalmente cede e todos se convencem de que não há nada de errado, Alva solta as mãos, abre os olhos e diz:

— Aquele carro.

— Que carro? A van?

— Não, maior.

— Um caminhão?

Alva faz um gesto afirmativo com a cabeça, franze as sobrancelhas e diz:

— Mas um daqueles que transporta gasolina.

— Um caminhão-tanque? Eu não vi nenhum caminhão-tanque por aqui.

— Nem eu. Mas eu *ouvi* um.

O frio que antes estava na pele de Siw de repente parece estar dentro do corpo. Aconteceu. Alva teve sua primeira Audição. Mas por que Siw não tinha ouvido nada? Com a voz mais tranquila que consegue manter, Siw pergunta:

— Mas por que você gritou, querida?

— Porque eu ouvi um barulho muito alto. Os meus ouvidos doeram muito.

— Que tipo de barulho?

— Do caminhão. Quando ele... explodiu. Doeu muito mesmo.

Uma lágrima escorre do canto do olho de Alva. Siw pega a filha no colo e passa a mão nas costas dele até que se acalme. Quando solta Alva, Siw toma-a pela mão e diz:

— Vamos nos sentar um pouco naquele banco ali.

— Mas o treino...

— Só um pouquinho.

Alva resiste quando Siw tenta puxá-la, mas logo aceita ir até o banco quando Siw põe a jaqueta de Alva nas costas e diz:

— Me conte exatamente o que foi que você ouviu.

— Veio um desses caminhões de carga, um desses...

— Caminhões-tanque.

— É. Veio de lá. — Alva aponta em direção à Friskis & Svettis. — E aí veio outro por aqui. — Alva corre o dedo ao longo da Carl Bondes Väg. — E esse outro freou, e uma pessoa gritou, ou então uma pessoa gritou e depois esse outro freou, e depois o caminhão esse que eu não sei o nome *derrapou* e depois bateu e... — Alva balança a cabeça e olha para a casamata. — Eu acho que bateu naquela... coisa ali. Que negócio é esse?

— É uma casamata.

— Pra que serve?

— Eu te conto mais tarde. O que aconteceu depois?

— Depois teve mais batidas e pancadas e depois o barulho de um líquido que escorreu e... depois teve um barulho enorme. Muito alto. Tipo um trovão, só que mais alto.

— E o caminhão-tanque explodiu.

— É.

Siw toma um longo fôlego e olha para o ponto de onde Alva tinha dito que o caminhão-tanque viria. Ela não consegue entender por que não ouviu nada. Siw toma a mão de Alva, que já estava fria de tanto ficar parada, e esfrega os polegares nas costas das mãos dela enquanto diz:

— Muito bem, querida. Eu vou contar uma coisa pra você. Isso tudo que você ouviu... É uma coisa que vai acontecer no futuro. Também pode ser uma coisa que já aconteceu, mas dessa vez não. Porque se já tivesse acontecido a gente saberia. Então dessa vez é uma coisa que ainda não aconteceu, mas que *vai* acontecer.

— Eu sei.

Siw fica tão surpresa que solta a mão de Alva.

— Você *sabe*?

— É. Eu soube assim que ouvi.

Siw passa a mão no queixo. A relação de Alva com esse dom parece se desenvolver de uma maneira muito diferente do que aconteceu com ela. Siw toma as mãos de Alva mais uma vez e diz:

— Muito bem. Essa é uma novidade e tanto. O problema é que a gente nunca sabe *quando* essas coisas vão acontecer. Pode ser daqui a poucos minutos... — Siw olha para a Friskis & Svettis mais uma vez antes de continuar: — ...ou daqui a umas horas, ou amanhã, ou depois de amanhã. Você entende?

— Não.

— Como assim não?

— Não é nada disso. Vai acontecer daqui a uma semana. Sete dias. Sete dias é uma semana, né?

— É. Mas como... como você sabe que vai acontecer daqui a sete dias?

Alva dá de ombros.

— Eu simplesmente sei.

— Tem certeza?

— Absoluta.

— E você também sabe... a que horas?

— Não. Mas é daqui a sete dias. E agora eu quero treinar!

Siw quase chega a protestar, mas se sente tão chocada que não consegue decidir o que dizer antes que Alva corra de volta para o banco e se junte às colegas de time. Talvez seja melhor assim. Siw precisa raciocinar um pouco.

Se é como Alva diz, aquilo explicaria por que Siw não teve uma Audição. Ela nunca tinha conseguido ouvir nada mais distante do que três dias no futuro. Talvez quatro, uma única vez. Além disso, Alva parecia compreender perfeitamente o que aquele dom significava. E, como se não bastasse, era capaz de prever um dia exato. Se tudo acontecesse daquela forma, então o dom de Alva seria bem mais poderoso que o dela.

The force is strong with this one. [*A força é forte com ele.*]

Siw é tomada por uma vontade infantil de fazer aquilo que sempre havia feito com tudo o que dizia respeito à Audição: ir correndo ao encontro da avó para contar a história. Na hora certa ela faria uma visita a Berit para contar o que tinha acontecido e dizer que agora eram quatro sibilas, mas por ora Siw é a adulta que precisa lidar com a situação.

Mesmo no meio de tudo aquilo, era preciso levar em conta que um caminhão-tanque havia de explodir dali a uma semana, com todos os riscos que uma situação dessas traria para a vida de outras pessoas. Apesar da promessa que Siw havia feito para si mesma, uma coisa estava clara: ela precisaria entrar em contato com Max.

ESCALADA

1

É manhã de segunda-feira e Maria está apavorada com a ideia de ir para o trabalho. Se antes se assustava com a extrema grosseria das pessoas, naquele momento a maior fonte de temores era ela própria. Maria tinha começado a imaginar cenas grotescas com os clientes do café. Quando serve um sanduíche de almôndegas para um imbecil qualquer, ela se vê quebrando o prato e cortando os lábios desgostosos do infeliz com um caco de porcelana. E assim por diante. Os dias se passam em uma nuvem de fantasias violentas como essa, mas apesar de tudo podem ser justamente essas fantasias que lhe permitem viver como um ser humano funcional.

E, como se não bastasse, Jesus. Ele já tinha aparecido cinco vezes. Desde a vez na área externa tinha arranjado uma nova mesa favorita, bem ao fundo. Ninguém a não ser Maria parece notá-lo, e certa vez, quando um casal se sentou à mesa do Salvador, ele simplesmente desapareceu. Somente Maria o vê, mas nem por isso ele parece menos real.

Maria não fala com ele porque tem medo do que ele poderia dizer. Talvez consiga ler os pensamentos dela, e assim saiba que ela é uma pessoa ruim com pensamentos ruins. Talvez esteja lá para reconduzir Maria ao caminho da retidão, mas naquele momento ela não consegue suportar essa ideia.

A mudança no fim de semana tinha sido um tormento. Em tese, Maria entende que Marko fez um megainvestimento ao comprar e mobiliar a casa, mas do ponto de vista prático aquilo é uma mixórdia dos infernos. A compra de uma casa ostentatória como aquela tem bem mais a ver com Marko do que com os pais dele. Ou com a irmã.

Mesmo que Goran e Laura deem a entender uma profunda gratidão, Maria vê que estão perdidos na imensidão da casa. Os dois vagam de um lado para o outro pelos cômodos parcamente mobiliados, e a única coisa que falta para que pareçam duas almas penadas é o barulho de correntes. Talvez a situação melhore com o tempo, mas por ora a casa luxuosa os transformou num casal de sem-teto. De novo.

A mudança nem ao menos tinha acabado quando Marko anunciou o novo projeto insano — ir à Bósnia reconstruir a antiga casa da família. Maria fez pouco mais do que suspirar enquanto Marko discorria sobre os planos grandiosos e brandia a chave de Goran, mas em segredo ela tinha duas opiniões a respeito do projeto.

Opinião um: aquela era uma ideia bem melhor que a compra da casa ostentatória. Goran e Laura não gostam de se queixar, mas usam um tom de voz especial ao falar da antiga casa, uma melodia nostálgica que tem o ritmo de lágrimas derramadas no passado. Poder voltar para lá, mesmo que fosse apenas para passar as férias, certamente ajudaria a curá-los por dentro.

Opinião dois: Maria jamais admitiria isso para Marko, mas ela gosta de tê-lo por perto. Por mais que reclamasse dos delírios de grandeza do irmão, era muito bom saber que ele *estava lá*. Que ela tinha uma outra pessoa com a qual podia contar mesmo que o chão se abrisse sob os pés e tudo desabasse — e nos últimos tempos Maria realmente tinha sentido como se o chão rachasse sob os pés dela. Seria muito ruim que Marko se afastasse dela naquela situação, mas ela não diria nada a esse respeito.

Maria pega a carteira, o telefone e as chaves e sai rumo ao café. Na cozinha ela cumprimenta Goran e Laura, que estão sentados na grande ilha da cozinha com um café cada um e parecem estar aproveitando o momento tanto quanto se estivessem na sala de espera de um pronto-socorro.

Porra, Marko. Você destrói as pessoas com boas intenções. Maria faz todo o trajeto até o café de mau humor, e as coisas não melhoram nada quando, na Tillfällegatan, ela começa a escutar o murmúrio do rio. Mais um dia com aquele barulho perturbador. Será que ninguém poderia secar aquela desgraça? Muitas vezes durante o dia Maria tinha o impulso de dar um salto à frente, se agarrar à balaustrada e gritar para o rio:

— Será que você não pode *calar a boca?*

Antes de entrar no café Maria para e olha para o outro lado do rio, onde uma pessoa tinha levado um tiro no dia anterior.

A fita azul e branca da polícia ainda fazia o isolamento de uma área com cerca de trinta metros quadrados, e a calçada estava manchada com um líquido escuro. Será que o responsável tinha realizado as *suas* fantasias? Maria balança a cabeça e abre a porta do café.

Ela foi a primeira a chegar. O café está vazio a não ser pela mesa no canto mais ao fundo, de onde Jesus a observa, sentado. Ele veste uma camisa de linho branco e um manto, também branco. Os dentes são brancos quando ele sorri. Maria passa a mão sobre os olhos. Jesus continua sentado lá. Ela esfrega os olhos. Jesus põe a cabeça de lado. Ela considera dar uma pancada na própria cabeça. Em vez disso, se aproxima de Jesus em se senta bem na frente dele.

— Muito bem — diz ela. — O que você quer?

— Eu estou aqui por você — diz Jesus, com uma voz tão mansa que parece ter sido filtrada através do mel. E, claro, ele fala sueco. Não haveria como esperar outra coisa.

— Por que eu?

Jesus dá de ombros e uma onda se espalha como uma dobra pelo manto.

— A minha mãe também se chamava Maria.

— Isso não é motivo. Existem infinitas mulheres com o nome Maria. O que você quer comigo?

— Eu quero ajudar você.

— Eu não preciso de ajuda nenhuma.

— Ah. Com certeza precisa.

Beleza, então Jesus sabe das coisas. E, na verdade, seria meio vergonhoso se não soubesse. Qualquer pessoa normal percebe que Maria está sofrendo, então seria bem decepcionante se o filho de Deus não percebesse. Maria deixa as cogitações de lado por um instante e pergunta:

— Como você pode me ajudar?

— Você está sofrendo com os pensamentos que tem.

— É. E daí?

— Não sofra.

Maria ergue as sobrancelhas. De repente o jogo toma um rumo inesperado. Mas, se Jesus realmente sabe o que ela pensa, será que também sabe das imagens terríveis que a ocupam durante o dia? A resposta vem quando Jesus diz:

— Eu tinha pensamentos assim. Quando as pessoas *me* atormentavam.

As sobrancelhas de Maria novamente se erguem um pouco.

— Você se refere à tortura, à crucificação...?

— Aham.

— Bom, não é isso o que consta na Bíblia.

Pela primeira vez desde que havia se revelado para ela, Jesus tira o sorriso do rosto, que se contorce numa careta cheia de desprezo.

— *Bíblia.* Você acha mesmo que os idiotas que escreveram aquilo sabiam o que eu *pensava?* Eles não entenderam quase nada, e além disso inventaram um monte de coisas. Tudo bem que aquela história dos vendilhões no templo é quase toda real. Aquilo realmente me torrou o saco. Mas o restante... pff.

Jesus faz um gesto com a mão como se quisesse espantar uma varejeira muito irritante. Maria se sente fascinada. *Me torrou o saco.* Ela se sente mais fascinada pela

483

escolha de palavras do que pelos conhecimentos que Jesus tem de sueco. Mesmo assim... Até os apóstolos tinham conseguido falar em todas as línguas, então Jesus também devia saber.

— Então... você também tinha essas fantasias? — pergunta Maria.

— O tempo inteiro. E os romanos de certa forma não fizeram mais do que o trabalho deles, mas você sabe quem eu *realmente* gostaria de ver assar em fogo brando?

— Não.

— Os idiotas que escolheram quem seria libertado, eu ou Barrabás. Até Pilatos queria aliviar para mim, mas não, "Soltem Barrabás e crucifiquem Jesus!", as pessoas gritaram. Você entende? Que imbecis do inf... do caramba. Se estivessem por aqui...

Jesus fecha a mão direita e a brande no ar como se amassasse uma coisa odiosa. Não era bem o que Maria tinha imaginado, mas aquela versão de Jesus é bem mais ao gosto dela do que o Jesus bíblico. Maria está prestes a continuar os questionamentos sobre o tipo de ajuda que Jesus pode oferecer quando a porta do café se abre. Ela vira a cabeça e vê entrar Birgitta, a colega da cozinha. Quando torna a olhar para Jesus, ele não está mais lá.

Muito bem. Não faltariam oportunidades.

2

— Você viu que porcaria?

Berit aponta para a tela do computador, onde está uma imagem de Roslagsporten. Anna se inclina para a frente e corre os olhos pelo artigo, que tem como título "Uma noite qualquer em Norrtälje" e descreve uma pessoa, provavelmente um rapaz, que sofreu uma tentativa de assalto feita por dois "cabeças de Svinto" como o artigo os chama, mas foi salvo na última por um sueco.

O texto revela um desprezo enorme pelas pessoas que vivem às custas da boa-vontade evidenciada pelas instituições suecas e ao mesmo tempo estão em guerra contra a Suécia e os suecos. O artigo defende uma política de tolerância zero. Mesmo uma transgressão pequena, como o furto de itens de pequeno valor, devia ser o bastante para enviar essas pessoas de volta aos países de origem. O mal devia ser cortado pela raiz, pois de outra forma Norrtälje teria o mesmo destino que Malmö. A tolerância é uma coisa boa, mas tolerância zero é ainda melhor. Assinado, SvenneJanne.

— Quer saber...? Esse negócio é assustador — diz Anna.

— Aham. Mas quer saber o que é ainda mais assustador? A quantidade de gente que concorda com ele! Veja o campo de comentários, são centenas! Tem até quem diga que o incêndio criminoso no abrigo de refugiados foi uma homenagem a esse SvenneJanne.

Anna junta a louça do almoço, que Berit fez no quarto mesmo porque não queria se dar ao trabalho de nas palavras dela: "Ficar às voltas com aquele bando de velhos maniáticos". Anna põe os talheres, os copos e os pratos na cuba da pia e volta com uma xícara de café adoçado e pingado, como Berit gosta.

— É — diz Anna. — Anda um clima bem ruim mesmo. Parece que as pessoas estão cada vez mais insensíveis.

— Exato — diz Berit, apontando para o exemplar do *Norrtelje Tidning* em cima da mesa de cabeceira. — E agora as pessoas começaram a dar tiro umas nas outras também.

Anna já tinha lido o artigo com grande preocupação. O tiroteio em próximo à Pedra de Brodd tinha acontecido cerca de meia hora antes da chegada de Acke à casa dela. O responsável usava um moletom com capuz e ainda não tinha sido encontrado. É uma peça de roupa comum que não prova nada, mas Acke estava usando um moletom no dia em que chegou à casa de Anna vindo da direção errada. Segundo o artigo, o assassino não tinha nenhum tipo de ligação com o mundo do crime, mas Anna imagina que, se a polícia investigar mais a fundo, vai acabar se deparando com os rostos de Ewert e Albert Djup. Mas claro que os dois provavelmente teriam um álibi à prova de falhas para o momento em que o tiroteio aconteceu.

— O que foi? — pergunta Berit. — Você parece preocupada.

— Não, é só que... tem muita coisa acontecendo ao mesmo tempo.

— É verdade — diz Berit, soprando o café antes de tomar um gole. Ela estala a língua com uma expressão satisfeita no rosto e diz:

— Ah, a Siw e a Alva vêm fazer uma visita depois de amanhã.

— Ah, que coisa boa. Tem algum motivo especial?

Berit franze as sobrancelhas:

— Você quer dizer que é preciso um *motivo* para fazer visita a uma velha pobre-coitada?

— É. Eu imagino que você ofereça dinheiro para elas.

Berit solta uma gargalhada e precisa largar a xícara de café para não se derramar.

— Brincadeiras à parte, eu acho que tem um motivo, sim. Alguma coisa a ver com a Alva. Tenho lá minhas suspeitas, mas vamos ver. E sim, eu *costumo* dar uns trocos para a Alva de vez em quando. Acho que não é por isso que ela vem, mas prefiro não descobrir.

— Pode ficar sossegada. Ela gosta de você. Demais.

— Prefiro não entrar nessa seara, como se costuma dizer. Mas e você? Como você está?

Anna nem ao menos cogita a ideia de mencionar os temores que nutre a respeito do irmão. Em parte porque não queria espalhar suspeitas infundadas, em parte porque é um assunto muito complicado e ela tem outros pacientes idosos de quem precisa cuidar. Em vez disso, fala sobre outra coisa que a manteve ocupada nos últimos tempos.

— Eu li um romance — diz Anna. — Um romance incrível. — Qual é o autor?

— Ah, é um amigo meu que escreveu. Por enquanto o romance ainda é um maço de folhas impressas. Mas é sem dúvida o melhor romance que eu já li.

— Hmm. Eu não sabia que você tinha... conhecidos nesse ramo.

— Porque eu sou burra, você quer dizer?

— Burra não. Retardada — diz Berit, rindo de leve. — Ah, essa foi boa. E esse seu amigo não pretende ver o romance dele publicado?

— Ele tem medo de tentar.

— Você precisa convencer ele a dar um jeito nisso. Será que eu tô percebendo um certo...?

— Não, você não tá percebendo nada. E agora eu preciso continuar o meu trabalho.

Anna se levanta e acaricia a mão de Berit. Ela faz um gesto com a cabeça em direção ao computador e diz:

— Se esse tal de SvenneJeanne tem necessidade de escrever, bem que podia escrever um romance também.

3

Na terça-feira depois do trabalho, Max e Siw se encontram na Espresso House. Eles evitam o sofá em que haviam sentado na última vez, mesmo que o lugar estivesse vazio. A situação agora é outra, e logo os dois se encontram frente à frente em uma mesa convencional, cada um com o seu cappuccino. Siw limpa a garganta e diz em tom quase formal:

— Em primeiro lugar eu preciso dizer que isso não tem a ver com a gente.

Max parece aliviado.

— Ah, não?

— É sério. Domingo, no treino de futebol...

Siw fala sobre o que aconteceu quando o dom de Alva se manifestou, e também sobre como o dom da menina é diferente do seu.

Ela falou com a filha e Alva disse que a Audição tinha sido detalhada a ponto de evocar imagens — por isso foi possível dizer com certeza que o som vinha de um caminhão-tanque. E além disso ela soube determinar o momento exato.

— Inacreditável — diz Max. — *The force is strong in this one.*

— *With this one* — o corrige Siw. — Engraçado, mas foi *exatamente* isso que eu pensei quanto tudo aconteceu. Enfim. Eu passei lá hoje mesmo e não ouvi nada, mas a Alva disse que tem certeza absoluta.

— Legal. Mas e aí...?

— Eu acho que você já entendeu.

— Você quer que eu vá até lá no domingo para avisar as pessoas antes que aconteça.

— Ou, se possível, para evitar que aconteça. Aos domingos o campo de futebol está sempre lotado de crianças, e o acidente vai acontecer bem perto.

— Tudo bem, mas esse negócio de evitar não é bem a minha especialidade. Pense na última vez que a gente veio até aqui. E de repente o cara lá no rio...

— Tá. Mas isso foi antes da Alva.

Max olha curioso para Siw.

— Você parece acreditar mesmo no que ela disse.

— É. Ou melhor, eu acredito que a Alva acredita. Se acabar não acontecendo, tanto melhor, mas é impossível simplesmente não fazer nada quando você tá convencida.

Max acena a cabeça.

— Concordo. E seria incrível se pelo menos uma vez a gente conseguisse usar esse dom pra fazer uma coisa útil. Então claro. Eu topo. — Max passa a mão na testa como se quisesse enxugar gotas de suor imaginárias. — Merda. A gente tá aqui falando como se tudo não passasse de um treino de futebol.

— Mas de que outra forma a gente devia falar?

— Não sei. Mas tenho a impressão de que a gente devia usar uma linguagem mais ao estilo *Vingadores* numa situação como essa.

— Na verdade, a questão é só parar o caminhão-tanque antes que uma tragédia aconteça. Pensa no Charlie. Vai dar certo.

Max estala os dedos.

— Por falar em Charlie... Ele ligou. Disse que vai fazer o último passeio de barco dessa temporada no sábado e perguntou se a gente não gostaria de ir com ele.

— Você quer?

— Acho que quero. Você?

— Quero.

Uma timidez levou os dois a se calarem. Mesmo que Siw tivesse dado início à conversa dizendo que aquela não seria uma conversa sobre os dois, esse tinha sido o rumo tomado. Havia um elefante na sala, os dois se calaram como se um anjo houvesse passado. Siw toma um gole de café e segura a xícara em frente ao rosto, numa tentativa infantil de se esconder.

No fim é Max quem reconhece a presença do elefante e diz:

— Aquele... sujeito que apareceu na sua casa. Ele é mesmo o pai da Alva?

— É. Como eu disse.

— E era ele que ia me esfaquear?

— Foi o que eu ouvi.

— Não parece exatamente a conduta de um pai exemplar.

— Ele nunca se importou nem um pouco com a Alva. Nunca.

— Mas então o que ele queria?

Siw fala sobre as exigências absurdas de Acke em relação a dinheiro e diz que, apesar da ameaça, não tornou a aparecer desde aquela noite. No que diz respeito a Siw, ele já podia estar inclusive morto. A simples ideia de que Acke poderia se intrometer na vida dela e se aproximar de Alva fez com que as lágrimas brotassem nos olhos dela. Max põe a mão em cima da mão de Siw.

— Escuta. Eu quero te agradecer. Me desculpa se eu exagerei. Eu sei que a minha reação não foi legal. É só que sem o remédio eu não... mas eu juro que vou aprender a lidar com tudo. A separar os sentimentos bons dos ruins.

Siw faz um gesto afirmativo de cabeça.

— É tanta coisa... eu só consigo pensar em proteger a Alva disso tudo. Simplesmente trancar ela num quartinho para que fique longe de tudo isso.

— Foi exatamente o que fizeram — diz Max. — Com pessoas que têm dons especiais. Jogaram essas pessoas em quartinhos, trancaram elas lá dentro e jogaram a chave fora. Ou então jogaram elas na fogueira. O mundo não quer saber de gente como a gente.

Gente como a gente. Cachorros como a gente.

Com a mão livre, Siw acaricia a mão de Max e pergunta:

— Então vamos continuar?

— Claro que vamos continuar. Como é mesmo que o seu amigo Håkan diz? *Vad skulle vi annars göra?* [*O que mais vamos fazer?*] O jeito é tocar as coisas devagar.

Max se inclina por cima da mesa e Siw beija-o nos lábios. Não é um beijo apaixonado, mas um beijo para selar um compromisso. O compromisso de seguir adiante. Devagar.

— Muito bem — diz Max quando os lábios de ambos se separam mais uma vez.

— Como é que se para um caminhão-tanque?

4

Duas horas mais tarde Anna e Johan se encontram naquele que parece estar prestes a se tornar o lugar habitual de encontro: o Pastaexperten. A luz é clínica e as mesas parecem uma cantina escolar, mas a atmosfera ganha um pouco de vida graças à pintura colorida das paredes, que tenta sugerir a Itália, mas parece mais a Alemanha com as imagens de cabanas e cachoeiras. Cada um pediu seu prato de massa, e Johan tem dificuldade para comer porque o espaço para onde a comida devia ir parecia estar cheio de borboletas.

Os dois passaram um tempo de conversinha sobre isso e aquilo e especialmente sobre os acontecimentos em Norrtälje. Não espanta em nada que as pessoas estejam se comportando de maneira detestável: a própria cidade parece estar em decadência. Há rachaduras na Faktoribron, que talvez seja fechada para reforma; os paralelepípedos da Stora Brogatan estão soltos e se transformaram literalmente em tropeços; e a base da estátua em homenagem a Nils Ferlin afundou e a escultura se encontra prestes a cair. E assim por diante. Parece que as próprias fundações de Norrtälje estão cedendo.

Mas as borboletas na barriga de Johan não se devem a nada disso, porque no que diz respeito a ele toda a cidade de Norrtälje poderia explodir. O romance, por outro lado... Mesmo que já tenham se passado quinze minutos desde que os dois se encontraram, Anna não disse nada a respeito do assunto, e no fim Johan simplesmente não se aguenta mais. Ele tenta adotar um tom despreocupado, mas fracassa completamente ao perguntar com a voz embargada:

— E a história? O que você achou?

Anna larga os talheres e limpa a boca com um guardanapo de papel. Deve ser de propósito que ela faz aquilo devagar, para deixá-lo tenso. Uma fagulha do antigo desprezo que ele sentia por Anna se acende no peito e faz com que as borboletas se espantem apavoradas.

— Bem, eu... — diz Anna, acenando a cabeça. — Eu não sei como dizer...

Se você disser que achou "interessante" eu vou vomitar, Johan pensa antes que Anna prossiga:

— Eu não sei bem como dizer, mas vamos lá...

Anna ergue a mão direita e dá início a uma contagem com os dedos.

— É o melhor livro que eu já li. Eu achei totalmente incrível. Amei o jeito como você escreve. Eu queria que a história não acabasse nunca. Anna disse quatro coisas.

— Ela hesita com o indicador da mão esquerda acima do mindinho da mão direita.

— Ah, e claro! Você tem um talento incrível. Enfim... Muito obrigado por ter me dado o seu romance para ler.

Johan se sente paralisado, como se Anna tivesse dito exatamente o contrário do que havia dito. Ele não consegue assimilar aquilo tudo. Lá está ele, sentado com outra pessoa que leu as criações dele — que são baseadas na realidade, mas assim mesmo criações — e achou tudo... é inconcebível.

— Então você... gostou? — pergunta Johan, totalmente paralisado.

Anna amassa o guardanapo e joga a bolinha nele.

— Você não ouviu o que eu disse? Eu amei o livro! O título é uma droga. Mas o resto é perfeito.

Perfeito.

Johan encara o espaguete à carbonara. É impossível comer. As borboletas desapareceram e deram lugar a um caos que põe os dedos de Johan a tremer. É como se ele tivesse passado a vida inteira nas trevas e agora, somente agora, tivesse sido visto pela primeira vez. É uma revolução.

— Muito bem — diz Anna. — O que acontece agora?

— Eu... não sei. Preciso digerir o que você disse. E ainda tenho muito trabalho a fazer. No livro, enfim.

— Não tem não.

— Não?

— Não. Enfim, eu não sou nenhuma especialista ou, como é mesmo que se diz, crítica literária, sou apenas uma leitora comum, mas é isso que conta, não? Que seja uma história de que as pessoas comuns gostem?

— Claro, mas sabe, tem certas partes que...

Anna suspira, balança a cabeça e diz:

— Eu sabia que você ia vir com esses papos. Que você ia se perder em minúcias e estragar um negócio que já tá muito legal. Mas não adianta. Eu já enviei o manuscrito.

Johan sente uma pontada no peito e mais uma vez tem dificuldade para compreender o que Anna lhe diz.

— Você... aquele maço? Para onde...?

Anna balança a cabeça.

— Não, as páginas já estavam feias, então eu tirei duas cópias no meu trabalho. Mandei uma para a Bonniers e a outra para a Norstedts. Eu fiz umas buscas na internet e parece que são as duas maiores editoras da Suécia. É verdade?

Johan leva as mãos à cabeça como se quisesse evitar que caísse em cima da mesa. Tudo o que ele havia desejado e temido parece ter se juntado em poucos minutos graças às palavras e às ações de Anna. Ele diz em um sussurro:

— Você só pode estar brincando. Me diz que você tá brincando.

— Não. Eu sei que você não tiraria a bunda da cadeira, então resolvi tratar do assunto com as minhas próprias mãos. — Anna solta uma risada. — Não da sua bunda, claro... mas do livro. Eu enviei o manuscrito com o seu endereço e o seu telefone. Ah! E eu sugeri que o título fosse *O menino que odiava o município*. Bom, não?

— O menino que...

— É. Afinal, o livro é sobre isso. Entre outras coisas. Mas esse é um título legal. Pelo menos *eu* ficaria curiosa a respeito de um livro com esse título, enquanto *A metamorfose de Roslagen* não me diz nada.

Johan sente que respira com dificuldade. Ele afasta o prato, estende os braços à frente do corpo e inclina a cabeça. De tudo o que Anna disse, há duas palavras que não saem da cabeça dele. *Bonniers. Norstedts.* Imaginar que naquele instante talvez uma pessoa esteja diante da história dele, começando a leitura. O que será que ele ou ela pensa? Como deve ser a escrivaninha em que está o manuscrito? De onde vem a luz?

Johan concentra-se para tomar fôlego. Um nó se aperta em sua garganta e ele faz barulho ao respirar, como se fosse um fumante inveterado. Johan tenta pensar, mas a única coisa que lhe ocorre é uma imagem da pessoa que corre os olhos pelo texto que constrói a narrativa dele. A expressão do rosto não dá nenhum sinal do que ele ou ela sente enquanto lê.

Johan consegue respirar um pouco mais fundo e o cérebro por fim recebe mais oxigênio para trabalhar. Quando será que Anna enviou o manuscrito? Quanto tempo é preciso até que alguém o leia? Quanto tempo até receber notícias? O tempo que havia se passado desde que ele havia entregue o manuscrito à Anna já tinha sido uma angústia. Como seria o futuro, à espera de notícias de uma *editora*?

Anna passa os dedos no pescoço dele e diz:

— Sério, Johan. O que é a pior coisa que pode acontecer?

Johan ergue a cabeça, passa as mãos no rosto e diz:

— Eles não quererem saber do meu livro.

— É, e daí? Pelo menos você vai saber.

— O que eu vou saber?

— Que essas pessoas são burras. Porque o seu livro é incrível. E quer saber de uma coisa? Existem outras editoras. Muitas outras. Eu vi. E quer saber de mais uma coisa? Existem outros autores que tiveram grande sucesso mesmo depois de terem sido recusados *inúmeras* vezes. Tipo aquele cara lá do livro de vampiro.

— Aquele *Deixa ela entrar?*

— Aham. Todas as editoras disseram "Blergh, a gente não quer saber disso", mas a última para a qual ele mandou...

— Eu sei, mas...

491

— Não tem nada de mas. Você não tem coragem e eu entendo isso. Foi por isso que eu mandei por você.

Johan geme e balança a cabeça. Por um longo tempo ele fica sentado, balançando a cabeça, como se aquele movimento pudesse apagar tudo o que tinha acabado de ouvir. Um guardanapo amassado o acerta na cabeça e ele olha para cima.

— Quer saber de uma coisa? — pergunta Anna, lambendo uma gota de molho de tomate no canto da boca. — Você ainda vai me agradecer por isso.

5

Está um pouco frio quando os dois saem para a rua e Anna fecha o zíper da blusa grossa que usa por baixo do casaco até o pescoço. Johan, por outro lado, não parece se incomodar com o frio nem com qualquer outra coisa. Com passos decididos e olhar ausente, ele caminha pela Stora Brogatan em direção ao largo. Na mão está a bolsa de náilon com o manuscrito original, que Anna devolveu para ele.

— Escute — diz Anna, batendo no ombro de Johan. — Tente entender o que eu fiz! Eu mandei a sua história para uma editora. Não é como se o mundo fosse acabar.

Anna tinha imaginado que Johan podia ter uma reação daquele tipo, mas nunca imaginou que pudesse ser tão extrema. Havia um elemento profundamente egocêntrico naquela reação exagerada por conta de um maço de papel enviado pelo correio, como se o mundo inteiro devesse parar em razão daquilo, o que deixou Anna um pouco irritada. Ela entende que existem coisas que não entende direito, mas assim mesmo havia um limite.

Johan parece despertar daquele torpor e diz:

— Não, eu sei. Na verdade, eu sei, mas... eu sinto como se você tivesse me colocado a desfilar sem roupa pelo Stora Torget.

— Por acaso seria melhor estar vestido e encolhido num canto?

Johan para em frente ao Restaurang På G, onde pequenos grupos de pessoas se espalham pelas mesas e tomam cerveja. Ele fecha os braços ao redor do corpo, como se apenas naquele momento houvesse percebido o frio, treme e diz:

— Muito bem. Eu acho que foi bom que você tenha feito o que fez, mesmo que tenha sido... implacável.

— Como assim?

— Você não teve nenhum tipo de consideração. Mesmo que eu não acredite nisso, talvez aconteça o que você disse. Talvez um dia eu agradeça a você pelo que você fez. Mas por enquanto... você vai ter que entender. É como se uma pessoa de repente dissesse para você que você vai fazer uma participação forçada na próxima temporada de Paradise Hotel ou coisa do tipo.

— Você *assiste* esse negócio?

— Não, mas eu sei como é. Ou pelo menos acho. Que é tipo... se expor totalmente.

Anna faz um arremedo de indecisão e diz:

— Diga que não.

— Como? Por que eu...

Anna faz um gesto para indicar que Johan pare.

— *De férias com o ex*. Uma hora dessas eu te mostro no YouTube. Mas eu entendo. Tipo. Mas no seu caso, o que mais parece é que você queria mesmo participar de Paradise Hotel, mas nunca teve coragem de se candidatar.

— É — suspira Johan. — Pode ser.

Os dois continuam a caminhar. Quando os dois se aproximam da escultura com água corrente em frente ao banco de Roslagen, Anna diz:

— E tem outra diferença. A minha chance de nadar como uma morsa naquela piscina seria de tipo uma em um milhão, enquanto você... as suas chances são bem maiores.

Johan faz menção de responder, mas logo é interrompido por gritos que surgem mais adiante na rua. Atrás de Anna, um grupo de pessoas se encontra reunido em frente ao cinema. Anna também vira o rosto em direção ao barulho.

Oito, dez pessoas estão discutindo com vozes alteradas, e aquela massa de corpos logo se divide à base de movimentos bruscos e braços que voam de um lado para enquanto a tensão aumenta. É difícil ouvir o que todos dizem com o murmúrio do rio, mas com certeza não se trata de uma discussão intelectual sobre o filme que todos acabam de ver.

Anna e Johan seguem pela Stora Brogatan e logo se encontram na frente do Nordea. A intensidade da discussão atinge níveis cada vez maiores, e Johan e Anna param a fim de evitar qualquer tipo de envolvimento. Parece ser um grupo de suecos e um grupo de imigrantes que se desentendeu, e ofensas como "Estrangeiro de merda" e "Sueco fascista" ecoam pela rua. Johan faz uma careta ao ter a impressão de ouvir a palavra "Svinto" no meio de uma frase que não entende direito.

— Ei — diz ele para Anna fazendo um gesto em direção ao Lilla Torget, que os dois podiam usar como trajeto alternativo. — Será que...

Johan não consegue terminar a frase antes que Anna se encolha ao ouvir um tiro. Um dos rapazes de cabelo preto cambaleia para trás, cai e bate a cabeça na vitrine que protege os cartazes. O vidro se quebra e os estilhaços caem por cima do rapaz que se estatela na calçada.

Surgem gritos em uma língua que Johan não compreende e logo o barulho ensurdecedor de um segundo tiro ecoa. Um dos rapazes suecos leva as mãos à barriga e cai em frente à vitrine da loja de roupas Vita M. Os gritos mudam de caráter, e vão da fúria ao pânico. E também à dor. O rapaz que levou o tiro na barriga agita as pernas e urra enquanto o sangue escorre por entre os dedos. O rapaz estrangeiro permanece imóvel quando os amigos se inclinam por cima dele.

Johan pega o telefone e liga para o 112. Uma mulher atende no segundo toque.

— Serviço de emergência, como posso ajudar?

— Norrtälje — diz ele. — Em frente ao cinema. Tá acontecendo um tiroteio por aqui. Duas pessoas... foram atingidas.

Johan ouve os cliques de um teclado enquanto a mulher pergunta:

— Está acontecendo nesse momento?

— É. Agora mesmo, e os dois feridos... estão caídos no chão. Na rua. Em frente ao cinema.

— O cinema é o Royal, na Stora Brogatan?

— É — responde Johan. — Por acaso tem outro?

— Outro o quê?

— Outro cinema. Em Norrtälje.

A mulher ignora a pergunta desnecessária e responde:

— Uma patrulha foi despachada ao local. Qual é o seu nome?

Johan hesita. Naquele instante ele percebe que vai acabar *envolvido,* quer queira, quer não. Possivelmente seria obrigado a testemunhar. Mas nada disso estava ligado a dizer ou não dizer o nome; a polícia não serviria para nada se não conseguisse descobrir o número do qual estava ligando. E por fim ele diz:

— Johan. Johan Andersson.

— Tudo bem. Johan. Eu vou pedir que você se mantenha na linha até que a patrulha chegue e possa falar com você.

— Eu não vi quase nada, simplesmente...

— Há outras testemunhas?

Johan olha para Anna, que acompanha boquiaberta os acontecimentos em frente ao cinema. Ele pensa por mais uns instantes e responde:

— Não. Não que eu esteja vendo, pelo menos.

— Muito bem, Johan. Então você deve entender que o seu relato vai ser muito importante.

— Sim, eu...

Johan baixa o telefone e sussurra para Anna:

— Vá embora daqui. Senão você pode acabar envolvida nessa merda toda. Eu fico.

Anna ouve o que Johan diz, mas não percebe o significado. Ela tem o olhar fixo no grupo de rapazes que parece ter esquecido a hostilidade mútua depois daquela explosão de violência. Dá uns passos à frente e tropeça em um paralelepípedo solto, mas consegue manter o equilíbrio e se mover em direção a um dos combatentes enquanto Johan grita baixinho:

— Não, nããão! Atrás dela.

A delegacia de Norrtälje fica perto, e já é possível ver as luzes azuis na Hantverkargatan. Os rapazes de ambos os grupos trocam comentários inflamados e a seguir três de um grupo e dois do outro correm em direção ao Stora Torget, cada grupo em um lado da rua, como se de repente houvessem feito uma trégua para fugir da nova ameaça. Para trás ficam os feridos, cada um acompanhado de um amigo. Onde antes havia gritos e zombaria, naquele instante há somente gemidos de dor e choro convulsivo.

O rapaz de cabelo preto continua imóvel. O rosto está de lado, e ele tem um caco de vidro fincado na parte de trás da cabeça. O sangue escorre e enche as frestas entre os paralelepípedos. Anna ergue o olhar e vê que ele está caído em frente ao cartaz de *A freira*. Um rosto demoníaco de mulher com olhos ardentes observa com enorme satisfação a tragédia logo à frente.

Anna foca as atenções no rapaz do outro lado da rua. Ele está em posição fetal, ainda com as mãos na barriga. Também sangra profusamente, e o sangue que escorre dos ferimentos também se acumula nas pequenas frestas da calçada. Logo os dois fios de sangue se encontram no meu da rua, em uma demonstração forçada de fraternidade.

O choro e os gemidos de sofrimento misturam-se ao murmúrio do rio que corre sem se importar com os afazeres das pessoas. Anna sente o peito se encher de medo quando se inclina para ver o sueco tombado, que tem o rosto contorcido em uma careta de agonia, iluminada pela luz azul da viatura e da polícia que entram na rua.

Não há mais o que fazer. Apesar do que acaba de ver, Anna sente alívio ao olhar para aquele rapaz. Não é Acke. Nenhum dos rapazes que ficou para trás é Acke. Nenhum dos rapazes que fugiu é Acke.

Acaba de acontecer um tiroteio, e Acke não tem nada a ver com aquilo. Sendo assim, ele também não precisa ter nenhum tipo de envolvimento com o tiroteio anterior. Por motivos incompreensíveis, de repente as pessoas começaram a atirar umas nas outras em Norrtälje, mas já não há nenhum indício de que Acke seja um dos participantes.

Portas de veículos se abrem e se fecham. Anna endireita as costas e se prepara para fazer o depoimento.

QUANDO ATRAVESSAMOS O TEMPO

1

Melhor vó do mundo, diz a caneca que Berit leva aos lábios. A caneca tinha sido um presente que Siw, aos dez anos de idade, havia lhe dado no aniversário de 57 anos. Anos mais tarde, foi motivo de alegria saber que aquele fora um dos objetos que Berit tinha feito questão de levar para a casa de repouso. Aquela era uma prova da ligação entre as duas, começada muito tempo atrás.

Alva toma um gole de suco e lê a caneca para então dizer:

— Hmm.

— O que foi, querida? — pergunta Berit enquanto larga a caneca em cima da mesa.

Alva, que presta muita atenção em tudo, aponta para a caneca e pergunta:

— Isso aqui. Foi a mamãe que deu pra você, né? Porque você é vó para a mamãe que nem a minha vó é vó para mim.

— Isso mesmo.

— E como você pode saber — pergunta Alva, olhando para Siw — que a bisa é a melhor vó do mundo? Você só conhece ela! Pode ter outras melhores.

Berit ri e diz:

— Você tem razão — e em seguida toma mais um gole de café.

— É. Para dizer a verdade... — Alva baixa um pouco a voz e prossegue: — ...eu não tenho *certeza* de que a *minha* vó seja a melhor do mundo.

Berit tapa a boca com a mão para não cuspir o café. Ela engole com dificuldade, tosse e sente os olhos se encherem de lágrimas quando diz:

— Parece que a Anita não vai ganhar uma caneca.

— Ah — diz Alva, dando de ombros. — Nunca se sabe.

— Será que você não encontra uma caneca que diga *Quiçá a melhor vó do mundo?* — pergunta Berit.

— O que significa quiçá?

— É como... talvez. *Talvez a melhor vó do mundo.*

— É. Gostei. Será que eu encontro uma caneca dessas?

— Me desculpem — diz Siw, batendo na mesa. — Mas será que podemos falar um pouco sobre aquilo que temos a falar?

Por telefone, naquela mesma manhã, Siw havia mencionado brevemente o ocorrido com Alva no domingo. Seria mais simples assim. Se Alva estivesse junto, ela teria acrescentado uma série de detalhes e explicações que não tinham nenhuma relação com o assunto central — o alcance extraordinário de seu dom.

Berit passa o indicador de leve sobre o texto da caneca e diz para Alva:

— Pelo que entendi a sua mãe já explicou pra você o que você é?

— Já. Uma sibila.

— E você entende o que isso quer dizer?

— Aham. Que eu posso ouvir o futuro. Mas eu já sabia.

— Ela entendeu assim que aconteceu — emenda Siw.

— Você consegue me explicar *como foi* que você soube? — pergunta Berit.

Alva engole os lábios e torce o nariz antes de responder:

— Não. Eu simplesmente sabia. Eu ouvi aquele... caminhão-tanque e depois veio um barulhão e aí eu soube que não era de verdade porque não tinha acontecido ainda. Mas os meus ouvidos doeram mesmo não sendo de verdade.

— E você sabe que vai acontecer no domingo?

— Daqui a quatro dias. Vai ser domingo?

— É.

— Então vai ser no domingo.

Berit fecha as mãos, apoia os cotovelos em cima da mesa e o queixo sobre os nós dos dedos enquanto mantém os olhos fixos em Alva, que se incomoda com o excesso de atenção e faz uma careta festiva. Berit imita a careta e diz:

— Ainda no domingo você sabia que faltavam sete dias pra que acontecesse. De onde foi que você tirou esse número? Como foi que ele se revelou?

Alva cruza os braços, franze a testa e baixa a cabeça, como se estivesse pensando o máximo que pode. Siw e Berit trocam um olhar que significa *essa é a nossa garotinha*. Há ternura, mas também preocupação, visto que nenhuma delas sabe como funciona a versão de Alva para o dom da Audição. E nenhuma delas pode ajudá-la a lidar com aquilo.

Alva endireita o pescoço e passa o dedo em linha reta na toalha de mesa.

— Como é que se chama... aquele instrumento? Tem um monte de fiozinhos e você toca neles com os dedos e eles fazem blim-blom para tocar música?

— Cordas? — Pergunta Siw. — Como as cordas de um violão?

— Aham. Só que muitas, muitas.

— Uma harpa?

— Não sei. Eu preciso ver uma foto.

Siw faz uma busca por "harpa" no Google, escolhe uma imagem e a mostra para Alva.

— Sim. É isso. Uma harpa.

— Muito bem — diz Siw, largando o telefone em cima da mesa com a imagem da harpa ainda na tela. — E por que essa harpa é importante?

— Porque... porque... diz Alva, passando as mãos pelo ar, como se tocasse uma harpa invisível. — Porque é assim que ela soa. Tem um monte de blim-blom e quando todos se juntam vira uma música. Mas, na verdade, é só um monte de blim-blom.

— E você consegue ouvir... cada blim e cada blom? — pergunta Berit.

— Consigo — responde Alva. — Mas é superdifícil explicar porque são muitos fiozinhos, ou *cordas* nisso aqui — diz Alva, apontando para o telefone de Siw. — São milhares de cordinhas bem fininhas e cada uma... precisa ser tocada do jeito exato pra fazer uma melodia. — Alva passa os dedos sobre a fronte e exclama: — Aahhh! É *muito difícil* explicar!

— Mas eu acho que entendo — diz Berit. — Para que uma coisa aconteça existe uma série de pequenos fatores que precisam trabalhar juntos para resultar numa coisa bem maior do que a soma de todos esses fatores.

— Quê? — pergunta Alva.

— Eu acho que disse a mesma coisa que você, só que do jeito um pouco mais chato dos adultos. E isso de você saber que faltavam sete dias acontece porque você consegue ouvir precisamente quantas cordas precisam ser tocadas e quanto tempo vai levar até que a melodia comece. Não é isso?

— Acho que é — responde Alva. — Mas o mais estranho não é isso.

— Ah, não?

Alva olha para Siw cheia de culpa e diz:

— Eu não contei nada para a mamãe, mas eu também consigo *fazer* uma coisa. Uma coisa bem esquisita.

Berit olha para Siw, que ergue as sobrancelhas e vira as palmas das mãos para cima, num gesto que significa *eu não tenho a menor ideia*. Desde domingo ela e Alva falaram bastante sobre o que aconteceu, e Siw havia contado tudo o que sabia e narrado acontecimentos do passado. A história de quando ela tinha subido no telhado para falar com o limpador de neve fez com que Alva soltasse um gritinho de medo. Mas Alva não tinha dito sequer uma palavra sobre essa coisa que conseguia *fazer*.

— O que é que você consegue fazer, querida? — pergunta Siw.

Alva olha com uma expressão determinada para Siw e Berit, antes de estender as mãos.

— Eu simplesmente sei, tá?

— O quê?

— Que vai funcionar melhor se a gente se der as mãos.

2

Siw nunca tinha encarado o próprio dom como outra coisa que não uma forma alternativa de perceber a realidade — um sexto sentido, por assim dizer. Exatamente como os demais cinco, havia um sexto que simplesmente estava lá, como o ar e o céu acima da cabeça. Quando ela e Berit pegam as mãos de Alva, mais uma coisa inesperada acontece. O dom *ganha forma* no interior de Siw e ela o sente correr por todo o corpo, como se fosse um sistema circulatório paralelo.

Siw leva um pequeno susto com a surpresa e vê pelo olhar da avó que ela também está diante de uma coisa totalmente nova. É como se de repente fosse possível visualizar o dom, como se o dom fosse um objeto físico que ocupasse espaço. Ou melhor, não. Não é bem assim. O dom especial de Siw não tem nenhuma substância física, mas ela sente como se tivesse, e naquele instante o que torna o dom palpável é o fato de que Siw o sente como uma corrente que sai dela para entrar em Alva.

Siw olha para a filha, mas Alva está totalmente concentrada na caneca de café com o texto "Melhor vó do mundo". Filha, mãe e bisavó se encontram de mãos dadas, e uma coisa indefinível e primordial corre entre as três, como se fossem árvores antiquíssimas com raízes emaranhadas que tomam emprestadas as forças umas das outras e assim se fortalecem. O fluxo aumenta de intensidade. Um regato se transforma em riacho, o riacho em rio e o rio numa cascata que se junta ao mar. Uma vibração invade o cômodo — um terremoto microscópico que faz com que a realidade inteira estremeça. Alva solta as mãos de Siw e Berit e expira.

— Bem — disse ela. — Eu sabia que seria melhor se a gente fizesse isso juntas.

— Mas o que foi... o que foi que a gente fez? — pergunta Siw olhando para Berit, que mantém o olhar fixo no centro da mesa.

A caneca de café desapareceu. Estupefata, Siw passa a mão no lugar onde a caneca estava momentos atrás, mas não encontra nada.

— Pra onde... pra onde foi a caneca?

Alva aponta o dedo. Agora a caneca está de ponta-cabeça no secador de louça. Siw não compreende. Por acaso Alva tem um dom no estilo de *Carrie* e consegue movimentar objetos com a força do pensamento? Nesse caso, por que Siw não tinha visto a caneca se mover?

— O que foi que você fez? — pergunta ela.

— Bem — diz Alva, apertando o nariz. — É difícil explicar.

— Eu acho que entendo — diz Berit. — Daqui a mais ou menos uns quinze minutos um dos funcionários teria levado a caneca. Imagino que teria sido o Ifan, porque ele costuma pôr a caneca bem ali para secar. O que você fez foi... mover a caneca para o futuro.

— Aham — diz Alva. — O Ifan não usa uma pulseira que faz uns barulhinhos?

— Usa — responde Berit. — Agora que você mencionou esse detalhe, usa sim.

— Então foi ele. — Alva franze as sobrancelhas. — Quer dizer, não...

— Vai ser ele — a completa Berit. — Quer dizer, *teria sido.* Porque agora já aconteceu.

Alva põe uma das tranças na boca, morde-a e por fim diz:

— É bem maluco.

— *Bem* maluco — concorda Berit.

Siw não disse nada, porque está muda. Ela não entende como a filha e a avó podem estar sentadas, conversando sobre aquilo que acaba de acontecer como se Alva tivesse batido um pênalti na trave ou feito outra coisa improvável e *bem maluca.* Porque o que tinha acabado de acontecer era um milagre. Com a força do pensamento, Alva tinha aberto uma fenda no tempo para então fazer com que um objeto passasse através dele. Aquilo era bem mais do que um dom, era simplesmente...

— Magia — diz Siw. — Isso é magia.

— Oba! — diz Alva, afagando uma cabeleira imaginária. — Eu sou a Hermione.

Siw leu os dois primeiros livros de Harry Potter em voz alta para Alva, mas havia parado sob protestos da filha em *O prisioneiro de Azkaban,* que ela tinha achado terrível. Siw percebe que para Alva aquela façanha não é mais do que uma cópia malfeita da magia cotidiana que os personagens fazem sem dar a menor importância naqueles livros, que para Alva são praticamente uma verdade absoluta.

Siw não sabe qual seria o tom correto a adotar, e a despeito de qualquer outra coisa lhe parece duvidoso que Alva, ou sequer ela mesma, disponha de palavras para descrever o que acaba de acontecer. No fim é Berit quem assume a linha prática e pergunta:

— Por que você quis nos dar as mãos?

— Você sabe.

— Eu acho que sei. Mas você acha que consegue explicar?

— Porque... nas vezes em que eu fiz sozinha, eu fiz com objetos pequenos. Eu posso fazer com uma pecinha de Lego normal, mas não de Lego duplo. Posso fazer com uma caneta normal, mas não com uma caneta daquelas grossas, como se chama mesmo? Pincel atômico. Eu não consigo. Posso fazer com um daqueles bonequinhos na ponta de uma caneta, mas não com o Poffe. E quando falamos sobre a caneca eu pensei: *vou fazer com isso,* mas aí eu percebi que não ia conseguir sozinha, como a Hermione consegue.

Os cantos da boca de Alva se viram para baixo quando ela reflete sobre a pequenez de seu dom. Aquelas palavras ecoam na cabeça de Siw enquanto ela se recompõe para perguntar:

— Mas... como é que você faz sozinha? Se você muda uma pecinha de Lego de lugar desse jeito, então é *assim* que ela se movimenta, não porque você ainda vai pegá-la com a mão.

Para a surpresa de Siw, Alva compreende a problemática e parece até mesmo ter pensado sobre aquilo, porque ela diz:

— Aham, eu sei. Isso também é complicado. Eu tenho que pensar com *muita* concentração tipo: "Logo eu vou pegar essa pecinha de Lego com os dedos e colocar ela mais pra lá". Muita concentração *mesmo*. Tanta concentração que a outra forma de mexer a pecinha chega a desaparecer. Pelo menos é o que eu acho. Eu tenho meio que... enganar a mim mesma. Aí funciona.

Berit pega o celular de Siw e o observa por uns instantes antes de perguntar:

— Eu gostaria de saber se você consegue explicar como é que funciona essa história de harpa. — Ela aponta para a tela.

Alva põe as duas tranças na boca e adota uma expressão séria, não muito diferente daquela adotada pouco tempo atrás por uma menina que havia começado uma greve escolar em nome do meio ambiente em frente ao parlamento da Suécia. Ela balança a cabeça de um lado para o outro como se estivesse sofrendo. Parece arrependida de ter feito aquela demonstração que levou a tantas perguntas. Por fim Alva tira as tranças da boca e diz:

— Já chega de perguntas, mas a caneca... para ela ir da mesa para lá — Alva aponta para o secador de louça, — precisamos de blim-blom, de notas. De *notas!* Não é mesmo? E eu posso *tocar* essa harpa... e também outros instrumentos. Como se eu estivesse saltando de uma nota para a outra, mas assim mesmo... assim mesmo a melodia continua sendo a mesma. Ou melhor, não, eu tipo faço de conta que a pulseira solta uns barulhinhos, ou...

Siw toma a mão de Alva antes que ela leve a trança mais uma vez à boca. Alva a encara surpresa e solta a trança para então dizer:

— Ah! Já sei! Como se chama aquele negócio que você aperta um botão no controle remoto e tudo acontece superdepressa?

— *Fast forward?* — sugere Siw.

— É! É como se eu fizesse um *fast forward*. Só que *muito* mais rápido! Como se a melodia fosse tão rápida que você só ouve uma nota. E daí tudo acontece. Puf!

— Mas como você controla... — Siw começa a perguntar, mas logo Alva ergue a mão e Siw ergue as duas mãos para indicar que desiste.

Berit se estende a fim de pegar a caneca, se recompõe, balança a cabeça e pergunta a Alva:

— Você fez alguma coisa boa na escola hoje?

As duas passam um tempo falando sobre assuntos do cotidiano até que a porta se abra e o barulhinho quase inaudível de uma pulseira sinalize a chegada de Ifan. Ele cumprimenta as três com um movimento de cabeça e vê a caneca no secador.

— Ah, vocês já tiraram a mesa — diz ele. — Obrigado.

— De nada — responde Alva.

501

A RAIZ DO MAL

1

Anna não está bem na manhã de quinta-feira e liga para o trabalho para avisar que não vai aparecer — um acontecimento incomum. Ela se sente cansada e desmotivada e mal consegue erguer as mãos para fazer um café. Talvez aquilo se devesse a tudo o que havia testemunhado na tarde anterior em frente ao cinema, ou talvez ela realmente estivesse doente. Mas pouco importa: os sintomas são reais.

Quando o café apronta ela se senta junto à mesa da cozinha com os ombros caídos e bebe enquanto lê a edição noturna do Norrtelje Tidning. O rapaz estrangeiro, que era um refugiado afegão com autorização de residência temporária, já estava morto quando a ambulância chegou. O rapaz sueco estava em situação crítica. O motivo para os disparos permanecia desconhecido.

O tiroteio não tinha sido o único acontecimento da tarde anterior. Uma mulher tinha sido estuprada nos arredores do Roslagsmuséet, não muito longe do local onde Anna tinha conversado com Ewert Djup. Antes de fugir de bicicleta, o responsável tinha deixado a mulher ao lado de arbusto, onde foi encontrada sangrando e em estado de choque. A polícia estava em buscas de pistas sobre o caso. Em frente ao teatro, um homem tinha sido agredido por outros dois homens. A agressão fora motivada por um pote de *snus*.

Em uma coluna, Reidar Carlsson discute a violência sem sentido e cada vez maior que assola Norrtälje, e exige que a polícia receba mais recursos e poderes especiais, conforme as provisões do parágrafo dezenove da legislação policial. Revistas deviam ser feitas mesmo sem nenhum motivo em razão do aumento no número de armas em circulação. Ele chega até mesmo a arriscar uma teoria da janela quebrada, segundo a qual a decadência generalizada de uma região criaria um ambiente em que as pessoas se tornam mais predispostas à violência. Havia chegado a vez de Norrtälje, onde já se notavam rachaduras que...

Anna fecha o computador. Ela não precisa ler mais nada para entender o que já sabe: *tudo está indo para o inferno.* As imagens se mantêm no corpo dela e passam em reprise em sua cabeça: o estilhaço de vidro fincado na cabeça do rapaz, o olhar inflamado da freira no pôster, os dois filetes de sangue que se encontravam. Jamais essas imagens a deixariam.

Sem dar por si, Anna toma um gole do café recém-preparado e queima a língua e o céu da boca. A dor faz com que ela fique um pouco mais alerta. Ela esfria a boca com água fria da torneira, e também passa água nos olhos. Um pouco melhor. Talvez a cena de violência a houvesse infectado, como um vírus psicossomático. Ela esfrega as sobrancelhas com os pulsos, vai até a janela da sacada e olha para fora. Lembra-se de como Acke tinha chegado pela direção errada e de repente lhe ocorre:

As Chaves.

Por aquele outro lado há uma entrada para o porão, e além da chave da entrada principal Acke tem uma cópia da chave do porão, já que tem coisas guardadas no prédio de Anna. Ela vai à cozinha e mexe no pote de vidro onde guarda as mais variadas coisas: baterias, prendedores, a chave da tranca de uma bicicleta já roubada, um elástico de cabelo e, bem no fundo, as chaves do porão. Faz anos que ela não desce até lá.

O nervosismo toma conta enquanto Anna desce a escada, sem que, no entanto, ela compreenda por quê. Mesmo que Acke houvesse se escondido no porão, e mesmo que estivesse dormindo por lá naquele exato momento, o irmão caçula não representaria nenhum tipo de *perigo* a ela própria. Mesmo assim, parecia estranho descer para descobrir o que se passava. Anna tinha assistido a filmes demais.

Apesar de tudo, é um alívio chegar ao porão e ver que o cadeado do quartinho dela parece intacto. Ela o puxa e constata que está trancado, ou seja: Acke não está lá dentro.

A não ser que...

A não ser que os irmãos Djup, apesar de todas as promessas, tivessem-no encontrado e matado, para então desovar o corpo no... Anna estremece. Os acontecimentos da tarde anterior continuavam muito vivos e levam-na a enxergar violência em *tudo*. Depois de fazer o depoimento à polícia, todas os encontros com outras pessoas haviam dado a impressão de ser um prenúncio de maus-tratos ou coisa pior, e assim ela havia retornado para casa de cabeça baixa.

Tome jeito.

Anna destranca o cadeado, pendura-o e acende a luz. Não há muita coisa no quartinho. Duas caixas cheias de coisas de Acke, uma caixa com as antigas roupas de inverno de Anna e um grill que ela havia comprado para deixar na sacada. Anna tinha usado o grill uma única vez quando os vizinhos reclamaram e disseram que aquilo era proibido.

503

Mas duas coisas haviam mudado desde a última visita dela ao local. Havia duas jaquetas estendidas no chão com uma depressão no meio, sinal de que alguém havia estado por lá — e numa das caixas de Acke havia uma bolsa de treino azul-escura com o logo da Nike. Anna fez um aceno de cabeça. Em um momento ou outro Acke tinha se escondido por lá e levado mais coisas para o porão. Nada muito importante.

Anna pega a bolsa de treino e descobre que está surpreendentemente pesada, mesmo que não pareça estar cheia. Ela abre o zíper e a princípio não entende o que vê. Uma massa confusa de metal preto. Seriam peças sobressalentes? Ferramentas? Anna enfia a mão na sacola e prende a respiração ao ver o que tem nas mãos. É uma pistola. A bolsa está cheia de pistolas.

A empunhadura da arma que ela tem na mão é decorada com uma letra e tem números gravados na lateral, junto com o texto "Zastava Yugoslavia". Anna põe a mão novamente dentro da bolsa e sente que deve haver pelo menos vinte pistolas lá dentro, além de caixas de munição.

Ela fecha os olhos e recorda a cena da tarde anterior. Não há como dizer com certeza, mas um dos rapazes que fugiu enfiou uma pistola dentro da calça pelas costas e a pistola ao menos *se parecia* com a arma que Anna naquele instante segurava na mão. Sem largá-la, Anna cai em cima das jaquetas e olha para a bolsa e para o inofensivo logo da Nike.

A gente fez um plano de pagamento.

Anna não sabe quanto uma pistola vale, mas provavelmente a venda faz parte do pagamento. Acke é o fornecedor de armas na guerra civil de Norrtälje. Anna geme e enfia a cabeça entre as mãos, esquecida de que ainda segura a pistola. Ela sente quando o metal se bate contra as sobrancelhas e um clarão de dor atravessa sua cabeça.

— Acke de merda! Idiota de merda!

Anna joga a pistola em direção à bolsa, e em outras circunstâncias seria divertido acertar a abertura para que a arma se juntasse às irmãs.

O que eu vou fazer?

Não existe uma anistia para quem entrega armas à polícia? Será que dá para fazer isso de maneira anônima? Mas que nível de anonimidade uma pessoa consegue ter em Norrtälje? Se ela fizesse isso, sem dúvida Acke estaria fundo na merda. Mas qual seria o problema? Por acaso ela teria que aceitar que o irmão caçula simplesmente vende armas para quem pretende atirar em outras pessoas?

Guns don't kill people. People do.

Não. Um martelo também não bate em pregos, mas é impossível fazer isso com as mãos. Por outro lado, não é impossível matar outra pessoa apenas com as mãos, embora seja bem mais difícil. Armas matam, ponto final.

E então? Anna passa um longo tempo sentada com a cabeça apoiada nas mãos e o olhar fixo no esconderijo de armas. Não se trata apenas de vinte pedaços de metal: ela tem a impressão de que a bolsa está cheia de cobras pretas. Naquele momento, é responsabilidade dela cuidar para que as armas não escapem e causem mais destruição e morte. Mesmo assim ela permanece sentada, mais uma vez arrastada para a merda da família Olofsson com a qual havia decidido não se envolver mais.

A cabeça de Anna parece girar quando ela por fim se levanta e, com suor escorrendo da testa, leva a bolsa para o apartamento.

2

Ao fim de meia hora de buscas no Google, Anna finalmente consegue entender um pouco melhor. As pistolas na bolsa são do modelo Zastava M57, calibre 7,62x25, o que para ela não diz nada além de que aquelas são armas bastante poderosas. São cópias de pistolas Tokarev soviéticas, fabricadas em grande escala para o exército iugoslavo.

Depois da guerra civil, dezenas de milhares de pistolas haviam passado a circular sem nenhum tipo de controle. Criminosos e "empreendedores" tanto da antiga Iugoslávia como também do Ocidente, tinham começado a vagar pelo interior daquele país dividido e pobre em busca de pistolas à venda por duas ou três mil coroas. No mercado negro do Ocidente, uma única pistola daquelas podia ser vendida por trinta mil coroas, especialmente nas regiões com oferta escassa.

Como por exemplo Norrtälje.

A situação devia ser quase ideal. Em certas ocasiões Anna tinha ouvido Stig dizer que Norrtälje e Rimbo eram mercados de merda para armas. Muita gente caçava, e se realmente surgisse a necessidade de dar um tiro em alguém, havia sempre uma espingarda ao alcance da mão.

Na cidade de Norrtälje uma situação difícil de conflito havia surgido em pouco tempo. As pessoas queriam se armar, o mercado era quase inexistente e tcharam!, lá estava Acke com uma sacola cheia de mercadoria. Anna imaginou que aquilo seria uma festa. Quantas pistolas teria havido na bolsa quando ele começou? Como se não bastasse, Anna se lembrou de que a anistia para a entrega de armas valia apenas durante um curto período na primavera — ela não sabia por quê.

Anna desliga o computador e fica andando de um lado para o outro no apartamento, enjoada, até que a campainha soa. Antes que ela pudesse atender, a campainha soa mais uma vez. Depois outra. Do outro lado da porta, Acke está suado, com uma expressão desesperada, e pergunta: Você tá com tudo aí?

— Do que você está falando? — pergunta Anna com a voz fria, mesmo que não haja nenhuma dúvida quanto ao motivo para a pergunta de Acke.

— Para com isso, porra. — Acke coça o rosto obsessivamente e tenta passar, mas Anna se mantém no lugar. — Por favor, porra, me diz que você tá com tudo aí dentro. Como Anna não responde nem sai do lugar, Acke a empurra e entra à força no apartamento.

A bolsa está na sala, e quando Anna termina de fechar a porta Acke se encontra sentado no chão. Ele respira com dificuldade enquanto revira as pistolas — uma visão lamentável. Anna se senta no sofá e pergunta:

— O que você pensa que tá fazendo?

Acke continua a mexer nas pistolas.

— Eu já disse. É um plano de pagamento.

— Tá tudo aí — responde Anna. — Mas será que você não entende o que tá acontecendo? As pessoas começaram a se matar aqui em Norrtälje, e a culpa é sua!

— E daí? Eu não tenho como evitar que as pessoas se matem.

— Você tá falando sério? Por acaso você se transformou a caricatura de um americano de direita agora? Você nem ao menos acha uma coisa dessas.

Acke parece mais tranquilo depois de encontrar a bolsa. Ele tira a jaqueta, enxuga o rosto com a manga da camisa e se senta na beira do sofá balançando o pé. Por fim dá de ombros.

— E daí? Tipo, cada um é responsável pelas próprias ações. Se uma pessoa quiser comprar um berro pra se defender ou até mesmo matar outra pessoa, tá tudo aqui. Não é culpa minha.

Anna se reclina nas almofadas do sofá. Não havia por que insistir naquela discussão, que ressurge toda vez que um adolescente entra numa escola portando uma arma automática. Ah, é? Então devíamos proibir facas também? E martelos? Essas ferramentas também podem ser usadas para matar. Não, precisamos focar na *atitude* das pessoas. Não que a NRA ou o lobby da indústria de armas dê a mínima para qualquer tipo de atitude — mas nesse caso tanto o argumento como o posicionamento parecem estar cristalizados. Mesmo assim, Anna não resiste ao impulso de insistir:

— Eu vi dois rapazes levarem tiros ontem à tarde, provavelmente graças a essas merdas que você tá vendendo. Você por acaso acha que eles mereciam?

— Uma facada, talvez? Sei lá. Porra, você tava por lá?

— Tava, e foi horrível. As pessoas estão loucas e você tá fornecendo armas para elas. Como você tem coragem de defender uma coisa dessas?

O pé de Acke para e ele se inclina em direção a Anna com os cotovelos apoiados nas coxas.

— Tá bem — diz ele. — Então será que você pode me dizer o que eu devia fazer em vez disso?

— Pra começar...

— Os irmãos Djup, você sabe... ah, foda-se. Era isso ou um passeio de carro. Você entende o que isso significa?

— Bom, eu entendo que...

— Não, você não entende. Você não entende porra nenhuma. Eu também não tô orgulhoso, mas eu sou *obrigado*. É isso ou então acabar todo estraçalhado ao lado de um arbusto qualquer, caralho.

Anna sente um enjoo súbito, mas não entende se esse seria um sintoma da possível doença. Ela sabe muito bem o que *um passeio de carro* significa, e a situação terrível em que Acke se encontra causa-lhe repulsa. Resignada, Anna pergunta a Acke como surgiu aquela situação, e ele fala sem papas na língua, agora que a história veio à tona.

No final dos anos 1990, os irmãos Djup tinham enviado um correspondente que falava servo-croata para a Sérvia, onde ele tinha comprado cinquenta armas por meia dúzia de trocados. No fim o negócio se mostrou pouco lucrativo, porque como Stig havia dito era difícil vender pistolas quando havia outras armas facilmente acessíveis.

Depois de fechar negócios meio complicados para ao menos recuperar o dinheiro da compra, e depois de perder um negócio grande com uma gangue de motoqueiros, as pistolas tinham acabado no sótão de um dos "parceiros comerciais" dos irmãos Djup, à espera de dias melhores.

E veja! Como num passe de mágica esses dias melhores haviam chegado. O clima em Norrtälje havia atingido um ponto crítico, e a posse de armas de repente começou a parecer uma ideia atraente. Após uma rápida visita ao sótão, Acke foi encarregado de fazer a distribuição. Os irmãos queriam quinze mil coroas por arma, e todo o excedente que Acke conseguisse poderia ser abatido da dívida.

Acke não achava que aquilo tinha a menor chance de funcionar, mas assim mesmo se sentiu obrigado a tentar. Com a ajuda de velhos amigos, tinha espalhado a notícia de que tinha armas à venda. Os amigos falaram com amigos, que por sua vez falaram com outros amigos. As pessoas começavam a dar notícias, e para a surpresa de Acke parte delas estava disposta a pagar até trinta mil por arma. Uma das vendas chegou a ser fechada por trinta e cinco mil.

— Enfim, é isso — diz Acke ao terminar a história. — Eu já paguei cento e oitenta mil. Quando eu chegar a trezentos mil eu largo tudo de mão e devolvo as peças que sobrarem. Como demonstração de boa vontade, tipo. Ah, talvez eu venda mais umas para fazer um dinheirinho extra, mas depois chega.

Boa vontade, pensa Anna. *Ele tá falando sobre boa vontade.*

— Quantas... — Anna começa a falar, porém logo é interrompida por um enjoo tão forte que sente a boca inteira se encher com o gosto de bile. Ela engole e continua: — Quantas você já vendeu?

Acke olha para a bolsa e conta nos dedos antes de responder:

— Dezoito. Não. Dezessete.

— *Dezessete?*

— Aham.

Dezessete pistolas ilegais estavam circulando entre os habitantes de Norrtälje mais predispostos à violência — dezessete canos escuros, olhos capazes de encarar qualquer pessoa até derrubá-la morta no chão. Anna pressiona as costas da mão contra a boca, se coloca de pé e corre até o banheiro.

Ela mal consegue se ajoelhar e levantar a tampa do vaso antes que o vômito jorre de sua boca. As convulsões seguem-se umas às outras e ela vomita até que não saia nada mais além de saliva. Depois apoia a cabeça na porcelana fria e respira fundo. Anna pensa nas caixas de munição na bolsa — cada tiro com o potencial de entrar no corpo de uma pessoa e destruí-la por dentro, perfurando-lhe as entranhas. Centenas.

Um massacre. Ele está promovendo um massacre.

Até aquele momento os tiroteios haviam ocorrido entre indivíduos, mas e se alguém resolver apostar todas as fichas e esvaziar um magazine inteiro no meio da multidão? Anna devia ter agido de outra forma. Devia ter simplesmente largado a bolsa em frente à delegacia e fugido.

Em seguida ela se levanta, lava a boca na pia e bebe água direto da torneira. Quando volta ao quarto, descobre que Acke tinha ido embora. A bolsa já não estava mais lá.

3

A vida de Maria havia se tornado um pouco mais fácil desde que tinha aceitado Jesus, embora não de maneira convencional. Não era questão de uma mão aberta que a conduzia rumo à luz, mas de um punho fechado que aceitava sua escuridão.

Quando ela abre o café na manhã de sexta-feira, Jesus está sentado no lugar de sempre, no canto, com uma aparência nem um pouco normal. As roupas estão em farrapos, ele tem arranhões no rosto e nos braços e a cabeça está cingida por uma coroa de espinhos que faz o sangue correr por cima do rosto. Maria se senta em frente a ele e pergunta:

— O que foi que houve?

Jesus abre um sorriso amargo.

— Achei que você tinha lido a Bíblia.

— Eu li, mas... já faz tempo, não?

— O tempo não tem nenhum significado. Isso nunca acaba. Você já leu *A divina comédia*?

— Não.

— Então leia. É um livro bem melhor do que a Bíblia. No inferno, os pecadores revivem infinitamente os tormentos, em ciclos intermináveis.

Maria franze as sobrancelhas. Se ela entendeu aquilo direito, então Jesus está *blasfemando*.

— Você quer dizer que tá no *inferno?* É meio difícil de acreditar, se você perdoa a minha sinceridade.

Jesus limpa uma gota de sangue que escorreu até o olho e diz:

— Acredite no que você quiser. Eu só estou dando uma real. Claro, eu estou no paraíso e tudo mais, mas em outro plano estou no inferno. — Jesus faz um gesto em direção a si mesmo e à situação em que se encontra para chamar atenção à verdade de suas palavras, e então diz: — Isso nunca acaba.

Jesus teve dois mil anos para pensar, e seria razoável que não tivesse deixado a ideia passar despercebida, mas nem assim Maria consegue evitar a pergunta:

— Não tem como sair dessa?

— Tem. Se me for dada a oportunidade de me defender. Um porrete, uma faca, qualquer coisa. Você não imagina o quanto eu sonhei em chutar a bunda dos romanos. — Maria segura uma risadinha, o que incentiva Jesus a continuar.

— No fim tenho que ser o cordeiro do sacrifício, que aguenta todos os tormentos sem reclamar, mas eu sonho em poder, nem que seja uma vez, tirar aquele sorrisinho sádico da cara dos meus torturadores! Mesmo assim, não posso.

Jesus baixa a cabeça machucada e a balança. Maria não sabe se está ultrapassando os limites, mas estende a mão por cima da mesa e a coloca em cima da mão de Jesus para dizer:

— Eu sinto muito.

— Não sinta — responde Jesus. — Esse é o meu papel e, se entendi tudo, deve cumprir uma função. Mas nunca deixe que aconteça com você.

— Como uma coisa dessas poderia acontecer comigo? Eu não sou o filho de Deus.

— Não é só isso. Coisas similares acontecem a muitas pessoas, todos os dias. Não deixe que aconteça com você. Esteja pronta. Não deixe ninguém oprimir você. Parta para cima.

Essa última frase ainda paira no ar quando Birgitta abre a porta, cumprimenta Maria com uma cara de poucos amigos e entra na cozinha para se encarregar do almoço.

Parta para cima.

Durante o dia as pessoas da equipe parecem evitar umas às outras na medida do possível, e Maria suspeita que certos colegas tenham desenvolvido estratégias para suportar a situação. Naquele mesmo instante, Jesus está atrás dela. Mas tudo parece bem. As ideações de violência se tornaram menos frequentes, e agora parecem as histórias que ela e Johan costumavam inventar em outra época.

Na hora do almoço, Maria revive a história clássica da Princesa Canibal e a deixa saborear duas criancinhas supercomplicadas. Nham, nham, ela faz enquanto chupa as tripas, e depois nhac, nhac ao mastigar os dedinhos como lanche.

Quando a batalha do almoço chega ao fim e o café está mais uma vez praticamente vazio, Maria se permite um pequeno intervalo e se senta em frente a uma das mesas para ler o Norrtelje Tidning. Ela lê sobre o tiroteio, o estupro e os maus-tratos ocorridos na tarde anterior com uma sensação de abatimento no corpo. Norrtälje está virando um lugar perigoso.

— Oi.

Maria está tão concentrada na leitura que nem ao menos percebe que outra pessoa abriu e fechou a porta. É Anna. Ela tem uma aparência horrível. Maria se levanta, cumprimenta-a com um abraço e lhe oferece um lugar à mesa.

— Como você tem andado? Parece que as coisas não vão muito bem.

— Não — diz Anna. — Acho que estou doente, ou... eu simplesmente não sei o que fazer.

— Me conte.

Anna larga o telefone em cima da mesa e aponta para o jornal, que traz o tiroteio como principal manchete. Como tudo aconteceu já no fim do dia, publicaram apenas uma imagem do sangue na calçada em frente ao cinema e um texto curto. Anna conta o que testemunhou na tarde anterior. Depois ela se cala, suspira e diz:

— E o pior é que... eu preciso falar sobre isso com outra pessoa. A Siw tá no trabalho e... você promete que não conta pra mais ninguém?

— Prometo.

— O meu irmão é quem tá por trás de tudo isso.

Os olhos de Maria se arregalam enquanto Anna fala sobre o esconderijo de armas, o envolvimento de Acke e o medo que ela sente de quem alguém enlouqueça de vez e abra fogo no meio de uma multidão, promovendo um massacre. O que ela devia fazer?

— Não sei — diz Maria, folheando o jornal. — Mas com certeza não é uma notícia nem um pouco boa.

Há um anúncio de página inteira sobre um evento organizado em cima da hora. O anúncio fala em "tempos sombrios" e na "alma de Norrtälje" e mesmo que a ideia não apareça de maneira explícita no texto, está claro que tudo aquilo foi pensado como uma resposta ao processo de decadência que nos últimos tempos vem afligindo a cidade.

Portanto: um festival de luzes! Na quarta-feira seguinte, todos estão convidados a dar asas à fantasia e construir embarcações iluminadas. Barcos, jangadas — qualquer coisa que flutue na água — decoradas com velas. As embarcações seriam lançadas a partir da Faktoribron e a partir de lá desceriam o rio, espalhando luz em meio à população de Norrtälje, que estaria reunida às margens do Norrtäljeån para admirar o espetáculo.

— Aqui está a multidão — diz Maria.

— É — responde Anna, passando a mão na testa com um gesto cansado. — Mas não tem nada que indique, eu mesma é que estou achando... que merda, o que eu posso fazer? Eu não posso... ele é o meu irmão caçula!

— Aham — diz Maria. — Por falar nisso... Se você estiver melhor amanhã à tarde... O Marko vai pegar um voo pra Sarajevo e gente vai fazer uma festinha de despedida. Lá em casa, às seis e meia. Se você achar que consegue.

— Tá. Eu vou, sim. Mas o que faço?

— Parece que o seu irmão não é muito receptivo a argumentos, então... a não ser que você pegue a bolsa de um jeito ou de outro, não tem muita coisa que você possa fazer.

Maria mexe na bolsa, tira uma cartela de Paracetamol e entrega dois comprimidos para Anna.

— Agora o melhor é você tomar isso aqui, ir para casa e deitar um pouco. Tem água no banheiro.

Anna faz um lento aceno de cabeça, se levanta e sai em direção ao banheiro. Assim que ela some de vista, Maria pega o telefone. O telefone está com a proteção de tela ativada, mas é um padrão simples que Maria tinha memorizado durante a festa de Marko. Ela destrava o celular e abre a lista de contatos.

— Acke é o primeiro nome. — Maria tira uma caneta da bolsa e rabisca o número em um guardanapo que a seguir enfia no bolso.

Não era bem verdade o que ela havia dito para Marko. Maria não estava sem dinheiro. Ela tinha um pouco guardado para situações de emergência. E aquela era uma situação de emergência. Ela tinha certeza de que Jesus concordaria.

DESPEDIDAS

1

Durante os dias que haviam se passado, Marko tinha feito uma descoberta inesperada: se abster é uma aventura maior do que esbanjar. Nos últimos anos ele havia se dedicado a ganhar status, e assim tinha enchido o guarda-roupas com roupas de marca, morava no último andar de um prédio em Stureplan e tinha um carro vistoso na garagem. A obtenção dessas coisas todas não o havia preparado em nada para o sentimento de aventura que tomava conta dele agora que estava prestes a deixá-las para trás.

Marko tinha ido a Estocolmo buscar o passaporte e outras coisas que pretendia levar durante a viagem. Para além das roupas de baixo, o guarda-roupas mencionado não contém sequer uma peça de roupa que sirva para aquilo que ele pretende, então o plano é ir às compras em Sarajevo e escolher roupas novas por lá. Seria complicado vestir um terno da Caruso feito sob medida para limpar tralhas velhas.

Marko ligou para uma tia que ainda mora em Mostar e tem um quarto disponível para alugar, mas durante as primeiras noites ele vai se hospedar num hotel enquanto se orienta no cenário novo. A conversa com a tia começou meio atrapalhada, mas já ao fim de quinze minutos as palavras em bósnio tinham voltado a surgir com facilidade. Vai dar certo.

Última noite na Suécia. Por iniciativa de Laura ele convidou Johan e Max para se uma festa de despedida; Anna e Siw também aparecem, junto com Alva, a filha de Siw, para o encanto de Goran. Logo ele vai ao porão buscar uma caixa de papelão onde estão guardados os antigos brinquedos de Maria.

Laura tinha posto a mesa com canapés e *crémant*, o que parecia um grande acerto na opinião de Marko. Aquela era uma *celebração*. No espírito de fartura bósnio, Laura tinha preparado no mínimo o dobro da comida necessária para aquela quantidade de pessoas, que assim seria mais do que suficiente caso aparecessem convidados inesperados.

Marko corre os olhos pelos rostos das pessoas que estão reunidas por lá enquanto mastiga um pedaço de *sucuk* e bebe espumante. Max e Siw conversam bem próximos um do outro. Realmente parece que os dois se acertaram. Anna parece exausta, mas dá uma sonora risada quando Johan faz um comentário. A antiga inimizade entre os dois parece ter desaparecido. Só Maria está sozinha, mordiscando os lábios com os olhos apertados.

É estranho. Marko está em Norrtälje há apenas duas semanas, mas Estocolmo já parece um sonho distante. Durante a festa ele teve um pressentimento, mas naquele momento a sensação foi muito forte: aquelas eram as pessoas da vida dele, não as pessoas do mercado financeiro em Estocolmo. E a partir daquele momento ele se afastaria de todas elas, talvez para assumir mais uma nova identidade. Tudo é uma aventura e o peito dele parece borbulhar mais do que a espumante quando se aproxima de Maria.

— Olá — diz ele. — O que foi que houve? Você parece meio distante.

— Tá tudo bem — responde Maria. — Tudo bem.

— Você acha que consegue se virar sem mim?

Maria abre um sorriso difícil de interpretar.

— Agora acho que consigo.

— Como assim agora?

— Agora. Não se preocupe. Eu vou me virar. — Ela desvia o rosto e olha para Goran.

Maria abre um sorriso mais simples e diz:

— Olhe pro pai.

Com uma boa dose de nostalgia, Goran pega as antigas bonecas e os antigos vestidos de princesa de Maria. O filho dele está prestes a deixá-los mais uma vez, e a infância de Maria pertence a um passado distante. Tudo se transforma ou desaparece. É um pequeno consolo saber que nas mãos de Alva as bonecas vão ganhar vida nova.

Goran pega uma boneca fantasmagórica que Maria costumava usar para assustar outras crianças no Halloween e Alva dá um passo para trás e diz:

— Essa dá medo! Parece a morte!

— Ah — diz Goran. — Não tenha medo. Não há motivo para ter medo. Sabe por quê?

Alva apura o ouvido e diz:

— Não. Por quê?

— Porque ter medo... está relacionado a coisas que vão acontecer no futuro. Você entende? As pessoas têm medo do que *pode* acontecer. Essa boneca não pode fazer nada. E além disso ninguém pode alterar o futuro.

— Pode sim.

— Como assim?

Alva olha para a mãe, que por um ou outro motivo incompreensível para Goran encara-a com uma expressão séria, e então Alva diz:

— Ah, não era nada.

Ela pega a boneca fantasmagórica nas mãos e a examina por diferentes ângulos para então dizer:

— Na verdade, não dá tanto medo assim.

— Não — diz Goran. — E você sabe o que eu aprendi? Você sabe do que as pessoas têm mais medo?

— De monstros.

— Não. O que mais dá medo nas pessoas é o medo. As pessoas têm medo de sentir medo. Estranho, não?

Alva põe a cabeça meio de lado e olha para Goran antes de dizer:

— Você é velho divertido.

— Alva! — exclama Siw. — Não se diz uma coisa dessas!

— Mas *ele é!*

— Não se preocupe — diz Goran, pegando uma Barbie. — Você sabe quem é essa aqui? Essa é a princesa, como é mesmo que se diz? A princesa da Lua, que só aparece à noite e conhece todos os bichos da floresta.

— Tá — diz Alva. — Mas você sabe que, na verdade, essa é a Barbie, né?

Max se senta no sofá ao lado de Siw. Ele põe uma mecha do cabelo dela atrás da orelha e os dois ficam olhando enquanto Goran e Alva inventam uma história com as bonecas. É bom ver o rosto daquele homem em geral tão sério se iluminar de repente; até mesmo as costas em geral curvas se endireitam quando ele faz com que a Barbie atravesse o sofá à procura da varinha mágica. Max se sente estranhamente... como? Descomplicado. Como se coisas naquele momento fossem todas simples, mesmo que, na verdade, não fossem.

— A gente vai amanhã — diz Siw.

Max estava tão distraído com a brincadeira que a princípio não percebeu o que ela queria dizer. Porém logo ele se lembrou. Charlie. O passeio de barco.

— Ah! Que bom. Ele sugeriu de a gente se encontrar na beira do rio.

— Pode ser. Você acha que ele teria um colete salva-vidas para a Alva?

— Posso perguntar.

— Oba! E você pensou mais... naquilo?

— Aham. Eu peguei um cavalete e uma placa emprestados do trabalho. Para indicar que a rua está fechada.

Acho que vou colocar na rua assim que o caminhão estiver prestes a aparecer. Depois eu saio correndo.

— Tá — diz Siw. — E eu vou falar com os treinadores. Mesmo que eu não saiba o que dizer.

— Quando você disser que as crianças estão em risco os adultos vão prestar atenção.

— Que crianças estão em risco? — pergunta Alva, fazendo um gesto para indicar a Goran que a brincadeira está pausada.

— Não sabemos — responde Siw. — Mas *se* o caminhão-tanque aparecer, ele vai aparecer bem no lugar onde vocês treinam.

Alva responde com um aceno de cabeça e Goran pergunta:

— Que caminhão-tanque?

— É uma longa história — diz Alva. — Mas agora vamos brincar!

A risada de Anna soa estridente demais, e Johan percebe minúsculas gotas de suor junto às raízes do cabelo dela. Ele pergunta:

— O que houve com você? De verdade?

— Acho que eu tô meio doente — diz Anna, levando a mão à testa. — Mas tem outra coisa também. Depois eu conto.

— Tem a ver com aquele negócio que aconteceu em frente ao cinema?

— Talvez. Mas não do jeito como você imagina. Você não sentiu nenhuma consequência daquilo?

Johan toma um gole demorado de espumante, que borbulha em seu nariz e leva-o a espirrar — o que serve como uma distração bem-vinda. A verdade era que as consequências tinham sido tão profundas que ele chegou a se sentir culpado pelo acontecido e teve dificuldade para adormecer.

Claro que seria impossível desvendar a longa cadeia de causas e consequências que tinham resultado em dois homens abatidos a tiros em frente ao cinema, mas em um lugar qualquer pelo caminho estavam o texto de Johan intitulado "Uma noite qualquer em Norrtälje" e a maldita expressão com "Svinto".

Momentos antes de ir para a casa de Marko ele tinha feito o login no site do Roslagsporten para novamente procurar uma forma de apagar a postagem, e por fim escreveu a um moderador pedindo que fizesse isso. Mas o pedido ainda não tinha gerado nenhum resultado, e a postagem continuava lá, gerando entusiasmo e engajamento.

Johan passa a mão no nariz e diz:

— Não. Nada muito preocupante.

— Você deu sorte — diz Anna. — Eu não consigo tirar da cabeça aquela imagem dos filetes de sangue se encontrando. O jeito como uma coisa em geral bonita de repente se transforma num horror.

O avião sairia às nove e meia, então por volta das seis e meia Marko pega a mala feita e se despede. Goran não tomou champanhe para levar Marko ao aeroporto e trazer o carro de volta.

Antes que Marko se sente no banco do passageiro ele passa um instante em silêncio, olhando para as pessoas reunidas na entrada da casa. Ele ainda se lembra de como pouco mais de três semanas atrás dirigiu até Norrtälje na esperança de *retornar como vencedor,* tipo o vencedor de uma corrida de Mario Kart, mas em vez disso foi acometido por uma diarreia.

Aquele era um momento com mais estilo. As pessoas reunidas na entrada da casa acenam e sorriem para ele, que sai mundo afora com o peito repleto de Aventura. Marko abre um sorriso largo de Ibrahimović, fecha o punho acima da cabeça e grita: "Yeah! Mario wins!" Depois ele se acomoda no carro.

2

Anna e Johan saem juntos da casa de Marko. Quando chegam ao cruzamento entre a Bergsgatan e a Gustav Adolfs Väg, Anna se sente fraca e se apoia contra um armário de eletricidade. A febre não é muito alta, mas ela não tinha comido nada o dia inteiro e tomou champanhe de barriga vazia.

— Merda — diz Johan. — Você está mal de verdade. — Anna faz um gesto em direção às casas geminadas brancas na encosta que desce rumo ao porto. — Você quer me acompanhar até em casa? Eu tenho ibuprofeno.

— As pessoas costumam oferecer chá.

— Eu tenho chá também. Acho eu.

— O que eu quero dizer é que... ah, dane-se. Vamos.

Johan põe o braço nos ombros de Anna para ajudá-la a se apoiar quando os dois começam a descida.

Anna apoia a cabeça contra o ombro dele. Ela consegue andar sozinha, mas faz tempo desde a última vez que andou tão próxima de outra pessoa que não fosse Siw — e seria burrice recusar a gentileza.

O toque de Johan é firme, e os dedos parecem fortes. Talvez o boliche seja responsável por fazer daquele braço direito a parte menos frágil no corpo dele. Anna fecha os olhos, aproveita a sensação por um instante e pergunta:

— Tem certeza que você é mesmo gay?

Johan suspira ao ouvir a expressão e responde:

— Tenho. Totalmente.

— Que pena.

Johan a abraça como se aquela fosse a confirmação de que ele também nutre um sentimento parecido. Quando os dois chegam às casas geminadas ele pergunta:

— Sobre o que você queria falar?

— Primeiro o ibuprofeno. E um chá. Depois eu conto.

O apartamento de Johan se assemelha ao de Anna no sentido de que não há nada além do estritamente necessário, e talvez nem tanto. Anna pelo menos tem uns tapetes no chão. Quando os dois tiram os casacos Johan diz:

— Se acomode onde você quiser enquanto eu preparo o chá — e então vai à cozinha.

Anna entra na sala, onde não há nada além de um sofá e uma mesa lateral, uma escrivaninha, uma cadeira e uma TV grande com um PlayStation 3 conectado. Os jogos estão no chão. Nas capas se veem homens com armas enormes. Anna segura uma risadinha. Acke costumava jogar PlayStation 2, e ela lembra que os jogos dele também tinham homens com armas enormes na capa. Certas coisas não mudam nunca.

Anna está prestes a se atirar no sofá, mas antes resolve conferir a escrivaninha e o computador de Johan. A lembrança de Acke levou-a a pensar mais uma vez em armas, e ela quer dar uma olhada na página do Norrtelje Tidning para ver se não houve mais nada parecido com o que aconteceu em frente ao cinema.

Com um gemido, ela se acomoda na cadeira e abre o computador. Na tela está o Roslagsporten, a página que Berit costuma mencionar. Anna digita *norrteljetidning.se* na barra de endereço e está prestes a apertar Return quando, no alto e à direita, percebe um detalhe que interrompe o movimento.

— Logado como: "SvenneJanne"

O que é que...

— Você quer mel? — pergunta Jonah da cozinha.

Anna não responde. Ela leva o ponteiro do mouse até "Meu conteúdo" e clica.

Dezenas de postagens surgem na tela, com títulos como "A Eurábia está cada vez mais perto" e "Mendigos não contribuem para a nossa cultura". E bem no alto ela encontra o título "Uma noite qualquer em Norrtälje".

Johan entra na sala.

— Ei! Você quer...?

Anna gira a cadeira e aponta para o monitor.

— É *você* que escreve essas merdas?

Johan franze as sobrancelhas.

— Porra, você costuma bisbilhotar o computador dos outros assim?

A resposta é mais do que suficiente. Anna não consegue falar. Ela balança a cabeça devagar e o olhar volta instintivamente para o monitor, onde encontra o título "Crianças de barba cada vez mais radicalizadas". Furioso, Johan se aproxima, fecha o computador e o põe debaixo do braço. A única coisa que Anna consegue fazer é perguntar:

— Quem é você?

— Como assim quem sou eu?

— Você é... um desses caras.

— Como assim, "um desses caras"?

— Desses caras cheios de *ódio*.

Johan afunda no sofá com o computador no colo, e é impossível saber se pretende escondê-lo ou protegê-lo. Ele torce os lábios e diz:

— Se você pensar bem, vai entender que aquela tentativa de assalto foi uma coisa que mexeu comigo. Eu fiquei muito revoltado. E simplesmente tentei botar tudo pra fora.

Anna sente um aperto no peito ao ver que uma relação bonita construída aos poucos vem abaixo de um momento para o outro. Ela aperta o punho fechado contra as costelas e diz:

— Mas... Eurábia, crianças de barba, cultura, isso é... *tudo*. É o *pacote completo*, porra!

— O problema é justamente esse tipo de atitude que inviabiliza a conversa — diz Johan. — Palavras carregadas. E de repente não dá mais pra falar sobre nada.

— Não — responde Anna enquanto se levanta da escrivaninha. — Não dá mesmo.

Quando ela sai em direção ao corredor, Johan larga o computador em cima do sofá, se levanta e põe a mão no braço dela.

— Ei! A gente não pode nem ao menos conversar?

Anna afasta a mão dele, encara-o bem nos olhos e diz:

— Não toca em mim.

Enquanto Anna amarra os sapatos e veste o casaco, Johan fica no vão da porta da sala, falando cada vez mais alto.

— É justamente esse tipo de reação que faz com que tudo acabe cada vez mais polarizado. As pessoas veem essas palavras, têm gatilho e no instante seguinte começa a soar o alarme: "Racista, racista!". Mas eu não sou... Quem sabe você ao menos *lê* o que eu escrevi? Tudo bem, os títulos são meio clickbait, mas eu tento ser moderado e... você não tá vendo que essa reação sua é totalmente intolerante?

Anna abre a porta e diz:

— Eu *já li*. Intolerante, Johan? É sério? Tchau. — Ela bate a porta ao sair e desce a escada. Quando chega ao pátio, Anna é tomada por um sentimento de exaustão total. Ela se senta na escada de pedra e afunda o rosto entre as mãos. As lágrimas escorrem por entre os dedos.

Puta que pariu.

Por um lado, Johan e seus textos, que sem dúvida contribuíram para que o clima em Norrtälje chegasse àquele ponto; do outro, Acke, que está vendendo armas e transformando esse clima numa situação em que pessoas morrem de verdade. A merda bateu no ventilador, e Anna está sentada bem na frente, vendo tudo acontecer. Que inferno!

Ela segura o corrimão da escada e se levanta outra vez. Quando olha para a fachada do prédio, Anna vê que Johan está na janela. Ela mostra o dedo médio para ele e deixa o pátio com passos cambaleantes.

COMO SOPRAM
OS VENTOS DO MAR

O barco de Charlie fica em Gräddö, a pouco mais de vinte quilômetros de Norrtälje, e ficou combinado que ele apareceria de carro para buscar os companheiros de passeio em frente ao apartamento de Siw às onze horas. O tempo está meio tristonho e faz apenas dez graus, então Siw escolheu roupas grossas e quentes para ela e para Alva.

— *Essa* não — diz Alva para Siw quando ela escolhe uma touca com abas de orelha. — Parece uma touca de bebê. Siw guarda-a de volta na chapeleira e pega a sua touca favorita da Janssons Plåt.

Minutos antes das onze a campainha toca. Do outro lado está Max, com uma caixa de plástico na mão. Ele e Siw trocam um abraço rápido e Alva olha curiosa para a caixa.

— O que é isso?

— É o Switch.

Alva arregala os olhos e pergunta:

— Numa *sacola plástica?* — como se Max houvesse cometido uma heresia ao transportar aquela relíquia fora da Arca da Aliança que era a caixinha de papelão original.

Alva olha para o interior da caixa, onde também há um jogo. Ela leva as mãos à cabeça e exclama:

— Meu Deus! Mario! Os coelhinhos! A gente pode jogar agora?

— Agora a gente vai passear de barco — responde Siw enquanto olha torto para Max quando Alva responde:

— Eu não quero passear de barco, quero jogar o jogo dos coelhinhos!

— Vai ficar para a volta — diz Max. — A gente ainda precisa ligar na TV e tudo mais. Leva um tempinho.

— Jura? — pergunta Alva, erguendo o dedo. — Você não pretende sumir dessa vez, né?

— Não — diz Max, rindo enquanto larga a caixa em cima do aparador. — Juro.

Siw pega a cesta com suco e uma térmica de café que ela havia preparado. Alva fica olhando para a sacola até que Siw feche a porta e pegue a mão dela para descer as escadas. Siw faz um esforço consciente para pensar: *vai ser um dia bem agradável*, em vez de pensar no caminhão-tanque — uma ameaça constante e cada vez mais próxima.

As coisas não melhoraram em nada durante a tarde anterior, quando, ao voltar da casa de Marko, ela teve sua própria Audição perto da casamata. Pneus derrapando no asfalto, metal que rugia, o eco de um baque, um líquido que escorre e depois a explosão que a fez tapar os ouvidos internos. Alva tinha olhado para Siw e perguntado:

— Você ouviu, né?

— Ouvi — tinha respondido Siw.

Um dia agradável. Um problema de cada vez. Um dia agradável.

Os três atravessam o portão lado a lado. Quando chegam à rua, Alva pega a mão de Max com a mão livre. Max olha quase assustado para Siw, que faz um biquinho e ergue as sobrancelhas como quem diz: *Veja só.*

— Me balancem — diz Alva.

— Como é? — pergunta Max.

— Me balancem! — repete Alva, relaxando as pernas de maneira a ficar pendurada entre as mãos de Max e Siw. Siw não sabia de onde tinha vindo aquela ideia, uma vez que Alva nunca tinha andado com dois adultos de mãos dadas, mas claramente ela não gostaria de deixar a chance escapar.

Max entende o que se espera dele. Ele olha para Siw e conta:

— Um, dois e... trrrês! — e no fim da contagem os dois erguem Alva no ar. Ela movimenta as pernas e solta um gritinho de empolgação antes de aterrissar e pedir, "De novo!"

Siw e Max repetem o movimento outras quatro vezes antes de chegar à Drottning Kristinas Väg, onde Charlie os espera com um Volvo 240 azul-escuro. O rosto se abre em um sorriso, e Charlie logo abre os braços. — Meus salvadores! Meus anjos da guarda!

— Que história é essa? — pergunta Alva.

— Esse é o Charlie — diz Siw. — É com ele que a gente vai passear de barco.

— Ele tá bêbado?

— Não. Ele só tá feliz.

Charlie recebe Max e Siw com um abraço de urso em cada um, para então se agachar em frente a Alva e perguntar:

— E como é o nome dessa pequena?

Siw nota que as narinas de Alva se movimentam quando ela cheira o hálito de Charlie para se certificar de que aquilo realmente não é um caso de bebedeira, e no então responde:

— O meu nome é Alva. Você sempre fala assim, meio esquisito?

Charlie solta uma gargalhada.

— Não. Só quando estou na companhia de pessoas incríveis. Por favor, entrem.

Max se acomoda no banco do carona e Siw e Alva se sentam no banco de trás. Enquanto ajuda Alva a prender o cinto de segurança, Siw mais uma vez percebe os movimentos do nariz, enquanto a filha sente os cheiros estranhos de óleo, fumaça impregnada e uma outra coisa que provavelmente é peixe. Quando o carro se põe em movimento, Alva se aproxima de Siw e diz:

— Esse carro tem cheiro de velho.

Eles chegam à Kapellskärsvägen. Na frente, Max e Charlie discutem os possíveis trajetos para o passeio do dia. Siw se reclina no banco e olha para fora. Um separador de pistas foi instalado desde a última vez que ela andou por lá, o que já deve fazer... perto de oito anos. A caminho do ferry para a Finlândia e da concepção imaginária de Alva.

Em Södersvik, Charlie faz uma curva para pegar a Kapellskärsvägen em direção a Gräddö. As árvores de Rådmansö resistiram ao verão seco melhor do que as árvores de Norrtälje, e em certos pontos ainda é possível ver folhas verdes. Quando eles atravessam Södersvik, Alva lê uma placa e grita:

— Uma padaria! Bolinhos! Será que a gente pode compras uns bolinhos?

Charlie para e entra no café e padaria que funciona na antiga loja de secos e molhados. Placas escritas à mão trazem informações sobre os pães orgânicos de fermentação natural absurdamente caros, e o lugar tem uma atmosfera que mais sugere o requinte de Södermalm do que a relativa simplicidade de Roslagen. Alva aponta e Charlie compra quatro bolinhos de canela por um preço que equivale a quatro menus promocionais do McDonald's antes que todos se reacomodem no carro para seguir viagem.

Eles deixam para trás a igreja de Rådmansö e Rådmanby, onde em frente a um grande monte de cascalho está uma placa com o seguinte texto enigmático: "Cascalho particular! Estou de olho no ladrãozinho! Cinco minutos depois eles chegam ao estacionamento da marina de Gräddö. Retiram os coletes salva-vidas do porta-malas e seguem em direção à água."

Naquela altura de setembro já não há muitos barcos no porto. Charlie anda por um trapiche, cheio de orgulho, estende a mão para indicar um grande barco de madeira com assentos que acompanham a linha do casco e diz:

— Aqui está a menina dos meus olhos!

— Ele quer dizer que acha o barco muito bonito — explica Siw antes mesmo que Alva pergunte.

Alva observa o barco com ceticismo. Ela nunca esteve no mar, e Siw não sabe que tipo de ideia ela fazia sobre o barco de Charlie. Alva pega a mão de Siw e diz:

— Mamãe, eu acho que é muito perigoso, de verdade!

Charlie ri e leva a mão à barriga, como um policial num filme de comédia. Depois ele torna a ficar sério e diz:

— Minha jovem. Eu jamais convidaria vocês para correr perigo. Você sabia que a sua mãe e o seu pai salvaram a minha vida?

— O Max não... — começa a dizer Alva, mas logo engole as palavras e encara Max com um olhar estranho.

Siw imagina que Alva considere a possibilidade de que Max *na verdade* seja o pai dela. Ou pelo menos possa se tornar. Max tampouco faz comentários.

Depois de insistir um pouco com Alva, todos estão sentados nos bancos. Alva começa a perguntar:

— Como foi que eles salva... — porém logo o som da voz dela é abafado pelo ronco do motor. Siw não falou com Alva sobre a tentativa de suicídio de Charlie, e a bem dizer prefere deixar o assunto de lado. Depois da Audição, Alva começou a se preocupar com a morte.

Com a mão no timão, Charlie manobra o barco, sai da marina e avança em direção a Norrtäljeviken. O ronco do motor torna impossível usar um tom normal de conversa, e Charlie precisa aproximar a boca do ouvido de Max e apontar enquanto fala sobre as ilhas ao redor. Alva fica sentada com as mãos no colo, olhando séria para a frente como se o barco dependesse de sua concentração para continuar flutuando.

Dez minutos depois Siw relaxa por completo, e Alva também começa a sentir o corpo mais leve. É bom avançar pela água devagar, e o barulho regular do motor chega a dar sonolência. Siw deixa os pensamentos correrem soltos, e logo eles começam a percorrer Norrtäljeviken, o porto onde estava o contêiner e depois o rio.

O rio.

Siw já tinha constatado que todos os episódios de violência e ataques tinham ocorrido no centro da cidade, mas ao pensar melhor a localização parecia ainda mais específica: os arredores do rio. A cena que ela mesma havia presenciado, o ataque contra os rapazes afegãos, tinha acontecido às margens do rio, e ao atravessar a ponte... o terror que ela havia sentido tinha dado lugar a fantasias com atentados a bomba.

O barco chega a águas abertas e o vento nordeste sopra. Siw vê que Alva treme de leve e pergunta:

— Tá com frio?

— Tô.

Siw se aproxima de Charlie e grita no ouvido dele:

— Tá meio frio! A Alva tá tremendo!

Charlie de imediato corta o motor e diz:

— Ah, mas não podemos continuar assim. Esse é um momento de lazer, então eu tenho uma coisa para a nossa jovem...

Charlie abre banco em que está sentado e tira um saco plástico onde há uma velha jaqueta estofada, que ele entrega para Alva. Alva olha para a jaqueta enquanto faz pequenos movimentos com o nariz. Mesmo de longe Siw percebe que a jaqueta também tem "cheiro de velho" mas Alva aperta os lábios e a veste. A jaqueta é tão grande que ela cabe inteira dentro quando fecha o zíper.

— Eles ficam lá, com o motor desligado, admirando a paisagem. — Charlie aponta para o continente e o porto, onde um navio da marinha está atracado. — Räfsnäs — diz ele, e então aponta o dedo para um farol a cerca de cem metros.

— Tjockö. E agora o que vocês acham de tomar um café?

Siw serve as canecas que havia levado e entrega para Alva um copo de suco, que desaparece na jaqueta-barraca quando Alva baixa a cabeça. O saco da padaria passa de mão em mão, e os bolinhos revelam que no fundo quase valiam o quanto haviam custado.

— Eu pensei numa coisa — diz Siw, engolindo um bocado com sabor de cardamomo. — As coisas que aconteceram em Norrtälje... Tudo foi perto do rio.

— Eu também pensei nisso — diz Max. — Mas...

— Opa! — Charlie os interrompe. — Não sei se eu já tinha dito isso, mas antes eu trabalhava no Åtellet e foi lá que eu comecei a ter os pensamentos sombrios que me levaram a... — Siw limpa a garganta e olha para Alva, e Charlie diz: — Enfim... Agora isso é passado e eu estou aproveitando a vida. Mas os meus antigos colegas... encontrei dois esses tempos, e eles me disseram que assim que chegam ao trabalho é como se uma escuridão tomasse conta de tudo, especialmente quando a área externa está aberta. Ninguém quer ficar lá justamente porque tudo parece muito sombrio, a atmosfera se enche de ódio. E o Åtellet fica bem perto do rio.

— Mas nesse caso o que poderia ser? — pergunta Max. — Será que o rio está envenenado de um jeito ou de outro?

A cabeça de Alva surge na abertura da jaqueta e ela pergunta:

— O que que tá o quê?

— A gente tá falando sobre o rio — responde Siw. — Pode ser que tenha alguma coisa no rio, mas a gente não sabe o que poderia ser.

A mãozinha de Alva sai das entranhas da jaqueta, segurando o bolinho. Ela dá uma mordida e olha cheia de curiosidade para o farol, e a seguir diz:

— Só pode ser um monstro.

— Ninguém viu nenhum monstro no rio.

— Claro que não — responde Alva. — Porque é um monstro *invisível*. Será que agora a gente pode ir pra casa jogar Switch?

Quando o café e os bolinhos terminam, Charlie liga o motor, dá a volta e mais uma vez os quatro seguem em direção a Norrtäljeviken, se aproximando da cidade que pode ter o coração envenenado.

Ou um monstro invisível.

A volta transcorre sem nenhum tipo de imprevisto, e já em terra Charlie deixa Max, Siw e Alva em casa, de volta a Norrtälje. Em uma mostra inesperada de gentileza, Alva aperta a mão de Charlie e agradece o passeio de barco. Depois vai correndo jogar o tão aguardado Switch.

EU CUSPO NO SEU TÚMULO

1

Quando Maria fecha e tranca o café, a escuridão é total. Ela olha pela janela e vê Jesus sentado na mesa habitual, iluminado somente pelo cordão de lâmpadas de LED pendurado no teto. No escuro, ele ergue a mão para cumprimentá-la. Maria o cumprimenta de volta.

Ela não entende por que demorou tanto para começar a falar com ele: as conversas com o salvador têm evitado que enlouqueça. Jesus compreende a raiva dela justamente porque compartilha daquilo. Ficou claro que Jesus não apenas está decepcionado com o "seu povo", mas com *todas* as pessoas pelas quais foi obrigado a se sacrificar. Durante a conversa que os dois tiveram antes do fechamento, Jesus disse que as pessoas são como monstros um pouco mais desenvolvidos, incapazes de fazer qualquer outra coisa além de destruir. Maria talvez não tivesse uma opinião tão extrema. *Talvez.*

O rio continua a correr numa loucura borborejante às costas de Maria quando ela se vira e caminha ao longo da Kvarngränd. Ela não vai conseguir trabalhar muito tempo no café, nem mesmo com a ajuda de Cristo. Está justamente pensando em alternativas possíveis quando ouve passos apressados e percebe que duas sombras se desprendem da escuridão na plataforma de carga do Systembolaget. São pessoas, mas...

Elas não têm rosto.

Maria inspira para gritar, porém logo uma mão enluvada tapa sua boca enquanto a puxa em direção à plataforma. Uma dessas figuras sem rosto ergue uma faca de cozinha na altura do rosto de Maria e uma voz masculina diz, com sotaque russo:

— *You shut up, bitch, or I cut your throat.*

No trabalho como modelo, Maria havia tratado com muitos russos, mas apesar da situação desesperadora ela sente que aquele sotaque parece *falso*. Os dois russos de mentira a fazem deitar na plataforma, a ponto de arranhar o rosto contra o concreto.

O rapaz com a faca sobe na plataforma e aperta a cabeça dela para forçá-la a manter o corpo numa posição inclinada, enquanto o outro lhe arranca a as calças e a calcinha. Ela houve o tilintar de uma fivela um dos rapazes diz:

— *You little cunt, I'm gonna fuck you so hard and make you suck my dick.*

Ele pronuncia *fuck* e *suck* como *fook* e *sook,* e o rapaz na parte elevada, que segura a cabeça de Maria, completa:

— *And then it's my turn.*

O vento sopra contra o ventre nu de Maria. Todo o corpo dela se rebela, uma torrente de lava corre-lhe pela barriga e a põe a tremer, porém no meio desse calor todo há também uma corda gelada que vibra com o som da voz de Jesus.

Nunca deixe que aconteça com você. Parta para cima.

Quando o pênis quente encosta na virilha gelada de Maria ela leva a mão ao sutiã e fecha os dedos na empunhadura da pistola Zastava. Ela tinha comprado aquilo a "preço de amigo" com o irmão de Anna; vinte e cinco mil coroas muito bem investidas.

O rapaz acima dela tem a respiração entrecortada pela adrenalina, e quando se estende para observar melhor a investida ele solta um pouco a pressão aplicada na cabeça de Maria. Com um movimento brusco, Maria solta a cabeça e se vira no momento exato em que o rapaz de trás havia começado a penetrá-la. Ouve-se um leve *plop* e o rapaz cambaleia para trás com a ereção balançando de um lado para o outro. Maria aponta a pistola para o rapaz com a faca e diz:

— Largue isso. Agora!

— *No understand* — diz o rosto sem contornos. Maria pensa em atirar na perna dele, mas isso serviria apenas para atrair mais gente, e ela ainda não terminou. Em vez disso ela dá uma coronhada forte no joelho do rapaz. Ele grita de dor e deixa cair a faca, que cai na plataforma de carga.

— Sumam daqui — diz Maria. — Agora! Senão eu mato vocês.

A meia de náilon no rosto do rapaz se franze quando ele faz uma careta antes de sair correndo em direção à Gröna Gränd. Maria se vira para o outro rapaz e olha para dentro do cano de uma pistola como a sua. O rapaz deu um jeito de levantar as cuecas e tapar o sexo, mas as calças ainda estão como as roupas de Maria, na altura dos joelhos. Ele se aproxima com passos de duende até que o cano esteja a meio metro de Maria, enquanto ela mantém a arma apontada para baixo, ao lado do corpo.

— Largue a pistola — diz o rapaz. — Largue, sua puta!

— Você aprendeu a falar sueco agora? — pergunta Maria, apontando para a Zastava do rapaz. — E além disso tem uma dessas também?

— Largue. Agora.

Maria balança a cabeça e ergue a pistola até a altura da cabeça do rapaz para então dizer:

— As armas são idênticas. Mas tem uma diferença. A sua arma está travada. A minha não. Se o seu polegar se mexer um milímetro que seja para destravar eu atiro em você. Me dê.

A arma na mão do rapaz começa a tremer enquanto os dedos de Maria se fecham em torno do cano. Ela o desarma e joga a pistola embaixo da plataforma.

— O que você vai fazer? — pergunta o rapaz.

— A questão é o que *você* vai fazer — responde Maria. — Pode começar tirando essa merda do rosto.

O rapaz olha ao redor como se procurasse uma rota de fuga, ou temesse a presença de uma testemunha. Depois ele retira a meia de náilon. Os cabelos estão de pé e a pele reluz de suor, porém Maria o reconhece como um dos clientes mais desagradáveis do café. Muitas vezes ele olha para ela de um jeito indecente.

— Isso foi planejado há tempo? — pergunta ela.

Quando o rapaz faz menção de responder, Maria diz:

— Ah, dane-se. Vista as minhas calças.

— E as minhas?

— Estão bem assim. Vamos lá. De joelhos.

Maria faz um gesto com a Zastava e o rapaz se põe de joelhos, e em seguida desliza em direção a Maria com as calças se arrastando ao redor dos tornozelos. Quando o nariz dele chega a vinte centímetros dos pelos pubianos de Maria ela põe o cano na cabeça dele e pergunta:

— Você por acaso gosta do que vê? Saiba que se você encostar em mim eu estouro os seus miolos.

Usando os dedos como se fossem pinças, de maneira a não tocar acidentalmente na pele de Maria, o rapaz consegue pôr a calcinha e as calças dela no lugar. Quando ele faz menção de se levantar, Maria o acerta na têmpora com o cano.

— Fique onde você tá.

A voz do rapaz se quebra e as lágrimas brotam nos olhos dele quando vira o rosto em direção a Maria e pergunta aos soluços:

— O que você pretende fazer agora?

— Eu já disse. É *você* que vai fazer. — Maria pega a pistola com as duas mãos e a segura em frente à virilha. — Você vai chupar o meu pau.

— Não — diz o rapaz. — Sem a menor chance.

— Tá. Então você pode se reclinar na plataforma. Eu abaixo a sua cueca e enrabo você com isso aqui. E *depois* você chupa. Melhor assim?

O rapaz baixa a cabeça como se fizesse uma oração. Os ombros dele tremem enquanto ele suplica:

— Porra... por favor...

— Eu *já tô* fazendo um favor. Eu devia ter atirado em você há muito tempo, seu merda. E *vou* atirar se você não fizer o que eu tô mandando.

O rapaz olha para Maria e aqueles olhos verdes e brilhantes parecem convencê-lo de que ela não está brincando. Ele desliza mais uns poucos centímetros à frente e fecha os lábios ao redor do cano da Zastava.

— Vamos lá — diz Maria, e o rapaz começa a mexer a cabeça para e frente e para trás enquanto o cano entra e sai de sua boca. Maria geme em um prazer fingido. Os movimentos da cabeça do rapaz fazem com que a coronha se roce contra o ventre dela, e a sensação não é ruim. Não, ela gosta. Porra, ela gosta daquilo! A lava que pouco tempo atrás corria pelo corpo de Maria de repente se derrama em sua cabeça e se mistura ao murmúrio do rio até que o rosto dela se ruborize com as sensações. O rapaz geme, chora e soluça.

Maria tira uma das mãos da arma, segura os cabelos do rapaz com a outra e se apoia nele enquanto projeta a virilha para frente. Ouve-se um estalo quando a massa de mira quebra um dos dentes do rapaz para então cortar-lhe a gengiva superior. O rapaz começa a ter espasmos, como se fosse vomitar, e tenta se afastar. Maria puxa-o pelos cabelos.

— Não invente. Se você vomitar em mim eu atiro.

Com sangue escorrendo da boca, o rapaz continua a chupar. Ouve-se um barulho molhado todas as vezes que a saliva dele umedece o metal preto. Maria joga a cabeça para trás e olha para as estrelas. *Que noite maravilhosa.* É assim que tudo deve ser. Por fim ela entende como as coisas devem ser, e também como agir para consegui-las.

Se o sangue, as lágrimas e a saliva já não fossem o bastante, logo o rapaz começa a soltar ranho pelo nariz. Longos fios escorrem pelas laterais da pistola e se grudam à mão que Maria mantém na empunhadura. *Hora de parar com isso.*

— Ah — geme Maria. — Aaaah. — Ela finge prazer com ainda mais intensidade e por fim sussurra: — Ah, eu vou gozar...

O rapaz tira o cano da boca e desliza para trás com as mãos pateticamente erguidas em frente ao rosto enquanto geme:

— Não, não! Não faça isso!

Maria franze a sobrancelha e diz, com surpresa fingida:

— Ué? Achei que *todas* as meninas gostassem de encher a boca. Ela pega o telefone celular e diz:

— Olhe para mim.

O rapaz não tem opção além de fazer como ela pede, e Maria tira uma foto dele com flash antes de lhe chutar a virilha com toda a força, cuspir em cima dele e dizer:

— Suma daqui, seu rato imundo.

O rapaz se coloca de pé e veste as calças. Ele chora de maneira lamentável, e Maria enxerga a borda irregular do dente quebrado. Depois ele se afasta cambaleando e desaparece na escuridão de onde veio. Maria o acompanha com os olhos e pensa: *Monstros. Todos monstros. Eu vou acabar com eles, um por um.*

Ela pega a outra pistola de baixo da plataforma de carga e a guarda na calça. Antes de ir embora, Maria olha para o café. Jesus está lá, sentado no escuro. Ele abre um sorriso para ela e ergue o polegar.

2

Por duas horas Maria anda de um lado para o outro no calçamento à margem do rio, ouvindo o murmúrio e deixando que imagens cada vez mais repugnantes surjam em sua cabeça. Depois dos primeiros quinze minutos ela se arrepende de não ter atirado. Simplesmente apontado o cano para os olhos e disparado. Na melhor das hipóteses os olhos explodiriam e banhariam Maria de sangue e massa encefálica.

Seria esse o motivo para que estivesse andando à margem do rio? Para ver se os rapazes não voltariam para fazer uma nova tentativa contra outra vítima? Nesse caso ela atiraria na virilha e *depois* na cabeça. Esperando um pouco entre o primeiro e o segundo tiro, para que sofressem um pouco. Mas parecia improvável que os rapazes voltassem: já deviam ter dado a noite por encerrada.

Ela não sabe se vai denunciá-los e mostrar a foto para a polícia. Não sabe se está disposta a se envolver nessa confusão toda. Porque nesse caso fariam perguntas sobre a arma dela, e isso não seria nada bom. O melhor seria que os rapazes voltassem e ela pudesse abatê-los a tiro, eliminando assim o risco futuro para outras mulheres.

Maria caminha ao longo do rio pensando na constância das pessoas. A primeira coisa que lhe ocorre é o ator Hans Roos, e Maria sente o impulso de pegar o próximo ônibus para Estocolmo e dar cabo daquele animal. Mas a carreira que ainda restava para ele, mesmo com o rosto desfigurado, tinha afundado de vez durante o MeToo, quando várias mulheres tinham feito denúncias de assédio. Para ele já estava tudo acabado. Claro que nada disso exclui a possibilidade de uma bala no pau em um momento futuro, mas não havia pressa.

O rio murmura e canta sobre homens que fazem mal emprego da própria força e mulheres na carreira de modelo, produtores de cinema nojentos e filhos de ricos que imaginam ter o direito de passar a mão em você, sorrisos mortos e olhares frios. E depois sobre as pessoas do café, sempre cheias de comentários negativos e atitudes cheias de desprezo. Tudo é uma desgraça irremediável e completa.

Um homem de meia-idade se aproxima de Maria com os cantos da boca voltados para baixo e as mãos enfiadas nos bolsos do casaco. Ele parece um estuprador rico, e Maria o encara, segura a pistola no interior do bolso de trás das calças e quase deseja que ele tente fazer uma coisa ou outra. Mas o homem simplesmente passa e pergunta:

— Tá olhando o quê?

Quando ele se afasta mais uns passos, Maria puxa a pistola e mira atrás da cabeça dele. Com raiva do mundo e de todas as pessoas no mundo, o peito dela fervilha e Maria quase chega a atirar — mas no último instante se controla. Não é assim que deve acontecer. Mas então como?

Às dez horas Maria escreve uma mensagem para Laura, na qual diz que vai dormir na casa de um amigo. Depois ela volta para o café. Perto do lugar onde Jesus costuma se sentar fica um sofá de dois lugares. Maria pega um cobertor e uma almofada e se deita com as pernas encolhidas depois de guardar as pistolas embaixo do sofá.

Que se foda essa merda toda.

Uma vez Marko havia mencionado o "aguilhão da ordem". Maria não lembra direito da explicação, mas tinha a ver com uma pessoa em posição de poder que obriga outra a executar uma ordem por força da autoridade que tem, e assim finca nesse último um aguilhão que só pode ser retirado mediante uma transferência para outra pessoa.

Durante toda a carreira de Maria as pessoas ordenavam aos gritos que andasse de um jeito, parasse de outro e agisse dessa ou daquela forma. Durante os dias no café ela obedece a uma sequência interminável de ordens dadas por outras pessoas. O interior de Maria é uma alfineteira de aguilhões, e seria necessário tomar uma medida radical para se livrar de tudo aquilo.

O rio murmura na cabeça de Maria quando ela pensa em todas as saídas possíveis. Um tempo depois ela ouve um farfalhar de tecido próximo à cabeça e compreende que Jesus se manifestou. Ele fala sobre o apocalipse e sobre a destruição justa que há de se abater sobre a humanidade.

A voz de Jesus e o murmúrio do rio se juntam em um som agradável que acompanha Maria até o momento em que dorme e sonha com sangue, fogo e destruição.

CAUSA E CONSEQUÊNCIA

1

Os primeiros treinos de futebol começam às oito horas nas manhãs de domingo. Às quinze para as oito Max já está a postos no banco ao lado da casamata. Ele está usando ceroulas por baixo das calças, e também uma jaqueta acolchoada, touca e luvas. Pode ser um dia longo.

A noite ele passou ao lado de Siw. Depois de horas ocupado com *Kingdom Battle,* que Alva aprendeu a jogar surpreendentemente rápido, eles fizeram um jantar simples com espaguete e molho de queijo. Queijo light, veja bem! Siw diminuiu o consumo de pós, mas ainda está preocupada com as calorias. Na hora de ir para a cama, Alva pediu a Max que lhe contasse a história do macaco e da chave de boca. Quando ele disse que não conhecia a história, Alva respondeu que então gostaria de ouvir uma história sobre um urso-polar e um balão.

Sentado ao lado da cama de Alva numa situação de desespero cada vez maior, Max tentou inventar uma história que desse conta do pedido. Mas não lhe ocorreu nada. A única imagem que surgiu foi a de um urso-polar em uma placa de gelo cada vez derretida com um balão na pata, e isso não era o suficiente para uma história. Ele não conseguia nem imaginar como Johan fazia aquilo.

Como se não bastasse, Max também foi acometido por uma tontura — o que acontecia de vez em quando desde que havia largado o remédio —, e assim precisou se apoiar na beira da cama de Alva com a cabeça baixa por um bom tempo. No fim Alva suspirou e disse:

— Tá, vamos ter que ligar para o Johan.

Com um esforço da vontade, Max se endireitou e perguntou se Alva não gostaria de ouvir a história do leopardo que perdeu uma pinta. A história existia, mas Alva não a conhecia, e por isso aceitou. Deu certo: Alva riu alto na hora em que o macaco cai na lata de tinta usada para fazer as pintas do leopardo. Max pôde respirar aliviado e dar boa-noite.

Depois o clima ficou meio esquisito até que Siw perguntou se ele não gostaria de tomar um vinho. Max aceitou e a partir de então tudo pareceu mais fácil. Os dois conversaram sobre o que poderia haver no rio, e sobre a ideia de Max de que uma coisa *metafísica* podia ter escapado do contêiner.

— O que você quer dizer com "metafísica"? — pergunta Siw. — Uma coisa tipo... filosófica?

— Mais um negócio tipo... um sentimento condensado. Um sentimento tão concentrado que se transforma em outra coisa.

— Você quer dizer tipo... quando uma pessoa ama outra? Com tanta intensidade que aquilo se transforma na própria *ideia* do amor?

— É. Mais ou menos isso. Mas nada a ver com amor. Muito pelo contrário.

— Ódio?

— É. Ou então medo. Ou os dois. Não sei.

Aos poucos a conversa se voltou a assuntos mais leves. Quando Max fez menção de ir embora, Siw disse que ele podia dormir por lá se quisesse, e ele quis. Os dois continuaram a conversar na cama, e depois fizeram amor devagar e em silêncio para não acordar Alva. Não foi nada muito incrível, mas assim mesmo a tarde e a noite tinham sido agradáveis no relacionamento que começava a amadurecer.

Max estava acostumado a acordar cedo e não precisava sequer usar o despertador. Às cinco e meia ele se levantou e foi para casa se preparar para um dia longo. Preparou sanduíches, uma térmica de café e vestiu roupas quentes. Não havia nada de estranho. Foi apenas ao pegar o cavalete com os dizeres "Via interditada" que os preparativos se revelaram diferentes.

E agora ele está de prontidão no posto que lhe cabe. As primeiras crianças vestindo roupa de treino, calções e camisas de manga longa já estão chutando a bola num dos campos. Não há geada no gramado, porém Max solta fumaça pela boca ao respirar, e ainda mais fumaça se desprende do café que ele segura na mão levemente trêmula.

Max está nervoso. A não ser por Charlie, ele nunca conseguiu evitar um acontecimento predeterminado, e assim não tem a menor ideia do que pode acontecer. O peito inteiro dá a impressão de tremer, como se um caminhão-tanque desse voltas e mais voltas por túneis no interior dele.

Durante a tarde anterior, ele e Siw haviam discutido se não seria melhor encontrar um jeito de cancelar o treino. Mas como? Dizendo que aconteceria um acidente ou um atentado terrorista? Quem acreditaria nisso? Despejando um líquido malcheiroso por todo o campo? O quê? E onde seria possível arranjar uma coisa dessas? Mesmo que eles conseguissem afastar o time de Alva, o que fazer em relação a todos os outros times?

Não, sem dúvida o melhor seria evitar o acontecimento em si, e é por isso que naquele instante Max aquece as mãos na caneca de café enquanto os minutos passam. E essa é a primeira vez em que ele soube de antemão que teria uma visão, o que aumentou mais ainda a ansiedade. Afinal de contas, ele não gosta das visões.

Os minutos se transformam em horas enquanto a temperatura aumenta um pouco. Em seguida Max pode tirar a touca e as luvas. Os times no campo de futebol se sucedem uns aos outros e pouco antes das onze horas as colegas de Alva estão todas reunidas. Como no domingo anterior, não há lugar para as meninas no campo cercado, e assim elas se veem obrigadas a ir para o gramado um pouco abaixo — mais perto da casamata e da rotatória. *Que merda.* Por volta de dez para as onze, Siw e Alva aparecem e se juntam a ele.

— Como estão as coisas? — pergunta Siw, passando a mão na perna de Max como se quisesse para dizer *obrigada pela noite de ontem.*

— Bem — diz Max, se inclinando para enxergar Alva melhor. — Você não ouviu mais nada? Que horas deve acontecer ou qualquer outra coisa do tipo?

Alva balança a cabeça e responde, lançando um olhar desgostoso em direção a Siw:

— Eu queria jogar coelhinhos de manhã, mas a mamãe não deixou. Você deixa?

Max olha para Siw e diz:

— É a sua mãe quem decide essas coisas.

— É ela quem decide a respeito do *seu* Switch?

Logo Alva se vê obrigada a aceitar que, uma vez que o Switch está na casa delas, é Siw quem toma as decisões. Em seguida as colegas de Alva começam a se preparar para o início do treino, e então Max diz para Siw:

— Chegou a sua hora de falar.

Siw suspira e faz um gesto afirmativo com os lábios apertados. Depois ela se levanta com Alva e atravessa o gramado.

2

Siw passou toda a manhã pensando em diferentes abordagens para dizer o que tinha a dizer de maneira a obter o máximo efeito possível. Ela não gosta de falar diante de outras pessoas, e gosta ainda menos de tornar público o dom que tem. Mas as pessoas tinham que acreditar nela — pelo menos o suficiente para agir.

As meninas de seis e sete anos no time de Alva já começaram a treinar passes sob o olhar atento dos treinadores Kristoffer e Lotta. Kristoffer é irmão mais velho de uma das meninas do time, e Lotta é a namorada dele. Os dois têm vinte anos. Siw os cumprimenta e deseja que soubesse assoviar bem alto. Em vez disso ela se dirige a Lotta:

— Com licença, mas eu preciso falar sobre um assunto. Com o time inteiro. E também com vocês.

Lotta ergue as sobrancelhas bem-feitas e Alva conclui:

— É *muito* importante.

— Tudo bem — diz Lotta, e em seguida apita duas vezes. Ela aponta para Siw e diz: — A mãe da Alva tem uma coisa a dizer para todo mundo.

Catorze rostos se viram em direção a Siw, que fecha momentaneamente os olhos para juntar forças. Por fim ela toma coragem e diz:

— Bem, a questão é que *pode ser* que aconteça uma coisa. Uma coisa bem perigosa. Uma explosão.

Siw aponta em direção à rotatória.

— Ali.

Todos olham para a rotatória e Kristoffer pergunta:

— Como assim?

— Eu sei que soa muito estranho. Não me perguntem como é que eu sei, mas...

— Eu também sei — diz Alva.

— É. Mas enfim... O importante é que vocês corram. Um caminhão-tanque vai aparecer, e assim que a gente puser os olhos nele, *se* ele realmente aparecer, vocês precisam sair correndo. — Siw aponta para o lado oposto.

— Para lá. Em direção ao campo de rúgbi.

— Futebol australiano — diz Kristoffer. — Mas o que você diz não faz nenhum sentido. De onde veio essa história? As crianças podem se assustar.

As meninas não parecem muito assustadas, então aquela talvez seja uma manifestação do medo que Kristoffer sente em relação a mulheres loucas. Siw tinha antecipado aquele tipo de reação, mas não conseguira pensar em nenhum argumento melhor do que aquele que emprega: "A única coisa que eu posso dizer é que *existe um risco,* tá? Um risco de explosão. E que vocês precisam correr".

As meninas dão a impressão de achar tudo bem engraçado, e logo as risadinhas começam a se espalhar. Alva fixa os olhos nas colegas de time e diz: "Tudo o que a minha mãe está dizendo é verdade. Se esse caminhão aparecer, a gente precisa sair correndo *ou então morrer.*

Esse último comentário surte o efeito desejado. As risadinhas param e as meninas olham preocupadas em direção à rua. Kristoffer faz mais duas ou três objeções e dá a entender que a mãe de Alva tem um parafuso a menos, até que Lotta pergunta:

— Mas a gente pode fazer o ela está dizendo, não? Provavelmente não vai acontecer nada... mas *se.*

Siw lança um olhar agradecido em direção a Lotta quando ela cutuca as costelas do namorado. Kristoffer dá de ombros e baixa o olhar enquanto balbucia um comentário sobre loucura. Lotta olha para Siw e diz:

— Vamos fazer assim, então. Se acontecer.

— Obrigada.

Siw olha em direção aos outros campos, onde os mais velhos jogam. Será que também devia avisá-los? Sem ter nenhuma ligação com os treinadores ou com os próprios adolescentes, as chances de convencê-los seriam mínimas. E além disso eles estariam mais longe da suposta explosão. Que além do mais não devia sequer acontecer.

Né?

3

Roger Folkesson, que atualmente mora em Björnö, está a caminho do aeroporto de Arlanda com uma carga de combustível de avião — há trinta e cinco metros cúbicos no cilindro de alumínio montado sobre o caminhão de quatro eixos. Roger está de mau humor. A esposa Carina parecera distante na ligação que ele havia feito pela manhã, antes de sair do depósito em Östhammar. Nas últimas semanas ela parecia ter se afastado cada vez mais, e havia deixado de corresponder a carícias e palavras gentis.

Como se não bastasse, ele havia pegado o caminho errado ao sair da rotatória na Vätövägen e estava a caminho do centro de Norrtälje com aquela carga perigosa. Não que temesse um acidente, porque isso nunca tinha acontecido. Mas assim mesmo era proibido. Bastaria que um policial metido qualquer o visse e ele receberia uma multa pesada..

Cheio de pensamentos sombrios, Roger segue em direção à capela. Quando chega à ponte que atravessa o rio, todos os pensamentos sombrios se concentram numa imagem clara: Carina nos braços do vizinho Svante Berggren. Esse desgraçado tem feito mais visitas do o normal nos últimos tempos, e houve um dia em que estava tomando café na companhia de Carina quando ele voltou do trabalho.

Claro.

À esquerda de Roger, os patos do rio alçam voo, e ele abre um sorriso amargo ao imaginar Svante e Carina rolando na cama enquanto ele ganha o pão da família com o suor do próprio rosto. Puta que pariu!

Roger dá um murro no volante quando passa em frente à delegacia e já não se importa mais que o vejam. Depois sobe a encosta em direção à Stockholmsvägen enquanto pega o telefone e faz uma ligação para Carina. Ninguém atende. Claro. Ela devia estar trepando com o cretino do Svante, afinal ele tem um Mercedes.

Roger para no cruzamento da Stockholmsvägen com a Gustav Adolfs Väg. Quando o semáforo abre a decisão está tomada. Em vez de seguir em frente ele faz uma curva à esquerda. Roger tinha começado a trabalhar mais cedo do que o habitual naquele dia, e se chegasse um pouco antes pegaria aqueles dois filhos da puta no flagra.

A imagem da bunda de Svante fazendo movimentos de vaivém entre as coxas de Carina faz com que Roger perca a cabeça. Um sorrisinho se insinua nos lábios dele quando passa em frente a Contigahallen e dá sinal para entrar à direita, e em seguida pega o telefone e vê que são onze e vinte.

Ele pega a Carl Bondes Väg e, com um dos olhos na pista, começa a escrever uma mensagem para Carina, na qual diz que ainda deve se atrasar algumas horas. Assim pretende convencer aqueles dois filhos da puta de que podem ficar tranquilos, demorar o quanto quiserem e depois até repetir a dose.

Ao chegar, Roger tem a ideia de pegar o machado na casinha de ferramentas. Não, espere! A motosserra! Que ideia! Entrar de repente no quarto enquanto os dois de divertem e acelerar a motosserra para que Svante cague na cama! Ah, sim! É isso mesmo!

Roger tem dedos grossos e escreve com dificuldade: "vo me atrasra um poco chego so..." quando de repente percebe um movimento com o rabo do olho. Ele tira os olhos do telefone. Dez metros à frente, um maluco em frente a um cavalete agita os braços. Roger larga o telefone e dá uma guinada para o lado.

4

O relógio marca onze e dezenove quando a visão prenunciada se revela a Max. Ele se vê cair de lado no assento do motorista de um caminhão, vê as próprias mãos se agarrarem ao volante com os nós brancos e sente uma pressão no peito e na garganta quando o cinto de segurança o segura no instante em que o caminhão atravessa a pista e o grito do metal contra o asfalto corta o ar. A imagem de uma motosserra cortando o sexo de outro homem num ponto esquecido da consciência, mas deixa amplo espaço para a superfície branca de um terror gelado. A última coisa que ele vê é uma senhora com andador que parou em frente à faixa de segurança da rotatória e o encara boquiaberta. Depois uma explosão lhe rompe os tímpanos e ele desaparece num mar vermelho.

Max recobra os sentidos e descobre que está deitado no chão sob o banco. Do campo de futebol, Siw o encara com as mãos fechadas sobre o peito. Max se põe de joelhos e olha para a Gustav Adolfs Väg. Um caminhão-tanque surge à direita, por trás da construção semelhante a um hangar que abriga a Friskis & Svettis.

Max agita os braços para Siw como quem diz *saia daí, saia daí!,* se põe de pé e pega o cavalete, que então é levado até a Carl Bondes Väg no mesmo instante em que o caminhão-tanque faz a curva, a quarenta metros de distância. Às costas dele Siw grita:

— Corra, corra!

Max põe o cavalete com a placa no meio da pista e percebe que o motorista conseguiria frear. Mas há uma coisa errada. A atenção do motorista não está na estrada, e ele parece não ter visto a placa, que naquele momento está a apenas vinte metros de distância. Max hesita. Depois vai até a rua, se coloca em frente à placa e agita os braços.

Somente quando o caminhão-tanque estava a dez metros de distância o motorista finalmente enxerga Max. Ele freia, dá uma guinada à esquerda e os pneus derrapam na pista. Max leva as mãos à boca quando vê o enorme cilindro prateado rolar em direção a ele. Ele corre em direção ao campo de futebol e sente o deslocamento de ar na nuca quando o cilindro passa bem atrás dele com um grito metálico. Max cai de barriga na areia e ao mesmo tempo o tanque acerta a casamata com um som ensurdecedor, que mais parece o repique de um sino.

Max se coloca de pé e corre. Cinquenta, sessenta metros à frente ele vê as colegas de Alva, que estão de costas enquanto ele corre em direção ao campo de rúgbi, ou de...

Futebol australiano, Max pensa enquanto corre. *Elas vão se safar, vão...*

E então o cilindro explode. Aquele dia cinzento de setembro se ilumina com um clarão repentino, um estrondo ribomba nos ouvidos de Max e deixa para trás um zumbido de alta frequência enquanto uma onda de calor atinge-lhe as costas e o empurra para a frente. Os pés se desgrudam do chão e ele voa diversos metros pelo ar. Quando cai com um impacto que o deixa sem fôlego na grama ele vê os treinadores, Siw e todo o time de futebol serem derrubados como pinos de boliche.

Max não ouve nada em meio ao barulho, mas sente o cheiro de incêndio e cabelo queimado. A parte de trás do corpo dele arde como se tivesse sido atingida por óleo quente, e ao virar a cabeça ele vê que tem a jaqueta em chamas. Max se atira de costas no chão e rola de um lado para o outro a fim de apagar as chamas.

Tudo ao redor dele é fogo. O calor cresta-lhe o rosto quando ele olha para a rotatória, agora transformada em um verdadeiro inferno com labaredas de vinte metros de altura que urram e se estendem rumo ao céu. Max sente um movimento rente à cabeça quando um fragmento de metal incandescente se finca na grama com um chiado. Depois se ouvem novos baques e sibilos quando um pedaço ainda maior de metal cai a poucos metros de distância.

De quatro, Max tenta se afastar do local da explosão. Mas ele percorre apenas dez metros e então as pernas cedem e ele cai prostrado no chão.

5

O golpe quente faz com que Siw seja jogada dois ou três passos para a frente antes de cair junto com os treinadores e com todas as meninas. Ouvem-se gritos de surpresa quando as meninas caem, mas nenhum grito de dor. Siw ergue a cabeça e vê que Alva a encara com os olhos arregalados. Ela pergunta:

— Você está bem? — e a filha acena a cabeça. Supostamente tudo está bem.

Porém, Max...

Siw olha ao redor e vê Max rolando de um lado para o outro na grama, como se estivesse em um sofrimento horrível, e então sente um aperto no peito. Ele está a trinta, quarenta metros do incêndio, porém mesmo com toda essa distância é possível sentir a pele queimar de leve com o calor. Siw tira a jaqueta e a põe na frente do rosto enquanto corre o mais depressa que pode e vê Max se colocar de quatro.

Ele está vivo. Vai dar tudo certo.

Tudo está claro como o meio-dia num dia de céu azul em pleno verão. Até mais claro. Muitas árvores ao redor da rotatória queimam como tochas e iluminam a grama crestada. O banco ao lado da casamata está em chamas. O núcleo do incêndio é um paredão de luz amarelo-clara, quase branca, como se um sol houvesse caído na terra — mas um sol que emite uma fumaça preta que sobe rumo ao céu e obscurece o sol habitual.

A testa de Siw arde, e as lágrimas evaporam antes mesmo que possam escorrer quando ela vê Max estirado na grama. Com uma das mãos protegendo o rosto e mantendo os olhos apertados, ela não enxerga praticamente nada enquanto se aproxima dele. Mas a poucos metros de Max ela não resiste, e por fim abre os olhos.

Meu Deus.

As costas da jaqueta de Max estavam transformadas numa cratera de náilon derretido e estofamento enegrecido. Do outro lado, Siw vê o tecido de uma camisa e pele queimada.

Os cabelos na parte traseira da cabeça de Max estão em boa parte queimados — resta apenas um e outro tufo preto. A nuca está totalmente vermelha.

— Max? Max?

Ele responde com um gemido. Siw toma-o pelas mãos e o arrasta para longe do fogo. Cada respiração arquejante a queima e torna a garganta mais seca. A jaqueta de Max desliza pela grama, mas ao fim de trinta metros o choque finalmente alcança Siw e ela cai.

Logo atrás, gritos e passos apressados se aproximam. Siw se arrasta para bem perto e Max e põe o rosto junto ao dele.

— Max? Max? Como você tá?

Max choraminga. Uma lágrima se forma num dos olhos dele e escorre ao longo da bochecha. Max se encolhe e chora. Siw enxuga as lágrimas e diz:

— Chhh, chhh. Você fez o que podia. Você tentou impedir que acontecesse.

— Não — diz Max enquanto abre os olhos, que expressam uma tristeza irreparável. Ele balança a cabeça desconsoladamente e diz:

— Fui *justamente eu* que causei tudo isso.

UM FOGO ACESO PELA IRA

São onze e quinze, e no café o rush do almoço já começou. As pessoas estão sentadas ao redor das mesas e resmungam, criticam e alfinetam quando uma coisa ou outra as desagrada, sempre em meio a suspiros e gemidos. Em outras palavras, tudo está como sempre esteve, mas hoje Maria encara tudo com mais indiferença. Ela tem um plano, traçado nas primeiras horas do dia com o auxílio de Jesus — um plano que há de enfim libertá-la.

Ah, o mais provável é que ela acabe na prisão, embora livre de uma forma mais essencial. Maria prefere viver numa cela vazia do que andar livre enfrentando os aguilhões do dia a dia. E a hora enfim chegou. Ela entrega sanduíches e saladas com um sorriso mau no rosto.

Esperem só mais um pouco.

Às onze e vinte acontece uma coisa inesperada. O rimbombar do que parece ser um trovão chega do sul, e o chão vibra. Maria não tem a menor ideia do que pode ser aquilo, mas interpreta como se fosse um sinal. Os clientes do café se entreolham por um instante, e em seguida abandonam o possível sentimento de comunhão em torno do incompreensível para afundar mais uma vez nas telas em busca de explicações. Birgitta sai da cozinha.

— O que foi isso? — pergunta ela, olhando ao redor como se a fonte do estrondo pudesse estar no interior do café. Birgitta tem sessenta anos e não sente a obrigação de procurar uma tela assim que uma coisa inesperada acontece.

— Tente descobrir — responde Maria. Birgitta limpa as mãos no avental e sai para a rua. Daria quase para imaginar que Jesus teve um dedo naquilo, porque o estrondo — a despeito do que fosse — havia chegado no momento exato.

Maria entra na cozinha e fecha a porta ao entrar. O reino de Birgitta está perfeitamente bem cuidado: todas as superfícies momentaneamente fora de uso encontram limpas. O importante para Maria é que por lá há uma tostadeira e um forno de micro-ondas, e também um fogão a gás com o respectivo bujão.

Nas primeiras horas da manhã, Maria havia traçado o plano sem gastar tempo com hesitações. Ela solta a mangueira do bujão, que começa a chiar em alto e bom som. Abre a válvula do bujão reserva e logo o cheiro de gás enche-lhe as narinas.

Como não sabe direito o que é fato e o que é ficção, Maria se previne e resolve retardar a explosão com truques aprendidos em dois filmes diferentes. Primeiro ela coloca um jornal na tostadeira e a liga, como faz Jason Bourne. Na altura do rosto, acima da tostadeira, há um forno de micro-ondas onde Maria coloca o desodorante de Birgitta para então apertar o botão "Início" como a Mulher-Gato faz no antigo filme do Batman para então dizer "Miau" em frente a um mar de chamas. Maria olha ao redor como se procurasse uma terceira alternativa.

Saia logo daqui antes que tudo vá pelos ares.

No instante em que se vira para sair, ou melhor, para correr, o jornal na tostadeira pega fogo sem que mais nada aconteça. Maria deixa os braços caírem ao longo do corpo. Ela imaginou como seria correr para fora do café e chegar a uma distância segura antes que tudo fosse para o inferno, levando junto todos aqueles demônios em meio ao fogo. *Miau.* Tudo bem se a polícia aparecesse depois.

Provavelmente a concentração de gás precisaria atingir uma certa massa crítica antes de pegar fogo. Quando você sabe que essa hora chegou? No filme os personagens sempre parecem saber. Tudo bem. E se ela fizer uma barricada na porta do café para asfixiar os clientes? Dificilmente funcionaria. Os clientes simplesmente abririam as janelas para sair. E se ela ficar de tocaia, atirando nos que tentarem sair? Seria possível, embora pareça menos atraente. Menos grandioso.

Por fim Maria encontra mais um exemplar do *Norrtelje Tidning* e o dobra com força. O nariz dela arde com o cheiro de gás, e Maria sente a cabeça leve ao se aproximar da tostadeira. No mesmo instante em que chega à bancada ela ouve um estalo metálico, e então o micro-ondas explode.

A porta se estilhaça e uma nuvem de cacos de vidro acerta o lado direito do rosto de Maria, como um enxame de marimbondos furiosos. O ouvido direito dela zumbe como se alguém tivesse assoviado diretamente lá para dentro, e a cabeça parece estar prestes a explodir de dor. Maria cambaleia para trás, cai e bate a cabeça na bancada. Tudo fica vermelho, e a princípio ela tem a impressão de que o gás pegou fogo, porém logo percebe que continua a ouvir o chiado com o ouvido esquerdo.

Desligue isso. Desligue.

Ela tenta se colocar de pé, mas as pernas se negam a obedecer. Bate-se nos armários ao redor e não encontra nada em que possa se apoiar. O sangue quente escorre do rosto para o pescoço e faz-lhe cócegas na clavícula. Quando abre o olho esquerdo, Maria vê a cozinha se balançar de um lado para o outro, como as figuras em *Hatten är din* [O chapéu é seu].

— *Den hatten lever så roligt* [Aquele chapéu vive tão engraçado] — balbucia Maria, e então cai de lado no chão. Há uma pulsação vermelha em frente aos olhos, como se ela estivesse no interior de um coração vivo. É um pensamento agradável.

Um pensamento bonito e terno. Ela poderia descansar nesse pensamento. Simplesmente dormir. E acordar ao lado de Jesus. Aham.

Em um lugar qualquer uma voz grita. É a voz de uma mulher mais velha... com é mesmo o nome dela? Birgitta. Agora ela está na cozinha, o lugar dela. Aham. Os sons mudam. O chiado para, uma janela se abre. Logo se encarregam de Maria.

— O que você está fazendo? O que você fez? — gritam no ouvido dela.

Antes que Maria desmaie, ela abre os lábios e sussurra:

— Miau.

CRIME DE EXPLOSÃO

1

Gunvor Abrahamsson vai se mudar da casa de repouso Solgläntan para uma instalação com infraestrutura melhor, uma vez que os funcionários da casa de repouso não têm nem o tempo nem a formação necessária para cuidar dela. Como Gunvor não queria se mudar de jeito nenhum, foi preciso seguir o regulamento, mas quando as escaras surgiram esse limite foi cruzado.

— Nããão, nããão! — berra Gunvor quando o pessoal da ambulância chega para levá-la de maca. — Deus, me ajude! Eu não quero ser internada!

Anna tenta pegar a mão daquela senhora, mas Gunvor se debate tanto que ela não consegue. Anna sente um nó na garganta. Na maioria dos casos, os pacientes são internados em razão de demência, e assim mal percebem o que está acontecendo. Em outros casos a pessoa já está tão fragilizada que pouco se importa com o lugar onde vai passar os últimos momentos. Outros reagem com simples indiferença.

Mas sempre há exceções, como Gunvor demonstra. As pessoas que mantêm a lucidez e adoecem somente o necessário para que a situação se torne insustentável. As pessoas que veem essa mudança forçada mais ou menos como um refugiado que após anos de espera no país tem o pedido de asilo negado. É um acinte.

— Anna! — grita Gunvor quando a maca é erguida. — Anna, por favor, não deixe que me levem!

O nó na garganta parece cada vez mais apertado, e lágrimas umedecem os olhos de Anna quando ela por fim consegue pegar a mão de Gunvor e apertá-la contra a testa. Gunvor morou em Solgläntan por oito anos, e era uma das poucas clientes da casa de repouso que Anna realmente considerava uma amiga. E essa amiga estava naquele instante sendo levada para a antessala da morte.

Em um sussurro, Anna diz a única coisa que poderia dizer:

— Prometo que eu vou lhe visitar.

Gunvor lança um olhar suplicante em direção a Anna e balança a cabeça. Isso não significa que ela não queira as visitas, mas que *não vai ser a mesma coisa* — e nisso ela tem razão. Uma coisa bonita chegou ao fim naquele momento exato. Anna enxuga as lágrimas, alisa os dedos de Anna e depois solta a mão dela. A senhora é levada embora. *Essa vida,* pensa Anna. *Essa vida de merda, caralho.*

Anna não conseguia decidir se era bom ou ruim ter substituído a colega que havia faltado naquele dia. Apesar de tudo, devia ter sido bom. Mesmo que tivesse sido muito doloroso, seria ainda pior se separar dela sem uma única palavra de adeus. *Essa vida. Uma sequência de separações.*

Os últimos dias tinham sido dias de merda. Desde que havia deixado Johan para trás com o dedo médio no ar, Anna se sentia desanimada. Havia uma coisa ou outra com aquele rapaz que realmente a agradava e fazia com que o futuro parecesse um pouquinho mais iluminado. Mas ela não pode, *de jeito nenhum,* se relacionar com uma pessoa com aquele tipo de opinião, pois seria o mesmo que subscrevê-las.

Anna nunca se envolveu com movimento antirracista ou qualquer outra coisa do tipo, mas assim mesmo nutre a simples convicção de que as pessoas devem ser gentis umas com as outras. Aqueles papos de White Power são o exato oposto da gentileza — e assim pouco importa o quanto ela goste de certas partes de Johan: outras partes são uma merda, e quem revira merda acaba sujo.

As portas na parte traseira da ambulância tinham acabado de se fechar, e de repente houve um estrondo como o de um trovão. Uma vibração subiu pelas pernas de Anna, e as vidraças ao redor estremeceram. Naquele instante o pensamento dela é: essa é a *ira do Senhor,* causada pelo tratamento dispensado a Gunvor. Depois os alarmes de certos carros disparam. Porém nada daquilo parece estar de acordo com uma manifestação de sentimento de um Deus no qual Anna nem ao menos acredita.

Mas o que seria, então?

As lâmpadas nos quartos de vários residentes começam a piscar, e os mais alertas saem ao corredor e olham ao redor em busca de respostas para a mesma pergunta que Anna acaba de se fazer. Petrus Pettersson, o engraçadinho de oitenta e cinco anos de Solgläntan, esfrega as mãos e exclama:

— Que estrondo do caramba!

Anna sabe que Petrus passou toda a vida profissional em canteiros de obra, e então pergunta:

— Não pode ter sido uma explosão controlada?

Petrus balança a cabeça.

— Se for isso, não usaram nenhum tipo de proteção. Não, isso foi uma explosão a céu aberto. Não pode ser.

Eira Johansson, que tinha passado a manhã no corredor, de repente se enche de energia e exclama:

— Terroristas! São os terroristas!

Anna deixa-os entregues àquelas especulações e vai ao quarto de Berit, onde a lâmpada pisca acima da porta. Em uma situação normal, Berit teria saído para ver o que estava acontecendo, mas um resfriado a deixara acamada nos últimos dias. Quando Anna entra no quarto, Berit larga o telefone e pergunta:

— Você pode ligar para a Siw?

— Como assim?

— Esse barulho veio de lá... — diz Berit, fazendo um gesto em direção ao apartamento de Siw, — e agora ela não atende. Mas talvez atenda se você ligar.

Anna não tinha identificado a localização do estrondo e, portanto, não havia se preocupado com Siw, mas se era mesmo assim.... *Além do mais, Alva não tinha treino de futebol bem naquele horário?* Anna saca o telefone e liga, e mais uma vez ninguém atende. Ela escreve uma mensagem: *Explosão? Diga se está tudo bem.*

— Ah, meu Deus — diz Berit, apontando para a janela. — Veja só.

Uma coluna de fumaça preta sobe em direção ao céu. É difícil saber com certeza, mas realmente parece que foi perto do antigo campo de pouso.

— Eu vou tentar descobrir o que houve — diz Anna.

Berit esfrega as mãos.

— Ligue assim que você souber de qualquer coisa.

Já são quase onze e meia, horário do intervalo de almoço de Anna, e assim ela veste a jaqueta e desce a escada correndo. Quando passa em frente ao Roslagshotellet, Anna ouve sirenes no campo de pouso e sente um aperto de medo no peito. Ela não consegue imaginar o que pode ter acontecido. Mas que a melhor amiga pudesse ter morrido numa explosão?

Isso é o tipo de coisa que acontece com outras pessoas. Em outros países.

O cheiro cáustico e químico de incêndio atinge as narinas dela, e quando pega a Drottning Kristinas Väg Anna ouve gritos misturados aos uivos das sirenes. Ela cerra os punhos e começa a subir os degraus.

A Gunvor. O Johan. Mas a Siw não. Por favor, a Siw não.

2

— ...e eu não disse em nenhum lugar que os imigrantes são pessoas inferiores. Por acaso eu disse isso em algum lugar? Por mim a gente podia receber quantos imigrantes fosse possível, desde que houvesse uma forma simples de promover uma integração da qual todos estivessem dispostos a participar. Não teria problema nenhum. Que os suecos tenham a pele cor de chocolate daqui a cem anos? Não tem nenhum problema. Pelo menos não para mim. Eu não acredito nessas merdas de genética. Mas estamos falando de economia, e também de cultura. Estamos recebendo pessoas que não têm nenhuma intenção de abraçar os valores suecos...

Ove olha para uma das pequenas cabanas vermelhas no boliche e deixa os pensamentos correrem soltos. Nos últimos dias Johan se envolveu numa verdadeira cruzada verbal contra todos os *imbecis do caralho* que não entendem as opiniões dele. É como se quisesse se justificar, mas Ove simplesmente não se importava. Simples assim.

Johan, por outro lado, mal havia começado. A linha de raciocínio estava perfeitamente clara para ele, como uma sequência de luzes coloridas que se acendiam uma após a outra. Depois da má-vontade em adotar valores suecos vinham a recusa em apertar a mão, os assassinatos de honra e a opressão das mulheres, o assédio sexual em festivais de música e a participação em gangues criminosas, o passo seguinte dizia respeito ao *embrutecimento* da sociedade e... Ove ergue a cabeça e olha ao redor com as sobrancelhas franzidas.

— ...nem uma coisa tão simples quanto apertar a mão de outra pessoa. E se nós, enquanto suecos, aceitarmos que... o que foi?

— Você não ouviu? — pergunta Ove. — Um estouro?

— Que estouro?

— Não sei. Mas teve um estouro.

Johan balança a cabeça e está prestes a continuar a explanação, porém Ove se levanta e vai em direção à entrada. A pista de boliche abriu com meia hora de antecedência e por enquanto nenhum jogador apareceu — o que era comum aos domingos. Johan segura a caneca de café.

Desde que Anna havia lhe mostrado o dedo médio ele se sentia tomado pela fúria. Devia ter seguido o primeiro instinto no que dizia respeito a ela. Anna não passava de uma vagabunda presunçosa que se achava capaz de julgar os outros, mas não era sequer capaz de ouvir um argumento. Como muitas outras. Basta dizer a palavra "muçulmano" para que tapem os ouvidos e corram para longe. Por acaso essa é uma forma democrática de manter uma conversa? São *justamente essas pessoas* que criam a polarização.

É como se uma coisa gemesse no peito de Johan. Ele bate com o punho cerrado no coração e tem vontade de chorar. Aquilo o deixa tão enraivecido que ele quase joga a caneca de café na parede.

— Olha! — grita Ove da porta. — Olha isso aqui, porra!

Johan se levanta da mesa e passa as mãos pelos braços. Não é só um gemido, há também uma comichão. Uma coisa que o roça por dentro e que o leva a coçar de volta. Ele jamais admitira para outra pessoa, mas nos últimos tempos começou a se sentir... meio doente da cabeça. Tem alguma coisa errada.

— Olha, porra — repete Ove, e então Johan vai até a porta e vê uma coluna apocalíptica de fumaça preta que se ergueu no centro de Norrtälje e obscureceu o céu.

— Que merda é essa? — pergunta Johan.

— Eu disse. Teve um estouro. Você acha que pode ser terrorismo?

Mesmo que Johan pudesse especular sobre motivos como esse, havia um outro problema bem mais próximo. Ele pega o telefone e diz:

— Aposto que os funcionários do município cortaram uma tubulação de gás.

Johan abre a edição vespertina do Norrtelje Tidning e rola a tela. Ao fim de um minuto a página se atualiza e surge uma nota sobre uma explosão no centro de Norrtälje, porém não há detalhes.

Apenas dez minutos depois um repórter que havia se deslocado até o local pôde confirmar que um caminhão-tanque havia explodido, e também que a polícia havia detido uma pessoa "suspeita do crime de explosão".

— O que significa isso tudo? — pergunta Ove.

— Provavelmente que você tinha razão — responde Johan. — Deve ser terrorismo. Alguém causou isso de propósito.

— Mas *em Norrtälje?*

— Bem-vindo à realidade.

3

Meu rosto. Meu rosto. Meu rosto.

Dez minutos se passaram desde o atentado fracassado de Maria, e a única coisa em que ela consegue pensar é na parte do corpo que lhe serviu de ganha-pão ao longo de toda a vida adulta. O rosto. Será que estava desfigurado?

O lado direito da cabeça dela arde e lateja, e a camiseta está suja de sangue. Por dentro, a cabeça dela zumbe. E ela ainda está sentada no chão da cozinha. Birgitta chamou uma ambulância e descobriu que o atendimento pode demorar porque houve uma outra ocorrência. Ainda mais grave. Aos poucos, bem aos poucos, Maria tira a mão direita do chão e a leva cautelosamente em direção ao rosto.

A bochecha está inchada e áspera, cravejada de pequenos cacos de vidro que se incrustaram na carne. É uma cena dolorosa quando o rosto de Maria se contorce de nojo e ela deixa a mão cair. Não há como saber a gravidade dos ferimentos, mas a carreira de modelo com certeza está encerrada. Talvez ela ainda pudesse fazer uma campanha para arrecadar fundos para vítimas de tortura, mas não passaria disso.

Birgitta dedicou os últimos cinco minutos a dispensar os clientes do café e fechar o estabelecimento. Quando volta à cozinha e novamente vê Maria, ela cruza os braços sobre o peito e pergunta:

— O que foi que você tentou fazer, sua louca?

O lado direito da boca de Maria está paralisado, e a voz chorosa responde:

— Eu tentei explodir essa merda toda.

— Comigo dentro? Você queria me explodir também?

— Eu não pensei nisso. Não pareceu importante.

— Ah, você não pensou nisso. Imagino. Bem, parece que a ambulância não vem, então vou eu mesma levar você para a emergência. Depois vou à delegacia fazer uma denúncia contra você.

— Tudo bem. Como eu tô?

— Como você tá?

— É.

— Você está um lixo! O que mais você esperava?

Birgitta ajuda Maria a se colocar de pé e a envolve com o braço, porque ela tinha dificuldade para manter o equilíbrio. Talvez houvesse machucado o ouvido. Birgitta tira Maria da cozinha e a acompanha ao longo do café enquanto pragueja. As palavras jorram dela, acompanhadas pelo murmúrio do rio.

— Não vou dizer que eu sabia que uma coisa dessas podia acontecer, mas eu sempre achei que você aprontaria poucas e boas, garota. Eu sei muito bem quem você é, e deve ser por isso que você se acha melhor do que esse lugar e melhor do que todos os outros que trabalham aqui. Eu já vi que você despreza tudo e todos, e nesse caso nada mais importa, porque nunca vamos ser mais do que merda para você.

As duas saem do café e a luz do sol ofusca Maria quando ela olha para a plataforma de carga do Systembolaget. Ela pensa em falar sobre o que tinha acontecido na noite anterior, mas logo decide que não vale a pena. Sem nenhuma palavra em sua defesa, Maria se acomoda no banco do carona do Volvo de Birgitta. Birgitta se senta no banco do motorista e a encara com um olhar furioso antes de dar a partida no carro. Maria fecha os olhos com a luz forte do céu ainda a lhe bater no rosto.

Quando abre os olhos ela está na Lasarettgatan, sem entender ao certo como as duas foram parar lá. Pode ser que tenha passado um tempo desacordada. O zumbido e a pressão que ela sentia na cabeça tinham melhorado, e os pensamentos já pareciam um pouco mais claros. Birgitta lança um olhar na direção dela e pergunta com a voz em tom um pouco mais normal:

— Como você está?

— Não muito bem.

— *Por que* você queria explodir o café?

— Porque... as pessoas são um lixo. Eu só... tudo ficou preto eu não sentia nada além... de ódio. Eu não sentia nada além de ódio.

— Mas isso não é motivo para...

— Não. Eu sei. Agora eu sei. Mas antes eu não sentia.

Não há nenhum tipo de aviso prévio: é como se, ao apertar de um botão, uma barragem se rompesse. As lágrimas começam a escorrer dos olhos de Maria e tudo o que estava acumulado há muito tempo jorra dela sob a forma de um choro convulsivo. O que Goran e Laura diriam quando soubessem que a filha está sendo acusada de múltiplas tentativas de homicídio? O que aconteceria com ela?

— E essa ideia veio assim, de repente? — pergunta Birgitta ao fazer a curva em direção à emergência.

— Não — resmunga Maria. — Foi ontem à noite. Dois rapazes tentaram me estuprar... eles usavam máscaras e...

— Meu Deus! Você denunciou?

Maria balança a cabeça e responde:

— Foi ali que tudo deu errado. Foi ali que tudo deu errado para mim. E depois eu quis... que desse errado para todo mundo.

Birgitta estaciona e ajuda Maria a sair do carro. A recepção está vazia, mas assim que as duas entram uma enfermeira se apresenta, bate os olhos em Maria e pergunta:

— Foi o caminhão-tanque?

— Que caminhão-tanque? — pergunta Birgitta.

— Venha. O que foi que aconteceu com você?

Maria toma fôlego para responder, mas Birgitta se adianta e diz:

— Um forno de micro-ondas explodiu. Não sei como.

A enfermeira acena a cabeça e ajuda Maria a entrar na ala. No vão da porta, Maria olha para Birgitta e pergunta:

— Para onde... para onde você vai agora?

— Para casa — responde Birgitta, abrindo um sorriso triste. — Para onde mais eu poderia ir agora?

4

Somente ao fazer a curva na Drottning Kristinas Väg Anna pode ter ideia do tamanho do estrago causado pela explosão. Na rotatória, cem metros adiante, há um esqueleto de metal retorcido cercado por labaredas com vários metros de altura, e Anna fica boquiaberta ao perceber que as línguas de fogo cinquenta metros adiante são árvores em chamas.

O peito dela arde, e logo Anna tapa a boca com a camiseta para evitar a fumaça tóxica. A luz bruxuleante do fogo se mistura às luzes azuis dos veículos de emergência, e logo mais carros se aproximam com as sirenes a gritar. Quando chega na altura do apartamento de Siw, Anna percebe que o letreiro da Flygfältets Pizzeria foi arrancado do suporte e que uma das janelas que dá para a rotatória está quebrada.

O prédio de Siw é o último com as vidraças intactas. Mais perto da rotatória, todas as vidraças de todos os prédios estão quebradas. Anna sai do trajeto e chega aos campos de futebol, onde as pessoas estão reunidas em grupos. Ao fundo, o corpo de bombeiros trabalha para apagar focos de incêndio na Carl Bondes Väg. Tudo num raio de cinquenta metros da rotatória foi destruído e queimado. A única exceção é a casamata construída *justamente* para esse tipo de situação. O banco logo em frente, o banco *delas,* está calcinado. Mais adiante estão viaturas de polícia e ambulâncias.

Anna corre em direção às pessoas reunidas com o olhar saltando de um lado para o outro à procura dos cachos escuros de Siw. Ela sente como se houvessem tirado um peso de seu peito ao ver Siw com a mão pousada no ombro de Alva. Max também está no grupo, e naturalmente as pessoas estão agitadas. Muitos apontam e gritam, e toda aquela fúria parece se direcionar contra Max. Anna corre em direção ao grupo de pessoas e chega junto com dois policiais, que se aproximam com uma postura cheia de autoridade.

— Você — diz um dos policiais, apontando para Max. — Várias testemunhas disseram que você foi o responsável pelo que aconteceu.

Max se vira e Anna leva um susto ao ver que as costas da camisa dele estão queimadas, e a pele totalmente vermelha. Max passa as mãos no rosto e diz:

— Na verdade, eu tentei... — Os ombros dele caem e ele balança a cabeça. — Bem, não importa. Façam o que vocês quiserem.

— Que bom que você nos autorizou — diz um dos policiais, tomando-o pelo braço. — O que vamos fazer agora é ir à delegacia.

— Acho que — diz Max, dando as costas aos policiais — que eu preciso... ir a outro lugar. Antes.

Os policiais examinam as costas de Max e depois de trocar meia dúzia de palavras entre si fazem sinal para um motorista de ambulância, que logo se aproxima correndo. Durante o tempo que passa de costas para os policiais, Max encara Siw e faz um gesto como se fechasse um zíper sobre a boca. Siw parece estar prestes a fazer uma objeção, mas logo acena a cabeça. Alva olha para o chão com uma expressão concentrada.

Anna pergunta:

— O que foi que houve? — e Siw tenta espantá-la com a mão, como se fosse um inseto.

Anna a perdoa. A situação é bem pior do que parece. Ela pega o telefone, escreve *Siw e Alva ok* e envia a mensagem para Berit. Quando ergue o rosto, Anna vê que os policiais e o enfermeiro estão conduzindo Max em direção à ambulância.

Um rapaz de cerca de vinte anos parece disposto a segui-los, mas uma garota da mesma idade o impede. O rapaz abre os braços e aponta para Siw.

— Essa aqui também sabia! Ela só pode estar envolvida nisso! Tudo foi narrado antes! Você mesma ouviu! Ela disse exatamente o que ia acontecer!

— É — responde a garota. — Mas nesse caso por quê...

Alva ergue a cabeça e dá um passo em direção às crianças.

— Fui eu que falei tudo — diz ela, colocando as mãos na cintura. — Eu disse para a minha mãe o que ia acontecer e foi por isso que ela contou para vocês. Porque eu disse.

O rapaz balança a cabeça indignado e aponta o dedo para Siw.

— Tudo aconteceu porque *ele* fez o que fez. Seu amigo ou o que quer que seja.

— Não — diz Alva. — Foi um fail.

O rapaz faz um gesto em direção à catástrofe na rotatória, aos prédios e às árvores em chamas.

— Um fail? É assim que você chama isso tudo? Um *fail*?

— Aham. É difícil explicar. Mas eu tô muito triste.

Alva estende os braços em direção a Siw, que a levanta e a coloca sentada no colo. Alva abraça os ombros de Siw e esconde o rosto sob o braço da mãe.

— Eu sei que parece absurdo — diz Siw. — Mas a gente sabia que isso ia acontecer desde uma semana atrás, e o que a gente tentou fazer foi impedir que acontecesse, mas... deu errado.

Anna não consegue mais se manter calada. Ela diz:

— É o seguinte: desde que a Siw é pequena ela consegue... prever o que vai acontecer. E com a Alva é a mesma coisa.

— Quem é você? — pergunta o rapaz. — Você também... ah, que se foda. Tudo bem. Então vocês conseguem prever o futuro. Tá legal. Me conta o que vou fazer agora, então.

— Não é assim que funciona — responde Siw enquanto Alva tira a cabeça de baixo do braço dela e olha em direção ao nada por dois ou três segundos para então dizer:

— Você vai pegar o telefone e ligar para a sua mãe e dizer que tá tudo bem e na foto do telefone ela tá usando um avental branco, então talvez ela seja enfermeira. Sim, é isso mesmo, porque você pergunta pra ela se tem pessoas feridas. É isso que você vai fazer, mas agora você talvez não faça mais, porque eu falei. Essa é a parte difícil de explicar.

O rapaz estava a ponto de interromper Alva, mas naquele momento fecha a boca com um clique audível e fica simplesmente admirando a menina, que em seguida torna a esconder o rosto.

A garota pergunta:

— Era isso o que você ia fazer? Ligar para a Gunilla?

O rapaz faz um acena a cabeça e faz gestos desajeitados na frente de Alva, como se quisesse livrá-la de teias de aranha invisíveis, antes de abrir os braços em sinal de que havia desistido. A garota o encara com um olhar triunfante, como se o tempo inteiro soubesse daquilo.

5

A explosão na rotatória, que por anos a fio viria a ser um dos principais assuntos das conversas em Norrtälje, inacreditavelmente fez apenas duas vítimas fatais. O motorista Roger Folkesson e Lisa Lundberg, a senhora de oitenta e cinco anos que se encontrava a apenas vinte metros do centro da explosão. O andador retorcido foi encontrado no terreno queimado onde antigamente se localizava a JR Förvaltning, enquanto o corpo parcialmente carbonizado de Lisa foi parar cerca de trinta metros adiante, em Kvisthamrabacken. Centenas de moradores de Norrtälje compareceram ao funeral de Lisa, que a não ser pela explosão teria uma morte solitária, uma vez que não tinha parentes vivos.

Outras pessoas que se encontravam nas casas ao redor tiveram queimaduras leves ou ferimentos causados por estilhaços de vidro, e um motorista sofreu contusões quando o carro em que estava foi virado de ponta-cabeça pela onda de impacto. O labrador do homem, que viajava no porta-malas, quebrou uma pata.

Afora os casos de óbito, mesmo as consequências mais graves foram de segunda ordem. Um morador do terceiro andar na Drottning Kristinas Väg número 23 estava na sacada, de onde pôde ver, ouvir e sentir o impacto que praticamente o derrubou. Esse homem tinha um fascínio doentio por fogo, e a explosão o deixou num estado quase incontrolável de exaltação, que o levou a descer a escada correndo para admirar a maravilha que acontecia diante de seus olhos. No meio da agitação, o homem escorregou e por pouco não quebrou a cabeça na escada de concreto. Ele foi encontrado meia hora depois por um vizinho, mas os ferimentos não representavam nenhum risco de vida. Para ele, o pior foi não ter podido observar o incêndio.

Havia muita gente no campo de futebol, e mesmo que a polícia não tenha oferecido detalhes sobre o acontecido, logo o nome de Max começou a circular em boatos e nas redes sociais, e no domingo à tarde ele já era uma figura conhecida por todos. Conhecida porque tinha sido ele o *responsável*. O piromaníaco. O incendiário.

No fórum do Roslagsporten não faltaram tiradas repletas de ódio e especulações sobre os motivos para o crime.

Os islamófobos de plantão tentaram lançar uma teoria sobre a maior ação do califado em território sueco, mas a ideia morreu logo quando se pôde afirmar com certeza que o responsável era um dos filhos de Norrtälje, sem nenhuma ligação com o islamismo radical. Os islamófobos não se convenceram, mas logo passaram a ser um grupo marginalizado.

Uma teoria um pouco mais popular dizia respeito a um protesto de ambientalistas contra o uso de combustíveis fósseis — mas nesse caso parecia difícil explicar por que o responsável teria optado por queimar de maneira descontrolada uma quantidade enorme de combustível de aviação. Todos haviam visto e sentido a nuvem venenosa que se erguera nos céus de Norrtälje. Como aquilo poderia beneficiar a causa ambiental?

A teoria mais simples e popular dizia que aquilo tinha sido um "ato de loucura". O que parecia contradizê-la, no entanto, era o fato de que o responsável tivera consigo um cavalete, o que deixava claro que aquela não tinha sido uma decisão tomada no impulso. Mas será que a loucura não poderia ter operado em um nível ou outro? Pelo menos de maneira a influenciar um pouco?

Passaram-se dias até que um motorista de caminhão opinasse sobre a discussão e botasse mais lenha na fogueira, se é que se pode usar uma expressão dessas nesse contexto. Ele tinha lido sobre a passagem do caminhão pelo centro de Norrtälje e chamado atenção para o fato de que aquela rota era ilegal. Além do mais: se o caminhão-tanque se dirigia ao aeroporto de Arlanda, por que tomar o rumo da Carl Bondes Väg? Não fazia sentido nenhum. Além do mais: se o caminhão-tanque tinha realmente se perdido e entrado naquela via por acaso, como Max poderia saber de antemão? Não havia resposta.

Porém logo a discussão tomou um novo rumo. Alguém no campo de futebol tinha ouvido uma história sobre prever o futuro. Segundo essa pessoa, Max, na verdade, queria evitar a tragédia, mas não conseguiu.

Claro que muitos não aceitaram uma ideia absurda dessas, mas segundo o princípio da lâmina de Occam essa teoria apresentava uma vantagem muito clara: era simples e explicava tudo. Bastava apenas pôr de lado todas as reservas em relação a dons sobrenaturais. Certas pessoas acreditavam que no fundo Max talvez fosse um herói trágico.

O próprio Max não sabia nada a respeito disso. Depois que as queimaduras foram limpas e tratadas com cremes e bandagens, ainda no domingo à tarde ele foi transferido para o centro de detenção de Norrtälje à espera de um inquérito policial, durante o qual — por razões mais do que compreensíveis — foi apresentado como suspeito do crime de explosão, sujeito a uma pena de seis a dezoito anos se aquele fosse considerado um crime qualificado, e em caso contrário a três anos.

6

— Seis a dezoito anos? Puta que pariu! — Anna balança a cabeça, larga a taça de vinho e passa a mão nas costas de Siw. — Não dá pra acreditar numa coisa dessas.

— É a mesma pena de um atentado terrorista — diz Siw, fazendo um gesto em direção à rotatória, ainda isolada com a fita branca e azul da polícia. — Como aquele sujeito da Drottninggatan.

— Mas o que aconteceu não foi nada disso!

— Não é o que as autoridades pensam. E por favor, eu sei que você tem a melhor das intenções, mas não passe a mão nas minhas costas. Eu me sinto... má. Foi eu que provoquei tudo isso e agora é o Max quem vai pagar.

Siw olha para a rotatória, onde pessoas se movimentam no interior do perímetro isolado enquanto outras acompanham a movimentação do lado de fora. Os rostos estão iluminados por baixo graças às velas acesas para recordar a tragédia ocorrida oito horas antes, e Siw se sente desconectada de si mesma.

Para ela em particular, a consequência prática da explosão foram dois vasos de planta virados na sacada. As flores nem ao menos foram destruídas, e naquele momento ela está tomando vinho com a melhor amiga enquanto Max se encontra em uma cela no centro de detenção.

Anna continua a passar a mão nas costas de Siw, que se incomoda com aquele gesto fora de lugar. Ela devia ser chicoteada, obrigada a atravessar um corredor polonês, ou no mínimo ser interrogada e ter de se explicar. Mas não acontece nada disso. Ela *se escapuliu,* e por isso se sente envergonhada. Siw por fim entende as histórias sobre criminosos que no fundo desejavam ser encontrados e punidos.

— Muito bem — diz Anna. — Imagine que o Max estivesse na casamata simplesmente por acaso. E tivesse visto exatamente o que viu: que o motorista acabaria batendo. Você não acha que ele tentaria parar o caminhão nesse caso?

— Mas foi *ele* que...

— Eu sei, mas esqueça isso por enquanto. Imagine o que eu disse. Ele tá lá. O caminhão aparece. O campo de futebol tá cheio de crianças. É claro que ele tentaria parar. — Anna bate com o indicador na mesa para enfatizar as palavras. — A *diferença* é que as crianças não teriam sido avisadas, e não teriam corrido a tempo.

— Anna, não adianta.

— Adianta pra cacete, sabe por quê? Porque nesse caso vocês não sabem se o caminhão teria batido ou não.

— É verdade, mas...

— Não. Sem essa de "mas". Imagine que vocês podiam simplesmente não ter dado a mínima, como você parece achar que devia ter feito. Simplesmente dito *Ora, ora, não vamos mexer com o futuro, e além disso nem deve acontecer.* Imagine que o caminhão tivesse batido e explodido, e que a Alva e todas as coleguinhas tivessem morrido carbonizadas. Como você estaria agora? Levemente mal, por acaso? Um pouquinho pior, quem sabe? Mal pra caralho, talvez?

— É feio dizer palavrão. — Alva tinha saído da cama e estava de pé junto à porta da sacada, envolta no cobertor com Poffe nos braços.

— Você não consegue dormir? — pergunta Siw.

— Não. E eu acho que a Anna tá certa.

— Você ouviu?

— Aham. Porque eu também penso sobre essas coisas, sabia? E eu acho que quando eu ouvi... antes, quer dizer, eu não tinha ouvido... o Max gritou "pare, pare" quando viu o motorista. Antes, enfim. Hoje de manhã. Mas eu não tinha ouvido. Quando ouvi antes.

Anna abre as mãos como quem diz *aí está* e em seguida ergue o polegar para Alva, que em geral teria respondido com o mesmo gesto, porém não dessa vez.

— Ou — continua Alva, — pode ser que tenha sido como a mamãe disse. Como foi mesmo que você disse, mamãe?

— Que a gente não consegue ver nem ouvir uns aos outros. Nem nós mesmas.

— Aham. *Também* pode ser isso. Alva franze as sobrancelhas e adota uma expressão preocupada. — Mas assim parece muito estranho. Dá uma confusão enorme na cabeça só de pensar! O Max tá na cadeia agora?

— Ele vai ser ouvido pela polícia e depois pode continuar preso, se decidirem que ele não pode ser colocado em liberdade.

— Hmm. Eu posso jogar o Switch?

— Agora não.

— Não. Depois. Se o Max ficar na cadeia.

Mesmo que o que aconteceu muito importe para Alva, a capacidade de não deixar aquilo tomar conta de tudo desperta uma certa inveja em Siw, que responde:

— Eu vou perguntar pra ele. Se eu conseguir ver ele amanhã.

— Manda um beijo meu! E diz que eu acho ele legal e torço pra que ele não fique na cadeia. Não esqueça!

— Eu não vou esquecer. Boa noite, querida.

— Essa menina é incrível — diz Anna depois que Alva volta ao quarto. — A melhor coisa que você já fez.

— Eu sei.

O comentário a respeito do Switch podia ter soado insensível, mas assim mesmo foi um alívio para Siw, porque Alva tinha parecido distante e pensativa durante o dia inteiro, e mal havia falado. Siw está preocupada com as consequências de longo prazo daquilo tudo.

— O Acke... — Anna começa a dizer, e Siw leva um susto com a proximidade entre esse nome e a frase "A melhor coisa que você fez" — como se houvesse uma relação entre as duas coisas. Será que havia? Será que Anna sabia? Seria aquele o momento de contar? Não. Anna começa em outro tom:

— Você sabe todas essas armas que têm circulado em Norrtälje? Foi o Acke que vendeu. Para saldar a dívida com os irmãos Djup. Aquele desgraçado escondeu um arsenal lá no porão do prédio. Quer dizer, agora ele já tirou de lá.

— Putz.

— É. Putz. E é por isso que... — Anna pega o telefone e mostra uma página do Norrtelje Tidning que havia deixado pronta. — ...que isso aqui tem me deixado preocupada.

Siw pega o telefone e lê a respeito do Festival de Luzes no rio — o lançamento de pequenas embarcações que deve ocorrer na quarta-feira, dali a três dias. Ela baixa o telefone e diz:

— Na verdade, eu pensei que... eu e o Max pensamos que... todas essas agressões estão de um jeito ou de outro ligadas ao rio.

— Como? O que tem o rio?

— Bem, tudo que aconteceu, aconteceu perto do rio. A Alva diz que tem um monstro invisível lá dentro, e eu talvez não acredite nisso, mas... alguma coisa tem.

Anna estala os dedos e diz:

— Porra, eu não tinha pensado! Os patos!

— Que patos?

— Na manhã seguinte à festa do Marko. Eu vi uma revoada de patos totalmente... os patos atacaram uma mãe e uma filha que estavam dando comida pra eles. E depois o tiroteio em frente ao cinema, e... porra, você tá certa!

— É. Eu acho que tô.

Anna aponta para o telefone, onde o artigo continua iluminado na tela, e diz:

— Então dá pra dizer que isso aqui é uma péssima ideia. Realmente péssima.

CONSEQUÊNCIAS

1

Depois que trinta e sete fragmentos de tamanhos variados são removidos do lado direito do rosto de Maria e o médico faz um comentário a respeito de anjo da guarda ao constatar que o olho não sofreu nenhuma lesão, ela é conduzida à ala de observação com suspeita de concussão. Dez feridas no rosto precisaram levar dois ou mais pontos, e o médico foi bem sincero: sim, aquilo poderia afetar negativamente a aparência dela, mas provavelmente não seria tão ruim quanto ela imaginava. E além do mais havia um tratamento regenerativo.

— Tratamento o quê? — tinha perguntado Maria. — Cirurgia plástica.

Assim que entra no quarto, Maria sente que não poderia ficar lá.

A pressão na cabeça aumenta, e ao pensar no médico que momentos atrás parecera competente e sincero ela percebe-o como um porco insensível. Já a enfermeira que a empurrava na cadeira de rodas era tão feia que mal poderia ser usada como esterco. E então Maria ouve o murmúrio do rio por uma fresta na janela. O quarto fica bem à margem do rio.

— Eu não quero ficar aqui.

A enfermeira suspira e revira os olhos, torce os lábios e diz:

— O quarto não é bom o suficiente para a senhora?

— Não, não é nada disso. Eu quero ficar o mais longe possível do rio. Se vocês me deixarem aqui eu vou me jogar da janela.

— Essa é a ala para onde os pacientes vêm quando...

— Eu vou me jogar da janela. Não estou brincando. Não sei nem se vou me dar o trabalho de abrir primeiro.

A enfermeira faz um comentário sobre pacientes mimados, mas sai para fazer um telefone. Maria roda a cadeira para trás e sai ao corredor, para se afastar ao máximo do maldito rio.

Ela não tem a menor ideia de *como* poderia acontecer uma coisa dessas, mas assim mesmo está cada vez mais convencida de que o rio e o murmúrio são a raiz do mal que a aflige, e talvez até mesmo de *todo* o mal que aflige a cidade. O comportamento de Birgitta servira como prova definitiva: a atitude dela havia mudado por completo durante o curto trajeto de carro feito para longe do rio.

Era improvável e inexplicável, claro, mas era o sentimento que serviria como base para as ações dela. Se ouve dizer que um rio está cheio de crocodilos, você não se preocupa em saber a cor ou o tamanho deles, nem se estão com fome ou mesmo se existem, uma vez que não estão à vista. Você simplesmente desiste de tomar banho naquele rio.

A enfermeira volta e diz a contragosto que há um quarto vago no setor de oncologia, no lado oposto do prédio.

— Desde que a senhora não tenha nenhum problema com pacientes de câncer também.

— Eu amo pacientes de câncer — responde Maria. — E posso empurrar a cadeira sozinha caso você esteja muito incomodada.

— Não é assim que as coisas funcionam por aqui.

Ainda segundo a convicção de Maria, a enfermeira se mostra cada vez menos hostil à medida que as duas se afastam do Norrtäljeän. Quando chegam ao setor de oncologia, ela parece quase amistosa. Depois de preparar a cama de Maria, a enfermeira chega perto dela e cochicha:

— Tem alguma coisa na ala norte, que dá para o rio. O clima por aqui em geral é bom, mas lá... — A enfermeira balança a cabeça ao pensar na ala norte. — Mas o que isso pode ter a ver com o rio?

— Não faço ideia — diz Maria. — Mas tem.

Quando a enfermeira se afasta, Maria passa um bom tempo sentada, reunindo forças antes de telefonar para Laura. Meia hora depois os pais dela estão por lá, e assim que entra no quarto e põe os olhos na filha Goran começa a chorar. Ele aperta a mão de Maria e a beija.

— Ah, minha filha, minha filha, por que você não disse nada?

— Sobre... sobre o quê?

— Sobre o câncer. Por que você... assim, sozinha... e o que fizeram com o seu rosto...?

— Pai, eu não tenho câncer.

— Mas você está aqui, meu Deus!

Para simplificar as coisas, Maria diz:

— Era o único quarto disponível. Eu tive um acidente no trabalho, nada mais.

São necessárias mais perguntas e respostas até que Goran se convença de que o a filha não está sendo devorada pelo câncer. Laura puxa uma cadeira, se acomoda ao lado da cama e olha para o rosto de Maria, ainda inchado e coberto por compressas e bandagens.

— A sua fisionomia — diz Laura, apontando para o próprio rosto. — Vai ser afetada?

— Vai. Para o pior.

— E como... como você se sente em relação a isso?

— Tudo vai ficar bem, mãe. No fim tudo vai ficar bem.

2

— Como você tá?

— Achei que eu estaria pior.

— Como assim?

— Uma vez eu tive... uma vivência. Com espaços fechados. Achei que eu ia... mas tudo bem.

— Tô levando.

Siw pega a mão de Max, estirada sem vida em cima da mesa entre os dois.

— Max, me desculpe.

— Não foi culpa sua.

— De várias formas foi.

— Não. Você não podia ter agido de outro jeito, então não foi culpa de ninguém. Pare com isso. Como tá a Alva?

— Bem. Mas ela tem estado bem pensativa. Ela mandou lembranças. E...

Siw olha para o chão e sente as bochechas enrubescerem.

— O que foi? — pergunta Max.

— Ela quis saber se pode usar o Switch.

Pela primeira vez desde que Siw entrou um sorriso se insinua nos lábios de Max. Ele responde com um aceno de cabeça.

— Ela pode jogar o quanto quiser. Desde que tudo isso não tenha sido um plano desnecessariamente complicado para arranjar um Switch pra ela, claro. — Max ergue a mão e abre um sorriso desprovido de alegria. — É brincadeira.

— Como foi que chegamos a esse ponto?

— Eu tenho pensado bastante nisso. Acho que o problema é que não conseguimos ver a nós mesmos. Nem uns aos outros.

— Como naquela outra vez... do carrinho de bebê. Na biblioteca. Você disse que não me viu.

— É. Então... Durante os momentos em que estive na cabeça do motorista... Eu não me vi no caminho, eu simplesmente... ou melhor, ele simplesmente... deu uma guinada no caminhão.

Siw aperta a mão de Max e diz:

— Mas *pode ser* que tivesse acontecido de qualquer forma, não?

— Pode. Ele estava muito agitado por achar que a mulher estava se engraçando com um vizinho. Escreveu uma mensagem no telefone. Enfim, o sujeito não estava em plena posse das capacidades mentais. É o que me parece mais provável. Mas não adianta. Eu continuo sentindo como se a culpa fosse minha.

— Não entendo — diz Siw. — Eu nunca... a única vez que pude intervir foi na história do carrinho de bebê. E do Charlie. E nessas duas vezes o resultado foi evitado.

— Talvez o problema esteja comigo. Ou na combinação de nós dois.

— Não fale assim.

— Não foi isso o que eu quis dizer.

Fez-se um silêncio. Siw deixa o olhar correr pelas paredes cor de mingau, pela mesa de madeira onde alguém escreveu *PUTZ GRILA* e o uniforme de prisioneiro de Max, junto com uma camisa branca. Ela pergunta:

— O que você pretende fazer?

— Vou contar tudo o que aconteceu, mas deixando você e a Alva de fora.

— Você vai dizer que pode ver o futuro?

— É. Só pretendo exagerar o quanto.

— Nunca vai dar certo.

— Não. Eu sei. Eu disse logo no primeiro interrogatório e agora tenho uma avaliação psiquiátrica.

Siw rói a cutícula. Ela nem ao menos sabe se alegar poderes psíquicos poderia transformar a pena de Max numa internação compulsória, e mesmo que acontecesse... por acaso seria melhor? Pelo que Siw sabe, uma internação compulsório não tem prazo de validade.

— Talvez eu possa ajudar — diz Siw.

— Como?

— Não vou contar, porque você diria para eu deixar a ideia de lado. Mas talvez eu possa ajudar. Quer dizer, talvez.

— Siw, eu não quero que você...

— Eu sei. Eu sei. E tem mais uma coisa... Sei que é estranho num momento desses, mas eu vou dizer mesmo assim. Independente do que aconteça... você quer que eu te espere?

Max abafa uma risada e balança a cabeça. Não como uma resposta à pergunta, mas como uma reação ao tom de filme melodramático que havia surgido naquela situação. Não parecia sequer realista. Max encara Siw por um bom tempo e diz:

— Quero. Eu quero que você me espere.

— Então eu espero.

GRAUS VARIADOS DE ESTRAGO

1

São seis horas da manhã de segunda-feira quando um táxi para no Lilla Torget. O taxista retira um andador do porta-malas. Alva deixa o banco do carona e corre em torno da Havsstenen enquanto Siw ajuda Berit a sair do banco de trás. O taxista entrega-lhe o andador e pergunta se elas conseguem se virar sozinhas a partir de então.

— Conseguimos — diz Berit, se apoiando no pegador. — Pode vir nos buscar daqui a uma hora.

Berit se recuperou do resfriado, mas Siw percebe que ela tem as pernas trêmulas enquanto as rodas do andador giram vagarosamente em direção à Lilla Bron.

— Tem certeza que você consegue? — pergunta Siw.

— Não fale bobagem — responde Berit. — Seu eu fosse cair morta você já teria ouvido, não? Poft, uma velha estirada na rua. Você ouviu qualquer coisa parecida? Não ouviu. Por onde vamos começar?

A questão é o Festival de Luzes. Berit não tinha acompanhado as notícias durante o resfriado, mas assim que pôde ler sobre o evento na manhã de segunda-feira ligou para Siw, que já estava bem informada e havia dedicado metade da noite em claro a pensar sobre o que fazer.

Por um lado, Siw hesitou muito em mais uma vez tentar impedir um acontecimento predeterminado e correr o risco de se tornar a destruidora em vez da salvadora; por outro lado, seria muito bom poder compensar tudo o que tinha acontecido com o caminhão-tanque numa situação em que castigos e punições não se aplicariam.

Mas e se fosse mesmo acontecer uma coisa ou outra? O que elas poderiam fazer? Quando Siw revelou a Berit as suspeitas que tinha em relação ao rio, Berit respondeu que já tinha pensado a mesma coisa. E não eram só elas. Muita gente em Norrtälje já tinha ligado os pontos de violência e enxergado o rio no centro do padrão — mas estar ciente de um problema não é o mesmo que estar em posição de resolvê-lo.

Enquanto as três se deslocam vagarosamente em direção ao Skvallertorget, Siw sente nos ossos o quanto está cansada. Não é só a ausência de sono. O choque de tudo o que aconteceu com o caminhão-tanque dá a impressão de penetrar cada vez mais fundo, e ela começa a sentir os sintomas de estresse pós-traumático: sentimentos de dissociação e irrealidade. O corpo anda, mas a consciência fica para trás como um cachorro velho e cansado. Pela manhã ela tinha pensado em ligar para o trabalho e dizer que estava doente, mas logo pensou que seria ainda pior ficar o dia inteiro em casa remoendo tudo o que tinha acontecido — então Siw compareceu ao trabalho e executou uma pantomima zumbificada de suas tarefas habituais. Depois visitou Max, e por fim chegara àquele local.

Quando todos chegam à Lilla Bron e olham para as águas do rio, um pensamento mesquinho surge na cabeça de Siw: ela sente que tem ciúmes de Max. Imagine poder ficar numa cela, simplesmente existindo, sem ter que se preocupar com mais nada!

E remoendo. Remoendo, remoendo.

Todas as imagens desagradáveis que a tinham atormentado durante a noite ressurgiram com força total. O pilar de fogo, as costas queimadas de Max, as crianças caindo e a senhora... aquela senhorinha que ela tinha visto na faixa de segurança, as árvores em chamas, o inferno que ela tinha ajudado a criar, o inferno que ela havia trazido à terra como um demônio cruel, o terror... Siw abre e fecha as mãos e sente um *prazer perverso* em ter ajudado a criar aquele caos...

O rio.

Os olhos de Alva e de Berit estão apertados, como se também houvessem sido acometidas por pensamentos tormentosos, e Siw diz:

— Seja o que for aquilo em que vocês estão pensando, parem agora. É a influência do rio.

Com violência mental, Siw afasta as imagens de si mesma como um demônio sorridente e satisfeito e as substitui pela primeira coisa que lhe ocorre: um loop de suas cenas favoritas de *Friends*. Ross aperta o dedo contra a têmpora e diz:

— Unagi — Phoebe canta uma música sobre o gato fedorento e Joey chega vestindo as roupas de Chandler.

Siw não sabe qual é a estratégia usada por Berit e Alva, mas vê pelas expressões mais relaxadas que as duas também conseguiram se livrar daquilo. Alva aponta para a estátua de Nils Ferlin a cerca de cem metros de distância.

— Vamos pra lá.

Siw ajuda Berit com o andador nos desníveis da calçada e nos trechos com grama úmida enquanto Rachel ensina Ben a pregar peças e Chandler joga "Cups" com Joey e Monica repete "I *know!*" diversas vezes. Quando elas se aproximam da

563

estátua, o som interior desses amigos imaginários é substituído por gritos, gritos. Xingamentos, imprecações, corpos que se empurram e caem.

Siw leva um susto quando o primeiro tiro é disparado. Pessoas urram de dor. Mais dois tiros soam logo a seguir, e então a verdadeira batalha tem início. Não é possível contar os disparos, nem dizer se estão longe ou perto: tudo é uma mistura de sons, estampidos e gritos, passos apressados e ossos partidos enquanto as pessoas se pisoteiam, o sangue escorre e os moribundos agonizam.

Tanto Berit como Alva arregalam os olhos e ouvem aquelas mesmas coisas. Mas logo os sons acabam, os passos somem ao longe e as únicas coisas que se ouvem são o murmúrio do rio e os lamentos dos feridos. A Audição já chegou ao fim, e Siw pensa que naquela situação as chances seriam maiores.

— Alva — pergunta ela. — Isso acontece na quarta-feira?

— Daqui a dois dias. É quarta-feira?

— É.

As pernas de Berit parecem estar prestes a ceder. Siw a apoia de maneira que possa se apoiar melhor no andador. Berit está pálida e tem gotículas de suor nas raízes do cabelo.

— Meu bom Deus — diz ela. — Foi a pior coisa que eu já ouvi. Um massacre. Em Norrtälje!

Alva mordisca os lábios. Ela tem um olhar assustado. Siw não tinha imaginado que Alva as acompanharia, mas a filha tinha insistido. Siw se agachou na frente dela.

— Agora você entende por que eu achei que você devia ficar em casa?

— Aham.

— Foi terrível a quantidade de pessoas que...

— É. Mas não é isso.

— O que é, então?

— Tá no rio. Eu *ouvi.*

— E como... como era esse som?

— É difícil explicar. — Alva coloca uma das tranças na boca e a mordisca de leve antes de responder:

— Imagine que você está comendo uma laranja muito suculenta. E ao mesmo tempo rindo. É assim.

2

Maria recebe alta do hospital na tarde de segunda-feira e Anna a busca com o Golf. A primeira coisa que Anna diz ao abrir a porta do passageiro e ver o rosto de Maria, que vai do amarelo ao azul, é:

— Puta merda, vão conseguir arrumar você?

Maria se acomoda no carro e fecha a porta.

— O médico disse que eu não vou ficar cem por cento. Mas provavelmente setenta, oitenta por cento.

Anna examina o lado esquerdo do rosto de Maria, que não foi afetado.

— Desse lado você ainda está cem por cento.

Quando as duas saem do estacionamento, Maria diz:

— Sabe, de um jeito ou outro eu acho que foi quase bom. Eu sei que sou ou pelo menos fui bonita e sei como soa um comentário esses, mas no fundo era como ter um sapo na cara. A despeito do que você diga ou faça, as pessoas nunca veem nada além do sapo. Não tô reclamando, porque eu ganhei a vida graças a esse sapo, mas agora eu cansei disso. Agora eu quero descobrir o que as pessoas *realmente* pensam de mim.

— Talvez achem que você é uma cuzona.

— Pode ser. Mas daí eu posso mudar.

— As pessoas não costumam dizer esse tipo de coisa.

— Será que você me permite gostar dessa situação?

— Claro.

Para não chegar perto do rio, Anna evita a Lasarettgatan e em vez disso dobra na Götgatan antes de perguntar:

— É verdade o que você disse no telefone? Que você tentou explodir o café?

— É.

— Eu nunca fiz a pergunta óbvia que viria depois, então vou fazer agora.

— Você quer saber por quê? Eu poderia dizer que foi o que Jesus me disse para fazer, mas a verdade é que eu tava com muito ódio. Um ódio cego e profundo contra tudo e todos.

Anna balança a cabeça.

— Por que tanto ódio?

— É só o que resta — responde Maria. — Quando você já usou todas as defesas que tinha. Quando você já não é mais nada, já não tem mais nada. O que sobra é o ódio.

— Porra, isso foi bem profundo.

— Pois é. Eu não sou apenas um rostinho bonito. O Johan deu notícias?

— Por falar em ódio...

Maria vira o rosto em direção a Anna, que com o rabo do olho vê a luz da rua projetar sombras sobre a casca das feridas e os pontos. Até mesmo os lábios estão inchados no lado direito do rosto quando Maria os abre e pergunta:

— O que você ia dizer?

— Não quero entrar em detalhes, mas o Johan sente muito ódio, e eu não acho que... que essa seja a última defesa dele. Ele simplesmente é assim. E eu não suporto isso.

Maria passa um tempo em silêncio e quando as duas entram na Gustaf Adolfs Väg ela diz:

— O ódio não é o que está por dentro do Johan. Não, é mais como uma casca. Uma casca de ódio. Eu não sei por quê, mas... ah, você precisa entender que ele é meu irmão. Como se fosse meu irmão. Eu tô do lado dele.

— Eu não sei se você devia estar. E porra, como você tá falando bonito desde que teve o rosto remodelado! Me conta sobre Jesus.

3

— ...trezentos — diz Ewert Djup, colocando o último maço de cédulas na sacola plástica do Flygfyren. Ele acena a cabeça de um jeito pensativo e olha para Acke, que tem as mãos juntas no colo. Ewert sorri e pergunta:

— Você está pronto para a cobrança dos pênaltis?

— Estamos quites agora, né? — pergunta Acke. — A dívida foi paga e tá tudo certo.

Ewert o ignora e pergunta:

— Quantas você vendeu?

— Como assim...? Todas. A não ser pela última, que tá aí na bolsa.

Ewert assovia.

— Quantas eram? Quarenta? Você deve ter guardado umas pra você também.

— Sim, mas esse era o nosso combinado, né?

Ewert tira a Zastava da bolsa, municia a arma com uma bala, aponta-a para Acke e diz:

— Se você disser "né" mais uma vez eu atiro.

Atrás dele, Acke ouve os suspiros de Albert. Eles estão numa zona industrial desativada nos arredores de Rimbo, e a presença de todo aquele metal enferrujado aumenta o nervosismo de Acke: todo o local *transpira* ameaça, e ele quer se afastar de lá. Mas os irmãos adoram aquele jogo de gato e rato e não querem deixar por menos.

— Quer dizer então que você armou toda a cidade — diz Ewert. — Mas lendo o jornal a gente teve a impressão de que você foi meio... desleixado com as pessoas para quem vendeu.

— Mas não tinha nenhuma... vocês não disseram que...

— Não, a gente não disse mesmo. Mas você devia ter pensado com a própria cabeça.

— A única coisa que vocês disseram foi que eu devia vender as pistolas e dar o dinheiro para vocês e assim estaríamos quites. Né?

— Ops — diz Ewert, erguendo a pistola e apertando o gatilho. Mas a arma estava travada, e assim a bala não penetra o espaço entre os dois olhos de Acke.

— Mantenha a calma na tempestade. O Senhor está próximo — diz Ewert, largando a pistola para em seguida enlaçar as mãos por cima da barriga e dizer:

— Muito bem. Você tem razão. A dívida está paga. Mas resta ainda um detalhe. Sabe qual?

— Não... não?

— Você tentou nos enganar. Dever dinheiro é uma coisa. Você paga de volta e todo mundo fica contente. Mas querer enganar pessoas na nossa... me sinto até um pouco envergonhado de dizer, mas... na nossa *posição*? Ai, ai, ai. Essa não foi uma boa ideia. Não foi uma boa ideia *mesmo*.

— Mas eu já disse que... — Acke começa a dizer, mas não consegue ir adiante porque no instante seguinte leva uma pancada na parte de trás da cabeça, provavelmente desferida com uma barra de metal enferrujada. Ele cai para a frente e vê o chão se aproximar depressa antes que tudo fique preto.

Quando ressurge na consciência de Acke, o mundo parece transformado. A dizer pelo ar que entra em suas narinas e pelos sons que chegam aos tímpanos, ele conclui que se encontra num lugar ao ar livre. As mãos e os pés estão amarrados. Ele está deitado de barriga para baixo e ouve o barulho de pedrinhas se mexendo quanto tenta se virar de costas. Acke não quer abrir os olhos para saber o que lhe espera. Ao mesmo tempo, ele sabe que mais cedo ou mais tarde vai ter que abrir os olhos. Então ele abre os olhos.

A lua e as estrelas projetam uma luz pálida sobre aquilo que no início Acke imagina ser o paredão vertical de uma montanha. Depois ele vê listras de terra e pedra, os sulcos feitos por escavadeiras. É uma cascalheira, o que explica o barulho de pedrinhas. Ele está em cima de um monte de cascalho. Na orla da floresta, Ewert e Albert se ocupam com o carro enquanto conversam animadamente.

Aquilo é totalmente injusto. Acke fez o que lhe foi pedido e cumpriu sua parte do acordo. Como um contrato por escrito seria impensável, a confiança mútua é essencial para a atividade criminosa, e o que os irmãos estão fazendo naquele instante vai totalmente contra o... qualquer que seja o princípio vigente. A honra dos ladrões, talvez.

O chão estala sob as botas de Ewert quando ele se aproxima e observa Acke com as mãos enfiadas nos bolsos das calças. Acke gostaria de se virar de costas. Ele se sentia totalmente vulnerável de bruços, com o corpo encolhido para a frente e o traseiro no ar, como se estivesse se oferecendo para ganhar um tapa ou ser penetrado.

Por sorte, Ewert não parece ter esse tipo de intenção. Com um gemido, ele se agacha e apoia o cotovelo no joelho para então dizer:

— Você não entendeu, certo? O que tá acontecendo?

— O que eu entendi — diz Acke — é que ninguém... enfim, as pessoas *sabem* que eu vendi as armas por vocês. Se acontecer alguma coisa comigo... ninguém nunca mais vai trabalhar pra vocês.

Ewert parece triste ao dizer:

— Mas, Acke... Você *contou*? Você acha mesmo que foi uma boa ideia?

— Enfim, talvez eu não tenha *contado,* mas... as pessoas entendem.

— De acordo com a minha experiência — diz Ewert, — as pessoas em geral entendem só o suficiente para que não faça mal nenhum a elas. Você ficaria bem surpreso ao ver como as pessoas ficam perturbadas quando olham para dentro do cano de uma espingarda. De repente elas não entendem o que tá acontecendo.

— Ninguém vai...

— Chega. Pode me chamar de antiquado se você quiser, mas eu acho que você tem o direito de saber o motivo para isso que vai acontecer com você.

— O que é que...

Sem se preocupar com a pergunta inacabada de Acke, Ewert prossegue:

— Nós falamos com o nosso contato em Hamburgo e ele disse que você sem dúvida quis roubar aqueles dois quilos de nós, e que você se vangloriou de...

— É mentira! — grita Acke. — Ele tá mentindo!

— Pode muito bem ser — diz Ewert. — Pode muito bem ser. Mas agora ele é um contato bem mais importante para nós do que você. *Bem* mais. Então no fim... bem, jogue a culpa no capitalismo, se você quiser.

Acke já não ouve mais. Uma única frase ocupou todos os pensamentos dele. *Isso que vai acontecer com você.* É uma frase preocupante, e Acke se balança de um lado para o outro enquanto Ewert termina o raciocínio:

— No que diz respeito à possível má-vontade das pessoas em relação a trabalhar com a gente, você pode estar certo. Mas dar a impressão de que podem tentar nos enganar é ainda pior. Muito pior. Então...

Ewert abre as mãos com um gesto que dá a entender que a explicação completa chegou ao fim e solta mais um gemido quando se levanta, olha para Acke e esfrega as mãos uma contra a outra.

— O que vocês pretendem fazer?

— É bem divertido, na verdade — diz Ewert, soltando uma risada. — Mas dá pra dizer que a minha inspiração foi a sua irmã.

— Qual delas? A Anna?

— Aham. Eu topei com ela na margem do rio, e por lá tinha uns patos que... enfim. Eu contei para ela que eu e o Albert fizemos uma vez que tivemos problemas com umas gaivotas. Na hora me ocorreu: será que não dá pra fazer a mesma coisa quando tivermos problemas com uma pessoa? E agora estamos aqui.

Com o indicador, Albert aponta para uma fina linha no chão, que Acke imaginava ser uma sombra, mas logo revela ser um pavio que vai desde o monte de cascalho onde ele se encontra até um bloco de pedra a vinte metros de distância.

— Tem quatro bananas de dinamite embaixo desse monte, o detonador está atrás daquela pedra e... ah, você entendeu. Não é nada muito sofisticado.

Se a visão do cano de uma espingarda é capaz de perturbar uma pessoa, o risco de ser explodido a qualquer momento é capaz de fazer todos os pensamentos racionais desaparecerem. Já não existem palavras a pensar nem a dizer, e Acke simplesmente berra, tomado pelo terror da *aniquilação*. Ewert faz um sinal para Albert e os dois vão para trás da pedra.

Quando ambos desaparecem, Acke faz silêncio. Talvez ainda lhe restem uns segundos de vida. Ele ergue a cabeça e olha para a foice da lua, que paira acima das árvores. Respira fundo e sente o cheiro de folhas, grimpa e musgo. Está totalmente presente naquele momento.

Depois sente uma pontada por todo o corpo e um golpe na barriga que o leva a perder o fôlego antes de se tornar parte do ar. O estampido perfura-lhe os tímpanos, e no centésimo de segundo a seguir desfaz o resto. Depois resta apenas um eco na floresta, e por fim um grande silêncio.

4

— *Se* o meu papai estiver no céu — diz Alva, examinando os olhos pretos de Poffe, — eu acho que ele não pode jogar coisas aqui pra baixo. Mas *assim mesmo* eu acredito, mesmo achando que não tem como. É bem estranho.

— Às vezes é assim mesmo — responde Siw, puxando o lençol até o queixo da filha. — Você faz certas coisas mesmo achando que não vai dar certo. Porque de um jeito ou de outro você ainda acredita.

— Será que a polícia vai acreditar no Max?

— Não. Ninguém acredita que uma pessoa consiga ver ou ouvir o futuro.

— Mas tem pessoas que conseguem.

— Tá. A gente sabe que tem. Mas não é muita gente.

A ruga de preocupação de Alva ressurge na testa quando ela pergunta:

— Mas e se a polícia acreditasse desse outro jeito? Tipo, acreditando mesmo sem acreditar?

Siw abre um sorriso e acaricia a testa de Alva.

— Você é muito especial. Essa foi uma descrição perfeita do que eu acabei de pensar. E é por isso mesmo que talvez amanhã a gente vá até a delegacia. Se é que é pra lá que a gente tem que ir.

— Eu nunca estive na delegacia. Mamãe? O que a gente vai fazer com todas essas pessoas? As que vão atirar umas nas outras?

— Não tenho ideia. Acho que o melhor a fazer é simplesmente não ir pra lá. Parece que a gente não pode interferir em nada.

— A gente podia avisar a polícia.

— Podia — responde Siw, para então suspirar exausta. — Se a polícia acreditasse na gente.

— Você tá cansada, mamãe?

— Tô, querida. Muito cansada. Aconteceu muita coisa nesses últimos dias, não é mesmo?

— Eu também tô cansada. Mas não tô com muito sono. Mesmo assim, você não precisa me contar nenhuma história hoje. Ah! — Com um gesto rápido, Alva se põe sentada na cama. — Eu já sei o que você pode fazer! Você pode ligar para o Johan e pedir pra ele me contar uma história!

— A gente não se conhece bem a esse ponto.

— Mas então de que jeito vocês se conhecem?

— Não a ponto de eu ligar agora e pedir que ele venha pra cá.

— Que pena. Porque ele é bem divertido. Eu gosto mais do Max. Mas o Johan é mais divertido. Ah. Eu gosto bastante dos dois. Mas o Johan é mais divertido.

5

O próprio Johan não se sente nem um pouco divertido em frente à TV com o controle do GameCube nas mãos e uma garrafa de uísque pela metade ao lado. Apesar da bebedeira, ele vence com facilidade as copas de *Mario Kart* jogadas contra o computador. Aquilo não representa desafio nenhum. Johan pensa em partir para as Time Trials, porém logo desliga o videogame e retira o disco, para a seguir tomar um gole caprichado de uísque.

Tudo está uma merda. Marko voltou para a Bósnia, Max está preso e Anna não quer saber dele. Já faz muito tempo que ele perdeu contato com todos os outros amigos que tinha quando era pequeno. Não sobrou ninguém.

Imbecis do caralho, Johan pensa sem nem ao menos saber a quem se referia. Talvez a todas as pessoas existentes no planeta, que haviam tramado um complô para que ele não tivesse ninguém a quem recorrer nos piores momentos. Johan tenta chorar, mas o choro não vem.

Ele olha para o teto. Como nunca teve uma luminária de teto, lá está o gancho da lâmpada, como um ponto de interrogação de cabeça para baixo. *Você quer?* É bem surpreendente que os imbecis que constroem prédios ainda fixem ganchos fortes no teto, mesmo *sabendo muito bem.* A tentação constante, a pergunta que não cala.

Johan sente não apenas um remoer no peito, mas uma inquietude que *não para* e *não consegue se manifestar* — um ataque de pânico estendido que faz com que toda a noite pela frente pareça interminável e insuportável. Mais uma vez os olhos dele são atraídos pelo gancho no teto. Johan tem uma corda de náilon. Acabar com toda essa merda e encontrar a paz, de uma vez por todas! Mas quem há de sentir esse alívio?

Metafísica, Johan pensa, e então bebe mais um pouco. *Sexo dos anjos. A questão não é encontrar paz. Mas criar uma situação de ausência de merda.*

Johan coloca o CD de *Wind Waker* no console. Ele já virou o jogo e já recolheu todos os fragmentos de coração, então tudo o que resta agora é andar mundo afora, passeando.

Ele conduz Link até o barco e controla o vento para que sopre em direção ao mar, iça a vela e zarpa. Navios piratas surgem no horizonte e ele se dirige para lá. Quando chega mais perto ele assume o canhão e dispara uma salva que entorta as bandeiras piratas.

Os escoteiros do mar atacam.

Johan abre um sorriso que mais parece uma ferida no rosto e que o corta até o coração. Houve uma época em que ele e Marko se sentavam lado a lado. Houve uma época em que havia futuro. Dezesseis anos atrás ele vive naquele futuro, mas está triste, sozinho e bêbado em frente à TV numa tarde de segunda-feira, navegando pelos mesmos mares de então.

Os navios piratas afundam e o mar está novamente vazio. O céu escurece e o vento sopra; a chuva começa a cair em Link durante a viagem em sua frágil embarcação. A primeira coisa que ocorre a Johan é o quanto aquela figura de verde parece *solitária.* O barquinho, a imensidão do mar escuro, o céu ameaçador, o horizonte vazio e nenhuma ilha à vista. Não há para onde ir. *Wind Waker* é uma tragédia.

Johan amaina a vela e larga o controle. Link se balança ao sabor das ondas sem sair do lugar. Johan vai até a cozinha e pega a corda de náilon na última gaveta da bancada. Coloca um banco na sala e amarra uma das extremidades da corda no gancho com um nó torto. Ele não sabia dar aqueles nós usados para enforcar ladrões de gado nos filmes de velho oeste, mas um nó comum devia bastar, não?

Decepcionante.

Johan toma um gole de uísque e observa o próprio trabalho. Claro que é um sentimento totalmente inadequado, mas ele acha que aquele nó simplório parece decepcionante. Ele podia muito bem ver na internet como fazer um nó de forca, mas agir dessa forma seria apenas postergar o que tanto desejava. Ele olha para Link, que continua a ondular na água preta.

Oi, amigo. Agora você nunca mais vai voltar pra casa. Obrigado pelas muitas horas que passamos juntos.

Johan sobe no banco e põe a corda em volta do pescoço. Será que devia escrever uma carta? O padrão deve ser escrever umas palavras para dizer "Isso foi uma escolha minha, ninguém é culpado de nada" etc. Mas não é assim que ele sente. Pelo contrário, é culpa de *todo mundo* que ele esteja naquele mar escuro sem nenhum rumo a tomar, a não ser para baixo. Johan fecha os olhos e mexe os pés.

Ele está prestes a dar o passo rumo ao vazio quando o som no recinto se altera. A melodia alegre e animada que marca a chegada da manhã começa a tocar no jogo. Johan abre os olhos. A tempestade passou, e o mar está calmo e luminoso. Link está a postos com a mão no leme. Johan põe a cabeça de lado e o olha.

Link está sozinho e todas as direções são iguais. De outra forma, seria possível dizer que está *livre*. É apenas uma questão de como você escolhe ver aquilo. Se uma direção não funciona, você pode tentar a outra.

A cadeira balança sob os pés de Johan e um arrepio de medo surge em seu peito antes que ele consiga recobrar o equilíbrio. Naquele momento ele não tem nenhum interesse em morrer. Johan tira o nó do pescoço, desce da cadeira e se senta em frente ao jogo. Ele iça a vela mais uma vez. O sol começa a subir, a música continua a tocar e o barco se movimenta pelo mar azul. Logo surge uma ilha. As lágrimas correm pelo rosto de Johan. Enquanto for possível viver e navegar, também é possível fazer novas escolhas. É isso o que significa ser livre.

Obrigado, Link. Agora nós vamos para casa.

A APOSTA NO MILAGRE

1

Siw passou uma hora telefonando, esperando na fila de atendimento e explicando para diversas pessoas que ela tem informações vitais a respeito do caminhão-tanque que explodiu, mas não — não tem nada que possa ser feito por telefone. Por fim ela marca um encontro com os dois delegados responsáveis — um homem e uma mulher.

— E vocês são... não sei como dizer... mas são todas as que trabalham no caso?

— São. E trabalhamos junto com a procuradoria, que nos incumbiu dessa tarefa.

— Será que o procurador pode estar junto?

— É uma procuradora. Não sei se ela vai arranjar tempo, mas no que diz respeito à investigação somos nós dois que cuidamos de tudo.

Siw se deu por satisfeita e às nove horas vai à delegacia de polícia com Alva. Eva Meyer, a delegada, lança um olhar cético em direção à touca da Janssons Plåt que Alva tem na cabeça e por fim diz:

— Você não mencionou que traria junto uma criança.

— Essa é a razão — diz Siw.

— Na verdade, o meu nome é Alva — diz Alva.

Após um instante de hesitação a delegada acompanha Siw e Alva até uma sala de reuniões pequena e sem janelas, com uma mesa elíptica e seis cadeiras. Ela pede que as duas sentem e pergunta se gostariam de beber alguma coisa.

— Tem suco? — pergunta Alva.

— Acho que tem.

— Suco de quê?

— Laranja, se eu não...

— Eu não gosto de laranja. Não tem de morango?

— Alva — diz Siw. — Não estamos num restaurante.

Alva olha com uma cara feia para Siw e diz:

— Eu *sei,* mamãe. Mas *ela me ofereceu.*

Eva Meyer ri e diz que vai chamar o colega. Um minuto depois ela volta com um homem gorducho de sessenta e poucos anos que usa as costeletas mais longas que já foram vistas desde os anos 1970. O sujeito tem olhinhos apertados e mais parece um camponês esperto do que um investigador da polícia, e o nome dele é Henrik Bang. Eva Meyer, por outro lado, tem o físico e a aparência geral de uma maratonista. Ela chama atenção, mais ou menos como Alva. Eva Meyer pega um gravador, coloca-o em cima da mesa e pergunta se a conversa pode ser gravada. As duas concordam.

— Comece dando o seu nome completo e o número do seu documento de identidade, por favor — diz Eva Meyer.

— Hmm... Siw Märta Elisabeth Waern. Oito nove, zero quatro, catorze, vinte e quatro, oito cinco.

— Alva Berit Waern — começa Alva, porém logo Eva Meyer a interrompe:

— Você não precisa fazer isso.

— Mas eu *posso*.

— Muito bem. Pode continuar, então.

— Alva Berit Waern, onze, dez, nove. Sabia que a minha identidade só tem números legais? Só os últimos números que...

— Está bem assim — diz Eva Meyer, se virando para Siw. — E você afirma ter informações sobre o caminhão-tanque que explodiu?

— É. O homem que está detido, Max Bergwall. Ele afirma ser capaz de prever o futuro, certo? E diz que foi por isso que agiu da maneira como agiu, para evitar que o caminhão-tanque explodisse, não?

— Eu não posso comentar a investigação.

— A questão é que eu estava lá quando aconteceu...

— E eu também — diz Alva. — Eu fui jogada no chão!

— Eu *sei* — diz Siw — que tudo o que ele disse é verdade. Ele previu o acidente e tentou impedir.

— Se você estava mesmo lá — diz Henrik Bang — então devia ter uma versão dos fatos que coincide em boa medida com os relatos das outras testemunhas.

— Eu sei — diz Siw. — A questão é que... é complicado. Mas eu quis vir aqui com a minha filha para mostrar pra vocês que o Max tá dizendo a verdade.

— Que ele tentou parar o caminhão?

— Não. Que é possível prever o futuro. Essa é a parte mais importante.

Eva Meyer e Henrik Bang trocam olhares. Pela expressão dos rostos, Siw imagina ver ideias como *serviço social* e *destituição do poder familiar*.

— Você está dizendo que consegue prever o futuro? — pergunta Henrik Bang, coçando o nariz.

— É, eu posso... ah, não importa. A minha filha tem um dom bem mais potente que o meu.

— É — diz Alva.

A conversa talvez houvesse acabado naquele mesmo instante se Eva Meyer não tivesse simpatizado com Alva, que talvez a lembrasse de si mesmo quando era menina. Sendo assim, ela aceita levar a brincadeira adiante. Henrik Bang simplesmente balança a cabeça quando Eva pergunta:

— E como foi que você pensou em fazer essa... demonstração?

— Na verdade, seria melhor que vocês mesmo inventassem uma forma — diz Siw. — Mas... vocês podem, digamos, ir para outra sala, escrever qualquer coisa num papel e depois a Alva pode dizer o que foi que vocês escreveram. — Siw olha para Alva. — Pode ser assim?

— Acho que pode — diz Alva. — Se o que eles escreverem não for muito difícil.

— Não estou entendendo — diz Henrik Bang. — Vocês querem fazer um número de mágica?

— Fiquem à vontade para inventar outra coisa. Qualquer coisa que possa convencer vocês de que a única explicação possível é que a Alva consegue prever o futuro.

Eva e Henrik se olham e mais uma vez pensam sobre o que fazer. Henrik endireita o corpo na cadeira e Siw nota que ele está prestes a dizer:

— Não temos tempo a perder com números de circo — ou qualquer coisa do tipo, mas Eva diz:

— Muito bem. Ela abre um sorriso enigmático, pega um bloco de anotações e diz:

— Eu vou até o corredor escrever uma coisa nesse bloco e depois eu volto. Pode ser?

Alva olha para o bloco e os olhos dela parecem transparentes por um instante, e então ela diz:

— Eu sei o que você vai escrever.

— Eu ainda não decidi.

— Ah — diz Alva. — Não é assim que funciona.

— Como é que... bem, lá vou eu.

Eva Meyer sai da sala de reunião enquanto Siw e Alva ficam com Henrik Bang, que mantém os braços cruzados e as encara com os olhinhos ainda mais apertados enquanto baixa a cabeça devagar.

— É legal trabalhar na polícia? — pergunta Alva.

— Às vezes é, às vezes nem tanto — responde ele enquanto Eva volta com o bloco fechado na mão. Prontamente Alva diz:

575

— Eu não conheço essa palavra. *Curtume.* É pra dizer que uma coisa é muito curta?

Eva fica como que paralisada por alguns segundos antes de se acomodar na cadeira e abrir o bloco para que Henrik leia. Ele franze as sobrancelhas, corre o olhar de Siw para Alva e por fim o pousa em Eva para dizer:

— Não entendi. Por acaso vocês estão querendo pregar uma peça em mim?

— Eu nunca tinha visto essas duas na minha vida — responde Eva, se dirigindo a Alva. — Como foi que você fez isso?

— É difícil explicar — diz Alva. — Um pouco eu ouço os rabiscos da caneta no papel, mas outro pouco é meio como se eu *visse* quando você escreve.

— Mesmo antes de acontecer?

— É. E antes de conhecer você eu já sabia que você ia acreditar em mim, pelo menos um pouco, mas... — diz Alva, apontando para Henrik — ele não. Ou pelo menos *ainda* não.

— Precisamos chamar a Helena — diz Eva.

— Quem é Helena? — pergunta Siw.

— Helena Forsberg. A procuradora responsável por esse caso.

2

Eva sai para buscar a procuradora e Alva continua tagarelando com o mau-humorado Henrik. Entre outras coisas, ela diz que estava pensando em entrar para a polícia quando crescesse — uma história que Siw nunca tinha ouvido.

— Seria bem interessante — responde Henrik. — Você conseguiria prender as pessoas *antes* que elas cometessem qualquer tipo de crime!

— Dá pra fazer isso? — pergunta Alva, espantada.

— Não, claro que não.

— Mas então por que você falou?

A mulher que chega dez minutos depois com uma pasta embaixo do braço tem cerca de quarenta anos e dá a impressão de ter vindo diretamente do salão de beleza. Os cabelos estão perfeitamente alinhados, a maquiagem está impecável e ela usa uma saia ajustada ao corpo e um blazer. Siw imagina que a procuradoria de Norrtälje não seja o objetivo final em sua vida.

— Muito bem — diz ela, se sentando à mesa. Porém antes que possa dizer qualquer outra coisa, Siw se lembra de que havia um assunto importante a tratar. Ela ergue a mão para solicitar a palavra e Helena faz um breve aceno de cabeça. Está claro que aquela mulher está no comando.

— Tem uma coisa que eu havia esquecido de mencionar — diz Siw. — Eu não sei se a Alva vai convencer vocês ou não, mas eu gostaria de pedir que nada do que acontecer saia dessa sala. Eu *não quero* que a Alva seja examinada por psicólogos, nem que façam exames para descobrir a origem desse dom, nem... eu não quero que vire uma história do Stephen King, em suma. Vocês me prometem? A gente só veio aqui pra mostrar que o Max tá falando a verdade. Nada mais. Tudo bem?

— Nada disso vai ser preciso — responde Helena, cruzando as pernas e pousando as mãos nas coxas com um gesto que parece ensaiado.

— Porque você não acredita — diz Siw. — Mas se passar a acreditar, você promete?

— Eu posso garantir — diz Helena, — que não tenho nenhum interesse em me envolver com os dons de crianças paranormais, e prometo que sua filha não vai ser a próxima *Eleven*.

Siw fica impressionada. Aquela mulher não apenas tinha entendido a referência a Stephen King, mas claramente tinha assistido a *Stranger Things*. Será que esse conhecimento acerca do sobrenatural seria bom ou ruim?

— Como eu disse para... para os delegados, o melhor seria que vocês mesmos inventassem uma coisa. Qualquer coisa que possa levar vocês a acreditar na gente.

— A Eva me contou que se trata de uma... apresentação bem convincente — diz Helena, puxando um bloco de anotações. O olhar de Alva desaparece por dois ou três segundos e depois ela diz para Henrik:

— Eu sei o que você vai escrever.

Helena franze as sobrancelhas.

— Como você sabia que eu ia dar o bloco para o Henrik?

— Porque eu consigo prever o futuro — diz Alva com um tom de voz que parece disposto a continuar: *sua burra*.

Helena empurra o bloco em direção a Henrik, que expira pelo nariz ao recebê-lo. Siw diz:

— Antes de a gente começar, tem alguma coisa que possa aumentar a chance de vocês acreditarem na gente? Se vocês quiserem vendar a Alva, colocar tampões de ouvido ou mesmo as duas coisas, a gente...

— Talvez você possa sentar naquele canto — diz Helena para Siw, apontando. — E deixe o seu telefone aqui em cima da mesa.

Siw não entende como aquilo pode fazer a diferença. Por acaso aquela mulher acha que ela hackeou as câmeras de segurança do corredor e está fazendo um *streaming* para o próprio telefone, para então retransmitir a informação para Alva por meio de sussurros inaudíveis? Não importa. Siw faz aquilo que lhe foi pedido depois de perguntar para Alva se não havia problema.

Henrik se retira da sala e Alva permanece sentada com as costas retas na lateral da mesa em frente a Eva e Helena. As duas a observam como se fosse um animal raro ou uma autoridade em um assunto obscuro.

Alva olha para Helena e pergunta:

— *Você* por acaso sabe se tem suco de morango?

— Acho que pode ter de framboesa.

— De framboesa também é bom.

Henrik entra mais uma vez na sala de reunião. Ele traz o bloco apertado contra o peito, como se temesse que Alva fosse capaz de ver através da capa com a visão de raios X.

— E então? — pergunta ele. — Pode falar.

— Você trapaceou um pouco — diz Alva. — Porque você não escreveu uma palavra de verdade. Você escreveu Y, Z, T, V, A, e além disso fez um desenho bem ruim de um cachorro. Na verdade, eu nem sei direito se é um cachorro. Pode ser também um gato.

A boca de Henrik se abre e treme, porém logo ele torna a fechá-la. Henrik aperta os lábios à procura das palavras e no fim consegue dizer:

— Então... você deve mesmo saber.

Alva olha para Siw com uma expressão que parece dizer *você ouviu esse cara?* para a seguir dar uma explicação pedagógica:

— E eu não leio pensamento.

Helena pega o bloco das mãos de Henrik e o abre. Ela leva uma das mãos à boca e se mantém assim por um bom tempo antes de tornar a baixá-la e dizer:

— Eu acho que era mesmo pra ser um cachorro.

— Eu avisei — diz Alva. — Mas e o meu suco?

3

Antes que busquem o suco, Alva faz uma segunda demonstração para Helena, que escreve "Alva" e esboça um retrato impressionante de Alva, talvez para demonstrar que nem todos os policiais são desprovidos de talento artístico. Alva prevê corretamente o que o desenho representa e pergunta se pode ficar com ele. Pode, claro.

Alva recebe suco de framboesa e bebe meio copo. Siw volta à mesa e Helena se senta na ponta, como se a partir daquele momento presidisse a reunião. Ela abre a mão sobre a superfície da mesa e diz:

— Muito bem. Se aceitarmos, pelo menos em teoria, que... que esse dom realmente existe, e que Max também o compartilha. O que aconteceu com o caminhão-tanque... ele disse que viu tudo *uma semana* antes.

A situação se torna crítica. Siw já tinha orientado Alva a não dizer que tivera uma Audição, porque assim a própria Siw também acabaria envolvida. O problema é que Alva tem dificuldade para não aparecer: ela fez uma coisa grandiosa, e quer muito falar a respeito daquilo.

Para o alívio de Siw, Alva suspira com o que parece ser admiração e diz:

— É. Ele é incrível.

— Aham — diz Helena, para então abrir a pasta, folheá-la, ler um papel e por fim dizer:

— Siw Waern. Nós já tínhamos a intenção de chamar você aqui.

— Como... por quê?

— Temos duas testemunhas entre os pais que têm filhas no time de futebol, e as meninas disseram que você contou toda a história antes que acontecesse e orientou as crianças a correr momentos antes do acidente.

Alva olha para Siw. Aquele era precisamente o tipo de situação que as duas queriam evitar quando pediram aos treinadores que ficassem de bico fechado ao mesmo tempo que exageravam as capacidades de Max. As bochechas de Siw estão coradas quando ela diz:

— Eu confio no Max. — a fim de ocultar a vermelhidão impossível de esconder, ela acrescenta: — Eu... nós somos namorados.

— A minha mãe e o Max — explica Alva.

Siw decide que o melhor é contar a verdade, ou pelo menos se manter perto da verdade:

— E poucos dias antes... eu também ouvi o que aconteceria.

Com a declaração, Alva não consegue mais se conter.

— E eu também! Uma semana antes!

— Então vocês três estiveram envolvidos — diz Henrik Bang, se inclinando por cima da mesa.

Siw não sabe como interpretar *estiveram envolvidos,* mas se sente obrigada a acenar a cabeça e dizer:

— Nós três sabíamos do que ia acontecer. E foi por isso que dissemos às crianças que estivessem atentas e corressem assim que fosse necessário.

— Eu também disse — diz Alva, acrescentando de maneira pouco estratégica: — Eu avisei que todo mundo ia *morrer* se não corresse!

Henrik lança um olhar triunfante em direção às colegas, que, no entanto, parecem menos predispostas a pensar mal de Siw. Helena abre as mãos e diz:

— Bem, dificilmente o que você fez poderia ser enquadrado como um crime, e o que a sua filha nos mostrou hoje por aqui... bem, ao menos para mim, agora a questão parece diferente. Ao menos por enquanto.

— Mesmo assim, é certo que foi Max Bergwall quem levou o caminhão-tanque a bater — diz Henrik.

— Mas se aceitarmos que... — Eva Meyer a interrompe. — Se aceitarmos que...

— Você também? — Henrik bufa.

Eva ignora o comentário e prossegue:

— Se Max viu um futuro em que o caminhão-tanque batia, por que ele não se manteve o mais longe possível?

— Essa é a parte complicada — diz Siw. — Você não se vê nem se ouve nessas... visões.

— Se estou entendendo direito o que você diz, então o Max, na verdade, não sabe se foi ele que causou o acidente ou se o acidente teria acontecido de qualquer forma.

— Exato — Siw se vê obrigada a dizer. — Mas ele sabia que por um motivo ou outro o acidente ia acontecer, e tomou o cuidado de avisar as meninas no time da Alva quando o caminhão se aproximou.

Fez-se silêncio na sala de reunião. A única coisa que se ouviu foi um leve farfalhar quando Henrik coçou as costeletas enquanto olhava para o estranho desenho do cachorro. Por fim Helena Forsberg disse:

— Os precedentes não vão ser nem um pouco simples.

— Como assim presidentes? — pergunta Alva.

— Precedentes — responde Helena. — Casos parecidos que possam nos dar uma ideia do que fazer. Mas a gente nunca soube de nada parecido.

— O motivo está bem claro — diz Henrik.

Helena se levanta e estende a mão para Siw.

— Obrigada pela visita de vocês. Provavelmente vamos retornar o contato, mas nesse meio-tempo precisamos cuidar de outros assuntos.

Quando Siw se levanta e aperta a mão de Helena, Alva puxa-a pela blusa.

— Mamãe, as pistolas. Conte sobre as pistolas.

— Ah, meu Deus, claro! Como eu poderia me esquecer — diz Siw. — Esse detalhe pode ajudar vocês a... aceitar. — Na quarta-feira. Provavelmente durante o Festival de Luzes. Perto da estátua de Nils Ferlin vai ocorrer um tiroteio, e muita gente vai morrer. Todas as armas em circulação vão ser... postas em uso. Eu não sei se vocês podem revistar as pessoas ou fazer barreiras... o melhor seria cancelar tudo, mas imagino que seja impossível. E pelo amor de Deus não imaginem que *eu*, por um motivo absurdo qualquer, seja a responsável pelo que vai acontecer. Afinal, nesse caso por que eu contaria tudo e pediria que vocês impedissem?

— Nos arredores do Gustav II Adolfs Park? — pergunta Eva Meyer.

— É. Vocês pensam em tomar qualquer tipo de medida com base nessa informação.

— Na verdade, acredito que sim.

— Ótimo. É um alívio saber — diz Siw, pegando a mão de Alva para ir embora.

— Uma última coisa — diz Helena Forsberg, que durante toda a história contada por Siw tinha permanecido sentada, fazendo anotações no bloco. — Eu li vários livros e assisti vários filmes e conheço o paradoxo. Agora você está nos contando a respeito de um tiroteio que eu vou chamar de hipotético na quarta-feira, para que assim a polícia tenha a oportunidade de agir. Mas se o tiroteio realmente for impedido e nada acontecer, então você não vai ter previsto o futuro.

— Por favor — diz Siw. — Não comece.

4

Interrogatório de Max Bergwall, suspeito do crime de explosão. Interrogatório conduzido pela comissária Eva Meyer e pelo inspetor Henrik Bang. Também se encontra presente a procuradora Helena Forsberg.

EVA MEYER

Max. No dia vinte e seis desse mês você pôs um cavalete com uma placa de pare na Carl Bondes Väg e depois se colocou no caminho de um caminhão-tanque que vinha da Gustaf Adolfs Väg, o que levou o caminhão a sair da pista e explodir. Você confirma?

MAX BERGWALL

Confirmo, a não ser pela relação sugerida de causalidade.

EVA MEYER

Você quer dizer que se opõe à descrição da sua participação nos fatos?

MAX BERGWALL

Se vamos falar burocratês, então eu me oponho ao *reconhecimento* da minha participação nos fatos.

HENRIK BANG

Nós podemos falar como pessoas comuns. Você não reconhece que o que você fez levou o caminhão a bater?

MAX BERGWALL
Como eu já disse, acho que o caminhão teria batido independente do que eu fizesse.

EVA MEYER
Você acha isso com base no quê?

MAX BERGWALL
Como eu disse antes... bem, que se dane o que eu disse antes. Lá vai: o motorista do caminhão suspeitava de uma traição da esposa, e momentos antes do acidente começou a escrever uma mensagem para ela dizendo que chegaria atrasado em casa, embora no fundo já estivesse a caminho de casa numa tentativa de fazer um flagra. Ele estava agitado e desatento.

HENRIK BANG
Qual é a base para essas informações?

MAX BERGWALL
Eu estive na cabeça dele momentos antes do acidente.

EVA MEYER
"Na cabeça dele?" Antes você disse que tinha o dom de prever o futuro, mas...

MAX BERGWALL
Posso pegar um bloco de anotações e uma caneta?

HENRIK BANG
Ah, mais um número de mágica.
   [Pausa. Sons de caneta rabiscando um papel.]

MAX BERGWALL
Tome. Aqui está a mensagem que ele escreveu. Se não estou enganado, as palavras "atrasra" e "poco" tinham erros de digitação, exatamente como eu escrevi.
   Podem confirmar com a esposa dele.
   E como assim *mais um* número de mágica?

HENRIK BANG
Como você sabia que o caminhão chegaria por aquele caminho?

MAX BERGWALL

Porque eu... eu já disse. Porque eu previ tudo. Mas foi só momentos antes do acidente que eu estive dentro da cabeça dele.

Ele pegou aquela rota porque ia voltar para casa, em Björnö, na tentativa de flagrar a esposa.

HENRIK BANG

Como você sabe que ele morava em Björnö? Vocês se conheciam?

MAX BERGWALL

Meu caro... sim, nós dois éramos melhores amigos e combinamos nos mínimos detalhes o tipo de mensagem que ele ia mandar!

Por acaso você não ouviu nada do que eu disse? Eu estive dentro da cabeça dele.

Eu sei o nome do vizinho com quem a esposa dele supostamente estava se divertindo. Svante qualquer coisa. Berggren! Svante Berggren.

Ele também tem a bunda totalmente branquela, caso vocês queiram conferir.

EVA MEYER

Você precisa entender que essa história de prever o futuro e estar dentro da cabeça das pessoas é meio difícil de engolir.

MAX BERGWALL (suspirando)

É, eu sei. Me desculpe se eu... bom, a questão é simples. Eu não posso fazer nada em relação a isso.

HENRIK BANG

Não existe nenhum tipo de documentação a respeito de uma capacidade como essa que você afirma ter. Nada. Em nenhuma época.

MAX BERGWALL

O que eu posso fazer? Além do mais, não houve um negócio assim na União Soviética?

HENRIK BANG

Essa talvez não seja a fonte mais confiável.

MAX BERGWALL

Me desculpe, mas vocês perguntaram sobre o motivo e o que eu tenho a dizer é isso. Eu previ o acidente e tentei impedir que acontecesse.

HELENA FORSBERG
Eu gostaria de fazer um comentário. Vamos imaginar que você realmente tem esse dom. Seria razoável imaginar que nesse caso você tenha previsto a explosão, mas não o papel que você mesmo desempenhou?

MAX BERGWALL
É... seria. Mas eu acho que não foi o que aconteceu. Como eu disse, o motorista estava perturbado e desatento ao volante. Eu não paro de reviver o que aconteceu, tentando prestar atenção a todos os detalhes possíveis, e tenho praticamente certeza de que ele teria saído da pista segundos depois, mesmo que eu não estivesse por lá. Mas por que você fez essa pergunta? Por acaso você acredita em mim?

HELENA FORSBERG
Por acaso eu tento manter a mente aberta.

MAX BERGWALL
Certo. Obrigado. Será que vocês podem conferir a mensagem que o caminhoneiro mandou? Eu já pensei em tudo, e cheguei à conclusão de que essa deve ser a única forma de provar o que estou dizendo. Afora a bunda branquela de Svante Berggren, claro.

HENRIK BANG
Você está achando tudo engraçado?

MAX BERGWALL
Não. Mas se você me permite... Será que vocês poderiam ao menos encontrar um único motivo para que eu fizesse um caminhão sair da pista e explodir de propósito? Nesse caso, por que eu teria levado uma placa de pare? Eu por que eu...

EVA MEYER
Sim?

MAX BERGWALL
Nada.

EVA MEYER
Por que você teria avisado as crianças no campo de futebol com antecedência?

MAX BERGWALL

É. Se vocês já sabem...

EVA MEYER

Já. E você não é suspeito de ter provocado a explosão, mas de ter permitido que a explosão acontecesse por negligência. Ainda é um crime grave, mas bem menos do que você imagina.

MAX BERGWALL

Obrigado, mas eu não permiti que nada acontecesse. Teria acontecido de qualquer jeito. Eu tenho praticamente certeza.

EVA MEYER

Qualquer que seja a nossa opinião e a nossa crença pessoal a respeito do que você diz, essa parte é problemática.

MAX BERGWALL

Não tenho como negar. Mas vocês também não podem negar que... acreditem em mim: eu já pensei em todos os cenários alternativos, mas não consegui... você também não têm como negar que o que eu digo explica tudo.

HENRIK BANG

É uma explicação totalmente ridícula.

MAX BERGWALL

Pode ser. Mas tem um poema que diz:
"Na falta de lugares naturais para os nossos encontros, usamos os sobrenaturais."

HENRIK BANG

O que você quer dizer com isso?

MAX BERGWALL

Que se não existe uma explicação racional, então vocês deviam pelo menos considerar uma explicação irracional.

PREPARATIVOS

1

Não dá para dizer que Siw dorme bem na noite de terça para quarta. Depois de falar por um longo tempo com Alva sobre o que as duas fariam na quarta-feira, Siw havia dado boa-noite para então se jogar na cama e sucumbir a um profundo estado de sonolência. Não se poderia chamar aquilo de sono: era mais um estado de inconsciência causado pela exaustão, que a manteve imóvel até que acordasse dez horas mais tarde, sem nem ao menos se sentir descansada.

Durante o café da manhã, ela e Alva falam sobre o plano que seria executado ao entardecer, e que parece bastante arriscado para Siw. Não ajuda em nada que o plano envolva Anita, que Siw pretende visitar antes de sair para o trabalho.

— Diga que eu disse pra ela ir — pede Alva, tomando uma colher de cereal com leite. — Aí ela vai.

— Você acha?

— Com certeza.

A convicção de Alva em relação a si mesma e ao plano, que também é em boa parte dela, parece não ter limites. Na visão de Siw, há muitas incertezas — e além disso a situação podia acabar ficando *perigosa*. Ela ainda não deu a resposta definitiva para a filha.

As duas se separam em frente ao portão, depois que Alva garante que pode muito bem ir sozinha para a escola.

— Eu sei fazer isso desde sempre.

— Eu sei, mas eu gosto de acompanhar você.

— Então pode me acompanhar se quiser. Não esqueça de dizer para a vovó que eu... — Alva emprega uma expressão forte. — ...que eu estou *ordenando* que ela venha.

— Pode ser meio contraproducente.

— Não quero aprender palavras novas. Eu já aprendi aquele outro significado de presidente. É tipo um manual de instruções. Alva de repente se torna radiante.

— Será que você pode dizer para a vovó? Que é a presidente que está dizendo para ela vir?

2

Na manhã de quarta-feira há um novo interrogatório com Max. As informações prestadas em relação ao SMS de Roger Folkesson foram conferidas e se mostraram totalmente corretas, inclusive em relação às palavras com erro de digitação. Uma fotografia de Max foi mostrada para a esposa de Roger, ainda muito abalada, e ela afirmou jamais ter visto aquela pessoa.

Max tem a impressão de que principalmente a procuradora Helena parece estar cada vez mais aberta à possibilidade de que ele esteja falando a verdade. E a investigadora Eva também. Somente Henrik Bang permanece convicto de que houve uma conspiração, pois se recusa a acreditar *no além*.

— Mas então *como* eu poderia saber de todas essas coisas a respeito do Roger? — pergunta Max. — Podemos até imaginar que eu o conhecia, mas você acha que eu planejei tudo isso com o total consentimento da esposa dele? Nesse caso, qual seria o motivo? E se ele quisesse sair da pista para se explodir junto com o caminhão, não seria preciso nenhum tipo de ajuda, certo? Pelo que entendi, nem ao menos é permitido dirigir um caminhão-tanque por aquele trajeto. De que outra forma eu poderia saber que o caminhão apareceria pra estar a postos lá, com um cavalete e uma placa de pare?

— Você mesmo disse — responde Henrik. — Vocês podem ter premeditado tudo.

— Mas *por quê?* — pergunta Max, abrindo os braços em um gesto de desespero. — Não faz nenhum sentido!

— Essa é justamente a pergunta que estamos tentando responder — diz Henrik. — E como foi mesmo que você disse ontem? Se não há uma resposta racional, então o jeito é buscar uma resposta irracional.

— Não foi isso que eu quis dizer.

— Eu sei. Mas se você quiser vender irracionalidade, eu estou disposto a comprar. Logo...

O interrogatório continua por meia hora, sob a condução de Henrik.

Tanto Eva como Helena parecem cada vez menos dispostas a andar em círculo em torno do objeto inaceitável que se encontra no centro — Max, e com ele a capacidade de prever o futuro.

Por mais duas vezes Henrik faz referências a números de mágica e a apresentações de circo, e Max compreende que Siw e Alva devem ter feito contato com a polícia a fim de provar que o impossível é apesar de tudo possível.

Ele fica ao mesmo tempo comovido e preocupado, mas logo tratam de lhe dizer que Siw não é suspeita de nada.

No final do interrogatório, Helena faz um comentário.

— Tem uma parte que eu não entendo — diz ela. — Mais uma vez: se imaginarmos que o que você diz é real, então existem pelo menos três pessoas só aqui em Norrtälje com o dom de prever o futuro.

Nesse caso, devia haver muitas outras pessoas com esse tipo de... capacidade pela Suécia.

Por que nunca se fala a respeito disso? Por que essas pessoas nunca usam esses dons?

— A resposta pode estar bem na sua frente — diz Max, apontando para si.

3

Enquanto troca a roupa de cama no quarto de Berit, Anna ouve a senhora falar ao telefone.

— Alô, alô — diz Berit no fone. — O meu nome é Berit Waern e eu gostaria de agendar um táxi para as seis da tarde de hoje. Na casa de repouso Solgläntan. Eu quero ir até o Stora Torget. Em Norrtälje, isso mesmo. Certo. Obrigada!

Anna aproveita o pretexto e pergunta:

— Você vai a uma festa?

— Não. Para aquele Festival de Luzes.

Anna endireita as costas:

— Mas você não pode ir! Vai ter muita gente lá e... e eu acho que...

Berit ergue a mão para indicar que ela pare.

— Eu sei, eu sei. É por isso mesmo que eu vou.

— O que é que você está sabendo?

— Vai ter violência.

— E você pretende se envolver? Com o andador e tudo?

— Não, eu me viro muito bem sem o andador. Você pega as minhas botas de chuva no guarda-roupas?

4

Já é tarde, mas Johan está almoçando na pista de boliche. Ele está de saco cheio da comida de boteco servida por lá. Hambúrguer, batata frita, molho, *pytt i panna*. O *croque monsieur* gotejante que ele leva à boca não é nenhuma exceção, mas naquele dia está muito gostoso.

Johan ainda tem o sentimento incrível, quase revelatório de estar *na vida*. Como se tudo fosse possível desde que ele continuasse a viver e a experimentar coisas diferentes. Desde aquela importante vivência com Link no mar escuro é como se uma nova claridade houvesse surgido no interior de sua cabeça, e ele dedicou muito tempo a fazer uma análise de si mesmo e das escolhas que fez na vida. Por fim, chegou à conclusão de que parte da insatisfação com a existência vinha do fato de que ele somente *reagia*. Coisas aconteciam, e então ele reagia e pensava em função do que tinha ocorrido.

Para continuar a comparação com Link, seria como se ele houvesse se mantido no barco ao sabor das ondas em vez de pegar o leme e decidir qual seria a rota a percorrer. Johan tentaria mudar isso. Quando, ele não saberia dizer — mas realmente quer tentar.

Johan acaba de terminar o sanduíche quando o celular toca. A ligação é de um número desconhecido e ele quase recusa a chamada, mas, animado pela nova forma de pensar, decide tirar os dedos engordurados do bolso e atender.

— Alô?

— Estou falando com Johan Andersson?

— Sim.

— Ótimo. Olá. O meu nome é Sissela Rhenberg e eu sou editora da Bonniers...

O FESTIVAL DE LUZES

1

As pequenas embarcações vão ser lançadas às sete horas, e meia hora antes já há pessoas reunidas nas margens do rio. Apesar disso, o clima agradável que os organizadores tinham imaginado não se concretiza. Em especial nos arredores da ponte as pessoas resmungam e se empurram quando outros tentam chegar aos melhores lugares.

Na praça de Nils Ferlin o clima é especialmente ruim. A polícia montou guarda-corpos na região para revistar as pessoas que entram. Quatro pessoas já foram levadas até a delegacia, suspeitas de porte ilegal de armas. E certamente devia haver outras que não foram descobertas, pois houve quem desviasse da entrada ao perceber que havia uma revista.

As pessoas se dividiram em duas alas. A ala dos que achavam que a forma de agir da polícia era boa a adequada, e a ala dos que achavam que aquilo era um ataque contra os direitos das pessoas. O clima entre os dois grupos se tornou inflamado, o que mais uma vez deixou claro o quanto é complicado mexer com o futuro. Ao tentar evitá-lo, é possível que se acabe por criá-lo, como se existisse um destino ainda maior que decidisse sobre o próprio destino.

Na Faktoribron se reúnem as pessoas que têm pequenas embarcações para lançar na água. Lá, os esforços criativos e conjuntos de todos vão prestar uma homenagem coletiva à luz, ou pelo menos era assim que a ideia se apresentava na teoria — na prática, não é bem o que acontece. As pessoas falam com desprezo sobre as pequenas embarcações umas das outrs e se sabotam entre si. Um barquinho de borracha é furado, um mastro é quebrado, um cordão de luz é cortado. Logo o clima se torna perigoso, e o único sentimento coletivo que se mantém é o de raiva.

Uma comunicação silenciosa mediada pelo álcool faz com que várias pessoas com destilados à mão se sentem nas cadeiras e bancos em frente ao cinema. A propensão a se mostrar teimoso e a se ofender com facilidade é aumentada pelo álcool, e certas pessoas andam de um lado para o outro com o único fim de trombar em outras para começar uma discussão.

Às dez horas, as margens do rio parecem *ferver*. Milhares de pessoas se retorcem, empurram outras para ter espaço, tremem de insatisfação, cutucam umas às outras ou balançam a cabeça ao perceber toda sorte de comportamento inadequado. Basta aumentar só mais um pouco a temperatura dessa escala para que tudo exploda. O lançamento das pequenas embarcações talvez fosse a última gota d'água — e assim o evento teria o resultado oposto ao que se esperava, e serviria para espalhar caos em vez de solidariedade.

Nesse momento um estranho quarteto se aproxima do Stora Torget. São quatro mulheres de diferentes idades: de uma menina com trancinhas a uma senhora de andador. Lado a lado, elas entram na Nils Ferlins Gränd e seguem em direção à margem do rio. Todas usam botas de borracha.

Juntas, têm uma aparência que impões respeito, e apesar da agitação a massa de pessoas se abre e permite que passem devagar, para então chegar ao ponto em que dois degraus de pedra descem até a água. Lá, a senhora larga o andador.

2

— É loucura — diz Anita. — Mãe, você por acaso pretende cair no rio?

— Se eu cair vocês me pescam — diz Berit, colocando o braço direito ao redor do pescoço de Siw e o esquerdo ao redor do pescoço de Anita. Com as forças de que dispõe, ela usa aqueles apoios humanos para descer os degraus.

— Não entendo por que temos que fazer isso *agora* — diz Anita, olhando envergonhada para as inúmeras pessoas que observam aquele pequeno grupo. — Qualquer outro dia e qualquer outra hora teriam sido melhores, não?

— Eu já disse — responde Alva. — Tem que ser agora. Enquanto esse negócio estiver *comendo*. E quanto mais gente...

— Eu achei que você queria dizer que...

— Mãe — diz Siw, colocando o pé no primeiro degrau e trazendo Berit cuidadosamente para junto de si. — A gente já disse. Essa coisa se alimenta de medo. Você disse que podia ajudar.

— Sim, porque a Alva... mas eu não entendi...

— Anita, pelo amor de Deus — diz Berit, estendendo o pé em direção ao degrau seguinte. — Tome cuidado!

— Vovó — diz Alva, que vem logo atrás. — Pelo amor de Deus!

— Loucura — repete Anita, sem largar a mãe. — Um monstro no rio que se alimenta de medo. É loucura.

Por fim as quatro descem a escada e sentem a água do rio na altura dos tornozelos. As pessoas na outra margem, ao redor da estátua de Ferlin, também começaram a demonstrar interesse por aquela cena; logo começam a gritar e assoviar, e Siw vê um policial se aproximar da margem e gritar qualquer coisa.

Ela vê os guarda-corpos e o policiamento na região, e assim sabe que Eva Meyer cumpriu a promessa. Não deve ser proibido entrar no rio, então Siw ignora o comando do policial, que é abafado pelo murmúrio do rio. Alva olha ao redor com os olhos apertados.

Siw precisa erguer a voz quando pergunta para a filha:

— Como você sabe o que a gente precisa fazer?

— Foi aquele senhor que disse.

— Que senhor?

— O senhor divertido que brincou de Barbie.

— O Goran? O pai do Marko?

— Aham. Ele disse que o que mais dá medo nas pessoas é o próprio medo.

— Tudo bem, mas...

— Silêncio. Eu tô me concentrando.

Siw olha para todas as pessoas à margem do rio. Mesmo que no início fosse pacífica, naquele momento a atitude geral dá lugar à hostilidade. As pessoas gesticulam para indicar que saiam da água e não incomodem, e também para indicar que estão sendo inconvenientes, exatamente como todas as outras pessoas. Um homem tira os sapatos e as meias, provavelmente com a intenção de pôr um fim àquele comportamento incômodo. Alva aperta a mão de Siw e aponta.

— Lá.

Siw não vê nem ouve nada, mas o local no meio do rio, a quatro metros de Alva, representa o ponto ao redor do qual se reúnem todas as pessoas amontoadas ao longo das margens. O epicentro do terremoto. O olho da tempestade.

Anita e Siw mais carregam do que apoiam Berit entre si enquanto Anita continua a dizer que tudo aquilo é loucura enquanto a água se torna mais funda, entra pelos canos das botas e esfria os pés daquelas mulheres. Alva segue na frente, com água até os joelhos. Ela para, aponta e faz um sinal para que as outras se reúnam a seu redor.

Siw olha para a água que corre e tem a impressão de que no ponto logo à frente de Alva a água parece *mais densa,* como uma água-viva pouco maior do que um punho fechado, e sente a garganta se fechar de medo quando a imagem do pior horror que consegue imaginar toma conta de todos os seus pensamentos.

Ela se imagina queimada viva numa fogueira. Amarrada a uma estrutura que aos poucos é baixada em meio a línguas de fogo amarelas. As roupas que queimam. Os cabelos que pegam fogo. Os globos oculares que ressecam e estouram. A pele que aos poucos cozinha. Os pulmões que queimam a cada inspiração. A vida que a deixa. Siw não consegue se proteger do terror inspirado por aquela imagem.

— Socorro. Socorro! — geme Anita. Ela quase larga Berit, que escorrega de lado em direção à superfície da água e se apoia em Siw, que a traz de volta à realidade.

— É o medo — diz Siw. — Não é real. Tente não pensar nisso.

— Venham! — diz Alva. — Todas juntas!

As quatro se reúnem em círculo, com os braços nos ombros umas das outras e as cabeças quase se tocando. Elas fixam o olhar na água que corre. Siw sente que a mãe treme de frio — ou de medo. Mas ela continua lá. A mão de Alva se fecha com força no ombro de Siw, e ela sente que *aquilo* começa a fluir. Vem de Berit e Anita, entra em Siw e vai para Alva, que aperta a mão com ainda mais força. É como se as quatro fossem uma coisa única — uma circulação que tivesse o coração em Alva.

Tem início uma batalha invisível. Uma força primordial daquelas quatro mulheres se dirige às águas escuras, onde encontra uma resistência igualmente ancestral. Siw sente uma pressão nos ouvidos e uma vibração no ar ao redor.

A fogueira retorna. Siw ainda é uma sibila que vai ser queimada viva para expiar o pecado de haver se entregado às forças das trevas. As pessoas que se reuniram para assistir ao suplício se rejubilam quando ela grita de dor. As bolhas surgem em sua pele e estouram, a língua se encarquilha em sua boca. Uma das cordas que prende--lhe os braços à estrutura queima e ela cai em direção ao fogo. Em poucos segundos vai estar morta.

E ela ouve a voz de Alva: *O que mais dá medo nas pessoas é o próprio medo, o que mais dá medo nas pessoas...*

A fogueira aos poucos desaparece. O calor que lambia o corpo de Siw dá lugar à água refrescante que corre ao redor de suas pernas. As cordas que lhe prendiam os braços se transformam na mão de Alva, que a segura pelo ombro com força cada vez maior. A tensão aumenta quando aquela coisa na água se adensa, encolhe e se concentra num ponto único.

Um último apertão no ombro de Siw, e então está feito. Aquela presença na água desapareceu. Alva cambaleia, mas Siw a traz para junto de si e a abraça de lado.

O homem que havia tirado as meias e os sapatos para entrar no rio olha confuso ao redor, como se não soubesse como tinha ido parar lá. Ele olha para o grupo de mulheres e pergunta:

— Vocês vão ficar aí?

— Já estamos saindo — responde Berit.

— Muito bem — diz o homem.

— Será que eu... vocês precisam de ajuda?

— Obrigada, mas podemos nos virar.

Alva se abraça em Siw. Ela passa a mão nos cabelos da filha, se abaixa o quanto pode e pergunta:

— O que foi que você fez?

— O mesmo que eu tinha feito com a caneca da vovó — responde Alva com a voz cansada. — Eu mudei aquilo de lugar. Para o futuro.

— Que... que futuro?

— Daqui a mais ou menos uma semana. Não. Quase duas.

— Então... daqui a duas semanas aquilo volta?

— Não. Aquela coisa não consegue viver tanto tempo sem alimento. Sem o medo das pessoas. O medo de sentir medo.

— Então... você a colocou num futuro onde não vai mais existir?

— Por um lado sim. Por outro lado foi uma coisa bem diferente. Mas eu não consigo explicar.

Siw balança a cabeça e olha para as águas límpidas do rio.

— Achei que seria... maior.

— Não — diz Alva. — Não é quase nada.

Gritos de alegria soam ao redor do rio quando Siw ergue a cabeça. As pequenas embarcações se aproximam, e o brilho das velas ilumina os rostos maravilhados das pessoas. Por um tempo aquelas quatro mulheres são iluminadas por centenas de velas flutuantes, grandes e pequenas, que se refletem nos olhos de todas enquanto se olham e trocam acenos de cabeça.

Nós conseguimos. Nós vencemos o Terror.

Rodeadas por velas ondulantes e bruxuleantes, as quatro voltam à margem.

3

Johan chega à Societetsbron poucos minutos antes das sete horas. Passa um tempo com a mão na balaustrada, olhando para os prédios recém-construídos no porto. Lembra-se de que um tempo atrás estava naquele mesmo lugar, tomado por um ódio sem motivo contra as pessoas que haviam se mudado para lá. E nada havia mudado.

Imbecis do caralho, ele pensa. *Os caras chegam com o dinheiro que ganharam em Estocolmo e acham que podem...*

De repente é como se um interruptor fosse ligado na cabeça dele. Johan pisca os olhos e põe a cabeça de lado. Há um detalhe sobre o qual ele nunca pensou: as construções são muito bonitas. São modernas, porém desenhadas num estilo mais antigo, que combina muito bem com o porto. Parte das sacadas tem cordões de luz nas balaustradas, o que contribui para a sensação de aconchego. Por que haveria qualquer coisa errada com as pessoas que moram por lá?

Johan se vira e vai até o outro lado para admirar a chegada das pequenas embarcações do Festival de Luzes. E de repente vê uma figura conhecida apoiada contra a balaustrada.

— Anna? — diz ele. — Oi.

Anna se vira e o examina dos pés à cabeça. Ela não diz nada, mas pelo menos não vai embora.

— Quer saber de uma coisa? — pergunta Johan. — O meu livro vai ser publicado. Pela Bonniers. Você é a primeira pessoa a saber.

Um pouco da hostilidade na postura de Anna se desmancha, porém a única coisa que ela diz é:

— Parabéns. É uma notícia muito legal.

— Tudo graças a você.

— Na verdade, não. Afinal, foi você que escreveu o livro.

O coração de Johan parece estar prestes a explodir. A pessoa com quem mais gostaria de celebrar aquela vitória era Anna. A despeito do que ela diga, Johan nunca teria sentido aquela imensa alegria sem a cooperação de Anna. É doloroso não poder celebrar na companhia dela.

— E também acharam que *O menino que odiava o município* era um título bem melhor.

— Legal.

Nesse momento Johan não suporta mais. Ele se põe de joelhos no asfalto em frente a Anna e toma a mão dela.

— Me desculpe — diz ele. — Eu fui um idiota. Eu vou... eu prometo que vou mudar.

Anna não afasta a mão, porém diz:

— Ninguém consegue mudar assim, de uma hora para a outra. Você age conforme pensa.

— Eu vou mudar o meu jeito de pensar. É sério. Eu... coisas aconteceram. Eu estava preso no mesmo lugar, e acho que agora consegui me soltar. Você é... eu mesmo não entendo, mas eu realmente quero estar ao seu lado.

Um sorriso aparece nos lábios de Anna quando ela olha para Johan, que permanece de joelhos.

— Você por acaso está me pedindo em casamento?

O olhar de Johan corre de um lado para o outro e por fim ele franze a sobrancelha com um pensamento inesperado.

— E... e se eu estivesse?

— Aí você teria enlouquecido. Levante-se.

Com a ajuda de Anna, Johan se levanta. Ele a olha bem nos olhos e diz:

— Mas sério. Por que não?

— Tem um motivo bem óbvio.

— É, mas por outro lado você disse que estava de saco cheio dos caras. Eu também estou. Não que eu queira saber de garotas, mas tipo... claro. Eu só quero...

— Venha cá.

Anna abre os braços e os dois se abraçam. Pela primeira vez em muito tempo, Johan sente uma leveza que poderia ser chamada de felicidade. Ele abraça Anna com força. Pelo rio, pequenas embarcações trazem velas.

4

Mesmo depois que as embarcações passam, muitas pessoas ficam nas margens do rio, conversando sobre o espetáculo que acabaram de presenciar. Todos concordam que aquela era uma ideia bonita, que merecia dar início a uma tradição.

Na Stora Bron uma mulher acaba de comprar um cachorro-quente de um vendedor que aproveitou a ocasião para incrementar as vendas. A carteira é velha e os compartimentos estão alargados, e assim ela não percebe quando o cartão de crédito cai no chão antes que a carteira esteja guardada no bolso.

A mulher não dá sequer três passos em direção ao Stora Torget antes que um homem a alcance para entregar-lhe o cartão.

— Com licença. Você deixou isso cair.

— Ah! Muito obrigada.

— Não foi nada.

EPÍLOGO

No sábado, três dias após o festival de luzes, Johan, Anna e Maria estão caminhando em direção ao Societetsparken. O Suicune acaba de ser lançado como chefe de raid, e membros do Pokémon Go Roslagen marcaram um encontro em frente ao Wind Thingie.

Johan sente um alívio que não havia sentido em muitos anos — talvez nunca. A caminho do parque ele havia postado o contrato assinado com a Bonniers, e enquanto caminha entre Anna e Maria capturando Pokémon aleatórios ele se sente tão presente no momento que chega a ser quase doloroso. Johan sente a própria respiração, a irregularidade do cascalho sob os sapatos e o cheiro do perfume exclusivo de Maria.

Anna deixa escapar um suspiro e Maria pergunta o que a incomoda.

— O Acke — diz Anna. — Eu não tenho notícias daquela praga há dias.

— Achei que você deixaria essa história de lado.

— E eu quero mesmo. Eu já deixei, inclusive. O problema é que a história não me deixou. E você? Como está Jesus?

— Ele foi embora. Mas eu acho que foi tudo... um esquema que eu inventei na minha cabeça.

Johan tira o olhar da tela e olha para Maria.

— Jesus? Do que vocês estão falando?

Maria abre um sorriso estranho. Poucos dos cortes feitos pelos cacos de vidro haviam precisado de pontos, mas expressões faciais acentuadas demais podiam abrir os ferimentos menores. Metade do rosto dela parecia ser um caso de acne saído diretamente do inferno.

— Jesus me castigou pela minha vaidade — diz Maria, olhando para Johan. — Ou isso, ou então eu pirei de vez. Não sei.

Maria balança a cabeça devagar e cria um efeito surrealista quando o rosto vai de modelo fotográfica para esposa do Frankenstein e de volta a modelo fotográfica em apenas dois segundos. Os médicos disseram que ela deve melhorar bastante, mas por ora Maria se diz satisfeita com aquela duplicidade. Ela tem um rosto que representa a forma como se sente.

597

Enquanto atravessam o gramado na diagonal, os três veem um grupo numeroso ao redor do Wind Thingie. A irritação e a amargura que tinham sido a tônica dos últimos tempos haviam desaparecido com a brisa de Norrtäljeviken, e as conversas agradáveis tinham retornado. Johan corre os olhos pelo grupo e fica boquiaberto.

— Max! — grita ele. — Que porra é essa?

De fato, Max e Siw estão juntos à beira do cais, ocupados com as telas. Ao ouvir o grito de Johan, Max ergue o rosto. Ele tem olheiras, mas está *lá*. Johan se aproxima e o cumprimenta com um abraço apertado. Após um instante de hesitação, Siw também lhe dá um abraço rápido, que ele retribui meio sem jeito.

— *Porra!* — repete Johan. — Você não devia estar tipo, indo para o patíbulo? Por que você não deu notícias?

— Eu fui solto há uma hora — diz Max, fazendo um gesto para se desculpar. — A Siw foi me buscar e... eu tava pensando em ligar quando a gente saísse daqui.

— Mas... *como?*

— Não sei direito — diz Max, olhando para Siw antes de continuar. — Mas eu acho que a Siw convenceu a polícia de que existem... dons. Disseram que eu ainda devo cumprir uma pena em regime aberto por negligência no trânsito ou qualquer coisa do tipo, mas... isso é tudo.

Mais atrás, Johan ouve uma voz repetir "negligência no trânsito" em tom irônico. Duas pessoas do grupo de Pokémon Go encaram Max com um olhar agressivo. O papel que ele desempenhou no episódio do caminhão-tanque é de conhecimento público, e talvez ele não pudesse continuar a viver em Norrtälje. Mas qualquer coisa é melhor do que pegar uma pena de *seis a dezoito anos*.

— E o resto? — pergunta Anna a Max. — Como está... aquele outro esquema?

Max passa a mão sobre os olhos antes de dizer:

— Aquilo me assombra. E vai continuar a me assombrar. Não há o que fazer. Eu vou ter que viver com o que aconteceu.

Siw passa mão pelo braço de Max de um jeito que dá a entender que gostaria de ajudá-lo a tocar a vida. Anna olha ao redor e pergunta:

— Onde tá a Alva?

— Onde você acha? — pergunta Siw, baixando um pouco a voz:

— Com os coelhinhos! Com o Mario!

Ao lado do Wind Thingie, uma voz grita:

— Vamos lá!

E os olhos de Siw se arregalam quando Anna saca o telefone.

— Quê? *Você* começou a jogar?

— É. O Johan me ensinou. — Anna estende o telefone na direção de Johan. — O que eu faço agora?

— Isso aqui é o passe da raid. Você tem que pagar. E a gente é um grupo fechado, então...

Quando Johan termina a iniciação de Anna nos mistérios da raid, ocorre-lhe que foi numa raid naquele mesmo lugar, exatamente um mês antes, que ele viu Anna pela primeira vez — e sentiu uma profunda antipatia, para não dizer repulsa. E naquele momento ele já chegou quase a pedi-la em casamento.

— Do que você tá rindo? — pergunta Anna enquanto o Suicune azul-claro saltita na tela.

— Não é nada — responde Johan. — É cada uma que acontece! Agora você tem que atacar.

— Como?

— Faz assim com o dedo.

Anna olha fixamente para a tela e movimenta o indicador depressa, como se estivesse salvando a própria vida. *Quase?*, Johan pensa enquanto observa Anna. Ele mal consegue entender o que aconteceu, mas naquele momento ela é uma das raras pessoas de quem realmente gosta. O sexo nunca havia sido muito importante para Johan, então por que viver sozinho quando não havia necessidade?

Max e Siw estão muito próximos, e Siw tem a cabeça apoiada no ombro de Max enquanto ele usa o polegar para bombardear o chefe. Tampouco lá a solidão parece ser uma alternativa. Somente Maria se encontra um pouco afastada enquanto observa o grupo com o sorriso pela metade que a metade ilesa do rosto permite.

A raid chega ao fim e as pessoas tentam capturar o Suicune. Quando joga a última bola, Anna pergunta:

— Quê? O que foi isso? O que aconteceu?

Johan, que já tinha lançado todas as bolas sem capturar o cachorro lendário, olha para o telefone dela e ri.

— Você capturou ele! Parabéns! Sorte de principiante.

Uns começam a se despedir enquanto outros falam em voz baixa e combinam outras raids. Johan olha para os amigos e conhecidos ao redor, inspira o ar de outono e diz:

— Só falta o Marko.

— É verdade — diz Maria, pegando o telefone. — Mas ontem eu recebi isso aqui.

Maria estende o celular para que todos possam ver. Na tela, Marko aparece sem camisa em frente a uma casa em reforma enquanto dois homens reparam o telhado. A legenda diz: "Um iugoslavo dando duro!".

Anna amplia a imagem na tela e a imagem de Marko sem camisa ocupa todo o espaço. Ela solta um suspiro ensaiado que leva Johan a rir e a dizer:

— De saco cheio dos rapazes, então?

— Eu posso abrir exceções. Aliás, eu ainda estou pensando sobre aquilo que você disse.

— E...?

— E... — Anna aponta para a tela onde o Suicune brilha. — Agora eu peguei esse cara. O que eu faço?

— Nada. Vamos esperar mais um mês. Depois tem o Raikou.

— Só isso?

— É a vida. — Johan pega a mão de Anna, ergue-a e roça os lábios sobre os nós dos dedos. — Eu beijo o seu cão, madame.

AGRADECIMENTOS

Gentileza é uma história sobre a necessidade que temos uns em relação aos outros. Sendo assim, eu gostaria de agradecer as pessoas que foram necessárias a esta história.

Meu amigo de infância **Peter Wihlborg** me ofereceu um passeio guiado pela pista de boliche de Norrtälje e iniciou-me nos mistérios dos perfis de óleo. **Sandra Arfman** me mostrou os bastidores do Flygfyren e assim possibilitou que eu escrevesse sobre o dia a dia de Siw. O agradável período em que vivemos com a **família Adasević** foi a minha inspiração para a família Kovač, sem, no entanto, ter servido como modelo.

Meu ex-publisher **Jan-Erik Petterson** faz as vezes de editor minucioso, desde que eu tenha o cuidado de incluir referências a futebol. Meu atual publisher **Pelle Andersson** serviria como uma boa ilustração do conceito da Gentileza, sempre caloroso e sensato. **Jenny Bjarnar** e **Love Antell...** Ah, eu dedico o livro a vocês. Pelo menos em parte.

Håkan Hellström me incentivou e de bom grado me deixou usar partes das letras dele como nomes de capítulo.

Fritiof Ajvide e **Emma Broberg** leram uma versão inicial da história e fizeram observações valiosas que deixaram o livro algumas páginas mais longo.

Anna-Karin Andermo fez uma leitura crítica do texto e encontrou erros de continuidade e outros problemas. O olhar mais atento da cidade. Mais da metade do livro foi escrito na cozinha de Mario e Hortensia na mais bela casa particular de Cuba, para onde sempre voltamos. À memória de **Zuqui.**

E, como sempre, **Mia**, que me ouve ler em voz alta durante a tarde enquanto escrevo e oferece-me ideias quando tudo está pronto. Sem você, eu não teria conseguido.

Obrigado a todos pela gentileza, pela amizade e pelo amor.

Este livro foi impresso nas oficinas gráficas da Editora Vozes Ltda.,
Rua Frei Luís, 100 – Petrópolis, RJ.